医院 韩松

Hospital Han Song

translated by Kazuko Yamada

無限病院

韓松《かん・しょう》《ハン・ソン》

山田和子訳

早川書房

無限病院

HOSPITAL
by
Han Song

Translated by
Kazuko Yamada
Based on the English translation by Michael Berry.

First published 2024 in Japan by
Hayakawa Publishing, Inc.
This book is published in Japan by
arrangement with
The Jennifer Lyons Literary Agency, LLC
through The English Agency (Japan) Ltd.

装幀／川名 潤

目次

プロローグ
火星の紅十字

この探査行のミッションは、旅程ではなく、目的地にある。

宇宙船〈孔雀明王《くじゃくみょうおう》〉号の目的地は火星だった。

地球を出立してから三百二十四日、二億二千五百万キロの宇宙空間を踏破した〈孔雀明王〉号は火星の周回軌道に入った。デュアルモードの原子力エンジンが出力を落としていくとともに、火星の重力場が宇宙船をとらえた。

司令官孤行《ローンウォーカー》は、キャビン内を浮遊する齧歯《げっし》類《るい》に似たヒューマノイド・サイボーグを一体一体チェックしていった。長い首と短い角《つの》状の頭部を持つ彼らは、人間と猿の交配種のようにも見えるが、全体の印象はむしろネズミに近い。合金の外殻の内部に、バクテリアの脳と特殊な遺伝子改変を施した微生物叢を持つ、このサイボーグ生命体は、電子神経系と連携して行動する。電子神経系は、フィジカルな運動の速度や方向を決定するだけでなく、生化学プログラミングを介して、個々のネズミ人間サイボーグが完璧な模擬トランス状態に入れるようにする。つまり、彼らは、フライト中、量子レベルでの超越瞑想状態を達成し、〝向こうの世界〟と交感可能な意識を生成することができる。

このネズミ人間サイボーグはヒューマノイド・システムと呼ばれているが（実際、彼らを未来の人類だと考える者もいる）、最先端の探査装置としても機能し、火星上で仏陀を探すミッションを与えられている。

司令官孤《ローンウォーカー》行は五十歳、僧侶として長い修練を積んできた人物ながら、純然たる有機体の人間であり、みずから火星に降り立って仏陀を探索するわけにはいかない。

日進月歩といっていい科学の目覚ましい進展によってなされてきた数々の新発見のうち、最大のものが、仏陀は宇宙のいたるところに存在しているはずだという驚くべき事実だった。

だが、仏陀を探す探査行自体は、地球全域を巻き込んだ世界大戦争が終結するまで待たなければならなかった。〈孔雀明王〉号は、戦後、宇宙探査が再開されるとともに地球から送り出された最初の宇宙船群の一機だった。戦争によって古い世界秩序下の帝国はすべて崩壊し、代わって、新たに隆起した山脈さながらに台頭したインドやネパールといった国々が世界をコントロールするようになり、それとともに、はるかな昔にヒマラヤ地域に生まれた仏教がグローバルな復興を遂げて、新時代の支配的な信仰となっていった。この変容は、人々の信仰体系に加えて、それまでの物質至上主義・実利主義とのかかわり方を全面的に再編するにいたった。

〈孔雀明王〉号には、司令官孤《ローンウォーカー》行のほかに、若い人間のパイロットが二人、搭乗していた。二十二歳の知念《シーファン》と二十八歳の如年《ルーニエン》——どちらも孤《ローンウォーカー》行の弟子だ。

孤《ローンウォーカー》行は外部装置の助けなしに深瞑想状態に入ることができたが、知念《シーファン》と如年《ルーニエン》はまだ外的な補助を必要とした。今日までの一年近くにわたる航行中に、二人は、超越瞑想状態——これが、最終的に、仏陀との交感の道を開いてくれる——がもたらす特異な感覚を体得するため、様々なマシンに何度となく脳と身体を接続させてきた。

仏教暦二五一三年にアポロが月に着陸して以来、多くの宇宙探査が行なわれてきたが、その間《かん》に仏陀はまったく見つかっていない。要は、当時のどの探査ミッションも仏陀の発見など目指していなかったからだ。

太陽系の誕生当初、地球と最もよく似た環境の惑星だった火星は、数十億年の時が経過するうちに静かに衰微していった。

　仏陀が地球に現われたのは一度だけ、二千五百年前のことで、以後、一度も再来を果たしていない。この世の地獄というべき世界大戦争ののち、全人類が仏陀の再来を待ち望んだが、しかし、この地球上に仏陀が再度現われる見込みはありそうに思えなかった。

　インド宇宙研究機構とインド国立カーンプル・テクノロジー研究所が共同開発した深宇宙量子もつれ探知装置が、地球より外側にある高次元空間で〝進化した生命体に合致する情報フローをアクティヴに拡散している、神に似た資質を持つと考えられる種《しゅ》〟を発見していた。これが、仏陀の存在を示唆している可能性があった。

　生命を生んだ地球型の惑星として、火星は仏陀が見つかる可能性が最も高い探査対象のひとつと考えられてきた。

　火星に加えて、他の惑星、さらには小惑星帯から太陽系の最外縁にいたるまで、多くの有人宇宙船と無人探査船が送り出された。この大々的な探査の波は、世界じゅうの宗教アーティストたちの数えきれない歌のテーマとなった。

　火星の周回軌道に入って、〈孔雀明王〉号の二人の若い宇宙飛行士は興奮を抑えられなかった。知《シー》念《ファン》が飽くなき好奇心を見せて、師にこう言った。「仏陀がそもそも出家の誓いを立てたのはなぜだったのか、もう一度話していただけますか？」

　これは孤行《ローンウォーカー》がこれまで何度となく語ってきたことだったが、弟子のこの要望に応えるのは、彼にとって無上の歓びだった。仏陀の出家の物語、四門出遊《しもんしゅつゆう》は、弟子たちを覚醒の入口へと導く最も簡便な方法でもあった。

「ゴータマ・シッダールタ太子が十七歳の時」と司令官孤行《ローンウォーカー》は話しはじめた。「父王ゴータマ・シュッドーダナは太子のために、素晴らしい肢体と高い道徳心を備えた若い女性を后《きさき》に選んだ。彼女の名前はヤショーダラーといい、二人はまもなく結婚した。太子は長い間、みずからの身から貪《とん》・瞋《じん》・癡《ち》（欲・怒り・無知）の三毒を排除するために、戒《かい》（廃悪修善＝身を正しく保つ）・定《じょう》（精神統一＝心を鎮める）・慧《え》（正しい智慧＝妄《まよ》いを破り真実を知る）の〝三学の修行〟を続けていた。これが意味するところは、すなわち、太子は、汚辱《おじょく》と塵芥《ちりあくた》にまみれた世界を苦労して進むことになっても、その心は清らかなままであること、泥濘《でいねい》から生え出ていても汚れのない蓮のように清浄であるということだ。宮殿の奥深くで保護された何不自由のない日々を送っていた太子だったが、二十九歳の時に、外の世界の歓び、楽しみを味わいたいと、父王に宮殿の外に出る許可を求めた。王は、太子を連れて庭園の外を散策するようにと、大勢の大臣と女官を遣《つか》わした。また、個人的に、最も賢い大臣のひとりに、太子のあらゆる求めに応じ、太子のどんな質問にも答えるようにと命じた。

太子はまず東の庭園におもむき、門を出たところで、痩せ細って背中の曲がった老人に出くわした。血色の悪い老人は皺《しわ》だらけで杖をつき、そののろのろとした歩みは一歩一歩がいかにもつらそうで、太子にとっては、とうてい見ていられないものだった。

太子は尋ねた。『この者は誰だ？』

大臣が答えた。『太子どの、この者は老人でございます』

太子の心が重くなっていった。太子は激しく心動かされ、こう自問した。**この世のすべての人が、老いという苦しみに直面する。我々は、この苦しみをどうすればやわらげられるのか？** この問いを熟慮してみたものの、答えにたどりつくことはできなかった。彼は庭園に興味を失い、宮殿に戻った。

数日後、太子は再び外に出る許可を求めた。今度は南の門に行った。そこで彼は道ばたに横たわっている病人に出会った。男は耐えがたい痛みに襲われているかのように、絶えずうめいていた。それは見るも哀れな姿だった。

再び太子は尋ねた。『この者は誰だ？』

大臣が答える。『この者は病人でございます』

太子は、目の前の男の痛苦の様《さま》に心の底から強く揺さぶられた。人間の体は四つの要素――地、水、火、風で構成されている。この四つの要素のバランスが失われると、様々な不具合が噴き出してくる。中心となる大きな疾患に起因する痛みに加えて、ちょっとした頭痛や歯痛などの不具合も恐ろしい苦しみにつながる可能性がある。いったい、この世の誰が病《やまい》という呪いから逃れることができるのだろう？　太子はこのジレンマを熟慮してみたものの、こうした身体の苦しみをやわらげる方法を見出すことはできなかった。フラストレーションでいっぱいになった彼は、またも庭園への興味を失い、宮殿に戻った。こんな古い格言がある。**人は病が発症して初めて、自分の身体の苦しみに気づく。健康な時には、五欲――目、耳、鼻、舌、身の五感を満足させる悦楽のおかげで、何も見えない状態になっている。**この言葉には大いなる真実がある。

太子は三度《みたび》、父王に外に出る許可を求めた。そして、大勢の大臣と女官に伴われて西の門を出たところで、死者を運ぶ一団の人々に出会った。死体からは血の混じった膿《うみ》が滲《し》み出し、恐ろしい悪臭が放たれていた。葬列に付き従っている死者の家族の面々は涙に暮れ、悲痛な声を上げている。それはとても見るに堪えない光景だった。死が近づくと、身体を構成していた四つの要素はバラバラになり、一部が何百何千という苦しみに沸き立っている間《かん》に、残った部分が生から死の側へと、境界を越えていく。だが、こうした苛烈な苦痛のシーンは人間世界に特有なものというわけではない。生きたまま皮を剥がれる牛や、力ずくで甲羅をこじ開けられる亀も同じような苦しみを味わっているのだ。

太子は尋ねた。『この者は誰だ？』

大臣が答える。『この者は死んだ人間でございます』

太子は理解した。人間がこの世界で生きる限り、誕生は必ず死にいたる。どんな人間であろうと、**最終的に死の運命を免れられる者はいない。**

四度目の外出時、北の門から出た太子の目の前に、不意に、威厳のある修行僧が現われた。長い僧衣をまとった修行僧は、片手に杖を、もう一方の手に施しものを入れる鉢を持ち、平穏に満ちた様子で近づいてきた。太子は即座にこの人物に惹きつけられ、その人物がいることで多大な幸福感に包まれた。

太子は修行僧に敬意を込めて挨拶をし、こう尋ねた。『あなたはどなたですか？』

修行僧は答えた。『私は比丘《びく》です』

太子はさらに尋ねた。『比丘とは何をする人なのですか？』

修行僧は答えた。『比丘とは、自己修練を実践し、僧としての道を果てまで追求する誓いを立てた者です。自分自身と、そのほかの生きとし生ける者すべてを、四つの苦しみ――誕生、老化、病、死から解放するために、自己修練に身を捧げる誓いを立てた者たちのことです』

この言葉に、太子は、みずからもまた、生きとし生ける者すべてを苦しみの根源的な要因から解放する存在になりたいと思った。だが、その道を追求するための具体的な方法を尋ねようとしたところで、突然、修行僧は消えてしまった。太子は幸福感と悲しみがないまぜになった状態で取り残された。悲しみというのは、この修行僧に尋ねたいことがまだ多くあったにもかかわらず、どこに行けば彼を見つけ出せるのかがわからなかったからであり、幸福感というのは、四つの苦しみをやわらげるに際して従うべきモデルを見出したからであった。太子は歓びに包まれて宮殿に戻った。

経典の説くところ、四門からの出遊で、太子は、老、病、死、苦を目《ま》のあたりにすると同時に、比丘が実践する自己修練のモデルを自身の目で見た。彼が出会った比丘は、実は、シュッダーヴァーサ、すなわち浄居天《じょうごてん》と呼ばれる聖者で、シッダールタがみずからの歩むべき道を見出すのを助けるために、この世に顕現したのだった」

司令官孤行《ローンウォーカー》は、隅から隅まで知りつくしているこの古い物語を語り終えると、知念《シーファン》と如年《ルーニエン》に謎めいた笑みを投げた。

「そうして太子はついに家を出て、老、病、死、苦の問題を解決するために、自己修練の道を歩みはじめたというわけですね」如年《ルーニエン》が言った。如年《ルーニエン》は決まりきった物事に対しても過剰に反応することがしばしばだった。

「これまでに何度、この物語を聴かせてもらったというんだ？」知念《シーファン》が如年《ルーニエン》に向けて、そんなこと、わかってるじゃないかという口調で言った。

「でも、私たちはすでに、老、病、死、苦を軽減する先進医学を実践しています。それなのになぜ、なお仏陀を見つけ出す必要があるんでしょう？」師にそう問う如年《ルーニエン》の顔にははっきりと困惑の色が浮かんでいた。

「確かに。如年《ルーニエン》はポイントをついている！」と知念《シーファン》が言う。「仏陀が旅の途上で出会った病んだ人々のすべてが、今では容易に治療できる！　現代の病院はどこも、ほとんどの疾病に対処できる最高性能の医療機器を備えているし、高齢者たちも大幅に延びた生の時間を満喫している。我々は今や、死者をも蘇らせることのできる先進技術を手にしていると言えるのではありませんか？」

　まさにそのとおりだった。ゲノム研究を応用することで、すでに大多数の疾病がコントロール下にあり、内臓器官の修復と移植によって、あらゆる人にとって、長命というゴールは、多かれ少なかれ、すでに達成されている。次のステップは、そこに人工知能テクノロジーを統合させ、不死に向けてさらなる一歩を踏み出すことだ。死者の意識をスキャンしてコンピューターに移し、それをロボットの身体にアップロードすれば、事実上、生と死の問題は解決される。生きとし生ける者すべてが、無限の輪廻転生《りんねてんしょう》のサイクルから解放されることになる。

司令官孤行《ローンウォーカー》は答えなかった。代わりに宇宙船の窓から外を見つめた。そこにうかがえる火星は無の空間に花開いた赤い蓮のように見えた。

これまでに、火星に対する知見は著しく進展していた。人々の初期の関心事は、火星に人工の運河があるかどうかだけだったが、やがて、より科学的な探査がなされていくとともに、宇宙コロニーとしての潜在的な可能性が追求されるようになった。そして、その後、火星は、地球外で仏陀を探す主要な場所のひとつとなった。

だが、如年《ルーニエン》の疑念は消えなかった。人々が自己修練の実践を維持しつつ、充分に長く生きるとすれば、最終的に、誰もがいつどこででも尊師仏陀に見《まみ》えることができるようになるはずだ。なぜなら、真理は私たち全員の心の内に存在しているのだから。生きとし生ける者のすべてが仏陀であって、まだ単に覚醒していないだけ、一時的に三妄《まよい》の霧のただ中で迷っているだけなのだから。とすると、と如年《ルーニエン》は思う。なぜ、すでに私たちの内にあるものを見つけ出すために、外宇宙への探査に出る必要があるのだろう？

如年《ルーニエン》に関する限り、この探査行はパフォーマンス・アートのようなものだった。当然ながら、宗教とアートは分かちがたく絡み合っているが、それでも、彼女は、今回の仏陀探索ミッションの全体に、何か異質で不穏なものを感じないではいられなかった。

知念《シーファン》が、気配りのかけらも見せずに割って入り、レトリカルな質問を発した。シッダールタ太子はなぜ、宮殿内にとどまって、そこで自己修練の実践を行なわなかったのか？　唐王朝の僧玄奘《げんじょう》はなぜ命の危険を冒してまで、はるばるインドへ旅をし、経典を持ち帰ったのか？

如年《ルーニエン》の目に涙が溢れた。

その時、ヒューマノイド・システムが目覚め、彼らのバクテリアの脳が超感覚を介して相互に結びついた。彼らは直ちに瞑想状態から脱し、熱のこもった思念を交換しはじめた。彼ら同士の間で様々な議論が始まり、それまでずっと絶対的な静寂に包まれていた宇宙船内に突然、無数の対話が溢れかえった。まるで誰かが火薬の樽に火をつけたかのようだった。

如年《ルーニエン》は思った。人工の生命も仏性を獲得できるのだろうか。

この間《かん》ずっと、キャビンの側面にかけられた女性の姿の孔雀明王の肖像が静かに、すべてを見つめていた。

孔雀明王は四本の腕を持ち、黄金の孔雀の背に乗っている。それぞれの手に持つのは、尊敬と愛の表象である蓮の花（蓮華《れんげ》）、慎みを表わすシトロン（倶縁果《ぐえんか》）、豊穣を表わすザクロ（吉祥華《きちじょうか》）、そして、あらゆる災禍を終わらせるシンボルである孔雀の尾羽根。

孔雀明王は毘盧遮那仏《びるしゃなぶつ》の化身であり、折伏《しゃくぶく》とも呼ばれる。折伏は、同化と制圧という二つの徳を表わしている。この二つの徳によって、毘盧遮那仏は二種類の玉座を持つ。白い蓮華座は、生きとし生ける者すべてに慈悲を示すという根本的な誓いに同化した者の表象で、緑の蓮華座は折伏の標章である。

如年《ルーニエン》は、この宇宙船の本当の司令官は孔雀明王なのかもしれないと思った。


火星の周回軌道を十五回まわったのち、知念《シーファン》は着陸予定地点の四百五十キロ上空に宇宙船を移動させ、火星の希薄な大気中への降下を始めた。

着陸地点として選定されていたのは、西半球の赤道近く、タルシス台地だ。知念《シーファン》はヒューマノイドたちの議論を停止させたのち、彼らを火星の大気中に送り出した。半機械の生命体の群れは直ちに作業に入り、一部は空中でのサーベイに、一部は地表に降り立っての調査を始めた。全員が、いかなるものであれ、仏陀の存在を示す兆候を探すようプログラムされていた。

釈迦牟尼《しゃかむに》として知られる存在は、火星の岩の内部に存在する可能性もある。

人間の裸眼もマシンの目も、仏陀の兆候を〝見る〟ことはできない。それを探知できるのは唯一、これらヒューマノイド・デバイスとバクテリアの脳の共同作業によって形成される人工の〝阿頼耶《あらや》識《しき》〟（根源的な認識主体）だけだ。

彼らの前に広がっていく無人の荒涼たる光景は、彼岸／死後の世界のヴィジョンのようだった。無数の岩と石で覆われた真紅の砂地。過去の破壊の痕を示す多くの火山とクレーター。巨大な傘のように頭上に広がるピンクの空。最初の有人探査チームが火星に降り立ってから長い年月が経過しているが、その情景は以前からずっと変わらないままだ……いや、〝完全に〟ではない。

ヒューマノイド・デバイスのセンサーを介して、司令官孤行《ローンウォーカー》は、様々な大きさの不動の岩の層の上に何かの匂いを感じ取った。彼には、それが仏陀の息のように思えた。彼は東晋時代の中国の僧、道生《ダオシェン》のことを思った。道生《ダオシェン》は長い年月、自己修練を実践したのちに、深遠なレベルの仏教原理を会得するにいたった。〝生きとし生ける者すべてが仏性を獲得できる〟という原理に立って、彼は〝誰かが教えるだけで、囚人も仏性を獲得できる〟という説を唱えた。当時、そんな説は誰も聞いたことがなく、伝統的・保守的な考えを遵守する者たちは、道生《ダオシェン》の考えを異端と見なし、人々を欺くものだと糾弾して、僧位を剥奪せよと主張した。だが、道生《ダオシェン》は自己の信念を曲げなかった。教えを説く弟子もいないままに、彼は石の広場を作り、石たちに向かって教えを説いた。その講話が、〝迷妄《まよい》に惑わされた者ですら、その内に仏陀の本性を有している〟という核心に差しかかった時、彼は石たちにこう問うた。「私の言葉は仏陀の心を持つものではなかろうか？」石たちがことごとく、道生《ダオシェン》の考えは正しいと認めてうなずいた。ここから、かの有名な格言、〝**道生《ダオシェン》師が経典を講ずると、石さえもが同意のうなずきを返す**〟が生まれた。後年、涅槃経《ねはんぎょう》が南方に伝えられた時、あらゆる僧侶が道生《ダオシェン》に帰依したのは、まさに〝迷妄《まよい》に惑わされた者ですら、その内に仏陀の本性を有している〟というくだり——彼の深遠なヴィジョンによってであった。

火星の石たちもまた、ずっと、仏陀の教えに熱心に耳を傾けてきたかのように思われた。
ヒューマノイド・システムの一グループが、小さな峡谷状の一画に到達した。地質学的な構造から、そこは干上がった川床だと思われた。遠い昔、火星の表面には多くの川が流れ、幾度《いくたび》もの大洪水に見舞われていた。かつての川の堆積物の下には凍土の領域が散在し、今なおお水が流れている個所もある。別の探査チームが雪をいただいた山脈とクレーター群のほうに向かっていた。火星上にかつて生命が存在していたことは議論の余地のない事実であり、岩と雪の下には、今でも生きたバクテリアが見つかる可能性がある。

今日の仏教では、仏陀はごくごく普通の生命体から進化したと考えられている。当初は、海の中に、原始的な細胞を持った化学的・無機的な独立栄養系の微生物がいただけだが、彼らは、ゆっくりとした終わりなき転生を何億回も繰り返しながら、徐々に進化のコースを上昇していった。そして、機が熟した時、彼らは自身の限界を跳び越え、舞台上で早変わりする俳優さながら、突如として、まるで魔法のように、覚醒した存在へと進化したのだ。

この変容のプロセスは宇宙最大のスペクタクルだと言っていい。

あらゆる生命体が、下等であろうと高等であろうと、美しかろうと醜かろうと、いつの日か仏陀に進化するはずだと認識した時、知念《シーファン》と如年《ルーニェン》は、誰かに針で心を突き刺されたような感覚を味わった。それでも、信頼しうる情報が伝えるところ、人類の全歴史において、真に覚醒した者はただひとりしか出現していない。これは率として、あまりに低すぎる。

宗教進化の因果論によれば、仏陀の誕生は自然選択および適者生存の法則に準拠している。つまり、何万年という長い歳月、たゆまぬ自己修練を続けたとしても、適切な条件が整わなければ、いかに潜在的な仏陀が多くとも、結局は顕在化しないままに消滅してしまうということになるのだろう。

さらに言えば、仏性を獲得する以前に、そもそも生命の存在自体が、いかに困難なことであるか。

火星に生命の痕跡があるとはいえ、それはごくごくわずかなものでしかなく、極論すれば、生命と同定するのさえ難しい。はたして、そんなささやかなもので、仏陀の誕生に足りるなどと本当に言えるものだろうか？

一方で、地球の状況はまったく異なっており、多彩な生命体で溢れかえっている。甲虫だけでも三十三万種、その多くが、生きていくのに必要な栄養を、花をつける植物に依存している。この事実が、今度は植物の生命に多大な選択圧をかけ、さらに多くの種を進化させる。このダイナミクスが異質な種の多様性を生み出してきたわけだが、しかし、そのうちで最終的に、我々が人間と考えるものに進化してきたのは、わずか一種にすぎない。そして、長い時を経て、何百億、何千億という人間が生まれてきた中で、仏陀はただひとりしか現われていないのだ。

先の世界大戦争の際には、地球上の生命ある存在のすべて、地球の魂そのものが、自己消滅の一歩手前まで行った。間一髪で、世界は終わりを迎えるところだった。

これこそ、まさしく生命の希少さによって、とりわけ高い知性を持つ生命体の希少さによって引き起こされたものだと言う者もいるかもしれない。こんな格言がある。**人間の身体を持つのは難しいが、今の我々にはそれがある。仏陀のダルマ（法）を聴き取るのは難しいが、今の我々にはそれがはっきりとわかっている。今、私が生きているこの人生の間に、この身体から自由になれないとしたら、いったいどの人生でそれが実現するというのだろう？**

これは極端に難しいことながら、しかし、地球に視点を限定することなく、さらに広く、時空連続体の全体を観察することができれば、事態はまったく新しい光のもとに見えてくる。大宇宙は、すべての仏陀、すべての菩薩（悟りを求める修行者）、六道をさまようすべての感覚ある存在を、その内に包含することができる。理論上は、現在の人間が住んでいる四次元世界を超えた先に、より多くの世界、より高次の世界が存在しており、並行宇宙の存在を考慮に入れれば、スコープはさらに大きく広がっていく。それら宇宙のひとつひとつが危険に満ちていると同時に豊穣で色彩溢れる世界であり、その驚異的な数の宇宙に、仏性が立ち現われる無限の可能性が満ちているのだ。

これは仏教の法とも合致する。仏教の法には、〝ひと鉢の水を見つめた仏陀は、そこに四万八千の虫を見る〟とある。

生命を持つ惑星のひとつひとつに覚醒した存在が出現するなら、それだけで、宇宙には限りない数の仏陀がいるということになる。

生命や知性といった概念上の考えをめぐる人間の定義はまだごくごく限られた狭い領域にとどまっているが、無限の時空間に仏陀が存在するとなれば、その領域は、これまで人間の誰ひとりとして想像しえなかった、はるかなところにまで広がっていく。

世界大戦争の前の時代、科学者たちは研究室で、油滴を用いた進化のシミュレーションを行ない、生きていない系、つまり非生命体でさえ進化できることを示してみせた。これは、生物学的組織体だけが進化しうるという考えに対する明確な反証であり、決定的なブレイクスルーだった。こうなると、引き続いて、宇宙の一定のエネルギー・フローもまた、意識を生み出すことができるという仮説が成り立つ。実のところ、恒星の一部はきわめてユニークな生命体であり、銀河そのものが神経ネットワークと同様の形で組織化されている。このような自律的な物体もまた、仏陀のレベルまで進化する可能性を秘めていると言えるのではないか。したがって、宇宙探査は、火星のような、生命の可能性のある惑星だけに限られるべきではない。仏陀のコンセプトはあらゆるものに浸透している。

覚醒した者は、事実、存在しており、時に〝奇跡的な存在〟と呼ばれる。ひとたび仏性を獲得した存在は、手で触れることのできる生体現象のすべてを、物質的な形態そのものを超越する。仏性の本性は〝空《くう》〟と〝無〟なのだ。

とはいえ、普通の実践者に限って言えば、本質的なのは生命である。たとえば、肉と血で構成された人間存在の身体という形態。人間としての存在の時間がどれほど短かろうと、彼らはなお、その限られた生を徹底的に生きようとする。それが明白に表現されているのが次の二つの格言――〝**人間の身体は夜に咲く月下美人の花のように貴重なものだ**〟と〝**ひとたび身体を失うと、もはや呪われた永遠の輪廻から逃れることは決してできない**〟――であり、そして、これこそがまさに、人類が《長寿の時代》を歓迎した理由でもあった。《長寿の時代》の重要性は過小評価してはならず、医療の価値に新たな意味を付加した。

司令官孤行《ローンウォーカー》は自分がこの時代、人間に生まれるという幸運に恵まれたことを、このうえなくありがたく思い、同時に、現代の医学に深い敬意の念を抱いていた。世界大戦争が勃発した時、彼はまだ若者だった。細菌戦が続く間《かん》に両親を失ったが、自身は危ういところで医療チームに助けられた。生き残ったのは幸運以外の何ものでもなかった。あの時に死んでいたら、飢えた亡者どもの領域に送られるか、でなければ人間以外の動物に生まれ変わっていたことだろう。両親の死以来、彼は宗教的人生を全面的に受け入れるにいたったのだった。

現代の仏教では、〝医療の技術は慈悲の術でもある〟ということを詳細に論じる特別な理論がある。司令官孤行《ローンウォーカー》によれば、医療は疾病を根絶し、人間をより長く生きさせることにフォーカスを合わせてきたが、これは仏性を獲得することとはまったく異なった成果だという。とはいえ、仏性を獲得するには、自身の健康を維持することが絶対的な基本要件となる。過去には、聖なる道を歩んでいた修行者たちがヒマラヤの洞窟にこもったものの、数カ月後には、仏性を得るどころか、極度の酷寒を生き延びることができず、全員が凍死してしまったという、そんな悲劇的な事例もある。

だが、医学の実践に無限の慈悲心が注ぎ込まれるならば、それは仏教のスピリットと教えに完璧に一致すると言えるのではないだろうか。

生命が誕生し、生き延びていくことがいかに難しいとはいえ――と孤《ローンウォーカー》行は考える――人類はずっと異星の生命体の探索を続けてきた。先進的な地球外文明が、より革新的な医療技術を駆使し、より多くの覚醒した個人を生み出しているというのは、充分にありうることではなかろうか。

その時、宇宙船の警報システムの切り裂くようなアラーム音がキャビンじゅうに響きわたった。

ヒューマノイド・ドローンから送られてきた画像が、マイクロチップにコントロールされた大脳皮質の視覚野に現われた。タルシス台地の巨大楯状火山・パヴォニス山(ラテン語で〝孔雀〟の意)の近くに集結していたサイボーグたちが、山に登りはじめた。山頂は濃密な赤い霧に包まれていて、視界はゼロに等しい。

「仏陀を見つけたのか?」知念《シーファン》が興奮して叫んだ。

だが、三人の耳に届いたのは、一連の恐怖に満ちた絶叫だけで、その後、すべての通信が途絶えた。

「何か良くないことが起こったのかしら?」如年《ルーニェン》が心配そうに言う。

司令官孤《ローンウォーカー》行は、たとえ、この惑星のどこかに仏陀が安らいでいるとしても、宇宙は、それ自体が依然として危険きわまりない場所でありつづけていることを充分に承知していた。以前、人間がこの地に足を踏み入れて以来、実に長い歳月が経過している。

宇宙は様々にその姿を変えているとはいえ、結局のところは人間の心に取り憑いている慣習とフラストレーションの反映にすぎないのだ。

三人の視覚野に、飛行する巨大な影が現われた。それは霧を突っ切って、あっというまに消え去った。画像処理を施して解像度が上がると、三人は、今見たものが鳥に似ていることを知った。より厳密には、不気味なまでに孔雀に似た姿形を持つ、飛行する生物。

如年《ルーニェン》の顔は手術用の照明に照らされたアルミホイルのように見えた。「ありえない、こんな生物が火星にいるなんて」彼女は、この探査計画が策定された当初から、これほどまでに地球に近い惑星を訪れることに疑念を抱き、海王星に行くほうがずっとましだと考えていた。「こんなにも早く仏陀に会えるなんて思ってもみなかった！」知念《シーファン》の顔にはまぎれもない興奮の色が現われている。「これは間違いなく仏陀だ！」

頭上高く静かに掲げられている孔雀明王の肖像が、彼らを見つめている。

司令官孤《ローンウォーカー》行は深い悲しみに打たれていた。仏陀を見出すために最も重要なのは、自分たちの心から仏陀を見出すという欲望を追い払うことだった。バクテリアの脳を持つヒューマノイド・デバイスは、人間のエゴを持たないよう厳密にプログラミングされている。だが、これはパラドックスだった。というのも、最初の最初から、〈孔雀明王〉号のミッションは、過剰に強圧的な指令のもとに推し進められてきたからだ。

探査行が失敗する時、原因は常にその目標・目的地にある。曖昧な方向感覚と詳細な旅程計画に導かれて進められる探査行など、そもそも語義矛盾というべきではないか。仏性を獲得することが目的になった瞬間、その目的はすでに失敗しているのだ。

この宇宙船の司令官として、孤《ローンウォーカー》行は、自分にできることは何もないとわかっていたが、弟子たちに、それを説明することができなかった。彼は知念《シーファン》と如年《ルーニエン》に、船の出力を上げて、ヒューマノイド・デバイスたちが姿を消した地点に向かうよう指示した。

宇宙船は、パヴォニス山の上空一万四千メートルの地点に到達した。厚い霧の中を通過していく際に、三人は、火山崖の山腹に埋め込まれているように見える巨大な建築物の姿をとらえた。実のところ、それは灰色の城塞を想起させる巨大建造物の連なりで、古代都市の廃墟のように全体を壁で囲われていた。壁は、動物のギザギザの歯のように鋭く、いたるところが倒壊している。知念《シーファン》は思った。

これが火星人の防衛都市の廃墟なら、彼らもまた祇園精舎《ぎおんしょうじゃ》（釈迦のために建てられ、寄進された寺院）のような瞑想のための庭園を設置していたのだろうか。

建造物のひとつの屋上に、尋常ならざる何かが突き立っていた。狼煙《のろし》塔を思わせる平らなプラットフォームの金属のフレーム上にある、巨大な赤い十字。仏教の鉤十字（卍）の四カ所の腕部分が除去されて簡略化されたかのような十字が、火星の真紅の空を禍々《まがまが》しく貫いている。

廃墟の近辺には、人間の痕跡を示すものはまったくない。

如年《ルーニエン》が眉をひそめた。「病院だわ……」その声はかすかに震えていた。「この巨大施設は病院の廃墟よ」六道転生のイメージが、地平線に沈んでいく太陽のように彼女の意識に焼きつけられた。

「何てことだ」知念《シーファン》が声を上げた。「病院を示す明々白々な痕跡がいたるところに広がっている。これは自己修練のための寺院じゃない。仏教を教え広めるための特別な聖地でもない。これは病院だ。地球にあるのとまったく同じ病院だ」

宇宙船はホバリングしながら、廃墟に近づいていった。複数の船外カメラがズームインし、岩の台地に散らばる瓦礫を映し出す。三人の目が釣鐘型のガラス容器をとらえた。その中には、孔雀の胚のように見えるものが収められていた。胚は死んでから長い時間がたっているのは明らかで、形成されつつあった内臓が不快なねっとりとした黒いペースト状になって滲《にじ》み出していた。

司令官孤行《ローンウォーカー》は合掌し、祈りの言葉を唱えた。「南無阿弥陀仏」

断崖の基部に、破壊された多数のヒューマノイド・デバイスの残骸が散乱していた。人工の内臓がズタズタに引き裂かれて地上に投げ出されており、孤行《ローンウォーカー》は凄惨な闘いがあったことを確認した。如年《ルーニエン》は、この大虐殺のシーンに、血まみれの手術室をイメージした。虚空から目に見えないメスが伸びてきてドローンたちに手術を行なったとでもいうような……。

「仏陀がこんなことをするというのか？」知念《シーファン》はそうつぶやいて、ショックのあまり嘔吐しはじめた。

如年《ルーニエン》は悲しみに満ちたまなざしで船外の赤い地平線を見つめた。砂嵐が近づきつつあった。宇宙船が火山の山頂を通り過ぎようとした時、突然、鳥の形をした一群の生き物が現われ、太陽の光を遮った。その生き物は一羽また一羽と下降してきて、宇宙船を攻撃しはじめた。乗員の心臓と内臓を身体から叩き出してやろうと思っているかのような凄まじい攻撃に、キャビンが激しく揺さぶられた。

鳥に似た生き物たちの体には紅十字のマークがあった。

火星でのこの出来事と相前後して、太陽系に送り出された探査船のすべてが、水星と金星に、木星、土星、天王星、海王星、そのほかすべての惑星の衛星、さらにはいくつかの小惑星に、同様の病院と思われる、紅十字の掲げられた建造物群の廃墟を発見した。

誰かが、もしくは何かが、これらの惑星・衛星にやってきて、病院を建設していたのだ。しかし、いったい、いつ？　なぜ？

司令官孤行《ローンウォーカー》は様々に推論をめぐらせた。これらの病院が建てられたのは、多くの命を救う営為の一環だったに違いない。間違いなく聖なるミッションだ。

これらの地球外の病院が救った患者の中から仏陀が現われたということはありうるだろうか？　あるいは、これらの病院は、別の銀河系の知的生命体によって作られたものなのだろうか？　人類は、それら異星の生命体の子孫であって、その営為の結果、新たな仏陀が生み出された可能性はあるだろうか？　異星人たちが今回の世界大戦争に密かに介入し、我々がまっしぐらに向かっていた大絶滅を阻止した——そんなことはありうるだろうか？

彼らは、我々人類を守るために、仏陀によって送り出されたのか？　それとも、彼ら自身が仏陀だったのか？

太陽系の彼方、天の川銀河やそのほかの銀河にも、この火星と同じような病院の廃墟があるのだろうか？

あるいは、仏陀は、病院という具体的な形をとって、この物質世界に戻ってきたのだろうか？　病院が、ダルマ＝仏陀の法への新たなゲートウェイを表わしているということはありうるだろうか？

それとも、これらはすべて、宇宙旅行によって誘発されたイリュージョンにすぎないのだろうか？

ＡＩによる操作のもと、太陽系を離れて長い旅を続けられる多くの探査船が、深宇宙という未知の空間へと踏み込んでいった。そうしたロボット宇宙飛行士たち——人間とは異なって、身体的な不具合や病気に見舞われることはまずない——が、長い旅路の途上で仏陀に進化したということは考えられないだろうか？

こうした数々の問いに答えるには、仏陀その人を探すよりはるかに長い時間がかかるだろう。しかし、そののちに改めて、一瞬の光明が閃く中で、すべてが明らかになる時が必ずやってくるはずだ。

結局のところ、今のこの世界には、問いは存在しない。答えも存在しない。

宇宙船〈孔雀明王〉号は崩壊しはじめた。司令官孤行《ローンウォーカー》は静かに蓮華座を組み、深瞑想状態に入った。紅十字のイメージが知念《シーファン》と如年《ルーニエン》の心臓を貫いて燃え上がり、彼らを内側から破裂させて、無へと変容させた。

病気

1　何があろうと、病気になってはいけない

出張でよその街に出向く時はいつも、日割りの手当て額《がく》が許す範囲で一番いいホテルに泊まるようにしている。快適に過ごすため、世間的なステイタスを保つため、そして、そうした高級ホテルが提供してくれる、いろんなオプションサービスのためだ。

今回、C市で予約したのは、国際的なチェーンに属するシティホテルだった。ロビーに入ると、すべてが明るく輝き、隅々まで清潔で、ポストモダン様式のデザインは十二分に合格点に達していると思われた。

チェックインを済ませて部屋に落ち着くと、少し喉が渇いてきた。室内に無料の瓶入りのミネラルウォーターがあったので、それを飲んだ。

そのすぐあと、胃が激しく痛みはじめた。何が原因なのかわからなかった。痛みはどんどんひどくなっていって、僕はベッドに倒れ込み、そのまま気を失ってしまった。しかし、それから三日三晩、意識を失ったままでいるなど、いったい誰に想像できただろう？

意識が戻った時、ベッドの横にグレーのスーツを着たホテルの女性従業員が二人立っていた。二人がいつやってきたのか、どうやって部屋に入ったのか、まるで見当がつかなかった。二人とも三十五歳くらい、ひとりはシャープな顔立ちでパーマをかけており、もうひとりは丸顔でポニーテールだった。

僕が目を覚ましたのに気づくと、二人は一度にひとことずつ、フロントでマネージャーから僕を病

院に連れていくように指示されたのだと説明した。妙な気がした。そもそも、僕が胃の痛みに襲われたことを、彼らはどうやって知ったのか。その時、僕はこの街にビジネスで来たのであって、やらなければならない仕事があることを思い出し、病院には行きたくないと言った。

「だめです」二人は声をそろえて言った。

二人が僕をベッドから引き出そうと近づいてきたので、僕はさらに言った。「僕は病気じゃない。胃がちょっと痛いだけだ。本当に何でもない」

二人は引き下がらなかった。「あなたは病気です。まる三日、意識を失っていたんですよ」

「どうして君たちがそんなことを知っている?」

「私たちはこのホテルで働いているんです。知らずにいられるわけがありません」

「それって、そんなに重要なことなのか?」

「重要きわまりないことです。何があろうと、絶対に病気になってはいけないんです」

これを聞いて、僕も、実際に何か良くないことが起こっているのだと気づいた。もしかしたら、僕は本当に病気なのかもしれない。「わかった。どうしても病院に行かなくてはならないのなら、僕の保険が使えるところにしてくれ。でないと、医療費の払い戻しが受けられなくなってしまう」

「そんなこと、心配しないでください!」二人は間髪を入れずに答えた。「そういった細かいことはもう全部、考慮ずみです! お客様に百パーセント満足していただけるようにするのが私たちの仕事なんですから!」

二人は一気に行動に移り、僕をベッドから引き起こすと、手早く上着を着せ、靴をはかせた。そのきびきびした手の動きから、二人がこれまでに何度となく、ホテルの宿泊客相手に、この種のサービスをやってきたことがうかがえた。二人の指示に従うしか、できることはなさそうだった。僕の心配事の第一は、間違いなく僕の保険が使える病院に行くこと——医療費が払い戻される限り、ほかのことは問題ない。

　ホテルにはすでに救急車が呼ばれていた。救急車は僕たち三人を病院に運ぶべく、ライトをギラギラと輝かせ、甲高いサイレンを響かせて、C市内を猛スピードで突っ切っていった。

2　個人的な副業が公式のビジネストリップに

　周囲を複数の川に囲まれた山の中の大都市、C市は、エネルギッシュな住民たちが活気ある観光産業を支えているビジネスの中心地だ。市内には銀杏《いちょう》の大木が所狭しと立ち並び、鋭い角度を描いてそびえ立つ多くの高層建築が、重力に挑む偃月刀《えんげつとう》さながらに、天空に向けて突き立っている。とはいえ、いつやむともなく降りしきる雨のおかげで、街は常に厚い靄《もや》と煙霧に包まれ、寒く、どんよりとしていて、そのじっとりとまとわりつくような感覚からは永久に逃れられないような気がした。

　ただ、あまりの胃の痛みに、街の景観をじっくり観察するどころではなかった。僕はビジネスでこの街にやってきた。経費はすべて、ここに本社があるB社が払ってくれる。B社は、社のテーマソングの作詞作曲を僕に依頼したのだ。

　僕の本職は政府の職員で、首都で毎日毎日報告書を書き、上司のスピーチの準備をして過ごしているが、副業としてソングライターをやっている。趣味の領域のサイドビジネスで、これが九時─五時の決まりきった仕事の退屈さをまぎらわせてくれること自体、嬉しいことながら、同時に、僕はこの世界で少しばかり名前を知られるようになっていた。いろんな企業から社歌を書いてほしいという依頼を受け、給料のほかにそれなりの収入を得られるようになって、暮し向きも良くなった。今回、B

社から依頼があったのも、そういう流れの一環だ。

本業である政府機関の監督官たちは、慣習的に職員の通信をモニターしていて、B社から僕宛てに送られてきた依頼の手紙を押収した。そして、内容を吟味した結果、僕を、我々の部署の代表としてC市に派遣することにした。個人的な副業だったものが突然、公式のビジネストリップになったのだ。これは必ずしも歓迎すべき事態ではなかったけれど、かと言って、特に気にすることでもなかった。この手のことは大昔から行なわれてきたし、僕自身、すっかり慣れてしまっていた。ただ、C市に着いた途端、体調が悪くなるというのは、まったく想定外の出来事だった。

病院ということで言っておくなら、実のところ、僕にとって病院はたいへん馴染みのある場所だ。僕の雇い主である政府機関と同様、病院も巨大な組織であるばかりか、僕たちの人生の最も根源的な側面——病気、老化、誕生、死——をコントロールしている。この国にあって、病院とのかかわり方を知っていることは、全市民にとって一番基本的な事柄だと言っていい。

もともと虚弱体質なのに加えて、様々な疾患があるために、僕は常日頃、数日に一度は薬をもらいに病院に行っている。若い頃から、慢性の不眠症や、しょっちゅう起こる頭痛、ホルモンのアンバランス、いろんなアレルギー、途切れることのない疲労感に悩まされ、何らかの理由によって年がら年じゅう熱を出し、風邪をひいている。ほとんどの人と同じように、僕も病院に行くのは嫌なのだが、ふと気づくと、不思議なことに病院に惹きつけられている自分がいるのがわかる。病院が磁石のように僕を引き寄せるのだ。僕の側では、これはどうすることもできない。とはいえ、今回、この街の病院に行くことになって、僕は生まれて初めて、楽しみに近いものを感じていた。C市の病院——これが悪い病院であろうはずがない。少なくとも、この病院がどのようなものかを知る機会が得られるわけだ。僕はここ、C市で歌を作ることになる。ここに滞在している間に持病の疾患のどれかが急に悪化したりすると、厄介なことになりかねないし、とんでもない合併症を起こすことだって考えられる。

だから、この街の病院に慣れておくというのは悪い考えではないはずだ。僕は決して、好んで不要なトラブルを起こしたがるような人間ではない。

救急車は起伏の激しい一帯を登り降りし、曲がりくねった道を行きつ戻りつしながら、市中を疾駆していった。目指す病院に着くまでにどのくらいかかるのか、僕には見当もつかなかった。病院は川を見おろす山の麓《ふもと》にあり、敷地は、市の半分を占めているのではないかと思わせるほどに広大だった。連結された無数の高層棟と低層ビルが連なり、それぞれの屋上からは、繊細な装飾タイルで飾られた曲折する通廊が突き出して、うねうねと続いている。降りしきる雨と霧の中、黒く威嚇的な病院のあちらこちらが、体を丸くして待機している獰猛《どうもう》な超自然の怪物のように見えた。

ホテルから救急車に同乗してきた二人の女性が、これでついに重荷から解放されるとでもいうかのような口調で、声をそろえて高らかに言った。「これが私たちの街の中央病院です。この病院に来たということは、最高の治療を受けられるということです！　リトル楊《ヤン》、あなたはこの街で最重要レベルとされている賓客《ひんきゃく》のひとりなのです！」

二人はきびきびとした足取りで、僕をまっすぐに救急搬送口からエントランスへと導いていった。

3　自分が病気だと証明できないのなら、人はどうやって生きつづけていけるのか

これまでいろいろな病院を見てきた経験のもと、僕には、ひと目で、この病院が最高クラスのものであることがわかった。外来患者用のメインエリアは高い天井と戸外に向けて開かれた広大なホール

で構成されている。ホールは彫刻を施した欄干と大理石のタイルで飾られ、全体のレイアウトは、陰陽の人体経絡図《けいらくず》を映した宇宙を表現しているように思われた。ホールの中央には、緑の地に赤い文字で〝良きサービスと高度の医療とトップクラスの医療倫理が民衆を幸福にする〟と書かれた横断幕が掲げられ、反対側の壁には、〝生命は互いに依存している、我々は自分の生命を他者に預け、ともに病気を制圧し、人々に奉仕する〟の掲示がある。

その時、どこからともなく、メタリックホワイトの壮麗な光の波が射し込み、あらゆる方向に反射して雨のように降り注ぎ、ホールに並んでいる人々の列を浮かび上がらせた。列は何十本もあり、どこが先頭でどこが最後尾か、まったくわからなかった。これは、受付の登録をする人たちの列に違いない——そう気づいた瞬間、僕は、全員が実に整然と並んでいることに驚嘆の念を覚えずにはいられなかった。

ホール内の空気は重く淀んでいた。すぐに喉がチクチクしはじめた。列を作っている人たちの顔ははっきりとは見定められず、全体が巨大な暗い川のようにゆっくりと動いている。キャリーケースを引いている者、小さな携帯椅子を持っている者。そのほか、途切れなく続く患者と家族のグループが溶け合ってメインの流れを形作り、その間では時折ささやかないざこざが起こっている。一方、これらの人々の流れから少し離れた壁沿いには、数歩ごとに監視所ないし見張り所があり、真っ黒な制服に真紅の腕章をつけた警備員たちが、膨大な数の人々に突き刺すような猛々しいまなざしを向け、充分な秩序と協調が保たれるよう、油断なく全体を監視していた。

これこそ、僕がよく知っているシーンだ！　これを見た瞬間に、僕の心は落ち着いた。同時に、付き添っていた二人の女性が、僕のポケットから財布を抜き出し、僕の代わりに登録者の列に向けてダッシュした。胃の痛みが強くなりはじめ、僕は体を丸めてベンチの上に倒れ込んだ。あちこちのベンチに、患者たちがハエの群れのようにびっしりと固まって身を寄せ合い、彼らのうめき声が絶え間ないハチのうなりのように重なり合って響いてきた。まるで、僕に、〝ここに、この病院に来るのに間に合ったのをありがたく思え。おまえは、あのホテルで死んでしまって、誰にも気づいてさえもらえなかったかもしれないのだから〟と伝えようとしているかのように。

その時ようやく、僕は遅ればせながら恐怖感にとらえられた。結局のところ、僕たちにとって一番大事なのは命ではないか。それなのに、具合が悪くなって、最初に頭に浮かんだのは、保険の払い戻しがされるのを確実にすることだけだったのだ。ただ、これはごくノーマルなことだとも言える。病気そのものによってではなく、医療費の支払いができないために死ぬ人は大勢いるのだから。

まわりにひしめいている人たちは、列車に乗り遅れた旅行客のように見えた。登録受付ホールは一見、壮麗な寺を思わせる作りながら、少し目をこらして見ると、駅の待合室にそっくりだった。空気はじっとりして魚臭く、即席麺のむっとする臭いが充満しているし、大理石の床には、いたるところ、泥と雨水と汗と尿と痰《たん》と嘔吐物が混ざっているとしか見えないものが層をなして点在している。さらには、様々な宣伝広告の掲示――〝どうして列を作って待つのですか? 私たちが代わりに登録の手続きをします! 迅速な入院:すべての検査を即座に! 受領書の変換:ネットワーク外の受領書をネットワーク用受領書に変換します!〟こうした広告は、病院の堂々たる外観にそぐわない気がしないではなかったが、昨今、わが国にはこのような病院はいくらでもある。僕はこういった些細なことは気にしないように努めた。病院の意義は細々したディテールにあるのではない。重要なのは、人々を健康にしておくことだ。

その時、突然、底の平らなカートが一台、込み合ったベンチの列の間に走り込んできた。見るからに田舎者とおぼしき汚れた白い上着姿の若い男が二人、カートの上に乗って、黒ずんだスープ用の柄杓《ひしゃく》を振りまわし、鉄の大鍋を叩きながら、高らかに言った。「あったかい料理だよ、蒸したての肉饅頭に、ほかほかの蒸しパン、粥、酢漬けの野菜もあるよ!」患者たちの目がパッと輝き、いっせいにベンチから立ち上がると、四方八方からカートに向けて駆け寄っていった。食べ物が手に入るかどうか不安のあまり、誰もがオランウータンのように胸を叩き、吠え声を上げていた。売り手の二人の男が怒鳴った。「何をギャーギャーわめいてるんだ？　みんなに行きわたるだけあるから心配するなって！」

口から涎《よだれ》が垂れはじめたところで気がついた。前回、食べ物を口にしてから、まる三日と三晩がたっている。何かを食べたいということは、僕にはまだ食欲が充分にあるという証拠だ。そうじゃないか？　そして、食欲が充分にあるということは、僕が病気ではないという証拠じゃないか？　そして、病気でないのなら、僕はいったい病院で何をしているのか？　でも、病院に来ていなかったら、自分が病気でないことをどうやって証明できただろう？　そして、自分が病気だと証明できないのなら、人はどうやって生きつづけていけるのだろう？

ここまで来ると、もう笑うしかなかった。人間は本当に欲深い生き物だ。しかし、僕は、食べることより、胃の痛みへの対処を優先することにした。ここはホテルじゃない。病院なのだ。これまでの経験から、僕には、病院とは、病気を治療するのに加えて、個人の欲望を抑制する場所でもあることがわかっていた。

一時間ほど待ったのち、二人の女性がようやく戻ってきた。スキップし、勝ち誇った様子で、僕の登録書類を信号旗のように打ち振りながら。その時にはもう、僕には立ち上がるだけの力もなくなっていた。驚きの表情で二人を迎えるしか、僕にできることはなかった。

4　命は病院に預けてある

二人は僕をベンチから引き起こすと、両側から体を支えて、待機エリアに向かった。この病院に来たのが初めての僕は、最初のデートで次に何をしたらいいのかわからない少年のように、萎縮しきっていた。二人は、冗談半分の口調で僕を叱咤《しった》激励《げきれい》した。「そんなふうじゃだめです！　私たちだってみんな、以前には患者だったんです！」

僕は恥ずかしくなった。「心配しなくていい。僕は大丈夫だから」

二人は、どちらが僕の医療記録を取りにいくかで、話し合いをはじめた。これでわかったのだが、この病院の地下の保管庫には、僕の過去のすべての医療記録のコピーが保管されているらしい。この事実は、どこか変だという気がした。僕はこれまで、この街に来たこともなければ、この病院で診てもらったこともない。それなのにどうしてここに、これまでの医療記録のコピーがあるのか？

その時再び、こうしたことはどれも、必ずしも異常だとは言えないという気がしてきた。この国は驚異的なスピードで発展していて、あらゆることが日々変化している。もしかしたら、国じゅうのすべての病院がオンラインで結ばれていて、今ではどの病院も巨大フランチャイズのネットワークを構成しているのかもしれない。とすると、患者はみんなどこでも保険を使えるということではないか。これが本当なら、患者にとっては大ニュースになっていただろう。確かに、近代医学の起源は西洋にあったわけだが、しかし、その後の進展ということで言えば、わが国ほどに輝かしい実績を挙げているところはほかにはない。

結局、女性たちは二人一緒に医療記録を取りにいくことにして、その場に残された僕は、改めて周囲の状況の観察を続けることになった。メインホールの待機エリアは、いろんなものを売る人たちでいっぱいだった。花輪、生花、果物、裁縫用具、運動器具、車椅子、掃除用品、ベッド用のおまる、海賊版の本、当初は輸出用だったがのちに国内販売品になった衣類、使用期限切れの化粧品、骨董、棺桶、鬘（かつら）、爆竹、毛布、双眼鏡、方位磁石、懐中電灯、ノート、年賀状、果物ナイフ、包丁、仏事用の数珠《じゅず》、観音菩薩像、爪切り、中古のテレビ、中古のラジオ……どれも確かに必要なものばかりだ。売り手の中には、自分たちが物件を賃貸している地元のモーテルや店舗に客を呼び込もうとしている者もいれば、待機エリアのどまんなかに立派なブースを構えている占い師までいた。診療を待つ外来患者でいっぱいのこのエリアは、巨大な野外市場さながら、波のようにうねる喧騒で溢れかえっていた。人々の怒鳴り声、値段を交渉する声、泣き声、物に衝突する音、唾を吐く音、咳、喘鳴《ぜんめい》、足を引きずる音、食器がガチャガチャいう音、金属がぶつかりあう音、カチカチというクリック音、何を言っているのかわからない無数の話し声。

それはこのうえなく心動かされるシーンだった。ここにいる人たちはみな治療を待っているのだ。特に注意を引いたのが高齢者の多さで、ニュースレポートの言うとおり、僕たちの国は本当に高齢社会になってしまったようだった。これが病院システムの大きな負担になっていることに疑いの余地はないが、それでも、高齢者の増大が病院に新しい患者の確たるフローを生み出しているのもまた厳然たる事実だろう。高齢の患者たちの顔に浮かぶ表情は、それぞれの孤独の深さを伝えていた。ホールの耳を聾《ろう》せんばかりの喧騒に直面しながら、みな静かに落ち着いているように見える。周囲のカオスもまったく耳に入っていないかのように。高齢者の多くは古い軍用外套にくるまり、頭をまっすぐに上げて、ベンチに座っている。その体からは、湿布薬と猪苓湯《ちょれいとう》（尿路結石の特効薬）と埃の臭いが発散され、一見しただけでも、元気いっぱいの商売人たちと著しい対照を見せている。中には、腋《わき》の下や股《また》に蜘蛛の巣が張ってもそのままの者もいるのではないかと思わせるほどに、山のように動かず、じっと座りつづけている高齢の患者たち。むくんで膨れ上がった手に、腐りかけたボロボロの医療記録を固く握りしめて。

こうした高齢者の様子をしばし観察したのちに、僕は今日の前で起こっていることをぼんやり眺めているよりも、ずっといいことを思いついた。今回の来院は僕にとってC市での初めての病院来訪であり、記録しておくに値する出来事だ。いずれ、歌を書く上でインスピレーションを与えてくれる可能性も大いにある。そう考えて、僕はスマホを取り出し、写真を撮った。

間髪を入れず、警備員が何人か、猛烈な勢いで走ってきた。襟をつかみ、怒鳴りつけ、写真を撮った意図を話せと詰め寄った。これまでに、こんなシチュエーションは何度も経験している。事情を説明しようとしたのだが、彼らは拳《こぶし》を振り上げ、殴られるのが嫌なら即刻写真を消去しろと居丈高に命じた。僕はこう言いたかった――君たちはどんな権利があって写真を強制的に消去させるのか？ 僕はどんな法を侵したのか？ どこかに〝写真撮影禁止〟の掲示が出されているのか？ でも、そこで気がついた。僕は患者としてここにいるのだから、基本的に、命はすでに病院に預けているということになる。軽率な行動をしないことがベストだ。そう判断した僕は、聞き分けのいい子供のように撮ったばかりの写真を消去した。いずれにしても、たいしたことじゃない。病院に通っていれば、そのうちに慣れる、そんな出来事のひとつでしかない。

警備員たちは小声で悪態をつきながら戻っていった。だが、このささやかな幕間の出来事に、胃の痛みがさらに激しくなった。二人の女性はまだ戻ってこない。もう我慢できなかった。ほかの患者たちが僕をじろじろと眺めている。恥ずかしさも加わって、僕は何とか自力で立ち上がり、待機エリアの群衆の間を突っ切って、病院の内部へと入っていった。

廊下は四方八方に伸び、蛇のようにくねくねと、いつ果てるともなく続いていた。時折、完全な別世界としか思えない光景が垣間見えた。大勢の患者が道に迷い、疲労困憊しきって倒れたり、床の上で気を失ってしまったりしていた。僕はよろめきながら、交錯する何本もの廊下を進みつづけた。そして、永遠にも思える時間が経過したのち、ついに、ある医師の診察室の前に到達した。壁に、鮮やかな赤と紫の一連の写真がかけられていて、病院のそのほかの部分を支配している鈍い灰色と白の色調に輝きを与えていた。一枚目は胃の写真だった。全体が真っ黒に近かったが、ひとつながりの赤い潰瘍《かいよう》が成長しつつあった。二枚目は淡い白の食道で、外側の粘膜に肉質の真珠のような一連のふくらみと、青緑のカリフラワーのような形をした何かがあった。添えられた説明によると、これは十二指腸癌ということだった。僕は、首都にいくつもある、意匠を凝らした前衛アートのギャラリーのひとつにいるような気がしてきた。

ここは内科病棟の消化器科に違いない。診察室のドアの前にはたいへんな数の患者がいて、不安げな面持ちで順番が来るのを待っている。次にどちらが診察室に入るかで喧嘩になっている者もいる。状況を見て取るのに数秒もかからなかった。僕は患者たちを押しのけて前に進み、列の先頭に出るとドアを押し開いて診察室に入った。待機している患者たちは怒りをあらわにし、憎々しげに僕をにらみつけたものの、何も言わなかった。僕と医師の間に何か特別の関係があると考えたのだろう。長年にわたる患者としての経験が功を奏し、僕はついに、診察を受けるチャンスを手にしたのだった。

5　犯行中に見つかった泥棒のような気分

診察室の中央に赤い錆《さび》で覆いつくされた鉄製のテーブルがあり、その向こう側に、六十歳くらいの男性医師が座っていた。入口から見ると、その姿は盆栽《ぼんさい》を思い起こさせた。周囲をびっしりと囲む患者たちは唾を飛び散らし、腕を荒っぽく振り動かしながら、競い合うようにそれぞれの症状を医師に説明している。室内はひどく暑く、シャツをまくりあげて腹を見せている者もいた。ひとりが、ほかの患者たちを押しのけて前に進み出るや、幅二メートルはあろうかという風景画を広げながら、これは医師への贈り物だと言った。何人かが対抗するかのように、落花生や長芋や卵やその他地元の特産品を詰めた袋をテーブルの上に置いた。こうしたことには慣れているのか、医師が気に留めている様子はない。その顔には深い何本もの皺が走っていて、尖った骨格をいっそう際立たせていた。彼は伝統的な中国庭園でよく見られる観賞用の庭石を思わせた。襟にパリッと糊のきいた医者用の長い白衣を着ていて、その極端なまでの白さが、僕に、道教の道士が悪鬼をやっつけるのに使う魔法の瓶と同じような効果をもたらした。白衣の前のポケットには、赤と青と黒のペン、鉛筆、ボールペンが列をなし、完璧な純白の長衣の最上部には黒いタイが、裾からはピカピカの革靴が覗いていた。医師は多くを語らず、時折、患者に補足説明を求めるだけだった。「出産の経験は？」とか「前回の生理はいつ？」とか「性交の回数は週に何回くらい？」とか。こうした質問のどこが胃腸の不調と関係があるのか、さっぱりわからず、しばし、間違った診療科に来てしまったのではないかという気にさえなっていたのだが、それでも、診察室にいるというそのことだけで、何かほかには代えがたいものを感じて、僕はぐずぐずとその場にとどまっていた。長い時間がたったのち、医師はのんびりと僕のほうに向き直って言った。「どんなふうに具合が悪いんだね？」

「水を飲んだんです！」前もって頭の中でリハーサルしておいたとおり、自分は被害者だと言っているように思われないよう気をつけて、何が起こったのか、メインのポイントを伝えようとした。

「ホテルのミネラルウォーターかね？」

どうしてそんなことがわかったのか？　C市の病院はすごい！　そこで僕はハッと気づいた。この医師が僕から現金の詰まった赤い封筒を受け取るのを期待しているのだとしたら、トラブルになるかもしれない。どうしたらいいんだろう？　僕の財布は、まだあの二人の女性のもとにある。病院経験は豊富だとはいえ、その時の僕は、犯行中に見つかった泥棒のような気分になった。顔が赤くなった。まわりの患者たちがいっせいに口を閉じて、僕を見つめた。

「君はよその街から来たんだね？」医師は特に何を気にしているというふうもなく、平然とした口調で言った。その冷静な表情は法廷の裁判官を思い起こさせた。

「そのとおりです」首都の政府機関で働いているというプライドは一瞬のうちに消え去った。

「この街に来た目的は？」

「それは……それは……」

「君が飲んだのがミネラルウォーターだということは間違いないのか？」

「そうだと思います……たぶん……」

「ミネラルウォーター！　ミネラルウォーター！　そんなものを飲んでいいと本当に思ったのかね？　いいかい、ここは外国ではないのだよ！」

医師は僕の答えのひとことひとことに不満な様子だった。鉛筆を一本取り出すと、軽くリズムを取ってテーブルを叩きはじめた。彼の存在のすべてが、すべてわかっている、すべて知っているというオーラに包まれているように思えた。彼の存在に、僕は言葉にできない畏怖を感じた。この医師は海外で学んだのだろうか？　僕をほとんど見ることもせず、僕の症状がどういうものなのか訊こうともしない……。まったく、膝の反射検査さえしないじゃないか！　それなのに、ひと目見ただけで、僕の具合が悪い原因を正確に言い当ててしまった。医師の口調から、僕は地元のミネラルウォーターに問題があるに違いないと判断した。安全でない粗悪な偽ミネラルウォーターなのだろうか？　C市は、海外の多くの国とは異なって、蛇口をひねって出てきた水をそのまま飲むことができるのだろう。あのミネラルウォーターには何か致命的な病原菌かバクテリアが入っていたに違いない。それとも、極度に高品質な特殊な成分が入っている水で、別の街の人間が飲むと、慣れていないせいで具合が悪くなってしまうのだろうか。僕の胃が痛みはじめた原因はそういうことなのだろうか。とにもかくにも、この医師が、これほど正確に診断ができるなど、僕は想像もしていなかった。それでも、周囲の患者たちが僕を見つめ出すと、不安が頭をもたげはじめた。患者たちは明らかに僕の不運を喜んでいた。

何とも気まずい状況になった、まさにその時だった。室内のスチールのファイルキャビネットがガタガタと鳴りはじめたかと思うと、次の瞬間、弾《はじ》けるように開いた。

6　ひとりで病院に行ってはならない

何事《なにごと》だ！　僕は震え上がった。だが、次の瞬間、勢いよく開いたキャビネットから身を縮めるようにして出てきたのは、ホテルの二人の女性だった。どちらの顔も、嬉しげな勝ち誇った表情に輝いている。二人は花を撒《ま》く天女《てんにょ》さながら、僕の医療記録を打ち振った。キャビネットの裏は、地下の保管庫に直接つながっている秘密のトンネルになっていたのだ。この病院のレイアウトは実にユニークで、診療待機の手順も、ほかの施設で通常行なわれているのとはまったく異なっており、実際、僕自身はこれまで見たことも聞いたこともないものだった。何かが徹底的におかしい。そんな感覚が生まれてきて、僕は一瞬、逃げ出したいという衝動に駆られた。だが、医師と二人の女性が三角形を作って僕を囲い込み、室外に出るのをブロックしていた。

医師は二人にウィンクし、状況はわかっているという笑みを投げて、二人の手から悠然と医療記録を受け取った。両手の指が素早くキーボード上を動き、僕に対してなすべき検査のリストを打ち出した。血液検査、レントゲン、心電図、Ｂモードの超音波。医師から検査票を受け取ると、二人はひとことも発せずに、僕の両腕を支えて部屋の外へと導いていった。ドアの前では患者の集団が行く手を阻み、妬《ねた》みと怒りのないまぜになった視線を僕に集中させたが、それでも何とか外に出た僕は、振り返り、医師に向けて「ありがとうございます」と叫ぶのを忘れなかった。

メインホールに戻った時には、物売りたちの声は国の祝日のサイレンを思わせるほどの高まりを見せ、患者の数は寄せては返す波のように、膨れ上がったり減少したりを繰り返していた。ひとりの患者が失禁し、バタリと倒れてピクピクと痙攣《けいれん》しはじめた。家族の一員とおぼしい者がかたわらに膝をついて人中《じんちゅう》（鼻と上唇の間のツボ。覚醒効果があるとされる）を押した。警備員は腕を組んで冷ややかに眺めているだけだ。長い列を作っている患者たち――二人の女性は僕を支えつつ、床に広がる汚物の海を果敢に突き進んだ。登録窓口に向かう者、検査予約窓口に向かう者、会計で請求書を受け取る者、支払い窓口で検査費を払う者、落ち着いているんだ、まわりで何が起こっても大げさに考えるんじゃない、そんなふうに伝えようとしているかのように。だから、僕はじっと待ちつづけたが、心の奥底では一種の安らぎを感じていた。

いったいどのくらいの時間がかかったかわからなかったが、ついに検査の予約をすませることができた。それから改めて待機の第二ラウンドが始まった。シャープな顔立ちのパーマの女性が言った。

「わかったでしょう？　ひとりで来ていたら、永久に予約はできなかったはずです！」

僕はあわてて同意のうなずきを返した。決してひとりで病院に行ってはならず、必ず誰かに付き添ってもらわなければならない。病院に行くということは、体力と気力を試すマラソンなのだ。僕は周囲を見まわした。患者のほぼ全員に誰かが付き添っていた。

さらに一時間以上待って、とうとう、こう呼ぶ声が聞こえた。「六五八番、楊 偉《ヤン・ウェイ》」尖った顔の女性が即座に反応する。「あなたの番号だわ。今回はとても早かったわね」彼女は僕を引っ張って立たせると、採血の窓口に連れていった。そして、旧知の間柄のような気安い口調で窓口の看護師に挨拶した。

もうひとりの丸顔・ポニーテールの女性が僕に言った。「あなた、痛いのは苦手じゃない？　だとしたら、代わりに私の血を採ってもらってもいいのよ」そう言いながら、彼女は袖をまくり上げ、長芋のように硬そうに見える筋肉質の赤い腕を突き出した。こんなことは初めてだ。僕は不愉快になって、彼女の前に立ちはだかった。「やめてくれ。僕が自分でやる」

彼女は抵抗した。「どのみち同じことなのよ！　恥ずかしがることなんかないわ！」

僕は譲らなかった。「君にそんなことをさせるわけにはいかない。そもそも間違ったことじゃないか！」

だが、実際にはそこで、あろうことか、看護師が自分の腕から慣れた手つきでバイアル一本分の血を採ったのだった。結果が出るまで、さらに二時間待つことになった。女性たちは、この間《かん》にレントゲン撮影をすませたいと考えていた。これには、僕はあえて抵抗はしなかった。

放射線科にもまた順番を待つ患者の長い列ができていて、それぞれにガードを固め、疑念もあらわな目つきで互いににらみ合っていた。最初、僕はどうすればいいのかわからずまごまごしていたが、ここでは女性たちが先に立って列を無視し、裏口から僕を暗い検査室に導き入れた。

7　痛みに襲われると、何が正しくて何が間違っているのか判断できなくなってしまう

レントゲン撮影の担当者は痩せた若い女医で、髪をブロンドに染めていた。彼女は、僕に付き添ってきたホテルの二人の女性と昔からの友達のようにハグし合った。三人はしばし楽しそうに言葉を交わし、ファッションやメイクの話をしていたが、やがて医師が突然僕に向き直って、こう命じた。

「ズボンを脱いで！」
病院まで僕を連れてきた二人は、からかうように僕の頭を叩いた。

「心配しないで、私たち、覗き見なんかしないから！」そして、医師の指示に従うようにと言ったのち、手をつないで撮影室から出ていった。

僕は医師の指示どおりズボンを脱いだが、下着はつけたままでいた。パンツから突き出した両脚が、暑い日、照りつける陽射しのもとに捨てられたアイスキャンデーの棒のように見えた。「着ているものを全部脱いで！」と医師が怒鳴った。

僕は言われたとおりにした。だが、その瞬間、猛烈な痛みの波が襲いかかってきて、僕は体を二つ折りにした。

「真っ直ぐに立つ！」女性医師が命令する。

僕は歯を食いしばり、必死に体を真っ直ぐにして、氷のように冷たいスチール板に背中を押しつけた。医師の姿は見えなかったが、鋭い声ははっきりと聞こえた。

「頭を上げて！　背筋を伸ばして！　左を見て！」

途端にペニスがピンと立ってしまった。何てことだろう、こんなことが起こったのは本当に久しぶりだ。部屋が暗くてよかった。これなら誰にも気づかれない……検査がすむまで我慢していればいい。

検査がすんだ時には背中が汗まみれになっていた。そしてパンツをはくより前に、医師が大声を上げた。「次の人！」女性患者が入ってきた。

疲労困憊して僕は部屋を出た。僕を見ると、ホテルの二人の女性はさっと親指を上げてみせた。僕は再度、恥ずかしさに包まれた。ベテランの患者である僕が、本当に笑いものになる寸前まで行ったのだ。

その時、胃の痛みに、何とも説明しがたい別の痛みが加わった。今まで経験したことのない広範な痛みで、それが幻覚のトリガーを引き、僕は蛇の穴に落ちてしまったような感覚に襲われた。強烈な不安感にがっちりとつかまれながら、それでも僕はこう考えた。いったん病院に来たからには、なるがままに進んでいかなければならない。結局のところ、これは僕の命なのだ。僕に必要なのは、あれこれ悩んだりせずに、すべてを医師の手に委ねることだ。

レントゲンの結果が出るまでに、さらに二時間かかるということで、その間に、心電図とBモード超音波検査を受けることになった。だが、この担当医は、僕の待機時間が長すぎる、水を飲みすぎていると叱責して、検査をするのを拒否した。

「改めて予約を取るように」医師は言った。

「いつですか?」ひとりが尋ねる。

「来週」

「それは無理です。もう少し早くできませんか? この人は手術をすることになっているんです」彼女の顔には自責の念をうかがわせるものがあった。僕は心動かされた。二人はああだこうだと交渉を試み、やがてひとりが僕の財布を取り出して、医師に百元札を一枚、手渡した。

医師は紙幣を受け取ると、こう言った。「たまたま、患者がひとり、たった今、予定をキャンセルした。なので、明日の検査に君を組み込むことができそうだ」

この医師が、通常のプロセスを逸脱して融通をきかせ、僕に対して便宜を図るつもりになったことはわかったけれど、でも、たった今誰かがキャンセルしたというのはいったいどういうことなんだろう? じっと順番を待っている人たちの列に割り込んで、ほかの人の治療を遅らせることになるとしたら、誰だって絶対に罪悪感を感じるはずだ。この遅延が、彼らの状態を悪化させて、場合によっては死にいたらしめることだってありえないことじゃない。僕の命をほかの人の命より優先させる——そんなことがはたして許されるものなのだろうか?

僕がその場に突っ立って、こんなふうに思考の迷路に迷い込んでいるのを見て取った女性のひとりがズバリと言った。「あれこれ考えすぎるのは治療に悪い影響を及ぼします。病院はテクノロジーの世界ですが、同時に、人間関係の場、社会でもあるんです。この基本原則が理解できないのであれば、あなたを助けられる希望はまったくありません」

「そんなことを考えていたんじゃないんだ」と僕は答えた。「僕は、ついさっきも、列を作って待っている人たち全員を押しのけて、先に検査室に入った。痛みに襲われると、何が正しくて何が間違っているのか、まったく判断できなくなってしまう。それはわかっている」僕は、医師に感謝の意を表明した。

これを聞くと、二人の女性は、汗まみれの僕の体を荷物のように扱って再びメインホールに戻っていった。メインホールに場所を見つけると、僕たち三人はそこに座って、血液検査とレントゲン検査の結果を待つことになった。すると、ほどなくして、丸顔・ポニーテールの女性が僕に向けて怒り出し、ぱっと立ち上がって、その場から駆け出していった。彼女が怒り出した理由は、先刻、僕の代わりに採血を受けようと申し出て、僕がそれを断ったせいではないかという考えが浮かんだ。いずれにしても、僕はシャープな顔立ちのパーマの女性と二人だけで残された。つまり、僕たち、ひとりの男性とひとりの女性は、二人だけで待機の時間を過ごすことになったのだった。

8　治療は何よりも信頼の問題に帰着する

時間は、一度に一秒、一分と、這うようにしか進んでいかない。首を吊ってから死ぬまでの時間も、こんなふうに延々と引き伸ばされている感じなのではないか。その間《かん》にも、胃の痛みと不安に、僕に付き添ってくれている女性への罪悪感が絡み合って、朝顔の蔓のように伸びていき、僕をすっぽりと包み込んだ。シャープな顔立ちのパーマの女性に、僕は、君も行ってくれていい、僕はひとりで大丈夫だから、と言った。

「どうしてそんなことに同意できるっていうんですか？」一秒の間《ま》も置かずに彼女は応じた。「僕はこれまで病院に行った経験は山のようにある。病院には、心配するような大きな危険なんか、いっさいない」

「危険というのは、まったく別の問題です。病院には絶対に、ひとりで行ってはいけないって、私たち、言いませんでしたか？」

「君と君の友達には、もうたいへんな時間を僕と一緒に過ごしてもらっている。君を困らせるようなことになったら、本当に申しわけないと思う。それに、ここで物事がどんなふうに進められているか、僕にももうよくわかったし」

彼女の顔に、このうえない懸念の色が浮かんだ。「問題は、私がいなくなって、あなたが病院から逃げ出そうとしたら、何が起こるかなんです」

「逃げ出すだって？」頬が熱くなるのが感じられた。突然、秘密を見透かされたかのようだった。

「そのとおりです。あなたが心の奥底で逃げ出すことを考えているのは確かです。あなたは治療の間に逃げ出そうと考えている。大勢の患者が逃げ出そうとします。彼らは病院を、愛と憎しみの混ざり合った感情で見ているんです。ここが好きだけれど、同時に恐れてもいる――そんなケースは嫌というほど見てきました」

「本当に？　いや、そんなことはありえない。どうして、そんなことがありうるっていうんだ」僕は急いで自己弁護しようとした。「僕は自発的に検査室に行ったじゃないか。自分の血を提供しようとしたし、レントゲン検査も受けた。僕は病院を愛してる！　病院は僕の大好きな場所だ！　病院に行く時はいつだって、自分の家に帰るような気持ちになる」

「確かに、すべての責任を患者に押しつけるわけにはいきません。近代的な病院が登場してからまだ一世紀もたっていないわけだし」彼女は、僕の態度がとってつけた演技のように思えたらしく、僕の手をぎゅっとつかんだ。

「そういうことじゃなくて……」僕が言いたかったのはこうだ。病院が誕生する以前から、この地では何千年にもわたって数えきれないほどの人たちが暮らしてきた。その人たちが生き延びてきたことを、彼女はどう考えているのか、と。それでも、彼女の堂々とした態度に、僕は何も言うことができなかった。そして、彼女に強く握られていることで手のひらに汗が滲み出してきた。

「あなたがこれまでにいくつかの疑問を抱くようになったことはわかります。昨今では、誰もが、自分の命に関してありとあらゆる種類の疑問を持っています。それは全然異常なことじゃありません。あなたは、こう訊きたいんでしょう？——あの医者はどうして、僕がミネラルウォーターを飲んだことを知っていたのだろう、って。違いますか？」

僕は恥ずかしさに包まれて、うなずいた。彼女がどれほど素晴らしい女性なのか、今の今まで気づいていなかった。

「それは、ホテルのサーベイランス・フィードが病院のコンピューター・ネットワークに直接つながっているからです」

「そうか、そういうことだったのか……とすると、ホテルと病院は共同で運営されているのか？」

「そうは言ってません。要するに、ホテルは、C市の条例で、客の健康に利するよう求められているということです」

「診療室のファイルキャビネットが地下の保管庫につながっていて、初めて来院した者も含めて患者全員の医療記録がある理由は？」

「この病院にどれだけたくさんの患者がいるかは、あなたも自分の目で見たでしょう？　私たちがこうしたシステムをとっているのは、患者に即時の診断を下す必要が生じた際の効率を上げるためです。ビッグデータ医療について聞いたことはありませんか？」

「なるほど、そうか、この病院はビッグデータ解析を使っているわけか。それはわかった。でも、この病院は本当に、僕の保険会社のネットワークにあると考えていいんだね？　ここの費用を全部自費で、なんてことになると困ってしまう。現金は、当座の滞在費しか持ってきてないし……」

僕の話を聞きながら、彼女は財布を取り出すと、頭上に掲げて、僕の目の前でひらひらと振ってみせた。「リトル楊《ヤン》、あなたはまだこんなことを心配してるんですか？」なだめるような口調で、彼女は言う。「いったい何を考えているんです？　この病院はあなたの医療保険の対象内だと、さっきも言ったではありませんか。この病院が、あなたを、希少動物のパンダに対するのと同じ集中度と介護度をもって治療しようとしているのも、まさにそれだからこそなんです。なのに、どうして、そんなにあれこれ疑問を持ったりするんですか。もちろん、一文無しの状態で治療を受けられないというのは確かです。良い治療を受けるには何よりもお金が重要だと考えている人は大勢いますし、彼らは、こんなふうに考えています——金を持っている限り、生き延びることができるが、金がなくなったら、それは死んだも同然だ、って。でも、実際には、物事はそんなふうに進みはしません。治療というのは何よりも信頼の問題に帰着するのです。あなたは病院を信頼していますか？　お医者様たちを信頼していますか？」彼女の話し方には、一介のホテルの従業員が語ることをはるかに超えている、そんな何かがはっきりと感じられた。この女性はいったい何者なのだろう？

「信頼している」僕は自分のスタンスを明確にしたいと思った。「もちろん、信頼している。これまで生きてきた中で、病院の道から外《はず》れた行動を取ったことは一度もない」

「それだけではまだ本当に信頼しているとは言えません」彼女はどこか咎《とが》めるようなトーンを込めて付け加えた。「数えきれないほどの患者が表面的には殊勝にうなずいて、自分たちは医者を信じていると断言するけれど、心の奥底では信頼していないのです。それどころか、医者たちを競争相手だと、敵だとさえ見ている。病院に行くことは人生最大の危険のひとつだと思っている。むろん、こうした偽善者たちが、そういうことを表立って口にすることは決してありません。でも、このようなネガティヴな姿勢は、その人の病気の診断と治療に破滅的な影響を及ぼすことになるのです。さらに、病院と病院の医者たちを信頼したいというのであれば、同じように、私たちのホテルも信頼してもらわねばなりません。お金は、良い治療を保証してはくれません。私たちは、あのとんでもない列に並んで待つというトラブルを回避させてあげたでしょう？　お医者様に会うのを助けてあげたでしょう？　私たちがいなければ、あんなに早く検査を受けることはできなかったでしょう？　違いますか？」具体的なことは何ひとつ明らかにされないまま、彼女の言葉は一足飛びに最重要ポイントにいたった。

彼女の言ったことはすべて正しい。

「お願いだ、そんなに怒らないでくれ」僕は懇願した。「どうか、患者の観点から物事を見てほしい」彼女の叱責を受けて、僕はひどく恥じ入り、ともすればあちこちにさまよっていってしまう視線を何とか財布に集中させておこうとした。彼女は財布を、時計の振り子のように前に後ろに揺らしていた。僕は財布の中に僕の魂そのものが入っているような気分になった。僕は以前からずっと、こんなふうに考えてきた。**金に対する信頼は、医者と病院に対する信頼と基本的に同じものではないのか？**

「どうして私が怒らなきゃならないんです？」彼女は挑戦的に言った。「私はこれ以上ないほどにハッピーです！」そして、そこで口調を変えた。「あなたはよその街から来られました。C市は来訪者に対するホスピタリティで知られています。私たちは常に、C市に来られる尊敬すべきお客様たちが、目的は何であれ――観光、投資、休暇、仕事、移住、陳情、賭事、売春、買春であれ――ここで快適な時間を過ごし、C市を大好きになって、街の経済発展のサポートを後押ししてくれることを願っているのです。これだけ多くの最高クラスの病院を作った理由も、それにつきます。病院は、そのほかのすべての基盤です。健康な体を持っていなければ、何をすることもできません。あなたはここに来たばかりだから、完全には理解できないことがまだ山のようにあるでしょうけれど、でも、できるだけ早く疑問のすべてを頭の中から追い出す必要があります。まずは、この街の物の見方に適応することから始めてください。リトル楊《ヤン》、あなたはこれを乗り越えて生きつづけていかねばなりません。あなたにはまだ、社会に貢献するためになすべきことが山のようにあります」

彼女の率直な物言いに、僕は言葉もなかった。僕はこう考えただけだった。**それは素敵なことだ。**

「すると、これは君の〝仕事〟だってこと？」僕はおずおずと尋ねた。

「そのとおりです。私たちの仕事は、お客様に付き添って病院に行くこと――人々の健康な生活を守って発展を促進するために、C市が設置した新しい職種です」彼女は誇らしげに言った。「この仕事は雇用率を大幅に上げただけではなくて、新しいレベルの個人同士の共感と相互ケアにフォーカスし周知させるのに大いに役立ってきました。そして、最も重要なのは、医師たちと病院に対する患者の信頼を高めていくこと――これを実現させるのに、私たちはこれまで長い道のりをたどってきたわけですが、それがまさにこの今、最も必要な、最も求められることとなっているのです」

「でも、たった今、君の同僚は……」

「阿泌《アビ》です。彼女がこの場を離れたのは、あなたにうんざりしたとか、そういうことじゃありません。思ってもみなかったことが家で起こって、それに対処しなければならなくなったからです。彼女も、この時代の急速な進展に遅れをとらないようベストをつくしていますが、でも、予想外の困難な状況に遭遇するというのは往々にして起こってしまうことなんですよね。最近、彼女は不幸な出来事に見舞われて……彼女のひとり息子は大学の二年生なんですけど、頭の具合がおかしくなったらしくて、C市のイメージを傷つける噂をネットで流しはじめて、で、今は拘置されています。そんな折も折、ついさっき、ご主人がアルコール中毒で死んだという知らせが届いたんです。ご主人はハイテク開発部門のセクションチーフで、彼のメインの任務のひとつが、政府のいろいろな部門のリーダーたちをアルコール依存症から回復させることでした。そんな彼が、自身、アル中で死んでしまうなんて！　阿泌《アビ》はご主人の葬儀のあれこれを取り仕切るために、いったん職務を離れたんです。彼女は猛烈に忙しいんです。C市は今、大々的な開発キャンペーンのまっただ中にあって、とてつもなく大きな変革が起こっている決定的に重要なこの時代、誰もが、この新しい環境に自分を順応させるために昼夜兼行でハードに働いています。毎日毎日、ホテルの客の世話をするために病院とホテルの間を駆けずりまわっている間に、旦那さんが死んでしまうなんて、そんなことがあっていいものでしょうか！　でも、私だって状況は似たようなものです。あなたの世話をするために、自分の子供たちを、面倒を見る人もいないままにほったらかしにしているんですから。いえ、実際に私がやっているのは、あなたの命を救うこと——だから、あなたが自分を責めたりする必要はこれっぽっちもありません。今のあなたがなすべきことは、どうして阿泌《アビ》に代わりに血液検査をさせてあげなかったか、ちょっとでいいから考えてみてほしいということです。阿泌《アビ》は、代理で血を提供することでもらえるお金を、息子の保釈金に充てようとしていたんですよ。ああ、あなたはまだいろんな疑問を抱いている。困惑している。お願いだから、もうそんなことはやめてください！　結局のところ、お金はまったく関係ないんです。どんなにたくさんのお金を持っていても、人の命をお金で買うことはできません。すべては信頼の問題に戻ってきます。あなたは阿泌《アビ》を信頼していますか？　それを言うなら、この私を信頼していますか？　この病院とお医者様たちを信頼していますか？　とどのつまり、本当の問題は、C市が友好的な都市であると、あなたが信じているかどうかです。阿泌《アビ》のご主人はアルコールを飲みすぎて死んだ。あなたはミネラルウォーターをちょっぴり飲んだだけ！　私の見るところ、C市はこれまで、とても寛大で多大な思いやりのもとに、あなたに対応していると思いますよ」

「どうしてもっと早くに全部話してくれなかったんだ……。本当に本当に申しわけない！」僕は恥ずかしさと申しわけなさでいっぱいになっていた。目の前に伸ばされた阿泌《アビ》のふっくらした筋肉質の腕の皮膚の下で脈打っている青い静脈が見えたような気がした。夢の中で見るように。彼女のご主人の死が僕にダイレクトに結びついているかのような気がしてきた。心の中で僕は誓った。いつか、この特別な専門職に就《つ》いている女性たちのための歌を書こう。彼女たちのハードな仕事を、勇敢さを、無私の自己犠牲の行動を称える歌を。僕は患者としてはベテランであるかもしれないけれど、このC市の女性たちを前にして、まだまだ学ぶべきことが山のようにあるのは明らかだった。

「いいんですよ。阿泌《アビ》は絶対にこの事態を乗り切るはずだから。でも、あなたがC市でのこれからの事態を乗り切れないとしたら、それであなたは終わりです！　私たちは歯を食いしばって前に進むしかありません。リトル楊《ヤン》、あなたも前に進まなければなりません。ささやかな痛みに叩きのめされたりしていてはなりません！」

彼女は、すべてわかっているという厳しいまなざしで僕を見た。自分が、真の師を前にした一介の素人のように思えた。僕は先立《せんだ》って四十歳になったばかりで、彼女よりほんの少し歳上だと思う。それにもかかわらず、彼女は今、子供を諭《さと》す母親のように僕に向かって話していた。これも彼女のプロの技術のひとつなのだと思った。この国のすべての人が、彼女のような信念とプロフェッショナリズムを持てたら、どんなにいいことか。

僕は敬意をこめて言った。「あなたのことは、どう呼べばいい？」

「シスター漿《ジアン》と呼んでくれればいいわ」

その時不意に、メインホールのラウドスピーカーから鋭い声が響いた。「一〇二〇番、楊偉《ヤン・ウェイ》！」

僕の名前が数度繰り返された。僕は、空港で搭乗が遅れている乗客を呼ぶアナウンスを思い起こした。医師が僕に会いたがっているに違いない。

シスター漿《ジアン》が叫んだ。「血液サンプルとレントゲン写真は自動送達システムで処理されている。もうドクターのオフィスに着いているんだわ。急がなきゃ！」彼女が僕の手をつかみ、僕たちは一目散に駆け出した。

9　闘いは長期戦

時間が足らないような気がした。僕たちは群衆の波をかきわけて突き進み、何とか診察室に到達した。騒々しい鳥の群れのように寄り集まっている患者の後ろに隠れるようにして、フェイスマスクを着けた中年の女性医師がいた。血色の悪い細面《ほそおもて》の女性医師は、頭を下げて、じっと僕の血液検査票とレントゲン写真の結果を検討していた。その様子は、まるで難解な数学の問題を解こうとしていると言わんばかりだったが、僕はむしろ、舞台に出る準備をしているバレリーナのような印象を受けた。

長い時間がたってようやく、彼女は細い落ち着いた声で、シスター漿《ジアン》に——僕にではない！——言った。「大きな問題はないように思えるけれど、腸閉塞の可能性も捨てきれないわね。尿管結石の可能性も捨てきれない。十二指腸潰瘍の可能性も捨てきれない。胃穿孔《せんこう》の可能性も捨てきれない。外科に連れていってはどうかしら？」

「外科に、ですか？　いったい外科が、この症例にどう対処するというんです？」シスター漿《ジアン》は一歩、医師に詰め寄った。この時の彼女は、本当に僕の家族の一員のように見えた。

シスター漿《ジアン》の問いかけはもっともに思えた。僕にも、どうして外科に行く必要があるのかさっぱりわからなかった。何かしらの水を飲んだことが原因のシンプルな胃痛に内科が対処できないとは――外科では本気でそう思うんじゃないだろうか。とはいえ、外科もたまには、こんな症例に対処してみたくなることがないとは言えない。

女性医師はほんの少しうんざりした表情を浮かべて、診療依頼書にサインした。「これは間違いなく外科の症例です」

現代の医学が、事実、ミステリアスな形で進行していること、そして、医師の権威が難攻不落のものであることがよくわかった。僕はシスター漿《ジアン》が介入してくれることを心の奥で願い、懇願のまなざしを送った。

「わかりました」と言って、シスターは僕に向き直った。「そういうことだから、あらゆる診療科を試してみることにしましょうか。ここのお医者様たちにとってはたいへんな話ですけどね。みんな、たいしたお給料をもらっているわけでもないのに、毎日毎日、大勢の人たちを死神の手から引き戻す仕事を求められている。闘いは長期戦で、一方、患者のほうは、ドクターたちが直面しなければならない難題を決して理解することがないのだから」シスター漿《ジアン》は僕を診察室から連れ出した。

病院に来てから、ここにいたるまでの長くつらい行程を経た結果、僕はなぜか、これからが本当の始まりだというふうに感じていた。僕はシスター漿《ジアン》とともに、よろよろと廊下を進んでいったが、新たなドラマのラウンドが始まった今、胃の痛みはさらにひどくなっていった。レンチで腸が捻《ね》じ上げられているみたいだった。目の前にあるすべてが――患者たちの顔が、曲がりくねる無数の廊下が、雨、嘔吐物、痰、尿、商売人のカートと商品、汚れきった泥だらけの床、その他一切合財が、花火ショーのように空中で回転し、踊りはじめた。蜘蛛の悪魔が作る絹糸の洞穴《ほらあな》に落ち込んでしまったような気がした。外科の医師が診療と処置に法外な治療費を請求するのではないかと心配でならなかった。

こんな噂を耳にしたことがある――手術の途中で手を止めて、患者にさらなる金を要求する外科医がいる、払わないと、患者は胃や内臓を冷たい外気にさらしたまま、手術台の上に放置される……。シスター橥《ジアン》は僕を急《せ》き立てて、何とか歩くスピードを上げさせようとしたが、僕は意図的にスローダウンした。この出来事のすべての責任は僕にある――僕は心底、そう思った。僕の内に潜んでいる根深い信頼の欠如を、いったいどうやって振り払うことができるというのか。シスター橥《ジアン》の言うとおりだ。

外科は三十三階にあった。格言にいわく、〝トップは孤独だ〟。廊下は泣き叫ぶ患者で溢れかえっていた。心不全で苦しんでいる者、骨折した者、脳に損傷を受けた者。即座に、血と内臓の強烈な臭いが襲いかかってきた。開け放たれた窓から、川を越えてきた突風が吹き込み、冷たい雨を送り込んでくる。雨は、四方の壁にびっしりと生えた茶色のキノコの森に降りかかっていく。キノコの傘の下には、透明な体の小さな白いマウスが十四以上、走りまわっていた。情景のあまりにラディカルな変化に、僕は何とかついていこうとした。このマウスたちは、実験室から逃げ出してきたのではないか。だが、それも、結局のところ、診察室のミステリアスでプロフェッショナルな印象を強めただけだった。ハリウッドの宣伝広告戦略と同じように、C市中央病院は独自の尋常ならざる視覚的な特殊効果を作り出しているのだ。

またも長い時間待たされたのちに、ついに僕の番になった。外科医はぞんざいに僕を見ただけで、シスター橥《ジアン》に、「改めて予約番号をとって、救急処置室に連れていくように」と言った。

「わかりました！」とシスター橥《ジアン》は応じた。

不安感がつのりはじめた。「僕はいったいどこが悪いんでしょう？」

「どこが悪いか、だって？」外科医が言った。「それは、患者が知る必要のないことだ。君の病気を診るのは病院側の仕事なのだから」これ以上はっきりしたことは言えないという口調だった。

シスター橥《ジアン》が僕をちらりと見た。「お医者様が、近い家族にだけ病気の内容を伝えて、本人には知らせないという場合もあるのよ」そう言って、彼女は再び僕を診察室から連れ出した。部屋から出る前に、僕は医師に礼を言った。

救急処置室は地下にある。地下十三階だ。

10　この状態が続けば、それだけで死んでしまうかもしれない

エレベーターで地下に降りていく間、僕は、フェードインとフェードアウトを繰り返す映画の中にいるような気がした。僕自身は片方の足首を捻挫した俳優で、カメラが背後から僕をずっと追っているような、そんな感覚だった。ようやく到着した地下十三階は、シェルターのように見えた。暗くジメジメしていて、苔がびっしりと生え、緑の甲虫の群れがあたりを這いまわっていた。廊下の両側には巨大な水槽があって、目のない金魚が一匹ずつ、ゆったりと泳いでいる。これもどこかの研究室で生み出された実験生物なのだろうか。掲示板は、ありとあらゆる種類の通知・告知で埋めつくされていた。

患者たちは、さながら小鬼の壁のように互いに体を押しつけ合って、十本以上の列を作っていた。何もかもが異様で奇々怪々な情景なのに、すべてが完全にノーマルであるように見えた。シスター燦《ジアン》が言ったように、たぶん、これが〝新しいノーマル〟というものなのだ。患者たちは、このおぞましい状況を、百パーセント冷静に受け入れている。平静で、居心地が良さそうにさえ見える。僕はこれまでC市を理解していると思ってきたけれど、僕が思っているような形では、本当に理解しているとは言えず、特に病院のシステムとなると、経験から学ぶ必要がまだまだ山のようにありそうだった。

「新しい予約番号をもらってきます」パートナーの阿泌《アビ》がいなくなった状況に即応して、自分ひとりですべてに対応することになったシスター漿《ジアン》が言った。またも長い時間、待たされたのち、ようやく戻ってきたシスター漿《ジアン》が携えてきた情報はこうだった。「ここは違う場所みたい——受付窓口がどこか別の場所に移ってしまっていて、見つからないんです」僕が不安なまなざしで見つめる中、彼女は勢いよく別の廊下の先に消えていった。彼女はまさしくプロのマネージャーに見えた。一時間後に、彼女は新しい登録番号を持って戻ってきた。「リトル楊《ヤン》、ごめんなさい。要は、ひたすらに混み合っているせいなんです。これが今、C市で対処しなければならない現実——誰もがこの中央病院で診てもらいたいと思っているんです。ただの風邪をひいただけの人も、家の近くの病院や診療所ではなくて、ここにやってくる！　治療してほしいと、郊外エリアからやってくる人もいる！　あなたのように、よその街から来た人は言うまでもありません。誰もが快適に暮らしたいけれど、平均収入が比較的低い人がこれほどまでに多くなった時に何が起こるか、まさに今がそういう状況なんですよ！　ここにいる誰もがコネを使って裏口から入ろうとするわけだけれど、でも、誰もが誰かを知っているという状況になると、そんな手段はまるで機能しないってことになりますよね。あなたには、何とかこの状況を理解して、許してもらえるよう願っています」

シスター漿《ジアン》は僕を引きずって、いたるところを歩きまわり、医者を探しつづけた。映画のエキストラのように見える患者のグループが何組もいて、床の上で体を丸めてセックスをしていた。彼らの顔はみなまったく同じように見え、暗い影のかたまりになって上に下に体を動かしていた。地下の空気はとても薄く、何人かはすでに窒息してしまっているようだった。水槽の金魚が時々水から飛び出した。そんな状況下で、しかし、医者はひとりも見つからなかった。

「たった今、新しい患者さんの治療に当たっているドクターがいるわ」横を走っていった看護師がさりげなく情報をくれた。「メインオフィスに行って、呼び出してもらえばいいんじゃない？」

「それはいい方法に思えるわね」とシスター漿《ジアン》が言った。「リトル楊《ヤン》、ドクターを見つけてくるまで、ここでしばらく待っていてもらえますね」

彼女は急いでその場を去ってメインオフィスに向かった。だが、その後の時間は永遠にも思えるものだった。彼女はいっこうに戻ってこなかった。オフィスの女性たちとおしゃべりを始めたのかもしれない。昔の友達にバッタリ出くわしたのかもしれない。彼女の仕事に求められていることのひとつは、あらゆる階級や職種の人たちと個人的な強い人間関係を築くことなのだ。そんなふうに思いながら、でも、とうとう、これ以上は待っていられないというところまで来てしまった。僕はすでに、とんでもなく長い時間、病院にいる。それなのに、治療はおろか、わずかでも助けになるような対応はいっさい受けていない。胃の痛みはもはやマイルドなどというレベルをはるかに超え、猛烈きわまりない疼痛となって、僕を内側から引き裂こうとしている。僕はまぎれもない恐怖に包まれ、信頼感と気力は決定的な打撃を受けていた。**この状態が続けば、それだけで僕は死んでしまうかもしれない。**実際、僕は昔からずっと死ぬのが怖かった。僕みたいな、首都で働くベテランの患者が、こんな遠い見知らぬ土地の病院で、原因のわからないままに何らかの胃の機能不全で死ぬことになったら、それはあまりに恥ずべき事態ではなかろうか。

しばし、あれこれと考えをめぐらせた挙げ句、僕はもうシスター漿《ジアン》を待たないことにした。困難なのは承知の上で、ひとりで医者を探しにいくことにしたのだ。結局のところ、僕たちはみな、どのみちひとりなのだから。

この地下階のレイアウトは、建物のほかの部分よりもずっと困惑させられるものだった。僕は恐ろしく長い時間歩きつづけたのち、花崗岩の壁で囲われた構造物の前にやってきた。分厚い鉄の扉には、中国語と英語で〝**治療室**〟と記されていた。ありったけの力をこめて扉を押すと、ほんの少しだけ隙間が開いた。その隙間から、五、六人の青白い人影が寄り集まっているのが見えた。ひとりひとりの手には鋸《のこぎり》のように見えるものが握られていて、彼らはそれで、床に転がっている何かやわらかい物体を切り刻んでいた。床は一面、暗赤色の液体で覆われ、無数の甲虫がそれを吸っているように見える。これが何かの治療なのか？　ひと目見ただけで、その光景に震え上がった僕は、気がつくと、そのままやってきた方向に駆け出していた。ひとりで医者を探しにいくなど二度とやるまいと心に誓った。

さらに一時間待った。シスター漿《ジアン》がついに戻ってきた。背の高い男性の医師が一緒だった。存在感のある医師――長い白衣をひるがえし、縁の広い黒いフレームのサングラスをかけ、薄い口髭を生やし、髪を肩まで伸ばしている。ハンサムで、世間ずれしていないように見え、目にはどこか子供っぽい無邪気なものがうかがえた。医者というより、インスタレーション・アーティストか能鷹のような印象で、その顔には、世界を軽蔑していることがはっきりと見て取れる、そんな表情が拭いがたく貼りついているように思えたものの、その髪は早くも完全に真っ白になっていて、雪のブランケットを思わせた。僕はようやく希望を見出した。

僕たち三人は診察室に入っていった。

11　検査はすべて機械がやらなければならない

たった今、とても健康そうでエネルギッシュに見えた医師が、診察室に入った途端、やつれはて、疲労困憊の体《てい》になった。体を捻《ひね》って黒い革の椅子にぐったりと座り込んだ医師は、ひどい座り心地だといった様子で、延々と腰の位置を直しつづけた。そして、疲れきったまなざしを僕に向けると、こう言った。「君は確か、内科で検査を受けたはずだね？　ここは救急処置室だ。手間をかけさせて申しわけないが、もう一度内科に戻って、検査を受け直してもらわなければならない。血液検査、レントゲン、心電図、Bモード超音波――」

それを聞いた瞬間、僕はその場で床に崩れ落ちた。二度と起き上がれない気がした。

医師は動揺した様子で、シスター漿《ジアン》に言った。「そんなふうに振る舞わないでくれと彼に言ってくれ」

シスター漿《ジアン》は僕に向けて忍耐強く言った。「気持ちはわかりますが、そんな駄々をこねるような、意固地な態度をとらないでください。私たちは責任ある行動をとろうとしているだけ、あなたのケアをしようとしているだけです。今日の医療のあり方について、少し話をさせてもらうと、近代の生物医学はヨーロッパのルネサンスが生んだものですが、私たちの国で実践されはじめてからは、まだ百年あまりしかたっていません。私たちは何事も、必要な手順のもとに進めねばならず、そして、そのルールの第一は〝診断はすべて検査に基づく〟ということです。これは掛け値なしの事実です。でも、検査が多すぎると、患者は必ず不安になると文句を言うし、少なすぎると、今度は手抜き医療だと非難する。ほんの少しでもミスをすると、医療過誤だと言って医者を訴える！　医者はいったいどうすればいいというんですか。そう、私は、病院というものがどのように機能しているのか、よく知っています。これまでに、それなりのことを学んできました。この病院に来られるお医者様たちはみな、新しい時代の科学教育のバックグラウンドがあります。物理学や生物学、化学を学ぶ学生たちと同じところからスタートするんです。こういう言葉を聞いたことはありませんか？　**伝統医学は農業の時代の所産であるのに対し、近代医学は工業の時代の成果が結晶化したものだと言っていいのではなかろうか？**　すべての検査を機械でやらなければならない論拠は、ここにあります。今日のドクターたちはもはや、大昔に中国の医者が使っていた伝統的な四つの診断法に頼ることはありません。私たちの体の細胞を見るのを助けてくれるのは機械だけです。リトル楊《ヤン》、あなたはまだ自分の細胞を見たことなんてないでしょう？　機械は結果をフィードバックして、人間というものが本当はどのように見えるのかを、あなた自身の目で確認できるようにしてくれます。あなたは本当にラッキーだと思うべきなのですよ。もう少し前の時代なら、医療にも介護にもほとんどアクセスできない遠隔の地の農家に生まれている可能性が高かったんですから。Ｂモード超音波やレントゲンや心電図の検査を受けられないのは言うまでもなく、歌や詞を書いたりすることもできなかったかもしれないんですから。考えるだけでも恐ろしいじゃありませんか！　でも、それこそが、お医者様の言うことを聴かなければならない理由なんです。私たちは、あなたに、病院を信頼するよう、ドクターを信頼するよう、言いつづけていますが、その信頼を私たちに証明するために、あなたにはいったい何ができるでしょう？　その第一歩が、機械によって行なわれる検査に自分を委ねることです。これは患者の誠実さのテストなんですよ。最近、こんな事例がありました。ある人が、尿検査の機械に、尿ではなくお茶を入れたところ、炎症反応が陽性という結果が出ました。その人は、この病院が標準のレベルに達していないと触れまわるためにこんなことをして、しかも、担当医を恐喝しようとさえしたのです！　こんなタイプの陰険なやり口は絶対に許すわけにはいきません！」

僕は、シスター漿《ジアン》の話したことひとつひとつに納得した。この国で、完全な近代化を達成した分野・領域はわずかしかないが、病院はそのひとつなのだ。そして、少なくとも僕の限られた理解によれば、現代の生物医学の実践的な応用は、この四百〜五百年の間に人間がなしとげたテクノロジーの最大の成果だと言って過言ではない。人体の化学的なプロセスに関するパラケルススの解釈に始まり、レオナルド・ダ・ヴィンチやヴェサリウスによる人体の解剖学の先駆的研究、サントーリオの体温計と脈拍計の発明、血液循環をめぐるハーヴェイの発見等々が進歩・発展し、巨大な知識の統合体を——特別な医学トレーニングを受けていない人々にとっては、真の理解にいたることは決してない、一種の魔法のようなもの――を構築していった。弾道ミサイルと核兵器を別にすれば、現代医学は、最もファッショナブルで、時代の精神をとらえる最高の科学分野なのだ。そして、今では、数少ない孤立した辺境の人たちを除いて、国民の大多数が、これら医学の数々のブレイクスルーの恩恵をダイレクトに受けられるようになった。ただ、僕が聞いたところでは、わが国には、西洋医学の本当のモデルと言えるものは存在しないらしい。たとえば、アメリカ合衆国の病院には、患者はほんの少ししかいなくて、極端に静かだという。医師と患者は一対一で対面し、親しい友人同士の間柄のような協働的な関係が成り立っていて、ほとんどの人にファミリー・ドクターがいる。たとえ専門医に診てもらう場合でも、長い列を作って待つ必要はなく、事前に日時を予約しておくだけでいい……云々。でも、これらは純然たる〝噂〟にすぎない。僕自身はアメリカの病院を直接知っているわけではないし、中には、アメリカ側が、僕たちを脅迫するという意図のもとで、こうした嘘を次々と吹き込んでいると考えている者さえいる。でも、恐れることは何もない。わが国の近代的な病院には独自の特別な性格がある。検査と診断のプロセスは事実、西側に起源があるように思えるけれど、でも、それは患者が理解する必要のあることではなく、僕らはただ、信頼すればいいのだ。お茶を尿だと言って通そうとするような輩《やから》は、合衆国に端を発する様々な偽情報によって恐怖の迷路に入り込んでしまった者なのだから。

僕は全力を振り絞って何とか立ち上がった。シスター槳《ジアン》が僕に手を貸し、検査室までの道のりを支えてくれた。ディズニーワールドに子供を連れていく母親のようだった。今、僕を相手にしてくれている素晴らしい仕事に対して、シスター槳《ジアン》がいつか報われることはあるのだろうか。彼女がどれほど疲れているか、僕にはよくわかった。額に玉の汗が浮かんでいるのさえ見えた。おかげで、僕の罪悪感はいっそう増した。

今回は、Bモード超音波を除いて、ほぼすべての検査をスムーズに終えることができた。血液を採取し、尿のサンプルを渡し、一連のレントゲン写真と心電図を撮った。シスター漿《ジアン》が友達の看護師に、できるだけ早く結果を出してほしいと頼むと、看護師は、それぞれの検査後、二時間以内に出すと約束してくれた。僕たちは椅子に座って待った。時間は停まっているように思えたが、同時に、くるくる回転しているような気もした。くるくる回転し、同じ時間を果てしなく繰り返しながら、僕を終わりのない渦の底へと送り込んでいった。

12 治療のコースを決めるのは患者のほうだ

痛みがエスカレートしていく間に、僕は、見知らぬ新しい宇宙を垣間見たような気がした。閉所恐怖症を引き起こしそうな救急処置室の狭い空間には、青白い蛭《ひる》に似たものが寄り集まって漂っているのが見えたし、室内には骨鋸《ほねのこぎり》の鋭い音と、聖なる経典を詠唱する声が果てしなくエコーしていた。耳をふさぎたくてたまらなかったが、同時に、その音と声に聴き入らずにはいられなかった。廊下にいる大勢の高齢者たちは、桃の木の羽目板から彫り出されたように見え、体に合わない大きなサイズの緑のアーミージャケットにすっぽりくるまれて、目だけが覗いていた。彼らは、キーキーときしむ黒いクロムの車椅子に乗せられて移動していた。その目には生気が欠落しているように思えたが、それにもかかわらず、僕は、彼らからぬくもりと叡智の感覚を受け取った。鼻孔に灰色がかった青の長いプラスチックチューブが挿し込まれている者もいて、そのチューブが、彼らに、重い足取りで歩くアジア象の群れのような印象を与えていた。彼らは苦しそうなうめき声を上げていたものの、同時に楽しんでいるようにも――この状況から歓びを得ているようにも見えた。僕は徐々に理解しはじめた。

高齢者は、真の意味で恐れを知らない唯一の存在なのだ。彼らは若い者よりもはるかに強い。若い者は、病院に着くや、自分を失ってしまう。自信をなくし、これまで知らなかったいろんな不快な症状の深淵に、みずからまっしぐらに落ち込んでいってしまう。一方で、高齢者は数々の経験を積んできており、痛みにもどう対処すればよいかを知っている。

僕は、こうした高齢の患者たちに称賛の念を抱かずにはいられなかった。彼らは治療を求めているだけではなく、まったく新しい世界を——この病院をサポートすることのできる、実体のある世界を——再構築しようとしているのだ。彼らは言ってみれば、死に瀕《ひん》している星のようなものだ。みずからの重力のもとで収縮し、密度を高めていって、やがて大爆発し、死にいたる星々——しかし、その死の瞬間には大量の物質が宇宙に放出され、それが素材となって新しい星が形成されていく。ここでは、死は再生と歓びをもたらすものとなる。病棟での彼らの死は、医師たちの力と権威を世界じゅうに拡散させていくことになる。結局のところ、死と、死をめぐる様々な謎をわがものにできるのは、高齢者しかいないのだ。彼らが病気にならなければ、病院の存在意義はなく、この輝かしい都市は廃墟となって、機能できなくなる。そうなったら、この成功し繁栄する街に、文明と進歩に、いったい何が起こるだろう?

C市の住人の日常生活で、病院に行くのはルーティーンの行動であり、友達や親戚の家に立ち寄るのと何ら変わりはない。医療保険は、一般人のために専門家がアレンジし提供するが、実際に治療のコースを決定するのは一般人のほうだ。いつ治療に行くか、どこで治療を受けるか、医師のアドバイスをちゃんと聴くかどうか。一般人は、治療の効果に関して、自分で判定を下すことさえある。そして、それが今度は、以後の治療のコースを決定するのに大きな影響を与えることになる。ここから導かれる結論は言うまでもない。要するに、医師たちがどんな診断を下すか、どんな治療プランを立てるか——これを決定するのは患者なのだ。病院の発展に確たる基盤をもたらし、推進力を与えるのは、患者なのだ。

これがとりわけ明瞭に当てはまるのが高齢者だ。高齢者は豊かな経験を持ち、ありとあらゆる病気の治療を求めて全人生を過ごしてきた。彼らが知らないことなど、はたしてあるのだろうか。病院に来る時の彼らの心には、恐怖はない。彼らの内にあるのは、静かな落ち着き、このうえない安らぎのみ。苦悶のうめきは、みずからの完璧な平静さを強調するための見せかけにすぎない。歓びに満ちた沈黙は、ほかの者たちに、自分たちには具合の悪いところなどいっさいないのだという印象を与える。彼らは、病院がここにあることを知っているがゆえにやってくる。ここに、自分たちの目の前に病院があるがゆえに！　なぜ山に登るのかと問われた登山家が〝そこに山があるからだ！〟と答えるのと同様に。

これは、生涯にわたる自己修練を重ねたのちに初めて到達しうる、そんな〝啓示〟の一種ではなかろうか。だから、時として、ほかにやるべきことがないと、高齢者は病気のふりをする。そうすれば、病院に行くという目的を達成することができる。彼らは長い列に並んで待つことに慣れている。彼らにとって、実際、それは大いに楽しいことなのだ。こんなふうに病院に来ることができなくなったら、彼らはとてつもない不快感を味わうことだろう。この楽しみを奪われてしまったら、本当に具合が悪くなる者も出てくるかもしれない。医療費の心配をすることはない。何がどうなろうと、最終的には医療保険があるのだから。彼らがそれぞれの医療ケアのために割り当てられた保険を使わなかったら、国をがっかりさせるだけではないか。要するに、高齢者たちは、ここにこそ人生の意義を見出しているのだ。

大半の医師はこれら高齢者たちよりも若い。ここに、古株の患者たちが、その経験と年功の威力を見せつける余地が生まれる。古株の多くは医師を尊敬さえしていない。数えきれないほどの回数、病院に来ているために、病院の医師ひとりひとりをすべて知っている。あたたかく手を振り、冗談を言い、中には、自分の子供ででもあるかのようにかわいらしいニックネームをつけている者までいる。このようにして、医師と患者たちは共存共栄している。医師と患者は不倶戴天《ふぐたいてん》の敵同士で、お互いに敵意でいっぱいだといった話もいろいろとあるけれど、こうした話は、結局のところ、一種の引き立て役として働くことになり、最終的に、あたたかく愛情溢れる病院の雰囲気を強調する結果となる。また、これら古株の患者たちは、看護師や警備員や用務員とも親しく、彼らがいろいろな治療センターや病棟の情報を提供してくれたり、特定の医師に診てもらうのに長い列に並んで待つ必要がないよう手を貸してくれたりする。

病院には無数の黴菌《ばいきん》がウヨウヨしているが、こうした高齢の患者たちがフェイスマスクを着けていることはない。彼らは病院の主要な企業スポンサーのように振る舞い、好きなように呼吸する権利を持ち、フェイスマスクを着用する不自由さから解放されている。彼らはたぶん、病院を自分の個人的な所有地だと見なしていて、ここでは自分たちが主人なのだ。ほら、あそこを見てみろ！　ゆったりと車椅子で散策している、あの高齢のご婦人――彼女の両脚はギプスで固定されているけれど、それは、誰かが彼女の脚を生きたアート作品にしようとして、わざと骨を折ったかのように見える。彼女の向かいにいる、エレガントな装飾彫刻を施した黒い木の杖を持った老人は、盲目ながら、満面の笑みを浮かべ、完璧な静謐さと自信に包まれて座っている。こうした美のヴィジョンは、病《やまい》がすでに魂の底の底まで浸透しきっている、そんな人物にしか見出せないものだ。

ここにいたって、僕は恐ろしい恥の感覚に襲われた。これまでC市の中央病院で目にしてきたものは、僕のような自称〝ベテラン患者〟が、実はいかに未熟であるか、いかに経験が足りないかを徹底的に知らしめるものだった。心の内に一気に不安感が湧き上がってきた。僕の体調不良がたいしたものでないことはよくわかっている。それなのに僕は、この古参の患者たちが体現しているような威厳も落ち着きもまるで示すことができないまま、ここにいる。針の筵《むしろ》に座っているような気がしてきた。

平静さが完全に失せ、なぜもっと早くにこの病院に来なかったのかと、自己嫌悪の思いでいっぱいになった。そして、この時になってようやく、僕は、この病院に対する真の信頼の念を確立しようとしはじめたのだった。

おお、C市よ、かくも素晴らしき都市よ、この病院は王冠の真珠だ。直接、この病院に来なかったら、僕はいまだ闇の中にいたことだろう。そんな僕にはたして、今も、この偉大なる都市を的確に評価する歌を書けるだけの確信があると言えるだろうか？　そう、病気から回復したら、長期間、ここC市に落ち着いて、名誉市民の資格を申請しよう。そうすれば、この街が提供してくれる深い医療文化を吸収しつづけ、若さと芸術への情熱を永遠に保持することができるし、何よりも、首都での政府の仕事の退屈さと重圧から逃げ出すことができる。そして、病気でなくとも、日々、この病院のドクターたちのもとを訪れることができる――最期の時が訪れる、その時までずっと！　一生涯、患者であることは、歓びと幸せの大いなる源泉となるだろう！　これまでの歳月、僕が書きつづけてきた歌はすべて、まさにこの時のためにあったのではないのか？

その時突然、高い位置にある壁かけテレビのスイッチが入った。古参の患者たちがいっせいに立ち上がり、拳を胸に当てて、四方八方からテレビの前に近づいていった。彼らはスクリーンの正面にきれいな列を作って座り込んだ。スクリーンでは〝健康を求めるベジタリアンたち〟という今ふうの小綺麗なプロモーションビデオが流れ、頭の禿《は》げた中年の男性映画俳優が、鼻にかかった低い声でしゃべっていた。「海には多くのサメが残っていると本当に思っていますか？　ノーです。森林には多くの虎が残っていると思っていますか？　ノーです。みんな団結して、野生動物の売買を拒否し、彼らを守りましょう。万病を治す魔法の治療法世界博覧会で、ぜひとも試してみてください――板藍根《ばんらんこん》の分子抽出エキス！」古参患者たちが声をそろえて、賛同の叫びを上げた。

続いて、大きな目をした若い女優がスクリーンに登場し、誘いかけるような声で話しはじめた。

「私は強い。でも、同時に弱い。女性には、力を行使するために、いったい何が欠けているんでしょう？」僕が答えを見つけ出そうと頭を絞っていると、女性は怒りにギリギリと歯ぎしりをしながら言った。「ステイタスです。それこそが欠けているものなんです！　どうか微生物叢個人認証を使ってみてください。虹彩認証よりもずっと正確です！」僕は、何か重要なことを学んだような気がした。個人のアイデンティティを識別できるのは病院だけなのだ。病院は大海に浮かぶひとつの島のようなもので、異なった様々な生物が集まっている。病院は、病気の名のもとに、ひとりひとりの生きる意思を目覚めさせ、それぞれのアイデンティティを検証するという長い道程をたどったのち、最も重要なステージに到達する。それは、個々の人々を健康に生きつづけさせるのに最適な医療を見出すということなのだ。ああ、これこそ、僕らが病院にやってきている理由ではないか！

しかし、この最終ステージに到達する前に、僕には解決を必要とする切迫した問題があった。この胃の痛み。この猛烈な痛みは僕を殺す寸前にまでいたっている。僕は本当に病院をがっかりさせてしまっているのではないか。病院に来てからまだ数時間しかたっていないはずだが、僕の感覚ではもっとずっと長いような気がしてならなかった。数年か数十年、数百年、数千年……。

横に座っているシスター漿《ジアン》が僕に覆いかぶさるようにして言った。「そんなに具合が悪いのなら、私の膝に頭を載せて横になってくれてもいいんですよ」

13　女性の太腿《ふともも》には鎮痛作用がある

一瞬、僕は座ったままで固まった。シスター漿《ジアン》の申し出に、完全に茫然としてしまったのだ。彼女の膝に頭を置く、だって？　周囲の古参の患者たちのようになるのが無理なのは当然だとしても、同時に、僕は、C市の住人の多くのようにタフにもなれなかった。何千匹もの蟻に骨をかじられているような痛みに、僕は心身ともに疲れきっていた。体を丸くして休むことのできる、あたたかくやわらかい場所があればと、どんなに願っていたことだろう。それでも、僕は、その申し出に尻込みしている自分に気づいた。シスター漿《ジアン》と知り合って、まだ一日もたっていない。

ためらっている僕に、シスター漿《ジアン》は不満な様子だった。彼女は咳払いしてから、こう言った。「リトル楊《ヤン》、あなた、何を考えているんですか？」そして、ほかの患者たちの目の前で、両腕を差し出すと、僕の頭をつかんで、そのまま自分の膝の上に持っていった。何度も経験があるようだった。何も恥ずかしがることではない。要するに、ここは病院なのだ。少し前には、僕はパンツまで脱いだではないか。だが、彼女の膝の上に僕の頭が載るやいなや、古参患者たちがいっせいに鋭い目を向けた。まるで爆弾が炸裂するのを目のあたりにしたと言わんばかりだった。僕は爆風から身を守るために固く目を閉じた。

シスター漿《ジアン》のズボンは、ナマズの皮のように軽くツルツルしていて、太腿《ふともも》のまわりはどこも、伸縮性のある厚い布地でできていた。僕の頭は彼女の秘部にきわめて近いところにあったけれど、普通でない臭いはいっさい感じられなかった。それでも、これはすでに成長がピークに達した成熟した女性の体なのだという感覚がダイレクトに伝わってきた。頭の下で、弾力のある体が、動脈を流れる血流で広がり、小さく動くのが感じられた。それは、もう長い間感じたことのない、あたたかく優しい感覚で僕を満たしていった。それ以上のことは考えまいとした僕だったが、それでも、こんな思いが浮かぶのを押しとどめることはできなかった。シスター漿《ジアン》の太腿はまるで鎮痛剤みたいに痛みをやわらげてくれる。彼女の体が病院の一部になったのだ。この決定的な瞬間に、シスター漿《ジアン》はまたも僕を救ってくれた。彼女は本当に、このうえなく高いプロとしての倫理観を持っている。一度として、僕をよそ者として扱ったことがない。

　僕は、本物の患者らしく、目を閉じて眠り込んだふりをした。息をひそめ、ひとことも発せず、死体のようにじっとしていた。それでも、そんなふうに横になった僕の頭からは様々な思考が湧き出してきた。シスター槳《ジァン》はどういう人物なのだろう。僕はあれこれと想像をめぐらせた。特権などいっさい持っていない、ごく普通の家に生まれたというのが一番ありそうなところだ。高校を出て、たぶん、専門学校か、どこかの無名の単科大学に行った。あのホテルでは、もう長い間働いている。常に入念な仕事をし、ハードワークもいとわず、規定の時間以上に働き、ひるむことなく努力の上に努力を重ねている。毎日毎日、僕みたいな患者にきちんと伝えることができるよう、従業員手引の難解なパッセージを頭に叩き込む作業を怠らない。僕らの気持ちをやわらげ、病院との協調を心がけるよう激励し、不安を払拭するために。やがて、彼女は、従業員手引のレトリックをみずから信じるようになっていく。病院での様々なコンタクト相手の長いリストを作り上げ、あらゆる種類の入り組んだシチュエーションに対処する方法を学び、真のプロフェッショナルとなって、患者たちが必要とする治療を受けられるよう常に手助けができる存在となる。彼女がこうしたことを行なっているのは自分の家族を支えるためだろうが、同時に、C市の栄誉のためでもある。彼女は心の底からこの街を愛している。真に社会の規範となる働き手……病院と歩調をそろえて成長してきた、新時代の女性。シスター槳《ジァン》こそ、僕が学びたいと思う人物だ。

　彼女は僕の髪をなで、子守唄を歌い、やさしくささやきかけた。僕が本当に眠っていると思ったのか、その口調はほとんど独り言のようだった。「あなたたち、よその街の人たちはとてもかわいそうね。でも、私の家族も実は、ここに移住してきたのよ。両親が最初に、ここ、C市にやってきたのは〝大建設〟に参加するため。大災厄のあと、何もかもが荒廃して、なくなってしまった時代。それでも、この街は再建しなければならなかった。みんな、昼も夜も働いた。父は急性の間質性腎炎にかかって、これに低カリウム血症が加わって、体調が一気にひどくなってしまった。でも、あの時代には、薬はもちろん、医療体制もまるで整っていなかった。父は治療のオプションすらないままに亡くなった。私が三歳の時だった。母は、再婚しないほうが私のためにいいと判断した。最初、私は病院の人たちと交流するのが不快でならなかった。病院はどこか高いところにあって、お金が充分にない限り、私たちのような一般人の手の届かない存在のように感じていたから。それでも、私は少しずつ、病院への様々な思いを育てていくことができるようになった。これはあなたも本気で取り組む必要のあることよ、リトル楊《ヤン》、こうした感情は自然に発達していくようなものじゃない。今、私たちが手にしているような医療資源があったら、父が死ぬことは絶対になかった。だから、私は父への愛を、私が担当するお客様全員に向けることを自分の使命にしたの……」

彼女の物語は延々と続いた。その催眠的な言葉を聴きながら、僕は実際にほんの少しうつらうつらしたほどだ。そんな半睡状態の中で、頭が椅子の背のほうに移されたような感覚を覚えた。彼女がどこかに行ってしまうなど、考えてもいなかった僕だったが、シスター漿《ジアン》は、自分の使命を果たすとでもいうかのように、そっと立ち去ってしまった。さよならさえ言わなかった。そして僕は気づきさえしなかった。

本当に彼女がいなくなっていることがわかった時、僕は迷子になったような寄る辺なさと絶望感に襲われ、両腕に頭を埋めてボールのように丸まった。周囲の古参の患者たちが、ついに復讐を果たしたハイエナの群れさながら、大喜びで僕を笑っているのが聞こえた。周囲の空気は、歓びで溢れていると同時に、異様で恐ろしいものとなった。

シスター漿《ジアン》がいなくなって、孤立感と恥ずかしさの内に取り残された僕は、再び逃げ出すことを考えずにはいられなかった。もうこの病院にはいられない——それしか考えられなかった。だが、その時、僕ははっきりと、絶対に逃げ出すわけにはいかないということに思いいたった。

14　人生は炎に引き寄せられる蛾《が》のようなもの

純粋に理性的な観点から言えば、僕は病院から出ていきたいとはこれっぽっちも思っていなかった。僕はすでに、この病院にたいへんな額を投資している。時間とお金、エネルギーという形で。これは雪だるま効果のようなもので、患者に出ていきたいと思わないようにさせる病院側の戦略であることに間違いはなかった。病院とホテルの協力体制に、充分な経験を積んだ二人の女性従業員の周到なコーディネート作業が加わると、もはや、この流れに抵抗できる者がそれほど多くいるとは思えない。僕自身、病院への依存度はすでに〝身についた習慣〟のレベルになっていたし、この場でこのまま死んでしまうかもしれないという不安が厳然としてあるという事実は消し去りようもなかった。僕は、薄汚れた野良犬のように、ベンチに横になってじっとしているしかなかった。

周囲の液晶スクリーンに掲示が閃き、様々な診断検査と検査センターの名称が次々と示されていった。GE64スパイラルCT、GE1.5T・MRI、デジタル血管造影、四次元カラー・ドップラー超音波、高性能平面型検出器血管造影、PETスキャン、ベッドサイド検査、CR画像センター、AGFA全デジタルCRワークステーション、ECGワークステーション、内視鏡センター、関節鏡センター、自動生化学分析、A6不可視SGTB操作室、などなどなど。その様はまるで、病院が、患者全員に対し、ここでは〝真の近代化が達成されて〟いて、患者全員がそれぞれの〝夢がかなえられる〟のを目のあたりにできる場所だと、誇らしく宣言しているかのようだった。

ベンチの僕の隣には、ほかの患者たちが座っている。ひとりの男性が、地元のものではないアクセントで妻に向かって言った。「ここから出よう。俺たちには金がない。このくそ忌々しい病気の治療にいったいいくらかかるか、知れたもんじゃない」

妻がこう応じる。「大丈夫よ。必要なお金を借りられる方法を見つけましょう」

「俺たちに金を貸してくれる者なんかいるわけがないだろう。もう一文も残っていない。少しでも金があったら、血を売るなんてことにはならなかった。血を売らなかったら、エイズにかかることもなかった。今は、おまえにまでうつしてしまった」

妻は泣きはじめた。二人は互いにもたれかかるようにして、立ち去っていった。

そのあとに別の二人がやってきた。父親と娘のように見えた。二人とも泣きはらして目が赤かった。娘が言った。「何もかも父さんのせいよ！　あの男の言うことを信じてしまうなんて！　あいつ、私たちのお金を全部持っていってしまった！」

深い溜息とともに父親が言う。「試してみたかったんだよ。それに、彼らがくれた処方箋の薬は、大病院で払うのよりずっと安かった。彼らの話も最初は筋が通っていた」

しばらく二人の話に耳を傾けた結果、事の次第がわかった。娘が父親に付き添って、二人は田舎からこの病院で診てもらうためにC市にやってきた。だが、列車から降りた途端、病院の者だという男に言葉巧みに騙《だま》されて偽のクリニックに連れていかれ、そこで、偽の薬に法外な金を払わされた。身ぐるみはがされたことに気づいた二人は、改めて中央病院にやってきたが、その時にはもう手元にはまったく金は残っていなかった。

反対側に座っていた、専門職のように見える若い男が泣きはじめた。電話をしていた。「本当にもうどうしようもないんだ。超過勤務をさせてくれって頼んだ。一週間に七日働いている上、それ以上稼ぐために、夜間の半端仕事まで始めた。これまでに稼いだ分は全部、義父の医療費に使った。だけど、それでもまだ足らないんだ。わけのわからない特別の新薬の費用は全部、保険外——自費で払わなきゃならない。妻は妊娠中なのに、パートで働きはじめた。ほかの手段はもうないということで、僕らはアパートを売ることにした。ほかに何ができる？　しかも、何もかも諦めるしかないという気分になってたところに、いったい何が起こったと思う？　たった今、僕は食道癌だって診断されたんだ……」

男がひとり近づいてきて、巨大な頭を持った鳥の写真をさっと取り出し、小声で言った。「フクロウに興味はない？　食道癌の治療には、ほんとによく効くんだよ」

ひとりの女性がチラシをひらひらと振りながら大声を上げる。「食道癌なら、仙蟇丹《せんはたん》を試してみるべきです！　その類《たぐい》の癌を患っていた人がいて、何をやってもだめだったんだけど、カエルを食べるととても効き目があると聞いた奥さんが、ご主人を救うためにカエルを捕りにいって、で、二千五百匹のカエルを食べたところ、旦那さんの癌は治ったんです！」

患者たちに次々と問いかけている中年の女性。「どなたか、高額薬品を売ってくださる方はいませんか？　わたくし、購入いたしております。西黄丸《さいこうがん》（漢方の抗癌剤）ひと箱に百五十元お支払いします。テガフール系の抗癌剤なら三百元から五百元……」女性は、薬品がぎっしり詰まった巨大なカバンを引きずっていた。

アンクル趙《ジャオ》という名のセールスマンらしき男性が、カラフルな広告パンフレットの山を抱えて近づいてきた。「みなさん、どうして外国で治療を受けることを考えてごらんにならないのですか？　私どもは、アメリカとイギリスのトップ10の病院に患者を送り出している唯一の会社で、ワンストップサービスをご提供。患者様には、まさにご自宅にいる感覚をお約束いたします。最先端の治療テクノロジーを享受できるとともに、たいへんな経費節約が実現できます。この国で三万八千元かかるステント手術が、海外ではたったの六千元！　こちらで一本あたり三万元のインプラントがたったの千二百元！　こちらで二万六千元のハーセプチン（分子標的抗腫瘍薬）ひと瓶がわずか四千元……さらにさらに、もう二度と列に並んで待つ必要はありません。あっという間にホテルベッドが手に入ります。命を救うことは火事を消すようなものです。エアコンつき、専用のバスルームつきの豪華な個室で過ごせるのです！　ぜひとも、ご一考を！」

高まっていくセールスマンの売り口上が、いきなり大きな怒鳴り声に遮られた。すぐ近くで、顔を真っ赤にして怒鳴る若い男性を、二人の中年男性が制止しようとしていた。若者は叫んだ。「放せ！あの医者を見つけ出して、たっぷり教えてやる！　僕がどれほど怒っているか、言葉になんかできやしない。いったい何度、あの医者たちに金がぎっしり詰まっている赤封筒を渡したことか！　父の治療に百万ドルも使ったというのに、あいつらは父を死なせてしまった！　一番恥ずべきなのは、父が亡くなった日、父の意識がない時に、医者のひとりは八千ドルもする外国製の抗生物質を処方したんだ！　これこそ悪辣《あくらつ》の極みじゃないか！」

ひとりが若者を抑えて言った。「落ち着いて。君のお父さんは亡くなったんだ。静かに逝かせてあげたまえ。我々が医者でないことは、君にもよくわかっているはずだ。医者がどんな治療をするか、我々には理解できない。我々はみんな、いつかはここに来て治療してもらわなければならなくなる。それを忘れちゃいけない」

五十代とおぼしい男がワッと泣き出した。「私は骨折の治療に来たんだ。なのに、病院が渡してよこした請求書には、子宮摘出、卵巣嚢腫切除、卵管切除という項目が並んでいる。しかも、連中は、最初に医者が見積もった額の千倍以上の金を取ろうとしている。いったいどうしたらいいんだ」

僕はこういった話を喜んで聞くタイプの人間じゃない。患者の話はえてして同じ古臭いストーリーの繰り返しになる。いかに予期できない運命だったか、とか、人生は炎に引き寄せられる蛾のようなものだ、とか。ただ、こうした非難や不満や怒りの言葉は、通常、病院では――C市なら、病院でなくともどこででも――耳にすることはないはずで、その点だけは興味深いところだった。どうしてこんなことがありうるのだろう。それも、いたるところに警備員がいるこの場所で、こんなに大っぴらに口にできるなんて。僕は、この患者たちに、一種、称賛の念を覚え、羨ましくさえなった。だが、すぐに恐ろしくなりはじめた。胃の痛みはひどくなる一方だった。せめて、患者たちのうめき声を黙らせることができないものかと思った。

医師たちには、ここにいる患者全員を診るだけの時間がないのだ。廊下の片側には、旅行カバンを持った医師たちが列を作って並んでいる。彼らが手にしている団体旅行用の小さなフラッグから、一行が、何か恐るべき疫病との戦いに手を貸すためにアフリカに向かうところだということがわかった。彼らを送り出すために、行政府のリーダーが何人かやってきてスピーチをし、そのまわりをジャーナリストの一団が取り巻いて、写真を撮ったりインタビューをとろうとしたりしていた。また、廊下の反対側には、様々な掲示を掲げている大勢の人がいた。〝**歓迎！　欧州連合医療科学協会から医師交換プロジェクトで当病院に来られた専門医のみなさん！**〟と記された赤い横断幕。〝**祝！　脳神経外科看護師長・周《チョウ・》暁《シャオ》蘭《チアン》、ナイチンゲール賞受賞！**〟と金色の文字で書かれた祝賀ポスター。

僕はオストロフスキーの『鋼鉄はいかに鍛えられたか』の一節を思い浮かべた。「人間の持てるもので最も愛《いと》おしいのは人生だ。人間ひとりに与えられる人生は一度きり。だから、人は、無駄に費やされた歳月だったと身を切る後悔の念を抱くことなく、生きなければならない。卑しくさもしい過去だったと身を焼く恥を覚えることなく、生きなければならない。自分はそのように生きたと言って死んでいかねばならない。私の人生、持てる力のすべては、全世界で最高の大義に——人間の解放のための闘いに——捧げられた」僕は注意深く患者たちの観察を続けた。最初はかなり面白いと思えた患者たちだったが、次第にうんざりしはじめた。これは何を表わしているのか？　患者たちの話は創造性をまったく欠いている。彼らは、運命がいかに残酷かについて、埒《らち》もないことをしゃべっているけれど、患者の運命は完全に病院と結びついているのだ。

僕は以前、仏教の聖地、五台山《ごだい》に行ったことがある。その時、誰かがある経典を渡してくれて、仏教の地獄のヴィジョンがどのようなものであるかを理解するために読んでみるようにと言った。地獄には実に多くの層がある。疱裂《ほうれつ》地獄——ここでは、命ある者の体はことごとく、猛烈な痛みをもたらす膿疱で覆いつくされている。膿疱はひとつの上にまたひとつと果てしなく積み重なり、最終的には全部が膿み爛《ただ》れ、裂け弾《はじ》けて、体全体が巨大な傷口と化し、そこから血と白い膿汁が溢れ出してくる。牙鳴地獄——耐えがたいまでの酷寒地獄で、命ある者はことごとく体を丸め、激しく身をよじり、痙攣し、言語を絶する寒さと痛みに、ただただ歯をガチガチと鳴らしつづける。叫喚地獄——命ある者はことごとく、轟々と燃え盛る炎に生きたまま焼かれ、この痛苦に耐えようとするあまり、大きく見開かれた目が眼窩《がんか》から跳び出し、叫喚し、全身を殻竿《からざお》のように激しくしならせる。逃れるすべはいっさいない。こうした恐ろしい光景はすべて、病院でも見ることができる。地獄とは、端的に、人間の病《やまい》と苦痛の悲惨さをシミュレートしようとする試みであり、病院での患者たちはまさに、生ける死者にほかならない。以前からこのことを知っている者としては、患者たちの体験談に驚いたりするようなことはいっさいなかった。

僕としては、何もかもを、僕自身が今放り込まれている不幸な状況と結びつけて考えざるをえなかった。この病気が深刻なものだったら、保険で医療費を全部まかなえるだろうか。この年月の間、ソングライターとして稼いだ金は、自費で払う分をカバーしてくれるだろうか。僕が一番心配しているのはこのことだった。医療費を自費で払うというのは、地獄よりもはるかに恐ろしい。

しかし、こうした細々としたことを、それ以上心配する必要はなくなった。シスター漿《ジアン》が戻ってきたのだ。彼女の再登場は、高齢患者たちの間に新たなどよめきを引き起こした。彼らの目はシスター漿《ジアン》の手にあるものに釘づけになった。僕の検査結果のコピーだ。彼女は僕に、自信に満ちたまなざしを投げた。それは、すべてを手抜かりなく整えてきたことを告げていた。彼女は嬉しそうに言った。

「全部の検査結果があります。リトル楊《ヤン》、これで問題は解決できます」それ以上何も説明せぬままに、シスター漿《ジアン》は僕をベンチから立たせた。そして僕たちは脇目も振らず、診察室に急いだ。

15　医師のモラル上の義務

地下の救急処置室に戻った時、インスタレーション・アーティストか熊鷹を思わせる若い男性医師はまだ診察室にいた。依然として、疲労の極にある麻薬中毒者のように見えたものの、まわりを囲む患者たちは崇敬と心酔のまなざしで彼を見つめていた。彼は僕の検査結果をおざなりに、目の片隅でちらりと見た。

「一見したところ、そんなに悪くない結果だ」医師はそう言ったが、それは僕にではなく、シスター漿《ジアン》に向けられたものだった。「だが、この患者への十全なケアを確実にするには、CTスキャンもやってもらったほうがいいと思う」

「何だって？」僕は力なくつぶやいた。今すぐにも、文字どおりこの場でバッタリ死んでしまいそうな気分だった。そうなれば、死体はそのまま、即座にこの体を切り刻んでやろうと待ち構えている悪鬼どもの海に投げ込まれてしまう。

「今日はもう、CTを撮ってもらうには遅すぎるな」医師はのんびりと付け加えた。「それと、胃カメラの予約もしてもらいたいし」

「僕のどこが悪いのかだけでも教えてもらうわけにはいかないんですか？　いつになったら教えてもらえるんですか？」僕は最後の力を振り絞って拳を固め、待機エリアの古参患者たちの高潔にして雄々しい、栄光に満ちた姿を思い浮かべようとした。

医師は、僕の言葉と態度に、ひるんだように見えた。「そんなに心配しないように。君はC市中央病院にいるんだから、安心して任せてくれていればいい」

シスター漿《ジァン》がすぐさま僕を元気づけようとした。「お医者様にとっては、そんなに簡単に結論を出せることではないんですよ。このドクターが博士号を持っていることは知ってますよね？　しかも、もう六十時間以上も休みなしで働いています。このシフトだけで何十回も手術をして、危機的な状態にあった大勢の患者さんの命を救ったんです。彼がいなければ、あの患者たちはみんな死んでしまっていたに違いありません。でも、物事の表面だけしか見ていない患者は今もたくさんいます。彼らは、医者というのはとんでもない大金を稼いでいると思っていて、彼らの目から見れば、私たちは歩くATMの集団にすぎません。けれど、実際には、この病院のお医者様たちは常に限界まで頑張っているんです。彼らがどれだけ多くの命を救ってきたか、患者はみな理解する必要があります。彼らが、どれだけ多くの魂を死の顎《あぎと》から助け出してきたか、普通の感覚では絶対に信じられないでしょうね。ここは、お金をばら撒くだけで何でも自分の思いどおりにできる、そんな個人クリニックではありません。ここのお医者様は全員、公務員――あなたとまったく同様に、彼らの使命はただ、人々に仕えて人々の命を救うことなんです」シスター漿《ジァン》は、医師に、わかっていますと言いたげな視線を投げて、僕の財布を取り出した。

医師は財布にはまるで関心がないように見えた。顔をしかめ、「胃に管《くだ》を入れて、胃の内容物を完全に排出したいと思う」と、きっぱりと言った。「そうすれば、少しは楽になるに違いない。胃に何か痛みの原因になるものが残っている可能性もあるからね」

「でも、僕はもう三日以上、何も食べてないんです。僕が口にしたのは水を少し――それだけです」

僕はしぼんだ風船になったような気がした。

「で、それで、何が証明できるというんだね？」医師は細く長い指をコンサート・ピアニストのように広げてみせた。「医学的な見地からすると、見つかるものが少ないほど、そこに何かがある可能性が高いということになる」

この言葉は何か深い哲学的な真実を伝えているような気がしたが、それが何かはさっぱりわからなかった。加えて、専門的な医学トレーニングを受けていない身としては、彼の言ったことに反論する論拠もなかった。「胃チューブをスキップする方法はありませんか？」僕はできるだけソフトな嘆願口調で言い、医師の着ている長い白衣をじっと見つめた。妙なことながら、それはピカピカに輝く黒い軍服を思い起こさせた。

医師は不快感を抑えようとしていた。「それほどまでに痛いのが怖いのか？　痛みがあればこそ幸せもやってくる。シンプルな原則だ。わからないのかね？　これまで一度も病院に来てないなんてことはないだろう？」

この絶望的な状況にあって、僕は握った拳をゆるめ、痛みなど何ということはないというふりをしようと最大限の努力をした。医師に、こいつは弱いやつだと思われたくなかった。だが、彼は苛立っているように見えた。

「率直に言わせてもらう。このうえなくはっきりとわかってもらえるように話してあげよう。病院にはひとつの目的がある。それは、痛みに苦しんでいる者たちに歓びをもたらすことだ。これは医師のモラル上の義務なんだ。わが親愛なる患者よ、どうして君たちは我々を信頼しないのか。君たちは、〝病んだ者を治療し、傷ついた者を治す〟医師たちについて、あれこれ好き勝手なことを話すけれど、多くの場合は、医者自身がリアルな痛みを味わっているんだよ、患者たちに幸せをもたらすためにね。もちろん、君が本当に、通常の手順の検査がなされるのを望まないというのであれば、単に同意書にサインするのを拒否するだけでいい。我々は常に患者の意思を何よりも尊重している」

シスター槳《ジアン》が割って入った。「ドクターの言うとおりです。私はこれまで、医療の助けを求める人たちを大勢見てきました。医療というのは、ある意味で、出産のようなものだと言っていいかもしれません。最初は苦痛をもたらすけれど、最終的にはあなたを幸せにしてくれる。患者はみな、みずから進んでここにやってきます。他人を無理矢理に病院に行かせるような人はいません。でも、いったんここに来たからには、お医者様の言うことを聴かなくてはなりません。もう一度言います、リトル楊《ヤン》、あなたは病院を信じる必要がある、お医者様を信じる必要があるんです。この病院に、国は巨大な資本を投下しています。外貨準備高のうち、海外の医療機器を輸入するために使っている額も相当なものです。患者の最大の利益という点で言えば、国は出費をいっさい惜しんでいないのです。優柔不断な考えは頭から追い出して、全身全霊、治療に専念しなければなりません。でないと、病気が弱さにつけ込んで、一度にひと噛みずつあなたを食べていって、最終的に、生きたままあなたをすべて食いつくしてしまうでしょう。ドクターを怒らせているのは、まさにその点なんです」

「わかった……」僕は同意したものの、気分的にはすっかりしょげかえっていた。

シスター槳《ジアン》は、自分がいかに献身的でプロフェッショナルであるかを示すとでもいうように、一瞬、間《ま》を置いてから言葉を継いだ。「リトル楊《ヤン》、この国の現状について、もう少しきちんと説明をしておいたほうがよさそうですね。わが国の医療資源は先進諸国に比べるとはるかに低いレベルにあって、しかも、その少ない資源を、ほかの先進国より何倍も多い国民を助けるために使わなければならない――こんなふうに伝えるニュースを聞いたことはあるでしょう？　そんな状況下で、私たちは、全世界で最も低い医療費負担率を実現し、地球上のほかのどこよりも長い平均寿命を達成したのです。これをなしとげるのが容易でなかったことは言うまでもありません。たとえば、合衆国を見てごらんなさい。病気の治療をしてもらうために合衆国に行ったら、いったい何が起こるでしょう？　公立の病院で予約を取るには最短で一週間かかります。検査を受けるには、それから数ヵ月待たなくてはなりません。簡単な胃カメラをやってもらうのに、一年待たされることも珍しくありません。盲腸の手術には三万USドルかかります。子供を産みたければ六万ドル！　それが、この国だと、専門医に診てもらうのは十元で、点滴はたったの二元です！　私たちの原則は常に、患者の利益を一番に置くことなんです。

リトル楊《ヤン》、あなたがこれまでに書いた歌のことを考えてみてください。どれも、この偉大な時代を褒め称える歌ではありませんか。あなたはいつも、物事の明るい面を見ているではありませんか。どうか、こうした現状のすべてを伝える歌を書いてください。B社はC市の行政府の下部企業です。だから、あなたは本当はCという都市の歌を書くためにここに来たんです。あなたは、ただの患者などではまったくなくて、それが、こんな特別のケアを受けている理由なんです。あなたは、もっともっと集中的な、細部にわたる一連の検査と治療を受ける必要があります。そうすることによって、事態が最も基本的なレベルでどのように動いているかを真に深く理解できるようになるでしょう。そして、うまくいけば、あなたの歌は永遠に歌い継がれる時代を超えた傑作となることでしょう。どうか、あと少しだけ辛抱するよう努力してみてください。とどのつまり、人生のあらゆることに、辛抱が付随しているんです。そうじゃありませんか？　これまでも、運命があなたの人生を決定してきたし、これからもあなたは数々の難題を経験することになるでしょう。それを経て、あなたは最終的に、そうなるべく運命づけられた人間として花開くことができるようになります。あなたが死ぬのを望んでいる人など、どこにもいません。いったん死んでしまったら、何も残りません。考えてみてください——何も残っていないというのは、はたしてどんな感覚なのか、と」

シスター檗《ジアン》は、僕の心を動かすものが何かを正確に把握しているようだった。彼女が語ったことをひとつひとつ注意深く熟慮し、反芻《はんすう》してみて、僕には、痛み以外の感覚はいっさいないことがわかった。いずれにしても、死とはいったい何なのだろう？　僕はどうしたらよいのかわからず、完璧に途方に暮れていた。僕の意識からは、あれやこれやのレベルの地獄すら、きれいさっぱり消え去ってしまった。地獄で経験する痛みなど、人間世界の痛みに比べたら無に等しい——そんなことが本当にありうるのだろうか？　僕は歯をくいしばって、黙ったままでいた。

　シスター漿《ジアン》と医師はナーバスに互いを見やった。救急処置室の時間が逆行していって、僕の内なる記憶の渦を掻き立てはじめた。僕の記憶は子供時代にさかのぼっていった。具合が悪くなって、両親に小児病院に連れていかれた時のこと。僕の世代の人間は、生涯を通して病院とかかわりを持っている。僕たちは抗生物質を投与されて成長してきたのだ。病院に行くまでの間、両親は僕を背負子《しょいこ》に載せて、代わる代わるおぶった。まるで市場に子羊を売りにいくみたいだった。僕は背負子から抜け出そうと身をよじりつづけたが、両親は腰まわりのハーネスを堅く締めつけるばかりだった。病院に着いた時、大勢の子供たちが泣いていたのを思い出した。僕の注射の番になった時、両親は言った。

「痛くないよ……気がつかないうちにすんでしまうから。アリに噛まれたくらいにしか感じないから」頭の中に、アリの鋭い赤い口が僕を噛んでいるシーンが浮かんで、僕はワッと泣き出した。

「あらあら、あなたはとても勇敢よね」看護師が僕を励ましたが、その言葉は僕の泣き声をいっそう大きくしただけだった。

　あの時のことを思い出した僕は、その場で泣き崩れた。僕の羊のような泣き声に、シスター漿《ジアン》とドクターはびっくりしたようだった。処置室全体が静まり返り、火星のような沈黙に包まれた。この機をとらえて、僕はさっと身をひるがえし、処置室から走り出した。

16　病院に反抗することは、自分の命をゲームのように扱うことだ

これがはたして反抗の一形態と言えるのかどうか、僕には確信が持てなかった。成功したのかどうかもわからなかった。これが反抗だとしたら、僕がこれほどまでの勇敢さを発揮した行動に出たのは、人生初めてのことではないか。シスター漿《ジアン》はたぶん正しい。心の奥底で、僕は本当に逃げ出したかったのだ。こうした問題に関して、シスター漿《ジアン》はたっぷり経験を積んでいるし、事態をクリアに見ることができる。僕はこれまで何度となく病院に行っていて、数えきれないほど多くの医者と会ってきた。そんな中で、病院から逃げ出したいと思わなかった時が一度でもあっただろうか。薬を飲むのをやめたいと思わなかった時が一度でもあっただろうか。注射を打たれたくないと思わなかった時が一度でもあっただろうか。

子供時代のあの時、看護師に注射を打たれた時の感覚は、以後、決して消し去ることのできない暗い影となって僕の心に居座りつづけた。それでも、結局、僕はルールに従い、やれと言われたことをやることに決めて、人生を過ごしてきたのだった。僕は死ぬのが怖かった。そして、僕と病院との関係性において、誰がボスなのかははっきりとわかっていた。普段、僕を苛立たせているのは、これら神のごとき医者たちに気に入られる、もっと効果的な方法があってもいいのにということだった。実際には、医師たちは神ではなく、閻魔大王の化身というほうが近い。閻魔大王――生と死の書物を持っていて、そこに、あらゆる人の運命の物語をもれなく書き記している、地獄の支配者。それにしても、どうして僕は、あの高齢の患者たちのような態度をとることを学べないのか？　少なくとも、超然たるふりをするくらい、もう少しうまくなってもよさそうなものなのに。だが、僕の痛みは端的に忍耐の限界に達していた。あの医者を出し抜けないのなら、彼の目の届かないところに隠れる以外ない。そう思った瞬間、僕はその場から逃げ出し、信頼とは正反対の疑念の全面的な支配を許すことになってしまったのだった。これは、自分で自分の責任をとるというやり方ではない！　こんな振る舞いを続けていて、どうやって病気を治せるというのか。ついさっき、僕はC市の名誉市民の申請をすることを考えていたのではなかったか……。

まるで一貫性のない矛盾する思いが入り乱れ、僕はかつて経験したことのない混乱した状態に陥っていた。廊下に走り出ると、さしたる時間もかからずに、膨大な数の高齢患者の間に姿を隠すことができた。隠れんぼをしている子供のように、僕は石化した樹々を思わせる脚の森の中にうずくまった。すぐにシスター漿《ジアン》が僕を探しにきた。「リトル楊《ヤン》？　リトル楊《ヤン》？　どこにいるの？　急いで出てきて！」不安のあまり、鋭い声になっていた。ガラスの薬瓶がバリバリと割れるような響きだった。

僕は音を立てなかった。完璧に静かな状態を保ちつづけた。

「ねえ、リトル楊《ヤン》、いいニュースがあるの！　ドクターが、胃管挿入をしなくていいって同意してくれたの！　点滴をして、体の中に水分を少し入れるだけでいいって。そうすれば、炎症にも対処できるからって。だから、お願い、急いで出てきて！」

彼女の声はどんどん激しさを増し、最後のほうはもうほとんど叫んでいた。内なる弱さをさらけ出していた。

完璧に静かな状態を保ってその場にうずくまっている間、僕はずっと彼女の言っていることは本当だろうかと考えていた。彼女の声のトーンにおかしなところはまったく検知できなかった。彼女は自分の仕事をしたいと思っているだけだ。そして、彼女の仕事とは、まぎれもなく、僕の最善の利益になることをするということだ。

僕がドクターを怒らせたに違いないと気づいて、僕は自分の行動を後悔しはじめた。どうして、僕はこんな行動をする人間になれたのか。病院に栖突くのは、この世でできる愚かな行為の中でも最悪のこと、自分の命をゲームのように扱うことではないか。そう思いながらも、僕はなぜか、さらに頭を低くして、床に寝転がっているも同然の体勢をとった。その時、シスター漿《ジアン》の姿が見えた。泣き出す寸前だった。彼女は向きを変えて、反対方向に向かおうとした。僕は立ち上がって、大声で呼びかけた。「シスター漿《ジアン》！」

彼女はくるりと振り返り、ズタズタになった愛のまなざしで僕を見つめた。僕は従順に彼女のあとに続いて診察室に戻った。ドクターはすでに書類の準備を終えて、証明シールを貼ろうとしているところだった。スタンプ台が乾いていた。彼は背後のメタルキャビネットを開いた。そこには、真新しい血液の入った試験管が並んでいた。その一本をポンと開けると、血を少しシールにかけた。彼が、その素敵な赤いシールを書類に貼った時、僕は自分の心臓を力いっぱい叩かれているような気がした。

僕は痛みをぐいと飲み込み、小さくお辞儀をして言った。「ありがとうございます」

ドクターは書類をシスター漿《ジアン》に渡した。「これでいい」

シスター漿《ジアン》はやさしく僕の手首を握った。「これでもう、痛みはすぐになくなります。でも、私は急いでホテルに戻らないと。待っているお客様が大勢いるし、スタッフも不足していて、たった今、マネージャーから新しい仕事を割り当てられたんです。誰かがまたミネラルウォーターを飲んだんです」

「それじゃ、僕はどうなるんだ？」僕は彼女の袖に救命具のようにしがみつきたい衝動に駆られた。

その時、すさまじい爆発音が響き、激しい炎が上がった。濃い煙が立ち込めて、人々が叫び声を上げ、四方八方に駆け出しはじめた。病院はカオスのただ中に投げ込まれた。

爆発が起こった瞬間、シスター漿《ジアン》は自分の体を盾にして僕を守った。それから僕の手を取り、僕たちは走った。彼女は僕に、トイレに隠れているようにと言った。全身が震えていた。必死で体を動かすまいとしたが、それは世界の終わりとしか感じられなかった。シスター漿《ジアン》はひどく出血していたものの、僕をひとりトイレに残して、何が起こったのかを見届けにいき、ほどなく情報を持って戻ってきた。

「患者のひとりの家族が爆弾で病院を攻撃したんです」

「何だって？」

「患者の家族のひとりがたった今、爆弾で病院を襲ったんです」

「なぜ？」

「みんなが話しているところでは、犯人の奥さんが子宮外妊娠で腹腔鏡手術を受けている最中に亡くなって、そうなったのは病院のせいだと犯人は言っているそうです。奥さんは大量出血していたのに、担当医は中心静脈カテーテルを入れずに、そのほかの救命措置も行なわなかった。彼は病院を訴えたけれど、法廷は病院に有利な判決を下した。そこで彼は別の手段に訴えることにして、病院に血の復讐を果たすためにやってきた」

「誰か死んだ人は？」胃の痛みに加えて、強烈な尿の臭いが襲いかかってきた。全身の血管の血が固まって泥団子になりかけているような気がした。

「犯人は攻撃の最中に自殺したけれど、病院側に死者が出たかどうかはまだわかっていません」

大勢がトイレに逃げ込んできた。男性も女性も、たった今起こったことをめぐって、興奮しきって話し合っていた。ひとりがこう言った。犯人は、本当は、代理人たちを吹っ飛ばしてやろうとしたんだ。代理人――医薬品と医療機器をプロモートするために製薬・医療機器会社から送り込まれてきた担当者たち。自社製品を使ってもらうために、医者たちに豪華な食事やエンタテインメントやキックバックを提供するやつら。より多くの患者に、より多くの検査を受けさせ、より多くの医薬品を処方するよう、誘導する連中。常に秘密主義に基づいて行動する代理人たちこそ、病院のありとあらゆる活動現場の陰で動いている、真の黒幕なんだ——そう、その男は主張した。群衆の頭の上にそっと顔を出してみると、病院内はまだ完全なカオス状態にあるのがわかった。警備員がいたるところを走りまわり、警察が早くも出動していた。だが、男が言う〝代理人たち〟が誰なのかは、僕にはわからなかった。

　攻撃者の真のターゲットは、行政府の幹部のために特別に取っておかれている専用病棟のＶＩＰ患者たちだと言う者もいた。彼らの経費は納税者によってまかなわれており、攻撃者は、国民健康保険の積立金の八十パーセント以上が、彼ら幹部連に使われていることに、堪忍袋の緒が切れたのだという。

　改めてシスター漿《ジアン》を見やった僕は、彼女の胸に穴が開いていて、そこから血が流れ出していることに気づいた。僕は出血を止められないものかと、無頓着にも、その穴に中指を突っ込んだ。シスター漿《ジアン》はその手をピシャリと叩き、どこか歪んだまなざしを投げた。そして、ブラジャーをたぐり寄せて傷口に押しつけた。

「医者を探しにいってくれ」僕は懇願した。

　だが、彼女は首を横に振っただけだった。そのことはもう考えてもしかたないのだと、僕は理解した。その間にも、強烈な尿と糞便と血の臭いが襲来しつづけた。

　シスター漿《ジアン》は大きく息を吐いて言った。「まだ少し時間がありそうだから、これまでに話したポイントを改めてはっきり伝えておきたいと思います」そして、長いスピーチを始めた。それは、深く、示唆に富んだもので、彼女の話したことは、それからの人生ずっと、僕とともにありつづけることになる。

彼女の話したこと――「私が話すことは何もかも、このうえなく重大なことです。決して忘れてはなりません。たった今、ここで何が起こったかを、あなたは自分の目で見ました。これは絶対に起こってはならなかった悲劇です。あと少ししたら、私はいなくなってしまいますが、私がいなくなってからも憶えておくべき最も重要なことは、何が起ころうとも絶対にドクターと敵対関係にならないこと。ドクターと敵対関係になるのは、良き患者は絶対にやってはならないことなのです。充分に時間をかけて、お医者様を理解しなくてはなりません。時に、お医者様には何か独特の気質があるように思えることがあるかもしれないけれど、それは単に、私たちが患者の観点から物事を見ているからにすぎません。特に、慢性病を患っている人たちは、極度に選り好みをする傾向があって、物事を客観的に見ることができません。心が捻《ねじ》れていて、引き裂かれていて、ごくごく些細なことでヒステリックになってしまう。自分自身の限界というものに完全に気づかないままでいるのです。リトル楊《ヤン》、これから私が言うことを聞いても動揺しないでください。私は、あなたにとって最も有益なことをしようとしているだけなのですから。結局のところ、病院が治療するのは病気であって、患者を治療するわけではないのです。医師がしなければならないのは、それがすべてなのです。加えて、医師は肉と血でできた普通の人間です。あなたや私とまったく変わらない感情や欲望を持っています。その意味では、工学部の学生みたいなものだと言っていいかもしれません。でも、彼らにコメディアンの側面まで期待するとは言わないでくださいね。さすがに、それはお医者様の手に余ります。彼らのプロとしての責任はただひとつ、病気を治すこと――患者を元気づけたりすることは、彼らの仕事の範疇ではありません」

　彼女の話しぶりは、まるで、自分が死んだあとのあれこれについて指示を与えているかのようだった。自分を恥じる気持ちがいっそう強まった。僕は心の内で、彼女の言うことすべてをそのままに受け入れると誓った。

シスター燦《ジアン》は続けた。「医師は普通の人間ですが、でも、何か、彼らをほかの人たちと隔てているものがあります。彼らは、自分たちの知恵と技術を何世代にもわたって伝えてきた伝統的な中国の治療師とは違います。現代の医師は、言ってみれば新しいタイプの人間で、とどのつまり、この国にはこうした専門職が生まれてまだ百年しかたっていないのです。彼らは医学の最高学府で学んで、厳格な現代医学の専門訓練を受けています。たとえば、彼らが検死解剖のやり方をどんなふうに学ぶか——普通の学校であれば、印刷された本で勉強するけれど、彼らの教科書は本物の人間の死体です。患者には、医師たちと肩を並べて立つ資格・権利はいっさいありません。生と死の謎の裏にある真実を真に理解できるのは医師だけなのです。このレベルの理解を達成している人のいったい誰が、それ以外のあれこれを気にかけたりできるというのでしょうか？　このお医者様たち、長い白衣を着ている人たちは、男性も女性も冷たくて私たちとは切り離されているように、木でできていて思いやりのかけらもないように見えるかもしれないけれど、それはただ、彼らが私たちよりも高いレベルに立って物事を見ているからにすぎません。手術室に入った時、彼らのプロとしてのスキルは燦然と輝きます。コートに足を踏み入れた時のテニスプレイヤーのように。彼らが仕事にかかると、条件づけられた反射行動が多くの作業を引き継ぎ、彼ら自身のプロとしてのキャリアと患者たちの命を結びつけることで、いかなることも決して軽く扱わないという姿勢を確実にします。ここぞという時になれば、彼らは生ける大慈悲観世音菩薩さながらにメスを振るうのです」

これを聞いて、僕は思った。**それって、地獄の王、閻魔大王と同じじゃないか！**　僕はショックに包まれてシスター燦《ジアン》を見つめた。彼女自身がずっと記憶に刻みつけてきたスピーチの一言一句に耳を傾けているうちに、僕の頭はドロドロの粥になってしまった。一方で、一般人が治療のコースを決め、その一方で、医師たちが重大な決定を行なう。この矛盾の背後にある関係性を真に理解するのは僕には難しすぎた。だが、とりあえずは成り行きに任せることにした。

ここまで話してきたシスター漿《ジアン》は激しい痛みに耐えかねた様子で、僕の腕の中に崩れ落ちた。その体は激しく震えていた。僕はしっかりと彼女を支えていたが、その間《かん》にも彼女の顔から表情がなくなり、手足が冷たくなっていった。彼女の血が僕の胸に溢れ出し、腹の上に滴《したた》り落ちていく。それは僕の痛みにいくぶんか、心地よいぬくもりと華やかな興奮の感覚を付け加えた。だが、僕が真にショックを受けたのは、この瞬間になってもなお、シスター漿《ジアン》が驚くほどに高い論理的な思考とスピーチの明瞭さを保持しつづけていることだった。彼女の語ることすべてが心からまっすぐに出てきていて、一片の見せかけも誇張もなかった。彼女の全身が、栄光に満ちた聖者のように昇天しつつあるかに見えた。この病院はまさに真の奇跡を生み出したのだ。

シスター漿《ジアン》が再び口を開いた。死の瀬戸際から戻ってきたかのようだった。「お医者様たちの中に、お金を詰めた封筒を受け取る人がいる理由は理解できますよね。あなただって、お寺の仏陀像の前に現金を置いていく人たちを見たことがあるでしょう? 医師のようにハードに働くことを求められる専門職は、ほかにはありません。あれほどまでに巨大な責任を引き受けて、しかも、とてつもないリスクを負っている。医師は命そのものを相手にしていて、なおかつ、ほんの些細なミスを犯すことさえ許されない。浮わついた歌を書くようなこととは、まるっきり違うんです。医師という仕事は、大勢の人が考えているような、サービス産業の一部ではありません。野菜を売ったり髪を切ったりしているわけではありません。そのほかの仕事は基本的にミスが許されますが、人間の命は違います。人の命ほどに貴重なものは存在しません。彼らは、みずから進んで、生きとし生ける者を苦しみから解放するという仕事を引き受けているというのに、政府からは低いサラリーしかもらっていない。自分たちの技術を完成させるのに十年近くもたゆまぬ勉学を重ねてきた者にとっては、侮辱的と言うしかない額です。さらに、医師になるには、大半の若者よりはるかに長い年月を大学で過ごさなければならないという事実も忘れてはなりません。事実、医師は赤字経営をしているに等しいのです。リトル楊《ヤン》、日々、怠けて暮らしている人だけで、たいそうなお金をもらっている人たちのことを考えてみてください。これがフェアに聞こえますか？　でも、私たちにできることは何もありません。これが端的に、この時代の私たちの国の現状です。何もかもが相互に対立している状況にあって、これについて考えたりするなど時間の無駄以外の何ものでもありません。でも、このお医者様たちは余分の報酬を受けるに値します。それは人間の尊厳の表明です。彼らは、患者のために、あの赤い封筒を受け取るのです。患者の気持ちをやわらげるためのドクターなりの方法だと言ってもいいでしょう、手術の時が来た際に、患者の誰ひとりとして不安にならずにすむようにするための。だから、あのお金を受け取るのは、実のところ、医師の慈悲、博愛精神の最大の現われなのです」

僕は職場で自分が所属している部署のことを考えた。人員過剰で、誰もが適当に仕事をし、責任を回避し、特別なトレーニングを求められることはいっさいない。博愛精神や正義、愛、信頼といった高邁《こうまい》な理想など気にせずにいられる、そんな仕事しかない場所。僕のオフィスの連中は代わりに、お互いを攻撃するあらゆるチャンスに跳びつく。中には、同僚の命を文字どおり踏みつけることができればと願っている者もいる。彼らは、一緒に働いている誰かが病気になったと知ると、有頂天になったものだ。だが、この病院では、すべての医師ひとりひとりが、最高レベルのプロフェッショナリズムを発揮するのを、僕はじかに目のあたりにしてきた。疲労の極に達するまで、時には過労死の直前にいたるまで働いている医師。患者たちに切れ目のない治療を提供するために協働して動いているすべての診療科。確かに、中には、もう少し態度を改めたほうがいいと思える医師もいないではないのだろうが、しかし、彼らのとる行動がすべて、患者たちに、より高い生存のチャンスを与えることに向けられているのは間違いない。彼らは、僕たちの国の真の前衛なのだ。僕は、意識せぬままに、深くうなずいていた。

シスター漿《ジアン》の顔からはすでに血の気が失せていた。胸の傷口が唇のように震えて、新たな血を吐き出した。傷口に拳を当てて出血を止めたいと思ったが、僕の手は動こうとしなかった。それでも、シスター漿《ジアン》は、持ち場を死守し、一歩も引かない兵士のように、雄々しく言葉を継いだ。自分の身の安全などまったく意に介していないかのように。「リトル楊《ヤン》、この有様を見てごらんなさい！　彼らはまた同じことをやっている、私たちごく普通の人間が私たちの敬愛すべき菩薩たちとの間に築いている真の関係性を捻《ね》じ曲げ、歪めようとしている！」

　僕は同意するほかなかった。こうした矛盾は、解決するのが極度に難しい。まったく不安を感じていないといったら嘘になるが、それでも、僕はこう応じた。「本当に、こんな行為はひどく間違っている。とても残念だ」だが、こう言った瞬間、僕は、僕自身もまた病院を攻撃しているという点で同罪だということに気づいた。僕は何から何まで、この自爆攻撃者とまったく変わるところがない。菩薩の顕現と呼ぼうが、地獄の王・閻魔大王と呼ぼうが、医者たちはみな神なのだ。それなのに、あらゆる物事がもつれ合い、混乱し、引っくり返ってしまったこの時代、医師たちは今や、社会の主流から取り残された弱い集団だと見なされている。すべての責任は患者にあると言って差し支えない。問題は――そもそも僕たちを病気にしたのは誰なのか？

　シスター漿《ジアン》は最後の言葉を発した。「私が逝《い》ったあと、今晩、あなたに付き添ってもらうのに、リトル濤《タオ》という若者を寄こします。彼はとても若いけれど、だからと言って軽く見ないように。彼も充分に素晴らしい病院経験を積んできています」

　シスター漿《ジアン》がそう言った時、十歳くらいの少年が突然、どこからともなく現われた。笑い出そうとしているかのように口を開いて、僕に向かって走ってきた。最初、僕は少年がシスター漿《ジアン》の息子かと思った。母と子はきっと病院で一緒に働いているのだ。肩を並べて、この栄光ある事業に従事しているのだ。でも、それなら、シスター漿《ジアン》のご主人はどこにいるのだろう？　彼もまた飲みすぎて死んでしまったのだろうか？　僕は心から、シスター漿《ジアン》が僕を置いていってしまわないでほしいと願った。

だが、彼女は逝ってしまった。僕を病院に残して。

僕は恐ろしい喪失感に襲われた。そして思った。次に僕を待ち受けているのは、いったい何なのだろう。

18　さらに長く困難な新たな治療ラウンドのためのウォームアップ

自爆攻撃が引き起こした大混乱は、あっというまに当局のコントロール下に置かれた。秩序が回復されるまでに長くはかからなかった。まるで何事も起こらなかったかのように、患者たちは再び以前のブラウン運動を再開し、一体となって同じ方向に動いていった。

頭の天辺から爪先まで白い布に覆われたシスター漿《ジアン》の硬直した体がストレッチャーに載せられて粛々と運び去られていった。神々の寺院に運ばれていく犠牲の捧げもののようだった。それが、僕がシスター漿《ジアン》を見た最後だった。

リトル濤《タオ》は僕を経過観察室に連れていった。これが、医師に診てもらうための長い旅程のターニングポイントであることがわかった。経過観察室に移されたということは、つまり、僕のケースは何らかの実際的な行動の段階に移行しようとしていることを意味する。ここまでの時点で僕が投下した経費はすべて払い戻されることになるだろう。シスター漿《ジアン》は僕のためにすべてを整えてくれていたのだ。これまでずっと感じつづけてきた痛みもようやく、完治まではいかないとしても、ある程度は緩和されるだろうという希望が出てきた。心の中で、僕は死の際から戻ってきたのだと感じていた。と同時に、これがまったく新しい始まりだという気もしていた。これから僕は、今後のための土台を築くことになる。これには改めて、様々な検査が伴う。Bモード超音波、CTスキャン、胃カメラ、結腸内視鏡検査、気管支鏡検査、脳波、肺機能検査、心臓画像診断、fMRI、マンモグラフィ、核医学スキャン、組織生検、そのほか種々様々の徹底的な検査の数々。スピリチュアルな瞑想の場を求めて山を登っていくと、ひと山越えるたびに、さらに壮大で超越的な情景が次々と広がっていくように、僕がこれまでにやってきたことはすべて、さらに長く困難な新たな治療ラウンドのためのウォームアップだったのだ。いったいどこがどう悪いのか、僕自身にはいまだに見当さえついていないけれど、僕の病《やまい》はとても深刻なものに違いない。これから僕がくぐり抜けていくことになるのは、危険きわまりない状態なのだ。この病院に来て本当によかった。

僕は心から、最終的な救済がなされることを期待した。

経過観察室は十メートル四方よりほんの少し広い程度で、暗い洞窟のような感じだった。ベッドが四つ、各コーナーに置かれていて、三つには高齢の患者がいた。みな、寒そうで衰弱しているように見えたが、全員が上体を起こして、僕を見た。若い患者の到来に、彼らの目に控えめな喜びのきらめきが浮かんだ。彼らはいずれ誰かにその場を譲り、その結果、ようやくこの地上の殻を脱ぎ捨てて、転生の旅に出ることができるようになるのだ。ジャージに身を固めたリトル濤《タオ》は、個人的なボディガードのように僕の横から離れなかったが、僕のほうは、この小悪魔めいた少年があたりをうろついているのが特に嬉しいというわけでもなかった。

「もう行ってもらっていいよ」僕は言った。

「これほどの痛みを抱えているあなたから、どうして離れられるっていうんです？」リトル濤《タオ》は生きとしたキュートな笑みを浮かべて僕を見たが、なぜか、それが、彼は本当はもっと歳上であることを告げているように思えた。

「心配しなくていい。自分で何とかできるから。僕は、患者の経験はたっぷり積んでいる」僕のそばから離れることに関して、彼にどんな心理的な負担も感じさせたくなかった。

少年の顔が突然、真剣さを帯びた。「あなたは自分がなぜこの病院に運ばれたのかもわかっていないんでしょう？」

「それは……わかっていない」僕は口ごもった。最初は、こんなふうに言おうと考えていた。僕がここにいるのは、僕自身のアイデンティティを証明し、病院と医者に対する信頼を強化するためだ、と。

「それなら大丈夫、あなたは生きつづけていられます！　楊偉《ヤン・ウェイ》、あなたは、そのベッドでどれほど多くの人が寝ている最中に死んだか、想像できますか？」リトル濤《タオ》は悲しげな表情を浮かべ、僕が使うことになっているベッドを断固とした様子で指し示した。不潔なシーツにはいたるところに血の染みがつき、それまで、そこに横たわってきた多くの人の体のかすかな黒い輪郭が残されていた。リトル濤《タオ》の口調が成熟した大人のトーンになった。「これは始まりにすぎません。長く暗い夜が始まります。これは最も危険な時期になります。患者の中には切り抜けられない人もいます。大勢が亡くなります。命が永遠になくなってしまうのです。そうした切り抜けられなかった人たちにとって、病院の治療は無駄に費やされたということになってしまいます。そうなったら、医師と看護師たちの過酷な労働は、いったいどう埋め合わせられるというんでしょう？　率直に言って、僕はとても心配しているんですよ。とどのつまり、シスター漿《ジァン》が僕に託したのは、あなたを生かしつづけるというタスクなんですから」リトル濤《タオ》はウィンクして駆け出していったが、すぐに新しいシーツを持って戻ってきた。彼はそれを汚れた古いシーツの上に直接広げた。こうした備品をいったいどこから調達してきたものか、僕には見当もつかなかった。さらに毛布と枕も見つけてくると、僕の肩を軽く叩いて、ベッドに横になるよううながした。靴を脱ぐのを手伝ってくれさえした。僕はベッドに這いずり込む以外、選択肢はなく、横になるとエビのように体を丸めて、何とか痛みに耐えようとした。痛みは、僕がまだ生きていることを思い起こさせた。つまり、僕はまだ、病院の人たちをがっかりさせるにはいたっていないということだ。その時、練乳を思わせるねっとりした暗い波が体内を走り抜けた。普通なら、墓場でしか感じられないような冷たい悪寒。僕はナーバスになりはじめた。

突然、女性の看護師が室内に入ってきた。太陽のあたたかさと天使のような息吹を伴っていた。彼女は入口近くのコーナーのベッドで丸くなっていた女性患者に歩み寄り、背中をやさしく叩いた。それから患者の人差し指をつまんで上下に動かしはじめた。動かしながら、看護師は尋ねた。「上がってる?」

患者がオウム返しに言う。「上がってる」

看護師が言う。「下がってる?」

患者が応じる。「下がってる」

看護師が言う。「そのとおりよ。あなたはまだ生きてるわ」何度も何度も同じ動作と問答を繰り返したのち、患者のソックスを脱がせた。むくんだ脚があらわになった。その脚を看護師がくすぐると、患者は大喜びしてクックックッと笑った。看護師も一緒に楽しそうに笑った。

別のコーナーには耳の大きな高齢の男性患者がいた。その顔は、豚毛のような長い頬髭で覆われていた。彼は興奮している様子で、体を前に後ろに激しく動かしつづけ、それに合わせてベッドフレームが狂ったようにギシギシガタガタと鳴っていた。だが、ほどなく疲れ果ててしまったらしく、男は眠り込んだ。すさまじい鼾《いびき》が始まり、室内を揺るがして津波のように僕たちに襲いかかってきた。

看護師は彼に歩み寄り、やさしく頭を叩いた。「これで、あなたにまだ命がいくばくか残っていることがわかったわ」看護師は、男がまだ死んでいないという事実に安堵したようだった。彼女は続いて次の患者に歩み寄った。

僕は、この看護師と患者たちのやりとりに感動した。ここ、経過観察室では、患者と看護師の間にハーモニー溢れる関係が維持されている。この事実が、僕の不安をいくぶんやわらげてくれた。

もうひとつのコーナーにいるのは、六十歳前後の痩せた女性だった。あまりにも痩せていて、紙きれのように見えた。風が吹いてきたら、ひらひらひるがえるんじゃないか――そんなふうに思えたほどだった。落ち窪んだ眼窩から大きな目が突き出していて、乾いてひび割れた唇が鮮やかな赤に輝いている。彼女が僕のほうに向き直って尋ねた。「あんた、どこが悪いの？」

僕が答えるより早く、リトル濤《タオ》が口をはさんだ。「僕たち、検査の結果が出るのを待っているところなんです」

「どこで働いているんだい？」と女性が尋ね、リトル濤《タオ》が再度、僕に代わって答えた。「何とまあ、羨ましい」女性が言った。「こんなに早く入院が認められたのも不思議じゃないね」

僕は彼女のコメントに喜ぶこともなく、こう尋ねた。「あなたはどこが悪いんですか？」

「ルビジウム欠乏症」

「ルビジウム欠乏症って、何です？」

「体の中にルビジウムがないんだよ」

「症状は？」

「興奮させられないのさ」

「興奮させられない？」

「男をもう興奮させられないってこと。スパークがいっさい残ってなくて、私にできることは何もない」

「それって、公式の医療診断ですか？」

「もちろん」

「すると……ルビジウムを増やすために薬を飲んで点滴をする必要があると？」

「そのとおり。あんた、賢いね」

頬に冷たい風が当たるのを感じて、僕は室内をぐるりと見わたした。そして、四方の石の壁の裏のどこかに、何か口にしてはならない秘密が隠されているに違いないことを感じ取った。ここにきて初めて、僕は、これまで見聞きし体験したことのすべてが、端的に、何か別のものの表面的な現われでしかないことを悟ったのだった。確かに、僕はこれまで、この世界の本性——ここがどういう世界であるかについて、本気で考えてみたことがない。この事実に気づいた時、僕はどうしようもない無力感と疲労感に包まれた。唯一恐れていたのは、僕がこれまで直面してきた問題のすべてが、真の痛みの始まりにすぎないということだった。

僕の真正面の壁に、暗赤色のスチールの扉があった。そこに記された文字を読み取ろうと必死に見つめているうちに、僕の目は大きく見開かれていった。不明瞭な黒い、その文字は——**死体置場**。

19　未来世界のポートレート

死体置場。ホラー小説の作家が作品の背景に使う場所、多くの超自然的な物語のセッティングに登場する、まさにその場所。その死体置場が最初から、ほかならぬこの場所にあったなど、いったい誰に想像できただろう。僕には、シスター漿《ジアン》の血まみれの死体がそこに横たわっているのが見えるような気がした。別の世界への旅をすでに始めたというのに、シスター漿《ジアン》はまだ僕から離れることができないのか。

耳の奥に木霊《こだま》する彼女の声が聞こえてくる。「あなたはきっと、まるで考えられないことだと思ってるでしょうけれど、結局はあらゆる人が、こうしたシチュエーションに遭遇する運命なのよ」

突然、死体置場の扉が開いて、清純な顔つきの若い女性が現われた。彼女はお湯の入った盥《たらい》を持っていて、ルビジウム欠乏症の患者に歩み寄ると、彼女の足を洗いはじめた。女性患者は、この子は自分の娘だと紹介した。

室内には鼻をつく悪臭が充満していた。女性患者は足で湯を跳ねちらかしながら、絶え間なくしゃべりつづけた。その様子から、この部屋の患者たちはみな仲のいい友達のように思えた。これまでの僕の経験が教えてくれたところでは、患者というのは永遠に競い合う間柄だったはずだが、同時に、しょっちゅう助け合ってもいて、互いに励まし合って生きつづけることを目指す相互扶助的なグループを構成し、それぞれが病院とどんなふうにかかわってきたか、各自の体験をめぐる物語を交換し合っている。

僕は、患者の中には何カ月も病院にいる者があることを知っている。何年も、何十年も、という者さえいる。彼らは日々、全時間を病院の中で過ごす。廊下を、軒下を、吹き抜けのホールを走りまわっては顔を合わせる。マンドリルの群れのように、病院は彼らの巣穴なのだ。彼らがこれほどまでに長い間、献身的な自己修練の実践を続けているのは、まったくもって偉業というほかはない。『大唐西域記』(西遊記)を読んだことがあるだろうか? 真の経典をとりにいく旅路にある者たちにとって、この経過観察室は、コース上の重要な乗換駅なのだ。ここに到達するのを願う誰もがまずしなければならないのが、充分な金をかき集めること——多くの人が家族の蓄えた金をすべて引き出し、友人や親戚に借金し、家や資産を売り払う。彼らは、現金やクレジットカードや銀行の預金残高証明書を握りしめて病院にやってくるが、それでも、たいていのことは、その日の会計担当者の気分に左右されるところがきわめて大きい。そして、彼らにとって最大の恐怖が、現金や預金残高を一瞥した会計担当者が「これでは足りません!」と言うことだ。また、彼らは、寺に詣でる際に観音菩薩に奉納する線香を持っていくのと同様、医師全員のための現金が詰まった赤い封筒を用意する。さらに、すぐに予約がとれることはまずないので、その場合は、病院の近くのホテルに滞在するか部屋を借りるかしなければならない。病院に近いアパートメントは、もともと医師たちのものだったのだが、医師たちがもっと住み心地のいい戸建ての家を購入したのちに、それらアパートメントを闇の不動産業者に又貸しし、その業者たちが賃料を二倍にして患者たちに貸し出していた。患者たちは調理用具を持参してやってきて、根気のいる長い待機生活を始める。まずは、いろんな友人に頼んだり、昔のよしみに頼ったり、関係者を買収したりして、病院で診てもらうための長い待機リストに自分の名前を載せてもらうよう、最大限の努力をする。そして、ついに医師に診てもらい、経過観察室に押し込んでもらうことに成功すると、次なる大目標は、公式に治療病棟に入院することを認めてもらう道を見出すことだ。このプロセスを何度となく繰り返している患者もいて、大きな耳を持つ老人もそのひとりだった。僕が聞かされたところでは、彼はもともと頑健な体の持ち主で、医療はいっさい受けておらず、毎日十マイルのジョギングをしていたが、ある日、たまたま病院の広告を見て大いに心動かされた。心臓を診てもらうためにCTスキャンを受けにいったところ、担当医から、カルシウム指標が高すぎるので、冠動脈造影を受ける必要があると言われた。かなり短い期間内に、彼は五回、ステント手術を受け、高用量の処方薬投与が必要になった。この結果、彼はジョギングをやめざるをえなくなっただけでなく、鬱《うつ》に陥ってしまった。彼は否応なく頻繁に病院を訪れるようになり、続く十年間にわたって、二十四回のステント手術、数度のバイパス設置術、三十六回の冠動脈造影検査を受けるにいたった。これが徐々に彼の蓄えを干上がらせていった。その一方で、自分は病気になるかもしれないという絶え間のない強迫観念に襲われるようになり、ごくわずかでも不快感を覚えると即座に病院に駆けつけた。結局のところ、彼の気持ちを落ち着かせるのは唯一、経過観察室で過ごす時間だけとなったのだった。

患者たちは熱を込めて、それぞれの医療体験をめぐるストーリーを交換した。まるで、病院は、真実の本性を熟考するのに、この世でベストの場だとでもいうかのように。彼らは話をしながら、折々に僕に秘密めいた不思議な視線を投げた。室内には明らかに充分な酸素がなく——少なくともルビジウムはたっぷりとある——、やがて全員がしゃべるのに疲れ果てて、ひとりまたひとりと眠りに落ちていった。だが、僕はあえて目をつぶろうとしなかった。眠り込んだなら、何か恐ろしいことが起こるかもしれないのが心配でならなかった。この世界を僕がまだ充分に理解していないのは確かだ。でも、最終的には寝入ってしまうことだろう。眠りだけが痛みを忘れさせてくれる——僕はそんなふうに思っていた。

看護師が意気揚々と、僕に覆いかぶさるようにして点滴のボトルを装着した。僕はずっと眠り込まずにいたが、ある時点でボトルが空《から》っぽなのに気づいた。一方で、リトル濤《タオ》は、部屋から出たり入ったりを続け、影のように姿を現わしてはまた消えるのを繰り返していた。

また、ある時点で、僕は死体置場の扉が再び開いているのに気づいた。そこから男性と女性が出てきて、僕のベッドに歩み寄ってきた。僕の上司とアシスタントのように見えた。ボスが直接、僕の様子を見にきてくれたのだ！　僕は突然、興奮し、同時に当惑を覚えた。遠く離れた首都から、ボスがわざわざ僕に会いにやってくるなんて、C市にみずから現われるなんて。普通の民間機に乗ってきたのだろうか。それとも、ヒッチハイクをして、美《び》猴王《こうおう》・孫悟空の筋斗《きんと》雲《うん》に乗せてもらったんだろうか。ホテルか病院かが、僕の具合が悪いことを知らせたのか。様々な疑問が頭の中を駆けめぐる中、僕は何とか体を起こして敬意を示そうとしたが、ボスのあたたかい両手が伸びてきて、やさしく僕の体をベッドに押し戻した。

思いやりに満ちた深い声で、ボスは僕に話しかけた。「君は休養する必要がある。良くなることに専念したまえ。回復したら、また仕事に戻れる。この部署がある限り、医療費のことを心配する必要はない。具合が良くなったら、歌を書く作業に戻ればいい。自社のコーポレート・ソングを書かせるために君を雇ったB社は、ここ、C市のトップに位置する大企業のひとつだ。実際、B社のCEOは、この街を代表する人物の後継者でもあるのだよ。君の歌のクオリティの高さは、B社の主要プロジェクトのひとつに多大なインパクトを与えるだろう。B社のプロジェクトは、実のところ、諸外国にもインパクトをもたらす国家的なプロジェクトで、C市と国家全体の未来を変えることになる可能性すらある。君が病気になった今、これほど多くの人が君のケアに携わっている理由もそこにあるのだ。君は、このチャンスを絶対に無にしてはならない。B社と関係を築くことは、我々の部局とC市との絆を強化する唯一の方法だ。君が、ここ、C市で目にするものは未来世界のポートレートなのだ。我々部局は君に期待している。君はまさに、ここぞという時に病気になった。絶対に病院から逃げ出してはならない。さらに重要なのは、医師や看護師たちと決して対立する関係に陥ってはならない。さもないと、ここまでの我々の努力がすべて水の泡になってしまう」

この予想もしていなかった思いやり溢れる姿勢に、僕は圧倒された。上司が僕をC市に派遣した理由がそういうことだったとは、まったく思いもよらなかった。ボスは僕を叱責するどころか、それとは正反対に、大いなる安堵と激励をもたらしてくれたのだ。彼とアシスタントは花籠と果物の籠まで持ってきていた。僕は後悔と感謝とがないまぜになった思いに包まれ、心の中で自分にこう言い聞かせた。回復したら、ボスを落胆させないよう、これまで以上に一生懸命に働こう。これまで、当たり前のように、仕事は退屈なものだと考えてきたけれど、これからは、そんな考えは一掃しよう。溢れる感情に喉が詰まって、僕は毛布の端を噛み締めた。だが、その時、痛みが戻ってきた。痛みのあまりの激しさに、僕はあろうことか、ボスの目の前で失神するという大失態を演じてしまった。

どのくらい気を失っていたのかわからない。意識が戻ってみると、ボスとアシスタントはとうにいなくなっていた。ああ、二人が僕に失望していなければいいのだが……。ベッドの横に置いてあった花籠に気づいた時、胸がドキリとした。それは百合の花籠だった。百合は、一般に葬儀の時に持ってくる花だ。リトル濤《タオ》が、籠を引きちぎると、鋭い鉤爪と長い歯牙を持った虫の群れが出てきた。彼は果物籠も開けてみた。竜眼《リュウガン》にはカビが生え、リンゴは腐り、ドラゴンフルーツには蛆《うじ》がわいていた。ミカンはひどく傷んでいて、どろりとした汁が滴り落ちている。だが、リトル濤《タオ》は動じた様子もなく、にっこり笑って、僕がチェックできるようにと、籠を渡してよこしただけだった。籠から顔をそむけた時、ベッドのかたわらに何か黒いものがあるのが目にとまった。壊れた古い花籠の残骸と、それとごちゃまぜになった死んだ虫の山だった。前にこのベッドにいた患者が残していったものに違いない。

痛みと無念の思い、パニックと麻痺状態にもかかわらず、僕はゆっくりと眠りに戻っていった。さらにどれくらいの時間がたったのかわからないが、ついに、どう見ても無意味な点滴の時間が終了したようだった。半睡状態と覚醒状態の間を往復している間に、看護師のシルエットが行ったり来たりしているのが見えた。彼女は最後に僕のベッド脇に来て、血で汚れたカテーテルの針を腕から引き抜いた。何か言ってくれるかと思ったものの、説明の言葉はひとこともなかった。

一方、僕は依然としてリトル濤《タオ》から解放されたいと躍起になっていた。「点滴も終わったし、もう本当に、誰にも付き添っていてもらう必要はない。しばらく、ひとりで休ませておいてくれないか」

リトル濤《タオ》は気が進まない様子で答えた。「オーケー、明日、朝イチで戻ってきて、あなたの状態をチェックします」

リトル濤《タオ》が行ってしまうと、僕はまたも死体置場の扉を見つめている自分に気づいた。体の内で何かが捻《ね》じれているのが感じられた。僕はしばしためらった。これまでに考えてきたプランを実行すべきかどうか。この病院に入った時から、正しいと感じられたことは何ひとつない。僕は勤務先の政府機関の僕の部局から派遣されてC市に来た。ホテルに着くとすぐに瓶入りのミネラルウォーターを飲んで、突然具合が悪くなった。ホテルの従業員が二人、どこからともなく現われて、僕をこの病院に連れてきて、この戻ることのできない道に送り込んだ。僕は罠に落ちてしまったのだ。これが何らかの陰謀の一部であることは、火を見るより明らかだった。それでも、これまで、心の内にあるこうした考えは誰にも明かさずにいた。

真夜中。全世界がぐっすりと寝入っている。心の中で長いバトルを繰り広げたのち、僕はついに心を決めて、身のまわりのものをまとめた。医療記録、検査結果、検査依頼書——保険会社に払い戻しを請求する際に必要になるもの。そして、そっとベッドから抜け出し、あの鉄の扉に別れを告げた。同室の患者たちはみなぐっすりと眠っていた。ただひとり、ルビジウム欠乏症を患っている患者の娘だけが起きていて、こっそりと部屋を出る僕に不思議そうなまなざしを投げた。

20 外の世界こそ本物の病棟だ

深夜、廊下は果てしなく続いているように思えた。長く、暗く、冷たく、じめじめとした管《くだ》さながらに。視界は一メートルに満たない。廊下には、顔立ちもそれと見定められない患者たちが山をなしていた。ベッドに横たわっている者もいれば、ベンチにぐったり倒れ伏している者もいる。誰が生きていて、誰が死んでいるのかも、判然としない。目を閉じ、体を丸めて座っている者の中には、腕に点滴の針が装着されている者もいた。先刻、僕たちの部屋に来ていた看護師が、医師に手を貸して、ひとりの患者から脊髄液を抜き取っているのがちらりと見えた。患者は背中を弓なりにしていたが、叫び声はいっさい上げなかった。彼らの注意を引かないよう、僕は頭を低くして、ゆっくりと進んでいった。僕は本当に逃げ出そうとしているんだ——そう思いながらも、自分が棺桶から這い出してきた死体のような気もしていた。と同時に、自分にこう言い聞かせてもいた。**僕は逃げ出そうとしてい**

るんじゃない。点滴は終わったし、具合もだいぶ良くなっている。もう痛みもない。病院を出ていくのは充分に正当化できる。重要なタスクが待っている。僕は企業のテーマソングを書くんだ。国家的な重要性を持つ歌を……。目の前にボスのイメージが現われた。なぜかはよくわからなかったものの、これが逃亡のモチベーションになったのは確かだった。逃亡が、ボスの願いに反することになるかもしれないという点に関しては、確信はなかったとはいえ。

だが、何歩か進んだところで、再び猛烈な痛みが襲いかかってきた。僕は床に崩れ落ちた。床は血と汚い水と排泄物で覆われていた。そこに転がったまま、必死に力を結集しようと頑張った結果、ようやく立ち上がることができた。夜間でエレベーターは停止しており、階段を使うしかなかった。一階まで上がることができたのは、とてつもない偉業と言うべきだった。一階に到達するや、僕は一目散にメインエントランス目指して走った。外にC市が見えた。聖なる山のようにそそり立つ、謎に満ちた見知らぬ街。目路の届く限り、鋸の歯のような無数のピークが続き、何百万もの明かりが川面に映っている……しかし、エントランスの巨大なガラス扉は堅く閉ざされていた。僕は、陰と陽の間に、この世界と次の世界との狭間《はざま》にとらえられていた。不安と恐怖でいっぱいになって、僕は立ちつくした。外に出る方途はいっさいない。

その時、僕は気づいた。エントランスの外の膨大な人の海。何千人もの背の低い高齢の男女が、どこか暗く深い地の底から掘り出された大昔の泥だらけの素焼きの塑像の群れのようにゲートの外に立っている。わびしくも決然たる面持ちで、傘をさし、頑固一徹に何かを待っている。彼らの顔がこう語っている——「生きたい」と。背後で渦を巻き、波打ちながら上昇していく夜霧が、彼らの青白いシルエットを、地面のすぐ上を浮遊しているかのように見せている。彼らは医療を求めてきたのだ。彼らは列を作って中に入るのを待つだけのために、真夜中にやってきたのだ。朝になって病院のゲートが開くと、彼らは先を争ってなだれ込み、登録番号を獲得するためのバトルを繰り広げることになる。番号がなければ、それは〝死んだも同然〟なのだ。

この街全体が本物の病棟のように感じられはじめた。外の世界が本物の地獄であるように思われはじめた。あの古参の患者たちは、ほかの誰よりも早く、この状況を理解した人たちなのだ。そして、それこそが、その悲惨な状況から逃げ出そうとしている理由なのだ。彼らは、この現状のすべてを予見していた。彼らは未来を見通した。その知恵と経験とが、彼らに、病院を避難の場として見ることを教えた。彼らこそ、この現世の地獄から真に逃げ出す資格を得た唯一の人々なのだ。病院に避難している限り、医師たちのケアにみずからを委ねている限り、来たるべき終末の時から逃《のが》れることができる。この地獄の王国の永遠の懲罰から免《まぬか》れることができる。とすると……僕が今、病院から逃げ出そうとしているのは、いったい何を意味しているのか。

僕は告白状を、自分の選択を償《つぐな》う自白書を書くべきだったのかもしれない。雨は音を立てて降りつづけている。空は暗く重く、寒さは骨を断ち切るほどに厳しい。ゲートの外で待っている高齢の患者たちは厳粛な面持ちで、無音の呪文を唱え、この共有する祈りの儀式を始めるとともに、一体となって動き出した。僕は、必死の思いで振り返り、外の人々に背を向けた。だが、メインホールは完全に打ち捨てられていた。見えるのはただ、中国語と英語が併記された〝**登録、請求、会計、処方**〟といった窓口の文字に反射する、かすかな白い光だけ……。いや、待て！　あれは文字ではない。長くて細い透明な天使の翼が生えている。僕の目の前で、それら翼の生えたものたちは、よじれ、成長し、変身して、濃密な消毒剤の臭いの立ちこめた空中に飛び立った。だが、建物内の各部屋の間の堅く閉ざされたスチールの扉によって飛翔は阻まれ、それらは地面に落ちて、壁や窓や柱や手すりに翼をもたせかけた。地下牢のような救急処置室に灯る終夜照明が闇を貫いて明々《あかあか》と輝き、日々の参詣者の到来を迎える準備を進めている壮大な神々の寺院のように、病院内を照らし出した。みずからの本性を隠す偽装として病院の姿を借りている寺院が、僕を凝視した。僕の正体を見きわめようとしているのだ。僕が本当の信徒であるのか、それとも……異端者であるのかを。

僕みたいな者が大勢いることは、医師にも看護師にも間違いなく、ずっと昔からわかっている。僕みたいな者——逃亡を実現させるために、いかにすさまじい痛みであっても、じっと耐えつづける者。病院にとって、具合が悪い者を治療しないでおくなどということが、どうしてできるだろう？　それはあまりにも危険だ！　夜闇の中、列を作っている大勢の老人たちのように、僕もまた、自己修練を積み、病院への完璧な忠誠を達成しなければならない。あのホテルの女性たちに連れ戻される結果になるのだけは、絶対に許すわけにはいかない。

僕は袋小路にはまりこんでいた。前進することも後退することもできない袋小路……。いや、そうじゃない。まだ前に進む道は**ある**。そう、みずから進んで病院に戻るのだ。病院は常に僕の前に門戸を開いてくれている。実際、僕はまだ逃げ出してはいない。

不意に、目の前にリトル濤《タオ》が現われた。天から降りてきた魔法の兵士のようだった。リトル濤《タオ》は両手を腰に置いて、非難の色を込めた笑みを投げた。僕は恥じ入って頭を下げるしかなかった。

こうして、僕は、リトル濤《タオ》の先導のもと、みずから進んで経過観察室に戻った。いったいなぜ、僕は逃げ出したいなどと思ったのか。病院は、真に僕を守ろうとしてくれている唯一の場所、真に僕に気を配ってくれる唯一の場所だ。室内の空気は依然として極端にすさまじかったけれど、たとえ窒息死しそうになっても、少なくともここでなら治療を受けることができる！　僕は自分が本当に具合が悪いことを認めざるをえなかった。何かが本当におかしかった。僕は重病に侵されている。それというのも、すべては瓶入りのミネラルウォーターを飲んだためなのだ。

治療

21　入院時に燃料サーチャージを払う

夜が明けるまで経過観察室で過ごしたのち、リトル濤《タオ》に付き添われて、Bモード超音波とCTスキャンを受けにいった。僕の状態が深刻なのは明らかだったが、どこがどう悪いのか、進んで教えてくれようとする者は誰もいなかった。結果が出ると、医師は僕を入院させたいと言った。リトル濤《タオ》に連れられて入院科に行ったところ、病床はすべて埋まっていて、実際に入院できるまでの待機時間は一年だと告げられた。シスター漿《ジアン》が死んでしまったので、リトル濤《タオ》は阿泌《アビ》を呼び出し、コネを使って何とかしてほしいと頼んだ。こうしてようやく、僕は入院する運びとなった。

入院費用前払い認可手続きの際に、病院側から出された請求書には、入院するのに必要な経費の明細が逐一リストアップされていた。治療費、薬剤費、室料、食費に加えて、介護士料、バスルーム・サーチャージ（割増料金）、さらには、病院建設費、燃料サーチャージ、エレベーター超過重量費、環境維持費、一般安全管理費、火災安全管理費、などなど。各項目の金額はきちんと明示されている。これらの費用に関して、僕はいっさい質問しなかった。どのみち、僕の財布はすでに彼らが持っているから、僕にはどうすることもできない。事態が進んでいくとともに、僕は、これが単なる経済活動ではなくて、もっと深い意味を持っていることに気づいた。病院に対する患者側のプロフェッショナルな義務の履行、病院に対する語られざる約束を実行する方法……つまるところ、これは、患者が病院を信頼しているかどうかの表明なのだ。

リトル濤《タオ》は僕の保証人のように振る舞った。「あなたは、ここ、C市の重要な賓客《ひんきゃく》なのです。だから、何であれ、お金の問題に遭遇したら、必ず僕に知らせてください。資金が足らない場合は、いつでも病院のローンを借りるお手伝いをします。病院のローンの利息は銀行よりほんのちょっぴり高いだけです。あなたが働いている部署とも、もう連絡をとりました。あなたの部署のトップの方がお見舞いに来られませんでしたか？　医療費は全部、自己負担分も含めて、払い戻しに何も問題はないということでした」

言い終えると、リトル濤《タオ》は、自分の義務はこれですんだとばかりに、どこか他人行儀な握手をして、去っていった。僕は長い間、その場に立ちつくし、シダレヤナギのような若者のシルエットが背景に溶け込んでいくのを見つめていた。何もかもが夢のように感じられた。

入院病棟は外来病棟の奥に位置していて、両者は腸のような長い通路で結ばれていた。病院のこの一帯は、火山のような形状の一連の青灰色の高層ビルで構成されており、上のほうはどこも雲と霧の中に飲み込まれていたが、それでも、建物の最も高い部分に、輝く巨大な紅十字が突き立っているのを見て取ることができた。その輝きは、広大無辺の闇の広がりを貫く超新星さながら、全方向にまばゆい光を放射し、冷たく孤独な神々を包み込む激しい雨と分厚い霧を切り裂いて、全世界を滋養たっぷりのチキンスープのような赤い光の奔流に浸し、地球は真の再生のさなかにある、患者たちよ、希望を持て——そんなふうに伝えているかのように思われた。紅十字を見上げながら、僕は、もう長い間、太陽の姿を見ていないことに思いいたった。紅十字があるタワービルの基部には、何層にも積まれたレンガの山があり、相互に絡み合った奇妙な形の建築用の構造物がいくつもメインビルに取りつけられていて、全域が広大な建設サイトになっていた。周囲にそそり立つ何本ものタワービル群の暗い影に一時的に飲み込まれてはいるものの、雨が上がったあとに、ここで本格的に開始される急激な成長の流れを押しとどめることは誰にもできない——そんな強い印象を与える光景だった。

入院病棟のメインロビーに入った途端、百基を超えるエレベーターが忙しく上下しているのが目に入った。外来病棟と同じくロビーは人の波で埋めつくされ、誰もが押し合いへし合いしている中で、エレベーターの操作係もまた体調が悪そうに見えた。子供の妖怪のように見える操作係たちはみな同じ汚れた白い制服を着ていて、それらは、一点の染みもない医師たちの白い上着や長衣と著しいコントラストをなしていた。操作係たちは怒鳴り、叫んでいて、それが彼らに一種の権威を与えていた。病院側は人員不足で、エレベーターの操作に患者の一部を雇わざるをえないのではないかと、僕は思った。彼らの顔には毅然とした幸せそうな表情が浮かんでいた。ライトブルーの制服を着た女性作業員の一団が、清掃用具を入れたバケツを手に、完璧な左右対称の列を作ってロビーを行進していった。

僕は、突然シーンが切り替わった映画の中にいるような気がした。これに刺激されて、ペースを上げ、何とか一基のエレベーターの前にたどりついて乗り込むことができた。エレベーターの中は蒸し器さながらで、強烈な悪臭に満ちていた。オイルサーディンの缶詰のように患者がぎっしりと詰まり、即座に息が苦しくなってきた。中には、その場で意識を失い、はては死んでしまう者もいたが、倒れるスペースすらなく、生命を失った死体もほかの患者たちの体に支えられて立ったままだった。そんな状態を必死で耐え抜いた挙げ句、エレベーターはついに七十四階に到達した。扉が開くと、目の前に現われたのは、巨大な星間宇宙船を思わせる、さらに広大な迷宮だった。そして、さらにさらに長い時間さまよいつづけたのちに、僕はようやく、入院科でもらった登録用紙に記されていた僕の担当医師のオフィスを見つけ出すことができたのだった。

22 基本的な要件は、良い態度をとること

外来病棟のカオスと不潔さに比べると、この入院病棟のオフィスの環境はこのうえなく清潔で整然としており、一片の埃すらなかった。誰かが、この部屋に防疫措置を施して外界から隔離したとでもいうかのようだった。デスクの向こう側に、痩せた中年の男性医師が座っていた。黒い髪が後ろにきれいに撫でつけられ、どこか女性っぽい雰囲気があって、長い白衣が、ふんわりと膨らんだ袈裟《けさ》のように優美に全身を覆っている。医師は、どこの国の言葉かわからなかったが、西洋の言語で書かれた分厚い医学書に読みふけっていた。そして、僕に目を向けると、こう言った。「ほかのドクターはみな、ミーティングか患者の診察で出払っている。私が当直に当たっているので、必要なことがあったら何でも言ってくれたまえ」その態度は、過度にあたたかくはなく、格別に冷たいというものでもなかった。クリーンな白い顔には、およそ感情というものがいっさい現われていなかった。

自己紹介をすると、僕は、入院費用を支払ったことを示す領収書を渡した。医師は書類にさっと目を通し、キーボード上にさっと指を走らせたのちに、プリンターから何かを取り出した。僕のカルテのコピーだ！　たった今、デスクの上のｉマックから出力したものに違いない。印刷したてのインクの匂いまで感じ取れた。だが、そのファイルを見て、患者のＩＤ番号は合っていたものの、名前が違っていることに気づいた。

「先生がお間違えになったのに違いありません」僕はおずおずと言った。

「本当かね？」医師は横目で僕を見た。「君は、間違いを犯したのは自分では﹅な﹅い﹅と確信が持てるのかね？」

「どうして自分の名前を間違えたりなど……」

「いいかね、病院に来た時点で幻覚を体験しているという者もいる。君は、自分が幻覚を見ているのではないと、どうして確信できるのだ？」

僕は病院に来てから体験したことをすべて思い返してみた。様々なシーンがモンタージュとなって目の前をよぎっていく――あの極度の痛みが幻覚を引き起こしたということはありうるだろうか？　いっさいが、僕の頭が紡ぎ出した夢にすぎなかったのだとしたら？　そうだとしたら、事実、多くのことが説明できる。僕は混乱しはじめた。一瞬、パニックに襲われたのちに、僕は自分を取り戻して言った。「僕が実際、幻覚を見ていた可能性があるとは思いません。僕は胃に問題があります。痛みがあまりにひどくて、時に、このまま死んでしまうのではないかと思ったほどです。これは頭の中で想像できるようなことじゃありません」

「よろしい。では、君の名前は？」

「楊《ヤン》　偉《ウェイ》です」僕は改めて言った。

医師はじっくりと考えをめぐらせたのち、もう一度、僕の診療ファイルのコピーをプリントアウトした。そして、僕の状態について注意深く質問しながら、細かくメモを取り、僕の氏名・年齢・職業・症状・日々の病状の詳細・過去の病歴を改めて記録した。

「次に僕は何をすることになるんでしょう？」協力しようという思いから、そう尋ねた僕だったが、実のところ、次にどんなことが待ち構えているかについては不安を拭えなかった。

「まず、検査をいくつか受けてもらう」このプロセスがすでに何度も行なわれていることを、医師は正確に知っているように思われた。

「僕はこれからどのくらいの期間、入院している必要があると思われますか？　僕は歌を書かなければならないんです」自分をC市に連れてきた第一のタスクを、僕は忘れていなかった。これだけで、僕には目指すべき目標があるのだという意欲を与えてくれた。シスター漿《ジアン》と阿泌《アビ》によれば、僕は街の重要な賓客だということだったから、病院にもこの情報を知らせておくべきだと思ったのだった。

医師の薄い皮膚と、学識に覆われたファサードの奥に、嘲笑の色が浮かんだのを検知したような気がした。「そんなことを心配するのはやめたまえ。病室でも、歌を書くのはいつでもできる。ここには、市内のどの病院にもまさる最高のコンディションが整えられているし、患者によるいろんなパフォーマンスや展示会もしょっちゅう開催されている。病院の大晦日《おおみそか》ガラ・コンサートに参加することもできる。私が保証してあげよう、ここにいることが君の創造力の邪魔をするようなことはいっさいない。それどころか、君に、新たな芸術的高みにいたる刺激を与えてくれる可能性すらある。これはすべて、我々の治療プログラムの一環なのだ」

医師は何もかも、これ以上ないほどクリアに説明してくれた。僕が今見ていることこそがリアルであって、たとえ幻覚があったとしても、それはすでに消え去ったと感じさせてくれた。しかし、そこで、医師はどこかとらえどころのないまなざしで僕を見た。僕の品定めをしているかのようでもあり、暗に謝礼を求めているかのようでもあった。僕の内に再び不安が湧き上がってきたが、僕はもう財布を持っていないことを思い出し、視線をそらして窓の外を見た。濃密な煙霧と気の滅入るような雨の広がりを通して、輝きわたる紅十字の光に照らされた眼下の中庭が見えた。中庭には中国式の庭園があるようだった。そして、僕の目は、その庭園に巨大な鉄の檻があるのをとらえた。

僕は医師に再びこう尋ねずにはいられなかった。「僕の病気がどんなものなのか、正確に教えていただくことはできませんか？」

「君はまだ、自分が病気だとは思っていないのかね？　私は、君が外来で、すでに病院に対する信頼を築いたとばかり思っていた。治療の基本的な要件は、良い態度をとることなのだ」この医師はすべてを見通しているようだった。口から出るひとことひとことが的を射ていた。

自分が場違いなことを話していたのに思いいたって、どっと汗が噴き出してきた。僕は心に誓った。これからは口を閉じていよう。沈黙を守ろう。

医師は、これからの診察の準備のためにということで、書類をひとやま渡してよこし、必要なことをすべて書き込むようにと言った。

「ありがとうございます。心から感謝します」僕は本気でそう言った。

そして気づいた。これまでにやった検査をすべて、またも受けることになる！ とはいえ、少なくとも、今ではもう検査そのものには慣れているし、メンタルの準備も充分にできている。定期来院者として、病院で物事がどんなふうに進められるかは理解しており、これら種々の検査に伴うリスクも充分に承知している。たとえば、人体の原子と放射線の相互作用は、不対電子を生じさせ、これがやがて遺伝物質の破壊につながること。また、検査というものが往々にして、さらなる検査をもたらすということもわかっている。だが、シスター漿《ジアン》が言ったように、これらの検査が医学の進展にもたらすポジティヴなインパクトは計り知れない。残念なことに、付き添ってくれる者はもう誰もいないけれど、僕には全体像がわかっている――入院するということは、その患者がみずからを完全に病院に委ねることを意味するのだ。

それから検査づくしの一週間を経て、ついに、ドクターの指示した検査計画がほぼ終了した。この計画には、外来で受けたよりもずっと多くの検査が含まれていて、中でも、遺伝子シーケンシングは、この僕にとってさえ初めての、まったく新しい検査だった。

僕が入ったのは一般入院病棟の一六八号室だった。百平方メートルはないと思われる部屋に四、五十人の患者が詰め込まれていた。ドクターのオフィスがある素晴らしい環境とは著しいコントラストをなしていて、患者用の部屋はどこも古く、くたびれ果てていた。壁は汚れ放題で、いくつかのベッドは脚が折れ、床一面にゴミが散乱し、ゴキブリとムカデがいたるところを這いまわり、ハエが部屋じゅうを飛び交い、隅には蜘蛛の巣が張り、酸素装置は壊れ、エアコンには故障中の紙が貼られ、浴室のトイレのタンクにはカバーがなかった。僕は外来病棟に舞い戻ったような気がした。

入院した時から、僕は、自分の名前がプリントされた青い縞模様の患者用の長衣を着ていた。そして、白黛《バイ・ダイ》という名の若い女性患者と知り合いになった。彼女は二十五歳で、シスター漿《ジアン》や阿泌《アビ》よりもずっと若かった。きっかけは何だったかはっきりしないが、僕たちはすぐにとても親しい間柄になった。

白黛《バイ・ダイ》はしょっちゅう僕を病棟外の散歩に連れ出した。僕を元気づけ、病院のこの新しい環境に慣れる手助けをしようとしているかのようだった。今後の診察と治療に向けての準備をさせようとしているようにも思えた。彼女はこれまでも、ほかの患者にこんなふうに接してきたのだろうか。入院後に、これほどまでに心あたたかい女性に出会うとは想像もしておらず、シスター漿《ジァン》と阿泌《アビ》がいなくなって以来、ずっと寄るべのない気持ちに包まれて過ごしてきた僕にとって、白黛《バイ・ダイ》の気遣いは、身体の痛みさえいくぶんか、やわらげてくれるように思えた。

23　病気になって初めて、真に重要なことは何かがわかる

ある日、僕と白黛《バイ・ダイ》はエレベーターで地上に降りて、庭園に行った。そこは病室とはまったく異なっていた。庭園は僕の目を開き、病院に対する新しい見方を与えてくれた。こんな天国のような庭園が存在しうるのは、入院病棟のエリアだけだろう。患者はここで、その他の雑事から意識を切り離し、心身の回復に専念できる。僕はこれまでの経験をもとに、この庭園は病院の心理セラピー・プログラムの一環として作られたに違いないと結論づけた。小さな橋、何本もの流水、巨大ないくつもの庭石や小さな築山が配置され、曲がりくねった細い道はまるでアラビア語を書き綴ったように見える。庭園を散策しているうちに、病室の汚れきったカオス状態と恐ろしい悪臭は、頭からすっかり消え去ってしまった。

白黛《バイ・ダイ》と僕は傘をさしてのんびりと歩き、巨大な鳥の檻に近づいていった。白黛《バイ・ダイ》が檻にとめつけられた掲示板を指し示した。そこには〝インド孔雀〟と書かれていた。その下に数行の説明文があり、最下段に、太い金文字の中国語でこう記されている。**仏陀いわく、不死鳥はこの世には存在しないが、それに代わるものとして孔雀がいる。**

　掲示板の前に立った僕は思った。病院はむしろ動物園か寺院に似ているのではないか。正直言って、こんな問いが頭をよぎったことはこれまで一度もない。入院病棟はそれまでの病院体験とは大きく異なっていた。何もかもが微妙な色合いに覆われ、秘密めいた雰囲気に包まれていた。世界が進化し、僕は今や、より高次の進化の段階にいるかのような気がした。しかし、内なる平穏の場――あらゆるものを受け入れることのできる場――に到達するにはなお、一定のプロセスを乗り切る必要がある。ドクターが、心配しないようにと言いつづけているのも不思議なことではない。

　鳥の檻は僕の好奇心を強く刺激した。孔雀はどこにいるのかと思ったものの、ひと目見ただけで、檻の中に生きているものがまったくいないのは明らかだった。空《から》っぽの金の檻は、やむことのない雨によって錆色に変じ、頭上はるかな高みから放射される紅十字の豊潤な赤い輝きに浸《ひた》されていた。檻は僕を虜《とりこ》にしようとしているように感じられたが、同時に、そこにはどこか恐怖を呼び覚ますものがあった。檻のまわりには、卒塔婆《そとば》を想起させる花籠が積み上げられていた。以前は競い合うように咲き誇っていたはずの色とりどりの花は、時間がたつうちにどれもが色あせて黒と白のモノトーンに変じ、かつての美しさは癌細胞に侵されたかのように完全に破壊され失われていた。この花籠の山はおそらく、患者の家族が見舞いに持ってきたものを、看護師たちがまとめて外に運び出したのだろう。庭園に華やかな一画を作り出し、長期の入院患者たちを喜ばせて、祝賀の雰囲気を盛り上げるために。すべての人が生き延びるための闘いを繰り広げている外来病棟に対して、ここ、入院病棟の患者たちは、このうえなく周到なプランに基づいた全面的かつ徹底的なケアを享受しているのだ。

濃い青灰色の高層ビル群で構成される入院患者用の複合施設が周囲に連なる庭園は、外の世界から切り離された深い渓谷のようだった。高い山並みにぐるりと囲まれて、途切れることのない雲から降り落ちてくる雨を浴びている谷間。そこに、僕たちがいる。僕と白黛《バイ・ダイ》、歳も世代も違う男と女。血の気のない死体のように見える二人が、鳥の檻のまわりを歩いている。何回まわったのか、いつか僕にはわからなくなっていた。執拗な小糠雨《こぬかあめ》が続き、太陽も月も、まったくその存在をうかがうことができない中、赤い輝きが僕たちの影を追う蛇のように地を這い、外に向かって伸びていって、十字の形に分岐していく。超自然的でありながら、完璧に自然なその動きに、僕は見知らぬ世界へと連れ去られ、様々な奇異な思考の奥に迷い込んでしまう。

そんなふうにして、いったいどのくらいの時間、歩きまわっただろう。やがて白黛《バイ・ダイ》が言った。「外に出てこなかったら、この檻を目にすることもなかった。そうでしょう？　ブラザー楊《ヤン》、これって、太陽が見えるかどうかより、ずっとずっと重要なことよ」

「そのとおりだ」僕はすぐに答えた。「ここに鳥の檻があるなんて考えてもみなかった！　まるで星の代役みたいだ。ある意味では、これがあらゆる病気の源のように見える。このことがわかったのだから、僕たちはもう心配しなくていいんだね」僕が入院を許された真の理由がついにわかったような気がしたと同時に、この世の病《やまい》と痛みのすべてが、この偉大な光から生じているように思われた。僕は頭《こうべ》を垂れ、そうして僕たちは散策を続けた。やがて、僕は白黛《バイ・ダイ》に尋ねた。「君はどんな病気にかかっているの？」

「たぶん、尿管癌と膣瘻《ちつけい》。それと、長期のＡＤＨＤ（注意欠如障害）もあると思う。あなたは？」

「僕はまだ診断を待っているところなんだ。もしかしたら、医師にはもうわかっていて、単に教えてくれないだけかもしれない」

「途中経過にイライラしたりしないように。治療というのは一日でできるようなものではないのだから」

「僕はどのくらい、ここにいなければならないんだろう」

「一生ここで過ごす人もいるわ」

凍りつくような寒気《さむけ》と熱い快感が一緒くたになって背筋を駆けおりていった。「この病院にはとんでもない資金があるって聞いた。何と言っても、C市の中央病院だからね。でも、それならどうして、病室があんなひどい状態なんだろう？　どうして一部でも改装しないんだろう？」

「実際のところ、病室はそんなにひどくないわ。患者のレベルにマッチしているという点では上等なものよ」

僕は、白黛《バイ・ダイ》が、現状は患者が多すぎるからだとか、それに類したことを言うものとばかり思っていた。彼女の今の言葉は、厳密にはどういう意味なんだろう。患者は、現在のレベルのサービスしか受けるに値しないということなのか。それとも、全部が全部、大統領をもてなすみたいに豪華絢爛たるものである必要はない、僕たちが今の状況に慣れることができる限り、現状で充分だ――そんなことを意味しているのか。その時、濃霧の背後に見え隠れしている入院病棟の天辺から、建物の側壁を、何かがなだれ落ちてくるのが見えた。まるで巨大な緑の瀑布のようだったが、ただ、それは水のようには見えなかった。僕は白黛《バイ・ダイ》に尋ねた。「あれは何だ？」

「痰《たん》よ」白黛《バイ・ダイ》が答えた。「患者たちがこれまでに咳と一緒に吐き出してきた痰」

僕は信じられない思いで瀑布を見つめた。あのどろどろした、病原菌でいっぱいの胸が悪くなるような痰が、どうしてこんな息を飲むほどに美しい絵画のような光景に――ファン・ゴッホかモネくらいにしか生み出せないヴィジョンに――変容できるのか、僕には想像もつかなかった。紅十字と、庭園の黒と白の花々、そして鳥の檻の暗赤色と組み合わされた時に初めて、この緑の瀑布は、究極の酔夢ともいうべきシーンを作り出す。ハリウッドのいかなる特殊効果も、これほどまでの言葉にしえない美を再現することはできないだろう。僕は首都にある夏宮を思わずにはいられなかった。

「ブラザー楊《ヤン》、入院が認められるまで、どれくらいかかった？」白黛《バイ・ダイ》が尋ねた。

「うーん、よく憶えていないけど、二、三日というところだったかな」

「そんなに早く！　誰か裏で手をまわしてくれた人がいたのね」

「うん、手助けしてくれた人がいた」

「お礼は充分にした？」

「ああ」

「それなら大丈夫、その人たちが絶対にあなたを死なせはしない」

「どんなもんだろう。僕は、自分の病気がどれほど深刻なのかもまだわかっていないんだ」

「いったん入院したら、最初のステップは、自分のアイデンティティを立証すること。次のステップが診断」

「昔の格言のように聞こえるね。〝魚と熊の掌《てのひら》、ほしいもの二つを同時に手に入れることはできない〟みたいな」

「そのとおり。それに、ハイゼンベルクの不確定性原理もある。最近、とてもよく知られるようになった量子力学の原理よ」

僕は、ハイゼンベルクの不確定性原理とやらが何なのか、まるで見当がつかなかったけれど、直感的に、白黛《バイ・ダイ》が、ここ、病院では確かなものは何もないということを言おうとしているのだと思った。すべてが確実なものであるかのように見えるとすれば、それは、実際には、確実なものは何もないということを意味している。言葉を換えると、僕が患者としてのアイデンティティを明確にできるなら、僕を現実に苦しめている病気が何なのかを明らかにすることは決してできないということになる。

白黛《バイ・ダイ》が続ける。「今どきは、少しばかり言い古された決まり文句に聞こえるようになったけど、現実にはとても有用なものよ。ただ、それよりももっと重要なのは、あなたが入院する前に起こったことは何もかも、もうどうでもいいってこと。本当に重要なことが何かがわかるのは、病気になってから……病気になって初めて、真のチャレンジの意味がわかるのよ」

白黛《バイ・ダイ》の言葉には、哲学的な真実の色合いがあったが、同時に、かなり弁証法的――正と反の対立矛盾する内容を含むものでもあった。シスター漿《ジアン》の明確かつ率直な姿勢とは大きく異なっていた。正直言って、パートタイムのソングライターには、白黛《バイ・ダイ》の語ったすべてを完全に理解することはできなかった。それでも、彼女に出会えたのはこのうえなくラッキーだったと感じていた。

この時点から、病院での僕の体験はどんどん深いものになっていった。入院したのちに初めて、僕は、それまでに体験したことのいっさいが、これからやってくるであろうものに比べて、著しく色あせていくことに気づいたのだった。

24　生き残らない者に、世界など必要ではない

一般病棟のベッド数がいったいいくつあるのか、誰にもわからない。一万から十万の間というところだろうか。一方で、スタッフの数もまた計り知れず、途切れることのない医師と看護師の大軍団が昼夜休みなく仕事に当たっていた。廊下には、西洋医学史上、名高い医学者たちの肖像画がずらりと飾られている。ガレノス、エールリヒ、バス、ヴェサリウス、パスツール、パブロフ、モーガン、ハートウェル、ハイマンス、ラントシュタイナー、モンタギュー、グリーンガード、ヴォーン……。病院は著名な中国の画家に委嘱して、これらの肖像画を描かせたということで、この肖像画群の最重要

作品は、アメリカ人ジェイムズ・デューイ・ワトソンと英国人フランシス・ハリー・コンプトン・クリックだった。彼らは、DNAの二重螺旋構造モデルを初めて提示した。これは、原子爆弾の発明や人間を月に送った事業に匹敵する科学的な偉業だと言われている。また、大きな掲示板に、名高いヒポクラテスの誓いが記されていた。「私は、自分の持てる限りの力をつくし、持てる限りの方法を用いて、患者を治療するためにあらゆることを実践する。患者には、いかなる痛みも害ももたらすことはしない。誰の家に入ろうと、治療を提供することが私の唯一の目的である。私心に基づいて行動したり、賄賂を受け取ったり、異性を誘惑したりするようなことは、いっさいしない」僕は掲示板の前に立ち、かなりの時間をかけて、この誓いを注意深く読んだ。誓いの横には、医学史における偉大なる発明の数々のリストがあった。顕微鏡、体温計、ワクチン、聴診器、麻酔薬、殺菌剤、アスピリン、人工透析器、ナイスタチン（真菌＝カビの殺菌剤）、化学療法、経口避妊薬、放射免疫測定、内視鏡、ペースメーカー、臓器移植、人工心臓、クローン技術、遺伝子シーケンシング――どれもが異なる時代の西洋の科学者たちによって広められていったものだが、今では我々自身の手によって十全に管理・運用されている。これらの掲示には、患者たちにさらなる自信を提供しようという意図に基づくのだろう、数は少ないものの、いろんな患者によるタレントショーの際に撮影されたカラー写真も添えられていた。そして、これらの写真および展示物のすべての上に、病院のモットーに違いないと思われる、短いパワフルなメッセージがあった。〝実効性、イノベーション、プロフェッショナリズム、献身〟。宣伝広告の類はいっさいなく、物売りもいない。患者に食事を運ぶのは一群の看護助手の仕事だった。これら高品質の食事は、資格を持つ管理栄養士の指導のもとに、専門の料理人によって調理されていた。メニューには、ナマコ、亀、ビーフ、豚レバー、子羊の腎臓、骨つきリブ、伊勢海老、タラ、ポーク・テンダーロインの肉団子スープなどがあったが、これらの高級料理は値段が恐ろしく高く、多くの患者には手が出なかった。たいていの者は代わりに即席麵を食べていた。

毎日午前中に、医師たちがそれぞれの患者の状態を診にやってくる。僕の担当医は、髪をきっちりと撫でつけた、あの、女性っぽく見える中年の男性医師だった。バウチという名前だった。ドクター・バウチは医長の肩書を持ち、医学校の実習医を指導する医師のひとりで、若い医師たちは彼を〝教授〟と呼んでいた。ほどなく、彼は僕との面談をセットアップした。その時点でも、僕の病気は謎のままで、このような症状は病例集では過去に事例を見ないと告げられた。

病棟には小さな売店が設置されていて、僕はそこで、ベッドで使うおまると即席麺を一パッケージ買った。財布はとうに手もとになかったから、代金は単につけということになった。病棟にはまた図書室があって、新参の患者たちはみなそこに行っていろんな本を借りていた。一番多いのは医学書で、何度も読まれたせいでほとんどがばらばらになりかけていた。僕は『研究報告書の理解の仕方』、『生検アトラス』、『胃手術の手引き』など数冊を借りた。そして、これらの本を読み進めていくうちに、ハイゼンベルクの不確定性原理を含め、病気や病院のことを深く理解するようになりはじめた。

長く入院している患者は、あまり本を読まない。彼らは、医学知識に関しては、基本的に、歩く百科事典と言うべき存在だった。大半が医師たちと同等の知識を持っていて、あらゆる種類の疾病と機能不全に対する様々な理論と実際の治療法に関して何日間も話しつづけることができるほどだった。彼らが入院病棟の医師たちの名前を口にする時は、まるでそれぞれの家の宝を注意深く列挙しているかのようだった。

ドクター・バウチは強い責任感の持ち主だった。最初に会った時、僕のカルテでミスをしたとはいえ、あれも、あとで考えてみると、単にコンピューターの問題だったのかもしれないし、もしかしたら僕が本当に幻覚を見ていただけなのかもしれない。ドクター・バウチは、患者に、とても冷たい人物だという印象を与えることがしばしばだったが——時には、少し意地悪だと思われることさえあったが——、面と向かって話をするといつもたっぷり時間を取っていろんな質問をし、あらゆることを忍耐強く説明してくれた。時間に関しては本当に惜しむことがなかった。担当している患者は百人以上に及んでいるにもかかわらず、全員のカルテをことごとく隅から隅まで知りつくしていた。もちろん、自然なこととして時折癇癪《かんしゃく》を起こすこともあった。たとえば、ある患者が化学療法の辛さにそれ以上耐えられず、病院から出ていこうとした時、ドクター・バウチは患者を怒鳴りつけ、それから二時間、病院を出ていくのがどれほどありえないことであるかを滾々《こんこん》と説明した。彼のスピーチが終わった時には、逃亡を試みた当人も含めて、病棟じゅうの全患者が涙に暮れていたものだ。

ドクター・バウチは、自分の巡回診療に関しては極度に実務的で、すべてを自分でやった。担当患者のカルテを、コンピューターを使ったり実習医にやらせたりせずに、自分の手で書くこともしばしばだった。彼はまた、実習医に関しても、きわめてよく理解しており、ひとりひとりのことをよく考えていた。ある時、僕はこんなシーンを目撃した。医学校の実習医をひとり連れて、病室にやってきた時のことだ。オールド柯《カ》という名の患者を診察したのち、ドクターは実習医にこう言った。「この人の胸の音を聴いて、正常でない音は何なのか、私に説明してみなさい」実習医は三度、聴診器を当てたものの、それが何の音なのか、説明できなかった。オールド柯《カ》は怯えはじめたが、ドクター・バウチは落ち着いて学生に繰り返した。「もう一度、聴いてみたまえ。君がきっと聴き分けることができると、私は信じている」

学生は、八度聴いたのち、ついにこう言った。「この風のようにヒューヒューという音は、僧帽弁閉鎖です」

「そのとおり！」ドクター・バウチは恍惚とした様子で答えた。「君にとって、今日は真に新しい始まりを画する日になる。あの音を聴き分けるのに、たった十五分しかかからなかったのだから！これは、私の指導のもとに十人の患者の胸の音を聴かせるよりもはるかによいことだ。というのも、君はひとりでこの音を聴き分けたのだから！」その時、オールド柯《カ》が失神した。ドクター・バウチは患者に歩み寄って、こうささやいた。「ナーバスにならないよう。約束しますよ、あなたを当病院の大晦日ガラ・コンサートに招待します！」

ドクター・バウチはまた、看護師たちともすばらしい関係を築いていた。折々に、彼ら相手に冗談を言い合っていたが、いざ仕事となると、医師・看護師の区別なく一体となって働いた。この尊敬すべき医師は、普段、病棟の高層階のひとつで寝泊まりしていた。一度たりと帰宅しているようには見えなかった——自宅というものがあるのかどうかも、僕にはわからなかった。ドクター・バウチが担当医になったのは、僕にとって生涯最大の幸運だったと言っていい。

日々、三度の食事を別にすれば、病院にいる時間で最もエキサイティングなのは治療だった。患者の数はたいへん多かったが、少なくとも原則として、入院患者はみな、個々人にカスタマイズされた個別の治療プログラムの第一段階に入っていた。集団治療から個別治療へと移行していたのだ。これは病院の最新の改革事項で、患者それぞれを新しい環境に適応させることが意図されていた。患者ひとりひとりの生物学的データが抽出され、各人の遺伝子表現型と診断結果に基づいて、個人に特化した電子医療ファイルが作成される。ここから得られた結果・知見をもとに、標的を定めた投薬計画が策定される。一般に〝高精度医療〟と言われているものだ。ひとりひとりの体はみな違う。あらゆる種類の異なった医療がごちゃ混ぜになっていた時代は過去のものとなった。僕が聞いたところでは、それぞれの遺伝情報に基づいて、個々の患者の症状に応じて特別にデザインされた薬剤もあるという。こうした形の治療がきわめて高額であることは言うまでもない。

治療中は、虹のような様々な色の点滴のバッグと瓶が何十何百と天井から吊り下げられ、カラフルな熱気球の海さながらの様相を呈する。おかげで、病棟は遊園地か幼稚園の教室のような趣《おもむき》になる。患者たちはみな大喜びで、静脈中に入っていく点滴液がポトリポトリと滴下する回数を数える。さらには、自分で点滴の速度を調整するのが楽しくてならないという者もいて、滴下の速度が速まったりゆっくりになったりする様子を見つめる。この、どちらかというと伝統的な治療は、患者たちの気持ちを落ち着かせる一助になっている。

トイレに行くのはもう少し厄介な作業だ。トイレは共用なので、列を作って待たなければならず、加えてトイレと洗面台の多くが壊れている。列の自分の前の患者が便秘だったりすると、フラストレーションはいやましにつのる。しかし、しばらくすると、僕たちはみな、忍耐と自制心を身につけていく。

病院の銀行に治療費のローンを申請する窓口で長い列を作って待つことにも慣れていく。病院の銀行は紅十字慈善財団によって運営されている。オープンするのは週に一度、木曜の午後だ。窓口は病棟のホールの端に位置している。各患者は、医療と財政状態の双方を含むとてつもない量の書類に必要事項を書き込まなければならない。そののちに窓口に行き、借り入れ可能なローン額を決定するために、書類を精査してもらうことになる。申請する患者の数はたいへん多く、時には前日の夜から列を作る者もいて、最終的に、事態をもう少し楽にする方法が考え出された。自分の患者番号を到着した順に白い紙に書き込んで、それを窓口の前に置いておくというものだったが、しかし、窓口が開くや、そんな決めごととは関係なく、列は即座にカオス状態を呈し、あっという間に、押し合いへし合いの競争へと戻っていった。

ドクター・バウチは、僕が最初に入院を許可された際、契約書にサインした。契約書には、彼は現金の詰まった赤い封筒を渡そうとする試みの類はいっさい拒否すると明言されていた。僕はこれまで、ほかの患者たちが努力を惜しまず、担当医にあらゆる種類のギフトを贈るのを――それもしばしば白昼堂々と渡すのを――目のあたりにしてきた。医師たちのもとに新鮮な果物の詰まった木箱を持ち込む者もいれば、商品券や現金を直接医師のポケットに滑り込ませる者もいた。スマホやラップトップを渡す者さえいた。そして、これらの贈答品を拒否する医師は一度も見たことがない。この状況は僕の自尊心に強烈な打撃を与えた。僕は財布を没収されていたから、担当医に贈り物をするすべはまったくない。ほかの患者たちはどこで、これらの金を調達しているのか、僕には理解できなかった。彼らは入院時に個人的な持ち物を病院に預ける必要はなかったのか？　僕の体験には何かが欠けていて、理解していないことがなお山のようにあるようだった。不思議なのは、赤い封筒を受け取るかどうかにはかかわりなく、また、受け取った金の額がどのくらいかにはかかわりなく、賄賂や贈り物は、医師たちがどう仕事を行なうかに、まったく影響を及ぼしていないように思えることだった。医師たちは、自分たちがやることになっている作業を淡々と続けているばかりだった。

　僕が最初に入院を許可された時には同室には数人の女性患者がいたが、みな様々な病気のために死んでしまい、女性で生き残っているのは、今では白黛《バイ・ダイ》ひとりになっていた。白黛《バイ・ダイ》には神経症気味なところがあり、かなりエキセントリックではあったけれど、同時にきわめてシャープで知的でもあった。まさに〝わが道を行く〟若い世代のひとりだった。唯一の悪しき習慣は、医師の目を盗んでこっそりタバコを吸うことだった。男性患者たちは、女性患者がほぼ完全にいなくなった現実に対処することができないようだった。当直医がその日の巡回を終えて病室から去るやいなや――看護師が次に投与する薬を持ってくる前に――彼らは直ちに寄り集まり、互いに堅く抱き合って、巨大な身体のかたまりを形作りはじめる。絡み合った体のかたまりのあちこちから首が伸び、天井のほうに向けられて、それぞれの肺の中に溜まっている痰でいっぱいの呼気を吐き出す。かたまりからは身体の様々な部分が突き出し、蠕虫のように捻《ねじ》れ、ピクピクと震えて、今にもポトリと落ちてしまいそうに見える。この男性患者たちの異様な振る舞いは、女性に触れてもらうことを懇願しているかのようではあるのだが、同時に、その過程で、それぞれの痛みをやわらげようとしているように見えなくもない。患者たちは、このような形で、お互いに助け合いサポートし合っていると言える。ただ、そんな中に女性が現われると、彼らはまたすぐに、はてしない内輪もめに戻っていくのだ。

病棟において変化することなく存在しつづけているひとつのテーマが痛みだった。僕はすでにこれに慣れていた。極度の痛みは、個人を歪め、捻じ曲げて、見るに堪えない醜悪な姿にしてしまう。この痛みと醜さは、病院の庭園の、この世のものならぬ美しさと決定的なコントラストをなしていた。同じ部屋で、ほかの男性患者たちが全員積み重なって山をなしている中で、僕の痛みは悪化するばかりだった。

痛みが耐えがたくなると、僕はどうしようもなく、こんなふうに考えてしまう——僕はC市で最も重要視されている賓客《ひんきゃく》のひとりだと彼らは言ったではないか。そんな僕のために、どうして個室を用意してくれないのか。僕も最後には、この悲惨な男性患者たちと同じようになってしまうのか。僕はホテルの部屋でミネラルウォーターを飲んだだけなのだ！　僕は、B社のコーポレート・ソングを書くためにこの街にやってきた。そのことは、まだ忘れていない。でも、そうしたことはすべて、ひとつ前の人生でのことのような気がする。これが、僕を欺き、誘い込む、何か周到な陰謀である可能性はないだろうか。

いや、そんなことはどうでもいい。僕は自分に警告した。僕は自分の意思でこの病院に来たのだから、逃亡することなどありえない。僕は逃げ出したくない。僕の病気を治すには、この状況に適応しなければならない。病気という観点から見れば、人間はみな平等だ。生きることは至難の業《わざ》ではあるけれど、生き残らない者には、世界など必要ではない。この感覚は現代という時代に特有のものではなく、たとえば、古代ギリシアの哲学者プラトンは二千三百年以上も前に、こんなふうに言っている。「これが、あなたの国で認められている医術の様式であり、これが法の様式である。いずれも、良き本性を持つ者を助け、魂と身体に良き健康を与える。だが、身体を病んでいる者は死ぬに任せるしかない。腐敗した救いがたい魂は、おのずと死を迎えることになる」

遠い昔、僕はこんなふうに考えていた——歌を書くことは傑出した才能のなせる業であり、これが僕を社会の有用なメンバーにしてくれる、誇らしい気持ちにさせてくれる、と。だが、もはや、そんなことはこれっぽっちも思ってはいない。病院は、人間の思い上がりとナルシシズムを一掃する場なのだ。この考えを頭に刻み込んで、僕はほかの男性患者に近づきすぎないようにしようと決意した。これが結局、白黛《バイ・ダイ》と二人だけで多くの時間を過ごす理由にもなった。

続いて、一連の思いがけない出来事が起こることになった。

僕が入院を許されてまもないある日のこと、白黛《バイ・ダイ》が突然、病室の窓台に登った。旗を打ち振るかホイッスルを吹き鳴らそうとしているかのように背筋を伸ばし、すっくと立った彼女は、室内の患者たちに向けて、こう叫んだ。「医者がどんなふうに死ぬか、知りたくはない?」

僕は完全に不意をつかれた。彼女は、自分で作ったことが明らかな青い縞模様の患者用の長衣を着ていた。それは彼女の体をぴっちりと包んでいて、血の染みがいくつもついていた。突然、激しい風がかたわらを吹きすぎていったような気がした。成熟期にある女性の際立った体つきがくっきりと浮かび上がったのだ。男性患者たちの灰色の広がりのまっただ中で燦然たる光輝を放つ、燃え立つ人魚のような白黛《バイ・ダイ》の姿に、僕はすっかり魅了されてしまった。もし彼女が、あの医師の白い長衣を着るようなことがあったら、いったい何が起こるだろう。僕は、そんな思いが湧き上がるのを抑えることができなかった。

25 医者がどんなふうに死ぬか、知りたくはない?

のちに、白黛《バイ・ダイ》がこの問いを発したのはこれが初めてではないことを、僕は知った。彼女はしょっちゅう大声で、患者たちに向けてこの問いを投げつけていた。ただ、いつ、この行為に及ぶかは、完全に彼女次第だった。

　これまでの人生でずっと僕は病院に行くのに慣れていたけれど、患者がこんなふうに言うのを聞いたことは一度もなかった。**医者はどんなふうに死ぬのか？**――いったいどこの誰が病院でこんな問いを発するというのか？　この衝撃的な言葉を耳にすると、ほかの患者たちはみな色を失い、あわてふためいてベッドに戻って、毛布の下にもぐり込む。医師と看護師たちが、こんな言葉を聞きつけようものなら、どんな恐ろしいことが待ち受けているか、誰にもわかりはしない。

　僕が初めてその言葉を耳にした時、ベッドに逃げ込まなかったのは僕ひとりだった。隠れたいと思わなかったわけではなく、単に病院では医療資源に制約があるという、それだけの理由からだった。要するに、四、五十人の患者に対して二十程度のベッドしかなかったからだ。このために、治療を受ける際はもとより、単に寝るだけの時も、ベッドは交代で使わねばならなかった。毎日、一部の患者は否応なく除外されてしまう。自分だけのベッドを持っているのは白黛《バイ・ダイ》だけで、男性患者は全員、身を縮めてひとつのベッドを一緒に使わなければならなかった。みな、基本的に、このベッド共用ポリシーを受け入れていたが、中にはずっと床で寝ている者もいた。当然ながら、入院してきたばかりの新参者のひとりである、僕のスペースはなく、どの患者と一緒にベッドに逃げ込めばいいのかもわからなかった。なので、白黛《バイ・ダイ》が窓台から異様な問いを投げつけてきた時、僕は馬鹿みたいにその場に突っ立ったままだったのだ。

　最初のショックを何とか克服すると、イマジネーションが暴走しはじめた。初めは、白黛《バイ・ダイ》は、自分の権威を侵犯しようとする男性患者たちの意図をくじくために、このささやかなショーをやっているのだと推測したが、ほどなくそれは当たっていないことがわかった。白黛《バイ・ダイ》に歯向かおうとする男性患者など、ひとりとしていなかった。

ベッドに逃げ込んだほかの全員とは違って、僕が固まったままその場に突っ立っているのに気づいた白黛《バイ・ダイ》は驚いたように見えた。だが、すぐに僕に笑みを投げると、窓台から跳び降りた。目を細め、漂う幽霊のようにすうっと僕のもとにやってきた。柔らかな両手が僕の手を堅く握ったのが感じられた。そして、そのまま、僕は部屋の外に連れ出された。僕はイルカと遊んでいるような感じがした。彼女とのやりとりは、シスター漿《ジアン》相手に経験してきたものよりもずっとつかみどころがなく、しかもリアルだった。ひたすらためらいながらも、僕はひそかな快感を覚えずにはいられなかった。

廊下を歩いていく途中、僕はずっと医師か看護師に出くわして尋問を受けるに違いないと考えつづけていたのだが、予想に反して、僕たちの前には、どの扉もごく普通に開かれていた。たぶん、白黛《バイ・ダイ》は、シスター漿《ジアン》や阿泌《アビ》と同じく、病院では古顔で、自由に行動することができるのだろう。あるいは、医療スタッフにはすでに、逃亡を試みる者などひとりもいないということがわかっているのかもしれない。入院の認可を得た者は、その時点で宝くじに当たったも同然――つまり、入院自体がこのうえなく難しいことから、誰かが逃げ出すのを予防する手立てを講じる必要はいっさいないというわけだ。これもまた、この病院が先進的かつ文明化されていることを示すひとつの証左だと言える。

僕たちは再び鳥の檻を見るために庭園へと降りていった。檻は依然として空《から》っぽだった。

そのことにがっかりしたわけではない。僕には若い女性患者の連れがいるし、二人して檻と花々を嘆賞できる。この状況のすべてが、僕の痛みを軽減してくれた。白黛《バイ・ダイ》の興奮状態は伝染性があり、僕の心にも波のようなあたたかさが溢れかえった。僕たちはのんびりと庭園の散策を続けた。

この女性はいったい何者なんだろう？　彼女はどうしていつも僕のそばにいてくれるんだろう？

僕は何度もこっそりと白黛《バイ・ダイ》に目をやり、改めて、何と見事なプロポーションだろうと思った。こちらを突き通すようにきらめく目、輝く白い歯、力強く輪郭のはっきりした骨格がうかがえる顔、英雄的な自信を感じさせる雰囲気。ぴったりした患者衣は体の曲線を際立たせ、表面的には、具合が悪いところを示すものは何も見られない。ただ、何かを一心に考えている時には、眉が歪み、押しつぶされた二匹の毛虫のようになる。頬に沿って垂れた短い黒髪は、完璧な力強さと優美さのコンビネーションを誇示している。彼女は、暗く抑圧的な病院の美を切り裂く一閃の稲妻のようだった。

庭園に入るドアはどこも広々と開かれていたが、病院の外に出る道はひとつもなかった。ただ、それは問題ではなかった。僕たちには病院を出るつもりはいっさいなかったからだ。僕たちは庭園をしばし散策しただけで、病院のメインビルディングに戻った。

エレベーターに足を踏み入れた途端、すさまじい消毒薬の臭いが襲いかかってきた。体じゅうの毛穴という毛穴から染み込んでくるような気がした。その臭いはあまりに強烈で、庭園の近くでは孔雀はいっさい生存できるわけがないことに僕は気づいた。ここでは、仏陀その人ですら生存できないのではないだろうか。にもかかわらず、その臭いには、どこかうっとりさせられるものがあった。僕は子供の頃を思い出した。僕はガソリンの臭いが大好きだったのだ。エレベーターは、眺望の良さをうたう贅沢な旅行者用ホテルのファンシーなガラスエレベーターのように、完全に透明だった。いくつものタワービルを包む何層もの雲が見えた。そして、赤い銅のギアを備えた緑の蛇のようなコンベアベルトが止まることなく巡回し、患者たちの果てしない流れを別々の部屋へと運んでいた。まるで、工場の組み立てラインの仕上げ寸前の製品のようだった。コンベアベルトの最終端には巨大な鉤爪のような装置があって、患者たちをラインから吊り上げては、別々のカテゴリーに分けていく。手術室から出てきたばかりの者もいれば、別の病棟に移送されると思われる者もいる。患者たちはみな、この状況をはっきりと理解しており、音を立てる者はひとりもいない。単に、この装置におとなしく身を委ねている。ビルの中に、糊のきいた白い制服に身を包んでいる何人かの医師と看護師が見えた。全員が紅十字の腕章をつけ、玉皇大帝の天上の宮廷を守る衛士のように厳粛な面持ちで、手を後ろに組み、脚を開いて、各階のコーナーに微動だにせず立っていた。病院は、変幻自在に変身する力を備えたスーパーヒーローさながら、もはや僕がかつて考えていたような場ではなくなっているようだった。

白黛《バイ・ダイ》が教えてくれたところでは、僕が今見ているのは新設されたばかりの病棟の一部で、病院のオートメーションの実証実験をやっているのだということだった。僕は眼前で繰り広げられている驚異の情景に仰天しきって、ひたすらベルトコンベアと、それに運ばれる患者たちを眺めつづけていた。その後、白黛《バイ・ダイ》と僕が病室に戻ると、同室の男性患者たちはそれぞれのベッドから出て、再び寄り集まり、もつれ合う身体の山を築いていた。その山はドアの近くにあり、互いの上に重なり合い、もがいていた。人間の体のかたまりから、何本もの腕が木の枝のように突き出して、助けを求めている。彼らの唇はぶるぶる震えていたが、しかし、何も言わず、完全に黙したままだった。彼らはこんなふうに問いかけているように思えた。**おまえたち二人は、おれたちに隠れてこそこそと、いったいどこに行っていたんだ?** 彼らからは羨望と妬みの感覚が放散されていた。自分たちは恐ろしく不当な扱いを受けているとでもいうかのように、目には凶暴な殺意にも近いものがギラギラと閃いていた。それでも、彼らは、〝医者はどのように死ぬのか?〟という問いは口にしなかった。この問いは、誰も直面しようとしないブラックホールであるかのようだった。実際問題として、ここ、病院で、医者の生と死をオープンに議論しようという正気の人間がいるわけもない。言うまでもなく、自分がもう生きたくないと思っているのでない限り。

互いの体の上に積み重なっている男たちを見た時、僕は心底からの恐怖感を覚えた。ひとりが跳びかかってきて僕の首を絞めはじめたら、いったいどうすればいいのだろう。だが、白黛《バイ・ダイ》は部屋に入ろうとせず、ふんと鼻を鳴らしただけで、そのまま僕を連れて廊下の反対の端まで歩いていった。そこから、今度はエレベーターは使わず、代わりに、長い暗い階段を登っていった。階段に照明はなく、僕たちは手をつないで闇の中を手探りしつつ、上へと進んでいった。一定の時間ごとに休憩しながら、延々と階段を登りつづけたはてに、ついに僕たちは入院病棟の最上階に到達した。この高層棟は確か百二十階建てだったはずで、患者が最上階に来ることはまずないと言っていい。これだけ長い階段を登ることができたという事実は、僕が良くなりつつあることを意味しているのだろうか。痛みは少しやわらぎ、エネルギーが戻りはじめているような気がした。心の奥深くで、僕は白黛《バイ・ダイ》に強く感謝した。

白黛《バイ・ダイ》は僕を引きずるようにして展望タワーまで行き、外の景観を見てみるよううながした。あまりの高さに当然の恐怖に包まれて、僕は怯えきったまなざしで彼女をちらと見た。まるで、彼女が凍った湖の上に僕を無理やり踏み出させようとしているかのように思えた。だが、僕は何とか勇気を振り絞り、前に進み出て、外の光景を見た。眼前に、病院の複合施設の全景が広がっていた。壮大な光景——多数の高層ビルとホール、明々と照らされた金色の城塞のような構造物と暗い通廊、広壮な大邸宅と巨大な洞窟群——これらが、ギザギザの断崖をなす山の斜面を背に、前に後ろにうねり、高まっては落ち込み、何層もの黒い雲と銀色の雨のシートの間から間欠的に現われてはまた姿を消す。

白黛《バイ・ダイ》は片手を上げて、さらに前方、病院の壁を越えた先に、僕の視線を導いた。僕の目の前にC市の全域が出現した。僕をずっと苦しめている猛烈な痛みは、何か恐るべき病気によるものだという可能性はあったものの、それでも、視力にまだ影響は出ていなかった。そして真正面に僕が見たものは奇跡以外の何ものでもなかった。我々が、この世界を目のあたりにできる限り、世界は救われる——僕はそんな思いに包まれた。これまでの人生で、僕は長い時間のかかる旅をし、はるか遠方の地に行って、様々なものを見てきた。だが、この瞬間、僕が見たものこそ、真の希望の情景と言うべきものだった。

26　街全体が病院だ

これは僕が知っている世界ではない。貪欲な子供のように街を見つめる僕の目に映ったのは、大きく盛り上がってはまた引いていく波のような無数の超高層ビル群だった。そして、それらすべてのビルに、僕が今立っている病院のタワーと同様、巨大な紅十字が取りつけられていた。鬼蜘蛛の一大軍団を思わせるビル群は果てしなく続いている。鱗《うろこ》のように連なるタワービルの列また列、紅十字また紅十字。この情景に、僕は原始の森を想起した。大地と空が溶け合う光景——どこまで行っても終わりのない光景。天空には太陽がないだけではない。たったひとつの星さえ、すべてを飲み込む紅十字群の強烈な炎に焼きつくされ、やむことなく猛攻を続ける雨のもとで失われてしまっている。紅十字の炎と雨は星々を打ち砕き、その残骸が、エイリアンの世界に降り注ぐ紙吹雪のように、ひらひらと地上に舞い落ちていく。このカモフラージュ・ネットの後光に守られて夜空を輝かせているのは、紅十字の光に明々と照らされた数々の病院の名前だ。ソニー医療センター、マイクロソフト救急センター、グーグル・コミュニティ病院、華為《ファーウェイ》技術専門医療施設、アリババ・ヘルスクラブ、中国石油化工集団《シノペック》公司ヘルスセンター、中国商工銀行・外科クラブ……名前の列は果てしがない。これら天空の広告板にはまた、それぞれの病院・クリニックのレーティングと医療資源の内容、沿革、サービスのレベル、ソフトウェアの設備、専門領域、受賞・表彰歴、医師の保有免許一覧、看護師の写真、看護助手の概要なども提示されていた。スローガンもある。〝あなたの治療に、ぜひ当院をお選びください〟とか〝我々のスキルがあなたの健康を保証〟とか〝ロイヤル・ブロンプトン病院認定の治療&何世代も継承されてきた伝統的中国医療の手法〟とか〝スイスの完全臓器再生法〟とか〝アメリカ合衆国の再生医療技術〟とか〝火星の渓谷ミネラル・セラピー〟とか。大通りの向こうでは、何軒かのファストフード・レストランと専門店が二十四時間営業のファスト医療クリニック——近隣の救急患者にとって、このうえなく便利な施設だ――に作り変えられており、僕が投宿したホテルにも屋上に巨大な紅十字があった。

市全体がひとつの巨大病院だった。

「これが……C市なのか？」僕は頭がクラクラするのを感じながら言った。まかり間違っても落ちたりしないよう、金属の手すりをぎゅっと握りしめた。４ＤＩＭＡＸの未来映画を見ているような気がした。

「そうよ」白黛《バイ・ダイ》は感情を交えない口調で言った。彼女は世界のことを知っている。このすべてをすでに見ていたのだ。

知らないうちに幻覚ドラッグを投与されていたような、そんな気がしてきた。自分の目が信じられず、つのる不信に頭を振るばかりだった。これは何かの陰謀なのではないか。

眼下の車の流れに目を向ける。車にすら――セダンにジープ、運送トラックに商用車、自家用車に公共交通機関、そのほとんどすべてに紅十字の救急ライトが灯り、まるでモンスターの群れのように街を駆けめぐっている。

街は、広大な溶岩の流れの上に立っているかのように絶え間なく震動し、とんでもない流血の事態を想像させるすさまじい叫喚が空中を満たしていた。街を突っ切って響きわたる無数の救急車のサイレンが、助けを求める数えきれない患者の叫びと結びついた音――その音が竜巻のように街を飲み込んでいる。川を行き交う船舶もほぼすべてが医療ボートだ。空中も同様――蟬《せみ》のようなヘリコプター、固定翼機、離着陸場からひっきりなしに発着しているそれらの事実上すべてがモバイル病棟なのだ。そして、大通り裏通りを問わず、事実上すべての道路でラウドスピーカーを通して歌っている人々の声。「怪我をした人を治そう、死の縁《ふち》から助け出そう！　人道主義を実践しよう！　我々の行動はすべて病んだ人々を利するためでなければならない！」

「ブラザー楊《ヤン》、あなたのためにやってあげたいことがある」そう言う白黛《バイ・ダイ》の声は震えていた。彼女は胸をぐいと前に突き出した。ぴったりした患者衣の下で、尖った乳首の形があらわになった。

「何をしてくれるんだ？」心臓がドキドキしはじめた。顔が熱くなっていくのが感じられた。僕は全体の形がはっきりうかがえる乳房に視線を向けた。それはシスター漿《ジアン》の太腿を思い起こさせた。僕は思った、もしかしたら……。

「さあ、私と同じようにして」

白黛《バイ・ダイ》は気功のスタイルで両足を開き、両腕を鳥の翼のように横に広げた。腋《わき》の下のくぼみがあらわになった。僕は困惑しつつ、彼女の格好を真似た。これが僕の治療の本当の始まりかもしれない。しばらくそのポーズをとっていると、気持ちが落ち着いてきて、雑念を意識から追い払うことができるようになった。同時に、不安も少しやわらいだように思えた。そして、その時、突然、僕はあることを思い出したのだった。

かすかな光が脳裏に閃き、突き走っていく。今目にしているものは、どれひとつとして、僕にとって馴染みのないものじゃない。これまで、この街を訪れたことはなかったのでは？——違う、事実は正反対だ。僕は、本当は、この街を一度も離れたことがない。僕は生まれた時からずっとC市の市民だ。これが真実なのは間違いない。ビジネス旅行云々がすべて偽装であり煙幕でありイリュージョンだったのは間違いない。誰かが僕の脳に偽りの記憶を注入したのだ。僕はずっとこの街で暮らしてきた。僕はずっとこの病院を定期的に訪れるゲストだった。いや、実際にはゲストではない。この病院こそ、僕が誕生した場所なのだから。僕はこの病院の一部、この病院の細胞のひとつ。僕は、この病院の皮膚の上で成長するバクテリアだ。

さらに僕は思い出す。僕に家族がいたことを——妻と娘。妻に関しては何ひとつ思い出せないが、娘は以前、フライト・アテンダントと呼ばれていたように思う。その後、この呼称は〝空飛ぶ看護師〟になった。パイロットが〝モバイル病棟のキャプテン〟と呼ばれることになったのと同じように。だが、僕の家族はどこにいるのだろう？　どうして僕に付き添ってこなかったのか。もしかしたら、彼らも入院しているのか。

銃に弾が装填されたような気分だった。ありとあらゆるクレイジーな思考が頭の中を駆けめぐった。僕の一部は、どれひとつとして信じたくないと思ったが、別の部分は、この新しい現実に自身を委ねるべきだと感じていた。でも、どうして？

僕は白黛《バイ・ダイ》に向き直った。助けを求めて叫ぶ、そんなまなざしを投げた。彼女に訊きたかった。僕が誰なのかを確認するのと、僕の病気の診断を確認するのと、どちらが重要なのか、と。

だが、そんなことは、訊くにはあまりにバカバカしすぎた。白黛《バイ・ダイ》は言った。「つい最近打ち上げられた有人宇宙船も同じ。あれも、宇宙病院として機能させるために改造されたの。終末期疾患のいくつかは地球上では治療できないから、そうした患者たちは今、宇宙空間に送り出される。宇宙船の外殻に穴がいくつも開いていて、宇宙線をダイレクトに浴びる治療ができるというわけ」そこで、彼女はしばし口を閉ざした。「ブラザー楊《ヤン》、あなたは幻覚を見ているんじゃない。これが世界の本当の顔なのよ」

27　医療の時代

白黛《バイ・ダイ》と僕は、二本の孤立した十字架のように両腕を伸ばして、向かい合って立っていた。孔雀の尾羽根の模様のように街を飾る、無数の瞳を思わせる窓々が見えた。数えきれない窓の連なりは、空中に、大地の上にリズミカルな閃きを見せながら、一気に開く花にも似た暗い真紅の輝きを放出していた。途切れることなくディスプレー画面を移動していく暗緑色の数字とライン——これは、心電図だろうか？　この街のすべての心臓のストーリーを語っているように思える数値とライン。病んだすべての心臓のひとつひとつ、恐ろしい痛みに見舞われているすべての心臓のひとつひとつ、ひたすらに治療を求めているすべての心臓のひとつひとつ。そして、連なる窓ひとつひとつの向こうに側には、病んだ人々の顔がある。やつれ果て、表情のない、パラフィン紙のような顔が。

南西の方向に、炎の柱が何本か天空に向けて勢いよく立ちのぼるのが見えた。白黛《バイ・ダイ》が、あれは、研究所のひとつから漏れ出したアンドロメダ・ウイルス株だと言った。病院の管理者たちが漏出コントロールの緊急手段にしているのが、ウイルスそのものを焼いてしまうことだった。ウイルスの種類や漏出の規模によっては、周辺一帯を完全に焼きつくす必要が生じることもあり、その場合は広域が荒廃地になって、将来の患者の治療用の施設に使うことができなくなってしまう。この焼尽戦術はたいへんな量の燃料を必要とする。これが、すべての患者に燃料サーチャージが求められる理由なのだ。

「これが、私たちの生きている時代」白黛《バイ・ダイ》が言う。「《医療の時代》よ」

「《医療の時代》？」

「そう、《医療の時代》。ブラザー楊《ヤン》、あなた、これまでずっと眠り込んでたとでもいうの？」彼女は片方の手を下げ、縞模様の患者衣から手品のように『メディカル・ニュース』を取り出して、ゆっくり広げると、「ほら、この論説で、私たちの国がすでに輝かしい《医療の時代》に入っている状況が細かく語られている」と言って、論説を読み上げはじめた。「《医療の時代》——これはランドマークを画する重要な意義を持つ。我々の国が弱く、医療の分野で遅れていた時代のことを憶えているだろうか？　世界じゅうのほかの国々がみな強く、健康的であることを誇っていた時代、我々の国の民は〝アジアの病んだ人間たち〟と嘲《あざけ》られていた。実のところ、これは正しい表現だった。当時、全国民の二人にひとりは結核、三人にひとりは梅毒、四人にひとりはアヘン中毒で、新生児五人のうち二人は一歳未満で死に、妊婦の六人に三人は難産に苦しんだ挙げ句、死産という結果にいたった……そして、どの家の奥にも、ただ繰り返し叫びつづけるだけの年寄りが大勢いた。疲弊と老衰の極にいたった老人たち。さらに、多数の障害者のことも忘れてはならない。聾者、知的遅滞者、精神障害者、そのほか助かる見込みのない難病を抱えている者たち――こうした状況が、我々の国の弱さと貧しさをはっきりと示していた。結果、我々は侵略され、攻撃され、抑圧され、搾取され、国家崩壊の瀬戸際まで追いやられた……」

「本当に？　これまで、そんな話は一度も聞いたことがなかった」

「この論説の言っていることを信じないの？」

「僕は自分の記憶が信じられないだけだ……」

「古代から、この大国は、本体そのものに様々な問題を抱えてきた。数千年の間、絶え間ない病弊に侵されている状態にあった」

「とても本当とは思えない……」僕がこれまでに書いてきた歌のほとんどは、わが国の長く栄光に満ちた文明と燦然と輝く文化、強力な国家体制をめぐるものばかりだ。

「しかし、そういった状況も今ではすべて過去のものとなった」白黛《バイ・ダイ》は僕に深遠な視線を投げ、感情を欠いた平板な声で論説を読み上げつづけた。「やがて、我々は西洋医学を導入し、その粗雑な要素を除いて本質だけを保持するという形で、改変を加えはじめた。西洋医学の過ちを排除し、真実の部分だけを残したのだ。我々は、わが国特有の状況に合った技術的な医療システムを発展させていった。そして、何世代にもわたる困難な作業と犠牲の上に、今日、わが国はついに、その頭を誇らしく掲げ、堂々と屹立するにいたった。春の雨ののちの筍《たけのこ》さながら、それぞれに独自の傑出した特長を持つ近代的な病院がいくつも誕生し、万人がリハビリテーションの新たなステージに入った。これは、数千年間、見られることのなかった驚くべき偉業である。何百万、何千万の人々を死の縁から救い出すことは、まさに革命にほかならない。当然ながら、これは、一から十まで国家が国民の生命に十全な責任をもって対応するという、その表明である。我々は歴史の決定的な分岐点に到達し、より質の高い生命の探求を開始した。そして、奇跡的な回復・復活・再生を目指して努力し、躍進を続けている……。〝病院が治療するまでもない病弊〟など存在しない。あらゆる人が高度のケアを受ける。病院は、ひとりひとりの個人にとって最善の治療プランを策定する。伝統と近代を組み合わせ、東洋と西洋を組み合わせた治療を提供する。すべての患者ひとりひとりの最大の利益のために」

「すごいな」僕自身の外来病棟から入院病棟への困難きわまりない行程を思い起こしながら、僕はつぶやいた。

「論説はこう言ってるわ」白黛《バイ・ダイ》は続けた。「《医療の時代》は生物科学の偉大な進展に端を発している。生物科学は西洋が生み出したものながら、我々はこれを再検討し、再モデル化することで、より有効な活用を図り、様々な大規模イノベーションを実践して、世界じゅうの先進的な国々と肩を並べる数々のブレイクスルーをなしとげた。今日では、このように言うことができる――世界を率いているのはもはやシリコンではなく、炭素、すなわち生きているものなのだ、と。マウス、病原体、遺伝子、生態学、進化、生物学的開発、生命そのもの！　実際には、ただの炭素を超えた超強力な炭素が超生命体を生み出しつつある。合成マウス、遺伝子改変病原体、組み換え遺伝子、産業生態学、高度先進的進化、データ開発、人工生命……政府も産業界も社会組織も、すべてが、その方向性を医療分野に転換・特化させた。今や、医療が我々の生活の中心にあり、そのほかのいっさいをしのぎつつある。この趨勢は何よりも、生命こそがあらゆるものの中心にあるという基本的な前提に基づいている」

「《医療の時代》には、生命があらゆるものの中心にある……」予想もしなかったことに、〝根源的なうめき〟ともいうべきものが、喉の奥から湧き上がってきた。魚の骨が引っかかって息ができなくなったかのようだった。そして、突然、眼前に現われた一連のイメージ——蜘蛛の巣にからめとられたかのように前に後ろに揺れている無数の患者の死体を思わせる身体、メインビルの側壁をなだれ落ちる痰の瀑布、床一面を覆いつくす糞尿、患者でいっぱいの救急処置室、混雑とカオスの極にある強制収容所さながらの入院病棟。これらのイメージが織り合わされ一体となって生み出された特別な美は、壮麗な陽の出よりもはるかに魅惑的だった。

「そのとおりよ」白黛《バイ・ダイ》が言う。「この時代の要請に応じていく中で、健康でない個人はもはや存在することを許されない。何かをなそうというのであれば、全力をつくして、可能な限り遠くまで事態を進めていかなくてはならない。我々は、最終的に人間の再創造の時代に入るが、その前に、現在の人類を大きく改善・改変することになる。これが我々の新しい経済の基盤である。哲学的な難題をすべて消し去ることで、新たな政治的調和を達成することができる。これによって、我々は外交領域での信頼性を構築することになる。世界医師会のジュネーヴ宣言は、〝誕生した瞬間から、すべての人間の生命は、最大限の尊厳をもって扱われなければならない〟とうたっている。しかし、生命とは、正確には、何なのか。どのように尊重され、どのような尊厳をもって扱われなければならないのか。これらの問いに答えることができた者はいまだかつていない。〝生命〟は、何万年もの間、曖昧な混乱した概念でありつづけてきた。〝乱雑／いい加減／グチャグチャ／ぞんざい〟といった言葉は、どれも〝生命〟の同義語と見なすことができる。近代に入ってからというもの、生命は、暴力的な西洋の列強によって徹底的に踏みにじられてきた。西洋列強の残虐さは世界じゅうで発揮され、彼らの植民地での行動は無数の死をもたらした。あらゆるものの中心に生命があることを知った今、我々は、いかに生きつづけていくかという問いに真正面から向き合わねばならない。この問いは、遠い昔に解決されたはずではなかったか？　スローガンを叫ぶ意味は何なのか？　尊重と尊厳を示すために、人は何をなすことになるのか？　この点で、西洋社会はこのうえなく偽善的であり、これをなしうるのは唯一、ここ、我々の国においてのみなのだ」

白黛《バイ・ダイ》は続けた。「ブラザー楊《ヤン》、この論説にはC市のことも出ている。C市は、国家レベルの医療体制のリフォームという最新の潮流における実験地域の代表であり、住人全員が《医療の時代》の基本原則を忠実に体現している。《医療の時代》の基本原則とは——一：すべての人が病んでいる。二：患者は役に立たない。三：病《やまい》はいっさい治療できない。四：病んでいるなら、治療を求めねばならない。五：病なしに存在することは、すなわち、病んでいることである。六：深刻な疾患とは、実のところ、まったく病んでいない状態のようなものである。これら基本原則は、《医療の時代》の最も進んだ考え方を示している。わが国の人々が輝きわたる素晴らしい未来を得たいと思うのであれば、すべての人がひとりひとり、個人の病室を持てるだけの、強力な病院群を建設しなければならない。この知的理論のガイダンスのもとでは、自然および社会の資源のすべてが医療資源となる。あらゆる都市が総合的な超病院に変容する。市長はイコール、病院の代表者であり、その関心事の第一は〝全市民の健康を確実なものにすること〟となる。これは歴史上、まったく前例のない事象である。医療ケアにこれほどのエネルギーが注ぎ込まれたことはいまだかつてない。これは人間の文明における真の意味でのマイルストーンなのである」

「本当に、何てすごいことなんだろう」僕が引き入れられた状況とは、そういうものだったのだ。僕はそのことに気づきもせず、みずから進んで自分を病院の手に委ねてきたということになる。

「でも、明らかに病んでいるのに、自分が病んでいると認めるのを拒否する人がまだまだ大勢いる。彼らを病院に連れてくるには、引きずって蹴飛ばして怒鳴りつけるしか方法はない。しかも、彼らはここに来るや、なお逃げ出そうとする。逃亡は認められていないし、そもそも不可能だというのに」

白黛《バイ・ダイ》はいま一度、どこか狡猾な視線を投げた。僕が何かをするのを待っているかのようだった。彼女は、少し下がりかけていた僕の両腕をきちんと上げさせた。その時の彼女の姿が、シスター黎《ジアン》と阿泌《アビ》に重なり合うように思えたが、しかし、白黛《バイ・ダイ》には何か違うものが、白黛《バイ・ダイ》独自の何かがあった。

「心配しなくていい」と僕は言った。「もう二度と逃げ出そうとしたりしないから」不安と恐れに包まれた中で、不意に僕は気づいた。僕のこれまでの全人生は、ひとつの慢性疾患だったのだ。ひとつところで身動きが取れず、決して治療の終わりに到達することもできない状態――病院は永遠の最終目的地だったのだ。それでもまだ謎が残っている。「入院するのがあんなにたいへんだったのはどういうことだろう？　治療費があんなに高額なのはどうしてだろう？」僕は、最初に入院させてもらおうとした時にくぐり抜けねばならなかった過酷な体験の数々を思い返した。あの時、僕はほとんど狂気の際まで追い詰められた。

「『メディカル・ニュース』によれば、あれは単に患者をテストするためのもの――大学の入学試験みたいなものよ。ブラザー楊《ヤン》、あなた、大学に行ったでしょ？　『メディカル・ニュース』にはこんなふうに書かれている。場合によっては、ある種の効果を作り出すために、動体検知トラッキングやホログラフィ投射技術が使われていることがあり、また、単なる身体的な動きだけでなく、思考までトラックしている場合もあると言われている。その後、個々の患者が病院に対して抱いている、いろいろな期待感に基づいて、それぞれが求めるイメージが作り出される。心の準備がないと、突然意識を失ったりすることもあり、これは、そうした危険な状態が絶対に起こらないようにするための治療プロセスの一環である。誰もが『おまえは病院を信頼しているか？　担当医を信頼しているか？』と言うのを耳にしたことがあるはずだが、これもまた、それぞれの人の病態を最終的に判定するのに必要なステップなのである」白黛《バイ・ダイ》は心配げに僕を見た。そこにはかすかな非難の色があった。

「そうか、そういうことが起こっていたのか」僕は、数えきれない試練をくぐり抜けて、ついにテストに合格し、入院を許可されたというわけだ。病院は、現実とイリュージョンを一体化させるのに、たいへんな労力を費やしている。ただ、入院した段階でテストが終わったわけではない。実際には、入院患者としての暮らしが始まったあとも一連のテストが続いている。彼らは、僕が完全に回復するか、あるいは最終結果が出される前に死んでしまうか、その日が来るまで待ちつづけるつもりなのだろうか？

「かつてのインターネット企業、エネルギー企業、流通運送企業、金融企業はすべて、現在では医療産業サービスの子会社になっている」白黛《バイ・ダイ》が論説の引用を続ける。「過去においては、誰もが生命の重要性をめぐって延々と長広舌を繰り広げていたものだが、実効性という点で、彼らが実際にやっていたのは果たしてどのようなものだったのか――実のところ、当時、生命には何の価値もなかった。積極的に何かをやろうとしていた人たちでさえ、現実の変容をなしとげる力は持っていなかった。しかし、《医療の時代》に到達した今、生命そのものの価値が軽んじられることはもはや絶対にない。これは史上初めてのことである。哲学的な観点からすると、これは、我々の人間としての欠陥を奥深い根源的なところで認めるということになる。

　先手を打って、あらゆる人に病人としてのラベルづけをしておくのは大いに理にかなっている。いずれにしても、それが現実である。個々人に特化された医療は、病気を予知する私たちの能力を飛躍的に高めてくれた。一例を挙げると、遺伝子検査に基づいて、ある人が大腸癌にかかる可能性が五十パーセントあるとわかったら、その人は患者だと認定されなければならない。ファンコニ貧血（DNA損傷修復障害を背景に、様々な異常が発現する先天性障害）を発症する確率が三十パーセントある人は、リスク患者と見なされる。我々のひとりひとりが不完全な遺伝子を持っている。完璧な遺伝子の〝見本〟と言える人間はひとりもいない。あらゆる人の遺伝子に〝時限爆弾〟が埋め込まれている。我々ひとりひとりの体の中のこうしたデーモンを根絶する方法はないのだから、誰もが治療のために病院に送られることになる。これ以外の選択肢を持っている者は存在しない」

「だから、人生における唯一の目的は、できるだけ早く入院を認められるようにすることだと言ってるわけだね」

「そのとおり。この偉大な時代を生き延びたいと思うのなら、答えるべき問いはたったひとつしかない。治療するか治療しないか、それが問題だ。だが、この問いにどう応じようと、結局は治療されることになる。完璧な人間の資格を得られるのは病んだ人間だけなのだから。そして、こうした経緯のもとに〝医療パンク〟が誕生するにいたった」

「《医療の時代》、医療パンク……こういったものを発明したのは、僕たちの国なのか？　それとも、ほかの国でも、同じようなことが実践されてるのか？」

「この領域の真のイノベーターは我々の国である。こういったものは、長い間、病に苦しんできた国にしか作り出すことができない。我々はまるで墓場から蘇ったかのようだった。死から蘇って、コーナーを曲がると、先頭に立っていた。我々が走りはじめたのはほかの国よりも遅かったかもしれないが、最終的にはグローバル・リーダーの位置に躍り出た。ほかの多くの国が全力を挙げて、我々から学ぼうとしている。とりわけ、感染症が蔓延していて、医療の発展が遅れていて、平均寿命の短い国々が――彼らは、これ以上ないほどに我々を褒め称えている！　これがグローバリズムの最新の流行になったのだ」

こんなふうに読み上げ、語りつづける白黛《バイ・ダイ》の表情は真剣そのものだった。それはあたかも、ひるむことなく真正面から死に向き合っているとでもいうかのようだった。それでも、彼女の口調には、一見、皮肉さを装っていながら、それを裏切る悲しさと痛みの色合いがあった。これだけ多くのことを語りながら、しかし、実際にはその何ひとつとして信じていないように思えた。心の奥に隠された不満、抵抗、嘲笑、非難の感覚を伝えようとしているように、本当は何かまったく別のことを表明したいと思っているかのように感じられた。彼女は『メディカル・ニュース』に書かれた記事を読んでいたわけだが、実際に彼女自身が言いたいことは何なのだろう？　公《おおやけ》には口にできない何かを言外にほのめかしているのか？　彼女もまた、患者たちが医師に赤い封筒を渡しているところを目撃したことがあるのか？　医療が象徴している様々に異なった事象のすべてを、彼女は理解しているのか？彼女は、あの痰の瀑布を美しいと受けとめる感性を本気で発展させてきたのだろうか？　こうした疑問のどれにも、僕ははっきりした答えを見出すことができなかった。たぶん、彼女自身も、矛盾と内なる葛藤でいっぱいなのだろう。だが、確かなことがひとつだけある。白黛《バイ・ダイ》は思考する女性だ。シスター漿《ジアン》や阿《ア》泌《ビ》とは、どこか深いところで異なっている。彼女の言葉に僕の頭がクラクラしはじめた。胃の痛みよりもはるかに激しい、得体のしれない痛みが引き起こされて、僕は機械的にうなずいた。そうするよりほかに、いったい何ができただろう。根源的な変化をとげている、この偉大な時代の中で、僕はちっぽけな、重要さのかけらもない、ただの患者だ。いわゆる〝医療パンク〟など、なお何千キロ何万キロも遠く離れた存在でしかない。

　僕は眼前に広がる医療メトロポリスを見つめた。繁栄し、自立し、調和に満ち、成長しつづける巨大都市。砂漠の中の蜃気楼のように見えながら、しかし、このすべてが単なるホログラフィの投影にすぎないなどと、どうして考えることができるだろう。これはメデューサの髪のように、リアルそのものだ。膝がガクガクしはじめた。今にも崩れ落ちてしまいそうな気がした。「誰もが……誰もが病んでいる……」僕は口ごもった。この言葉は以前に聞いたことがある。そうだ。思い出した。フリードリヒ・ヴィルヘルム・ニーチェの言葉だ。十九世紀のドイツの哲学者。ニーチェはかつて「誰もが病んでいる」と言った。彼は真に時代の最先端を行っていたのだ！　ニーチェはまさに予言者だった。彼の公理がやがて真実になるなど想像できた者がいたはずもない。ニーチェが《医療の時代》に生きていたら、どんな反応を示しただろうか。《医療の時代》に生きていれば、それほど若くしては死ななかったはずだ。ニーチェはかつて、こんなことも言った。「何のために生きるのかという疑問を持つ者は、どのように生きるのかという重荷にもほぼ耐えることができる」だが、長く続いた孤独と誤解に耐えることができなかった彼は、四十五歳の時、トリノの街頭で警察を巻き込む騒動を引き起こし、精神に異常をきたしていることが明らかになった。そして十年後、狂気のままに肺炎で死去した。《医療の時代》よりはるか前のこの時代には、医師が新生児の遺伝子検査をすることはできず、したがって、このタイプの狂気を治療する方法はいっさいなかった。だが、今日では、それはもはや問題ではない。ニーチェの輝かしい思想の数々は忘れられ捨て去られてしまったが、我々の国家は、この偉大なる哲学者の精神的遺産のエッセンスを継承し、蘇らせ、新たな高みへと引き上げて、素晴らしい新時代のために人間の生命の尊厳を保護しているのだ。そう思った時、不意に、僕は、自分が狂いはじめているような感覚に襲われた。もしかしたら、僕の病はずっと〝狂気〟だったのかもしれない。

僕の思考を読み取ったかのように、白黛《バイ・ダイ》が非難と憐憫のないまぜになったトーンで言った。「あなたは狂っていない。これからも正常な意識を失うことは絶対にない。《医療の時代》には、そういった狂気に苦しめられることは許されない。狂気に向かいつつあると判断されることもない。なぜなら、狂気というのは本質的に究極の至福なのだから。ブラザー楊《ヤン》、あなたはまだとても若い。永遠に成長しない子供みたいなものよ」彼女はようやく、僕が腕をおろすのを認めてくれた。僕は深い安堵の吐息をついた。

そして、彼女は僕を、〝医者はどのように死ぬのか〟を探求する大プロジェクトのアシスタントに任命した。この新たな地位の指名には、同等の量の栄誉と恐怖が伴っていた。

28　家族は敵である

それからの日々も、白黛《バイ・ダイ》と僕は、特にどこに行くというでもなく、入院病棟の中をあちこち歩きまわった。二人とも、体調は少し良くなっているように思えた。医療記録によれば、公式の診断はまだなされていなかったものの、僕たちは最も重要な基本治療をすでに終えていた。親から受け継いだ遺伝子をそっくり改変されていたのだ。ドクター・バウチが巡回診療の際に、はっきりとそう教えてくれた。

遺伝子改変はごく普通の治療だが、不思議なことに、いったいいつ行なわれたのか、僕は思い出すことができなかった。以前からこの病院に来ていたのは間違いない。たぶん、どこかの時点で、僕はかなりの期間、ここに滞在した。胃の不調に加えて、たとえば認知症のような、何かほかの深刻な症状が現われていたのかもしれないし、その要因として、脳萎縮や動脈硬化といった、それ以上に深刻な疾患が進行していた可能性もある。遺伝子治療のおかげで生き延びたけれど、完治するにはいたらず、治療が続けられた。何ラウンドも何ラウンドも、果てしなく連続する治療が続けられた。きっと、そういうことなのだろう。

のちに、診療記録をチェックしてみて、こんな事実がわかった。三十億のゲノム配列の完全な検査と家族の遺伝履歴の解析、および、僕の持つ遺伝子変異に基づくと、僕が統合失調症を発症するリスクが平均的な人間より十五パーセント高く、前立腺癌になるリスクが百パーセント高くなっていた。さらに、僕は、肺気腫、肝疾患、糖尿病、心不全を引き起こす可能性のある劣性遺伝子のキャリアだった。しかし、こうした問題にタイムリーに対処したことで、関連するリスクは当面、排除された。胃の痛みは、単に不注意な生活習慣に起因するものなのかもしれない。

遺伝子治療に付随する現象のひとつは、これまた『メディカル・ニュース』に報告されているが、遺伝子が以前と同じでないために、生物学的な観点から見た患者と家族の関係が効果的に切断されるということだ。治療を受けた者は、もはやその家族の一員ではなく、家族のいかなる悪しき血の影響をも免れることができる。実際、医師たちは、家族こそ最も恐るべき頑強な病弊のひとつだととらえている。《医療の時代》が始まってから、〝家族は敵である〟というフレーズが、この治療に対する新しい見方を要約する共通の認識となった。社会医学の分野の様々なアイデアに基づく、この新しい治療には、〝遺伝子パスポート〟の確立も含まれる。

　僕が聞かされたところでは、遺伝子改変手術はマイクロ・ボットを使って行なわれ、具体的には、マイクロ・ニードルを操作して、僕の欠陥ある遺伝子に外部由来の正常な遺伝子を注入したということだった。この手術にかかった費用は少なからぬものだったが、この変容治療を受けて、僕は完全に生まれ変わった。両親から受け継いだ血の関係性から完全に切り離された僕は、以前の僕ではなくなったのだ。僕はもう両親の〝息子〟ではなかった。彼らの〝義理の娘〟もまた当然ながら存在しなくなり、僕と妻とは別々の道を歩むことができるようになった。この連鎖反応の結果、僕は手術の日から、かの魅惑的な〝空飛ぶ看護師〟が僕と父‐娘の関係にあると主張することもできなくなった。僕たちは生物学的に分離した存在となったのだ。もはやDNAテストで、僕たちの間にダイレクトな関係があると判定されることはない。これが、白黛《バイ・ダイ》に出会う前に、かつて自分に妻と娘がいたことを思い出せなかった理由でもある。

　近代の医学・科学の理論によれば、家族というのは、人間の進化の過程で登場した一時的・原始的な現象であり、盲腸と同様、実質的な機能を持たない痕跡的な器官のようなものだという。家族のコミュニティと見なせる領域が大きく広がり、病院・医師・看護スタッフの周到なケアがなされるようになった今、いったい誰が悲惨にしてちっぽけな核家族などを必要とするというのか。以前には、小さな家族にとって、誰かが病気になって死ぬことはイコール、カタストロフィの到来であり、生き延びた家族の成員はしばしば、自身の一部が死んでしまったような感覚を覚えたものだ。だが、今日のような病院がある現在、こうした問題はもはや存在しない。

《医療の時代》、普通の人々は、家族こそ諸悪の根源だと考えている。汚れた血の結びつきに加えて、家族は制約と汚染をもたらし、病気を伝播《でんぱ》して人間の尊厳を破壊する温床となる。同じ屋根の下で、肉と血でできた身体が混ざり合い、ひとつのベッドにぎゅう詰めになって眠り、それぞれの鼻孔から放出される同じ汚れた空気を吸い、同じ不潔な水を飲み、同じ腐りかけた食べ物を食べる。ひとりひとりの空間は恐ろしく限られている。窒息し、押しつぶされてしまうような状態だ――何というホラー！　人類のオリジナルな〝コミュニティ〟のシステムは、言うなれば見境のない性的関係の上にあった。生物学的に別の性を持つ人間同士の関係は、生殖・再生産にとって有利だという観点に基づいて、やがて文明の名のもとに〝夫と妻〟という偽装の形態が構築された。全人生をともに生きる以外に選択肢はなく、お互いを決して捨てないと誓約する関係性――これは生物の基本的な本能に反するあり方だ――が、何と法律に書き込まれるまでになった！　事態は果てしなく歪んでいき、彼らは、子供が成人したあと、あるいはパートナーの一方が性交できなくなった時点でもなお、社会の目から見て〝善行〟と見なされるよう、この偽装の関係性を維持しうるあらゆることを実践しつづけた。これは要するに、私的な所有のシステムであり、生物学の根源的な原理の歪曲以外の何ものでもない。カップルは、男性と女性が本質的に異なる生命体であること、真に互いを理解し合う基盤はいっさいないことを忘れてしまった。夫と妻は全人生を偽装のもとで過ごし、結果、数えきれない犯罪が生み出されるにいたった。家族はまさに社会の癌だ。あらゆる疾病の、感染の、苦痛と恥に満ちた病弊の要因の筆頭であり、医療パンクという価値あるシステムと真っ向から対立するものなのだ。

家族という構造の制約から解放されて、病院は今や何でも望むがままに実行し、医療科学を極限まで推し進めつつある。以前には、医療の実践は、患者の家族のメンバーと、その代理人である弁護士たちによって多大な制約を受けていた。医療訴訟、医療過誤へのクレームに対する巨額の賠償金への恐れは、医療の進歩の停滞を招き、すべての患者の生命を脅《おびや》かした。これがとりわけ顕著だったのが小児科で、小児科は事実上、独立した診療科として維持することができなくなった。進んで小児科医になろうとする者がほとんどいなくなったからだ。小児科特有の難題の数々と恐ろしい侮辱的なシーンに直面することになるというのが、その理由だった。ひとりの子供に、診療のたびに、時として十人を超える家族・親族が付き添ってくることも珍しくなかった。それら叔母や従兄弟の全員が、治療のあらゆる面に細かく文句をつける。診療時間が長すぎると、この医師には能力がないと非難する。小児科医は何をやっても怒鳴りつけられた。しかし、家族が消滅したのちは、小児科を標榜する必要性自体がなくなった。人間の誕生は今では試験管内で行なうことができる。つまり、成長プロセスの全段階を医師がコントロールできる。重篤な先天性疾患を持つ新生児にどう対処するかという事態は、もはや問題でなくなった。あらゆることが、かつてないほどにシンプルになった。

詳細な分析がなされた結果、家族という悪しき現象――かつて、エンゲルスが『家族・私有財産・国家の起源』で詳述した状況――は完全に排除された。エンゲルスによると、初期の狩猟・採集社会は、財産の共同所有と集団婚に基づいていた。家族の誕生に先立つこの時代、人々は原初的な状態の〝制約のない性交〟のもとで暮らしていたが、氏族内での女性の数が徐々に減少していくと、ひとりの女性とひとりの男性の対偶婚からなる家族が登場しはじめた。やがて、家の中で夫が力を持つようになった一方、妻は隷属化され、夫の情欲の対象、子供を産む道具へと貶《おとし》められていった。夫は経済力という〝徳〟によって家族の順位をコントロールした。夫は支配階級の体現者であり、妻はプロレタリアートに近いものだった。私有財産のシステムが続く限り、この家族の単位が継続した。しかし今、病院は、病気を消滅させようとしているだけでなく、私有財産の概念そのものを排除しようとしている。歴史的な進歩が達成されようとしているというのは、そういうことだ。

アーティスティックな観点に立つと、遺伝子治療によって、患者は、言ってみれば、思いやりのある美しいインド孔雀の群れの中で生きることが可能になった。天国さながらの病院に居住し、新しい共同生活体の一部になる資格を与えられたのだ。病院から逃げ出して〝家〟に戻ろうなどと考える者はいない。社会の本性は、共同生活に戻ろうとしている。患者は、病院で開催される集合的なタレントショーとパフォーマンスイベントに参加するが、その多くは、孔雀のダンスを参考にしているのではないか――僕はそんなふうに感じていた。

白黛《バイ・ダイ》が『メディカル・ニュース』を貸してくれた。僕は『メディカル・ニュース』を熟読して、《医療の時代》を理解し、最新の発展の足跡をたどりはじめた。これまで、僕は病院の何たるかについて十全に理解していると思っていたものだが、実際には、事態のごく表層的な面しか見ていなかったことがわかった。表面・外観にすっかり騙されていたのだ。僕がこれまで経験してきたことはすべて、一連のトライアル、テストにすぎなかった。

白黛《バイ・ダイ》に借りた『メディカル・ニュース』の内容は、実に深遠なものだった。記されていることは、隠された意味を持つ詩にも似ていた。僕には記事の一部しか読み解けなかったけれど、中心となっているテーマはどれも、病院は複雑きわまりないシステムであって、患者の側に、システムに適応する努力が必要とされるというものだった。

『メディカル・ニュース』は、それだけでもう充分に複雑だった！　医療革命が、人間の歴史上のそのほかの技術革命とどう違っているかについて書かれた記事があった。過去の革命にはすべてテクノロジーが関与している――蒸気機関、電動モーター、インターネット――が、それらはせいぜい人間に影響を及ぼしたにすぎない。しかし、医療革命は人間をダイレクトに標的にしていて、人間を完全に変容させることを志向したものだった。《医療の時代》は、人間を身体的にも精神的にもアップグレードさせる新しい時代の夜明け、新しい章の始まりだった。

別の記事では、こんな指摘があった。《医療の時代》は、火の時代、牛糞の時代、蒸気と電気の時代、石油の時代、核エネルギーの時代、コンピューター・ビットの時代に続き、ついに生命の本質を明らかにした。人間のゲノム配列解析のインストラクション・マニュアルが明らかにされた時、我々は、事実に基づくエビデンスによって、我々の存在そのものが実際に病気の一種であること、数々の対立する状態・矛盾で溢れかえっている不可思議な表現しがたい病気であるということを証明したのである。「自分は病んでいないと言う者は誰であれ、恐ろしく、恐ろしく病んでいる」という一文で、その記事は締めくくられていた。

この言は正しい――僕にはそう感じられた。実際、自分は強くて健康だと言明していた多くの人が、ぽっくり死んでしまう現場を何度も目のあたりにしてきた。

『メディカル・ニュース』によれば、ベストのシナリオは誕生時に入院することだという。いや、厳密に言うと、これは正しくない。実際には、胚の段階で入院するほうがいい。僕たちは絶えず〝健康〟をめぐってあれこれと話をしているが、この言葉はもはや現代の医学の教科書には出ていない。自分が健康だと言うことは、病んでいることを意味しているのだから。自分が病んでいないと主張するのは恥ずべきこと、不合理なことであって、有害な犯罪行為なのだ。《医療の時代》では、病んだ者・健康な者を区別しない。医療の水準という点での都市と地方の差は平準化され、富裕層と貧困層の所得のギャップは狭まり、階級間の格差は排除された。命の二元性の問題は解決された。今日、意味のある関係性はただひとつ――医師‐患者の関係だけだ。

これらの記事をもっとよく理解するために、図書室から参考書を何冊か借りてくる必要があると思った。一介のフリーランスのソングライターである僕は医学のトレーニングをまったく受けておらず、これにある種の罪悪感を覚えていたのだが、幸いなことにドクター・バウチがガイダンスをしてくれた。また、病棟で企画・実施されている学習セッションと学習ツアーからも得るところが大きかった。こうして僕は、病院に対する信頼の意識を強めていった。

29　絶滅と国家崩壊のリスクを排除する

入院病棟の集会ホールはプロモーション用のイベントに使われている。複数のホワイトボードとプロジェクション・スクリーンがひとつ備えつけられ、壁には、イラスト入りのポスターと広告が多数掲示されている。毎週月曜の午後には、いろんなテーマのレクチャーが行なわれる。講師は通常、ベテランの患者で、それぞれの体験をめぐる話をし――病院側は、患者の直接の証言には多大な説得力があると考えている――、ドクター・バウチが進行役を務める。

ある日のスピーカーはアンクル趙《ジャオ》だった。遺伝子治療の具体的なガイダンスをするにはうってつけの患者で、参加者は千人以上に及び、ホールは隅から隅まで、列また列をなす熱心な患者で埋めつくされた。

アンクル趙《ジャオ》は五十代、痩せていて頭が禿げ、背中が大きく曲がっていて、いつも控えめな態度を崩さない人物だ。彼は、雑誌のいくつかの記事を切り抜き、まとめて貼り合わせたものを、レクチャーの基礎資料として使いながら、話を始めた。いわゆる遺伝子治療とは、まず、遺伝子解析を用いて、外見的には健康に見える人が発症する可能性のある疾患を予測したり、病気の人のDNAに特定の疾患を引き起こす変異が起こっていないかを調べたりしたのち、標的とする細胞の染色体に、外部由来の健常な遺伝子を注入するプロセスだ。問題のある遺伝子や変異を起こした遺伝子が、この健常な遺伝子に置き換えられ、その結果、DNAが再編されて疾病を治療する目的が達成される。これには、具体的に二つの方法がある。ひとつめは〝外的遺伝子治療〟と呼ばれるもので、患者の体から細胞を抽出し、必要なDNAを注入したのちに、その操作を加えた細胞を改めて患者の体に戻すというもの。二番めは〝内的遺伝子治療〟と呼ばれ、こちらは、患者の器官に直接、健常な遺伝子を注入する。これら二つのアプローチに加えて、上皮の成長因子をブロックし、悪性の病変を活性化する可能性のあるタンパク質の生成を阻止するという、標的を絞った治療プランのための特定薬物療法が用いられることもある。

「基本的なヒトのゲノム解析プロジェクトはすでに完了しました」とアンクル趙《ジャオ》は締めくくった。「ほぼすべての癌、糖尿病、心血管疾患、自己免疫疾患、種々の神経系の問題、そのほか何千もの一般的な疾患の背後にある病変発現メカニズムが完全に明らかにされたのです。治療はこのうえなくシンプルになりました。これこそ、病院が患者に差し伸べる誠心誠意のケアの最大の現われと申せましょう」アンクル趙《ジャオ》の曲がった背中が震え出し、満場の聴衆からいっせいに雷のような喝采が湧き上がった。

アンクル趙《ジャオ》は、長い入院履歴を持つベテランにして優良な患者の代表的存在だった。彼は常に医師の指示に注意深く耳を傾け、ほかの患者たちをまとめる積極的な役割を果たしてきた。病院の規約・規律に従うという面で果たしたリーダーシップゆえに、〝模範患者〟に選ばれたこともあり、病棟に弁論クラブができた時には中心メンバーのひとりとなった。

彼自身は消化管間質腫瘍を患《わずら》っているが、標的遺伝子治療で病状をコントロールできる状態が続いている。彼は病院への感謝の念で満たされていて、機会があるたびに称賛の言葉を口にするのを忘れない。

僕もこれまで様々な遺伝子治療の理論を耳にしてきたけれど、それが、この病院で、僕自身に対してなされることになろうとは、一瞬たりと想像していなかった。遺伝子治療が、これほどのスピードでここまでのレベルに達しているというのも、思ってもいなかったことだ。

レクチャーののち、僕たちは病院内の展示を見学するツアーに参加した。アンクル趙《ジャオ》がツアーのガイドだった。病棟全体がプロパガンダ・スローガンで飾られ、手術を行なった医師と回復しつつある患者たちの写真で埋めつくされていた。患者の中には、自分の写真をイラストと彫刻にして展示している者もいた。それらはどれも実に印象的だった。

展示されていた画像のひとつに、何千人もの人々が目に涙をため、手を打ち振って、天空から覆いかぶさっているかに見える紅十字に向けて歓呼の叫びを上げているシーンがあった。アンクル趙《ジャオ》の解説によれば、この画像を注意深く見れば、遺伝子治療に関連した、より深い意味がわかるはずだということだった。遺伝子治療は、ひとりひとりの個人を変容させることで始まったわけだが、最終的には、国家全体の再生にいたる。これが《医療の時代》の核心にある考え方なのだ。「ほんのわずかでも疑いの気持ちが生まれたら、その瞬間に追い払わねばなりません！」アンクル趙《ジャオ》は断固たる口調で言った。治療は、誕生する前に開始しなければならない。生殖細胞に――精子と卵子の双方に――健常な遺伝子を封入することによって、胚を、最初の最初から正しい成長の過程に乗せることを確実にするためだ。深刻な疾病に苦しむ患者たちは、その遺伝子の大半を、このうえない正確さをもって再編集する必要があるが、その方法を介して、まったく新しい人間を創造することができる。患者はオリジナルの身体と完全に手を切ることができる。こうして、遺伝子治療は、国家全体を再編成する手法となり、実質的に、我々が永遠に生きつづけられるようになるという証左を提供しつつある。そして、この基盤に基づいて、新しい国家の倫理と社会のモラルが生まれることになる。

アンクル趙《ジャオ》は『メディカル・ニュース』の論説から、よく知られた古典的な一節を引いた。「あなたが誰であるかは重要ではない。重要なのはただひとつ、あなたがどんな病気に罹患しているかだ。このようにして、我々は絶滅と国家崩壊のリスクを排除することができるようになるのだ」この引用を述べているうちに、アンクル趙《ジャオ》の目に涙が溢れ出してきた。

こうした展示物を長い間見つめているうちに、僕もついに、僕が治療を受けているのは僕自身だけのためではなく、僕が愛してやまない国の長期にわたる平和と繁栄のためでもあるのだと認識するにいたった。

アンクル趙《ジャオ》の解説によると——国家と国民は個々の人間と家族とで構成されている。これまでの時代、我々は病院に行くたびに、家族の医療履歴に関する質問表に書き込まねばならなかったが、これは基本的に表向きのことであって、ほとんどの人は、家族の病気についての質問には〝何もなし〟と書いてすませるのが常だった。だが、実のところ、これはたいへん重要な問題をはらんでいた。ごく近い家族の成員——両親や兄弟姉妹——に心疾患があると、あなたが同じ病気を発症する可能性は二倍になる。結腸癌、前立腺癌、乳癌があると、あなたがこれらの癌になるリスクは二〜三倍になる。喘息、糖尿病、骨粗鬆症《こつそしょう》、さらには統合失調症も、リスクが同じくらい増大する事態に直面する。要するに、これらの疾患はいずれも遺伝子の変異に起因するものであり、結局のところ、子孫に受け継がれていくものだからだ。

国は、それぞれに固有の遺伝疾患の履歴がある。特に、歴史が長く、国民が多い国に、それが顕著だ。欠陥のある遺伝子が人々の間に広がっていき、様々な環境条件が整うと、最終的に欠陥遺伝子が成熟の域に達し、生きるか死ぬかというレベルの数々の重大な問題を引き起こすにいたる。どの国も、自己滅亡をもたらす可能性のある致命的な遺伝疾患をひとつか二つは持っている。社会的な問題はすべて、最初はフィジカルな問題なのだ。率直に言って、僕はこれまで、こうした観点から物事を見ることはまずなかった。僕は政府機関で、いちおう〝インテレクチュアル〟と言っていい仕事に携わり、合間に歌を書いてきたにすぎない。もちろん、時には国と国民をめぐる歌を書いたけれど、それはいつも良い面に関してだけだった。代々伝えられていく病気の歴史など一度も頭をよぎったことはないし、ましてや、国が癌や白血病といった病気に感染するかもしれないなどと考えたこともない。僕はただ、物事のポジティヴな輝かしい側面を書いてきただけで、歌詞を紙に書きとめる前に再考してみることさえほとんどなかった。すべてが、完全に機械的で表面的な作業だった。純然たる虚栄心のもと、偉大なる国家の横断幕を虎の皮のようにかぶって、〝良いニュースだけを伝え、悪いニュースは握りつぶす〟という社会のトレンドに百パーセントかなうよう、書いてきた。これは依頼主から求められたことでもあったけれど、その意味するところを本気で理解していたわけではなかった。しかし——いったん真実を知ってしまった今、僕は自分に〝科学的な頭脳〟が欠落していたことをはっきりと理解した。

　事実、個人の身体と国家の本体（ボディ）の間に、ダイレクトな遺伝的結びつきがあるという考えによって、いくつかのことがすとんと腑に落ちた。このプロセスは、文学を生物学に変容させることに近い。変容させられたのち、生物学はさらに文学の本性をグレードアップさせる。病院がこれほどまでに詩的で洗練された場所なのは、何ら不思議なことではない。眼前に再び、千メートルの痰の瀑布のイメージが浮かんだ。

　展示のデジタル・ディスプレーのひとつに、樹の形をしたものがあった。多くの枝が過去と未来を表わしている。アンクル趙《ジャオ》がこう解説した——遺伝子解析は未来の様々に異なった可能性を予測することができる。これらの可能性は一本の樹の幹と、そこから生えている枝々のようなものだ。「将来、どのような種類の病気が発症するか、健康状態はどのようなものか、どれだけ長く生きるか——こうした情報はすべて、まさしく遺伝子のうちに見出すことができます。これは純然たる完全な決定論です。星占いや手相といったものはいっさい近づくことすらできないのです！」

　これが意味するところは、我々の遺伝子が受ける病原的な変異の種類が、将来、どのような病気・疾病を発症するかを決定づけるということだ。特定の変異が起こらなければ、その遺伝子に基づく病気を発症することはないが、しかし、別の病気を発症する可能性は常に残されている。これが、すべない。新生児はスクリーニングをしなければならない理由なのだ。劣性遺伝子のキャリアもスクリーニングしなければならない。先天性欠損症のある母親もスクリーニングをしなければならない。受精卵も着床前に遺伝子診断を受けねばならない。胚も、出生前解析のスクリーニングをしなければならない。DNAを構成する塩基（AGCT）のすべてをチェックし、引っくり返していない石がひとつも残らないようにしなければならない。こうして、国の成員ひとりひとりの全遺伝子解析がスーパーコンピューターに保存され、公的なプラットフォームにアップロードされて、ビッグデータ処理と統計分析が遂行される。この情報に基づいて、遺伝子が再編集される。これは単に、患者の身体と思考――種々の心理的不調もまた、その人の遺伝子によって決定される――に影響を与えるだけでなく、最終的には国家全体の運命を変えることになる。これを基盤にすることで、我々は国民の行動の基本パターンを確立できるようになる。こうして、あらゆるものを含む巨大な病院システムが、あらゆるものの基本構造となって、患者ケア・メソッドを駆使し、社会の管理運営を推進していく。この観点から、病院の力と繁栄こそが、国を豊かにし、発展させていくことを決定する唯一のキー・ファクターとなる。一度に一本、樹を植えることで、我々は森を作り出す。これらの緑地が広がり、拡大していって、やがてすべてを覆いつくす。

「初期の遺伝子再編技術は、いくつかの一般的な社会現象を変容させるために利用されました」解説を続けるアンクル趙《ジャオ》の声は熱意に漲《みなぎ》っていた。「しかし、生物学のフィールドでの観察と研究が、医療従事者たちを啓発していきました」

デジタルの樹状図が、森林の奥深くで撮影された映像に切り替わった。「春になった時、鳥が、首尾よく交尾を終えたあともなお歌いつづけ、エネルギーを無駄遣いするのはなぜでしょうか。生物学者たちは、鳥の遺伝子検査を行なって巣ごとの父親を特定したうえで、この答えとなる事実を発見しました。一生番《つがい》を続ける鳥たちの間では、カップルは次世代を育てるために協力して働いているとはいいえ、メスは予想されたほどに忠節な姿勢を貫いているわけではなく、〝夫〟をうまく騙して、ほかのオスとも交尾していたのです。これが〝結婚後も〟なおオスが歌いつづける理由を示してくれています。彼らは、言ってみれば機に乗じた〝情事〟のチャンスを狙っているのです。人間もそんなに違いはありません。自分を誇示できることなら何でも絶えずやっている人がいます。自分がいかに偉いかを喧伝し、公の場で耳目《じもく》を引く行為に邁進している人たち。鳥の歌にも似たこの手の自己喧伝は、以前には、大勢の成功した政治家やビジネスマン、作家や俳優の目標とも言うべきものになっていました。このいわゆる〝精子競争〟は、実際、歴史の発展を支配していたのです。病院が、適切な薬品を処方する方法を明確に把握するにいたった基盤にも、こうした基本的な生物学的事実の理解があります」

アンクル趙《ジャオ》は解説を続けた。「遺伝子治療が広く実施されるようになって、少なくとも宦官《かんがん》を作るのに生殖腺を除去するといった残酷かつ荒っぽい手法を使う必要はもはやなくなりました。ナチのドイツで行なわれたような強制収容所での大量虐殺といった、暴力的な手段を使って民族の純化を達成する必要性もありません。また、アメリカ合衆国では以前、連邦政府が、三十を超える州で十万人以上の精神障害者に不妊処置を施すことを認めていたものですが、そんな歴史を踏襲する必要もありません。そういったことはひとつとして、今日ではもはや必要ではなくなりました。すべては遺伝子の置換治療で対処することが可能になったのです。これこそまさに、我々が直面している多くの難題に対する真の人道的なアプローチだと申せましょう」

続いて、アンクル趙《ジャオ》は、ほんの少しためらった様子を見せたのちに、次の事例を持ち出した。「過去には」と話しはじめた口調は、いささか恥ずかしげだった。「大勢の男性が自分のペニスの大きさを自慢したがったものです。バカバカしくも大時代的な、この生物学的自己顕示の方法は、アップグレードされ最適化された遺伝子が入手できるようになって、すっかりすたれてしまいました。そもそも、遺伝子をアップグレードできなければ、生殖の相手となる、もう一方の性の持ち主の誰からも見向きされないようになってしまったのです。例をひとつ挙げましょう。チンパンジーは身体的にはゴリラの四分の一のサイズでしかありませんが、睾丸《こうがん》の大きさはゴリラの四倍もあります。これは、ゴリラとチンパンジーそれぞれの生息習慣の違いに由来します。ゴリラの場合、群れのオスは一頭だけで、複数のメスを独占できるため、競合する精子はありません。一方、チンパンジーは生殖相手をほかのオスと〝共有〟しなければならず、その結果、自分の子孫を作る機会を増やす手段として、より多くの精子を生産し、絶えず交尾をすることになるのです。しかし、この状態はシンプルに、DNAを改変すれば解決されます。より多くの精子とエネルギーを生産できるようDNAを改変するだけで、巨大な睾丸を持つ必要はなくなります。人間にも同じ原理が当てはまります。チンパンジーのオスとの違いはひとつ、人間にとって、競争者たるほかの男性たちとの間での最も重要なファクターとなるのはペニスの長さです。ペニスが長いほど、その持ち主は、より速くダイレクトに相手の子宮に自分の精子を送り込むことができ、女性の愛情を勝ち取れるというわけです。だが、問題がひとつ——昨今、妊娠するための子宮を必要としている者が、いったいどこにいるというのでしょう。今日、我々は、試験管内で卵子と精子をそれぞれ編集し、研究室内で両者を結合させて、最高レベルの人間を作り出すことができます。数も望むまま、しかも、ペニスすら必要としない！　もちろん、唯一の前提条件として挙げられるのが、あなたに、それを実行できるだけの財政的基盤があるかどうか——これが、街全体を巨大な病院に変えなければならない理由を説明してくれます。街を巨大病院にすることが、必要とされる財政資源を集積する最も効率的な手段のひとつだからです」

一般に、近代的な病院の発展には巨額の資本の集積が必要だと言われている。これはメガ資本のカテゴリーに入る。こうしたメガ資本の運用に関して言えば、医師、病院、生命科学はみな第一線にあるものと見なされ、その範囲の広さと規模の大きさの点で、これに匹敵するのは唯一、国家の防衛産業しかない。もう長い間、国の税収のすべてがダイレクトに医療産業に注ぎ込まれているのに加え、患者自身がモバイルATMに変容させられてきたというのは、公然の秘密になっている。長期にわたる平和と繁栄の時代のおかげで、気づいてみると、生命はこのうえなく金がかかるものになり、我々は多大な犠牲のもとに対価を支払わせられるようになっていたのだ。当然ながら、医療にこれほどのコストがかかってはならないと感じている人たちもいた。たとえば、遺伝子解析と遺伝子編集に関しては、二十一世紀初頭に導入された次世代解析ソフトとCRISPRテクノロジー（遺伝物質を削除・置換できる技術）のおかげで、アプリケーションの市場価格はすでに著しく下がっている。しかし、全市が病院になって、財政政策の策定に病院が責任を持つようになって以来、病院サービスのレートを設定してワンストップ価格を実行する力を持つのは医師たちとなった。これに関して患者ができることは何もないのだ。

僕は、最初のラウンドの遺伝子治療の際に全財産を使い果たしてしまったに違いない。ドクター・バウチが僕にウェアラブル医療機器を何ひとつ処方しなかったのは、そのためだろう。白黛《バイ・ダイ》の目に、僕がまったく魅力的に映らなかったのも、彼女と一緒にいる時の僕がいつも不安で落ち着かない気持ちにさせられていたのも、それが理由のひとつだったのかもしれない。

デジタル・ディスプレーには、新しい樹状図が次々と現われていった。あまりの数の多さに頭がクラクラしはじめた。生殖の問題は、この国の公的な生活の核心にある〝根本的な問題〟でありつづけている。この根本的な問題が解決されたら、そのほかの問題——樹状図のほかの枝々——もすべて、自然に解決されることになるだろう。誕生の時から、思春期・成長期にいたるまでの、パートナーの選択から仕事の選択、さらには、かつては治療不能の病としか見えなかった政財界での腐敗にいたるまでの種々様々な問題——これらは、集合的に、現代の医療心理学の基盤を構成している。そして、この観点からは、たとえば、肥満遺伝子を除去したり（肥満遺伝子は、一千五百万年前にチンパンジーおよびゴリラとの共通の祖先から受け継いだもので、〝エネルギー節約遺伝子〟とも呼ばれているが、それは、食糧が少ない生息地域や飢餓の時代に糖を脂肪に変換する能力を持った変異遺伝子だからである）、暴力を伴う犯罪を犯す遺伝子を改変したりといったことも、いとも簡単になる。社会にとって害があると見なされる四大精神疾患――統合失調症、双極性障害、臨床処置が必要な鬱病、自閉症――も抑制が可能になる。これらはすべて遺伝的要因から派生している。一定の領域の遺伝子配列によって中枢神経に深刻な影響が及び、多くの思考上の障害がもたらされるのだ。同性愛の性向もまたコントロールされる。《医療の時代》には、同性愛は悪性の疾患の主要な要因になるととらえられる。さらに、アルコール中毒、薬物中毒を治すためにも、遺伝子治療が適用される。

「この病院と医師たちのおかげで、我々は現在、清廉清浄な場を築きつつあります。公正で公平かつ健康的な社会を」アンクル趙《ジャオ》が高らかに言ったその時、ドクター・バウチが若い研修医の一グループを引き連れてやってきた。アンクル趙《ジャオ》の両頬に涙が流れ落ちはじめた。彼は医師たちにうやうやしく頭を下げ、ほかの患者たちにも同じようにするよう、うながした。僕は、このツアーの真の目的が、患者たちのこの病院に対する信頼と時代への信仰とを統合させることなのだと気づいた。白黛《バイ・ダイ》は頭を下げなかった。

　ツアーはそのまま信仰告白の場に変じた。信仰告白とは、患者たちがそれぞれの苦しみと痛みを大勢の前で告白するパフォーマンスだが、先陣を切ったのはアンクル趙《ジャオ》で、彼は、遺伝子がこれまで患者の人生をいかに愚かしいものに変えてきたかを、熱をこめて語った。

「私は以前、大学の教授をしていました」アンクル趙《ジャオ》は言った。「数々の国家の賞を受賞していながら、ずっと現実に満足せず、常に不満に満たされて批判を繰り返していました。私には、社会の暗い面しか見えていなかったのです。と同時に、さらに多くのプロジェクトを実行して出世を図ることに取り憑かれていました。同僚や上司をずっと妬み、公的資金を流用して、その金で別荘を何軒も――

人生を何度生きても、絶対に必要になろうはずもない数の家を――購入しました。強欲の遺伝子が暴走していたのです。私の最大の過ちは、自分が一介の患者であることを忘れてしまったことでした。チンパンジーと同様、私も入院してから遺伝子改変手術を受けました。病院が私を救ってくれました。私は犯罪の底なし沼に落ち込んでいく寸前だったのですが、病院が私を引き戻してくれました。私を獣から人間に変えてくれたのです……」大量の涙がアンクル趙《ジャオ》の頬を流れ落ちていった。ドクター・バウチが思いやり溢れる笑みを投げ、そのとおりというふうにうなずいた。

　アンクル趙《ジャオ》は言葉に詰まりながらも、次の巨大な樹状図を指し示して解説をはじめた。生物工学治療を介して、我々はまた、飢餓と恐怖と怒りの集合的遺伝子――ひとつの国家としての国民全員が共有してきた遺伝子――も排除することになる。数万年に及ぶ歴史上の出来事は、我々のＤＮＡ上に集積され、ひとつの大きな欠陥となってきた。当然ながら、遺伝医学と神経医学の発展は、特定の民族グループを知的にすることも愚鈍にすることもできる。これは、固定化された社会階級間の境界を再構築し、種々の民族グループの間に、より理にかなった構造を確立させるために、大いに意味があり、しかも、きわめて簡単に実行することができる。というのも、ＩＱと認知能力を決定する遺伝子は簡単な操作で調節できるという事実がすでに発見されているからだ。また、いくつかの遺伝子の場合、個人のパーソナリティに影響を及ぼす変異および非因習的な特性が、代謝ドーパミンのレベルに関係していることがわかっていて、これらの遺伝子は、我々国民の創造性を増大させるために活用されることになる。自己抑制に関連する遺伝子および変異は育成・啓発が可能で、人々を従順にするのに有効に働くだろう。また、〝忠実な戦士遺伝子〟と呼ばれるものは、個人を、ある特定の大義のために自己犠牲もいとわないようにさせることができる。……ここまで聴いてきた僕は、シスター漿《ジアン》は、この遺伝子改変を受けていたのではないかと考えはじめた。

　遺伝子編集のプロセスは、被験者に、パーキンソン病やアルツハイマー病のような神経疾患を誘発する可能性がある。予想されていなかった新しい疾患の引き金を引いたり、場合によっては死にいたることもある、そんな遺伝子編集もいくつか確認されている。しかし、これは必ずしも悪いことではない。医療科学者たちは、こうした手法を、かつて、拷問や懲罰という形で実行されてきた刑事司法の場に適用する方法はないかと模索しており、これが実現すれば、司法の分野に歴史的な革命をもたらすと同時に、発展しつつある新たな系統の民主政治に清新なエネルギーを注入することが期待される。ここにはまさに、国家の力と繁栄の基盤そのものがある。

色のない入院病棟に、緑の森が育ち、広がりつづける。不毛の汚れた風景を流し去る洪水のように。そして、それとともに到来する素晴らしい景観が、あらゆる人に、リフレッシュされ高いレベルに引き上げられたという感覚を与える。個々人に特化された治療、個々の患者のためのオーダーメイドの治療は、こうして、壮大な集合的な〝美〟の世界へと変容させられる。

『メディカル・ニュース』がなぜこれを、人間の一万年間の歴史上、最大の変化だと言っていたのかが、僕にも少しずつわかりはじめた。

歴史は人間によって決定される。つまり、人間を支配し統制することは、歴史のコントロールを可能にするということだ。ここから、人間は未来を書き換え、文明の進歩を再定義することができる。そして、ここにこそ、病院のオリジナルな願望と創設の使命がある。

「私たちは感謝の念を表明せねばなりません」アンクル趙《ジャオ》は患者たちに語りかけた。「病院は私たちに、これほどまでに素晴らしいケアを行なってきてくれました。病院はまさにそこにあり、私たちの全人生に寄り添い、先祖たちの時代には神か精霊にしかできないと考えられていたような、そんな魔法の力をふるっています。たとえ私たちが死にたいと願っても、病院は絶対にそうさせてくれません。この場所は天国と呼ぶに値します。さあ、私たちの感謝の念を表明しましょう！　ありがとう、病院！　ありがとう！」

僕は白黛《バイ・ダイ》をちらりと見やった。彼女は疲れきった様子だった。唇が乾いている。これはニコチン切れの症状で、一服する必要があるのは明らかだった。でも、今は一服できる時じゃない。少なくともこのツアーが終わるまでは、タバコは吸えない。

「あなた、こんな話のどこが面白いっていうの？」彼女は、僕の不躾《ぶしつけ》な視線に自意識をつのらせたようで、不機嫌に言った。

「特に問題はないさ」僕は気のない口調で応じた。彼女はたぶん、僕がどれくらい進歩しているのかを知りたかっただけなのだろう。

「ブラザー楊《ヤン》、豚に空を飛ぶようにさせるにはどうすればいいか知ってる？」

「豚？」白黛《バイ・ダイ》のこの問いに、僕は少し居心地が悪くなった。彼女は、患者が豚だとでも言いたいのだろうか。彼女の目には、僕はただのチンパンジーとしか映っていないのだろうか。「僕らはみんな遠い昔、霊長類の国で一緒に暮らしていたんだよね？」僕は、チンパンジーとして生きていたほうがよかったのではないかと思った。以前、こんな話を聞いたことがある――医療実験のために病院でチンパンジーが飼われていた。実験がすむと、病院はそのチンパンジーを無人島に置き去りにした。彼は、番《つがい》の相手からも子供たちからも切り離されて、その島で独りきりの生活を送った。彼がまだ生きているかどうかを確かめに、医師が島に行くと、そのチンパンジーは実に嬉しそうに医師の腕の中に跳び込んできてハグしたそうだ。

「豚の天国に送るのよ」白黛《バイ・ダイ》は口をすぼめた。

「うーん、そういうことか」

「たいていの人はこう答える――豚に空を飛ばせるには、飛行機に乗せて移送するしかない。飛行機の中いっぱいに空の絵を描けば、豚に、自分たちは孔雀の群れなんだと思い込ませることもできるかもしれない。でも、一番手っとり早い方法は、遺伝子を改変すること――ダイレクトに孔雀にしてしまえばいいのよ」

「それは素晴らしく効率的な方法に聞こえるな」

「病院は効率性を求めている」

「で、その豚たちはどこに飛んでいくんだ？」

「頭を使いなさい！」

「天国？」

「違う！　食肉処理場よ」

「医師は、僕たちとは違う遺伝子を持っていると言いたいのか？」

「もちろん、医者は豚じゃない。でも、それなら、いったい何なのよ！」

そう言った時の白黛《バイ・ダイ》の顔は、人間らしさのかけらもない砂漠を思わせた。オアシスを想起させる痕跡すらない乾ききった砂漠。〝医者はどんなふうに死ぬのか？〟——こんな言葉を発することのできるのは死んだ者だけだ。彼女が言ったこの言葉を、僕は改めて思い返した。病院の展示は、彼女のこの問いにはいっさい触れていない。僕には白黛《バイ・ダイ》の声のトーンの意味するところが充分に理解できず、彼女に、筋違いの怒りを向けはじめた。どうして、これまで白黛《バイ・ダイ》のニコチン中毒が見過ごされているのか？　医者の側の見落としなんじゃないか？　そんなふうに思いながらも、同時に、彼女との仲がさらに近く深くなっていきつつあると感じずにはいられなかった。言ってみれば、地獄の閻魔大王の脇に立っている小さな悪鬼みたいなものではあるのだけれど。

僕は、これからの月曜が不安になりはじめた。レクチャーとツアー・ガイドの番がまわってきた時、何をやればいいんだろう。胃の痛みのせいで演壇で倒れてしまったら、聴衆は僕を野次りまくるんじゃないだろうか。彼らはもう長い間、僕をやっつけてやろうとしてきた。彼らは、僕の幸運が凋落するのを見たくてたまらないのだ。

30　生きることは、変容させられ、再構築されること

レクチャーを行なうよう指名される可能性を考えて、僕は、ドクター・バウチに準備のアドバイスを求めることにし、次のようなテーマを持ち出してみた。遠い昔、国家を救う希望を医学に向けた少なからぬ数の学生がいたが、ほどなく、その道は行き止まりでしかないことに、彼らは気づいた。たとえばドクター孫逸仙《スン・ヤット・セン》（孫文《そんぶん》）は医師としてのキャリアを捨てて革命にその身を捧げ、また、周樹人《チョウ・シューレン》（魯迅《ろじん》の名のほうがよく知られている）は医者になる夢を諦めて左翼の作家となり、文芸を通して中国の人々の精神を救おうと試みた。二人とも、医学の研究は表層的なものでしかなく、根源的な病理を治すことはできないと思っていた。彼らにとって最も重要なのは、社会と時代と人間の精神上の病《やまい》だった。未来、つまり今の我々の時代に、いったいどのような事態が起こるか、二人がともに予想できなかったということはありうるだろうか。

ドクター・バウチはこんなふうに応じた。私は彼らが生きた時代の欠陥を突き止めた。ドクター孫文と魯迅のラディカルな政治活動は、社会の病弊を一掃し、人々の精神を救うことになったのではないかという見解があるが、これに対しては、私はそうは思わないと答える。二人はともに、自身が病んでいた。この事実はよく知られている。二人とも六十歳を超えるまで生きられなかった。わが国に病院を設立したのは西洋の宣教師たちだ。彼らは、貧困と混乱が広がっていたあの時代、大勢の人々を死の際から助け出し、多くの貧しい魂に救いをもたらして、近代文明への扉を開いた。これが、わが国の進化を可能にし、すべての病気・疾病の完全な治療のための基盤を構築した。そして、最終的

に、我々が今日、目のあたりにしている医学と科学の信じられないような発展を達成した。医学を介しての国家の救済はあらゆるものの基盤なのだ。ドクター・バウチは、そう主張した。

僕は、この意見には同意できなかったけれど、反論できるだけの知識は持っていなかったし、ドクター・バウチに対する尊敬の念は依然として大きかった。胃の痛みがまた襲いかかってきたこともあって、僕は黙ったままでいた。

「テクノロジーの発展という観点から見てみると」とドクター・バウチは続けた。「医学のこの概念はすでに広く一般に受け入れられている。医学はもはや、病んだ者の身体だけを治すことを目的にしているのではない。医学は、社会の慢性的な病弊を根絶するだけでなく、人間の思考を改善できる。標的治療を用いれば、個々人の身体と精神をともに治療することができるのだ。そして、このプロセスを介して、個人と国とは初めて真に一体化することができる。これはまさに、孫文と魯迅がかつて夢見たことではないか。彼らが生きながらえて今日の状況を目のあたりにすれば、間違いなく喜んで入院したに違いない。そう私は確信している」

遺伝子の変容を介すれば、ミームを変えることもできるのだということに、僕は気づいた。ミーム、すなわち、言語やアイデア、信念、その他の行動を表現する社会的・文化的情報は、生物学的な進化における遺伝子と同様の役割を果たす。

白黛《バイ・ダイ》が同じように考えているかどうかについては確信が持てなかったものの、ドクター・バウチの信念は、医療コミュニティで働いている大半の人々の最も深いところにある考えを表わしていると思われた。言葉を換えれば、彼らはそのように教育されているのだ。

これまでも、医師たちが概念的なディスカッションは最小限にしようと最大限の努力を払っていることは、僕も気づいていた。彼らは、自分たちの時間をできるだけ効率的に使い、何かミスをすれば、シンプルに、あとで正そうとした。彼らの基準は、資金と有用性、そして、自分たちのやることがどれだけ面白いかによって決定される。倫理的な配慮という点に関しては、独自の基準を持っていて、外国の基準に脅《おびや》かされるようなことは断固として拒否する。我々は過去と決別しなければならない。たとえば、人間としての資格を与えるものは何かという問題に関しては、世界じゅうの異なった地域にそれぞれ独自の定義を持つ権利があるが、しかし、我々が自分たちの考えを様々な偏見や通念から解放しなければ、何も達成することはできない。この姿勢が、異なる病院間、異なる病棟間、さらには入院病棟と外来病棟の間での発展のレベルと治療のアプローチの差を生む結果をもたらした。

『メディカル・ニュース』では、こんなふうに書かれている。「《医療の時代》に病気に取り組む際には、断固かつ決然たる姿勢を貫く必要がある。未決事項を残す余地はない。健康の名のもと、唯一の目的は、可能な限りのあらゆる手段を使って、人々を生かしつづけることだ。人々が生きつづけている限り、我々の国には希望がある」

生き延びることは、変容させられること、再構築されることを意味する。個人のアイデンティティを決定するという点で病院が果たす役割は、すでに厳密かつ十全に明らかにされていたのだった。

31　世界を揺るがす社会革命

こうした状況下で、改めて家族が再構成される可能性はないのだろうか？　僕は折々に、この問題について考えている自分に気づいた。考えているとは言っても、しばしの間、脳のあちこちに反響するに任せていただけなのだが、やがて、理由ははっきりしないまま、以前の妻と娘のことを考えると、時として、彼らのいないことが残念に思われるようになりはじめた。これは、遺伝子治療に随伴する、防ぐことのできない現象であることが判明した。ただ、だからと言って、これを病院側の見落としだと責めることはできない。単に完璧ではないというだけのこと――そういうことはいつだってある。僕は時々、以前の家族と一緒にいた人生を思い返してみたが、それは頭上を流れすぎていく雲の影のようなもので、すぐに消え去ってしまい、二度と戻ってくることはなかった。

白黛《バイ・ダイ》と知り合って少し時間がたつと、僕たちは、手をつないだりといった身体的な接触を持つようになりはじめた。要は、感情面での結びつきが築かれていったわけだが、これは、昔の諺の〝同病相《どうびょうあい》憐《あわ》れむ〟――不幸な人間同士はお互いに親近感を覚える――という状況下で、親密さが増していったのだと言えるような気がする。僕は思った。最終的に、この関係はさらに別のレベルに進んでいくことになるのだろうか。

率直に言って、僕はその〝別のレベルの行為〟に、ちょっぴり関心があった。ただ、厳密にその行為自体に興味を引かれていたわけではない。理由は――病院の厳格な管理システムゆえにではなく、僕の孔雀の尾羽根、つまり性的アピール度を強化する医療装飾機器が充分でなかったからでもなく、白黛《バイ・ダイ》と僕の遺伝子からはすでに、数万年にわたって人類とともにあった最も原初的で基本的な衝動、つまり性の欲動が除去されてしまっていたからだ。このため、たとえそうした意図があったとしても、性急に行動に移したりすることはありえないはずだった。

新参者の入院患者たる僕が、歴史の逆行を許すわけにはいかない。遺伝子検査が一般に行きわたるようになってまだまもないが、人々が通常の家族形態を維持するのはたいへん難しくなっていた。研究者はすでに、遺伝子と〝貞節〟との間に相関関係があることを発見していた。ある二つの変異遺伝子を持つ者は離婚したり不倫をしたりする確率が五十パーセントあり、一方、この遺伝子がない場合は、リスクは十五パーセントにとどまることが判明していた。ただ、問題は、これら二つの遺伝子が大半の人に広く行きわたっているという事実だった。これは文字どおりの〝国家的病弊〟だった。これを受けて、ある遺伝子検査企業が、未婚・既婚の女性に的を絞った特別プロジェクトを開始した。彼女らに、現在ないし将来のパートナーが不倫をするかどうかを検証するチャンスを与えたのだ。この企業はまた男性向けの試験も提供し、彼らに不倫の素晴らしい口実を与えた。端的に遺伝子のせいにするだけでいいのだ！　こうして、何千年もの間存在しつづけてきた結婚という制度に致命的な打撃がもたらされることになった。

　ごく少数ながら、治療に失敗した患者もいた。環境からネガティヴな影響を受けたか、単に妄想を持っていたか、あえて、ほかの患者と家族関係を作ろうとする者がいたのだ。僕たちの病棟では、溶血性貧血を患っているオールド高《ガオ》という男性患者が、甲状腺機能低下の患者、リトル李《リー》と密接な関係を作ろうとした。なぜかはわからないが、この二人の男性は互いを求め合う強い感情を発展させていった。特別の関係を作ろうという試みは、たいていの場合、医療従事者によって阻止される。早い時期に介入が行なわれる。オールド高《ガオ》とリトル李《リー》は、しばらくひそかにデートを重ねたのちに、医療サーベイランス・システムに検知された。ドクター・バウチが、不適切な逆行行動が原因で健康が損なわれることがないよう、新規の強力な薬剤による治療を行なうと宣言した。

　だが、オールド高《ガオ》とリトル李《リー》の間に起こったことは、最終的に、文字どおりの破局にいたった。二人とも平均的な経済力しか持ち合わせていなかったため、この高額の新規治療の費用を払えなかったのだ。病院では、入院初日から、すべての患者の財政をコントロール下に置く。現金とクレジットカードを提出させ、将来の病院側の出費に対する担保として、必要時には家族の資産もすべて正式に譲り渡すという書面に強制的にサインさせる。オールド高《ガオ》とリトル李《リー》のような患者が、治療中に新たな経費を負担することになり、口座に負債が発生して、ほかの経路から調達することができなくなった場合、彼らは病院の銀行からの借金を余儀なくされ、法外な利子を課せられる。これに応じられないと、生存そのものが危機にさらされる。患者はみな、そのことを知っている。

オールド高《ガオ》とリトル李《リー》は、〝平等に分かち合うという医療イデオロギーの破壊〟を企《くわだ》てたという理由で、別の病棟に移動させられた。互いに遠く離れた別々の病棟に送られて、病院にいる間は二度と会うことがかなわなくなった。当然ながら、これはすべて彼らを守るためであって、彼らが健康で安全に過ごすための最も重要な配慮なのだ。

「感情は取り替えのきくようなものではありません」ドクター・バウチが患者たちにレクチャーした。「我々が苦しみ、不安を感じるのは、愛情に起因します。恐怖と痛みを体験するのも愛情に起因します。愛情は我々の生命そのものを脅《おびや》かします。そして、命がなければ、ほかのすべても失われます」

このエピソードは患者たちに、〝衝動的な行動〟は、結局のところ、より大きな苦しみにいたるだけであって、当人が自分の状態を真摯に受け止めていない兆候としてとらえられることを教えた。中には、「ここ、病院では、命は政治経済学の一部なのだ」と発言する者もいた。

だが、僕の見方は違う。生命はそんなものではまったくない。生命は何ものでもない。

とどのつまり、実際的な観点からも理論的な観点からも、僕と白黛《バイ・ダイ》が本当に結ばれるのは百パーセント不可能なのだ。現実にそうなった時の代価が、あまりにも高すぎる。

つまり、《医療の時代》の主要なポイントは、患者にとって家にいるほうが都合のよい環境を作り出して入院するリスクを減らすことではない。事実は正反対で、《医療の時代》の最大のミッションは、家族という病んだシステム、すでに崩壊の瀬戸際にあるシステムを完全に撲滅し、みずからの生命の全側面を病院に託す人々に安心と健康を提供することなのだ。

このトピックのついでに、患者の定義についても言っておかなければならない。**そもそも患者とは何なのか？** 患者とは、トラブルを起こし、ほかの人々に不都合な事態をもたらす人間であり、病院はまさに、この不都合な状態を除去するために存在している。個々人の生活を作り変えるだけではない。より重要なのは、これが、世界を揺るがす社会革命を引き起こす手段だということだ。人々が

〝血は水よりも濃い〟といった非科学的なフレーズを使うことはもはやない。実際、血と水を分け隔てているのはいくつかの分子の成分の違いにすぎない。病院という存在を全面的に受け入れることで、我々は、破綻した家族のシステムを、健康という果てしない可能性と交換した。ただし、これはあくまで可能性であり、人々の健康は今なお、治療の最終的な成果にかかっている。何よりも重要なのが患者と病院の協力である。患者は、自己の存在と行動を明確に認識している状態を保ちつづけねばならない。結局のところ、我々は依然として革命的な実験の初期段階にある。患者たちが直面しているすべての検査・試練は必要不可欠なものなのだ。

検査も試練も、最初は身体から始まった。それが今は、精神へと入り込みつつあった。

32 健康であることは病んでいること、病んでいることは健康であること

患者の治療をアシストするために、病院は入院病棟の展望台に高解像度の望遠鏡を何台か設置していた。高層階に登ることのできる患者が自分たちの環境を知り、生命と医療に対する〝正しい〟見解を構築する一助にできるようにとの考えからだった。《医療の時代》においては、人々は、医療を通して物の考え方を学び、新たな形の医療思考をとりいれていく必要があるのだ。

急ぎの治療スケジュールが組まれていない時、白黛《バイ・ダイ》は僕を連れて展望台に行った。そこで僕たちは望遠鏡を通して街の状況をじっくり観察した。この望遠鏡観察をしている時の白黛《バイ・ダイ》はいつも嬉しくてしょうがないというふうに見えた。僕には時々、彼女が極度に厳《いか》めしく感じられることがあったもの

だが、望遠鏡で街を眺めている時の彼女を見ていると、奥底ではやはり、楽しいことが好きな若い女性なのだと思わざるをえなかった。展望台に登るといつも、彼女は患者衣のどこかに隠していたタバコを取り出して、深々と吸った。

　どの角度から見るかは問題ではなかった。眼下に広がる街の光景はどこも常に荘厳でゴージャスな油彩画のように見えた。街を包み込む雨と霧の暗赤色のヴェールを通して見える何千人もの住人は、アリのコロニーを思わせた。天空のワイドスクリーン・ドームのもと、人々は無言で、どこに行くというふうでもなく、何本もの環状道路を忙しげに行き交っていた。その中には、家族が崩壊して家を出てきたばかりだと思われる者もいる。彼らはまだ、新しい《医療の時代》にどう適応すればいいのかを学んでおらず、治療を求めて、病院に押し寄せていく。ポータブルの診断機器を持った白衣の医師たちが、水素駆動のスケートボードに乗って、笑みを浮かべながら彼らを病院内に誘導していく。大半の患者はうなだれ、医師たちの誘導に唯々《いい》諾々《だくだく》と身を任せるが、わずかながら、何が起こっているのかわからないままに、不安に駆られ、怯えたネズミのように逃げ出す者もいる。だが、そんな者も最終的には全員が救急車に乗せられて、病院に連れ戻される。ハンターは必ず獲物を捕まえる。ただ、決して血が流れるような事態にはならない。スローガンが述べているとおり、病院は常に生命を深くリスペクトしているのだ。

　救急キットを手に、噴射式ジェットパックを背負って空を飛びまわる医師たち。空中巡回診療を行なう際の彼らは、これでもかとばかりに、医療パンクの真髄を見せつけている。額に装着されているのは疾病スキャナーと細菌高速探知器だ。まだ家族が崩壊していない家が〝プレ病棟〟に指定される。医師たちはこれらプレ病棟の敷地にダイレクトに降り立って、ドアを叩き破って中に入り、視察を開始する。彼らは、身元証明を求められることなく、訪問の目的を告げる必要もない。彼らが行なうことはすべて、患者にとって短期・長期、いずれの観点から見ても利益になることだからだ。それぞれのプレ病棟の家族は病人をベッドから引きずり出し、当人が痛みを何とか我慢している間に、医師を歓待する食事と飲み物の用意にかかる。体調がさほど悪くない者は列を作って並び、脚を震わせながらも、無理矢理に笑顔を作って、医師のどんな要望にも応えようとする。医師は、特別に重要な客のために取っておかれている最上座に座り、礼儀正しさを繕《つくろ》って、家族にも腰をおろすよう求める。「心配する必要はいっさいありません！　まずは何かを食べて、それからゆっくりと検査を始めましょう。どうぞリラックスしてください。誰も死ぬようなことは絶対にありませんから」医師が彼らに見せようと取り出した医療キットを見るのを丁重に断りつづけていた家族だったが、ついにそれに同意するとともに、ようやく全員が腰をおろす。作り笑いを浮かべ、何とか礼儀正しく振る舞っているにもかかわらず、彼らは依然として、自分たちが最善の治療を受けられなかったらどうしようという恐怖と不安でいっぱいになっている。この時点で、家族の長が、前もって用意してあった赤い封筒と贈り物を差し出し、ようやく検査を開始する。医師は食べ物と飲み物を存分に味わってから、ようやく検査を開始する。医師に、自分たちがこれまで耐え忍んできた、終わることのない病《やまい》の連鎖と永遠の苦しみから解放してくれと懇願する。時に、医師は特別の要求――それは常にきわめてリーズナブルな要求だ――をし、家族は溢れる涙のもと、心の底からの感謝の念を表わしながら、医師の要望をかなえるべく全力をつくす。そして、最終的には、これらすべてが相まって、家族の解体へとつながっていく。

そんな時代のある日のこと、空飛ぶ医師のひとりが僕の家に降り立った。娘はまだ中学生だったが、その時はたまたま家にいた。娘に目を向けた瞬間、医師は何かを見て取った。そして、娘を自分とともに連れていきたいと言った。医師は、垂直離着陸プラットフォームの主任医師に昇進したばかりで、中規模飛行医療研究所すべての管理・運営を任されており、研究所のアシスタントを必要としていた。つまり、彼は、空飛ぶ看護師として自分のもとで働くよう、娘を誘ったというわけだ！　空飛ぶ看護師！　こんなことが想像できるだろうか？　こんな栄誉ある誘いを、どうして断ることができるだろうか？　僕は、これ以上ないほどの幸福感に包まれた。娘は才能があったが、僕の悪しき血筋が原因の慢性疾病に苦しんでおり、そのことで、僕はずっと罪悪感に苛《さいな》まれていた。医師が差し伸べてくれたこれほどまでの厚意に従わずにいられるなど、とうてい考えられることではなかった。僕はただただ喜んで医師の申し出を受け入れた。近所の人たちがこぞって祝いの言葉を述べにやってきた。僕たちの家族は、もうずっと前から崩壊の瀬戸際でぐらついていたのだが、医師のサポートのもと、ここに来て、ついに完全に解体されるにいたったのだ。誰もが羨む状況が、こんな形でやってくることになろうとは！

娘が行ってしまったあとも、この至福の時期は長い間続いた。そして、僕自身もまた入院を果たした今、もはや、天から降りてくる白衣の空飛ぶ医師のために、赤い封筒やご馳走や、ひとり娘を用意しておく必要はない。これにはほんの少し悲しい面もあったけれど、病院の天の光は僕の上に降り注いでいる。僕には心の底からの深い感謝の念以外に何もない。白黛《バイ・ダイ》の助けを得て、僕はとうとう、この街のまさにこの場所で、罪深い僕自身の家族のことを思い出すことができた。僕は、この悪性の腫瘍たる自分の身を清めるために、これからの人生を病院のために生きようと誓った。僕自身の病を治すだけでなく、社会という、より大きな身体を健康に保ちつづけるために生きようと思った。結局のところ、これこそが生きつづけることの本当の意味なのだ。もう、ひそかにかつての家族のことを思ったりすることはない。たとえ無意識にであっても。あらゆるものを包み込むこの幸福感に、僕は圧倒されると同時に、不安に震えはじめた。あろうことか、僕は一度、救急処置室から逃げ出そうとしたのだ。今思い返すと、これは決定的に恥ずべきことのように思えた。白黛《バイ・ダイ》の言葉が耳の奥で鳴り響く。

「これが世界の本性なのよ」

会社が僕をビジネス旅行に送り出したなどという戯言《たわごと》はどれもこれも、僕をスムーズに入院させるための策略でしかなかった。僕は遺伝子の再編処置を受け、記憶そのものの一部も再構築処置を受けた。検査のたびごとに出されるランチボックスのように、病院は個々の患者の病気に特定の原因を提供する。僕の場合、その原因は瓶入りのミネラルウォーターだった。そこから、すべてがいとも自然に展開され、患者は、気づいてみると、それと意識もしないままに病院に来ている。病院が提供する以上に思慮深く正確なレベルのサービスなど存在しない。病院の治療は、患者の精神の底の底まで到達する。

〝病気を治して退院させる〟という考え自体が誤ったものとなった。僕は、この〝退院〟という言葉の意味するところを徐々に理解するようになっていった。通常のシチュエーションで考えられる意味は二つだけ。第一の意味は、治療を続けられる別の病院ないし別の科に患者を移すこと——たとえば、呼吸器科から消化器科へ、あるいは皮膚科から神経科へ、あるいは内科から外科ユニットへ。病気には移動できるものもあるのだ。また、ひとりの患者が同時に複数の病気に罹患しているケースもあるが、ひとつの病気を治すこととすべての病気を治すこととはまったく違う。〝退院〟の第二の意味は、火葬場に送ることだ。

「というわけで、病院に来た患者のほとんどは、ネガティヴな考えをしないようになる」白黛《バイ・ダイ》が、両方の鼻孔から煙を送り出しながら言った。「みんな、ただ目を閉じて、インド孔雀のことを考えるようになる」

インド孔雀は、鳥類・キジ目・キジ科・クジャク属の動物で、原産は現在のパキスタン、インド、スリランカ。インドの国鳥にもなっている。オスの尾羽根は百五十センチほどの長さがあり、まっすぐに立てたり扇のように広げたりすることができる。光を反射する青い〝目〟の模様で飾られたこの羽根は、自然界の敵を威嚇するために使われる。敵は、この羽根の〝目〟を大型の肉食哺乳動物の目だと勘違いする。敵が怖がらず、逃げなかった場合、インド孔雀は尾羽根を震わせて甲高い叫び声を上げる。言うまでもなく、インド孔雀の長い飾り羽根の最重要ポイントは、それが示している、当の孔雀の健康状態にある。誰もの目を引くインド孔雀の羽根は、メスに向けてこう叫んでいるのだ。「私は病気ではない！　私は強い！　エネルギー満々だ！　悪い奴らを追い払うことができる！」メスは、〝目〟の多いオスに惹かれる傾向がある。**おお、彼は健康で力があって、私を守ることができる！**――つまり、それぞれの羽根の美しさで、個体の健康の度合いを測るのだ。健康なオスと番《つが》うことは、メスにとって、〝生き延びる〟のと〝より多くの子孫を残す〟チャンスが増えるのを確実にする大きな一助となる。悲劇的なことに、飾り羽根が短かったり目の数が少なかったりするオスは、アピール度が充分でないと見なされ、メスを惹きつけるのはほぼ不可能になる。長い継続的な進化のプロセスを通じて、オスの孔雀は飾り羽根を長くし、模様をどんどん派手にする方向に向かい、反面、動きはかつてなく不器用になっていった。進化の特性が、自身の生存というプラクティカルな面から逸脱していってしまったのだ。飾り羽根は一種のアートとなり、オスのインド孔雀は言うなればパンク・アーティストになってしまった。これはかなり病理的な状態である。巨大化した羽根の重みが身体に負荷をかけ、狐や山岳地帯のライオンに襲われても鈍重な動きしかできず、最終的には彼らのディナーになってしまう。こうなると、より多くの子孫を残すどころではない。みずからの飾り羽根を無能力の証《あか》しと見ることなく、何も気づかないままに意気揚々と歩きまわり、誇らしく飾り羽根をディスプレーしつづけているうちに、彼らは、文字どおり滅亡の際で危なっかしく揺れているシーソーの上の絶滅危惧種となってしまった。

僕たちもまた、インド孔雀のようなものではないのだろうか？

生命は何よりも重要な宝物だ。生命は何ものでもなく、そしてすべてなのだ。個人ひとりひとりと社会双方の健康を保持するための病院の設立――これはヒトという種《しゅ》だけにしか見られない。病院は、進化の非論理的な特性と盲点を除去した。〝家族〟と呼ばれる変異を起こした尾羽根は、当然ながら、排除されねばならなかった。

ゲノム研究の創出は、医療の弁証法において決定的な役割を果たした。**健康であることは病んでいることであり、病んでいることは健康であるということ。**これが、病院の長期的な繁栄の知的基盤である。そして、白黛《バイ・ダイ》のおかげで、僕はついに、この叡智の光を目にするにいたった。医療パンクのボキャブラリーでは、〝生きる〟ことは、〝病院のために生きる〟、ないし〝病院を生きつづけさせるために生きる〟という意味になる。僕たちはすでに、精神の発達の新たなレベルに入っている。従来、この新たなレベルの精神性は、長期間、病院で過ごしたのちにようやく理解の端緒に到達できるというものだった。

33　五つの手術痕

遺伝子改変は出発点にすぎなかった。遺伝子改変のプロセスが完了すると、患者は、それからの生涯、新たに作られた身体を基盤として働きつづける必要があった。高圧ボンベの酸素で育てられるこの壮大な森の中、医師たちの常に変化する命令に従い、終わりがないとしか見えない広大無辺のケアのプラットフォームのもとで働きながら、治療を、ありとあらゆる種類の治療を、生涯にわたる治療を探し求めつづけるのだ。自身の生を再構築し、より広いコンテクストの中で、自己の周囲に生命のネットワークと社会的関係性を再創造するために。『メディカル・ニュース』の記述によれば、《医療の時代》に行なわれる治療はどれもが総合的で、効率的にコーディネートされ、その内にあらゆるものを包含している。治療はひと時として停止することなく、患者の一回一回の呼吸、一回一回の心臓の鼓動、一歩一歩の歩み、ひとつひとつの思考とともに行なわれつづける。終わりなき治療に全市民が参加する時になって初めて、総体としての社会は、改めて完全な生命力を獲得し、この偉大なる時代に見合った数々の奇跡を生み出す。

白黛《バイ・ダイ》が教えてくれたところでは——病院に常備されているツールボックスの中で、自在に使える方法は多岐にわたっている。遺伝子治療のほかにも、実に多彩で強力な治療オプションがあり、たとえば、免疫細胞を破壊して宿主にエイズを発症させるＨＩＶ（ヒト免疫不全ウイルス）に対しては、細胞間の接合部（シナプス）をブロックする生物学的阻害剤が使用される。また、別のオプションとして、ナノボットを使って細胞間の物理的な距離を広げ、細胞同士の接触を阻止して効果的に死を食い止めるという方法もある。だが、白黛《バイ・ダイ》の話は僕を不安にさせた。彼女が挙げた例は、実際に彼女自身が体験したことではないかと思いはじめたのだ。二十五年の人生で、彼女があらゆる種類の驚くべき事態を体験してきていることは間違いない。その詳しい内容は、僕はいまだに教えてもらっていない。これからも、彼女が本当に僕にすべてを明かしてくれることは——実際にどんな病気にかかっているか（ひとつでないことは確かだ）をすべて話してくれることはなく、意図的に選んだいくつかのディテールだけを小出しに伝えるつもりなのかもしれない。白黛《バイ・ダイ》は飛び抜けた策謀家ではあるけれど、それは病院の環境がそうさせていることなのだ。

以前、白黛《バイ・ダイ》は二十二歳の時に受けた治療のことを話してくれた。頸部を切開して、迷走神経に複数の電極を埋め込む手術だ。電極はプラチナとイリジウムの合金、アンカーボルトとワイヤはともにシリコンフィルムで、耐用年数五十五年のマイクロ・バッテリーが挿入された。様々なレベルの電極刺激によって、ようやく注意欠如障害（ＡＤＨＤ）の症状が改善され、頸と胸にそれぞれ五センチの切開痕が残った。三つめの手術痕は、これまた身体中に埋め込まれた三方向の注入ポートだ。もちろん、これは従来のポートではない。ワイヤレスのバイオセンサーとしても機能し、心拍、血圧、呼吸数、体温、血中酸素濃度、血糖値、脳波、その他の身体上・心理上のデータを常時記録して、その情報をリモートで病院のスーパーコンピューターに送り、タイムリーな処理と分析を行なう。この偉大な現代医学革命はすでに、コンピューター、インターネット、モバイルフォン、SNS、ビッグデータと統合されていて、今や、エネルギー革命、情報革命、AI革命、宇宙革命と肩を並べるにいたっている。白黛《バイ・ダイ》の四つめの手術痕は背中にある。窓台に登って、患者たちにいろんなことを叫んでいたある日のこと、バランスを崩して外に落ち、背中を地面に叩きつけてしまったのだ。ドクター・バウチは背中から処置を行ない、脊髄を切開してグリア性瘢痕組織を除去したのちに、内視鏡を使って鼻腔の最深部から嗅粘膜を約三センチ切り取り、それを脊髄に移植して神経線維束を再生させた。つまり、五つめの手術痕は鼻腔にある。

　僕の目から見る限り、白黛《バイ・ダイ》のこれらの手術痕は実に美しく、鮮やかな色彩に溢れていて、彼女の身体を手術痕がない場合よりもはるかにセクシーなものにしていた。人間の開口部はもはや九穴《きゅうけつ》（人間の体にある九つの穴。両眼・両耳・両鼻孔・口・後陰・前陰の総称）に限定されてはいないのだ。白黛《バイ・ダイ》の傷痕は孔雀の尾羽根のようなもので、その処置は、どんな化粧品や美容整形よりも効果的だった。彼女の女性としての資質、女性性が、人間としての英雄的なスピリットと結びついて、事実上、彼女の身体のいかなる部分にもあらゆるものを挿入できるかのような、そんな印象を生み出していた。僕はいたく自意識を刺激された。というのも、僕はこれまで一度として、これと同じレベルのケアや処置を受けたことがなかったからだ。すべての患者が身体内にセンサーを装着できるわけではない。ひとつ装着できた幸運な者にしても、個々のモデルは、当の患者の経済的なリソースに応じて、機能が異なっている。

　たとえば、古参の患者オールド于《ユウ》の場合――彼は高額の頭金を払って、皮膚細胞を、アルツハイマー病を治すことのできる多機能性幹細胞にアップグレードした。これはわずか四つの遺伝子を改変するだけで実行できた。幹細胞治療は遺伝子治療の代替オプションで、まず、自己修復機能を持つ多機能性幹細胞を導入、そののち、多数のナノボットがこれらの細胞を身体の指定された部位に運び、そこで、患者の症状を改善するために働くという次第だ。また、リトル孟《モン》の場合――彼はとてつもない大富豪で、百近くのセンサーを移植し、補助的な治療デバイスも含めて、まるでサイボーグのように見える。リトル史《シー》は多額の金を払って人工肝臓と人工腎臓を購入し、機能が低下しつつあった自身の器官と取り替えた。オールド沙《シャ》はこの三人よりさらに金持ちだった。医師団は、細胞を直接プログラムし、コンピューターの補佐のもと、彼の指示に従って、必要に応じてインスリンを合成したり、皮膚の神経線維腫へのアタックを開始したりというふうに、彼の身体を操作した。

白黛《バイ・ダイ》は僕を引き連れて病院じゅうの散策を続けた。逃亡を試みるつもりはなかった。医療弁証法の法則によれば、僕たちが完全な診断を与えられたり完全な治癒にいたったりすることは決してない。したがって、僕たちの唯一の選択肢は、病院にとどまって、治療を受けながら――できれば楽しみながら――病気そのもの、ないし医療事故で最終的に死ぬのを待つだけだということがわかっていたからだ。病院内での説明のつかない医療過誤がなくなることはなかったものの、これは比較的安全な死に方だと言える。少なくとも、僕たちはもう、自然災害や交通事故、裁判所の命令による罰則規定＝死刑で死ぬことを心配する必要はなくなったのだ。

34　生涯にわたる治療の必要性

ある日、僕は白黛《バイ・ダイ》に、僕たちが絶対に、完全な診断をしてもらえることも完全な治癒にいたることもないのはなぜかと尋ねた。この問いは、彼女の体を美しく飾る手術痕への嘆賞の思いから生まれてきたものだった。これに応じて、白黛《バイ・ダイ》は自分のこれまでの人生の話を始めた。

「治療が始まったのは、私がまだ生まれさえしない前、母の子宮内でのことだった。私がまだ受精卵だった時点ですでに異常があると、医者たちは判定した。この初期段階での異常は〝先天性疾患〟と見なされる。彼らは絨毛膜《じゅうもうまく》生検（胎盤にある絨毛組織の細胞を採取して、胎児の染色体異常や先天性疾患の有無を診断する検査）をした。膣にカテーテルを挿入して、胎盤から胚組織のサンプルを取り、そのサンプルで私の染色体が一連の病理学的な変化を受けていることが確定された。私が最初の遺伝子治療を受けたのは、受精後わずか十週——胎児になったばかりの時（受精後十週未満の時期を胚と呼ぶ）。担当医は、私の受精卵が両親から受け継いだ遺伝子を再編集して、欠陥のある遺伝子を取り除いた。あとから聞かされたところでは、この処置はほぼ完璧で、エラーの余地はまずなく、私の遺伝的欠陥は一挙に排除されたということだった。母は私を妊娠した時、かなり高齢で、私は最初からダウン症に罹患していた。ダウン症というのは、二十一番染色体が三本あって、精神的な発達が阻害される疾患——つまり、ある意味では、私はその時点からデザインされていたと言うことができる。でも、これは、私に入院する必要がないということを意味してはいない。実際、私は生まれると同時に入院病棟に入れられて、その後一度も病棟から出ていない」

「そうだったのか。君は生涯にわたる治療を受けるために、ここにいるんだね。成長していく間《かん》に、こんなにたくさんの穴を開けられて、こんなにたくさんのデバイスが装着された理由は、そういうことだったんだ」

「最初はかなりフラストレーションを感じた。でも、その後、答えを見つけ出した」

「何の……？」

「要は環境だということ。理論的には、病気は親から受け継いだ遺伝子と、自分が生きている環境が組み合わさった結果だとされている。医学の教科書には、『遺伝子は弾薬を提供するが、引き金を引くには適切な環境要因が必要である』というふうに書かれている。胎児の遺伝子が、この世に生まれ出る前に完璧に再編集されるとなると、環境がターゲットを見つけ出すのはこのうえなく難しいはずだと考えるかもしれないけれど、実のところ、それは真実とはまるでかけ離れている」

「確かに……」僕は病棟を見まわした。患者たちはみな病んだ体に苛《さいな》まれ痛めつけられて、死の寸前にあると言っても過言ではない。さらに、僕は、外来病棟の大勢の人々の絶え間ない苦悶の叫びとうめきを思い出した。僕自身の容赦ない胃の痛みもそうだ。まったくのところ、これはパラドックス以外の何ものでもないではないか。

「私たちの遺伝子が首尾よく再編集されてきたというのに、病気になる人の数は増えていく一方」

「もしかしたら、これはみんな、僕たちをテストすることを意図したホログラフィ投射なんじゃないか？」僕は言ってみた。

「ひとつには、ひとりの人間の細胞は、一生の間に絶え間なく分裂して新しい変異を発現しつづける。だから、医師たちでも完全には説明できないことが山のようにある。その一方で、現状の一部は、環境の悪化や、そのほかの未知の要因に帰することができる。癌は、DNA配列が破壊されることで発症する遺伝子疾患の一種ではあるけれど、この破壊を引き起こすトリガーを引くのは常に外的な要因よ。私たちは癌を持って生まれてくるわけじゃない。たとえば、悪化の一途をたどっている大気汚染——これがあまりにもひどいと、いつか、一日じゅう太陽が見られなくなってしまう。どういうことが起こっているのか。オゾン層に穴がいくつも開いて、結果、地上に降り注ぐ紫外線の量が過度に多くなる。昨今では、主要な癌性細胞変異の大多数は、親から受け継いだ遺伝性のものじゃなくて、それぞれの人生が進んでいく間に少しずつ蓄積されていく。私たちは、環境因子が一種の殺人兵器になっていることを認めなくてはならない。『メディカル・ニュース』は絶対にこのことを公にはレポートしないけれど。でも、それなら患者はいったい何をすればいいのか。医者は、私が癌になったのはタバコを吸ってるせいだと言った。タバコをやめるよう要請した。だけど、考えてみて——大気汚染がひどくなればなるほど、汚染された空気を吸うのはきつくなって、タバコを吸いたい気持ちがどんどん強くなっていく。どうして、みんな、こんな惨めな状態で暮らしつづけなきゃいけないの？　そう、はっきりこう言える――環境因子が遺伝的要因に置き換えられつつある。環境はありとあらゆる形で私たちを捻《ね》じ曲げている、新しい形の遺伝病みたいに。それなのに私たちは環境をコントロールできない。ここのように驚異的なレベルの病院でさえ、こと環境の問題となると無力としか言いようがない」

「でも、僕が教えてもらったところでは、環境はどんどん良くなっているということだった」

「それは新聞に載っているただのプロパガンダ。実際には、環境はひたすら悪化しつづけている」

以前、僕に作詞作曲を依頼したクライアントの中にも、環境に適応できなくなっていろんな病気になった人が大勢いた。彼らが絶え間ない痛みと苦しみに耐えている一方で、身体的にどこが悪いのか、医師たちは突き止めることができなかった。彼らの唯一の休息は、時々カラオケルームに行くことだった。僕みたいに、水を飲むという単純なことで具合が悪くなったケースも実際、ごくありふれていた。事実、環境はまっしぐらに荒廃に向かっている。人々が卵の殻の上を歩いているような日々を送りはじめて、もうどのくらいたつだろう？　だが、時がたつにつれて、それすら難しくなってしまい、大勢が外国に移住する道を選んだ。

「どうして、そんなことになったんだろう？」

「西洋社会のせいよ。『メディカル・ニュース』によれば、西洋諸国はフェアに振る舞っていない。彼らは、私たちを遅れた状態にとどめておくために、意図的に望ましくない環境を作り出した。気象兵器、地質兵器、生物兵器を使って、自分たちの目的を達成した」

「この国に最初の病院を作ったのは西洋人じゃなかったっけ？」

「西洋人は私たちとは別の生き物よ。彼らの振る舞いはいつも奇妙で矛盾している。私たちが彼らを本当に理解することは決してない」

「確かに」僕は、西洋人たちのほうも、僕たちを別の生き物だと見ているんだろうと思った。僕たちの振る舞いは奇妙で矛盾している。「でも、それならどうして、病棟のエントランスの近くに西洋の医者たちの肖像画がかけられているんだ？　彼らを侮辱するためか？」

「彼らを騙すため。あれは戦略よ。私たちは、彼らの周到な陰謀のことなんかいっさい知らないというふりをしている。表向きは友好的な姿勢を維持しながら、彼らの医療テクノロジーとその産物を利用させてもらっているというわけ。こうして病院は生き残り、発展することができる」

僕は白黛に称賛のまなざしを向けた。「君は本当に、世界のいろいろな秘密を知っているんだね」

「ほかにもうひとつ、大きな脅威がある。〝王の呼吸器症候群〟のケースを含む最近の感染症の話を聞いたことはない？　この呼吸器症候群は少なからぬ人の命を奪った。『メディカル・ニュース』に載った複数の専門家とのインタビューでは、こんなふうに報告されていた。わが国への憎悪の念に満たされた西洋の列強諸国が、我々を攻撃する意図をもってウイルスを作り出したのだ、我々にダメージをもたらす計算された企みだ！――とね。あのウイルスは、私たちの民族グループだけに見出される特定の遺伝子によって発症のトリガーが引かれる。極度に強力なウイルスで、宿主の免疫システムや薬物に探知されるのを免れるよう、自身の遺伝子を改変して変異を起こすことができる。これに感染すると、長期の疾患が引き起こされて、患者が生きている限り、ウイルスはシステム内にとどまりつづける。私は尿路と脊髄の両方に問題があった。その後、注意欠如障害も発症したけど、そのどれも、母が私に伝えた遺伝子とはいっさい関係がなかった。これはどう説明すればいい？　すべては、西洋人が仕組んだ周到な陰謀の一部なのよ。だから、治療は永遠に終わることがない。治療は延々と続いて、私たちの人生にどんな意味があろうと、それから死ぬまでの間ずっと、ともにありつづける。とどのつまり、病気はこの時代のファッションである意味で、これって、とてもクールなことだわ。治療は延々と続く私たちと西洋との戦いを象徴している。『メディカル・ニュース』の論説によ

189

ば、いわゆる生涯にわたる治療は、究極的には、患者の信頼度のテストだということになる。病院と医師たちに対する真の信頼を獲得した時に初めて、私たちは全人生を西洋との永遠の戦いに捧げることができる」

白黛《バイ・ダイ》は言葉をとめて考えることもなく、機械的にスピーチを続けた。その様子はまるで、自分の人生のギャップを埋めようとしているかのようだった。彼女がこんなふうに、まったく整理されていないごちゃまぜの形でいろんな理論を並べ立てるのは、感情と論理と衝動と神経症の間で、たとえ一時的であれ、微妙なバランスを保とうとしているからだというふうにも思えた。ひょっとしたら、彼女は、自分がしゃべっていることの意味をきちんと理解していないのかもしれない。慢性疾患で長期入院させられた者の本能的なリアクション。言ってみれば、〝自発的走化性〟（生物が特定の化学物質の濃度差に応じて移動する現象）のようなものであって、要は、特定の病気に関連することなら何でも知るのが楽しくてならないという、そんな状態ではないのか。

黙って彼女の話に耳を傾けていた僕の頭に、突然、こんな考えが閃いた。**もし、医師たちが、胚の段階で、欠陥のある遺伝子片を意図的に注入していたとしたら？** だとしたら、誕生と同時にその子供を入院させて、それからの全生涯、病院内で過ごさせることが可能になる。白黛《バイ・ダイ》は単なるモルモットだということもありうるのではないか。医療パンクの医師が意図的に患者にウイルスを投与することもありうるのではないか。

僕の身に起こったのも、そういうことかもしれない。僕はずっと、恐ろしく多くの治療・セラピーに耐えてきた。それなのに、痛みはいっこうに治まる気配もない。僕をモルモットにする——これがい理由だということはありうるだろうか？ あるいは、これは僕が以前に犯した罪に対する罰なのか。僕の病気がほかの患者に不都合な影響を及ぼしたために、僕は生涯にわたる罰を宣告されたのだろうか？

西洋人が、これほどまでに望ましからざる環境を作り出してしまった結果、わが国の病院がとりうる対抗手段は唯一、さらに多くの病気と患者を作り出すことによってさらに望ましからざる環境を創出していくことしかなくなった。究極の〝反環境兵器〟だ。

こうした考えはまったくの異端だし、ほかの人とは――白黛《バイ・ダイ》とでさえ――共有するつもりはない。でも、このまま永遠に病院にいることになるのであれば、治療を続ける以外に、いったい何ができるというのだろう……。

白黛《バイ・ダイ》は〝医師はどのように死ぬのか？〟という問いの答えを探しつづけている。普通の患者なら、こんな問いを持ち出すことなど絶対にない。僕の目から見ても、この問いは奇妙で不適切だとしか言いようがない。しかし、白黛《バイ・ダイ》は異様なまでにこの謎に魅了されている。どうしても、この問いを捨て去ることができずにいる。そして、彼女に連れられて病院じゅうをめぐり、展望台の望遠鏡での観察を続けているうちに、彼女の第一の目的が死んだ医師の遺体を見つけること、つまり医師も死ぬという証拠をつかむことであるのが、僕にもわかったのだった。

寺山修司がこんなことを言っている――女性が演じる役で一番多いのは死体だ。女性は時代遅れのスパイと見られることがしばしばで、たったひとつの秘密も守ることができない。結局、女性に演じることができるのは死体だけなのだ。この意味で、白黛《バイ・ダイ》は、ほとんど死のビーコンそのものだと言っていい。憑かれたように死んだ医師を探しつづける女性。

白黛《バイ・ダイ》への同情と称賛の念がつのっていく。この若い女性は、病院のために自分の青春を犠牲にしてきたのだ。だが、それなら、男性が演じる役割は何なのだ？　死体にたかる蛆虫というところか。

これが僕のすべての痛みの原因だったのか？　聖書のアダムはずっと眠り込んでいたが、脇腹に痛みを感じて目を覚ました。「ん？　何が起こった？　おれの肋骨を一本取ったのは誰だ？」背後で素敵な声がして、振り向くと、美しい女性がいた。「おまえは誰だ？」アダムは痛みに喘いだ。「おまえが持っているのは、おれの肋骨か？」

「そうよ。私が持っているのはあなたの肋骨よ」

「からかっているのか？」アダムは叫んでいた。「おまえの名前は？」

「私の名前はイブ」

――と、ここまで考えてきたところで、僕は胃をさすらずにはいられなかった。痛みが耐えがたいほどになっていた。

時々、僕は思ったものだ。白黛《バイ・ダイ》は正真正銘の医療パンクの資格を持つただひとりの人間だ、と。だが、こんな考えを楽しんでいることを、医師たちには絶対言わなかった。そんなことを言うのは危険にすぎる。彼らは、白黛《バイ・ダイ》に新しい病気が発症しはじめていると思うかもしれない。ということは、ある意味で、僕は彼女の護衛になったとも言える。僕たちは二人組の軍の斥候のようなもので、〝一緒に散歩する〟という口実のもと、インド孔雀、つまり医師の死体の探索を続けた。

以前、僕は、病院の構造を、超常的に入り組んだ巨大な銀河戦艦になぞらえた。デッキの下の空間には、種々様々な施設の濃密なジャングルが形作られ、何本もの廊下が蜘蛛の巣のように張りめぐらされて、無数の秘密の部屋が天空の星々のように散在している。こんなところで医師の死体を見つけるのはたやすいことではない。

白黛《バイ・ダイ》は、軍事用のレベルに匹敵する詳細な病院の地図を描き、僕たちは、それを頼りに探索を続けた。長年にわたって観察を続けた結果、彼女は、病院の基本的なレイアウトを細部にいたるまでほぼ正確に突き止めていた。この地図に基づくと、入院部門は大きく、二つの連続する高層ビル群、診断タワー群と治療タワー群で構成されている。治療タワー群はさらに、手術タワー群と内科タワー群に分けられる。そのほかに、五つの研究タワーと二つのデータ・文書タワーがある。各タワーと建物群は独立しているものの、それぞれに連結されていて、全体として一個の巨大集合構造物を形作っている。ひとつのタワーに集中している数千の手術室。いくつもの病棟の間に象嵌《ぞうがん》された真珠のような数えきれない研究室。建物群の間には、インフラ設備、総務、住居管理、監査、経理、物流、その他の事務管理オフィスが果てしなく広がっている。この複雑さとソフィスティケートされた複合組織に比肩できるものと言えば、古代の皇帝の宮殿くらいのものではないか。

死んだ医師の死体を探す白黛《バイ・ダイ》は、いわば考古学者のようなものだった。ある日、僕たちは、十字架に巻きついた蛇の図が刻まれた丸いブロンズのプレートを発見した。白黛《バイ・ダイ》の説明によれば、この図像は、この病院の前身のロゴだということだった。前身とは、一九二〇年代にロックフェラー財団によって創設された教育研究病院のことだ。この秘密の歴史が公に語られることがなくなって、すでに長い時間が経過している。僕には、白黛《バイ・ダイ》がどうやってこの情報を探り出したのか、見当もつかなかった。

35　西洋医学の王国、ロックフェラー財団

二十世紀初頭、伝説のジョン・D・ロックフェラーはアメリカ合衆国随一の富豪のひとりだった。〝石油王〟として名高い実業家であるとともに、熱烈なバプテスト信者として広く知られていた。彼の有名な言葉に、「公正かつ誠実に得られる限りの富を得ること、そして、可能な限りの富を蓄え、可能な限りの富を分かち与えることは、宗教上の義務であると、私は考える」というものがある。この考えに基づいて、彼は幅広い慈善活動を展開するとともに、一九一三年に個人の慈善組織、ロックフェラー財団を設立した。財団は最初の十年間に八千万ドルの資金を拠出し、その半分以上が公衆衛生と医学教育に充てられた。一九〇一年創立のロックフェラー医学研究所（のちのロックフェラー大

学）からは十二人のノーベル賞受賞者が出ている。だが、ロックフェラー財団が単一の対象に与えた最大の資金の受領者は、わが国だった。財団は一千万ドルを超える資金を投下して、わが国に病院と医学校を設立した。

当時、アメリカ人は我々の国に深い関心を寄せ、〝東洋の異教徒たち〟を貧困と後進性、無学無知の状態、蔓延する感染症から救うことは、神の目から見て最も大きな有徳の行為であると考えたと言われている。ロックフェラーは三度にわたってわが国を訪れたのち、最終的に、医学分野こそが援助の最優先分野であるべきだと判定、こうしてC市に中央病院の前身となる施設が創設された。この国の人々を救うには、首都や沿岸地域の繁栄する交易都市ではなく、わが国で最貧レベルにある地域に病院を作る必要があるとアメリカ人たちは考えた。その地がまさにC市だったのだ！

病院と付属の医学校で使用されたのは英語で、西洋社会から何名かの最高レベルの医師が招聘された。目的は、ヨーロッパおよび北アメリカに匹敵する医療システムを作り上げること、そのために傑出した教師のチームと最高の研究所、トップクラスの教育病院と看護学校を整備することだった。臨床実践と教育、科学的な調査、公衆衛生管理の分野で抜きん出た医療人材を育てるべく、多大な努力が注がれた。混乱と不穏な情勢が続く時期、理想に燃えた大勢の西洋人がやってきて、西側世界が提供しうる最高の医療科学をわが国の土壌に植えつけ、永久に根づかせることによって、この東洋の国に新しい西洋医学の王国を築こうと――最低限、この国の人々に人生の旅路というものの基本的な理解をもたらそうと――奮闘した。この時から、我々〝遅れた〟国民の暮らしは、西洋医学の暴力的とも言える影響のもとに変容させられつづけてきた。

これが、僕たちの幸福と苦しみのすべての始まりだったのか？　僕はそんなふうに思わざるをえなかった。

ロックフェラー財団はまた、合衆国に口径二百インチの巨大望遠鏡を設置するための資金として六百万ドルを提供した（パロマー山のヘール望遠鏡。完成したのは一九四八年だが、ロックフェラー財団が資金提供をしたのは一九二八年）。当時、これは科学界の単一の備品に対してなされた最大の寄付金だった。これ以前の世界最大の望遠鏡は、一九一七年に建造された口径百インチのフッカー望遠鏡で、エドウィン・ハッブルが、この望遠鏡を使って、我々の天の川銀河はこの宇宙に無数にある銀河のひとつでしかないことを史上初めて観測し、宇宙が膨張している証拠を見出した。

「病院を建設することと望遠鏡を作ることは、同じコインの表と裏のように思えたのね」と、以前、白黛《バイ・ダイ》が僕に教えてくれたことがある。「ロックフェラーは遠い昔に、病院と宇宙に、ある種の精妙な結びつきがあることを発見していたに違いないわ。でも、その後、いったい何が起こったか」

歴史文書が明らかにしているところでは――一九二一年に、ロックフェラーの息子、ジョン・D・ロックフェラー・ジュニアが、この病院の竣工を祝う式典に参列した。彼は、この病院がいずれ地元の住民に引き渡されることを期待すると表明した。「西洋の医科学が中国に何を提供しなければならないとしても、それらが中国の人々の手によって受け継がれ、国民生活の一部にならないうちは、彼らにとって真に価値あるものにはなりません。これは明確なことです」

この目標が現実のものとなるにはわずか三十年しかかからなかった。一九五二年、朝鮮戦争のさなかに、病院は新しい政府によって、国家が保有する施設となることが宣言された。西洋人のスタッフは全員病院を去り、わが国の人民が運営と管理を引き継いだ。最初に設立された病院は、慈善事業の名のもとに、わが国に対する知的・文化的侵略を実行するためのアメリカ人たちのツールだったと見なされた。

一九六〇年代から七〇年代の終わりまで、国全体が西側の全面的な経済封鎖の対象となった。きわめて必要度の高い医療機器と医療物資が、それまでの輸入ルートから入手できなくなった。独立独歩の施策を余儀なくされた国は、中国古来の医学と西洋医学の統合を目指した。政府は一般人民のための予防医学と治療プログラムを実施し、独自の手法を駆使して、キーとなる科学・技術の諸問題に取り組んだ。これが数々のブレイクスルーを生んだ。ここには、人工心膜、人工心肺、人工角膜の自国生産も含まれる。BCGと天然痘のワクチンが開発され、天然痘と住血吸虫症が撲滅された。予防医学は、結核、日本脳炎、流行性甲状腺腫、そのほかの感染症対策へと進んだ。四肢再接着術、腎臓移植手術、肝臓移植手術の成功。漢方薬と鍼《はり》を用いた麻酔。ウシインスリンの人工合成。そして、公衆衛生を促進するための〝四大疫病撲滅〟キャンペーンが農村地域を中心に展開され、新生児と母親のケア体制の大々的な改善がなされて乳幼児死亡率が劇的に低減された。C市の中央病院は、国家レベルで運営される核病院として、これら一連の医療ブレイクスルーで重要な役割を果たした。

結果として、人々のヘルスケアの質は向上の一途をたどり、我々は、史上最大の人口爆発を目のあたりにすることになった。この人口増加は、のちにとてつもない経済負担ととらえられることになるのだが、当時は国家のプライドの一大源泉以外の何ものでもなかった。今日でもなお、当時のわが国のような人口増加を実現している国は多くない。要するに死亡率が高すぎて、早い時期に人口減少期に入ってしまったのだ。二十一世紀初期、アフリカのソマリアの平均寿命はわずか四十七歳、同じくアフリカのジンバブエでは何と三十六歳――これは一九四九年のわが国の平均寿命と同じである。

最も重要な医学上の偉業が達成されたのが一九七〇年代の初め――C市中央病院医療研究機関がコレラの新規治療薬を開発した。これは、漢方で用いられている複数の薬草をもとにした画期的なものだった。ヴェトナム戦争時、多数の北ヴェトナム兵士がコレラに罹患した。これはアメリカ合衆国による生物兵器作戦の結果ではないかと考えられ、軍の病院と研究施設がタスクグループを結成して、この問題に取り組んだものの、はかばかしい成果は得られなかった。ところが、誰も予想していなかったことに、この状況を打開することになったのがC市の中央病院だった。彼らが開発したコレラ・ワクチンは、北ヴェトナムが南を敗北させるのに決定的な役割を果たし、アメリカ軍のヴェトナムからの完全撤退をもたらして、歴史の流れを変えるにいたった。大量のワクチンが生産され、第三世界の国々に輸出された。このワクチンは医学の奇跡と絶賛され、西洋人はこれを〝冷戦の果実〟と呼んだ。そして、このワクチンの恩恵を受けた国々は、一九七〇年代に国際連合への加盟を申請した中国に支持票を投じ、加盟を実現させたのだった（一九七一年の国連年次総会で、中国の代表権が、それまでの中華民国から中華人民共和国に移り、中華民国＝台湾が国連から追放された）。

しかし、この時代にも、中央病院、すなわち以前のロックフェラー病院に雇用されていた医師たちは激しい批判にさらされ、踏みつけにされ、牛舎に送られ、再教育キャンプで重労働を強要される体験を余儀なくされた。こうした虐待や侮辱に耐えられず、自死した者もいたという。これが、医師が実際に死ぬことがあるかどうかという問いへの手がかりになるだろうか。この歴史上の出来事が、医師は不死ではないという白黛《バイ・ダイ》の考えの論拠になったということはありうるだろうか。

一九八〇年代以降、西洋医学はかつてない注目を集め、西側諸国とのコンタクトも、この時期に再開された。現代のわが国の病院システムのバックボーンとなっているのは、この時代にアメリカ合衆国とヨーロッパで学んだ医師たちのグループだ。彼らは学生として、進歩した世界の最先端の医療テクノロジーと、自分たちが故国で突きつけられていた状況とのあまりのギャップに衝撃を受け、医療知識や手技はもとより、様々な特許のある機器や機密情報のサーチに奔走して、それらを母国に持ち帰った。彼らは、伝統医学の実践を避け、その後、数十年の間、我々の国は、国際的な製薬会社と医療機器のサプライ企業にとって多大な戦略的重要性を持つ場になると同時に、世界じゅうで製造される新薬の治験を実施し販売する主要なマーケットとなった。大小を問わぬ臨床機器や研究所用の機材のひとつひとつ——CTスキャナーからMRI、素粒子加速器にいたるまで——が自国製品の何倍何十倍もの値段で輸入された。関税、サプライヤーの手数料、賄賂、医療関係者の国際〝視察〟旅行のコストがどんどん膨れ上がっていった。

しかし、今や、こうしたロックフェラー時代の時代精神は遠い過去のものとなった。そして、≪医療の時代》がその具体的な形を確たるものにしていくとともに、史上初めて、次の決定的な問いが提起されるにいたった――**合衆国なるものは本当に実在しているのか？**　合衆国とは、我々を脅《おびや》かすだけのために作り出された幻の存在ではないのか？　この蜃気楼のごとき国は、多くの人の目には今もリアルな場と映っているが、この国をめぐって語られるディテールは日を追うごとに、どんどん濃密に、複雑になっていっている。これもまた病理現象のひとつの形態にほかならないのではないか。

　真実はこうだ。ロックフェラーの人々、および、彼らの物語ともどもこの国にもたらされたいっさいが、一連の想像上の小道具以外の何ものでもない。**この病院は、我々自身によって独自に設立されたのだ。**これを知った時、自分の考えの考古学的証拠を発見するという白黛《バイ・ダイ》の気高い試みは煙となって消えてしまった。彼女は、この事実と折り合いをつけるのに苦慮することになった。

　二十一世紀の初め、C市の中央病院は大規模なリノベーションを行なった。すべてがモダニズムの建築理念に即して建て直され、それ以前の病院の姿は跡形もなく消し去られた。《医療の時代》、C市中央病院の壮大なスケールと大胆きわまりない建造の成果は、今なお拡大しつづける都市圏病院群の大海の真ん中にあって、一個の超常的なモデルとして屹立している。リノベーションとアップグレードの主要な目的のひとつは、当時、ロックフェラーの一団に率いられていた西側世界の党派との戦いに備えるためだった。

　白黛《バイ・ダイ》と僕は、医師の死体を見つけ出すべく、この長い歴史を持つ巨大病院の探索を続けた。

36　患者とは、死にかけた状態で生きている人たちだ

探索の過程で、白黛《バイ・ダイ》と僕はしばしば医師と看護師に出くわした。だが、彼らは全員生きていた。また、多くの警備員とも出会ったが、彼らが僕たちを制止することはまずなかった。警備員の第一の任務は病院での暴動を抑えることで、患者が病室内でタバコを吸ったり、こそ泥行為を働いたりした時も、警備員が介入した。白黛《バイ・ダイ》はしょっちゅうタバコを没収されたものの、いつも、ささやかな賄賂を渡すだけで、すぐに取り戻した。

通路や敷地内の道路を歩いている時に、時として死んだ患者の遺体に遭遇することもあった。遺体は白い布に覆われ、製材されていない丸太のように廊下の片隅に置かれて、火葬場に運ばれるのを待っていた。こうした遺体を見つけるたびに、僕は合図の口笛を吹き、白黛《バイ・ダイ》が布を持ち上げて、まだあたたかい死体をさっとチェックした。病院で長い年月を過ごしてきた白黛《バイ・ダイ》は、医師全員の容貌を知っている。だが、死んだ医師の遺体は一体も発見されなかった。死体がすべて患者であることは百パーセント間違いなかった。死体の顔には常に、この世から離れゆく瞬間のショックと困惑の表情がとどめられていたが、それでも、そこにはどこか魅惑的なものがあった。言ってみれば、どうしても見るのをやめられないホラー映画のように。

やがて、僕たちはこうした状況にうんざりするようになっていくのだが、それまでの僕は途切れることのない悪夢の虜《とりこ》になった。当然ながら、そうした悪夢に一番よく出てくる要素が死だった。たとえば、ある悪夢では、僕の免疫システムが外部由来の遺伝子を拒絶し、深刻きわまりない疾患のトリガーを引いた。ベッドに横たわった僕は、死の際《きわ》で恐怖でいっぱいになりながら、声を発することができずにいた。死の前夜、バラ色の光の輪が天から降りてくるのが見え、そこで目が覚めた。ただの悪夢だったのだということがわかった時、心の奥底から深い安堵の吐息が湧き上がってきた。

この夢に、僕は思った。**死とは何なのか？　死ぬ時に、僕はいったいどんなふうになるんだろう？**　病院のパワーはとても強いが、それでも、人々が死ぬのを阻止できない。

病棟で死が発生する時、それを宣言するのはほぼ常に医師だ。死の正確な時刻は診断装置で確定される。装置は死の瞬間をピンポイントで示すよう、細心の注意を払って設計・設定されている。二十世紀に入ってから、病院での死は劇的に増加してきた。普通の人はもはや家で死ぬことはない。路上や川で死ぬこともない。僕自身の両親がまさにそうだった。白黛《バイ・ダイ》が言ったように、この世から消え去る時の命は一片の医療データ以外の何ものでもないのだ。

病院や施設での死、医療化された死が一般的になって以来、医療パンクの〝ホスピスケア〟という偽善的なアプローチによっていくぶん曖昧化された面があるとはいえ、深いところでは何も変わらなかった。医療の介入のない自然な死はジョークにしか聞こえない。〝安らかに死ぬ〟というフレーズが何を意味しているか、知っている者はもう誰もいない。

ドクター・バウチでさえ、死が何かということを説明できなかった。こと死の問題になると、医学校の教授たちも、医療機器の熟練操作者と何ら変わりがなかった。死は、量子医学のミステリーの一部をなしており、意識の現象に関連していると言われているが、今も研究を続けているのは、ごく少数の超マニアックな者だけ、それも、外国の侵略を未然に防ぐためのトップシークレットのスーパー兵器としてということだった。僕には研究者に問い合わせてみたりする気はいっさいなかったし、一方、白黛《バイ・ダイ》に関心があるのは、医者が死ぬことができるのかという問題だけで、仲間の患者たちの死はまったく気にしていなかった。彼女は、これまでの人生ですでに、嫌というほど死を見てきていた。

僕たちはＶＩＰの病棟を訪問してみることにした。死にかけた医師がいるとすれば、ＶＩＰ病棟の可能性があるのではないかと考えたのだ。だが、ＶＩＰ病棟のセキュリティは極度に厳しく、結局、僕たちには外からこっそり覗いて見ることしかできなかった。その病室は五つ星ホテルの最高級スイートのように豪華で、僕が何十人もの患者とともに過ごしている病室の数倍はあろうかという広さだったが、そこにいる患者はひとりだけだった。テレビセット、インターネットにアクセスできるコンピューター、専用のバスルーム、ソファー、そのほか、何であるか僕には見当もつかないいくつかの特別な医療機器。日々、運んでこられるらしい生花と果物のトレー。ただひとりの患者のまわりで、十人以上の医師と看護師が忙しく立ち働いていた。患者は死の瀬戸際にいるようだった。場合によっては、すでに死んでいると言っていいのかもしれないが、それでも、医療スタッフは諦めようとはせず、気管や血管に何本もチューブを挿入し、何種類もの点滴を続け、時に患者の体液を交換したり脊髄の置換手術を行なったりする。こうした処置は数年にわたって続くこともあり、その場合、人工呼吸器を装着された患者は、いかに弱いものであっても脈がなくならない限り生きつづけることになる。この患者が医師である可能性はあるだろうか？　これほどまでに多大な治療努力を受ける価値があるのは医師だけではないだろうか？　しかし、ほどなくわかったところでは、この人物はただのＶＩＰ患者で、僕みたいなパートタイムのソングライターには期待すべくもない最高度のケアを受けているというだけのことだった。

病棟には、こうした陳列展示中のゾンビとしか言いようがない患者が大勢いた。何年間も最高度の医療を受け、最新鋭の医療機器につながれてきたＶＩＰ患者たち。それでも、彼らは決して目覚めることがなかった。彼らは僕たちに、永遠に生きることは可能なのだ——そんなふうに感じさせた。ただ、残念なことに、彼らは全員、トップシークレットのスーパー兵器にカテゴライズされてはいるけれども、あくまで患者であって、医者ではなかった。

患者であるということは何を意味しているのか。ここで、ひとつの定義を示しておかなくてはならない。患者とは、死にかけた状態で生きている人たちのことだ。彼らはすでに地獄に続く橋に片足を置いているのだが、病院は最新の医療技術を駆使して、彼らがまだその旅を始めてはいないというイリュージョンを作り出しているのだ。

白黛《バイ・ダイ》は、もしかしたら、僕がこのイリュージョンを叩き壊すのを支援するために天から遣《つか》わされた使者なのだろうか？

37　人間と神との関係
明るく輝いているかに見える、しかし破滅的な関係

何はともあれ、《医療の時代》が僕たちの生のあり方を大きく広げたのは確かだ。ただ、白黛《バイ・ダイ》の人生は、《医療の時代》によって、きわめて特殊なものになってしまった。僕が徐々に理解するようになっていったところでは――白黛《バイ・ダイ》は、僕とは真逆で、あらゆることを断固、自分ひとりで考える能力を持っていた。ほかの誰とも異なって、母親の子宮を出た時から病院にいる。二十五年間、ずっと病院で過ごしているのだ。揺らぐことのない自立したパーソナリティを持ち、物事をじっくりと考えること、理解することを好んでいる。子供の頃には、病棟のベッドに横たわってしょっちゅう、様々な疑問をめぐって熟考を重ねていたという。**私のベッドにはなぜ四本の脚があるのか？　医者は白衣の下に何を着ているのか？　どうして庭には動物がまったくいなくなったのか？　空の星の間にも病院があるのか？**　時がたつうちに、これらは一種の強迫衝動性障害に変容していった。彼女の頭の中は常に新しいアイデアでいっぱいだった。彼女はイリュージョンの陰に隠れている様々な真実について考えた。

当初、白黛《バイ・ダイ》はほかのすべての患者と同様に、医師に対して、これ以上はないほどの敬意を抱いていた。常に称賛とリスペクトの念を表わし、医師の指示に従順に従っていたが、やがて、少しずつ、何かがおかしいと感じはじめた。大勢の患者が死んでいくのを目のあたりにしていた一方で、医師が死

ぬところは一度も目にしなかったからだ。仲間の患者たちの間に、以前、医師だったという者もいなかった。医者の存在目的がただひとつ、人々を救うことであるのなら、彼らが自分たちの健康についてまったく考えていないように見えるのはなぜなのか？　大勢の人々の苦しみをやわらげ、生命をコントロールし再組織化して、悪鬼のごとき敵の一大軍団を掃討する――これは、神の力と言っていいのではないか？　神が病気になることはない。神が死ぬことはない。神は不死だ。ここ、病院で、目の前にぶら下がっている真実――《医療の時代》は神の権威に支配されているのだ。白黛《バイ・ダイ》は、ほかの誰ひとりとして問おうとしない、こうした疑問に取り憑かれている唯一の人物だった。自身、深刻な病《やまい》に侵されていながら、医師が病んだり死んだりすることはないのかということばかりを考えている、極度に特殊な存在。普通に考えれば、どれほど長い年月をかけても、病院がこのような患者を作り出すことはできないはずだ。

客観的に言うなら、白黛《バイ・ダイ》の問いは常識の範疇に入るシンプルなものばかりだった。しかし、大半の患者は、考えること自体がきわめて難しい状況にあった。過剰な医療が、ほとんどの患者の思考能力に大きなダメージを与えた。早い話、多くの患者が入院して遠からぬうちに死んでしまう。彼らには、こうした問いをじっくり考える時間すらない。一方で、白黛《バイ・ダイ》は大半の患者よりずっと長く生きてきた。二十五年という歳月の間に、彼女は処方された薬への耐性を発達させ、体内に埋め込まれた電極の刺激によって神経伝達物質の活性が強化された結果、尋常ならざる思考を生み出すことが可能になった。それでも、具合が悪くなったという医師を見たり、そんな医師がいるという話を聞いたりすることは一度もなかった。当然のように、医師自身が「風邪をひいた！」とか「歯が痛い！」とか「心拍が一定していないようだ！」とか訴えるのを耳にしたことは一度としてない。細菌にどっぷり汚染されている環境で一日じゅう過ごし、患者たちと絶えず濃密に接触していながら、どうして医者は病気にならないのか。そんなことがどうしてありうるのか。

そして、もうひとつの問い――〝病院のために生きる〟というフレーズの奥には、〝医師のために生きる〟という、より深い意味があるのではないか。

決して口にされることはないが、考えられる説明がひとつある。それは〝医師は、みずからに永遠の生をもたらす何か特別の方法を持っているのではないか〟というものだ。だが、いったい、それはどんな方法なのだろう？　彼らが、臓器の、身体の老化を止める方法を突き止めたということは考えられるだろうか？　あるいは、感覚を遮蔽する特別のテクニックを発見したのか。遺伝子配列の置換には常にエラーと変異が伴い、活性のないタンパク質や毒性のあるタンパク質を体内に蓄積させていく。その要因ないし排除の機序を解明したのだろうか。医学には、単に患者の回復を助けるだけではない、より深遠な目的があるのだろうか。医学の真の目的は、一部の者が永遠の生に到達するのを助けることなのではないか。

二千年以上前のこと、中国の最初の皇帝、秦の始皇帝は、不老不死の仙薬を探せという命《めい》のもとに、徐福《じょふく》という名の錬金術師を海の彼方に送り出した。また、唐の時代の僧、玄奘三蔵が仏典を持ち帰るべく西域に向かった際に、次々と出会う悪鬼どもが彼を食べようとしたのは、三蔵法師の肉に永遠の命の秘密が保持されていると期待してのことだった。こうした歴史上の様々な困難な探索のはてに、現代の医療生物学者たちはついに、不老不死の鍵となる何かを見つけ出したのではないか。

噂によれば、病院は、死の遺伝子――正確には、一連の遺伝子群――を発見しただけでなく、それを発現させたり発現を抑制させたりする方法を見出したと言われている。しかし、生と死をコントロールする方法はほかにもいろいろとある。白黛《バイ・ダイ》は、医師たちがエントロピーをコントロールする方法を突き止めたのではないかと考えた。エントロピーは生命活動の質を測るものだ。しかし、それはすでに〝完全な無秩序状態〟のポイントに到達してしまっている。

一九四四年、エルヴィン・シュレーディンガーの『生命とは何か』が刊行された。この中で、シュレーディンガーは、生物学を記述するのに物理学の用語を用い、負のエントロピーという概念を提示した。「生命体は、生きるための手段として外部から負のエントロピーを摂取している」とシュレーディンガーは述べる。本来は、生命の存在自体がエントロピーを増大させるが、負のエントロピーで相殺《そうさい》すれば、エントロピー増大の法則が成立しなくなるというわけだ。生命の中心にあるのはエントロピーであり、エントロピーをコントロールすれば、人は生命をコントロールできることになる。これは技術的には可能かもしれない。しかし、はたしてフェアなことだろうか？　理にかなっていると言えるだろうか？　不老不死の霊薬が存在しているのなら、どうして病院はそれを患者に与えないのか？　白黛《バイ・ダイ》は個人的に、仲間の患者たちがひとりまたひとりと死んでいくのを、その目で見ている。エントロピーは常に増大している。

　事実、病棟では、死は〝日ごと〟のペースで発生する。標的を定めたケアと、ひとりひとりの個人にカスタマイズされた治療も、死という決定的な瞬間にはすべて無駄になる。本当に重要になるはずの時点で価値を失ってしまう。初めて死の現場に出くわした時、僕は完全に震え上がってしまった。たとえば、誰からも深く尊敬されていた模範的患者、アンクル趙《ジャオ》の場合。闊達《かったつ》におしゃべりし、声を上げて笑っていた——ポピュラー・サイエンスのレクチャーさえやっていた——アンクル趙《ジャオ》が、翌日には死者になってしまったのだ。彼は、ベッドに横になったまま、起き上がることができなかった。顔が紫色になり、口の端に泡が噴き出し、手脚がピクピクと引きつった。心拍数が二百五十になった。体に装着された遠隔センサーがアラームを発し、医師がひとり駆けつけてきた。医師はアンクル趙《ジャオ》を蘇生させようと試みたが、その努力は無益に終わった。両方の鼻孔からどろりとした黒い液体が流れ出てきて、口の中に滴り落ちていった。彼は死んだのだ。死に顔には笑みが浮かんでいた。だが、それは見かけだけのものだった可能性が高い。というのも、その直前、彼は苦悶のあまり絶叫していたからだ。その叫びは大地を揺るがすほどのものだった。最終的に医師たちは機器類を脇にどけて、両手で心臓マッサージを始めた。何事かと集まってきた患者たちが、沈黙したまま、アンクル趙《ジャオ》の腹が風船のように膨れ上がっていくのを見つめた。曲がった背中がぶるぶると震えたかと思うと、次の瞬間、顔がすっと白くなって、全身が弛緩《しかん》した。彼は死んだ。死者は僕たちとまったく変わりなく見えたが、現実は大きく異なっていた。これが問題なのだ。アンクル趙《ジャオ》が再び口を開くことはない。《医療の時代》になしとげられた数々の奇跡的な成果について延々と話しつづけることは、もはやできない。彼の魂は新たな旅路をたどりはじめた。目的地は次なる病院だ。

安楽死もまた広く推奨・推進された。患者の中にはみずから進んで、この処置を選ぶ者もいて、そんな患者に対しては、臨床状態に応じて、医師たちが直接、安楽死処置を行なった。こうしたシーンの多くは、僕たちを、世界の終わりを目のあたりにしているような――遠い古代の建築群が建ち並ぶ壮麗な廃墟をめぐる観光旅行をしているような――気持ちにさせた。

僕は、以前は、死は恐ろしいものだとしか考えていなかった。だが、死をテーマにした(クライマックスで、若い主人公が突然、一発の銃弾で命を奪われるような内容の)小説や詩、オペラ、映画、テレビのショー番組は、死がいかに美しいかを示していた。多くの患者の死を目撃するようになって、僕は死の驚異に気づきはじめた。生《せい》のカオスが一瞬にして、きれいに消え去ってしまう。誰も気を配らなくなった古いゴミ箱の中身をすっかり空けてしまうような、そんな感覚。あらゆるプロセス――戦争、政治学、テロリストの攻撃――が死で終わる。これは、明晰さの探求の結果であり、最終的な生の実現だ。生の美しさが薄れ消えていく、まさにその瞬間に炸裂する、新しい形の美。いや、そうではない――美は、愚かなもの、醜いもの、体液、膿、悲嘆、慈愛のコンビネーションが一挙に消滅してしまうところにある。このすべてを前にすれば、痛みなど何ほどのものでもない。病棟の現実をみずからの目で見ているうちに、僕は〝死にいたる美〟というフレーズで語られるものの何たるかを深く理解するようになっていった。

痛みがひどくなると、僕はつい、死を切望せずにはいられなかった。最終的に、死を直接体験できるのは、いったいいつのことだろう?

　患者の生体内埋め込み機器で収集されたデータは病院の中央コンピューターシステムに送られ、処理・分析される。患者を救う場合を別にして、最も医師たちの関心を引くのが、このデータだ。だが、医療コミュニティは、死の直前の〝最期の瞬間〟に衝撃を受けるばかりで、依然として、死そのものについては何も語ることができない。ゲノム研究でも死は説明できなかった。量子問題と同様、死は、意識のミステリアスな本性と結びついている可能性が高そうに思われた。

『メディカル・ニュース』に掲載されたひとつの理論によれば、人間の死は、当の個人が世界から去るシグナルではなく、世界そのものの消失だという。世界は、生きている者の視覚のうちに存在しているにすぎない。世界は素粒子でできていて、素粒子が人間の観察という行為を通してのみしか実在しないとすれば、観察する人間がいない場合、存在しているすべてはイリュージョンの波だということになる。となると、生と死とは、いったい何なのか。これは、あまりにも難しい理論上の問いとしか言いようがなく、現実に研究しているのも、きわめて少数の超マニアックな医療科学者だけだ。言うまでもなく、僕にはそんなものに取り組むつもりはいっさいない。それより、神経細胞の内部にある暗号化された情報を解き明かす技術が進展するほうが、よほど可能性が高い。だが、思考と意識がどのように形作られるのかを真に理解するまでの道のりは、まだまだはるかに遠い。この研究はおそらく、我々人類が実際、いかに愚かな存在であるかを明らかにすることだろう。

　この病棟を去るのは耐えがたいとでも言うかのように、死んだ患者はしばしの間、ベッドに静かに横たわっていたのちに、死体置場に運ばれていく。僕は気づいてみると、体が冷たくなっていく死んだ患者をじっと見つめていることがしばしばあった。死体を見つめながら、最初、入院を果たして希望と楽観でいっぱいになっていたに違いない時の彼らに、ぼんやりと思いを馳せた。数えきれないほどの検査と、口では言えないほどの痛みに満ちた治療を受けたのちも、彼らは自分にこう言い聞かせつづけていた――頑張りつづけろ、何とか耐え抜くんだ、おまえにはそれができる、これが終わればすべてはうまくいく。だが、結局のところ、彼らを待ち受けているのは避けられない死だ。まるで、それこそが最大の報奨であるかのように。

〝頑張りつづける〟というのは病院で一番よく使われるフレーズであり、死ぬ時まで病院で頑張りつづけることができれば、それはまさに驚嘆すべきことだった。

死の亡霊が近づいてくるのを目にするたびに、僕は同じ信じがたい感覚に襲われた。突然、世界の屋根の上に立って、そこから天空を見上げ、空いっぱいに輝いている星々のタペストリーを見ているような感覚。星々はこのうえなくくっきりしていて、手を伸ばせば届くように見える。ショーウインドウに飾られたクリスタルのように見える。これらが、いつの日か、僕たち目がけてなだれ落ちてくるなど、とうてい考えがたい。死はイリュージョンにすぎず、時間と同じように、実際には存在すらしていないと主張する者もいる。しかし、死が厳然として存在する証拠を目のあたりにするのに、死体置場の先まで行く必要はない。結局のところ、すべての患者が最後に行きつくのが死体置場なのだから。

死は常に繰り返されている。食事をしたり服を着たりするのと同じように、死は繰り返し繰り返し発生する。ある者は、これを日常生活の奇跡と呼ぶ。このフレーズは、仏教の経典で言うところの〝未来永劫にわたって続く不幸〟を思い起こさせる。

そこで、多大かつ周到きわまりない配慮のもと、〝死〟と〝不死〟との間に明確な線引きがなされることになった。これは単に、種々のリソースを独占し、病院の絶対的とも言うべき権威を維持するための医師たちの手口なのかもしれない。患者が不死を得てしまえば、死を恐れたり死を願ったりする理由はいっさいなくなってしまう。そして、死を恐れる者がいなくなれば、いったい誰が治療を求めて病院にやってくるというのか。医師という存在を真面目に考えたりする者などいなくなってしまう。病院は不要の最たるものになり、《医療の時代》は内実のない殻だけの存在になってしまう。死んだ皮膚の層から、この国と人々を豊かな緑の黒髪へと育てていくことなど、端的に不可能だと言うしかない。

臨死体験にかかわるデータを引き出すという観点からも、調査研究には患者の犠牲が必要だった。ドクター・バウチのような控えめで心の広い人物が、すべての功績を独り占めにするようなことは絶対にありえなかった。

こうした考えを、白黛《バイ・ダイ》は徹底的におかしいと思い、受け入れる気にはならなかった。医者が普通の人間とは異なる特別の素材でできているなどと考えもしなかったし、彼らが不死だとか死のウイルスに免疫があるとかいった考えもストレートに却下した。医師が不死だという考えは、患者の側が受け取る一方的な情報に起因する一大ファンタジーだと、彼女は確信していた。患者が発すべき真の問いは――**医師たちはどのように死ぬのか？** 医師たちも死ぬことがあるという彼女の信念は揺らぐことがなかった。医師たちは神ではなく、人間なのだ。そう、神に準ずる存在、デミゴッドと言えるのかもしれないが、それでも、間違いなく、生物学上の制約のもとにある。そして、これらデミゴッドには必ずアキレスの踵《かかと》がある。アキレスの踵――現在の状況下では、彼らが真の不死性を達成することは決してできないことを意味する〝欠陥・弱点〟。我々はつい最近、《医療の時代》に入ったばかりだ。生命そのものの再創造の前夜にあるとは言えるものの、科学革命の数々の成果も、なお、生物学上の生命体が永遠の生を達成できるようになるポイントにはほど遠い。この奇跡が達成されるまでには、まだ長い年月、待たなければならないのだ。医師たちは、〝不死性〟という見せかけを使って、患者たちを騙《だま》し、脅《おど》し、諭《さと》し、コントロールしている。患者たちが疑いを抱いたり、無責任なコメントを発したり、病院内で暴動を起こしたり、逃亡を試みたりしないことを確実にする手段として――

患者たちが病院からの請求書に進んで多額の金を払い、病院の治療を受け入れることを確実にする手段として。医師たちの側には独自の戦略があり、死ぬことができないなどとオープンに口にすることは決してない。患者の側で勝手に、医者は不死の神なのだというイメージを作ってしまう。これが、医師と患者の間に多くの衝突を引き起こす。なぜなら、医師に対する患者の期待が無限に膨れ上がっていくからだ。

時がたつとともに、これが白黛《バイ・ダイ》にとって大きな強迫観念を生む要因になっていった。この強迫観念は、自身の生命そのものよりも重要なものになり、彼女はこんなふうにさえ考えるようになった――市内のどこかに、病気になった医師の治療に特化した秘密の病院があり、そこでは、医師たちはすべての患者と同様に治療を受ける、そして治療が失敗すれば、みんなと同じように死ぬのだ、と。彼女には医師と患者が別々の世界で生きていると考えることはできなかった。医師と患者の関係は神と人間のような、輝かしくも破滅的な関係であってはならないと考えた。こんな白黛《バイ・ダイ》の考えを聞かされているうちに、僕は、医者と患者の双方が戦争の準備をしているように感じられはじめた。

だが、この《医療の時代》にあって、これほどまでにヴィヴィッドなイマジネーションを持っている患者は白黛《バイ・ダイ》以外にはいないように思われる。ほかの患者がたまたま同じようなことを考えたとしても、彼らがそうした疑念を外部に伝えることは決してないだろう。まして、真実を暴《あば》く行動に乗り出すなどということは絶対にない。大半の患者にとって、とるべき道はただひとつ、怯えた亀のように甲羅の中に頭を引っ込めて、死を待ちながら、残された人生を病院で静かに生きることだけなのだ。医師の前で震えない患者など、病院にはいない。誰もが、どんな形であれ、医師を怒らせるのを恐れている。そんなことになれば、基本の治療すら拒否され、実質的に死刑宣告を受けるに等しい結果になる。死体置場への直行切符となって、死の直前に訪れる美しい光景を見るチャンスすら与えてもらえなくなる。医師たちの死についてじっくりと考える？――頭がおかしいのでない限り、そんなことは誰も夢にも思いはしない。そして、《医療の時代》には、頭がおかしくなるのも簡単ではない。だから、白黛《バイ・ダイ》が果敢にも、あの言葉、「医者がどのように死ぬのか知りたくはない？」を発した時――それは孔雀が飾り羽根を広げるようなものだった――、ほかの患者たちは失禁するほどのショックを受けたのだ。白黛《バイ・ダイ》は彼らに深く失望し、彼らの弱さへの侮蔑感でいっぱいになった。あの時、逃げ出さなかったのは、入院したばかりの僕だけだった。僕はただ、その場に突っ立って呆然と彼女の言葉を聞いていた。白黛《バイ・ダイ》はそれに――僕がその場から動かずに聞いていたのに感動し、それが、僕たちが友達になる――仲間とさえ言っていいかもしれない――きっかけになった。

　白黛《バイ・ダイ》がこうした考えを持っているのは、心の奥底で自由を渇望しているからではないのか。僕は折々に、そんなふうに考えた。彼女は、自身の一部を、表に出すことなく、意識のどこかにしまいこんでいる。遺伝子によって決定されていない部分、つまり、遺伝子治療の影響を受けない部分。彼女は全身全霊をもって、病院側が構築したプログラムを突き破り、心の内にある真実に従い、『メディカル・ニュース』を埋めつくしている譫妄《せんもう》的な洗脳の言葉に抵抗し、従来のものとは決定的に異なる何かをやりたいと願っている。しかし、彼女の考えは証明されていない仮説にすぎない。医者たちが死ぬというのが事実なら、それは、患者たちがもはや治療を必要としないということを意味するのか。最終的に彼女が病院から出ていく自由を保証することになるのか。彼女の純粋無垢な黒いシャープな目に、僕は内なる自由への深い渇望を見て取ることができた。

　病院は実際、牢獄に似ている。患者衣は刑務所の囚人服を思わせる。病棟は、あらゆる場所をとらえる防犯カメラが設置された監視室のようなもので、訪問者の面会時間、建物外に出る時間は決められている。最高医療責任者（CMO）は刑務所長のように機能し、看護師たちは看守にそっくりだ。こうしたことを考え合わせると、僕たちが自由を勝ち取ろうと試みるのは当然のように思えてくる。だが、《医療の時代》、〝自由〟という言葉はすでに忘れ去られて久しく、どの辞書でも〝治療〟という言葉に置き換えられている。この観点からすると、白黛《バイ・ダイ》は伝説的な患者と言ってよく、あの忠犬たち——病院を信頼しきっていたシスター漿《ジアン》や阿泌《アビ》とは根本的に異なっている。白黛《バイ・ダイ》は心の奥底で、自分自身を解放したいと思っている。病院の死体置場で死にたいとは思っていない。真の脱出、病院の全否定に参与したいと思っている。これこそまさに、最も純粋な医療パンクの表明ではなかろうか。これが白黛《バイ・ダイ》を以前にも増してセクシーにしている——僕はそんなふうに感じるようになっていった。

反乱への衝動は、すべての患者の心の中で形作られていく。だが、言うまでもなく、そうした感覚は抑えつけられ、表明する場はなく、まして行動に出るなど考えられないことだ。僕は一度、逃亡を試みたけれど、惨めに失敗した。そして、これこそ白黛《バイ・ダイ》がずっと試みつづけてきたことであるのがわかった時、僕は突然アドレナリン注射を打たれたような感覚に包まれて、危険がいたるところに潜んでいることをすっかり忘れてしまった。僕は白黛《バイ・ダイ》の最大の熱狂的支持者になった。

だが、具体的な行動をとるとなると、こっそり庭園の散策に出るというような簡単なものでないことはわかっていた。真の目標は孔雀の檻に転がっているのではなく、虎の巣穴に、龍の淵の底に身を潜めているのだ。

38　まだ死んではいないけれど、そこに向かう途上にある

展望デッキから降りて入院棟に戻っていったある日のこと、僕と白黛《バイ・ダイ》は手をつないで、院内のどこかで生の終わりの治療を受けている医師を、より望ましくは医師の死体を見つける探索を続けていた。そんな場面に出会えたら、どんなにエキサイティングなことだろう！　医師の目に死のまなざしを見

出すことができれば、僕たちは病院から解放される——そう考えて、ひたすら、そうしたシーンに遭遇することを切望しつづけた。

ただ、僕は同時に困惑もしていた。あらゆる人が病んでいる世界で、病院から出るというのは、自分の死が差し迫っているシグナルだとも言えるのではないのか。医療の専門家のケアがない状態で、患者ははたして何日くらい持ちこたえられるものなのか。これが自由の意味するところなら、ポイントはいったい何なのだろう。

以前、外来病棟にいた時のことを思い出さずにはいられなかった。病院の外では、病気の蔓延はさらにすさまじい。大勢の人が、病院という聖なる寺院の内側に入るだけのために、みずから自分の頭を叩き割ったりするのだ。加えて、街の全体がすでにメガ病院になっているとすれば、たとえ逃げ出したとしても、どこに行くところがあるというのか。

病院内にとどまるとしても、この最先端の治療機器を備えた場にあってさえ、患者たちは、まさに僕の目の前で日々死んでいっている。多くが医療費口座の資金を使いはたしたのちに死ぬ。もはや高水準の医療を受ける余裕もなくなり、最終的に死にいたる。これは恥ずべき死に方であって、完全に当の患者の過失ではあるけれど、医師自身が死ぬかどうかという問題とはまったく関係がない。

だが、僕は、この内なる葛藤を白黛《バイ・ダイ》の前で明らかにすることはなかった。そんなことをして、僕たちの間のバランスを崩し、これまでに築き上げてきた特別な関係性を壊してしまうのが怖かった。

病棟内を歩いていくと、ドアの外に〝看護師ラウンジ〟と記された表示がある部屋が現われた。中には誰もおらず、二段ベッドが四つあるだけだった。ベッドには、ぴっちりとたたまれた清潔でやわらかそうな花模様の掛け布団が置かれてあった。ひとつひとつの枕の横には、ふわふわのテディベアのぬいぐるみ——そこは幼稚園の昼寝室のように見えた。テーブルの上には『メディカル・ニュース』が何冊か、きれいに並べられていたが、その表紙にはいたるところに乾いた血の染みがついていた。白黛《バイ・ダイ》が眉をひそめて深く息を吸った。獲物の臭いを嗅いでいる捕食者のようだった。

「血の跡は少しだけあるけれど、死の臭いはどこにもない」白黛《バイ・ダイ》が言った。「死体置場とはまるで違った臭いがする」

「死体置場はどんな臭いがするんだ？」不意に、以前、経過観察室で見た死体置場への扉が思い出された。冷たいおののきが背骨を走りおりていった。

「死体置場が実際にどのようなものかは、誰もがそれぞれの考えを持っているみたいで、断定はできない。ただ、死んだあとに初めて行くことのできる場所であることは確か」

「つまり、死体置場に行けば、医者の死体が見つかるかもしれないってこと？」

「たぶん」

「君は死体置場に入ったことがあるの？」

白黛《バイ・ダイ》は、この質問には答えたくないようだった。プロのツアーガイドのように、美しい場所に行く前に言葉で説明することで、その美しさを損ねたくないというところだろうか。

僕は勇気を奮い起こして、こう尋ねた。「君はどうして、医者が死ぬかどうかをそんなに熱心に知りたがっているんだ？」たぶん、僕はずっと、彼女が〝自由〟という言葉を口にするのを聞きたかったのだと思う。そうすれば、いずれ死体置場に入る時のための、ある種の心構えが持てるだろう、と。しかし、同時に、僕はそれに耐えられるほど心理的に強くないだろうという思いもあった。白黛《バイ・ダイ》本人と同様、〝自由〟という言葉はセクシーで、破壊的なエネルギーが封入されている。だが、僕は、そのどちらにもダイレクトに向き合う勇気を見出せなかった。

「この状況の全体に、どこか怪しいところがあるからよ」白黛《バイ・ダイ》はそう応じ、僕の顔に怖気《おじけ》づいた表情があるのを見て取ると、やさしく片手を上げて僕の髪を撫でた。「生と死の自然の法則に従えば、生命体はすべて死ななければならない。太陽系から逃げ出すことはできないし、天の川銀河でさえ、いつかは死滅する。このルールを免れられるものは、宇宙には存在していない。あらゆるものが最終的には死体置場に行くことになる。ここにはもちろん病院も含まれる。それなのに、患者の目から見ると、病院は不死を求めつづけているとしか思えない。率直に言って、これは陰謀のような気がする」

「それは僕も考えていたことだ」僕は動揺していた。白黛《バイ・ダイ》はもっと印象的なことを言うと思っていたからだ。もうひとつ、彼女は死体置場で最期を迎えたくないはずだと考えていた。それだけに、その点ではがっかりせざるをえなかった。

「ここで起こっているのはみな、コントロールに関することよ」白黛《バイ・ダイ》は言葉を続けた。「彼らは病院の名のもとに私たちをコントロールしている。3Dコントロール――深くて（deep）、直接的な（direct）、細部にわたる（detailed）コントロール――究極のコントロール」

「それは納得できる。病院が僕らを召喚する時、その呼び出しに抵抗できる者はいない」

「彼らはいつも、患者第一だって言ってる。これは医療の民主化であり社会化であるとか、患者があらゆることを決定するカスタマーになって買い手市場の誕生をうながしたとか、そんなことばかり。でも、現実がどう動いているかというと、人間は細胞や遺伝子まで分解されて、ナノマシンと薬剤がすべてをコントロールしている。これが実態よ。分子のレベルでの死のパターンに従って人間をグループ分けしているのは、見事なものだけれど。病院はいくつもの周到なプランのもとで、たいへんな苦労を重ねて、この完璧なコントロールを進めるようになった。私は以前、こんなふうに考えていた――このカーテンの奥には誰か強大な力を持った存在がいて、世界をコントロールするという野望を達成するために病院を使っているんだ、って。でも、その後、これはたぶん当たっていないということがわかった。現在の形に進化していく間に、病院は巨大恐竜のような怪物になった。今生きている人間で、これをコントロールできる者はいない。病院は急速に成長している。何か抵抗しがたい力に突き動かされているかのように。そして、バン！――みんなが気づかないうちに、病院はすでに天井を突き破って、旧来のあらゆる権力構造に置き換わりつつある。ランダムな環境に乗じて突然姿を現わした新しい形態の動物のようなもの——頭の後ろから骨が突き出していて、この時代の現実に怒り狂って、ひと晩のうちに既存の生態系をぶち壊して、時代遅れになった支配者に置き換わってしまう。病院が、生きている者すべてを支配する。みずからの手に握った支配力をふるって、たとえ死が差し迫ろうと、その手を決して離そうとしない。ショーをやろうとしているのであれば、つつましい演技をするなんてことは絶対にない。キングコングみたいにドレスアップして、世界に地獄をもたらす。これはまさしく医療パンクのスピリットよ。ロックフェラーの連中に率いられた西洋の列強が、あれほど多くのリソースを費やして破滅的な環境を作り出しているのもそのため——病院の攻撃を食い止めるためなのよ」

「君の言ってることは百パーセント正しいと思う」僕は再び尊敬の念に満たされた。白黛《バイ・ダイ》の病院をめぐる説明は重層的かつ多面的で、緻密に展開されていると思えた。若きプリンスが王冠を奪って王位に就いたばかりだといった、そんな印象があった。

　白黛《バイ・ダイ》は続けて言った。「病院が国家の〝礎石〟というより、病院が国家に〝取って代わる〟途上にあるといったほうが正確ね。『メディカル・ニュース』に載ってる歯の浮くような話はどれもこれもただの煙幕よ」

「病院が国家に取って代わる必要があるのか？」

「もちろん。病院の構成形態はどんどん先進的になっていって、資本の投下額はロケットみたいに上昇していって、その支配力はありとあらゆる分野に——ゲノム解析から果てしないセンサー・ネットワーク、健康情報管理システムから人工臓器の３Ｄプリンティングにまで——及んでいる。この状況を考えれば、これが単純なひとつの産業なんかじゃないことははっきりしている。いつの日か、患者全員がいなくなって、病院が世界をコントロールするのに失敗したら、何もかもが無駄だったってことにならない？　病院は、自分たちのスローガンは天のもとにいるすべての患者を救うことだと言っている。これはジョークじゃないのよ」

「それなら、これまで君がやってきたことは全部、我々の祖国、ホームカントリーを守るプランの一部だったというわけだね」僕は心の底から感動した。白黛《バイ・ダイ》の行動に、新たな意味が見出せたように思えた。

ホームカントリーという言葉は、〝ホーム〟と〝カントリー〟で構成されているが、〝ホーム〟は、家族という単位の消滅によって過去の遺物となり、〝カントリー〟の破壊もすでに視野に入っている。簡単な論理的帰結として、これが病院の次なる目標であることは火を見るよりも明らかだ。

とはいえ、病院が本当に、患者の痛みと苦しみを消し去り、国には遂行できない様々な巨大プロジェクトをなしとげるために存在しているのであれば、どうして病院が批判されることになるのだろう？　シスター漿《ジアン》は、医師というのは〝大慈悲〟を施す生ける菩薩の真にして唯一の顕現だと言っていた。だとすれば、すべてをコントロールしていると見えるのも、ある意味で理にかなっていると言える。これら菩薩の導きと庇護のもとでのみ、世界は混沌と動乱の底に落ちていくのを回避できる。そして、菩薩の観点からすれば、〝国〟や〝ホームカントリー〟といったものは存在していないということになる。

ここにパラドックスがある。医師たちが事実、菩薩であるのなら、彼らは死ぬことができない。だが、白黛《バイ・ダイ》はひそかに医師たちを神から半神（デミゴッド）に――普通の人間に、と言ってもいいだろう――降格させ、彼らにいわば〝死刑〟を宣告した。誰が正しくて誰が間違っているのか。これを判定するのは難しくなっていく一方だとしか言いようがない。

白黛《バイ・ダイ》は無理に笑みを浮かべてみせた。「ここから地平線の彼方にまで目を凝らしても、見えるのは病院だけ。ホームカントリーがどこにあるのか、私にはもう言うことができない。その一方で、患者たちは、こんな高額の治療を受けているというのに、ただただ死にたいと思わせられるほどの苦痛から解放されずにいる」

僕は深い溜息をついた。白黛《バイ・ダイ》に尋ねたかった。**いつの日か、医師たちがどのように死ぬのかがわかれば、この国は再建できると、君は考えているのか？　家族も再び戻ってくると考えているのか？**　でも、彼女の声のトーンから判断して、僕は尋ねるのをやめた。僕自身は今も、自分の家族に対する複雑な感情でいっぱいになっているが、白黛《バイ・ダイ》の家族に関してはまだ、ほとんど何も知らないに等しい。彼女に母親がいて、その母親が病院で彼女を産んだことはわかっているけれど、それ以外はすべて空白だ。彼女の見解に異を唱えれば、彼女を怒らせるかもしれない。そして、彼女が怒りをぶつけてくるような事態に対処できるだけの余裕は、僕にはない。

僕は彼女に、そっと短い視線を投げた。黒目と白目がくっきりとコントラストをなしている大きな目が、激しく炎上する戦いの旗のように燃えていた。口の両端から細い皺が下方に伸び、それが、彼女の揺らぐことのない決然たるスピリットを物語っている。知性と頑固さがみなぎる、輝く広い額。ミステリアスで、暗い夜のような闘争精神に溢れた、首にかかる短い黒髪。引き締まった筋肉はいくつもの手術痕で飾られ、縞模様の患者衣の下に、人工的に開けられた複数の穴が覗いている。獲物に跳びかかり、嚙みつく正しいタイミングを測っている狼の一団のように。

僕は、彼女を抱きしめたいという衝動に駆られた。愛情や欲望からではなく、僕自身の孤独と喪失感への応答として。

結局、僕は何もしなかった。〝自由〟に言及することもなかった。白黛《バイ・ダイ》も同じだった。彼女は僕を引っ張って看護師ラウンジの前を離れ、先に進んでいった。僕たちは依然として死体置場を見つける必要があった。

僕たちはまだ死んではいない。けれど、死者だけが行くことのできるその場所に向かう途上にあった。

39　医療革命は最終的に自分に対して反乱を起こす

看護師ラウンジの先には、内科医のオフィスが続いていた。いたるところにひるがえる白衣が、火に包まれて燃えているか万華鏡の中で踊っている黒い蝶の群れのように見えた。僕は不安になりはじめ、白黛《バイ・ダイ》の手をぎゅっと握りしめた。腕を組み合った真の同志のように、白黛《バイ・ダイ》は、わかっていると言いたげな視線を僕に投げた。彼女の体に染みついたタバコの匂いが心地よかった。

医療オフィスの前を半ば駆け足で通り過ぎると、ほどなく、研究ラボが続くエリアに到着した。絶滅生物復活科、レーザー室、睡眠ラボ、ビッグデータ解析室、分子力学科、ナノ廃棄物処理科、神経経済学センター、夜間産卵放射線室、ヒト胚管理ラボ。

ヒト胚管理ラボには、数千とは言わずとも、少なくとも数百個のヒトの冷凍された胚が保管されている。理論的には、受精卵の一個一個がすべて潜在的な人間であるわけだが、そのほとんどは廃棄され、ごく一部だけが幹細胞用に取っておかれる。その幹細胞が今度は、裕福な患者の脊髄損傷や糖尿病、アルツハイマー病などの治療用に提供される。ここにある胚の中には、体細胞の核を移植して作り出されたものもあると、白黛《バイ・ダイ》が教えてくれた。それは本質的にクローンだということを意味している。病院はおそらく、すべての患者の細胞のバックアップ・コピーを保管しているはずだから、実際にはいつでもクローンを作れるということになる。

「バックアップが保管されているのは、患者の数が少なくなった時に備えてだという話を聞いたことがある。病院はいつでも、患者をどんどん作り出せるということね」白黛《バイ・ダイ》が解説した。

白黛《バイ・ダイ》は、〝バイオハザード〟（生物災害の可能性あり）と記された黄色い警告掲示がある両開きのドアを勢いよく押し開けた。中に入ると同時に、恐ろしい寒気《かんき》が襲いかかってきた。この温度差に、あたりは一気に霧に包まれたが、その霧が晴れると、一連の機械アームが、DNAや骨髄、HPV（ヒトパピローマウイルス）、臍帯血《さいたいけつ》のサンプルを操作しているのが見えた。さらに先に進むと、廊下に出た。その先は遺伝子シーケンシング・ラボだった。小さな中継窓の向こう側でサンプルを受け取っている多数のロボットが見えた。二重になっているガラスのドアは、一度に片方ずつしか開かないようになっている。汚染を防ぐためだ。百台以上の高速シーケンサーが、かすかな青い光を発しながら、休むことなく稼働している。コンピューターはみな超小型で、完全自動化されている。サンプルは、シーケンシングの前に〝読み取る〟ためのテキスト・ライブラリを通過させられ、そののち、遺伝子コードの大量作成が始まる。ここで調べられている生命体は実に多岐にわたる。ジャイアントパンダ、米、蚕《かいこ》、大豆、ヤク、チベットカモシカ、蘭、キュウリ、鶏、ヒトコブラクダ、アメリカ白《はく》頭鷲《とうわし》、皇帝ペンギン、ヒト腸管由来の一群の微生物、そして、事実上あらゆるタイプの患者——癌患者から、自閉症の子供、肥満体の女性、認知症の高齢者に加え、グリーンランドで発見された四千年前の死体のような、死んだ人たちまで。これらのサンプルのすべてがデジタル化される。

白黛《バイ・ダイ》の説明によれば、医師たちが努力の大半を費やしているのは、人々の心理状態を決定する遺伝子の特定だということだった。中でも、宗教的な信仰にかかわる遺伝子、時として〝悟りの遺伝子〟ないし、もっとラフに〝仏性遺伝子〟と呼ばれることのある遺伝子を突き止めることが最大の目標とされている。医師たちは、代々伝えられてきた遺伝子変異のうちに、超越性にいたる可能性のあるものが存在すると考えているが、それにはまず、遺伝子からタンパク質が作られる〝遺伝子発現〟のカタログを編集する必要があった。これは、このプロセス中の最も難しい作業だった。脳の何十億もの神経細胞と何十兆もの神経接合部（シナプス）が集合的に機能を発現する過程を確定するのが、一個の遺伝子の配列決定よりはるかに複雑なことは言うまでもないが、医師たちは、まだ、これ以外の方法を見つけ出していない。量子神経学の領域でも充分なブレイクスルーがあるとはとうてい言えない状況下、遺伝子シーケンシング――成長に次ぐ成長を続けている最先端のテクノロジー産業――を活用して研究を続けているというのが現状だった。

遺伝子シーケンシング・ラボの隣には、エピゲノム（ゲノム＝DNAの塩基配列に加えられた修飾）解析室がある。免疫調節や傷の修復や老化防止治療のために、また、ヒト胚管理ラボで使われる素材として、免疫細胞と皮膚細胞を中心に、あらゆる種類のヒトの細胞が保管・解析されている。

続いて、人工臓器3Dプリンティング・ラボ――ここでは、超新素材を使った肝臓、腎臓、心臓、その他の器官が作られている。マシンから次々に吐き出される人工臓器はどれも、トレーに並んだ美味しそうな点心に見えた。

その隣は、通常動物サプライ・ステーションで、たくさんの清潔なケージが一定の温度下で保管されており、ケージの山は部屋の外の廊下にも、床から天井までランダムに積まれていた。ケージの中にいるのは、マウス、ラット、ウサギ、その他の齧歯《げっし》類《るい》で、それぞれの遺伝子を抽出するか、ヒトの遺伝子を注入する処置を受けている。動物たちが跳ねまわり、ケージがギシギシガチャガチャと金属音を立てる。各ケージには値札がついていて、作業員が忙しく書類に記入しては動物をケージから引っ張り出し、箱に詰め、様々な病院のいろんな実験ラボに送り出す作業を続けている。受け取った各病院のラボで、これらの動物は、特定の病気の実験・研究に使われるのだ。作業員たちは汗だくで作業を進めていて、白黛《バイ・ダイ》と僕がすぐ横を歩いていっても、まったく目を向けようとしなかった。

次は、特別動物トレーニング・センター――ここには数十の公開不可の部屋があり、そのうちのいくつかが医療用に充てられている。医療用というのは、たとえば、遺伝子改変を行なった孔雀の生産で、これらはもはや研究のためにラボに送られることはなく、エリートクラスの患者に高額で売却される。ここにいるのは、特別なVIP患者の治療用に開発されたものとはいえ、孔雀自体は遠い昔から医療目的で用いられてきた。明《みん》の時代の医師・本草学者、李時珍《り・じちん》が史上初めて孔雀の薬品としての価値を認め、本草学の古典『本草綱目』にその旨を記した。「孔雀の肉を食することは、邪気を払い、多様な疾病を治し、身体中から様々な毒を除去することを可能にする。患者が孔雀の肉を食したのちは、孔雀の解毒作用によって、ほとんど薬品が不要になる」現代のテクノロジーを用いて作り出された新種のインド孔雀にはヒトの遺伝子が組み込まれ、薬剤としての傑出した資質によって格別に貴重視されていると言われている。かつては、伝統的な中医学の近代化の到来を告げるものと見なされていたものだが、実際に新種が作り出された頃には、こうした治療・薬剤は現代医療科学の確立された一部門ととらえられるにいたっている。〝伝統医学〟というものは、もはや存在しなくなったのだ。

特別動物トレーニング・センターのドアと窓はすべてロックされていて、孔雀の姿をうかがうことはできなかったが、これほど多くの動物が犠牲になったりアップグレードされたりしていることを知って、僕の内に大きな不安が生まれた。人間と同様、彼らは自然の生息環境から強制的に引き離され、家族という本来の関係性を奪い去られた。そして、これまた人間とまったく同様に、病院の永遠の居住者となったのだ。

40　微生物コントロール・ラボの秘密

「病院が最終的に死滅せずにいられる道は存在しない」白黛《バイ・ダイ》が言った。「たとえ、病院が国家を転覆させて、すべてのコントロール権を掌握したとしても、それでも、病院は消滅する運命にある。危機が迫っている。病院はインド孔雀と同じ運命を共有している」

僕にはそうは思えなかった。病院は莫大な富をコントロールしている。最も進んだテクノロジーを、かつてない新規な価値のセットを、隅々まできっちりと組織化された構造を、完璧に秩序づけられた衛生システムを、そして全面的な薬剤の影響下にある——もしくは、薬物中毒の状態にある——患者の一大集団をコントロール下に置いている。「そんなことがどうしてありうるんだ？」僕は尋ねた。

「最終的に、医療革命は自分に対して反乱を起こすのよ」と白黛《バイ・ダイ》。

「ドクター・バウチもアンクル趙《ジャオ》も、そんな話はひとことも口にしていなかった」僕は言った。

「彼らに、どうしてそんな話ができるっていうの？」白黛《バイ・ダイ》はそう応じた。「現代の医療科学はすでにあらゆる人を変容させてしまった。私たちはもう以前と同じ人類じゃない。今では全員が〝ミュータント〟なのよ」彼女は、僕の目の奥に隠されたかすかな痛み——よほど注意深いセンシティヴな者にしか見て取れないもの——をまっすぐに見据えた。彼女のまなざしには何の同情の色も表われてはいなかった。彼女がどんなシンパシーを持っているにせよ、それは、僕個人にではなく、僕がその一員である種《しゅ》に向けられているのだ。病院が公のプラットフォームとなって以来、長期入院者の個人主義に対する感覚はきわめて弱くなり、時を重ねるとともに退化する一方となっていった。

「で、それは何を意味しているんだ？」

白黛《バイ・ダイ》は、真の人間などというものはもう存在していないと言った。そして、人間がいなければ、病院は存在の条件そのものを失ってしまう、さらなる発展に向かう推進力を失ってしまう、と。

この言は正しいように思えた。医療弁証法、対立矛盾はいたるところにある。これが医療パンクの背後にある哲学なのだ。気づいてみると、僕は思考の迷路にさまよいこみ、白黛《バイ・ダイ》の手術痕と埋め込まれた種々の機器のことを思い返していた。彼女には、患者としてどこか純粋でないところがあるが、実は、まさにそれこそが彼女の美を作り出し、僕をこれほどまで深く魅了しているものなのだ。

僕たちは微生物コントロール・ラボの前にやってきた。大勢の医師とロボットが列をなして出たり入ったりしていた。僕らは片隅に隠れて中の様子をうかがった。

「ブラザー楊《ヤン》、ほかにも言っておかなくてはならないことがある。病院は人間を変えているだけでなく、微生物も変えている。単に殺しているだけじゃなくてね」微生物となると、僕は実際、ひとつか二つしか知らない。病院の図書室で借りた何冊かの本で読んだところでは、微生物は、この惑星で最も広範囲に存在して、一番数が多くて、最も古い生命形態で、生命の大元《おおもと》、生命力そのものだとさえ言えるものだそうだ。微生物が進化して、植物と動物になった。植物も動物も最初は細菌から生じたのだ。人間の体の中には、何億もの微生物の共同体が存在している。微生物のあるものは病気を起こさせるが、あるものは人間を元気に生かしつづけるために働いている。病院の最も根源的なミッションは、微生物と人間との相互作用にある。

白黛《バイ・ダイ》は突如元気づいたように説明を始めた。病院の複数のラボで、微生物クラスター・プロジェクトなるものが進められている。人間が決める仕様に、より即したものにするために、大々的な規模で微生物を作り変えることを企図した一大プロジェクトだ。「どうやって微生物を作り変えようとしているか、知りたくない？」

実のところ、僕はどうでもよかった。僕には複雑すぎる話だからだ。それでも、中の様子を見に、白黛《バイ・ダイ》のあとについて、ラボに入っていった。ラボ内には数人の医師がいて、みな、恐ろしく忙しそうに見えた。何人かの顔に見覚えがあった。外来の診療科で診てもらった医師たちだ。庭石のような顔をした年配の男性医師、バレリーナのような中年の女性医師、そして、インスタレーション・アーティストか熊鷹を思わせる若い男性の医師。三人が僕たちに気づいて、こちらに来るようにとうながし、「君たちはラボにいる私たちのもとにやってきた最初の患者だ」と言った。僕に判定できた限りでは、三人とも、これまで見学者がいなかったのが残念でたまらなかったというふうに見えた。

41　遺伝子の改変から遺伝子の破壊へ

ドクター庭石をリーダーとするチームは、新しい形態の細菌を設計し、それを人工のアルカリ金属に植えつけてタンパク質を再合成する研究を実施していた。ドクター・バレリーナのチームは、カエルの遺伝子にウィルスを注入し、"馴化ウィルス"――宿主の免疫システムに検知されることなく、外部由来のDNAシーケンスを安全かつ効率的に、適切な場所に移送できる能力を持つ――にアップグレードする実験を行なっていた。ドクター・アーティストは、既存菌よりも複雑な走磁性細菌を開発・培養して、標的分子に到達させようと奮闘していた。

ドクター・アーティストは、徹底的に噛みつくされて吐き出されたガムさながら、くたびれはてているように見えた。もしかしたら、たった今、手術を終えたばかりなのかもしれない。彼は、僕たちの姿を見て、ちょっぴり元気づいたようだった。「僕たち医者はみんな、以前は病院のごくささやかな一部を埋めるというあり方に慣れていたが、その後、チームという形態が、ものすごい勢いで広がりはじめた。まるで薬物中毒みたいに。これが悪いことかどうかは何とも言えない。薬物中毒は、将来的には、病気とも見なされなくなる可能性がある。このところは遺伝医学が大流行していてね。最新のトレンドに遅れをとってしまうと、ゴミの中に取り残されてしまうこと必定なんだ」

彼はチームに作業のラフな指示を与えていた。細菌の突然変異のトリガーを引く抗生物質の開発、腸内常在菌のエンテロバクターを根本的に変化させ、それを非生物の宿主に移植してロボットを操作

225

しようという試み、微生物駆動のバッテリーを人工腎臓の動力に使う研究開発、などなど。これら複数のプロジェクトのうちで最もショッキングだったのは、バクテリアを使って脳を成長させ、そののちにそれをロボティクスと組み合わせる研究だった。このバクテリア脳は、脳科学と人工知能の分野に、これまで予想もしなかった新規な革命を引き起こすことになると、ドクター・アーティストは主張した。

「あなたたち医療パンクは、こういったことをやるのが大好きなのね！」白黛《バイ・ダイ》が言った。

「そのとおり。みんなが止めようとすればするほど、やりたくなる。こうした新しいプロジェクトが実行できなければ、頭がどうかなってしまう！《医療の時代》には、パンクがテクノロジーのトレンドを作り出している。僕らはショーをやっている本物のパフォーマーなのさ」

ドクター庭石とドクター・バレリーナは何も言わなかった。それぞれの研究に没頭しているようだった。

「あなたたちにできないことは何もないんですね」僕が付け足した。「どれもこれも神にしかできないことばかりじゃないですか」

「わが愛《いと》おしき患者どの」とドクター・アーティストが応じる。「これを、僕にどう表現できるというんだね。事態が進展していくとともに、このどれひとつとして、実際に病気を治す行為ではなくなっていく。というか、現時点ですでに、もう治療の範疇にはない。病院の存在や発展とも、まるで関係がなくなっている」この傲慢ともいえる物言いは、そうしたものよりもはるかに高邁《こうまい》な、スピリチュアルとさえ言っていい動機を語っているかのように思われた。

「それじゃ、このすべてはいったい何のためなんです？」僕は突っ込んだ。「西洋の列強が解き放ったスーパーウイルスの侵略を阻止するため？」

「いいや」ドクターは、どうということもないという口調で言った。「純粋に、僕ら自身の欲望と好奇心を満足させるためさ」

　僕はほとんど息が止まりそうになった。この人たちは本当に医者なのか？　真の医者は、患者を救うため、邪悪な西洋の列強と戦い、病院を守るために存在しているのではなかったか？　この医師たちはどうやら、それとは違う別種の医師のようだ。一見、そうでないふうを装ってはいるけれど。白《バイ》黛《ダイ》はひとりうなずいた。この医師たちに死の臭いを嗅ぎつけたようだった。

「外来診療をあまりにも長く続けてきて、すっかり飽き飽きしてしまったんだよ」ドクター・アーティストが続けた。「この病院が本当は何をしているのか、理解している者は誰もいない。だから、僕らは医学の基礎研究に立ち戻ることにした。我々の目からすると、病院は荘厳で神聖な存在だ。僕らは心の底の底から、病院を愛している。この愛は、ロマンティックな愛と同様、あるいは自分の家族に対して感じる愛と同様、パワフルなものだ。信仰のようなものだとさえ言っていい。病院に対するこの種の愛がどんなふうに感じられるかが理解できたら、僕たちが最終的にどうしてあんなにも疲弊してしまったかもわかってもらえるだろう」

「で、今後は？」答えはもうわかっているという気がしたが、僕がうんざりしはじめていることをドクターに気づかれたくなかった。

　彼は、「ふん」と言っただけで、作業に戻った。

　今はまだ、ごくわずかなパーセンテージの微生物しか変異させられていないとしても、この新しい細菌群はすでに拡散を始めていて、いずれ何らかの形の連鎖反応を引き起こすことになるのは間違いない。

　ドクター庭石はコンピューターで新しい半人工細菌をデザインしていた。その人工細菌は急速に自己複製して、ほかの細菌を食べてしまうことができる。食べられた細菌は、そこで変異し、食べたほうのボディの一部となって生きつづける。こうして新たなスーパー細菌が誕生し、今度はそれがさらに多くの細菌を食べ……という次第で、最終ステージでは、永続的に自己複製し自己変異する新しい生命体になる。このチームにとって、細菌の操作自体はすでに簡単なものになっていた。将来的には、微生物デザイナーは、生物学のトレーニングを受けた医師である必要もなくなるだろう。そこらの街なかにいる誰でも、ソフトをダウンロードして、自分の望むままに、どんな細菌でも作り出せるようになるのだ。

微生物コントロール・ラボには、ここでの研究による新しいバクテリアが人間たちの間でどのように機能するかを図示した、いくつかの概念図が展示されていた。人間が大昔から馴染んできた微生物のグループ分けは、すでに大きく揺らいでいた。医師たちはその点に特に強い関心を抱いているように見えた。

僕は白黛《バイ・ダイ》に、「いつか、人間の体の中で、この新規のバクテリアが大きく変異したら、通常の操作ができなくなるんじゃないかな」と言ってみた。「人間の体が機能するのに必要な物質を合成することができなくなって、外部由来の病原体に抵抗することもできなくなる。そして、それ自体が有害な細菌株に変異してしまうってこともある。そうじゃないか？」

「それこそ、医療パンクが一番望んでいることなんじゃない？」白黛《バイ・ダイ》が応じた。

僕たちのやりとりを聞いていたドクター・アーティストが目を上げた。彼は自慢げな口調で、自分たちの研究チームは、そんなことよりももっと野心的なプランを持っていると高らかに告げた。

「どんな？」と、白黛《バイ・ダイ》と僕は声をそろえて言った。

「これら新規の微生物の開発を通して、我々は遺伝子を完全に廃絶したいと思っている」

淡々とした、だが、どこか侮蔑的なものを感じさせるトーンで、ドクター・アーティストが言った。

「毎日毎日、朝から晩まで遺伝子編集を続けるうちに、正直、僕らはすっかり飽きてしまった。ずっと同じおもちゃで遊んでいる子供が、そのおもちゃに飽きてしまうのは、君たちも知ってるだろう？　本当に革新的なことをするのは、どんどん難しくなっていく。この宇宙に存在する多くのものは、我々人間が作り出すにはソフィスティケートされすぎている。作ろうと試みることさえ意味がない。とりわけ、理論上、〝仏性遺伝子〟の名で予測されているものを突き止めるとなると、もう本質的に不可能だと言うしかない。そうしたものはすべて、我々を不安に陥れるだけだ。きっと、人間の脳は、自分自身の複雑さを理解するのに必要な複雑性のレベルにまだ達していないんだろう。自分たちはすべてを解き明かしたと思っている人が大勢いるけれど、実のところ、彼らはこれっぽっちもわかっていやしない。病院がこれほどまでの不良債権を抱えることになったのも、ここに端を発している。そして、これは真のアートを理解し嘆賞する能力も完全にぶっ壊してしまった。いずれにせよ、現状は、僕が大学にいた頃とはかけ離れてしまっている。つまり、君たちは今、ここでせっせと働いている僕を目のあたりにしているわけだけれど、遺伝子研究は常に失敗する運命にあったんだ。遺伝子研究は、頭のおかしなやつか何もわかっていない愚か者だけがやるゲームなんだよ。我々はずっと間違った道を歩んできてしまった。人々をコントロールしようとすればするほど、ひたすらどん詰まりに落ちていっている自分に否応なく気づかされざるをえない」

僕は、彼がこんなにフランクに話してくれるとは思ってもいなかった。診察室にいる時とラボにいる時では、医師は異なった振る舞いをするものなのだろうか？　彼らは病院に懐疑的になってしまったのだろうか？　ここにいる医師たちは、診察室の医師たちとは比べものにならないほどリアルに見える……いや、よりリアルでないと言うべきなのか。彼らは楽しく遊んでいるだけの子供に戻ってしまったのか。それとも、過剰なストレスに疲れはて、思いがけず僕たちがやってきた機会をとらえて、胸の内を吐き出しているだけなのか。

事《こと》の真相はともかく、いったん自分が袋小路を歩んでいることに気づくと、現状維持の意識は常に強くなっていく。

白黛《バイ・ダイ》はひとことも発せずにドクターの言葉を聴いていた。ドクターの罠に落ちるのを恐れているかのようだった。事実、この全体が入念に仕立て上げられた陰謀なのかそうでないのかを判定するのは難しい。彼は僕らを騙そうとしているのか？　そして、この状況のどこかに、医師はどのように死ぬのかという問いと関係するものがあるのだろうか？

少なくとも、白黛《バイ・ダイ》と僕は、この謎の解決に一歩近づいたように思われた。医師たちがこの道を進みつづけるなら、彼らは必ず死ぬだろう。患者としての経験に基づいて僕が確信を持つにいたったことがひとつ——この医師たちはひどく病んでいる。

ドクター・アーティストはレクチャーを続けた。「真の医療パンクはこう考えている——レベルの低い生命体だけが、種を保存しつづけるに当たって、生殖による再生産に依存している。彼らが、自分たちの本性を向上させるために新しい遺伝子の導入を求めるのは、それが理由だ。この状況がまさしく、我々を遺伝子編集のような人工的手法に導いた。だが、そこから前進して、進化を次のレベルへと進めることができれば、今度は遺伝子すら必要でないということになる。DNAの二重螺旋構造は、あまりにも非効率で、基本的に重複している。こんなものはまったく不要だ。遺伝子工学そのものがいずれは時代遅れなものになってしまうだろう。最終的には、従来の病院の存在意義そのものがなくなってしまうというわけだ。**病院のベストのあり方は、病院がいっさい存在しないことだと、我々は考えている。**《医療の時代》というのは単なる移行期なのだよ。紙が発明される前の竹簡《ちくかん》や、コンピューターが発明される前の算盤《そろばん》、都市サイズの病院が登場する以前の家族のようにね」

「それじゃ、この病院の目的は何なんです？」僕は尋ねた。

「この病院は、遺伝子を根絶し、従来の生命の意味に終わりをもたらすためにある。生命がなければ、病気も疾病も存在しない。ひとたび脳を除去してしまえば、〝理解〟にかかわる過ちや失敗はもはや問題にならないのと同じように。我々を病院の構築に導いたのと同じ原理が、病院の破壊に我々を導くというわけだ。これこそ真のアートだね」

「あなたたちは本当にすごいことをやっているんだ！」僕はほとんど叫んでいた。そして、いま一度、死の強い息吹を感知した。「つまり、すべての患者が入院させられるのも、それが理由だってことですね」

「いや、正直に言ってほしいというなら正直に言うが、我々がこれを行なっている理由は患者とは何の関係もない。ここでやっていることはすべて、ほかの目的を達成するためだ。当初、スタートした時の我々の目的は、プロジェクトの発注を確実なものにすることだった。そもそもプロジェクトがなければ、何もやれないわけだからね。だが、いったんいろんなプロジェクトが入ってくるようになりはじめると、当然ながら、我々はそれを実行する義務を負うことになった。そのうちに少しずつ引き込まれていって、やがて、このすべてが、いかに面白く楽しいことであるかに気づいた。僕らは徐々に医療パンクになっていったんだ。そして、より多くの研究費を獲得する手段として、より大きなプロジェクトの獲得を狙いはじめた。いったん充分な資金が収まるべきところに収まれば、望むことが何でもできるようになる。《医療の時代》には資金が命なんだよ。命と同様、資金もすぐに時代遅れになってしまう商品であるとしても、当座は大いに利用することができる。だから、あるプロジェクトを遂行する際は思いきりレベルを高くして、それまで誰も見たこともないような成果を上げるべく努める。要は、〝印象づける〟ことが何より重要なんだ。我々は、病院代表者兼市長に強い印象を与えなければならない。というのも、病院代表者兼市長が資金をすべてコントロールしているのだから。この〝イメージ〟さえ作り上げることができれば、ほかのことはすべて収まるべきところに収まる。資金も含めて」

「つまり、あらゆることがイメージ工学の産物になった、と」

「そのとおり。全宇宙がイメージ工学のプロジェクトだ。最初は、単にプロジェクトの委託を確保しようとしていただけだったのが、その後、我々自身の欲望と好奇心を満足させることを目的とするようになった。でも、結局のところ、それは我々の欲望と好奇心ではなくて、病院代表者兼市長の欲望と好奇心だったんだ。僕らは今、病院代表者兼市長を楽しませ、彼に強い印象を与えようとしている。あのジェントルマンは、このアートをほかの誰よりよく知っているに違いない。とどのつまり、彼こそ究極の医療パンクなんだよ。少なくとも、それが、彼の秘密めかした態度から僕が得た印象だ。ほかのパンクはみんな、最終的に、彼のための犠牲になった。ただ、僕の見解では、みんなみずから進んでそうしたんだと思う」

これは孔雀効果とも呼べる。すべてが、中心から外側に向けて動いていく。孔雀の尾羽根——彼ら自身を破滅に導くもの——もまた、イメージ工学の一形態ではないだろうか？　僕は、そんなことを考えていた。こうした状況が進行しつづけるなら、パンク・カルチャーさえも破壊されてしまうだろう。ただ、そんなことは何ひとつとして僕には関係ない。僕は初めて、憐れみの感情をもって医師たちを見た。彼らはまだ死んでいないけれど、この生き地獄の内でやっていくことを余儀なくされている。

そう思いながらもなお、彼らへの尊敬の念は消えなかった。彼らは別の階級の人々、反逆者だ。僕たちの社会の印象主義アーティスト、アヴァンギャルドの中のアヴァンギャルドだ。テロリストと同様、彼らの振る舞いは常軌を逸しているように見えるかもしれないが、しかし、彼らは、統合失調症にも、そのほかのいかなる精神疾患にも罹患してはいない。医師たちの目は、深い青い海の底にいる魚のように、無垢で、傲慢で、知的で、プライドに満ちていると同時に、感覚を楽しませる光を放射して、世界を明々と照らし出している。ドクター・バウチはこうしたことをすべて承知しているのだろうか？　白黛《バイ・ダイ》は本当に医者たちが死ぬところを見たいと思っているのだろうか？

「未来に何が起こるか、いったい誰にわかる？」ドクター・アーティストはこのうえなく真摯な口調で言った。「遺伝子のない生命体がいったいどのようなものか、予測できる者などいない。それは端的にわからないとしか言いようがない。だが、それこそがまさにエキサイティングな部分なのだ」

〝生命〟とさえ呼べないのではないか。どんな新規な存在が解き放たれることになるか、我々には端的にわからないとしか言いようがない。

「何が起こるか、私《わたし》が予測してみましょうか」白黛《バイ・ダイ》が言った。「既存の種《しゅ》が、自然の世界と文明化された社会に対する病院のヴィジョンに適応するのはとんでもなく難しいと気づくまでに、そんなに長くはかからない。過去に、地球上の生命は何度か、破滅的な大動乱を体験してきた。その引き金を引いたのは、火山の噴火、隕石の衝突、気候変動、氷河期、海面上昇、大洪水……でも、それらはどれひとつとして、私たちが今直面しているほどの根源的な変革をもたらしはしなかった。ここまでは正しい？」

ドクターは感心したようにうなずいた。「まさにそういうことだ。なるほど、患者の本能が核心をとらえることもあるんだな！」

僕はまだ混乱していた。「で、いったい何が起こるんだ？」

「それは、ひとりひとりの人間にかかっている」白黛《バイ・ダイ》が興奮気味に言う。「みんなが的確に対処しないと、人類とこの惑星はともに破滅に直面することになる。そして、その大破滅のあとに何が起こるかとなると……本当のところは誰にもわからない。でも、こういう形で、私たちは、死んだ医者を発見できることになる」

僕はできる限り、ショックを受けたふりを装った。そうすれば、白黛《バイ・ダイ》が喜ぶに違いないと思ったからだ。「何もかもが本当に恐ろしい状況にあるんだ。まるで、病院がすべての病気の源だっていうように聞こえる」

「それは少しばかり誇張しすぎだな」ドクターは、どこか怪しげな笑いを発した。「僕は、人類がその日までもつとも思っていない」

43　死は終わりだが、終わりは始まりにすぎない

「医療パンクが既存の構造と社会秩序を打ち壊すと、将来的な西洋世界との戦争の到来が早まるだろう」ドクター・アーティストが言った。「最終的に勝つのがどちらかはわからないが、一刻も無駄にしている余裕はない！　我々はすでに、この戦争にうんざりしはじめている。そして、それはまだ始まってもいない」

細い糸のようなものとはいえ、医師が病院の将来の勝利に疑義を呈するのを耳にしたのは、これが初めてだった。

「まるで、患者たちが四六時中聞かされてるペシミスティックなお説教みたいね」白黛《バイ・ダイ》が応じた。「『メディカル・ニュース』は、その見解には異を唱えていたんじゃない？」彼女は『メディカル・ニュース』を取り出して、僕に手渡した。

トップページには、わが国を標的にした〝医学的脅威〟が台頭しつつあるという論説が掲載されていた。それによると――わが国は、生物学的主権をもって領土的主権に置き換えるべく、他の国々に

拡散させる微生物を開発している。これは、わが国が被ってきた数々の歴史的な不当・不公正な仕打ちに対する厳正なる復讐の手段としてであり、従来の時間と空間の概念を覆すものとなる。遺伝子の変容は、わが国の国家としての性格と力を変容させるにいたった。いくつかの国々——そのアイデンティティが旧来の民族的価値観に基づいている国々——は、それこそひと晩のうちに消滅させられるだろう。一個の超遺伝子が超ウィルスと組み合わされるだけで、国家全体と国民とを短時間で破滅させることができるようになるのだ。だが、遺伝子をなくしてしまえば、我々はゼロからスタートすることができる。プレイヤーを変え、パワーの方向性を変え、強者と弱者の関係を逆転させることができる。世界の国々は、生物学的ポリティクスの領域で戦いを繰り広げ、人類はジャングルの時代に戻ってしまうことになる。ロックフェラーの面々は、この可能性を恐れ、その実現を阻止することにした。結果、世界の終わりが来る前に、生命の順位の覇権を握る戦いが始まり、国際的な衝突と制裁が出現する。『メディカル・ニュース』の論説の著者が唯一恐れているのは、この状況が現実の問題を解決することはいっさいなく、最終的に新たな世界戦争の勃発にいたってしまうはずだということだった。平和を愛する医療パンクたちは、こうした事態を憂慮し、戦争努力のために自分たちを犠牲にすることを望んではいない。

ドクター庭石が僕の手からさっと『メディカル・ニュース』を奪い取り、シャープペンシルであちこちの文章を丸囲みしはじめた。「いつの日か、現実の戦争が起こったあかつきには、大勢の人々の努力のもとに、ノーマン・ベチューン医師（中国・延安に渡って医療活動に従事したカナダ共産党員の医師。中国名・白求恩。中国での評価は今なおきわめて高い）が再臨して、我々の歴史に新時代を確立させることになるだろう」

僕はキョトンとした。「ノーマン・ベチューンって？」

「第二次世界大戦の歴史の流れを変えたカナダの医者よ」白黛が言った。

235

ドクター庭石が、当時の歴史について、もう少し詳しい解説を始めた。「ベチューンは当時すでに、遺伝子の問題に関して、我々は西洋人とは別の見解を持っているという事実を発見していた。そこには、それこそネアンデルタール人と現代人くらいのギャップがある――つまり、我々は言ってみれば人種的にも別の存在であって、西洋人たちとの間に相互理解の可能性はまったくないというものだった。これは文明の違いといった単純なものではない。最大のポイントは、我々が進化の過程の別のステージにいたということだ。第二次世界大戦時のドイツ人は、そのほかの西洋諸国の人々と同じ脳と身体を持ちながら、気づいてみると、文明的には相互対立のただ中に巻き込まれていた。あれは、同じ人種間の戦争だったということだね。一方、日本の合衆国攻撃に始まった太平洋戦争は別の人種同士の戦争だった」

「すると、ノーマン・ベチューンという人は、別のカテゴリーの人間だったということになるんですか？」僕は尋ねた。

「彼は人間を超えた超人だった。傑出した外科医だっただけでなく、もっと重要なことに、モラルの行動という点で、規範と言うほかない存在であり、真に偉大な人物だった。医療の分野において人がなしうる最高のレベルは、完全に純粋な無私の状態だ。いかなる私利私欲も打ち捨て、あらゆる独善的な考えを振り払わなければならない。こうした超人は、戦争という時期にしか現われないものだ」ドクター庭石の声と表情には、まぎれもない称賛の念が溢れていた。「ノーマン・ベチューンの再来は、我々が来たるべき世界戦争に間違いなく勝つだろうという希望を与えてくれる」

白黛《バイ・ダイ》はドクター庭石に鋭い視線を投げた。「思うに、今後到来するのは、人間同士の戦争ではなく、遺伝子やウイルス間の戦争でもない。ポスト遺伝子の時代に起こるのは、〝生命のない〟異質の生命体同士の戦争です。彼らは互いに破壊し合うことになるんでしょうか？　そう、あなたは、医師たちも死ぬと思っていますか？」彼女はついに、この決定的な問いを口にした。僕はようやく白黛《バイ・ダイ》がこのラボにやってきた理由を理解した。彼女は手がかりを探していた。

「どんな戦争がやってこようと、我々はそれに対して何の責任も負っていない。我々は新時代のアーティストなのだ」と、ドクター・アーティストが断固たる口調で言った。彼は手に持った『メディカル・ニュース』を打ち振った。「この号では、西洋諸国が構築したポストモダン社会の特集を組んでいる。言うところの極端を廃して寛容を歓迎しようというスタンスだね。連中は、最終的に〝グローバル・ヴィレッジ〟を作り出そうなどというナンセンスを撒き散らしているが、イデオロギーの対立はすでに経済協力に置き換えられている。トレードオフ（一方を追求すると、もう一方を犠牲にしなければならないという二律背反の状態）と両義性が国際関係を推進するテーマになっている。絶え間ない変化が続くこの時代にあっては、未来派のアーティストたちさえ、原因と結果の関係性の正確な論理的説明を提示しようなどという試みは純然たる愚行以外の何ものでもないという宣言を出すにいたった。しかし、医療パンクは超過激派のアーティストであって、そんなものに与《くみ》したりはしない。我々は、呪われたポストモダニズムの時代にとどめをさすことができるのだ」

ドクターの手から『メディカル・ニュース』が床に落ちた。

「〝ホームカントリー〟の考え方ももう廃《すた》れてしまったんですよね？」僕は慎重に尋ねた。

「かつて〝ホームカントリー〟であったものを誰が引き継ぐかということに関しては、病院間の最終戦争によって決定される！」ドクターは言った。「この戦いののちに立ち現われるのは、アップグレードされたヴァージョンの病院だ。理論的には、この戦いは、いかなる核戦争よりもはるかに慈悲深く、喜びに満ちたものになるはずだ。あらゆるものが、永遠の輝きの内に投じられる。これが、新たな〝始まり〟と見なされることがないなどと、どうして考えられるだろうか。ただ、残念なことに、ここにはアートが欠けている」

「患者はどうなります？」僕は尋ねた。

「患者というものは、もはやいっさい存在しなくなる」ドクターは平然と言った。

僕は不安に駆られて白黛《バイ・ダイ》に向き直った。「君は本当に逃亡したいのか？　君は、終わりの時まで病院にいたいとは思っていないいんだろう？」

「いいえ、私は絶対に逃亡を試みたりなんかしないし、この病院と運命をともにするつもりもない！」

僕が期待したのは、こんな答えではなかった。彼女がなぜこんなことを言ったのか理解できなかった。白黛《バイ・ダイ》の心の奥底の考えは依然として僕の心の奥には届かない。あるいは、単に、医師たちの前で真実を認めたくないというだけのことなのだろうか？　その瞬間、〝自由〟と呼ばれる概念が腐敗し死んでいく時がとうとうやってきたのだという感覚に襲われた。かつて、あれほど喚起的に思われた〝自由〟という言葉。医療パンクのボキャブラリーには、〝自由〟というものが入る余地はないのだ。〝自由〟など完全にバカバカしいものにしか聞こえない。〝自由〟と〝生命〟の間には何のつながりもない。医師がどのように死ぬのかを理解することが、人類の破滅を防ぐことになるというのか？　来たるべき世界戦争を回避する一助になるというのか？　白黛《バイ・ダイ》は僕を、わけのわからない思考のジャングルに放り込んだだけだった。僕はそこから逃げ出すどころか、さらに深く引きずり込まれていくばかりだった。

白黛《バイ・ダイ》の顔には鋼《はがね》のような厳しい表情が浮かんでいた。口の両側から下降していく深い皺が、彼女を、魂を呼び寄せる準備をしている巫女のように見せていた。彼女は一瞬のうちに二十歳も歳を取ったように見えた。僕は思わず何歩かあとずさって、彼女との間にスペースを作った。白黛《バイ・ダイ》は深刻な病を患っている若い女性なのに、ここ、病院にあって、本来なら国のリーダーだけが心配すればいい重要な世界的な数々の問題を憂慮している。彼女には、僕が今も理解していないところが実にたくさんある。僕たちの関係が続く限り、こうした状態がこれからもずっと続くのだろう。破壊の時が始まっても、僕たちは依然として最終的な診断をなされないままでいるに違いない。

そんなことを思いめぐらせているうちに、僕は、かなり的はずれな考えを楽しんでいる自分に気づいた。白黛《バイ・ダイ》が意図的に僕をテストしているということはないだろうか？　彼女が本当に考えていることは何だろう？　僕がこれまでの病院経験から学んだところでは、患者の言うことはいっさい信用してはならない。患者は常に、ほかの患者ひとりひとりの企みが何なのか、ほかの患者たちが何の病気にかかっているかを、解き明かそうとしている。それは誰がいつ死ぬかを予想するためで、それというのも、誰かが死んだ瞬間、そのベッドを横取りできるからだ。

しかし……白黛《バイ・ダイ》は本当に患者なのだろうか？

44
あのゴージャスな鳥は清潔な場所にいるのを好むだから、廃棄物保管室には近づかない

ドクターとの幕間の不穏な対話ののち、僕たちは微生物コントロール・ラボをあとにして、探索行を続けた。来たるべき世界戦争をめぐっての話に、僕の不安はつのっていくばかりだった。死体置場に通じる経路を発見するにはいたらなかったが、代わりに、緊急救出装備が置かれている隣に廃棄物保管室があるのを見つけた。保管室に積み上げられた黒いビニール袋の山からは強烈な悪臭が放たれ、室内のいたるところに、糞便や蛆虫、痰、尿、不要になった検体、動物の組織片などが散らばっていた。これらの廃棄物を残したのは患者なのか、それとも医師たちなのか。判定するのは困難だった。

息をするのも苦しくなってきた中、何かが僕の中枢神経系を刺激した。保管室の小さな楕円形の窓

の向こうに庭園が見えた。恐ろしい湿気に満たされた戸外の底知れぬ闇の深淵に広がる庭園は、アンドロメダ銀河を思わせた。鳥の檻が、はるか遠くに輝く点のように見える。指の爪ほどの大きさしかなかったとはいえ、それは何万光年も離れた暗い星のように感じられた。いつのまにか夜の帳《とばり》が降りていた。霧に包まれた谷間から鳥に似た動物が飛び立ったように見えたが、インド孔雀かどうかは判別できなかった。高まったり低まったりする誰かの歌声が聞こえてきた。患者たちがまたタレントショーをやっているのだろうか？　だとしたら、どうして僕を誘ってくれなかったんだ！　続いて、誰かが叫んでいるかすかな声が聞こえた。僕たちは廃棄物保管室から走り出て、自信のないままに、あちらへ、またこちらへと廊下を進んでいき、別の病棟で新たに死んだ患者を発見した。またも医師ではなかった。医師の死体でなかったことにがっかりはしたものの、同時に、なぜか、僕は安堵の吐息をついた。

「君たちはきっと、尾羽根を広げた孔雀を見にきたんだね」耳もとで、やわらかな、だが力強い声がした。「あのゴージャスな鳥は清潔な場所にいるのを好むから、廃棄物保管室には近づかないんだよ」

振り返ると、すぐ横にドクター・バウチがいた。腕を組み、あたたかくも厳しい表情を浮かべて僕たちを見ていた。彼は健康体の見本のようだった。皮膚は深い赤みを帯びて輝いている。落ち着き、リラックスしていて、ギリシア神話から抜け出てきた不死の人物さながら、いつの日か死ぬことがあるなどとはこれっぽっちも感じさせるところがない。僕は膝の力が抜けてしまった。何か言わなければとは思ったものの、まるで言葉が出てこなかった。その時、僕は、ドクター・バウチが、口にしないままに、あるメッセージを伝えようとしていることを感じ取った。**孔雀に比べたら、君たち患者は本当に汚《きたな》らしい存在だ。**

それを言うなら、病気という現象の陰に潜んでいるのもまた汚物だということではないだろうか？

これまで何度となく死体解剖をしてきたドクター・バウチは、この真実を十二分に知っているに違いない。メスをふるい、筋肉を一層また一層と切り開いて内臓をあらわにしていく過程で、現代医学の息をのむような美が明らかにされていく。

さらに多くの医師が続々と近づいてきた。アップビートで溌剌《はつらつ》と。病棟は、喧騒と浮き立つような興奮に満たされていった。教会での賛美歌の時間だとでもいうかのようだった。真夜中、医師たちはグループ体操をするために集まってきたのだ。アナウンサーがラウドスピーカーで号令をかける。院内はまばゆい白色光で満たされ、あらゆるものに降り注ぐ光がナイフのように部屋を切り裂いた。ユニフォーム姿で生き生きとした動きを見せる医師たちは、単に元気溌剌というだけでなく、これからもその勢いのままに前進しつづける準備ができているということを明瞭に示していた。長く生きれば生きるほど、さらに健康に、さらに意気高くなっていく医師たち。患者とは正反対に。こうして、医療弁証法の輪が閉じられる。医師たちが死ぬことがないというだけでなく、病院もまた同様に生きつづけていく。生きつづけることが、事実、あらゆるアートのうちで最も深いアートであることを示しつつ。それでも、今目の前にいる医師たちは、パフォーミングを——僕と白黛《バイ・ダイ》のためにプライベートショーを——やっているように見えた。彼らはいとも自然な動きを見せており、これ見よがしといったところは微塵も見受けられない。要するに、彼らには見せびらかす必要などまったくなく、単に観客が必要だというだけのことだ。

不安のあまり、汗が噴き出してきた。僕はドクター・バウチに笑みを投げた。白黛《バイ・ダイ》が僕の手をつかみ、その場から引きずっていった。

45　天の下は、ひとつの巨大病院

白黛《バイ・ダイ》はドクター・バウチから直接、治療を受けているので、彼のことは僕よりはるかによく知っている。入院病棟では何千人もの医療スタッフが働いているが、白黛《バイ・ダイ》はそのほとんどの名前も知っている。彼女はごく幼い時から、彼らの名前を記憶する作業を始めた。今は二十五歳――一日にひとりとしても、最終的に全員の名前を憶えられるということになる。だが、これはそうたやすいことではなかった。というのも、白黛《バイ・ダイ》は入院生活の大半の時間を、集中的な濃厚治療を受けて過ごしてきたからだ。こうした措置は時として、記憶機能に相当のダメージを与える。そこで、彼女は名前を憶えるためにあらゆる手段を用いた。紙に書く、ベッドのヘッドボードに刻む、絶えず名前を暗唱する。当初、彼女は、医師が死ねば、名簿から名前が削除されるだろうと考え、削除された名前をたどっていけば、どの医師が死んだのか、手がかりが得られるはずだと考えた。だが、これがいかに底の浅い思いつきにすぎなかったか、彼女は徐々に知らされることになった。医師たちの名は永遠に名簿に掲載されていて、彼女の考えはまったく機能しなかった。

「僕たちが知っているあれだけの数の医者と看護師の中に、本当のことを教えてくれる者がひとりもいないっていうのか？」

「これまで延々と尋ねてまわった」白黛《バイ・ダイ》が言う。「ドクター・バウチにも訊いた。でも、いったい誰がそんなことを患者に教えるっていうの？　医者はいつだって表向きは感じがよくて親切よ。医療上の知識ならどんなことでも教えてくれるし、元気づけてくれるし、アドバイスもしてくれる。だけど、そこには必ず、はっきりした一線がある。時間がたつうちに、ほとんどの患者にとって、医者と患者の関係は固定したパターンに落ち着いてしまった。神と人間の――とまでは言わずとも、主人と奴隷の関係、父親と息子の関係に似たものにね。それ以上に深い、内実のあるコミュニケーションはまったく存在しない。医療科学の分野でなしとげられた成果の数々のおかげで、ほとんどの医者は、患者は別の宇宙に住んでいるかのように、医者とは切り離された存在だというふうに感じている。単純に、理解患者を理解することはありえない。理解する基盤もなければ共通のグラウンドもない。単純に、理解するのは難しすぎるとしか言いようがないのよ」

僕自身も気づいていたことだが、実際、医師と患者では、話す内容にも大きな違いがある。医師の口から出てくるのは、分子標的療法のメカニズムだの、チロシンキナーゼ阻害薬だの、三次元放射線治療だの、遺伝的リスク要因だのといったことで、一方の患者が話すのは、どの薬が手頃な値段だとか、外科医に謝礼をしたあとでなお放射線治療の医師にも赤い封筒を渡すべきかとか、専門医に予約を取る場合、AとB、どちらのほうが賄賂の渡し甲斐があるかとか、そういったことばかりだ。また、看護師たちが患者をカテゴリー分け——普通の患者、情緒不安定な患者、自力で歩ける患者、生殖器損傷のある患者、ベッドから落ちるリスクのある患者——している一方、患者のほうも看護師を、一発で静脈に注射針を挿入できる看護師、笑顔の見せ方を心得ている看護師、若い看護師と年配の看護師、注意深い看護師と不注意な看護師などと分類している。

白黛は苛立った様子で、僕の手のひらを思いきりつねった。二十五年もの間、悲しみと痛みと不安と切望とを抑えつけられてきた結果、もうこれ以上待てないのだろうということを、僕は感じ取った。僕みたいな新しい患者なら、外の世界からの新しい情報をもたらして、自分の目的を達成する役に立つはずだ、これまで僕と一緒に過ごしてきたのは、その報酬だ——そんなふうに考えているように思えた。だが、僕自身が白黛との関係に期待しているのは、それ以上のものだった。

微生物コントロール・ラボをあとにしてから、気持ちが変化していた。全面的な破滅の脅威が頭上に漂っているような気がした。病院から逃げ出す気がなければ、残された道は、医師はどのように死ぬのかという謎を解くことしかない。新規の強力な細菌とウイルスによる生物学戦争——この前例の

243

ない災厄を回避するには、医師たちを全滅させる方法を見つけるしかない。これ以外に有効なオプションがないことを悟って、僕は背筋が震えるのを感じた。混乱に包まれて、僕は言った。「考えてみたんだけど、もしかしたら、僕の娘が助けになるかもしれない。娘は、君よりほんの少し歳下で、医師のアシスタントとして働くために家を出ていって、空飛ぶ看護師になったんだ」

「**医師のアシスタント？　空飛ぶ看護師？**　は！　それって、ただの愛人じゃない！　病院は患者が家族を持つことを禁じているけれど、医師はこっそり愛人を囲ってるのよ！　彼らが病気や死を免れることができるのなら、この特権を持っていてもおかしくない」

「つまり、娘を連れていった医師は、形式的には僕の義理の息子になるってことか？」僕は顔が赤くなるのを感じた。

白黛《バイ・ダイ》は僕に期待のまなざしを向けた。「要するに……そのコネクションを使って何か見つけ出すことができると考えてるわけ？」

「確かに……確かにそう考えてた」僕は小声で言った。「でも……どう説明すればいいんだろう。これは新たなパラドックスだ。僕の遺伝子がすでに変えられたことは知ってるよね？　だから、理論的に、僕は……僕はもう以前と同じ人間じゃない。彼女と僕はもう同じ家族の一員じゃない。これが意味するところは、その医師は実際には僕の義理の息子ではなくて、だとしたら、どうして彼を探し出して助力を頼むなんてことができる？　そもそも、彼の居場所を突き止めるだけでも、ひどく厄介な話じゃないか。お互いにまるで知らない人間なんだし、そんな人間を相手に、どうやってこの話を持ち出せばいいのかもわからない。しばらく考えてみるつもりではいるけれど……でも、こういった〝関係〟なんか使ったりしないのがたぶん一番いいんだろうな」

自分がどんどん萎縮していくのがわかった。ドクター・バウチはどうやって僕たちの行動を前もって知ったのか。これに応じて、ドクターは僕に対する治療の新しいラウンドを始めることになるのだろうか？　白黛《バイ・ダイ》は僕の手を放し、落胆もあらわに視線をそらした。僕は頭に血が昇るのを感じた。顔が真っ赤になったらどんなふうに見えるかは想像するしかなかった。

何を言えばいいのかわからなかったので、話題を変えた。「僕が今、何を考えているかわかるかい？」

「インド孔雀のことを考えてるんでしょ？」

「象のことを考えていた」僕は嘘をついた。実際には、僕の思考は、目の前にいる女性をめぐって揺れ動いていた。どうすれば優位を保てるか、どうすれば面目を失わずにいられるか。だが、劣等感は大きかった。僕は決して、自分の尾羽根を広げることはできないだろう。

「ふうん、インド孔雀のことを考えてはいなかったと……」

「もう少し正確に言うと、象がどんなふうに死ぬかということを考えていたんだ」僕は冗談めかして象のポーズをとり、両手で鼻と牙の形を作ってみせた。子供っぽい仕草でムードをやわらげたいと思ったのだ。「陸上の哺乳動物の王者として、象はかなりの高齢になっても堂々としていて、パワフルな状態を維持しているけれど、でも、死の直前になると静かに群れを去っていく。一歩一歩ゆっくりと足を運びながら、決して後ろを振り返らずに歩いていく。だけど、これまで象が死ぬところを見た者はいない。象が埋められている場所を発見した者もいない」救急処置室から――長いプラスチックのチューブを鼻腔に挿し込まれて――出ていく、あの年老いた患者たちのイメージが眼前に浮かんだ。

「ブラザー楊《ヤン》、あなた、私たちは医者たちが埋葬されている場所を決して見つけられないと言いたいの？」

白黛《バイ・ダイ》が悲しい顔をしているのを見ていると、不思議な歓びの感覚が湧いてきた。だが、手放しで心の底からハッピーな気分になることはできなかった。彼女にこう言いたかった。**そのとおり、それは達成不可能なタスクなんだ**。それに、たとえ埋葬場所を見つけたとしても、それが僕の痛みをどうやわらげてくれるというのか。男性の患者として、僕にはそれよりもっと大きなタスクがある。それは、この女性の患者を慰めてあげることだ。いつもいつも白黛《バイ・ダイ》に慰められる側であってはならない。

だが、僕にできることは何もなかった。頭の中で、こんなふうに想像して、ようやく、ほんの少し、自分を慰めることができただけだった。……疲労困憊の極にいたる長い探索のはてに、僕たちはついに、人間の死体の山を発見する。エベレストよりも高く積み上がった白衣の死体の山。その山の麓《ふもと》にいる二体の操《あやつ》り人形のような、手をつないだ僕と白黛《バイ・ダイ》。僕たちは息を止めて、死体の山を見上げる。ほとんど首が折れそうになるほどの角度で上を見上げる。だが、実のところ、自分たちが見ているものが何なのか理解することができない。経典を手に入れるために西域に旅をした僧侶と猿のように、数えきれない困難と危機をくぐり抜けて、ようやく〝霊山〟の麓に到達したというのに、結局、そこに登ることはできないのだ。

もしかしたら、この街の片隅のどこかに、医師たちのための秘密の墓地があるのかもしれない。あるいは、殉教したすべての医者のための共同の墓が。白い墓石が地平線を飾るその場所は、当然ながら、病院の死体置場とは異なっている。たとえ、死体の山を探して世界の果てまで歩いていったとしても、そんなものが決して見つからないことは、僕にはよくわかっている――仏陀が決して僕を受け入れてくれないことも。

「飛行機に乗ってはるか遠くの地まで行ったとしても、僕らが行きつくのは、どこであれ、結局のところ、依然として病院の一部なんだ。天の下は、ひとつの巨大な病院なんだ。持てる限りのエネルギーを注ぎ込んでも、医者たちの墓を見つけるのは、西国から経典を取ってくるより千倍も難しいんだ」

その時だった。奇妙な考えが脳内に閃いた。医師たちがどのように死ぬのかを突き止められないとしたら、医者をひとり殺してみるというのはどうだろう？

46　偉大にして栄光に満ちた、そして絶対的に正しい病院代表者

冗談半分とはいえ、要塞化された病院のどまんなかで、こんな考えを弄《もてあそ》ぶのは、疑問の余地なく、自殺行為に等しい。それでも、医者を殺してみるという、この考えが頭に浮かんだ瞬間から、僕はもうそれを手放すことができなくなってしまった。ドクター・バウチを誘拐して、真実を明らかにせよと迫ってみようかとさえ思った。ドクターが真実を話すのを拒否したら、殺すのだ。僕にはこれをやってのける自信があった。これは、医師がどのように死ぬのかという問いに充分な証拠を提供するものとなるのではないだろうか。

この計画は、白黛《バイ・ダイ》に提案しなくてはならない。そもそも、彼女が実行するのが一番いいのだから。でも、どうやって持ち出せばいいんだろう？　ごくシンプルなプランなのに、提示するのは極度に難しい——時に、そういうこともある。

以前、外来病棟で目撃した自爆攻撃のことを思い返してみた。あの攻撃のターゲットが医者だったのか、巨大製薬企業の代理人たちだったのかは結局わからずじまいだったものの、死者が複数名いたことはほぼ間違いなかった。しかし、ドクター・バウチのように、自分の仕事をこのうえなく真摯にとらえている医者を、僕は本当に殺したいのだろうか？　ドクター・アーティストやドクター庭石、もしくはドクター・バレリーナのほうが、ターゲットには、よりふさわしいと言えるのではないか？

こんなことを考えているだけで首筋に汗が滴り落ちてくるのが感じられた。

しかし、その後の白黛《バイ・ダイ》に、思い悩んだり逡巡したりする様子はこれっぽっちも見られなかった。そ

して、僕が、医者を殺すというアイデアを持ち出すチャンスを見つけ出すより早く、病院代表者兼市長に医師がどのように死ぬかの説明を求める手紙を書こうと言い出した。一般人がこの質問に答えられるとは思えないので、それなら、トップにいる人間にダイレクトにアプローチすればいいというわけだ。彼女はまだ過激派テロリストにはなっていないようで、僕はほんの少しがっかりした。

病院代表者を見たことがある者、どこにいるのかを知っている者はいなかった。彼はいわば伝説の存在であり、彼をめぐっての話だけは病院じゅうで語られていた。患者たちが話しているところでは、彼は、病院という巨大な船を操作するのに不可欠な、飛び抜けて有能な管理運営のスキルを持った人物だった。病院の名をブランド化するために国じゅうに知れわたった有名な医師たちを集め、医療テクノロジー部門のパフォーマンス管理を徹底的に改革し、種々のポジションのスタッフの給与体系を完全に見直した。原価を大幅に低減させるために低コストの様々な手法を駆使し、これが次々と全体のパフォーマンスに多大なブレイクスルーを生み出していった。ほかの面ではほとんど変わることのない同種の大企業と、マネジメントの点で決定的に異なった目標を設定し、実践していった。彼は、受動的な宣伝広告から口コミによる積極的なプロモーションへと移っていく時代の変化を的確に見通し、この病院を効果的に、時代の中心に、そしてトップの地位に持っていくことに成功したのだった。

白黛《バイ・ダイ》は封筒の表に彼の名前を書いた。以前、『メディカル・ニュース』に載っていた彼の名前を憶えていたのだ。病院代表者に手紙を送る――これは本当に大胆かつ、ある意味、無謀な行動だったが、白黛《バイ・ダイ》自身は結果には何の不安も抱いていなかった。これまでずっと、医師たちが、自分たちの死にかかわる真実を隠してきたのなら、それはきわめて重大な侵犯行為に当たる。白黛《バイ・ダイ》はそう確信していた。一方の僕は、病院当局が怒りのあまり、白黛《バイ・ダイ》に医療行為を提供するのをやめるのではないかと、心配でならなかった。だが、六カ月後、誰も想像できなかったことが起こった。白黛《バイ・ダイ》のもとに、病院代表者その人からの手書きの返事が届いたのだ！　この大人物は、白黛《バイ・ダイ》の情熱溢れる探求精神に称賛の念を表していたが、続けて、適切に休息をとって自分の病気治療に専念するようにと諭《さと》していた。最終的には、「身体こそがすべてなのです」と記し、白黛《バイ・ダイ》に、もう庭園には行かないようにとアドバイスしていた。理由は、花粉がアレルゲンとなって、彼女の回復に有害な影響を及ぼす懸念があるからということだった。

最後まで読み終えると、白黛《バイ・ダイ》は手紙を片手でグシャッと握りつぶした。長い間、ひとことも発しなかった。彼女が何を考えているのか、僕には見当もつかなかったが、その表情にはひどく不安にさせられるものがあった。今や、彼女の存在は、病院代表者が知るまでになった。彼女が出した手紙は、逮捕命令が下される結果になっても当然というものだったが、それをしなかったところに、代表者の慈悲深さ、寛大さがはっきり現われていると僕は思った。おそらく彼は、病院への忠誠心を失った医師たちでさえ許すのだろう。彼は間違いなく、来たるべき世界戦争がいかなる結末を迎えるか、誰が勝者になるのかを知っている。みんなが言っているように、彼は究極のパンクであり、アーティストの中のアーティスト、真のアーティストなのだ。

同時に、この出来事は僕を怯えさせた。病院代表者が、患者全員の名前が載っている――もちろん僕と白黛《バイ・ダイ》も含まれている――台帳を所有していることは容易に想像できる。白黛《バイ・ダイ》への返事に見られる大らかなマナーは、自身の偉大さ、栄光、絶対的な正しさを見せつけるものにほかならない。患者たちがやっているささやかなゲームなど、すべてお見通しなのだ。彼には全能の仏陀を思い起こさせる面がある。僕たちがどれほど抗《あらが》おうと、彼の掌《てのひら》からは決して逃げ出すことができないのだ。僕らを逮捕させたり、医療へのアクセスを中断させたりということはないものの、だからと言って、それが僕たちの行動を許しているということにはならない。医者たちが死ぬかどうか、その秘密が公にされたら、いったいどんな混乱が解き放たれることになるか、考えてみるだけでいい！　代表者が驚異的な労力を費やして築き上げてきた病院のイメージがはなはだしいダメージを受けるだけでなく、最終的に、患者たちにも同じような危害が及ぶことになるのは絶対的に確かなのだ。

すでに半年以上の時間がたつが、医者を殺すという考えをひそかに楽しんでいたことを思い出して、僕は恐ろしくなりはじめた。僕は厳しい顔を白黛《バイ・ダイ》に向けた。「医者たちが死ぬなんてことが本当にあるのか？　いいや、そんなことがありうるとは思えない。医者が患者の見ている前で死ぬなど、完全に非論理的だ。彼らは病気になることもない。あれだけの数の患者がいて、医者の数は常に不足している。たったひとりの医者が病に倒れて、担当する患者たちを治療できなくなったら、それだけでどんな破局的な事態になるか。病院にさえ想像もつかない、破滅的な出来事の連鎖が引き起こされるのは間違いない。君自身、以前、同じことを言っていなかったか？　要するに、そんなことは絶対にありえないと僕は思う。医者たちが普通の人間だということは考えられない。たとえ将来、戦争があるとしても、彼らは絶対に生き延びる。戦いが続けば続くほど、負傷者を治療するためにも、さらに多くの医者が必要になっていく。そうじゃないか？　〝死〟という言葉は彼らのボキャブラリーにはない。あるのは〝終わり〟だけ。そして、その終わりは始まりにすぎないんだ」

僕が白黛《バイ・ダイ》に伝えようとしたのは、病院代表者は、彼独自の形で、彼女に穏やかながらも公式の警告を与えようとしているということだった。だが、白黛《バイ・ダイ》は僕の言うことを聞いていないように見えた。彼女は微動だにせず立ちつくし、深い思考の底に沈んでいた。

医師と患者たちの間に、理解し合えないという越えられない深淵があることに、疑いの余地はない。将来、遺伝子や生命そのものが消滅させられた、そんな世界に僕たちが到達するとしたら、いったい誰が、医者が死ぬかどうかなど気にするというのか。来たるべき戦争のポイントは、いったい何なのか。だが、こういうことは大半の患者には決して理解できないことなのだ。

僕は鬱屈した気分で部屋に戻った。もう二度と外に出たくなかった。病院の庭園にさえ行きたくなかった。僕は、良き患者らしく、治療に専念することにした。重要なのは、とにかくトライすること、そしてできるだけ早く回復することだ。ということで、僕は、ほかの患者たちとベッドを奪い合う戦いに再度、加わった。散々に打《ぶ》たれて血だらけになったものの、最終的にベッドを確保した。

傷だらけでベッドに横になっていると、死の間際にいるような気がしてきた。白黛《バイ・ダイ》が僕の看護をするためにやってきた。彼女から逃れることはできそうにない。だが、病人や怪我人の面倒を見るのは、彼女の得意とするところではない。フラストレーションがつのったり、僕にうんざりしてきたりしたら、彼女は僕を罰しようとするかもしれない。

47 自分が病んでいると証明できるのは生きている者だけ　死者は治療を受けることさえできない

白黛《バイ・ダイ》が僕のもとにやってきたのに何か秘めた動機があることはわかっていた。それは言うまでもないことだった。そもそも、白黛《バイ・ダイ》は、患者の排泄介助や体位変換といった看護の基本さえよく知らないようで、実際の手つきも何ともおぼつかないものだった。ただ、彼女が猛々しい表情を浮かべて僕のベッドの隅に座っているだけで、ベッドを横取りしようとうかがっているほかの患者を近づかせないでおくには充分だった。

「ブラザー楊《ヤン》」白黛《バイ・ダイ》は言った。「あなたは大きくて力も強い、立派な大人だわ。どこか、私の父を思い起こさせるところがある。なのに、ああいうふうに親しい間柄になりはじめていた時に、どうして逃げ出すなんてことができたの？　私、代表者の手紙を注意深く読み返してみた。彼は、庭園には近づかないようにと言ってるけど、死体置場のことは何も言っていない。私たちの探索に、何らかの余地を残しているのは明らかよ。彼の意図は何だと思う？　たぶん、彼は近づきつつある危機を感じ取っていて、私たち患者に、少しばかり状況を揺さぶってほしいと思っているんだわ。これに関して、彼自身は何ひとつ公然と言うわけにはいかない。でも、私たちが行動をやめてはならないことははっきりしている」

僕は黙っていた。白黛《バイ・ダイ》にこのまま横にいてほしいのか、目の前から消えてほしいのか、自分でもわからなかった。

「ブラザー楊《ヤン》」白黛《バイ・ダイ》が続ける。「あなた、そんなに死ぬのが怖いの？　肉切り包丁を持ってあなたを追いかけてくる者なんて、どこにもいやしない。《医療の時代》に彼らが行なうのは、あなたが生きつづけるのを確実にすることだけ。あのドクターも、一番大事なのは命だって言ってなかった？　たとえ、あなたが生きていたくないと思っても、あなたは生きつづけなければならない。これが《医療の時代》のハードな論理なのよ。自分が病んでいると証明できるのは生きている者だけ、死者は治療を受けることとさえできない。私に関する限り、生きているということは、やりたいことをやるというのを意味している。ブラザー楊《ヤン》、あなたは、そういうふうには思わない？　恐れることは何もない。人間にとって一番重要なのは、何が起ころうとも、人間らしく振る舞うことよ。それなのに、あなたはなぜいつも、亀みたいに頭を甲羅の奥に引っ込めてるの？　あなたは象みたいになりたいって言ってなかった？」

白黛《バイ・ダイ》の頑固さに抵抗するすべはなかった。僕は恥ずかしさでいっぱいになって、頭を垂れた。部屋じゅうの男性患者が、僕と白黛《バイ・ダイ》の関係を妬んでいる。彼らは恐れと期待に包まれて、耳をそば立てていた。

「まだ授乳期だった時、私には、交感神経作用アミンが結合されたミルクが投与されていた。この薬物は、心拍を増大させて、脳の機能をスピードアップさせる興奮剤反応を引き起こした。そんな興奮状態の中で、私は同じいくつかの疑問について考えつづけた。あらゆる人が病んでいるのなら、病気にかからない人間など存在していないということではないか。でも、あらゆる人が健康的に見えるとしたら、誰が病んでいるのかを、どうやって識別すればいいのか。これはパラドックスだ。私は、このパラドックスの解決に生涯を捧げることにした。そして、このパラドックスの核心にあるのが、医者はどのように死ぬのかという問題だった」

僕は猛烈な劣等感に襲われた。僕は授乳期のことなんか何ひとつ憶えていない。「医者が絶対に死なないとしたら」と、僕はつっかえつっかえ言った。「彼らは全員、病気にかからない人間だということを意味してるんじゃないだろうか？　そして、そのことが、彼らと病人を区別するヒントを与えてくれるんじゃないだろうか？」

白黛《バイ・ダイ》の目がパッと輝いた。「だとすれば、あらゆる人が病んでいるという病院の基本的なテーゼが成り立たなくなる」

僕たちは沈黙した。目の前には、不条理きわまりない現実、決して解くことのできない謎があった。この世界の基本的な特性は、執拗に人々を弄《もてあそ》びつづけることだ。永続性なき土壌から生え伸びた生命の樹は、花開きこそしたものの、その果実は暗く苦いものであることが明らかになった。生命は実在しているのか？　それとも、単なるイリュージョンなのか？　医師たちが死ぬことができず、僕たちがこんなふうに生きつづけさせられるのであれば、この狂った世界は間違いなく、まもなく破滅の（あるいは終焉の）時を迎えることになる。

僕は白黛《バイ・ダイ》に向けて無理矢理に笑顔を作ってみせた。「オーケー、医者が死ぬことができるかどうかをめぐって思いついた新しいアイデアがいくつかある。もしかしたら、これで、君の疑問の一部は解決されるかもしれない。以前、君は、医師たちは全員、エイリアンかロボットの可能性があるんじゃないかと言ってたよね。彼らは絶対に人間じゃない。けれど、神でもない。ということは、もう半分、答えは出てるってことじゃないか」最初、自画自賛に近い感覚に包まれた僕だったが、すぐに、我ながらどうしようもないやつだと思いはじめた。

白黛《バイ・ダイ》は目を見開き、憤《いきどお》りと驚きのないまぜになった険しい視線で僕を見つめた。「ブラザー楊《ヤン》、そんなこと、冗談でも口にしないで！　これがハリウッドのSF映画だとでも思ってるの？　医者が火星からやってきたエイリアンかロボットですって？　これまで聞いた中で一番子供じみた話だわ！　この世界に救世主はいない。病んだ身体を治療するために病院を設立した責任は人類にある。人間は、病気は治療することができると信じていた。でも、状況は劇的に変化して、病院が人間を支配することになった。外的な圧力はいっさいなかった。何ひとつ、強要されたものはなかった。病院の存在を、エイリアンかロボットの仕業にするなんて、あまりに単純でいい加減で雑で臆病な考えとしか言いようがない。ブラザー楊《ヤン》、そんな意気地のない情けない考えは今すぐ捨ててしまって！　あなた、私たちの国の有名なソングライターのひとりじゃないの！　これまでずっと歌を書いてきた中で、私たちの国がロボットかエイリアンに作られたなんて、一度でも本気で考えたことがあるの？　もちろん、そんなこと、あるはずがない。この世界のすべては人間の手で作られたのだから——一度に一個ずつレンガを積んで」

「何もそこまで……」僕自身は、僕のアイデアが白黛《バイ・ダイ》が言うほどに的をはずしているとは考えていなかった。だが、死体置場は、人間の自称社会改良家によって作られ、文明化された社会のシンボルとなった。僕としては、自分のスタイルに新しい命を吹き込むために、死体置場をテーマにした詩を書くことに専心すべきなのかもしれない。

白黛《バイ・ダイ》が口を閉ざす様子はなかった。「医者たちがどんなふうに死ぬのかを突き止めることが、この謎の底に到達できる唯一の手がかりになる」話しているうちにも、怒りと苛立ちがどんどんつのっていくようだった。「医者たちが死ねないということが判明したなら、あらゆるものを真にコントロールしている力がどれほど強いかがはっきりとわかる。それ以外のものは、その力に比べたら、あまりに弱いとしか思えない。この世界の、それ以外のすべては、バラバラに崩れ去ってしまうことが運命づけられている。私たち全員を埋葬する墓場の一部になってしまう。これが何よりも恐ろしい危機よ。私の全人生は、この問題を証明することに向けられてきた。私は、この謎の底に到達しなければならない。死を恐れているからじゃない。実際に、大勢の人が死にたいと思っている。ブラザー楊《ヤン》、退却してはだめ。あの日、私が声を上げて、この謎の答えを求めた時、あえて私の側に立とうとしたのはあなただけだった。あなたは逃げ出そうとしなかっただけでなく、私と一緒に庭の鳥の檻を見にいった。これに私がどれほど感動したか、言葉では言い表わせないわ。ブラザー楊《ヤン》、あなたは私とは十五歳しか離れていない。あなたは実際、そんなに年寄りじゃないし、今も心は若い——これが一番重要なことよ。底の底まで落ち込んでいた時期の私に、あなたは希望を示してくれた。あと少し、諦めずに頑張ることはできない？　この病院は死へのゲートウェイだけれど、ラッキーなことに、私たちは二人一緒に、その戸口に立っている。私と一緒に、あと一歩を踏み出すことはできない？」

白黛《バイ・ダイ》は僕の手を強く握った。彼女の皮膚の下に熱い溶岩が溢れ、五つの手術痕から噴き出そうとしているのが感じられるような気がした。この精妙なフィジカルな感覚が、僕をメンタルな葛藤へと導いていった。結局、僕はただうなずくしかなかった。

これを見たほかの男性患者は全員、落胆の色をあらわにした。

48　医師－患者の関係とジェンダーの関係

傷が治ると、僕は臆病さを克服し、再び白黛《バイ・ダイ》とともに病棟の外に出て、医者が死ぬかどうかを探求する彼女の旅に同行しようと決意した。白黛《バイ・ダイ》の前に立つと、彼女がこの病室でただひとりの女性患者であるという事実が僕たちの未来への鍵であるかのように感じられた。僕は、たとえ一介の患者にすぎないとしても、男性らしい行動をとる必要があると思った。

僕たちが再び〝死〟の意味をじっくり考えるようになりはじめたのも、その頃だった。以前にも一度、死をめぐって考察してみたことがあったが、その時は長続きしなかった。言うまでもなく、何もかもが馬鹿げていて不快だったからだ。病院は、建て前としては、この国を救い、その存続を保障する責任を負っていることになっているが、僕たちの関心の核心にあるキーワードは〝死〟だった。病院の最も重要なテーマは死そのものなのだ。

これがはっきりしたのは、VIP患者専用の特別病棟を訪れてからのことだった。医療の分野でさえ、実際、死の形はひとつにとどまらないと言われている。呼吸と心臓の停止はもはや、公式の死を決定づける上で最も重要なファクターではなく、脳の機能の喪失も同じく、真の最終的な死を示すものではない。意識の本性とは何なのか。脳死状態の人間が死体とどの程度異なっているのかに関しては様々な見解があり、延命テクノロジーの定義そのものに触れるテーマとなっていた。ただし、病院では、こうした話題はトップシークレットと見なされ、公に議論されることはなかった。究極の破滅は来たるべき戦争と密接にかかわっている。この戦争では、すべてが終わりを迎える。まさしくこれが医師たちの意識をとらえ、彼らをパンクになるよう誘導している最大の要因だった。

僕たちは依然として、ひとりの医師の死体も見つけていなかったが、それは、我々人間が、有史以来、何千年もの歳月を経てなお、〝死〟の意味するところを本当には理解していないという理由によるものだ。当初、我々は遺伝暗号を解き明かすことで、それなりの進歩がなしとげられるものと考えていた。だが、今もなお、いくつかの決定的なポイントで足踏み状態が続いている。エントロピー理論は、死がエントロピーの過程の最終ステージであることを自明の前提としているが、しかし、その核心たる本性を説明できていない。どうして、エントロピーが存在していなくてはならないのか？　どうして、生はかくも難しく、かくも疲れるもので、かくも惨めでなければならないのか？

　もしかしたら、僕たちが見た、グループ体操をやっていた医師たちは、すでに死んでいたのではないのか？　病んでいることはイコール健康であるということを明らかにしたロジックと同様、生きていることは同時に死んでいることではないのか？　だが、僕たちは患者であり、アクセスできる情報には限界がある。それが、生と死の間にある、曖昧で混乱をもたらすことの多い境界線の識別を困難にしている。この結果、通常の患者は死を一種のタブーと見るようになった。だが、同時に、そこにはひどく矛盾したものがあった。というのも、患者たちは死の話題を避けようとしながら、常にそれに引き寄せられているからだ。この点に関して、白黛《バイ・ダイ》は、仏法を遵守して精神の向上を目指す修行者のようなアプローチをとっていた。彼女にとって、何よりも重要なのは、死の本性を理解することだった。人間は最終的に死から逃《のが》れることはできない。死は、この世界における最も自然な現象であり、たとえ、この話題を避けたとしても、死が到来した時に、その現実を避けることはできない。生きてもいなければ死んでもいない――はたして、そんな状態はあるのだろうか？　いずれにしても、白黛《バイ・ダイ》は現実には仏教徒ですらない。

　仏教の経典では、エントロピーについてはいっさい論じられていない。シンプルに、人間の命の長さは、カルマ（因果・業）と、それぞれに定められた生の時間によって決まると述べられている。死は、各人がそれぞれのカルマを使い果たすか、定められた生の時間を生きつくした時に到来する。死に際して、人が遭遇する領域は四つある。外部の者から見ると、この四つはどれも患者の呼吸が止まったことを示しているだけだが、死んだ当人の側では、どの領域に入るかによって、それぞれ根源的に異なる主観的な体験が生じる。ごく少数の精神的に覚醒した者にとっては、死は痛みも苦しみもない事象だが、大多数の一般人の場合は、死が訪れる前に、極度の苦痛に苛まれる時期がある。そうした人々にとって、遭遇する領域はアヘンと果てしない薬剤に満ちみちた広大無辺の部屋のようなものだろう。

巷間《こうかん》言われるところでは、仏教の修行者は、厳しい行《ぎょう》を介して、主観的に死の本性を変容させることができると考えられている。つまり、修行は医療科学と同じ結果をもたらすことができる。

それでは、我々一般市民はどうだろう？　現代の医療科学は僕たちの運命を変容させることもできるだろうか？　とてもそうは思えない。現時点では、この現状にどうアプローチすればいいのか、白《バイ》・黛《ダイ》にも僕にも何も考えつかなかった。まずは、死体置場の周辺を調べて、何か手がかりになるものを見つけられないか探ってみるほうが、得られるものがありそうに思えた。

僕たちは広大な円を描くようにして——地球を端から端までぐるりと一周したと感じられるほどに——病院じゅうを歩きまわった。だが、死体置場を発見することはできず、結局、廃棄物保管室に戻ってきただけだった。疲労困憊し、べとつくゴミと汚物の山の真ん中に肩と肩を寄せ合って座り込み、息を整えようとした。白黛《バイ・ダイ》はタバコを取り出して吸いはじめた。部屋の壁には、人間の内臓の公式の模式図がかけられていた。座ったまま、それらの図をぼんやりと眺めているうちに、いつか、意識を失う寸前のような朦朧とした半睡状態に陥っていった。床の上に転がっているオランウータンの死体の肉片が、まだ生命の名残りに脈打っているように見えた。胸の中に熱いエネルギーが湧き上がってくるのが感じられた。内臓の図の上に、鍼《はり》治療に使われる人間の経穴《つぼ》の白黒の図がかかっていた。その図に描かれた蓮華座に鎮座している陰と陽の輪が回転しはじめ、やがて、冷と温を交互に繰り返すひとつの炎に収束していった。その炎を除くと、部屋はからからに乾ききった荒野のようになった。僕たちは火星にいるも同然だった。生命なきゴミの山の裾野に座り込んだ僕たちは、この宇宙に二人きりしかいない孤独な魂のようだった。

しかし——僕たちの内に徐々に、翼を広げたいという衝動が生まれはじめた。

そして突然、不思議な力に突き動かされて、僕たちは互いに引き寄せられ、絶望的な思いに駆られて抱き合った。これを逃したら、もう二度とチャンスはないとでもいうかのようだった。この時の僕には、この廃棄物保管室が庭園の鳥の檻のような気がしはじめていた。いや、そうじゃない——あの看護師のラウンジでもない、これは死体置場だ！　僕は死にかけているんだろうか？　まだ死んでいないとしても、もう手遅れなのではないか。心臓が燃え上がる中、僕は白黛《バイ・ダイ》の患者衣を剝ぎ取った。その下に、彼女は何も着ていなかった。続いて、僕は、ひょいと、彼女の黄色味がかったクリーム色の体の中に入った。娘を犯しているのだと想像して、自分を興奮させた。**僕は彼女をレイプしているんだ！　自分の娘をレイプしているんだ！　メスの孔雀をレイプしているんだ！**　白黛《バイ・ダイ》の全身の暗赤色の手術痕に舌を挿《さ》し入れ、強いニコチン臭の染み込んだ手術痕を熱に浮かされたように舐《な》め、その奥にある内臓を発火させようとした。僕の体じゅうの毛穴という毛穴が叫び声を上げ、小さな白い泡が波のように溢れ出してきた。自分の体から放出される生命の恐ろしいエコーに不安になった僕は、何とか引き返さなければという瀬戸際まで来てしまったが、結局、そこで見出したのは、僕を押しとどめようとする外的な力はいっさいないという落胆にも似た感覚だけだった。僕はまだ生きていた。

それから一分もたたないうちに、僕たち二人は悪夢から覚めたかのように、不意に動きを止めた。自分たちがやったことへの恐れに包まれ、これからやってくるであろうことに怯えながら、横向きに転がった。そして、その瞬間、啓示に打たれたように、僕は理解した——僕は白黛《バイ・ダイ》を治療していたのだ！　何という行きあたりばったりの、しかし決定的な発見だったことか！　のちになって、白黛《バイ・ダイ》も僕に告白した。あの瞬間、自分も同じ感覚を抱いた、僕を治療していたかのような感覚に襲われたと。

深刻な病弊に苦しんでいた僕たち二人は、自分たちの体を使ってお互いを治療し合っていたのだ。僕病棟の外に出て庭園の鳥の檻を見ていた時から、僕たちはウォームアップを始めていたのだろう。

は彼女の医師であり患者だった。そして、白黛《バイ・ダイ》は僕の医師であり患者だった。僕たちが、支配者と臣民とを、父親と息子とを分ける自然の障壁を打ち破るには、たったひとつの考えで充分だった。医師と患者はしばしばジェンダーの関係に似た混乱した迷路に陥り、それぞれの役割を絶えず取り替えざるをえない状況に追い込まれる。患者は医師になる資格を得られる唯一の存在なのだ。それなのに、治療は決して終わることがない。少なくとも、一方が境界を越えて死の領域に入ってしまうまで。その人物のアイデンティティは、死が到来した時に初めて、最終的に確定される。死者はすべて患者だ。医師が死ぬことができるかどうかというのは、命題として誤っている。答えがすべてを明らかにしている。

それにしても、この相互治療は厳密に言って、いったい何なのだろう？　外見的に見ても、遺伝子治療や遺伝子の完全排除といった戦略とは違いすぎる。

その時、ドクター・バウチが現われた。彼が、この行為をやめさせるために来たのだとしたら、僕たちの目から見ての見解ではあるけれど、これは淫乱な行為というのとは程遠いのではないだろうか。そういう表現は実態とはかけ離れている。そもそも、僕たちが本来の意味での性的な結合を果たしたと言える可能性はゼロに等しい。僕たちは単に新しい治療方法を試していただけなのだ。実際、クライマックスにいたることもなかったし、さらに言うなら、たいした興奮があったとも思わなかった。この不品行な行為を罰するものとしては、血管に注射針を刺されたような、ソテツの鋭い棘が突き立ったような、そんな、なかなか消えることのない痛みがあっただけだ。僕たちは麻酔剤さえ打ってはいなかった。

ドクター・バウチは、僕たちの間に起こったことをすべて、事細かに観察していたに違いない。だから、僕たちは相互治療を途中でやめた——というより、やめざるをえなかったのだ。僕たちの行為は、入院病棟の規約で禁じられているものだったのだろうか？

僕は顔を真っ赤にしてドクターに説明しようとした。「僕たちは……子供を作ろうとしていたわけじゃありません」白黛《バイ・ダイ》はひと言も発せず、うなだれただけだった。

「わかっている」ドクター・バウチは動揺したふうもなく言った。「君たち二人は、オールド高《ガオ》とリトル李《リー》とは違う」

「僕たちは……僕たちは治療をしていたんです」

「君たちは、ついに真理を知ったんだな」ドクター・バウチは、どこかぼんやりとした事務的な口調で言った。僕たちの行動は予期されたものだったというかのようだった。だが、彼は、それ以上の何かを心の内に持っていた。彼の顔には、何とも説明しがたい不思議な表情が浮かんでいた。そして、その時突然、僕の頭に真相が閃いた。たった今起こったことはすべて、前もってアレンジされたものだったのだ。これが、病院の治療計画の一環だったことは疑いようがない。セレモニーは終わった。テストは成功したのだ。

だが、それはまた、さらに大きなテストの始まりを示すものでもあった。

その時点から、白黛《バイ・ダイ》と僕は引き離された。彼女は救急車に載せられ、別の病院に運ばれた。そこでは、彼女はもはや患者ではなかった。新たな立場は実習医——彼女は公式に、病んだ者の治療を始めることになった。そう、患者は医師に変容することができるのだ！　《医療の時代》には、すべての患者が医師になるポテンシャルを持っている。我々全員の内に、まどろんでいる医師がいて、目覚めさせられるのを待っている。ずっと目の前にあったのに、僕は単に、それに気づくことができなかった。いかなる機序によるものか、あの相互治療のセッションが僕たちの内なる自然の才能ないし、まだ栓をあけられていなかった能力を目覚めさせたのだ。医師と患者の関係は、ただの細菌と宿主の関係のようなものではなかった。それは、純粋でシンプルな共生の関係だった。人間と神（ないしデミゴッド）は相互変換が可能なものであり、当然ながら、どちらも悪鬼の役割を演じることもできる。

白黛《バイ・ダイ》と僕はともに、病院の存在する理由（そして存続する理由）は、さらに多くの病気を継続的に作っていくことだと気づいていた。病気がなければ、病院は活動を続けていくことができない。この意味で、僕たちは、あの廃棄物保管室での相互治療によって、この世の究極の病弊を作り出した。そして、あの時に僕たちが作り出したのは、この世の究極の病弊であると同時に、その最も効果的なワクチンでもあった。まさにこれこそが、真の意味での治療であるということだ。僕たちが、このきわめて珍しい形態の治療方法を通して得た貴重な体験は、これから臨床の場に応用していくことができる。病棟のほかの患者たちは、まだ闇の中に取り残されたままだった。

49　治療の本性

僕は白黛《バイ・ダイ》とともに別の病院に送られることはなかった。そのまま、この病院にとどまるよう命じられ、同時に実習医に昇格した。僕は心から喜んで、この地位を受け入れた。僕も医者になれたのだ！医者の数が足らないということもあるのだろう。病院としては、来たるべき危機に打ち勝つために医師リストを拡充する必要があるに違いない。死と手を切り、世界の終焉を回避し、病院の永遠の繁栄を確実なものとするために、患者を医師にする——これは、それ以外の方法では絶望的としか言えない状況下で考えられる最善のオプションであり、少なくとも統計学的な観点からは、まずまずのオプションだと、僕は思った。

だが、代償もあった。僕はもはや白黛《バイ・ダイ》と一緒に過ごすことができなくなった。手紙で連絡を取り合うことは許された。僕たちは、学術的な事柄に関する見解だけを交換し、ロマンティックな話題にはいっさい言及しないようにした。僕たちの間で一見ロマンティックに見えるものがあるとしても、それは純粋に、医師‐患者の関係をめぐる漠然とした深い感覚を表現する手段でしかなかった。

一番よく話し合ったのは、僕たちが開発した、あの特別な形の治療法をめぐってのことだった。なぜ、あれがひとつの方法だと考えられるのか。ほかの方法とどのように異なっているのか。ほかに代替がない方法なのか。この形の治療を実践したことが、どうして僕たちに医師の資格をもたらすことになったのか。

白黛《バイ・ダイ》はこれを、事態を一度、最初の時点に戻してみる試みだと見ていた。哲学で言うところの〝上昇スパイラル〟のようなものだ。家族という構造と、その生物学的な価値は、すでに消滅しているが、病院が直面している危機は、まだ完全に排除されてはいない。ひとにぎりの医師が、医師と患者の間にあるジェンダーの関係の重要性と実効性に気づきはじめた。協力と抵抗のせめぎ合いとして始まったものが、医師と患者の、薬剤と細菌の、個人と集合体の、家族と国家の、さらには、存在することと死との、より深い弁証法的な関係性を反映するものになっていった。だが、それらはすべて、遺伝子治療の発展によって脇に追いやられ、背後に隠されてしまった。僕たちは今、我々がこれまでに学んできたことを、より深く探求し、新しい病気と治療をめぐる新たな発見をなしとげるチャンスを手にしたのだ。

わかりやすい例を挙げてみよう。子宮には、精子の凝集反応——精子同士をくっつけて可動性を失わせる現象——を誘導する能力を持つ、血清由来の抗体が内蔵されている。この抗体が最も高い密度で見出されるのが娼婦たち、次いで既婚の女性たちで、未婚の女性の抗体密度は最も低い。既婚女性の抗体は、特に夫の精子に反応するようになる可能性が高く、これが、既婚男性の一部にかなり困った現象を生む場合がある。自分の精子が、妻の免疫システムによってダメージを受けるのだ。結果、受精という面で、妻の愛人は優位に立ち、夫には精神的な苦痛と嫉妬心をもたらす。このようにソフトな方法を使って強者を制圧する女性の能力は驚異的だと言っていい。あるいは、単に生物学的進化の原則によって授けられた能力にすぎないのかもしれないが、しかし、いずれにしても、女性は夫のペニスを受け入れながらその精子を拒否することができる。これもまた、治療のひとつの方法であるとともに、女性のスキルの頂点を示すものでもある。みずからの卵《らん》を使って、広大な精子のプールからベストの可能性を持つものを探し出し、同時に、自分の夫を嫉妬心でいっぱいにして、自分に対する忠誠心をさらに増すよう仕向けることができるのだから。

人生という悲劇の舞台において、これはどちらかと言えばハッピーな展開のひとつだろうが、同時にここには、治療の本性が——医師と患者がいかに深く、どのように結びついているかが——表わされてもいる。医師と患者は、結婚しているカップルと同様、表面的には調和を保っているように見えながら、その奥には深い不一致が横たわっている。同床異夢——同じベッドで一緒に寝ていても、見ている夢は別のものなのだ。彼らは途切れることのない緊張状態に、絶え間ない衝突の内にある。常に離れることなく一緒に暮らし、互いに依存し、互いに利用し合い、常に強い信頼に支えられていながら、遺伝子治療の進展と家族の崩壊、その結果による愛人という存在の消滅によって、この根源的な治療のシステムは、今日では、ほとんどの人が知らない領域のものとなってしまっている。こうした潜伏性の病《やまい》が長い間、表に現われることなく覆い隠されてきたという事実は、病院にとって恐るべき損失であり、実際、これによって、病院は将来の変化に備えることができなくなっている。我々にとって、考古学的なアプローチがどうしようもなく必要な理由は、まさにそこにある。我々は過去に戻り、研究室で発見されたことを熟慮し、新たな参照システムを再構築していかねばならない。病院は今まさに、決定的なポイントにいる。存在そのものが危うい均衡の上にあり、どちらに転ぶかわからない。何かがなされなければならない。

最新のプランに基づけば、新しく医者となる者はみな、患者としての経験を持たねばならないことになる。最先端の医療理論にせよ、豊富な臨床経験にせよ、実際に病気にかかるという直接の体験に置き換えることはできない。この直接の罹病体験なしには、誰も本当に傑出した医者になることはできないのだ。医者が治療をしているうちに患者の状態をどんどん悪くしていくという悪循環を断ち切るには、この根本の根本たる部分を変える以外にない。これがなしとげられれば、医師と患者の統合の輪は真に完成することになるだろう。過去においては、医療は恐ろしく骨が折れる厄介きわまりない行為であり、医者はとにもかくにも丈夫で立派な体を持っていなければならないと考えられていた。しかし、我々は重大な考え違いをしていたことに気づいた。これから先の時点では、医師と患者は改めて真の平等を獲得すべく、手と手を携えて働くことになる。病院は持てる力を最大限に発揮し、みずからを強化し、前進し、とどまることなくイノベーションを図り、そうして、果てしない時を通して、絶えず進化しつづけるのだ。

　こうした状況の変化、考え方の革新はすべて、白黛《バイ・ダイ》の論理的な推論の結果、導き出されたもののように思えた。白黛《バイ・ダイ》の強迫観念が、みずからの理論を行き着くところまで押し進めていったのだ――というように。だが、僕は、事態は、そんなにシンプルなものではないという思いを拭い去ることができなかった。こうした考えのどれかは、ドクター・バウチが持ち出したものではないのか？　あるいは、ドクター庭石のプランではないのか？　あるいは、病院代表者によって策定された計画ではないのか？　どうして、病院が、情けないほどに無力なソングライターを探し出そうとしたのか？　傑出した能力のマラソンランナーは実験動物に使うわけにはいかないということなのだろうか？　白黛《バイ・ダイ》と僕の関係は、家族の概念とはまったく関係がない。死体置場を見つけ出すという思いが、僕たちを一緒に行動させてきただけのことだ。おそらく、物事がどんなふうに始まるか、真に理解することは誰にもできないのだろう。そして、病院をめぐる真実も謎のままでありつづけるのだろう。

　だが、僕にとっては、こういったことはいっさいどうでもよかった。というのも、僕は最終的に、白黛《バイ・ダイ》が、本当は、ドクター・バウチの娘であったことを知るにいたったからだ。ドクター・バウチがこれまで白黛《バイ・ダイ》に対して行なってきたことはすべて、自分の愛する娘を救うことだったのだ。

50 白衣の魅力

白黛《バイ・ダイ》は医者になった。とりあえず、僕の関心は、唯一、そのことだけだった。青い縞模様の患者衣を脱いで、あの大きな白衣に袖を通す白黛《バイ・ダイ》は、どんなふうに見えるだろう？　そのシーンを、僕は永遠に夢想しつづけることができた。

以前からずっと、白い服には何か特別な魅力があると思っていた。クリーンでピュアなものすべてを象徴する白。だが、それ以上に興味深いのは、死にかかわる職業の人のほぼ全員が白い服を着るということだ。医師と看護師のほかにも、たとえば、料理人（植物と動物を殺す）、理髪師（髪を切ることは人体の一部を殺すことでもある）、清掃人（死体も片づける）、生化学部隊の兵士（敵を殺す）、危険な化学物質を扱う実験科学者（注意深くないと、自分を殺してしまうこともある）、葬儀屋（人間の死体をきれいにする）などなど。僕たちの伝統文化では、白は年長者が他界した際に着ける喪服の色でもある。ここで僕ははっきりと、白イコール死なのだと気づいた。そして、この世界の〝死にいたる美〟をめぐる、目眩のするような自由連想が始まった。

仏教がこの国にもたらされた時、観世音菩薩は長い流れるような白い衣装をまとった姿で表わされた……手に清廉さを示す瓶《びょう》を持ち、その瓶には往々にして、皆殺しにした怪物と悪鬼の死骸がいっぱいに入っていた……入院患者と囚人が着る制服は青い縞模様のものが一般的で、縞は牢獄の鉄格子を表わし、強制的に閉じ込められていることがひと目でわかるデザインになっている……病院の患者は誰もがみずからの意志でやってきたと言われているが、実のところ、ほかの選択肢はない……最終的に我々の体はみな白い布で包まれることになる……人間が制服というものを発明した時、衣類は異なった役割ないしアイデンティティを示すために用いられ、一片の純白の布が生と死の境界を画するものとなった……その白い薄い布は死者をあたためておくことも彼らの慚愧《ざんき》の念を隠すこともできないが、動物と区別はしてくれる……図書室で、僕はアフリカの草原で死んだシマウマの写真を見たことがあるが、引き裂かれた死体の中は蛆虫でいっぱいだった……直視するに堪えないものではあったけれど、それでも、そのおぞましいイメージは、白い布が何を隠すのかを正しく伝えていた……いつか、人間がもはや人間でなくなった時にも、白衣の旗はなおひるがえっているだろうか……？

白黛《バイ・ダイ》と僕はもう、医者がどのように死ぬのか、議論しなくなった。僕たちは二人とも医者なのだ。僕たちは白衣を着ているのだ。医者がどのように死ぬのかについて話し合うことにはもう意味がない。探求の背後にあった推進力が強すぎて、結局のところ、それは失敗に終わることを運命づけられていたのだった。

こうして僕は尾羽根をたたむことになった。もう尾羽根を広げて見せる必要はなかった。僕は新たなステージに入った——静かで平穏なステージに。僕の病気も徐々に良くなっていっているように思えた。

そして、ある日を境に、白黛《バイ・ダイ》からの連絡が途絶えた。

51　生は見せかけ、悪夢だけが現実だ

暗い廊下を進んでいって、死体置場に到着した。一瞬ためらってから扉を押し開いた。室内には白い布に包まれた死体があった。近づいて布をめくると、恐怖に包まれた白黛《バイ・ダイ》の顔が現われた。緑のライトに照らされ、口から暗赤色の舌が垂れ下がっていた。僕には、五つの尖った角がある星型のイヤリングしか見分けられなかった。全身の手術痕から溢れ出たおびただしい量の血が固まっていた。彼女は、長い間探しつづけていたものを、ついに見つけ出したのだ——死んだ医者の死体を。

僕のそれまでの疑念はすべて論拠のないものだった。これが白黛《バイ・ダイ》の最終的な運命だったのだ。とてつもない闘いと苦難のはてに到達したもの。彼女が僕に、自分の死の原因を調べてほしいと願っていることがわかった。それが、医者がどのように死ぬのか、最終的な答えを明らかにしてくれるはずだった。

僕は長い間、彼女の死体を見つめていた。それからようやく間近に歩み寄り、そっと口を開けて、歯で彼女の舌をはさんだ。手術痕に指を入れ、奥に何か見つからないかと探りはじめた。彼女の内臓は氷の管のように冷たかったが、強烈なアルコール臭がした。指がヒリヒリしてきて手を引っ込めると、その手からも恐ろしい悪臭が放たれた。その時、彼女の体に新しい手術痕がいくつかできているのに気づいた。どれも、重要な臓器に近い位置にあった。彼女の手にはいまだに病院代表者が送ってよこした手紙が握られていた。

僕は、祭壇上に残された犠牲の捧げものを食べるために、人間の世界にひそかに降りてきた神のようなものだった。

この悪夢は、その夜じゅうずっと僕を苛んだ。僕は思った。**生は見せかけだ、悪夢だけが現実だ。**白黛《バイ・ダイ》の病院の番号を調べて電話した。〝ドクター白黛《バイ・ダイ》〟の状態について知りたいのだが、と訊くと、電話に出た当直医と思われる男性は「別の病院から、その名前の患者が搬送されてきていましたが、昨夜、首を吊りました」という答えが返ってきた。

首を吊った？　それなら、ほかの新しい手術痕はどうやってできたのだ？

死は終わりだが、終わりは単に始まりにすぎない。僕はこの言葉を頭の中で繰り返した。何度も何度も何度も。

別の悪夢では、白黛《バイ・ダイ》は死に、仏陀の化身に変容した。彼女は黒と白の陰－陽の紋様の上に座って瞑想し、満面の笑みをたたえて、幅の広いピンク色の手のひらでインド孔雀の群れを叩きはじめた。殴打はどんどん激しくなっていって孔雀はすべて死に、天と地の全域が肉汁のいっぱいに詰まった真紅の肉塊で埋めつくされた。

僕は冷たい汗にぐっしょりと濡れて目を覚ました。不安と不穏な思いでいっぱいになっていた。目の焦点を合わせることができなかった。診断と診療のスキルが急速に衰えていった。いったい全体、何が起こっているんだ？　白黛《バイ・ダイ》は本当に死んだのか？　彼女の魂が僕に取り憑いているのか？

僕は徐々に、白黛《バイ・ダイ》が僕を、自分を医者に昇格させるためのツールとして使っていたのではないかと考えるようになった。彼女の本当の目的は最初からずっと医者になることだったのだ。すべてが、父親のドクター・バウチを満足させるか喜ばせるかするための意図的な計画だった。心の中で、彼女は自分のことしか気にかけていなかった。目的が達成されると、彼女にとって僕は用済みになった。だが、人間の関係はすべて、相互に利用し合うところにあるのではないか？　医師と患者の関係において、これはとりわけ正しい。相互利用はまさしく、医師と患者の関係の基盤そのものだ。僕はもっと早く、このことに気づくべきだった。僕は自分の娘さえ利用した。白黛《バイ・ダイ》が本当に自殺したとしても、あるいは仏性を獲得したのだとしても、僕が心苦しく思う必要はまったくない。彼女はおそらく誰かに殺されたのだろう。

僕は、自分の娘——空飛ぶ看護師になった娘——を恋しく思わずにはいられなかった。彼女が今どこにいるのかはわからないが、彼女の同僚になったことが誇らしく、同時に安堵感を覚えていた。同僚の間ではレイプは絶対に起こらない。レイプが起こるのは、医師と患者の間だけだ。

僕の思考と気分はカオスの底に落ち込んでいった。自分の患者を治療できなくなっただけでなく、僕自身の状態も恐ろしい勢いで悪くなっていった。医者になって以降、胃の調子は大幅に改善されて、このところは痛みもほとんどなくなっていたのだが、それがまた突然、以前よりはるかにひどくなって、ぶり返してきた。僕の医師としての短いキャリアは終わりを告げた。僕は再び患者に戻った。秋が深まって、再び冬になった。流れる水が氷に変わった。すべては自然のサイクルの一環だ。そして、気づいてみると、僕は再び病室にいた。再び患者衣を着ていた。僕はドクター・バウチの担当下にあった。

あらゆることが起こったのちに、僕はゼロに戻ったのだった。

52　新たなカルマのサイクル

病室にはかなりの数の女性患者がいた。彼女たちは好奇心もあらわに、僕のまわりに集まってきた。まるで、僕が火星からやってきた怪物でもあるかのようだった。

以前よりも歳をとり、死に真っ向から向き合う勇気もない僕は、内なる医師を再度活性化させて、自分を治したいと思った。白黛《バイ・ダイ》が一時的に僕の内なる潜在的な医者を目覚めさせてくれ、短い間ながら、ほとんど覚醒の寸前まで行きはしたものの、僕には外から補佐してくれる者が必要だった。僕ひとりでやることはできなかった。

フラストレーションに駆られた僕は、内なる勇気を呼び起こせと、みずからを叱咤した。そして、かつての白黛《バイ・ダイ》をできるだけ正確に再現してみようとしながら、ほかの患者たちに向けて叫んだ。「医者たちがどんなふうに死ぬか、知りたくはないか？」目に涙が溢れ出てくるのが感じられた。

男性患者たちは即座に耳を覆い、それぞれのベッドに逃げ込んだ。女性たちはひどく怖がり、尾羽根を広げた雌の孔雀の群れさながらに、患者衣をたくし上げて顔を隠した。僕は、切れの悪い手術用のメスを手に、彼女たちに向き合った。むき出しの太腿が震える中、ひとりの若い女性が挑戦的に立ち上がり、まっすぐに僕の目を見据えた。新たなカルマのサイクルが始まったような気がした。僕は恐怖心を――世代のギャップとジェンダーのギャップへの恐れを――克服し、深呼吸をしてから前に進み出ると、彼女の手を握り、病棟から外の庭園に連れ出した。

鳥の檻に着くまで思っていたよりもはるかに長い距離を歩かねばならなかった。不安になった僕は、こう尋ねた。「あれが見えるか？」彼女が首を横に振ったので、さらに言った。「よく見て。あれが見えないか？」

彼女はほんの少し檻に近づくと、クスクスと笑った。「なんだ、雄鶏だわ。鳥の檻に雄鶏がいる！」

後悔と悲しみでいっぱいになって、僕は思った。**どうしてこうなるんだ？** この娘は白黛《バイ・ダイ》じゃない。あまりに無邪気であまりにも純朴だ。でも、それはそれでかまわない。きっとこれは世代間の幻覚の一種にすぎないのだろう。**病院にいる限り、必ず治療は受けられる。**

白黛《バイ・ダイ》は行ってしまったが、僕は、今、僕の前に立っているこの若い女性の姿をまとった存在に、新しい可能性が湧き上がってくるのを感じ取った。彼女は、僕の内に隠されたものを、深いところにある何かを目覚めさせた。僕はそれを掘り出してみるのが待ちきれなかった。たとえ、それによって、再び深刻な疾患がもたらされる結果になるとしても。

追記：手術

著者注記：この追記は、C市中央病院での患者・楊《ヤン・ウェイ》偉の体験を補足するものと見なしてもらっていい。入院病棟に戻された楊《ヤン・ウェイ》偉の、その後の冒険が語られるとともに、物語の成り行きに関心を持つ読者の前に、病院の、そして我々の宇宙の秘められた歴史が明らかにされる。

53　僕は夜の泥棒のように彼女の中に入った

僕がC市に来てからずっと、雨はやんでいない。氷のような雨が降りしきり、陰鬱な闇の背景幕が街をすっぽりと包んでいて、いったい今がどの季節なのかもよくわからない。それでも、樹や草は猛烈な勢いで生長を続けている。幾重《いくえ》にも重なる冷たい霜と激しく波打つ雲の層が街を飲み込み、分厚い霧の下から折々に、病院を構成するあちこちのタワーや高層ビルが顔を出す。しかし、太陽と星はその存在を完全に覆い隠されたままで、時に、霧の向こうに今なお本当に宇宙が存在しているのかどうかさえ確信が持てなくなってしまう。

それに比べると、あらゆるものが最終的に破壊されてしまう差し迫った現実を忘れるのはとても簡単だ。人類は絶滅を宣告され、新しい生命体が台頭して世界を支配することになるが、ほとんどの人にとっては、それは〝ありえないこと〟の範疇にしかない。人々は、すべてがいつもと変わりなく進んでいくものと思っている。これが往々にして、人々を誤解へと導いていく。みな、自分たちがすでに黙示録後の時代――誰もがすでに何度にもわたる死を体験したのちの時代――を生きていると感じている。このような感覚は、手術を受けたあとに特にヴィヴィッドに感じられると言われている。

僕は朱淋《ジュ・リン》という名の女性患者と知り合った。彼女は、僕が病室で初めて医者の死について口にした時に、逃げ出したり軽蔑のまなざしを向けたりしなかったただひとりの人物だった。その時、僕は、自分が白黛《バイ・ダイ》に変身して、以前、彼女が占めていた場を引き継いだような気がしたものだった。その後、僕は朱淋《ジュ・リン》を伴って入院病棟の外の庭園に行くようになった。すべてが、白黛《バイ・ダイ》とともに過ごした日々を再現したかのようだった。僕たちは冷たい雨の中、繰り返し、円を描いて庭園内を歩きまわった。傘は使わず、雨が体を濡らすにまかせた。このシーンの全体がイリュージョンのように感じられた。

ほどなく、朱淋《ジュ・リン》が、救急処置科の経過観察室にいたルビジウム欠乏症の女性の娘であることがわかった。彼女は当初、母親の介護をするために病院に来ていた。父親は、生きつづけるために、妻の体から発生する電気に依存していた。つまり、朱淋《ジュ・リン》の母が入院した時に、父親も入院しなければならなかった。ただ、二人とも、娘もまた同様に入院させられることになるとは思っていなかった。

朱淋《ジュ・リン》は、ぽっちゃりしていて、胸が大きく、目は小さな茶碗のような形で、長い黒髪が手入れをしていない雑草のように肩の下まで伸びていた。まだ十六になったばかりだったが、体はすでに通常の大人の女性並みに発達していた。脳の電気活動が突発的に過剰になる持病があって、発作が起こると意識を失い、失禁し、口から泡を吹き、四肢を痙攣させた。この症状を緩和させるために、ドクター・バウチは側頭葉切除術を行なった。

手術後も彼女は僕のことを憶えていた。「アンクル楊《ヤン》、また会えてよかった。あなたはまだ逃げてないと思ってた」彼女は喜んで僕と一緒に過ごす意思を表明したものの、術後の脳の働き具合はそれほどシャープとは言えなかった。空《から》っぽの鳥の檻を見るたびに、彼女は「雄鶏！　雄鶏！」と叫んだ。

僕は彼女を元気づけようとした。「お父さんはどうしてる？」父親のことを気にかけているふうを装って尋ねてみた。「お父さんから何か連絡はある？」

「知らない、知らない！」朱淋《ジュ・リン》は楽しそうに笑った。乳房が大きく揺れて、患者衣からこぼれ落ちてしまいそうだった。

「お父さんのことが心配なんだよ。お母さんと引き離されて、生きていけるのかって」

「そんなこと、考えたこともなかった。でも、昔からママと離れられなかったはず。パパは普段はずっとゾンビみたいな状態で、ママが電気を起こす時だけ元気になった。急に元気になって、飢えた虎みたいに女の人たちに襲いかかりはじめる。でも、私ができた理由は、そのせいじゃなかった。パパがいつも一緒にいた別の女の人がいて、二人は体外受精をすることにして、その女性の凍結した胚をママの子宮に入れて――そうやって私ができた！　だから、私としては、本当は誰の子供なのか、断言するのが難しい。私はものすごい速さで成長した。六歳で胸が大きくなりはじめて、生理が始まったのは八歳の時だった。それなのに、私はずっとこの世界に落胆してきた、本当に本当に心の底から落胆しつづけてきた……」そう言う朱淋《ジュ・リン》の顔から幸せそうな表情が消えていき、彼女は泣きはじめた。だが、この年頃の多くの女の子がそうであるように、すぐに涙を拭って笑い出した。「あははは。要するに、私は違ってるの！　ほかの誰とも違っていて、新しい生を生きているの。小さい頃から、私は真っ白な服を着た天使になることを夢見てきた。私は、看護師になって、病気の人たちを治して傷ついた人たちを看護する崇高な仕事に自分を捧げたい。今、ようやく病気になって入院を認められた！　病院は私の夢のすべてが最終的にかなえられる場所よ！」

朱淋《ジュ・リン》は口を大きく開けて笑った。じっとりとした血のように赤い食道が見えた。僕は、彼女の蠕虫《ぜんちゅう》のような体腔をダイレクトに覗き込むことができた。彼女は重い病気を患っており、激しい痛みに苦しんでいながら、なお、よりよい生への憧れを諦めてはいなかった。彼女の全身に脈打つ生命力がナイフのように真っ直ぐ僕に突き立った。正直、彼女の笑い声を聞きたくはなかったけれど、それでも、彼女を利用できるチャンスがあることを、僕は見て取った。

そして、僕は思った。白黛《バイ・ダイ》から学んだあの貴重なレッスンを、この純朴な少女に実行できないだろうか。白黛《バイ・ダイ》を相手にした、あのエクササイズのことを、僕は頭から追い出すことができなかった。僕たちが協力し、自分たちの体を使って行なった、あの素晴らしい相互治療。もう一度、あれが実現できれば、僕の内部でまどろんでいる医師を再び目覚めさせられるのではないか。いま一度、僕の病気を根源的に治療するためのトリガーを引くことができるのではないか。この世界の終わりが近づきつつあることはわかっている。でも、僕はまだ死ぬ覚悟ができていない……少なくとも、今はまだ。

そこで、僕は朱淋《ジュ・リン》に言った。「医者がどのように死ぬか、知りたくはないか？」

僕は彼女を廃棄物保管室に連れていった。排泄物の山と、いたるところに散った人間の血だまりに、彼女は強いショックを受けた。期待していたとおりの効果だった。僕は彼女を引き寄せるチャンスをつかんだ。彼女はほんの少し抵抗しただけだった。自分がとても誇らしかったが、最後の瞬間に怖気《おじけ》づいた。「怖がらないで」と言ったものの、それは自分に言い聞かせているといったほうが正しかった。ああ、僕は一介の患者であるだけでなく、何とも情けなくて無能なやつなのだ！

だが、治療はすでに始まっていた。全力を挙げて立ち向かうだけの心構えはできていた。僕は夜の泥棒のように彼女の中に入った。彼女の体内は冷たかった。南極の氷の割れ目のようだった。だが、彼女はすぐに緊張を解いて笑いはじめた。「上手よ、アンクル楊《ヤン》、怖がらないで」彼女は僕の腕の中に体を投げ出して泣き出し、次いで僕をぎゅっと抱きしめて、僕の胸に冷たい涙の跡を残した。僕は彼女の父親になったような気がした。彼女は僕の娘とほぼ同じ年頃だ。僕は口に出さぬままに、この無力な少女の庇護者になることを誓った。僕の目にも涙が溢れはじめた。

その日から、僕は毎日、朱淋《ジュ・リン》に治療を行なった。朝に一回、夜に一回。このセラピー・セッションは、病院側が行なっている治療の効果を補うものとして働くはずだった。この補足治療を続けていれば、最終的に、彼女が回復に向かう希望のスパークが見えるようになるはずだった。僕は、素早く、シンプルに、ラフに事《こと》を進めるのを好んだが、朱淋《ジュ・リン》は次第にプロセス全体を貪欲に味わうようになっていった。細やかな反応を示すようになり、時に、子供をあやす母親のような声を上げることもあった。

しかし、なぜか僕たちは二人ともクライマックスに達することはなく、常に途中で諦めざるをえなかった。僕にとって、この行為に楽しいところはいっさいなく、以前のように、医師に昇格させてくれることもなければ、胃の痛みもいっこうに治まる気配がなかった。結局、僕たちの治療セッションは何の効果もあげなかったのだ。

54　痛みはそれ自体、独自の疾患だ

僕が最初にこの病院に来たのは胃の痛みのせいだった。そして、入院患者となってからの日々もずっと痛みがやわらぐことはなく、具体的な診断が下されることもなかった。

痛みは初め、胃、つまり腹部の上のほうから始まったのだが、やがて下腹部に移り、肩や太腿、鼠径部、尻にも不快な症状が出るようになった。何度となく吐いた。医療記録をチェックしてみると、難治性のステージ5の疼痛症例という記載があって、これが内分泌機能と代謝機能に影響を与えていることがわかった。

痛みの原因について学ぼうと、図書室から何冊かの本を借りてきた。それらによると、痛みは、皮膚と組織直下のフリーな神経端に発し、様々な傷害の刺激を神経刺激信号に変えて、太い遅有ミエリン鞘神経線維と細い無ミエリン鞘神経線維から、脊髄神経節を介して、脊髄ないし三叉神経の脊髄核後角領域の神経細胞に伝達され、さらにそこから、体側性腹側両面軸索を通って、視床にある、より高次の疼痛センターに達し、これが最終的に痛みの感覚に変換されて、大脳皮質やその他の関連する脳の部位に反応を引き起こす――ということだった。

ドクター・バウチが教えてくれたところでは、痛みを感じる能力は、昔から、〝人間が生きていることを示す五つのサイン〟のひとつとされてきた。ほかの四つは、体温、脈拍、呼吸、血圧で、痛み

は最も重要な指標なのだ。「痛みは何らかの病気の単なる症状ではない」とドクターは言った。「慢性的な痛みは、それ自体が独自の疾患であって、病気の診断は、健康な状態を達成するための手段にすぎないのだ」

さらには、こんなふうにさえ言っていいかもしれない。人々が常に、〝生命の意味〟というトピックのまわりをぐるぐるとまわり、病院や死体置場といったものを作ることに考えられないほどの努力を費やす理由は、要するに、痛みから逃れるため、痛みの本性を突き止めるためなのだ、と。

地獄のことを語る時にも常に、痛みのコンセプトがつきまとっている。痛みは地獄の中心をなす考えだといって過言ではない。地獄が、剣の山として、火の海、煮えたぎる油の鍋、血の湖、槍と刀がびっしり生えた場所として描かれる時、そのイメージは否応なく、疼痛と拷問の想念を引きずり出す。以前、古い経典で、地獄に関するこんな記述を読んだことがある。獄卒が亡者を巨大な鉄床《かなとこ》に寝かせ、鋼鉄の鎚で亡者の体を叩きつぶす。死体は、体液と肉と粉砕された骨が混ざり合ったドロドロのかたまりとなり、血が川のように流れる。次いで風が吹き、生命のサイクルを再度、開始させる。獄卒はまた、別の苦悶する魂の集団に鉾《ほこ》をふるい、その尖った先端を彼らの肛門に突っ込んで捻《ねじ》りまわす。ハリネズミのような五寸釘が犠牲者の皮膚を突き破って現われ出る。肉がギリギリと切り裂かれていく情景のおぞましさは筆舌につくしがたい。続いて、上記の凄惨な仕打ちを免れた男が、行く手に緑豊かな草の生い茂る美しい草原を見つける。無我夢中で草原に走り込んだ男だったが、気づくと、草の葉と見えたのはすべて熱く焼けたカミソリのように鋭い釘の群れだった。一歩進むたびに釘が足を突き通す。男が足を上げると傷は癒えるが、次の一歩を踏み降ろすと再び釘が突き通る。その痛みはとうてい耐えられるようなものではない。

ここ、病院では、天国と地獄はひとつにして同じものだ。

右に記した地獄での痛みは、僕自身の個人的な体験にきわめて近い。唯一の違いは、天国や地獄には十八の階梯があるのに対し、医療の世界には、ステージ1から5の五段階の痛みがあるということだけだ。そして、命あるものに関する限り、五つの段階はそれだけでもう充分に多い。

ドクター・トマス・シデナム——臨床医学の創始者として知られる十七世紀の英国の医者——は、かつてこう指摘した。「医師が最も直接的な関係を持つ事象は、解剖学や生物学の実験のプラクティカルな体験に基づいているのではなく、患者が経験する痛みと苦しみに根ざしている。医師が負うべき第一の責任が、痛みの本性を正確に理解するところにあるという理由は、そこにある」

だとすれば、医師のミッションは次のように表現することができるかもしれない——「私が地獄に行かなければ、いったい誰が行くというのか？」ここで、自分が地獄に行くというのは、人々を天国に送り込むことを意味している。

だが、それならなぜ僕は、こんな苦しみを味わわなければならないんだ？　この痛みの本性は何なのだ？　どうして僕は、僕をこれほどまでに消耗させるこの苦痛を振り捨てることができないのか？

昔の格言に〝慢性疾患は最良の治療につながる〟というのがあるけれど、これに対しては何も言うことはない。天国も地獄も常に、僕の手の届かないところにあることだけはわかっている。

医学書によれば、僕の胃の痛みは、腹部領域のどれかの器官が傷ついていることに関連している可能性がある。消化管潰瘍、急性胃出血、難治性・再発性胃出血、腸穿孔、腸間膜リンパ節炎、腸間膜動脈血栓症、腸閉塞、寄生虫感染症、鼠径ヘルニア、虫垂炎、胆嚢炎、急性胆道感染症、胆管結石、脾臓梗塞、急性肝炎、肝膿瘍、急性膀胱炎、急性膵炎、慢性膵炎、胃癌、胆嚢癌、胆管癌、膵臓癌、結腸直腸癌、肝臓癌、膀胱癌……リストはまだまだ続く。僕は、人間が〝発明した〟病《やまい》の長いリストに深い溜息をついた。原始時代の人々は何千年もの長い年月をどうやって生き延びてきたのだろう？

それればかりではない。多くの治療がどれもこれもうまくいかなかったことで生じる心理的な不安定さ、仲間の患者たちに無視されたことで陥る鬱状態、疲労や不眠やその他の心理的なトリガーによって引き起こされる息苦しさ――こういったすべてが痛みの感覚を生み出す可能性を持っている。

外来から入院病棟にいたるまでの間に、僕はありとあらゆる検査を受けてきたが、明確な診断を与えてくれた医師はひとりもいない。ドクター・バウチに尋ねると、彼はいつも同じ言葉を繰り返す。

「今心配するのはやめよう。診断と治療は、どちらも長い時間がかかるものなのだ」

だが、いったいどのくらいの時間がかかるのだ？　次の世界戦争――新しいパラダイスを確立するための戦い――が勃発するまで？　この世には、特別なタイプの灼熱地獄ないし炎上する天国が存在する。感覚を持つ生き物のすべてが焼かれ、炙《あぶ》られ、突き刺され、切り刻まれる苦しみを味わわされるだけでなく、獄卒たちに、融けた鉄と銅を口いっぱいに流し込まれる場所。超高温の液体が犠牲者の舌から消化管を通っていき、融けた金属が溶けた肉と血と一緒くたになって、九つの穴から出ていく。次いで、獄卒の三叉の鉾が肛門から突き立てられ、全身を頭の天辺までスライスしていく。大きく開いた傷口に、獄卒は、ドロドロの赤い溶液を注ぎ込む。その情景のおぞましさは、とうてい見るに堪えない。犠牲者の刑期は一千六百地獄年。五劫ないし、人間の年月に直して三兆八百四十一億六千万年に等しい。我々の宇宙は誕生してからまだ百三十七億年しかたっていない。

時々、僕はこんなふうに考える。医師たちはすでに、僕の痛みの原因がわかっているのに、何かほかの長期的な考えがあって、僕に教えてくれないだけなのではないか、と。

医師たちが、自分たちの仕事を真剣に考えていないということではない。彼らは献身的に仕事に向き合っていて、最高度のプロフェッショナリズムを発揮している。容疑者を捕まえる警察の刑事のように、一歩一歩着実に進む治療プランに基づいて僕の状態を十全に把握し、伝統的・非伝統的を問わぬ種々の方法を用いて僕の痛みをとめようとしている。僕の体は犯罪の現場のようなものだ。彼らがこれまでに使ってきた手法の一部を挙げると――求心性経路に沿った細い神経線維の活動を遮断したりブロックしたりする局所麻酔。中国の整体やマッサージ、温熱療法、電気治療、鍼、電気神経刺激療法などを含む、様々な種類の理学療法。プロスタグランジン合成を阻害するアスピリンのような非麻薬性鎮痛薬およびモルヒネなどのオピオイド受容体に結合する麻薬性鎮痛薬の経口投与。非ステロイド性抗炎症薬。セロトニン、ノルエピネフリン、その他の、深部に電気刺激を与えるための下行性抑制経路に含まれるペプチド類。痛みを伝達する上行性解剖学的感覚伝導路の破壊ないし切除といった外科的手段。

ひとつの身体が、これほど多くの形態の治療に耐えるには、確固たる力と粘り強さを持たなくてはならない。このプロセスのおかげで、僕は、医療従事者たちの忍耐力と持久力を深く理解するにいたった。

聞いたところでは、まだ診断を下されていない患者には、通常、鎮痛治療は許可されないということだ。それなのに、僕の状態の特殊性のためか、今も多くの異なった鎮痛治療が試みつづけられている。

僕に言えるのは、痛みを除去する方法は間違いなくあるということだ。図書室で読んだある論文によれば、現代の医療技術はすでに、痛みを感じさせないようにするところまで進歩しているということだった。神経細胞のDNA改変や大脳皮質へのマイクロ・マシン装着によって、人間の〝痛み〟の感覚は麻痺させることができる。痛みの〝実際の感覚〟は、電子機器をフィルターとして使用することで濾過・消却される。特殊な患者衣は、着用者が出血した時にそれを感知して、自動的に出血をとめるように血圧を調整すると同時に、中枢神経系に痛みの信号が伝わるのを遮断することさえできるという。

この機能は脊髄空洞症とどこか似ている。脊髄空洞症は、脊髄の中央部に変性が起こる疾病で、患者は痛みを感じなくなる。この病気を発症した者は、何も感じることなく両手を沸騰した熱湯につけることができるようになるそうだ。

残念ながら、こうした先進的な治療法を、僕は、この病棟ではまだ見たことがない。ここでは、患者たちの痛みの叫びを継続的なBGMのように流しつづけることが、患者に、自分たちが今病院にいるのだということを確実に知らしめる唯一の方法のように思われる。これは、患者の手を熱湯につけさせるよりも人道的な方法だとは言えるだろう。

患者たちを、永遠に終わることのない痛みのうちにとどめおく――これは、すべての人が病院から出ないことを確実にするための病院の戦略の一環にほかならない。手厚い医療が患者を生かしつづける。そして、生きている限り、患者は痛みを感じつづける。痛みは、患者が受け取ることのできる最大の激励の表現であり、身体の防御システムが発する警告のシグナルだ。痛みは、痛みを感じている当人に、危険に近づかないよう警告する。もっと慎重になれと警告する。痛みを感じる能力を欠いて生まれてきた者は、三十歳になる前に死んでしまうと言われている。痛みは、幸福にいたる途上にあることを示している。

僕は次第に、こんなふうに思うようになった。医師たちは、こうした閃光のごとき痛みを使って、患者たちに常に思い起こさせているのだ――自分たちが患者であることを、病気には治療が必要であることを、治療は継続する痛みを取り除かないように設定されていることを、痛みは生命の究極の報奨なのだということを。

のちに禅の大師となる慧能《えのう》が黄梅県東山寺に初めてやってきた時、師の弘忍《こうにん》は慧能に、床を掃いたり、ほかの僧たちの食事を作ったりという、つまらない仕事を与えた。この逸話は、僕たちを再び次の問いかけに引き戻す。「私が地獄に行かなければ、いったい誰が行くというのか？」また、次の古い格言も呼び覚ます。**多くの魂が地獄にいる限り、私が仏性を獲得することは決してない。**いずれの言も、弘忍大師や慧能大師のような超常的な覚醒者の核心にある特性を明瞭に伝えている。彼らは、生きとし生ける者すべてが永遠の幸福を享受できるパラダイスの創出に努めた。禅と医学はひとつなのだ。

一方で、僕は大きな遅れをとっている。何とか追いつくよう努力しなければならない。僕は次第に、朱淋《ジュ・リン》の体を使って僕だけの自己救済の計画を実行することにうんざりし、フラストレーションをつのらせていったが、それでも、ここまでやってきたからには、最後までやりとげて何が起こるかを見届ける以外に選択肢はなかった。

55 死は恐ろしいものではない 死に先立って痛みがあるだけだ

ドクター・バウチは毎日、研修医と実習医の一団を引き連れて、担当する患者のもとを巡回した。病棟にはIT機器が備えられ、すべての患者をそれぞれの担当医師とつなぐ双方向のビデオ・カンファレンス・システムが完備されているのだが、ドクター・バウチは、みずから患者のもとに行くべきだと言って譲らず、今も毎日、それを実践しているのだった。このハードワークをいとわないプロフェッショナリズムの権化たるドクター・バウチは、いつの日か、医師が医療ロボットに置き換えられる時代が来ない限り、患者たちとの対面のコンタクト――患者たちの目を間近から覗き込むこと――こそ何にも代えがたいものだと考えていた。

「どうだね、今日の具合は?」ドクター・バウチの声は天然の温泉さながらに、やわらかく、あたたかい。ひるがえる長い白衣は、天と地を結びつける巨大な映画のスクリーンのようで、ほとんど聖衣と見まがうばかりだ。

僕は口を開いたが、何も言うことができなかった。ドクターが手を伸ばして、僕の頭を支えていた枕をはずしてしまったのだ。頭がマットの上にぺたんと落ちて、息をするのが苦しくなってきた。ドクターは医学校から来ている実習医のひとりに、僕をチェックしてみるよううながした。実習医が腹を押した。僕は痛さのあまり思わず叫び声を上げた。

ドクター・バウチが実習医たちに言う。「どうだね？　問題はどこにあると思う？」実習医と研修医たちは小声であれこれ話し合っていたが、意見の一致にはいたらなかった。

「モルヒネの量を増やしましょうか？」実習医のひとりが提案した。

僕は、鎮痛薬を投与する以外の治療法はないのかと尋ねたかった。

「わかるかね？」ドクター・バウチが言う。「彼の痛みの源は非常に複雑だ。人間の体はブラックボックスのようなもので、最も重要なのは、彼の苦しみの原因を突き止めることだが、この病院での君の実習時間のすべてを費やしてもなお、診断を下すのはこのうえなく難しいだろう。経験に基づく医療、科学的知見に基づく医療、患者ひとりひとりに最適な精密医療——どれも、それぞれに限界がある。医学を学ぶということは、終わりがあるかどうかもわからない広漠たる大海のただ中で行き先を見失ってしまうにも等しいのだ」

「私たちが医師として直面しているのは、そんなにも難しいことなのですね」実習医のひとりが言った。

「我々が医師として、そのようなことを経験するのは大いなる歓びでもあります」研修医のひとりが言った。

「僕は、これからの残りの人生をずっと、この病院で過ごさなければならないんでしょうか」僕は、惨めさと期待がないまぜになった口調で尋ねた。来たるべき世界戦争で人類が滅亡する際《きわ》にあるなどということは、誰も口にしなかった。

「そんなに気弱にならないでくれたまえ」とドクター・バウチが言う。「思うに、君は、医師には痛みをやわらげることができないと考えているんだろう？　もっとはっきり言うと、おそらく、君の痛みは我々が意図的に〝作り出している〟と君は思っている。これが君の不安感を生んでいる要因だ。だが、君は完全に間違っている。君は病院を信頼する必要がある。医師たちを信頼する必要がある、我々は、君に、病院の大晦日ガラ・コンサートに参加してもらってもいいとさえ思っているんだよ！ ただし、そのためには、病院の指示に完全に従ってもらわなければならない。いつもいつも自分のやりたいことだけをやるというわけにはいかないのだ。医学的に認可されていない代替治療に同意することはできない。しかし、我々が最も心配しているのは、君が信頼心を失って、最終的にイリュージョンの虜《とりこ》になってしまうのではないかということだ。いったんそうした状況になってしまうと、君の病弊を治療するのはきわめて難しくなる」ドクター・バウチの言葉には、懸念と同時に警告の色があった。

時々、僕は、この痛みのすべてが想像の産物にすぎないのではないかと思うことがある。想像力は脳のダイレクトな機能であり、どれほど多くの障害があっても簡単に跳び越えてしまう。これまでの様々な治療が――薬剤も遺伝子治療も異性との相互治療も――どれひとつとして効果がないのは、これが本質的にイリュージョンだからではないのか。

これが今、実際に起こっていることなのだろうか？

違う、これはイリュージョンではありえない。この痛みが、僕の勤め先とホテルと病院が共謀して作り上げた入念な計画の一部だなどということもありえない。この痛みはずっとここにあった。僕が生まれた時から、僕の体の奥深くに根を生やしていた。生きることは耐えることなのだという事実を、日々、時々刻々、絶え間なく思い起こさせるために。いかなる治療にも頑強に抵抗しつづける、僕の内部にいる、性悪な年寄りの悪鬼のようなやつ。

もう少し具体的に言うと、何らかの外部の力が僕の体の中に〝痛み装置〟を装着したかのような感じさえする。誰かがリモートでボタンを押すと、即座に痛みにのたうちまわるという仕組みだ。医師たちを責めるつもりはない。責めるべきは唯一、僕自身だけ。患者として、僕は本当に救いがたい！　やることなすことすべてが問題を引き起こし、わが尊敬すべき疲れきった医師たちの仕事をひたすら増やしているだけではないか。

だが、同時に僕はこんなふうにも思う。これは、もしかしたら、病院が直面している、より大きな危機の一部かもしれない。僕の痛みが、来たるべき人類の絶滅と世界の破滅の前触れだということは考えられないだろうか？　ここにいる僕は、罪の大海で溺れている、何の重要性もない、無に等しい存在で、その間《かん》何をやっているかと言えば、救命ブイのサイレンのように、痛みのアラームを鳴らしつづけているだけなのだ。

この考えが当たっているとすれば、この痛みは絶対に治療することができない。僕の病気が僕を殺さないとしても、痛みが僕を殺すだろう。最終的には、少なからぬ数の患者にとって、こんなふうに、みずから進んで死ぬ以外の選択肢がなくなってしまう。死は恐ろしいものではない。死に先立って痛みがあるだけだ。死んだあとの痛みに関しては？――これは地獄の主である閻魔大王の手に委ねるしかない。

56　医師と患者の間の秘密

しかし、心騒がせることとは痛みだけではなく、ほかにもいろいろとあった。たとえば、ある日の真夜中、痛みのあまり目を覚ました時に、僕は朱淋《ジュ・リン》がいなくなっているのに気づいた。

僕はベッドから這いずり出し、病室の外に出た。廊下はひっそりと静まり返り、あらゆるものが死んでしまったように感じられた。冷たい蛍光常夜灯が全方位を照らす中、朱淋《ジュ・リン》が前方をふらふらと歩いていているのが見えた。夢遊病者のような感じで、足首をひねったみたいに妙に力の入らない足取りで歩いていたが、その一方で、透明人間に話しかけてでもいるかのように、ずっとブツブツと何かをつぶやきつづけていた。

彼女はドクター・バウチのオフィスの前にやってきた。ドクターはひとり、デスクの前に座り、スタンドライトのもとで本を読んでいた。全身がひどく青白く見えた。朱淋《ジュ・リン》はひと言も発せずに、ドクターの前に歩いていった。

意味ありげな緊張感の漂う長い沈黙ののち、ドクター・バウチがとうとう目を上げた。「来たんだね」

「来ました」朱淋《ジュ・リン》が答える。

ドクターは本を置いて立ち上がった。朱淋《ジュ・リン》の手を取り、彼女をデスクの上に導いて横にならせた。彼はゆっくりと朱淋《ジュ・リン》の着ているものを脱がせていった。彼女は下着もすべてとって素裸になった。「君の病気はとても深刻だ」ドクターはささやき声で言った。「だから、特別な治療をやってみようと思う」

その目にうかがえる表情は、先日、病棟で見せていたものとはまったく異なっていた。彼の言葉は融けた金属のように流れ出し、催眠的な効果を発揮した。朱淋《ジュ・リン》はドクターを見つめた。その目から涙が溢れ出した。

そして、ドクター・バウチと朱淋《ジュ・リン》は相互治療のセッションを始めた。ドクターは白衣を脱いだ。その下には何も着けていなかった。そして、熟達したプロさながらに、朱淋《ジュ・リン》の体の中に入った。

僕は映画のセットの中に迷い込んでしまったように感じた。信じられない気持ちに包まれて、こう思わずにはいられなかった。**ドクター・バウチも以前は患者だったのだろうか？**

僕の担当医が自己救済セラピーをやらねばならないなどと考えるのは我慢できなかった。一番納得できそうなのは、朱淋《ジュ・リン》の状態が格段に深刻で、この特別治療が必要なのだということだった。僕の経験に基づくと、女性患者の中には、男性の担当医師に特別な依存感覚を抱く者がいる。それがマイルドな片思いの感情に発展し、さらにそれが深い恋愛感情に変容してしまうことがある。彼女たちは、担当医が素晴らしいと思いつめ、一分一秒にいたるまで彼と過ごしたいと考えるようになる。巡回診療の際には、ひと目でも医師の視線をとらえようとし、彼が全面的な身体検査をやってくれることを心から願う。僕は黙ったまま心の中で愚痴をこぼすが、かと言って実際に何ができるわけでもない。

ドクター・バウチと朱淋《ジュ・リン》は互いの体を強く押しつけ合った。内臓を絡み合わせようとしているのではないかと思ったほどだ。ドクターの昆虫のような体から濃密な緑の液体が滲み出してきた。ドクターとその患者がともに、何らかの夢の状態にとらえられているような気がしてきた。

僕は片側に身を潜めて成り行きをひそかに見つめていた。ドクター・バウチに気づかれるのが怖かったが、彼は自分の行為に没頭していて、外の世界にはまるで意識が向いていなかった。彼の顔には、苦しみの表情とも言えるものが浮かんでいたが、それは患者たちの苦しみとはまったく異なるものだった。彼は、ギリギリまで引き絞られた弓のようだった。接近しつつある病院の危機の臭いが感じられた。そして、難攻不落でありながら、間違いなく死すべき運命にあるドクターの体に、僕は一瞬、地獄の反映を見て取ったような気がした……それとも、それは天国の反映だったのか。

これが、僕たちを再び、先の問いのもとに連れ戻す——医師たちはすでに死んでいるのではないか？　単に生きている外観を装っているだけではないのか？　死者だけが死に瀕している者を治療できる。〝火には火をもって戦わせよ〟の戦略。その一方で、医師たちは患者から免疫を引き出す。死は、死に対するベストの医療なのだ。

三日に一度、真夜中に、朱淋《ジュ・リン》は機械的にドクターのオフィスに通った。そして、そこで、ドクター・バウチと個人的なセラピーを行なった。

部屋に戻ると、彼女の顔とふくよかな体はエビのように赤くなっていた。延々と続けられた厳しい尋問と拷問を耐え抜いたヒロインのように見えた。気づいてみると、僕は、困惑と嫉妬の海のまっただ中で自分を見失っていた。これが僕自身の自己救済のチャンスを限りなく不可能に近いものにしているように思えてならなかった。それでも、僕は朱淋《ジュ・リン》に、ドクター・バウチと何をやっているのか、あえて尋ねようとはしなかった。

僕は歯ぎしりするしかなかった。そして、なすべきことをした。朱淋《ジュ・リン》相手に、いま一度、相互セラピーのセッションをやったのだ。僕は、彼女の担当医になった自分を想像し、疲労の極にいたるまで事《こと》を続けた。そこで、腹が爆発したような猛烈な痛みが起こり、僕は彼女の裸の体の上に崩れ落ちて気を失った。

57　突然の決定

意識が戻ると、男性患者たちが僕を朱淋《ジュ・リン》の体から引き離し、床に放り出していたことがわかった。僕の体は痰と尿と糞便の混合物で覆われていた。動転し、恥ずかしさでいっぱいになったものの、僕にできたのは、何とか笑いを浮かべて謝ることだけだった。

最初は、すべてを心の内にとどめておこうとした。僕の無力感と病的な心の状態を朱淋《ジュ・リン》の前で明らかにするつもりはなかった。だが、彼女は心配して、ドクター・バウチを呼んだ。ドクターは、僕の無残な様子にまったく驚いた様子を見せなかった。彼は、かすかに戒《いまし》めるような口調で言った。「また幻《まぼろし》を見ているのかね?」

僕は嘆願した。「どうか許してください。そんなつもりはまったく……」僕は心の内で、前と同じように、こうして見つかったのだから、ドクターがまた僕を医師にしてくれるかもしれないと期待していた。

だが、そんなことはなく、ドクターは何の感情も交えずに新しい検査を命じた。

翌日、ドクターは、僕が末期疾患だと宣告した。

この宣告はあまりにも突然にもたらされた。薄暮の帳《とばり》が降りてきたばかりなのに、突如、夜明けがすでに到来していると言われたかのようだった。もしかしたら、これは、僕がドクターをスパイしていたことへの報復なのだろうか。医長の地位にある人物の心理に関して、僕の理解は、依然として、ごく表面的なものでしかなかった。

末期疾患ということ自体は悪い知らせだったものの、僕の一部は安堵感を覚えた。これほど長い時間をかけたのちに、ついにはっきりと診断が下されたのだ。これ以上にいいニュースはない。病院がついに僕を認知し、病院自身の意志として僕を受け入れたことを意味しているのだから。

「すごいニュースです! この日が来るのを、いったいどれだけ待ちつづけてきたことか。これでようやく僕の苦しみも終わります」僕は歓びと悲しみの涙を流しながら、ドクター・バウチに繰り返し感謝の念を述べた。あるいは、これは、有罪判決を受けた犯罪者が裁判官の前で慈悲を乞うているようなものだったかもしれない。

朱淋《ジュ・リン》にも感謝したいと思ったが、彼女が懸念の表情もあらわに、ドクターの白衣の袖を力いっぱい握りしめているのに気づいて、檻に閉じ込められた鳥の気分になった。良くないことが待ち受けているような気がした。

ドクター・バウチは、僕の末期疾患の具体的な内容に関しては何も言わなかった。シンプルに、僕の心身の健康のために、朱淋《ジュ・リン》との特別な関係の継続を禁じると言った。

続いて、治療告知が発せられた。僕の病変部をすべて除去するということだった。

それから時間を置かず、手術前評価が始まった。一連のルーティーン検査があった。標準的な血液検査、肝臓と腎臓の機能検査、凝固機能検査、心電図、肺機能検査、冠動脈血管造影、その他、二、三の簡単なテスト。

僕には家族はいないので、インフォームド・コンセント関連の文書と麻酔使用の同意書には自分でサインしなければならなかった。

手術の前夜、僕は眠れなかった。手術のために投与された薬物によるものなのか、別の要因によるものなのか、よくわからなかった。僕は処刑を前にした囚人なのだという感覚でいっぱいになっていた。とはいえ、間近に迫った処刑という不吉な感覚は、実のところ、まもなく救われるという感覚と同じものだった。

以前、病院に来る機会こそ多かったとはいえ、手術を受けたことはなかった。入院してからの日々はずっと、この痛みを永遠に消し去ってくれる手術を受けることを夢見つづけてきた。だが、ついにその時を迎えた今、僕は悲しくなりはじめていた。手術が終われば、もう病院にとどまっている必要がなくなってしまうではないか。

これから起こることを見届けてくれる家族や友人はいない。病院で個人的な関係を築いてきた女性たち――シスター漿《ジアン》も阿泌《アビ》も白黛《バイ・ダイ》も朱淋《ジュ・リン》も、みんな、もういない。ベッドの上で、僕は果てしなく輾《てん》転反側《てんはんそく》を繰り返していた。痛みが耐えがたいほどになった。と、その時、突然、切迫した甲高い叫び声が聞こえた。「手術を受けるわけにはいかない！　手術はなしだ！」

58　病原体じゃない、共生者だ

その奇妙な声は、間違いなく僕の体内から発せられたものだった。どこかの穴から指が突っ込まれて、内臓の周囲のドロドロネバネバした体液が捏《こ》ねくりまわされているような感覚に襲われて、僕はもう少しで胃の中身を戻してしまいそうになった。だが、それはリアルな声だった。もう少し正確に言うと、大脳皮質の聴覚中枢に送られてきた一連の音波信号のようなものだった。

「誰だ、おまえは？」仰天した僕は、声を上げて言った。

「シーーーーーッ。僕は君の〈共生者〉だ」

「何だって？　僕の〈共生者〉？　僕の体の内にいる医者か？」

「君の体の内側にいるけれど、医者ではなくて、連中が〝末期疾患〟と考えているものだよ」その声は率直で真剣だった。十代の少年みたいな声だ。

「どうしてそんなことがありうる？　イリュージョンだろう？　僕は幻覚を見ているんだ」

「幻覚がこんなに簡単に作り出せるなんて本気で思ってるのかい？　幻覚じゃない。話しはじめると長くなるんで、今は細部に立ち入るのはやめておく。時間がないから端折《はしょ》って言うけど、僕はいわゆる病原体じゃないし、君の病気の原因でもない。君のフィジカルな身体を構成しているノーマルな一部分だよ。それを、どうして、切除させるなんてことができるんだ？」

「ドクターは僕を救おうとしているんだ。僕はこの日が来るのをずっと待ち望んでいた」

「どうやら、連中のごまかしがうまくいってたってことみたいだね。でも、僕にも言わせてくれ、君を救うというのは表向きのことで、彼らは、君を病院から出ていかせないようにするために嘘をついてるんだ。すべては、君をメスの下に連れていくための方便さ」

「何とも異様な話に聞こえるけど……」

「怖がる必要はないよ。僕は君を助けるために、ここにいるんだから。連中に殺される前に、ここから逃げ出す方法を考えよう。あの冷酷なぶった切り野郎どもに、僕らの体を切り開かせるわけにはいかない！」

　葦のような薄い唇がパクパクと開いたり閉じたりしているのが見えるような気がした。その唇の奥の、ぴっちりと締まった小さな青白い喉から、密度の高い音が絞り出されてくる。長い間、僕の体の中でまどろんでいたものが、この予期しなかった〝診断〟によって目覚めたのだ。

　ぼんやりと、手術台の上にいる自分が感じられた。メスが僕の肉を切り裂く時の、僕の死が見えた。以前には、死がどのようなものかを知ろうと、死の瞬間を夢想して楽しんだこともあった僕だが、いざ、その時が間近に迫っている今、そこには恐怖に縮み上がっている自分しかいなかった。

59　病んでいる者はペシミスティックになる権利がない

　翌朝、ドクター・バウチが実習医と研修医のチームを引き連れて病室に入ってきた。彼らは僕のベッドを取り囲み、頭の天辺から足の爪先まで入念にチェックした。僕の体の内側の秘密はすべて知りつくしているとでもいうかのようだった。

　半ばためらいつつ、言ってみた。「僕、手術を受けたくないんです」

「どうしてそんなことができるというのかね?」ドクターは冷ややかなプロフェッショナリズムのもとに言った。「君はもう、すべての書類にサインしたんだよ」

「でも……」

「病んでいる者はペシミスティックになる権利がない」ドクター・バウチは、交渉の余地はないことを、これ以上ないほどはっきりと告げた。「心配することはない。君は手術のあともずっと病院にいられるのだから」

ベッドのまわりに輪を作った実習医と研修医はみな、思いやりのある表情を浮かべていたが、その裏にそれぞれの理由があることは明らかだった。この手術が医師としてのキャリアに与えてくれるものに、彼らは大きな期待を抱いていた。僕の肉と血が彼らの手に洗礼を施し、医学における〝大師〟になる道を開いてくれるのだ。

たぶん、僕の〈共生者〉は正しい――彼が僕のイマジネーションの捏造物でないとすれば、だが。

「手術はなしだ! 手術はなしだ!」僕の口から叫び声が跳び出してきた。僕自身、これにはショックを受けた。まるで噴火している火山の火口に立っているみたいだった。僕は〈共生者〉の目から見た僕自身を正当化するために、彼に向けてしゃべっているような気がした(あえて〝彼〟と呼ぶのは、僕の内部に本当に生きている人間がいるように感じられるからだ)。僕の体の内側に根づいている、得体の知れないこのエイリアンが怖くなってきた。これまで四十年間生きてきたけれど、この存在がいったい何なのか、まるっきり見当がつかない。白黛《バイ・ダイ》が、僕の体にはいつか、ありとあらゆる種類の不思議な葉や枝が生えてくるだろうと言ったことが思い出された。

ドクター・バウチが若い医師たちに向けて、何もかも予想されたとおりだと言いたげな視線を投げた。

「これはリスクの低い手術です」研修医のひとりが説明した。「死亡率は一パーセント以下。怖がる必要はいっさいありません。今日の医師たちは、洋服工場の労働者が細い糸を一本結ぶのと同じくらいの正確さで手術を行なうことができます」

「今あなたが抱えている問題を取り除くには手術しかありません」実習医のひとりが付け加える。「医療科学は今や、心臓手術、脳手術、目の手術もできるまでに進歩しているのです……手術のメスは今や、人間の身体の神聖なる場所すべてに入り込み、探索することができるのです」

「ほとんどの患者は、手術というものを、晴れわたった空に突然轟き閃く恐ろしい雷のようなものだと考えています」別の若い医師が口をはさんだ。「しかし、ほとんどの医師にとって、手術は自然な選択にすぎません。私たちは、あなたが切ってほしくないと思っているところは一ヵ所たりとも切除しません。手術の手順の説明は、あらゆる細部にわたって行ないますから、あなたにも、我々のすることに協力していただけるはずです」

「手術の時が来たら、患者は必ず怖がります」別の実習医が言う。教科書の文章を一字一句読んでいるような口調だった。「でも、医師の目から見れば、手術はひとつの治療手順にすぎません。我々は常にルールに則《のっと》っています。心配しないでください。この手の作業は毎日やっているのですから」

別の研修医が、表情はやさしげながら、確固とした口調で言った。「あなたが入院を認めてもらうのに、お友達の大きな助力があったことを、私たちはみな知っています。あなたにとっては、たいへんな行程であったことでしょう。あなたはすでに治療に、ひと財産をつぎ込んでいますが、しかし、この病気を取り除くには、手術が絶対に必要なのです」

「でも、僕は瓶入りのミネラルウォーターを飲んだだけなんだ！」僕は叫んだ。僕が一時《いっとき》、同じ医者だったことを、彼らが思い出してくれることを願った。ある意味で、僕は彼らの同僚でもあるのだ。

彼らは僕に触ってみるという誘惑に逆らうことができなかった。ひとりまたひとりと僕に歩み寄って、ぎこちない手つきで、胃に、額に、腹部に、鼠径部に触り、聴診器を当てて音を聴いた。そののち、合唱隊のように声をそろえて言った。「忘れないように、あなたは患者なのだということを！」僕のほうは、殺虫剤の噴霧をかわす虫のように、彼らの攻撃を回避しようとした。〈共生者〉がサポートしてくれるのではと思ったものの、彼は顔を出さなかった。僕の体の奥深くに隠れて、慎重に状況を観察しているようだった。

ドクター・バウチが最終的な判定を告げた。「君は、病院と医師たちを信頼しなければならない。我々がここにいる限り、恐れる必要はいっさいない。いずれ手術を実施するという決定は、君が入院を許可された日にすでに下されていたのだが、この間《かん》ずっと、我々は適切な時を待っていた。この病院においては、すべての患者ひとりひとりに、自己救済のチャンスがある。しかし、君は医師たちの言葉に耳を傾けねばならない。自分自身の考えに従えないことがわかった時には、ほかの人を信頼する必要がある」

60　ドクターの痛み

その時、ドクター・バウチのほっそりした気品のある顔に悲痛の色が現われ、歳を重ねて乾燥した額に突然汗が噴き出した。話をする時の言葉には不誠実な印象があった。まるで、それまでの自分の行動を否定するかのようだった。手術を受けることを僕に納得させようとして言っていることは、ドクターが自分自身を納得させようとしているだけのことで、そこに、それが正しいという保障はいっさいなかった。要するに、前進するただひとつの道は、目前に立ちはだかる危険なハードルを乗り越えることしかないと言っているに等しいのだ。目の前に、朱淋《ジュ・リン》を治療するドクター・バウチのイメージが浮かんだ。ドクターが、溺れかけている人さながらにもがいているのが見て取れた。

心中ひそかに僕は驚いた。僕のこの痛みがどれほど長く続いているか、ドクターは正確に知っている。それなのに、彼をはじめとする傑出した医師の誰ひとりとして、現実的なプランを持っていなかったのだ。これはまさに、パラドックス以外の何ものでもない。医師は、患者の苦しみをなくすために存在している。しかし、いったん、その苦しみが除去されてしまったら、医師の存在価値はなくなってしまう。問題はそこにある。どうしたらいいのか。選択の道はないのか。ドクター・バウチは、自分自身を救うために、この手術を必要としているのか。誰も自分自身を救うことはできないと医師が言う時、そこには医師自身も含まれるのか。

その瞬間、僕は、医師の痛みは患者の痛みと同じなのだと感じた。だが、実際の痛みは医師のほうが大きいと言ったほうがいい。医師は、患者の前で医学という世界の権威と威厳を常に保つことを求められている。どれほど激しい痛みを抱えていようと、医師はそれに耐える必要がある。自分自身の叫びは、それ以上抑え込めないという極限まで我慢しつづけなければならない。医師と患者との相互治療のセッションは、医師が自分の内深くに抑え込みつづけることを強要されている深い痛みを解き放てるようにする行動なのだろうと、僕は思った。それにしても、医師たちの痛みの源は何なのだろう？　ドクター・バウチもまた、病院の頭上に吊り下げられているダモクレスの剣《つるぎ》を、間近に迫った一触即発の危機を、目のあたりにしているのだろうか？

医師が自身の痛みをやわらげることができず、なおかつ、ほかの者たちに、手術がいかに安全で効果的かということを強調せざるをえない状況であるとすれば、何と恐ろしいことだろう。医師は真実を隠せるなら何でもするだろう。そして、医師が本当に永久に生きるのだとすれば、それはさらに絶望的な状況だということになりはしまいか。それなのに、僕は今、無理やりにメスのもとに送られようとしている。

僕に言えることは何もない。特に、僕の体の中にいる〈共生者〉について話すことは絶対にできない。僕はとうとうグスグスと泣きはじめた。そんなことで、医師を怯えさせたり追い払ったりできるわけもないのに。そして、最後の切り札を切った。「僕は一文無しなんだ!」

研修医と実習医の一団は愕然とした様子で、ドクター・バウチのまわりに集まり、ひそひそ声で協議を始めた。ドクター・バウチは上着のポケットから計算機を取り出し、数字を打ち込みはじめた。「君の医療保険契約はまだ切れていないし、口座にはまだいくばくかの金が残っている」ドクターは言った。「自費分は、君の勤務先が直接カバーするはずだし、それで足らなかった場合は、病院がローンを組んであげられる。君が、わが市で最も重要な患者のひとりだという事実を考えると、可能な限り低い金利を適用できるだろう。安心して休んでいたまえ。我々は君をタイムマシンで太古の世界に送ろうとしているのではないのだから!」彼は赤い封筒については何も言わなかった。そして、実習医と研修医たちのほうに向き直った。「この患者は自分の幻覚にはまり込んだままだ」

若い医師たちは安堵感を浮かべて互いの顔を見かわしながら笑った。

猛烈な痛みが襲いかかってきた。僕は呆然とドクター・バウチを見つめたまま、気を失った。

61　システムの穴

簡単なショック療法で僕の意識を回復させると、彼らは僕をストレッチャーに載せて手術室に向かった。その途中、若い実習医が手術の内容と手順を説明した。

僕のストレッチャーは、手術室の外で待っているストレッチャーの長い列の最後尾についた。ほの暗い照明が処刑を待つ死刑囚の待機房を想起させた。濃密な暗い空気中に、刺激臭の波が繰り返し押し寄せてくる。大勢の患者がストレッチャーの上で体を起こし、両手で頭を抱えて激しく嘔吐しはじめた。彼らも最近、〝末期疾患〟と診断された患者に違いない。彼らもまた体内に、それぞれの〈共生者〉を持っているのだろうか。

研修医のひとりがマニュアルを取り上げ、患者たちに向かって、読み上げはじめた。「我々が手術に言及すると、患者は通常、血や膿《うみ》や汚物といったものを思い浮かべる。彼らの頭の中では、それは腐ったゴミに等しい。しかし、医者の目から見ると、新鮮な血液はあたたかな蜂蜜であり、患者の輝くやわらかな皮膚は上等の絹に限りなく近い。我々が汚物と見なすのは、唯一、患者が耐えている苦しみだけ、そして、我々医師がなすべきは、その痛みを消し去ることだけだ。手術は、人間の体の大規模な修復作業であり、手術後の患者は、いわば新築の清潔な家に近いものとなる。医師たちは、白いシートの下の長方形の部位を人間と見ないように訓練されている。彼らはそれを、修復作業を行なうべきパーツであると見なす。だが、これは生命を軽視していることを示しているわけでは断じてない。患者の苦しみ、患者の血、患者の生命そのものに心乱されることなく対峙する唯一の方法であり、こうすることによってのみ、医師たちは患者の重い体を素早く別の世界へと運ぶことができる。患者たちが新たに生まれ変わる世界へと……」

その時、僕の〈共生者〉がしゃべりはじめた。彼は僕に逃げろと命令した。

「逃げるなんて、そんなこと、できるわけがない！」僕は、気が進まないのを隠そうともせずに言った。依然として病院に深いノスタルジーを感じていた。「病院から逃げ出す方法はいっさいない！」

「それは単に、君がこれまで正しくやらなかっただけのことだよ」彼の口調は変わらず自信に満ちていた。「ここから逃げ出さないと、死んだも同然だ」

「でも、僕はもう診断を受けたんだ」

「診断は死の直前にやってくる序曲さ。これまで君が逃げ出せなかったのは、君が診断を受けていなかったからだ」

「でも、どうやったら逃げ出せるっていうんだ？」

「どんなシステムにも必ず穴がある。この病院はひとつのシステムだ。だから、当然、穴がなければならない」

「だとしても、どうして僕が君の言うことを聞かなきゃならない？」

「それは、僕が、君を苦しみから解放するのを助けられる唯一の存在だからだ」僕のちっぽけな〈共生者〉は何と確信を持って話していることだろう！　僕の担当医よりずっとずっと自信を持っているではないか。「君はあまりにも長くこの病院で過ごしてきた。自己救済はもう君にとって可能性のあるものじゃない。増援部隊を要請する必要がある」

担当医と〈共生者〉、どちらかを選ばなければならない。これはタフな選択だ。どちらも僕の苦しみを終わらせたいと主張している。それなのに、両者は生と死の闘いを繰り広げている。僕の体を戦場にして。

僕は、正直なところ、かなり受け身な性格だ。いわゆる〝行動の人〟ではまったくない。結局、僕は〈共生者〉のプランでやっていくしかないと判断した。彼の意志の力はそれほどまでに強かった。彼は実質的に僕をコントロールしていた。最初から僕の胃をグチャグチャにしてしまうつもりでいたとすれば、とっくに僕を殺していてもおかしくないはずなのに、そんなことはしなかった。僕の立場は、手術を待ち望みつづけるところから、手術を恐れるところへと一変した。そして今、病院と医師たちを相手に戦いを辞さない姿勢が急速に強まっていった。

というわけで、僕は逃げ出した。病院側のスタッフは完全に注意を怠っていた。手術室のこんなに近くから逃げ出そうとする者がいるなど想像もしていなかったのだ。しかし、行列を作っていた患者は全員——少なくとも、その場で死んでしまわなかった者はすべてが——逃げ出そうとした。大量の高齢患者が、とにもかくにも病院に逃げ込もうと全力をつくす状況が始まってのち、こんな根源的な変化が起きるとは、誰にも予測できなかっただろう。患者の大半はおそらく、自分の判断で行動しているのではなく、それぞれの、予想もしていなかった〈共生者〉の登場にストレートに反応しているのだと思われた。医師たちは、これら〈共生者〉の存在を見逃してきたのだ。しかし、それにしても、彼らはどうやってあれだけ多くのハイテク・スキャン機器にキャッチされずにいられたのか。〈共生者〉たちはどうやら探知の目をすり抜ける特別の能力を持っているようだ。もしかしたら、これが、僕の診断が下されるのにこんなにも長い時間がかかった理由なのだろうか？　僕はひたすら当惑していた。

何重にもモニターされているはずのタワー内でも、僕の〈共生者〉は探知網をかいくぐる特別な能力を発揮した。さらに、最善の脱出ルートを見つけ出すことに関しては、先天的な知能と知識を持っているようだった。彼は病院のレイアウトを隅々まで熟知していて、追ってくる医師や看護師に見つからずにいられる場所を次々に指示していった。

それでも、病院は巨大にすぎた。逃げ出すという行為は、病院がいかに巨大で謎に満ちているかという事実にハイライトを当てるだけのような気がしてきた。僕には、自分が病院内をさまよっているのかどうかもわからなくなってきた。ひょっとしたら、自分は病院の一部なのではないか。得体の知れない怪物のような存在の人質になった気がして、とてつもなく不快な気分が湧き上がってきた。もはや、自分が〝楊偉《ヤン・ウェイ》〟という、この病院に登録した時の名前で呼ばれる人間なのかどうかもわからなかった。

僕は一階また一階とフロアを駆け上がっていった。果てしなく建ち並んでいるように見える病棟群から、ほのかな赤い光が投じられている。それらの病棟のすべての病室に、手術を終えたばかりの患者の姿が見える。窓辺に立ち並び、消沈した様子で外を見つめている大勢の人々。その荒涼とした絶望のまなざしは、こんなふうに語っているように見える――どうして、逃げ出そうなどと考えることができたんだ？　逃げ道などまったくないのに！　彼方に、暗く冷たい影に覆われたスポットがある。そこに行けば、この煉獄から解放される――そう思って走り出そうとした瞬間、僕は理解した。このまま走っていっても、煮えたぎる地獄の穴の中に落ちるだけだ。肉が焼け落ち、痛みが耐えがたいものとなるだけだ。

　僕は恐怖にすくみ上がった。「これ以上もうどこにも行けない。このまま戻って降参するしかない」

「降参する？　なんでだ？　君は殺人者なのか？　放火犯なのか？　強姦者なのか？　本当にどこかがおかしいに違いない！」〈共生者〉は言った。「君はこれまでずっと用心深い保守的な生活を送ってきた、法を遵守する人間だ。一生懸命に働き、歌をいくつか書いて、家計の足しにしてきた。そんな君が、こんな拷問を受けねばならないなんて、いったい何をやったというんだ？」

「でも、僕は本当に具合が悪いんだ。子供の頃からずっと病気だったんだ。この世界では誰もが病んでいる……病院がやっていることはすべて、病んだ者を救うことだ。医者たちは決して僕らを傷つけようとはしていない。僕は喜んで彼らの拷問を受け入れる。今は《医療の時代》じゃなかったか？僕には治療を諦めることはできない」ここにきてようやく、僕はシスター漿《ジアン》が自分の命を犠牲にして僕に残してくれた教えを思い出していた。

「治療だって？　何もかもどうしようもない戯言《たわごと》だよ！　《医療の時代》なるものがやってるのは、健康な人間を病気にして、正常な人間を異常にして、小さな病気を重病に変えて、生きている人間を死者にしてしまうことだ。そして、もっとたくさんの苦しみを与えられるように、死んだ者を無理やり生まれ変わらせる。君は、そんなもののために自分の身を投げうちたいなんて、本気で思ってるのか？　君の病気が何であれ、そいつが頭までおかしくしてしまっていたのは間違いない。僕がここにいて、君にクリアでヘルシーな精神状態を提供してあげられて、本当によかったよ。君を救おうとしているのは僕だけだってことを証明してるわけだから」僕の〈共生者〉は断固たる権威をもって語っていた。彼だけが僕の代理人たる資格を持っているかのように——いや違う、彼は僕の代理人じゃない、彼は僕なのだ。

「だけど、たとえ逃げ出したとしても、いったいどこに行けばいいんだ？」僕は周囲にそびえ立つ火山のような病院のタワー群を絶望的に見つめた。すべてのビルの天辺にある紅十字が、燃え立つオリンピックのトーチの海のように、すべてを包み込むハーモニーに満ちた光を投げかけている。隠れる場所はどこにもない。

「僕についてくればいい」〈共生者〉には謙虚さのかけらもなかった。

〈共生者〉が示す経路をたどって、僕は入院棟から走り出し、病院のエントランスに近い外来エリアまで行った。ロビーは今なお、シスター漿《ジアン》と阿泌《アビ》が最初に僕を連れてきた時とまったく同じ、人の海だった。憧憬と渇望に満ちみちた患者たちの顔。うめき、叫びながら、ゴミの山をかき分けていく人々。地獄の獄卒たちに追い立てられているかのように、ぶつかり合い、怒鳴り合いながら、検査室に入っていく人々。時間が後ろ向きに進んでいるように思えた。過去に連れ戻された僕は、本能的に登録者の列の後尾につこうとしかかったが、ありがたいことに〈共生者〉が僕をとめてくれた。彼は、探知されずに救急処置室に忍び込む道筋を示し、そして、そこから経過観察室へと僕を導いていった。立ち入り制限区域ではどこでも大勢の患者が驚きのまなざしで僕をにらみつけた。経過観察室で、〈共生者〉は、死体置場への扉を開けるようにと言った。僕は死体置場の中に入った。内部は漆黒の闇に包まれていて、すさまじい悪臭が襲いかかってきた。暗闇に伸ばした手が、折れた一本の腕に触れ、次いで、太腿に触れ、続いて、踏み出した足が、切断された頭を蹴飛ばしたような気がした。心臓が早鐘《はやがね》のように打ち、全身が総毛立つ中、ようやく出口の扉に手が触れたのを感じた。これは絶対に地獄への扉に違いないと僕は思った。だが〈共生者〉は、その扉から出ろと言った。

扉を抜けた先は見るからに古いエレベーターになっていた。それに乗って下に降りると、金属でできたトンネルに出た。トンネルの床はびっしりと蛆虫で覆われていた。しばらく歩いていくと、行く手上方に、何か明るく輝くものがあるのが見えた。天窓だった。見上げると、瓶の首のような開口部があり、その上に空があった。雨のカーテンを通して射し込んでくるギラギラとした赤い輝き。それに照らされて、眼前に、ぬかるんだ地面が浮かび上がった。目をこらすと、そこには何ヵ所か焼け焦げた跡があり、一帯に骨が散乱して、毒蛇やサソリやその他の虫やネズミが走りまわっていた。やがて、僕は、苔のベッドに覆われた地面の真ん中に、十メートルほどの幅の穴があるのに気づいた。巨大な目のようだった。

〈共生者〉が自慢げな口調でささやいた。「見ろよ——システムの穴だ！」

62 診療－研究－産業複合体

繭《まゆ》から引き出される絹糸のように、病院をめぐるさらなる真実が徐々に明らかになっていく。医師たちは、実に多くのことを僕たちの目から隠していたのだ。この事実が、僕の〈共生者〉への信頼をさらに深めることになった。穴の底を見おろすと、頭がクラクラしたが、体が安定すると、底からかすかな光がいくつも届いてくるのがわかった。暗い影の中に、農地が、小さな集落が、あたりを歩きまわっている農場の動物たちが、簡素な家並みが見て取れた。そこは世界の内部の世界、医師たちの監視の目の直下で見すごされている〝失われた世界〟だった。僕は思った。**これは穴じゃない、奇跡だ、夢だ！**　それとも、これもまた、ただの幻覚にすぎないのだろうか？

〈共生者〉は気短にせっついた。「急げ！　急げ！」

僕は、分厚い湿った苔に覆われた長い長い石の階段を下《くだ》りはじめた。はるか眼下の動物たちが魔女や悪鬼の群れのように吠えた。穴の深さは千メートルはあったに違いない。恐ろしい時間と体力を費やして何とか底にたどりつくと、どこからともなく、蔓《つる》を思わせる男たちが何人か跳び出してきて、懐中電灯で猛々しく僕を照らしはじめた。

「おまえは誰だ？」灰色の顎髭を伸ばした肥った中年の男がむっつりと言った。カビの染みでいっぱいのボロボロの青い入院患者用の長衣を羽織り、穴だらけの赤い布靴をはいている。垂れ下がった厚い肉塊が小さな目を隠しているところは、漫画ヴァージョンのヴォルデモート卿（『ハリー・ポッター』に登場する闇の魔法使い）を思わせた。ボサボサの頭からは墓場のような臭いが発散されていた。

「怖がらなくていい。彼は僕たちの仲間だ」〈共生者〉が説明した。「ここにいるのはみんな、入院病棟から逃げ出した患者なんだ。ここは廃棄された薬品生産鉱山のひとつだよ」

「薬品生産鉱山？」

「薬品はこの世界の神なんだ。患者は今でも薬を神様みたいに崇拝してる。病院で使われている薬は全部、ここみたいな地下の施設で製造されているのさ。この生産鉱山は大々的な汚染事故が立てつづけに起こって閉鎖され、そのあとで、逃亡患者たちが乗っ取った」

この遺棄された薬品鉱山に潜伏している患者たちは、胸に孔雀のバッジを着けていた。肥った髭男は疑いのまなざしで僕を頭の天辺から爪先までじっくりと眺めたのちに、いくつかの質問をした。これが僕のアイデンティティを認証する彼のやり方なのだろう。質問を終えたのち、彼は孔雀のバッジをくれた。そして、洞窟を指差して、その中に入るよううながした。洞窟の内部は冷たく湿っていて、蛆虫がはびこっていた。地べたには、患者難民とおぼしい男女のグループがうずくまったり横になったりしている。僕は疲れきっていて、自己紹介もできず、そのまま地面に崩れ落ちて眠り込んでしまった。目を覚ました時、何かがなくなってしまったような不思議な感覚がした。そして、〈共生者〉がいなくなったように思えることに気づいた。一気に不安感に包まれて、僕は彼を探しはじめた。

「何を探してるんだい？」不意に彼が言った。「僕はまだここにいるよ。君の内側に」

要するに、このチビもうたた寝をしていたということらしい。僕は気まずい思いを感じずにはいられなかった。

「今、何を考えてる？」〈共生者〉が訊いた。まるで、僕にほんの少しの個人スペースもやりたくないという感じだ。

「君は僕の一部だって言わなかったっけ？　もうひとりの僕じゃなかったっけ？　僕が何を考えているかくらい、当然知ってるはずだろう！」

「まだ、あの娘《こ》のことを考えてるんだろ？」どんぴしゃだった。

「僕たち、また彼女に会えるかな」僕はためらいがちに尋ねた。

「あらゆる人間の交尾活動はとっくに消滅したというのに、どうして男はまだ女性の肉体の香りを必要としているんだろうね。言わせてもらうけど、あの朱淋《ジュ・リン》という娘はトラブル以外の何ものでもないよ。体じゅうに危険と書いてあるみたいなもんだ！」

僕は朱淋《ジュ・リン》の体を、北極の氷山の割れ目のような体を思った。だが、それ以上、何も口には出さず、自分の気持ちを落ち着かせて、周囲の状況を観察した。そこは自然の洞窟ではなく、人間による大規模プロジェクトの一部として建造された構造物だった。幅の広い金属の扉が何層も重なり、そのそれぞれが緊密に連結された何本ものメインとサブのトンネル・ネットワークを構成して、彼方の鉄道線路へと続いている。トンネルには複雑なワイヤとコードの網が張りめぐらされ、製薬工場の作業場と研究室が果てしなく連なっているように見えた。地面に散らばった無数の糖衣錠。いくつもの割れたガラス容器から、どろりとしたパルプ状の物質が滲み出し、混ざり合って汚れた川となり、何列も並ぶ金属の保管庫とファイルキャビネットの間を流れている。使い古された保管庫はあちこちが凹《へこ》み、穴だらけだったが、薄れたラベルの文字は、〝プロジェクトX用実験薬物〟や〝Y製薬アプリケーション〟といったように、今も読み取ることができた。ファイルキャビネットはひとつひとつに、当該の研究プロジェクトを管理監督していた担当医師の名前のラベルが付されていた。散乱するファイルと文書には、種々の研究・制御チームのパラメーターに関する情報とともに、新しい抗生物質の承認プロセスをチェックする書類もあった。列をなす分厚い金属のタンクの中には、様々な薬物をテストする発酵実験装置が収められており、ほかの一連の装置群にもラベルが付されていたが――大気圧ないし高真空蒸留装置、遠心分離機、加圧濾過器、高圧反応器、固定床ないし流動床、気相反応装置、液相触媒反応装置、イオン交換カラム――大半がひどく傷《いた》んでいた。ユナイテッド製薬傘下の著名な会社名が確認できた。パープル・プロスペリティ・ラッキー・ブライトネス、グレーター・チャイナ・ピースフル・ジーンズ、クラウド・バイオ・フェニックス・ダンス、スプレンディッド・ピース・オン・ザ・セントラル・プレーンズ・チェンモ、ニュー・ファミリー・スターツ・ウィズ・ルオ、ワンユアン・SK、ハーモニアス・ヘルシー・ラッキー：ベヴァーノ、グレート・ピース・インヘリッツ・オール・ビューティ・ベイビー……。〈共生者〉が説明してくれたところでは、これらはすべて、〝診療‐研究‐産業複合体〟の一部をなしていて、この複合体が、病院と救急蘇生室および死体置場をダイレクトに結びつけている。特別保護関税セクションには、目路《めじ》の届く限りうずたかく積み上げられたコンテナの山があり、そのどまんなかに堂々たる税関ビルが立っていて、海外から輸入される医療機器は直接そこに運び込むことができる。あらゆるものが示しているとおり、病院は氷山の先端でしかなく、真の巨大ビジネスの本体はその下、地下深くに隠されているのだ。

この遺棄された薬品生産鉱山には一万人以上の患者が隠れていて、全員がそれぞれの体内に〈共生者〉を持っていた。肥った顎髭男は全員から艾《アイ》村長と呼ばれていた。患者たちは、準備が整った時に、艾《アイ》の先導のもとに病院から逃亡したのだ。彼らは、救済にいたる哲学的な道程と言語という精神の錯乱をめぐって熱のこもった議論を戦わせていた。艾《アイ》村長は人々の間を行きつ戻りつし、《医療の時代》の悪行《あくぎょう》の数々を徹底的にこきおろした。彼はこう語った。とてつもない利益を生む製薬業界の優良株は、かつては世界経済を牽引・推進する原動力だった。診療－研究－産業複合体は、いかなる病気も治療されることを決して許さなかった。でないと、製薬業界がたいへんな損失をこうむることになるからだ。しかし、今、製薬業界は、技術革新のモチベーションを失ってしまっている。指数関数的に膨れ上がる新薬の研究開発コストの重みに押しつぶされてしまう瀬戸際にいる。癌の生物学研究ひとつをとっても、投下された資金の総額はすでに三兆元を超え、航空宇宙産業の全予算を上まわるにいたっている。それなのに、新薬の大半は、患者に臨床上の利益をまったくもたらしていない。要するに、ほとんどがまだ盲検（患者・被験者に、どのような治療を受けているのか知らせずに行なわれる臨床実験）の段階でしかないのだ。ある病気の遺伝的な原因が突き止められた場合でも、大半の患者は治療されないままで放置される。ここには、意図的・意図的でないものを含めて様々な理由があるが、とにもかくにも、このようにして患者の数が一定に保たれる。いわゆる〝奇跡〟なるものは、病院が収益を増大させるためにでっち上げる誇大妄想領域の作り話にすぎない。外資系の製薬会社は地元の病院と結託して、スキャンダルを覆い隠し、危うい事態が降りかかってくる可能性を排除するために、偽のマーケティング・キャンペーンを次々と繰り出していく。通常の薬品は工場から病院に行く間《かん》に五百パーセントの利益を生み出し、マージンは時に六千五百パーセントに及ぶ。医師たちは偽の治験データを提供し、キックバックを受ける。病院は完璧に商業主義化されてしまっている。医師と看護師の給与は病院の利益とダイレクトにリンクし、ＣＴスキャンと臨床試験と検査および処方薬の数量は、診療報酬に大きく影響する。研究室のリーダーたちは、機会があるごとに、これこれの新しい薬品がこれこれの疾患のトリガーを引くと言明する新薬治験レポートを出すが、その報告書はすぐに公表を差し止められ、医師たちには口止め料が払われる。この目的は唯一、それらの薬品が保管棚から排除されないようにするため――病院側は、その間ずっと、その薬品を大々的にプロモーションする宣伝広告活動を続けるのだ。艾《アイ》村長の言によれば、「何もかもが芯の芯まで腐っている！」

艾《アイ》村長は、自分のグループに入るのに会費を払うようにと言った。僕は現金をいっさい持っていなかったので、借用証を書かなければならなかった。彼はさらに、僕に全員の食事を作るようにと命じた。これは、メンバーが僕の様子をチェックするとともに、僕の体調を整えるためだということだった。食べ物は薬よりもずっと重要だと彼は言った。こうして僕は、病院から逃げ出した途端、ナチュラルライフの道を歩むことになったのだった。

僕は歌を書くのが好きな疑似インテリにすぎない。体は弱い。薬の飲み方は知っているけれど、料理のことはまるきり知らない。そんな僕が突然、鶏の首をちょん切り、薪《まき》を割って、お湯をわかして、調理をする羽目になったのだ！ 作業を始めてみると、その鶏は鶏ですらないことがわかった。それは遺伝子改変された孔雀で、内臓がベトベトに脂ぎっていた。ほどなく、ここにいる動物はすべて、地上にいるものとは違っていることが判明した。いま一度、気づいてみると、僕はそれまでに一度として求められたことのない新しいアイデンティティを身につけていた。笑っていいのか泣いたほうがいいのかわからなかったが、いずれにしても、なるようになれとしか言いようがなかった。

まもなく、艾《アイ》が特大サイズの薬品ケースにまたがり、腹を突き出して、何も言わずに僕をじっと見た。僕は、全身血まみれになって、孔雀鶏の首をちょん切ろうとしているところだった。艾《アイ》村長はカメラを取り出して写真を撮った。

しばらくして、僕が調理した肉をまだ誰も口にしていない時に、突然、頭上ですさまじい金属音がした。動物たちが頭を上げて、いっせいに吠えはじめた。紅十字の標章をつけたドローンの一大部隊が頭上の穴のすぐ上でホバリングしているのがわかった。

「医者たちが来る！　医者たちが来る！」患者たちは恐怖の叫びを上げ、疑念もあらわに僕をにらみつけた。

「おまえがやつらをここに連れてきたんだ！」艾《アイ》村長が怒鳴り、僕の顔に平手打ちを食わせた。僕は吹っ飛んで、ふつふつとたぎる孔雀のスープ鍋を引っくり返した。

〈共生者〉が直ちに僕にこう言わせた。「違う、僕じゃない！　誓って！　ここに来るまで最高度に注意深く行動した。あとをつけられていなかったことには確信がある。思うに、あなたがたのシステムに穴があったのではないか」

艾《アイ》村長の怒りが改めて頂点に達した。「ちくしょうめ！　とにもかくにもここから逃げ出さなきゃならん！」彼は叫んだ。「みんな、移動だ！　前倒しで計画を進めなければならん！」

患者たちはヘルメットを投げ捨て、穴の下に積もったゴミの山に向けて走った。

63　断ち切られた自然の進化

白頭鷲の一大軍団さながら、病院の保安局のドローンの大部隊が天窓から穴の中に次々と突っ込んできた。サーチライトのカーテンの下、ロボットアームが麻酔弾を発射し、ワイヤのネットを放って患者たちをからめ取っていった。ネットの襲撃をかいくぐることのできた者は、ゴミの山の上に集結した。そこには、人間の死体と動物の死骸、つぶれ壊れた古い医療機器の残骸が散乱していた。ドローンの群れは、山頂のすぐ上空でホバリングし、攻撃編隊を組んで、残っている患者を一網打尽にする準備にかかった。ドローンが発するライトのおかげで、〝長城〟が見えた。人間の骨と医療廃棄物の間から突き立ち、ゴミの山の稜線に沿って曲がりくねりながら続いている巨大な防壁だ。艾《アイ》村長は写真を撮りつづけていた。山沿いに作られた掩蔽壕《えんぺいごう》に隠れつつ、頭上のドローンの攻撃をかわしつづけた患者たちは、ついに、長城の地下の秘密のトンネルに入って逃げ出すのに成功した。

ただ、地下トンネルに入ることができたのは、わずか五百人ほどだった。そこは真っ暗で、僕たちは手探りで進んでいかなければならなかった。しばらく歩いてから休憩をとった。誰もが黙りこくっていた。僕たちが休んでいる間、それぞれの〈共生者〉たちがテレパシーのミーティングを開いた。この状況下では、彼ら〈共生者〉こそが、肉体という外殻の真の主人だというふうに思えた。最終的に出された彼らの結論を、艾《アイ》村長が声に出して宣告した。「我々はこれ以上ここにとどまっていることはできない。海のそばの彼《か》の地に行かなければならない。そこに到達して初めて、我々は病院のない世界、完全に健康な世界を見出すことができる」

海のそばの地？　病院のない世界？　完全に健康な世界？　僕たちが知っているのは病院だけだ。海というのはどこにあるのか？　どんなふうに見えるのか？　そんなものを、いったい誰がこれまでに見たというのか？　我々は地下にとらえられているのではないのか？

僕の心に〈共生者〉への不信感が芽生えはじめた。本当に病院をあとにしてきたのかどうかさえ疑問に思えてきた。艾《アイ》村長が立てつづけに指令を下し、みんなはレミングの群れのように行動に移った。僕は喉がカラカラに渇いていた。疲れきっていて、痛みも激しかった。

「行きたくない」僕は力なくつぶやいた。

わが〈共生者〉にして教師は、僕のチアリーダーにもなろうと試みた。「頑張って、力を振り絞って、進みつづけよう」

「なぜ？　そうすれば、連中が君を僕の体からほじくり出すことはないってことか？」僕は依然として、自分のために決断を下すという行為に慣れていなかった。

「そんな言い方をしないでくれ！　君の命を救ったのは僕なんだから。僕は間違いなく、君の痛みをやわらげることに貢献した。連中が君の体内から僕をほじくり出してしまったら、僕はどうやって君を助けることができる？　僕たちは運命共同体なんだ。さあ、急いで――とにかく急いでここから出よう！」

この発言――「僕たちは運命共同体なんだ」――に、僕は言葉を失った。僕はこれまで、病院とともに繁栄するか、病院とともに滅びるか、そのどちらかしか考えてこなかった。かつては、病院にこの身を押し込むチャンスを得るために自分の頭を打《ぶ》ち割ることも辞さなかった僕だが、今や、病院から逃げ出す案ならどんなものでもやってのけるつもりでいた。そして、自分で決断を下せないという状態が世界の終わりのように感じられた。結局のところ、〈共生者〉の言葉に従うしか選択肢はなかった。僕たちは頑張って、先を進むグループに追いついた。

進みつづけるうちに、患者たちは次々と倒れていった。それぞれの持病のせいだった。〈共生者〉は無尽蔵のパワーを持っているようだったが、それでも、この悲惨な状況から宿主を救うことはできなかった。途上で口にできたのは、壊れた製造装置とコンテナに残されていた薬品だけだった。艾《アイ》村長は、我々はもう二度と薬品を摂取する必要はないと言っていたが、それは事実ではなかった。

前方から金属音が聞こえてきた。ドローン軍団が僕たちを発見して再び攻撃を始めようとしているのだと思ったその時、トロッコの車列が目に入った。トロッコは僕たちを迎えにきたのだった。トロッコを操作している者の胸には孔雀のバッジがあった。僕らはトロッコによじ登り、ぐったりと座り込んだ。かつてはまったく見知らぬ間柄だった患者たちの間に、強い絆の感覚が生まれていた。僕たちは全員、病院からの逃亡者なのだ。

トロッコの線路沿いには、いくつもの倒壊した薬品工場と遺棄された研究施設が連なっていた。僕たちは、実に多くの異様な変異生物がいるのに気づいた。孵化する前のものもいれば、成長途上のもの、すでに死んでいるものもいた。そして、液体の薬品と化学物質が流れる地下の川には種々様々の生きている成体が泳いでいた。透明な皮膚を持ち、背中から内臓が生え出ているマウス、二つの頭と四つの目を持ったトカゲ、ウサギくらいの大きさのマイクロ豚。ミュータントとしか見えない生命体もいる。人間の赤ん坊とカエルを交配させたような雑種、地べたをのたくっている粥《かゆ》状の暗赤色の有機物体……。

白黛《バイ・ダイ》と僕が病院の研究室で見たものと比べると、ここにいる生き物たちは、むしろ映画の特殊効果スタジオで作り出されたといったほうが近いように思えた。病院の地下にこんな世界が存在しているとは思ってもみなかった。まるで別の惑星のようだった。とはいえ、今となってはもはや、何ひとつ異様に思えるものはない。

〈共生者〉の説明によれば、これら地下生物の一部は薬品と放射線に起因する変異の産物で、そのほかは生物合成実験の結果、さらにはデジタル生命ファクトリーの生産物——促成変異を受ける過程で誕生したデジタル生成物——も含まれているということだった。これを聞いて、僕は、僕自身を含めて、病院の患者たちもまたデジタル・イメージではないかと思った。多くのAI医療機械の残骸も目にした。五台のうち四台は壊れて岩の間に散らばっていた。これらAIは人間の医師に置き換えられることが意図されていたらしい。

医療産業は、自然ではいまだかつて見られたことのない生命体をいくつも作り出した。そして今、それらに対するコントロールを失いはじめている。

〈共生者〉は言った。それは救世主の言葉のように響いた。「これぞまさに《医療の時代》がぐらついて、崩壊の途上にある証《あかし》だね。《医療の時代》そのものが病気に感染してしまっている。そして、君たちかわいそうな生物は完全に何も知らないままでいる！」

だが、秘密の一部は漏れていた。少なくとも白黛《バイ・ダイ》と僕は、明らかになりつつあった悲劇の一端を理解していた。遺伝子を根絶すること、人類の絶滅、来たるべき世界戦争――これらをめぐる話はすべて、医師たちによって煽り立てられてきたものだった。そうするように仕向けたのは、虚栄と病院の自惚《うぬぼ》れだ。

地下の生命体は、仏教の経典に言う〝生命の六道〟（人々が輪廻転生する六つの世界。地獄、餓鬼、畜生、修羅、人間、天上）を思い起こさせた。しかし、これらは、自然選択に基づいた数百万年間の進化の結果ではない。診療－研究－産業複合体によってデザインされ、作り出された産物なのだ。この複合体は、進化を、いまだかつて誰も見たことのない超短期間のプロセスに凝縮してしまった。生命のソースコードはロックをはずされ、モバイルフォンとインターネット上で動くプログラムになった。医療パンクが最もアクティヴなグループとなって、我々に未来への道筋を示したが、それは、パンク自身をも時代遅れの存在にしてしまう、そんな道だった。何億年もの間、目撃されることのなかった規模の大々的な変化が起こりはじめている。我々にもたらされることになるこの新しい時代を、通常の言葉で定義することはできない。この新時代は、宇宙の生態系のルールを根源的にシフトさせる。自然の進化は断ち切られてしまった。僕は今、その波に乗り、幸運にも、この〝見知らぬ宇宙〟に生きている。五億四千万年前のカンブリア紀よりもはるかに巨大な〝生命の大爆発〟の時代を生きている。だが、これがもたらす結果は、間違いなく破滅的なものだ。これら新しい生命体を作り出した狂った創造者たちはあまりに傲慢で、その知識と能力には大きな限界がある。宇宙には、彼らのチェックを続ける力はいっさい存在しない。

だが、これはみんな、僕自身の考え、見解でしかない。これほどまでに大規模な変化が起こっている今、新しい形のロジックがどのようなものになるのかさえ、知っている者はいないのだ。

64　崩壊と腐敗は内部から始まる

地下の川の赤褐色の水面から折々に、ひとつながりの繊維組織のような構造物に付着している黒と赤の眼球の形をした生き物が現われ、長く細い触手を伸ばして、トロッコに座っている患者たちをさらっていった。そして、彼らをあっというまに引き裂き、肉を飲み込み、血と膿汁をすすった。水面には、この生き物が消化できなかった骨が散らばった。

こいつは非遺伝的な生命体なのだろうか？

つかまらなかった者は必死の面持ちでトロッコの中央部に集まり、うずくまった。

僕の横に十歳くらいの男の子が座り、不気味な目つきで僕を見つめた。恐怖感が少しずつ全身を包んでいった。「そんなふうに見ないでくれ」

「君が医者たちをここに連れてきた張本人だって聞いたもんだからさ」と少年は言った。

「みんなにはもう全部説明した。医師を連れてきたのは僕じゃない」

「ふん、そんなこと、誰が信じるかって！」

「頼むよ、僕はもう自分が誰かってこともわからないんだ！」

「それってクールだね。お金を少しは持ってきた？」

「入院した時に、所持金は全部、病院に渡してしまった……」

「それは最悪だ。一文無しで、どうやって逃げ出すつもりなんだ？」少年のまなざしに軽蔑の色が溢れた。

僕は困惑した。海に行って、健康な新しい世界に入れてもらうのに、本当にお金が要《い》るんだろうか？　「君は、君の〈共生者〉とうまくやっている？」僕は尋ねた。

「どう言えばいいかな――僕らは運命共同体だけど、彼はいつも自分の考えを持っていて、で、それはたいてい僕の考えとは違うんだ。でも、だんだんそれにも慣れていっている」

「君の名前は？」

「リトル濤《タオ》って呼んでくれていいよ」

何と、彼は、僕を経過観察室に連れていって、入院病棟に入る際にも手伝ってくれた、あの少年だったのだ！　彼は患者でもあったのか。彼が僕を認知したようには見えなかった。もしかしたら、彼はリトル濤《タオ》のクローンなのかもしれない――僕はそうも思った。病院にいるすべての人が自分のコピーを持っている。このおかげで、生物学的なアイデンティティがかなりややこしいことになっている。

「僕は病院の初等学校の生徒からスタートしたんだ」リトル濤《タオ》が説明を始めた。「学校はこの病院に属していて、医学校進学課程のカリキュラムを教えている。僕らはみんな将来の医師を目指して訓練を受けていたんだ。学校にいた時に、僕は自分の体で何度も実験をやった。国際遺伝工学ロボティクス・オリンピックで銀メダルをとったこともある。でも、その後にウイルス感染が原因で、鼻咽頭癌が進行していった。僕の〈共生者〉が逃げろと言った。ほかに選択肢はなかった」

僕たちはトロッコ列車に丸三日間乗りつづけたのちに、ある村に着いた。その村は、病院から逃げ出した第一世代の患者たちによって設立された中継ステーションだった。この地下の洞窟深くに巨大なコミュニティを作り上げた患者たちは、地上の病院に抵抗するレジスタンスを開始した。僕自身、この目で見ていなければ、すべては夢なのだと思っていたに違いない。

当初、鉱山トンネルは三千メートルの深さにあったが、ある新薬を創生しようとしていた際の連鎖的な化学反応ですっかり破壊されてしまった。病院の地下には、こうした遺棄されたいくつもの薬品生産鉱山で構成された広大な世界が広がっていた。それは、外部の誰も見たことのない立ち入り禁止区域だった。だが、半ば崩壊した生産鉱山の残骸だけでも、想像のつかないほどに広がった製薬産業の規模の大きさは充分に感じ取ることができた。かつて、病院の世界支配をサポートする物質的基盤だったものは、一度に一サイトずつ、徐々に遺棄されていった。崩壊と腐敗は内部から始まるのだ。

　中継ステーションを取り囲む石の壁は、ミュータント生物の侵入を防ぐためのものだった。全員がしばしの休息をとり、地元の村人たちが、新たに到着した難民患者たちのために薬品と水と食べ物を用意した。僕は食事をしながら、これまでくぐり抜けてきた出来事の数々を思い返した。僕の体と魂の全体が泥のかたまりに変えられたのちに、見知らぬ力によって、自分でも何であるともわからない存在に作り直されたような、そんな気がしてならなかった。

　その時、僕は入院病棟にいた時の、オールド蔡《ツァイ》という名の年配の男性患者のことを思い出した。彼は交通事故で記憶を失い、自分が誰なのかわからなかった。彼はまた、精神に少し異常を来たしていて、医師の姿を見ると震え出し、しばしば真夜中に起き上がって、国連事務総長に特別報告書を持っていっているふりをすることがあった。病院はオールド蔡《ツァイ》の脳の再構築手術を行ない、内側前頭前野に第二のパーソナリティを移植した。手術ののち、彼の精神状態がおかしくなりはじめると、頭蓋内に移植されたAIナノボットたちのスイッチが入り、原子の動きをモニター・操作しつつ、行動をコントロールして、彼を国連総会の会議室から強制的に病室に戻らせるようにした。彼の脳に移植された電極は効果的に、損傷を受けた神経細胞に置き換わったのだ。僕は思った――**僕の〈共生者〉も、これと同じことをしているのではないだろうか？**　僕も脳に損傷があって、何らかのデバイスが移植されているのかもしれない。でも、それなら、そうした処置の記憶がまったくないのはどうしてなのか。それに、〈共生者〉が、僕を治療するツールとして病院によって移植されたものであるのなら、どうして彼はいつも病棟から逃げ出して病院を裏切れとプッシュしてくるのか。

　僕の顔に浮かんだ当惑の色を見て取って、リトル濤《タオ》は、〝何でも知っている〟エキスパートのスタンスをとることにしたようだった。彼は僕にレクチャーを始めた。

65 君の脳が、糞便を作り出すだけのためにそこにあるわけじゃないなんて、どうしてわかる?

リトル濤《タオ》の解説によれば、〈共生者〉のオリジナルのモデルは、実際は第二の脳に当たるものだったらしい。人間は脳を二つ持っているが、起源はどちらも同じ組織に発している。数億年前、区切られた部位を持つ太古の生物学的生命体はまず、原始的な神経系を発達させはじめた。この初期の神経系の一部が徐々に中枢神経系に進化していって、種々の複雑な機能を発揮できるようになった。これが我々の第一の脳で、頭蓋と脊髄の中に収納されている。これとは別に、内臓器官をコントロールするようになったのが第二の脳で、こちらは胃をはじめとする消化管の中に隠されている。

僕の無知は許してもらうしかないが、こんな話を聞いたのは、これが初めてだった。

リトル濤《タオ》はレクチャーを続けた。「長い間、胃腸は筋肉でできた単なる管状《くだじょう》の器官で、基本的な反射運動をするだけだと考えられてきた。しかし、のちに、消化管は何億もの細胞で構成されていて、この複雑なシステムと中枢神経系を迷走神経がつないでいることを保証する事実はいっさいないことが判明した。つまり、消化管系は自律的に働いているんだ。その理由は、消化管系が自前の制御システムを持っているという事実にある。この自前の制御系が第二の脳だ。この第二の脳の一番の機能は胃腸の動きと消化プロセスをコントロールすること——種々様々な食品の特性を見極めて、どの消化液をどんなペースで増減させるかを決定する。第一の脳とまったく同様に、第二の脳も休息を必要とする。第二の脳が夢を見ている時、胃と消化管の筋肉は収縮する。宿主が不安を感じると、第二の脳も第一の脳と同様、ホルモンを分泌する。放出されるセロトニンの量が多すぎると、いわゆる〝猫ひっかき病〟（猫の赤血球に寄生するバルトネラ菌の感染症で、発熱やリンパ節の腫れなどが起こる）の症状が起きることがある。宿主が怖がったり、胃が強く刺激されたりすると、下痢になる。『とても恐ろしくてパンツを汚しそうになった』という時が、それに当たる」

リトル濤《タオ》は自信満々のように見えた。実際、彼は〝何でも知っている〟姿勢に基づいて行動していた。この時代、人間の成長を速められる場所は病院以外にない。リトル濤《タオ》のレクチャーは間違いなく病院‐学校で教えられたことなのだろう。でも、僕には、リトル濤《タオ》の説明を僕の胃の痛みの原因として受け入れることができなかった。そこで、こう反論した。「食べ物を消化して尿と糞便を作っている僕の体内のこの管《くだ》が、もうひとつの脳――思考や映像化や学習に使っている器官、情熱や正義や愛や憎悪といった概念を理解する部位と、そんなに違っていないなんて考えられない！　そもそも、比較することさえできるようなものじゃないだろう？」

リトル濤《タオ》は侮蔑のまなざしを投げた。僕が汚い虫けらでしかないとでもいうかのようだった。「この世界のものはみんな、君が考えるほどに違ってはいないんだよ。君の脳は、結局のところ、筋肉にすぎない。君の脳が、糞便を作り出すだけのためにそこにあるわけじゃないなんて、どうしてわかる？」

もちろん、排泄物の主要な材料がバクテリアだということは僕も知っている。バクテリアはどこにでもいて、常に存在し、常に作り出されているわけだけれど、それでも、僕は彼の言っていることを否定しようとした。「僕の胃がしゃべれるなんて想像できない！　僕の思考をコントロールしたり、GPSとして使われたりするなんて考えられない！」

「何もかもが引っくり返ってしまったんだ」リトル濤《タオ》が断固たる口調で言う。「以前に〝そうであったもの〟なんて、今は何ひとつない。この新しい時代では、たぶん、僕たちの第一の脳はもう何の役にも立たなくて、第二の脳に取って代わられたんだ。もしかしたら、第一の脳なんて、もう跡形もなくなってるかもしれない。病院はすさまじい速さで進化していて、今や不可能なことなんて何ひとつないんだよ。急いで、胃を思考に使うのに慣れなきゃ。学ぶべきことは山のようにある。すべてがばらばらに引き裂かれて、再び作り直されるに違いない。自分がまだ生きていると証明したい人間は、状況に合わせてどのように学習し、どのように適応するかを学ぶ必要がある。楊偉《ヤン・ウェイ》、君は本当は老人なんだよ」少年はいっこうに引き下がらず、僕に身の程をわきまえさせようとしつづけた。

患者たちは薬を食べた。わずかしかない食糧と水の足しにするためだった。こうして僕たちは海への旅を続けた。

66　異なる医療的見解

それほど時間がたたないうちに、あらゆる方向から、さらに多くの逃亡者たちが集まってきはじめた。彼らはそれぞれの孔雀のバッジを示して、巨大な集団を作った。たいした見ものだった。彼らが加わったことで、僕たちの軍団は数千人規模に膨れ上がった。

道に沿って、村の人たちは、薬品生産鉱山を、戦時中に掘られたトンネルのように、また、昔の異教徒たちが迫害を免れるために使った地下の構造物のように、改造していた。これら隠れたトンネル群は、防衛エリア、作業エリア、生活エリアが複雑に入り組んだレイアウトになっていて、医師側がそれぞれのエリアを突き止めて攻撃を開始するのを極度に難しくしていた。

この新しい世界をより深く探索していくうちに、僕は、その景観が好きになりはじめた。最初に思ったほど異様だとはもう感じられなくなった。少なくとも、まだ破壊されていない時代の我々の惑星の光景であることは間違いない。連続する作業場と研究室がアートギャラリーのように感じられ、夜の影のもとで、決して消えることのない多くのイリュージョンを明々と燃え立たせていた。人間を食らう生き物たちの目さえ、どこか愛すべきところがあるように思えてきた。外来病棟から入院病棟への苦しい旅程を経験してきた僕たちにとって、これは新たな長征だった。

ある時、何人かの患者の間から、突然、歌声が上がった。最初、故郷《ふるさと》の古いメロディだろうと思ったが、耳を澄まして聴いているうちに、それが公式の病院歌であることに気づいた。

陰と陽との間に生まれた私に
神が美しい名前を与えてくれた
白衣の天使と呼びならわされ
命を救う使命を遂行する戦士たち
広い心を持って惨禍のただ中を歩み
愛の力で、傷ついた魂を治療する
一縷《いちる》の望みがある限り全力をつくす
彼らのなすすべてが、命の樹を緑に保つ
おお、常磐《ときわ》の緑よ、常磐の緑よ！

彼らは今も大晦日のガラ・コンサートのための練習をやっているんだろうか。いずれにしても、その歌を耳にしたことで、もう一度、作詞作曲をしたいという思いが湧き上がってきた。〈共生者〉は、海に着いたらすぐにチャンスを見つけてあげようと約束してくれた。

その時、岩壁の反対側から妙な音が聞こえてきた。地下の生き物たちがいっせいに走りはじめた。艾《アイ》村長の顔から血の気が失せた。彼はくるりと振り返って走り出した。

「何事だ？」僕は言った。

「どうも、うまくなさそうだな……」〈共生者〉がつぶやく。

交差路のひとつから、医師たちの大軍団が跳び出してきた。それぞれが片手に医学の教科書を、もう一方の手にスプレー・ガンを持ち、患者たちの行く手をブロックした。

医師たちがいっせいに声をそろえて唱えはじめる。その声が、先刻の患者たちの歌に置き換わっていく。「急いで戻れ！　病院に戻れ！　全員戻らねばならん！」

リーダーの医師が指令を発すると、そのほかの白衣の天使たちがスプレー・ガンの引き金を引いて、麻酔薬のエアロゾルを噴霧した。一番近くにいた患者たちがバタバタと倒れた。医師たちが彼らを引きずっていって、平台のカートに載せた。

僕の〈共生者〉の指示に従って、リトル濤《タオ》と僕は医師たちのバリケードを突破することにしたが、バリケードに近づいていくと、リトル濤《タオ》が突然、笑い出した。どういうことだと訊くと、リトル濤《タオ》はこう答えた。「この医者たち、みんな、僕の教師だ」

「学校で教わった先生たちってこと？」

「うん」

「すると、脳は糞を作っているただの筋肉にすぎないというナンセンスを君に教えたのも、こいつらだってことか？」

リトル濤《タオ》は僕を小さな洞穴に引っぱり込み、以前、教師のひとりに授業で聞かされたという話を始めた……。

一世紀以上前のこと、我々の国で大きな戦争が起こった。我々の国の資源を奪うという目的のもと、西洋の植民地主義の列強が連合軍を組織し、武力によってわが国に侵攻、一気に首都を占領した。総司令官は、アルフレート・ハインリヒ・カール・ルートヴィヒ・グラーフ・フォン・ヴァルダーゼーという名のドイツ人だった。当時のドイツは世界最強の国のひとつだった。かの狂気の人、ニーチェもドイツ人だ。ヴァルダーゼーは、首都から逃げ出した皇帝と皇后を追って、軍団を送り出した。彼らを捕らえ、その罪ゆえに懲罰を加え、そののちわが国をズタズタに切り分けて連合国の間で分配する計画だった。しかし、ヴァルダーゼーの送り出した軍隊は、我々の側の軍隊の待ち伏せを食らい、打ち負かされた。それまで一度として戦いに負けたことのなかったヴァルダーゼーは、この事態の展開にはなはだしいショックを受けた。どうしてこんなことがありえたのかを解明したいと、ヴァルダーゼーは二十六名の医官と五十二人の兵士からなるチームに、十三の市門を出入りする中国人全員に強制的な身体検査を実施し、ドイツ人の兵士に求められる基本的な身体的要件を満たす者がどれくらいいるかを判定するよう命じた。

調査の結果はすぐに出た。そして、ヴァルダーゼーは、十八歳から六十歳までの中国人男性百人につき九十五人は、ドイツ人兵士に求められる基本的な身体標準を満たしていることを知って、いたく衝撃を受け、直ちに、軍隊に皇帝を追うのをやめるよう命じた。彼はまた、ドイツ皇帝ヴィルヘルム二世に覚え書きを送り、中国を分割する計画を諦めるよううながした。その覚え書きで、ヴァルダーゼー元帥は次のように述べている。

「生物学的な観点からすると、この国の下層階級の人々は我らドイツ国家の下層階級の人々よりはるかに強く健康的であると思われます。中国が将来、知識階級のカリスマ性あるリーダーを生むことがあれば、その人物は、世界各国の文化的成果と手法を活用して、この国家を活性化させることができるでしょう。私がこの国の未来に限りない信頼を寄せるのも、それが理由です」

この言に愕然としたドイツ皇帝は、個人的に生物学者と医療の専門家を含む調査チームを組織した。彼らは地球をぐるりと半分まわってわが国にやってきて、最先端の技術的手法を用いて、わが国の人々の身体的・精神的な機能および生活様式をサーベイした。我々の国民に対するこうした全面的・包括的なサーベイが行なわれたのは、史上初めてのことだった。チームは丸一年をかけて調査を完遂、報告書では次のように述べられている。——中国の人々の身体の状態と知的なレベルは、いかなる点から見ても、白色人種のそれに劣るものではまったくない。それどころか、労働倫理の観点から言うと、中国人は実際、白色人種を上まわっている。

このドイツ人の評価に基づいて、西洋の連合軍は、わが国への侵攻を控えるというコンセンサスに達し、平和が保たれた。

「すると、僕らの国が助かったのは、大規模な身体検査のおかげだったというのか?」僕はびっくりして言った。「毎年やってる、従業員の職場検診みたいなやつ?」医師たちの波が上げ潮のように僕たちに向かって押し寄せてきた。

「そのとおり」リトル濤《タオ》が言う。「教師が教えてくれたところでは、僕らは世界一傑出した遺伝子を持っているということだ。僕らが〝アジアの病んだ連中〟でないことは間違いない!」

僕は、首都の市門での身体検査の様子を脳裏に思い描いた。裸の中国人が列を作り、その体を、毛むくじゃらの白人たちが探っている。肛門に指を突っ込み、ペニスを精査し、包皮のサイズを測り、目に見える異常があればノートに書きつける……。

リトル濤《タオ》の口調が自慢げになった。「教師はこう言った。我々の国は、はるかな古代からずっと、世界じゅうで最悪の生活状況に苦しんできた。そして、絶え間ない疫病と飢饉と戦争が続いた。それが効果的に劣等遺伝子を排除して、今日の我々は最上の遺伝子を保持するという結果にいたったわけだ」

「で、君の先生は……」僕は思った。次の人生で僕が医学校の生徒になっている可能性はあるだろうか。

「《医療の時代》が来ると、僕の教師は反対派の一員になった。彼らは〝異なる医療的見解を持つ〟人々と呼ばれた。反対派は団結して〝種《しゅ》を守る協会〟というグループを設立した」

「〝種を守る協会〟?」

「種を守ることが、彼ら自身の生存を確実にできる唯一の方法だという主張だね。彼らのミッションに基づけば、病んだ者は本当は健康な者であり、病院の真の主人だということになる。病んだ者だけが病院を救い、この国を活性化させることができる。僕の教師が、遺伝子治療と遺伝子の排除に反対した理由は、まさにそこにある。彼は、僕たちが海に逃亡することも禁じた」

「みんなが逃げ出してしまうと、僕たちの民族の最高の遺伝子系統が全部壊れてしまうってこと?」

「そのとおり。だから、僕の教師は僕に戻れって言ってるわけだ。でも、僕の〈共生者〉はずっと、逃げろって命令しつづけてる」リトル濤《タオ》は落ち込んでいるように見えた。「ちくしょう、もうどうすりゃいいのかわからない」

「艾《アイ》村長も〝種を守る協会〟のメンバーなのか?」

「いいや。彼は自分の体のことなんか、これっぽっちも気にしてやしない。医者たちは彼の体を好きなように変えられるけれど、彼自身は、そんなこと、どうだっていいんだ。要するに、生き延びたいだけなのさ」

67　物語の中の物語

艾《アイ》村長の華麗な過去について、リトル濤《タオ》は手短に話をしてくれた。艾《アイ》村長は、実は、C市の市長兼病院代表者の長子で、B社（Bはバイオメドの略）の経営者だった。B社は、当初、社歌を書かせるために僕をここに招いた企業だ。

小公子たる艾《アイ》は三流の役者としてスタートした。しばらく、どうでもいいスケッチ・コメディをやっていたのち、父親の地位とコネクションのおかげで、業界最大の製薬会社のひとつを引き継ぎ、一連の研究所・巨大プロジェクト・財団の責任者となって、B社に、病院の運営の実質的なコントロールを握らせることに成功した。

ある日、小公子艾《アイ》は、ほんの気まぐれで、シベリアの氷床下で発見された三万年前の凍ったウイルスを蘇生させ、わが国にひそかに持ち帰るよう、部下に命じた。そのウイルスは、長さ一マイクロメートル、四千二百個の遺伝子で構成されていた。大きさの観点からわかりやすくいうと、インフルエンザウイルスの遺伝子は八つしかない。艾《アイ》は、このウイルスを人間に感染させると同時にワクチンを作り出せば、それを各地の病院に売って、たいへんな利益を上げられると考えた。彼は新たな産業界のリーダーとしての地位を利用し、ほかの製薬会社、大手製薬会社の代理人たち、病院、医師たちのすべてを、支配下に収めるにいたった。

だが、彼が本当に望んでいたのは、生涯にわたる夢を実現して前例のない幸福を達成することだった。生涯にわたる夢——それは生物学のアーティストになることだった。艾は全身全霊をかけて医療デザインに取り組んだ。自分が、二ビットのスケッチ・コメディ俳優から伝説の医療アーティストに変身したことを確信した彼は、憑かれたようにウイルスを設計しつづけた。自分が作り出した顕微鏡下の奇跡的な生命体の不可思議な構造——球状、螺旋型、棒状、王冠型——はマイクロ宇宙のシリーズのようだった。これほどまでの達成感を感じたことは、これまでに一度もなかった。

医療パンクの世界に、みずからの信じがたい偉業をプロモートせんものと、艾は、讃歌を書かせるべく、僕に白羽の矢を立てた。だが、C市に着くやいなや、僕は具合が悪くなって病院に運ばれ、巨大宇宙船さながらの迷宮の内に姿を消してしまった。怒り狂った小公子艾は、そのフラストレーションを自身の製薬会社の生物学者たちにぶつけ、彼らの研究室を破壊して、あれほどまでに注意深く育成していたシベリアの蘇生ウイルスを外部に漏出させてしまった。

ウイルスの拡散を防ごうと、病院全体が動いた。病院代表者は、自分の息子のミスを隠蔽するのを第一義に、新たな合成バイオ・ラボを設立して、シベリアのウイルスに感染させる新規のウイルスを作り出させた。ところが——この新規のウイルスもまたラボから漏出してしまった。このリークをめぐる話が公になるのを阻止するための緊急措置がとられたが、そのニュースは措置の網をかいくぐって、外部に知られるところとなった。結局、病院代表者はすべての責任をとって辞任せざるをえなくなった。

B社はほぼ一夜のうちに倒産、それが倒産の連鎖を引き起こし、診療－研究－産業複合体の全体が倒壊するにいたった。小公子艾は、猛り狂った医師のグループによって医療業界から追放された。彼は地下世界に行くしか道はなく、そこで村長の称号を得た。

艾村長が僕に気づいたかどうか確信はない。たぶん、B社の社歌を書かせるために僕を雇ったこと

328

も、とうの昔に忘れているだろう。再び、僕の耳に患者たちの歌声が聞こえてきた。

天と地に愛が染み入って、私の心を浸《ひた》す
白衣の天使たちが私のかたわらを歩む
私は偉大な愛を使って悪夢の数々を追い払う
私が目覚めた時、私はあなたに新しい命を送る
おお、新しい命よ、新しい命よ！

驚いたことに、いつのまにか、〝種を守る協会〟の名のもとに僕たちを追っていた医師たちの波が引いていた。もう少しで次の中継ステーションに到着するというところだった。突然、岩の山が爆発した。そして、ロープがぷっつりと切れたように歌声が途絶えた。

68　史上誰も見たことのない新種のウイルス

砕けた岩の間から、太陽電池駆動のスキーに乗った医師と看護師の隊列が現われ、すさまじい勢いで突進してきた。目にメラメラと炎が燃えていた。今回は〝種を守る協会〟の一団ではなかった。ドクター・バウチのリーダーシップのもと、紅十字の腕章を巻いた医療従事者たちのヘルメットのサーチライトが、解き放たれた凶暴な龍さながらに、地下世界を明々と照らし出した。パニックに襲われた患者たちは目を覆って四方八方に走り出した。少なからぬ者が医師団の放つネットにからめとられ

て連れ去られた。僕も全力で逃げ出したかったが、その時、こう呼びかける声が聞こえた。「その場から動かないで！」

目の前に、長い白衣を着て看護師のキャップをかぶった電動スキーの女性がいた。彼女は、咎《とが》めたりはしないからというまなざしで僕を見つめた。

「朱淋《ジュ・リン》……？」僕は口ごもった。〈共生者〉にアドバイスをあおぎたかったが、彼は先刻からずっと口をつぐんだままだ。

朱淋《ジュ・リン》の真新しい白衣は燦然と輝きわたり、全身を魔法のオーラで包んでいた。ほとばしり出る新しいエネルギーを吹き込まれたかのような朱淋《ジュ・リン》の上に下に踊る胸が、伝説の女性戦士花木蘭《ファ・ムーラン》を想い起こさせた。彼女は僕に、直ちに病院に戻るようにと命じた。朱淋《ジュ・リン》は白衣の天使のランクに昇格したのか。ドクター・バウチは彼女にどんな特別の治療を行なったのだろうか。

「聞いてくれ」僕は言った。「こんなふうに物事が進んでいくなんて、僕にはとても――」

彼女は、みなまで言わせなかった。「私が教えてあげる、物事が実際にどんなふうに進んでいるのか！　あなたが手術棟から逃げ出した日に、ドクター・バウチが私をオフィスに呼び出した。ドクターは私を叱る代わりに、私とあなたの間にいったいどんな、普通でないことがあったのかと、やさしく尋ねた」

「それで、君は何と言ったんだ？」

「こう言った――あの患者は、鳥の檻の中にずっと孔雀を見つけ出そうとしていた、中には雄鶏しかいなかったのに」

「〝あの患者〟って……」胃の中を強烈な痛みが貫いていった。「で、ドクター・バウチは何と？」

「ドクターはこう言った――彼には確かにどこか悪いところがある。ただ、それが従来の意味での幻覚でないことは確かだ。こうも言った。私には効率を高める力があって、病院はその力を、男性の体に潜む病《やまい》を一掃するために使ってきた。病院は、生きた人間を治療の一端として使う実験を行なってきた。患者を救う最も良い方法は、ほかの患者を使うことなのだ、と。相互治療によって、私は、あなたの内にあった病気の症状を全部明らかにすることができた。これが、彼らが人間を使ってやっていること――X線にもBスキャンにもCTスキャンにもMRIにもできないことよ」

「そんなことがどうしてできるっていうんだ？　できるわけがないだろう」僕は悲しさに包まれて言った。

「ドクター・バウチは私には絶対に嘘をつかない」朱淋《ジュ・リン》は横目でちらりと僕を見た。「ドクターは熱心に、病院が今直面している状況の深刻さについて説明してくれた。患者たちの体の中に何か恐ろしいものが隠れている。どんな治療も、これに対処するのに失敗した。保安上の問題から、これまで、そのことを私に教えてくれた者はいなかった。病院はずっと前から、この頑固な疾病を追ってきた。どんな癌よりもずっと悪性の病気。この今、世界は根源的な変容をとげつつあるってことを、あなたは知っていた？　異なった種《しゅ》の間にありとあらゆる異常が生じはじめているってことを。あなた自身を例に考えてみて――あなたは瓶入りのミネラルウォーターを飲んで、ひどく具合が悪くなった。なのに、医師たちはまだあなたの病気の本質を解明できていない。実際には、この全体には、もっともっと深刻な病気が潜んでいる。患者たちは異常きわまりないウイルスにコントロールされている。これこそ、患者が病院から出ていくのを許さない本当の理由よ。私たちはついに、このウイルスが人間の体の内部で独自の意識を発達させていっていることを突き止めた。それは宿主のパーソナリティを模倣して、宿主に、病院に歯向かえ、治療に抵抗しろと命じている。このウイルスは、これまで人間の歴史に登場したどんなウイルスとも異なっている。私たちには防御するすべはいっさいない。今日の医薬と治療のメソッドはことごとく失敗に終わった。医師たちの使命は、辛抱強く病原体の登場を待ち受けること――医療用語では、そいつは〝怪物〟と呼ばれている――そして、そいつが姿を現わした時に、一気に殲滅《せんめつ》すること。この恐るべき脅威に立ち向かうために、私たちは病院を基地として戦わなければならない。戦い、戦い、戦いつづけねばならない！　私たちの国の存在そのものが脅威にさらされているのだから！」

僕は、僕の体の中にいるこの怪物――ドクター・バウチによれば、その怪物は僕の〈共生者〉に違いないのだが――は、いったい誰が作ったものなのか、どこからやってきたのかと尋ねた。朱淋《ジュ・リン》の言葉が正しいとすれば、ドクター庭石とドクター・バレリーナとドクター・アーティストの微生物コントロール・ラボが作ったものではないし、艾《アイ》村長の監視の目を逃れて逃げ出した、いまだかつて確認されたことのない巨大サイズのシベリアウイルスでもないことは確かだ。

朱淋《ジュ・リン》はこう言った。「私たちの分析によると、この新種のウイルスはロックフェラー財団が作り出したものよ。私たちの病院を崩壊させる手段として」

僕の〈共生者〉は依然としてひとことも発しない。彼は恐れているのか？　僕は改めて朱淋《ジュ・リン》を見やった。彼女はどこか突撃隊員を想起させる激しい思いに燃え立っていた。効率を高める能力を持った者は、みんなこんなふうに見えるのだろうか。僕たち二人でやった相互治療のセッションを思い返して、僕は新たな痛みの衝撃が体の中を突き抜けるのを感じた。

「あなたにとって悪いことにならないように頼んでみた」と朱淋《ジュ・リン》は言った。「ドクター・バウチに、彼ら全員を消し去る必要はないのではないかとも言ってみた。本当に何かほかの方法はないのか。もっと保守的な治療法を試みることはできないものか、って」

「ドクターは何て言った？」

「どうしたらいいか、本当に決めかねているようだった。陰謀論の類はいっさい信じていなかった。でも、病院は病院のやり方に固執している。〝本質主義者〟がすべての権力を握っている。ドクター・バウチはテクニカルな仕事をしているだけ。中心となるプランはどれも病院が作成していて、ドクター・バウチをはじめとする医師たちはみな、命令に従っているだけなのよ。葛藤を感じているのは確かだとしても、彼は基本的にルールに従うタイプの人だから、どんな意見であれ、病院の見解と一致しない見解を表明することは絶対にない。彼は、心配しなくていいと言った。あなたを傷つけるつもりはない、と。自分がやろうとしているのは、あなたを救うことだけだ。患者たちが苦しみつづけている執拗な痛みはすべて、〝怪物〟が引き起こしているものなのだから。医長として、自分は全責任を負わなくてはならない」

「で、そのあとは？　彼はまた、君相手にセラピーをやったのか？」

「もう、こんな時にそんなことを言うなんて！　ひどい！」朱淋《ジュ・リン》の眉が上下に踊り、顔がパッと赤くなった。彼女は少なくとも恥ずかしがってはいなかった。

「うう……」一方、僕の痛みは恐ろしくひどくなり、胃を押さえつけて体を二つ折りにしなければならなかった。しかし、〈共生者〉はこれっぽっちも気にかける様子がなかった。

朱淋《ジュ・リン》が頭上にネットを振りかざし、僕を追い込もうとした。「怖がらないで。私はあなたを救うためにここにいる。協力してくれないのなら、〝怪物〟があなたを殺す」彼女は泣き出す寸前だった。

僕は抵抗せずに諦めてこの身を委ねることにした。そうすれば、朱淋《ジュ・リン》は病院に戻って、ドクター・バウチに、自分が使命を果たしたと示すことができる。その時、どこからともなくリトル濤《タオ》が現われた。彼は手にメスを握って、朱淋《ジュ・リン》目がけて突進していった。

69　死んでも進みつづけなければならない

突然の襲撃に不意をつかれた朱淋《ジュ・リン》は叫び声を上げてスキーから落下した。僕はリトル濤《タオ》に怒りのまなざしを投げ、それから、彼女とともに岩陰に隠れるために駆け出した。四方八方から恐ろしい叫びが聞こえてきた。朱淋《ジュ・リン》が無言で、ひとりの男性医師に足首をつかまれて引きずられていくのが見えた。白衣が血で真っ赤に染まり、その血が上半身を伝って顔に流れ落ちていく。むき出しになった黒いブラと、尿で濡れた紫のショーツ。砂利の上を引っぱられていく中、肉づきのいい太腿が小さく揺れていた。ぽっちゃりした片方の脇腹から、半球状の有機物らしき物体――内臓のどれかとおぼしきもの――が、赤い管《くだ》につながったまま外にはみ出て、ぶら下がっていた。その姿は、祭壇に引きずられていく子羊を思わせた。僕は自分に責任があるような気がして、そのまま見ていることができず、目を閉じずにはいられなかった。……どのくらい時間がたっただろう、気がついてみると、すべてが再び静まり返っていた。医療従事者たちは戦利品を手に撤退しつつあった。捕まらなかった患者たちが徐々に、隠れていた場所から姿を現わした。みなショック状態で、口々にこうつぶやいていた。「海まであとどのくらいあるんだろう？　我々は本当に海まで歩いていけるんだろうか？　海に着いたら、いったい何が起こるんだろう？」

僕は消沈しきって、医療従事者の捜索チームが撤退していった方向を見つめた。ほんの少し前に僕を見据えていた朱淋《ジュ・リン》のイメージが脳裏に浮かぶ。純真無垢な、天使のような目。全身から放射されていた、夢を追いかけている者の輝き。染みひとつない純白の制服。思い出すだけで心臓の鼓動が高まり、内臓が破裂しそうな感覚に包まれた。血と尿で汚れた半裸の体があんなふうに引きずられていくなんて……。彼女は死んだのだろうか？　医師のチームの一員になったからには、彼女は死ぬことができないのではないだろうか？

「たとえ死んでも、進みつづけなければならない」リトル濤《タオ》が断固たる口調で言った。「君は今、君自身に対して責任があるだけじゃなく、〈共生者〉のことも考える必要がある。もう自分のことだけ考えていればいいというわけにはいかないんだ」

「確かに。僕たちは今、二人いるんだから」

「違う、僕たちはひとりだ」と〈共生者〉が正した。彼は戻ってきていた。朱淋《ジュ・リン》が僕を引きずっていかなかったのを、彼は心からラッキーだったと思っているに違いない。

　患者たちが少しずつ集まってきた。残っているのは千人に満たなかった。艾《アイ》村長が言った。「我々は今、コンタクト要員と合流する場所に向かっている。コンタクト要員はベテランの患者で、病院から逃げ出して海を渡った最初の人物だ。彼は、健康な新世界に到達することに成功し、今、我々を連れていくために戻ってきた。もちろん、彼が戻ってきた第一の理由は私を助けるためだが、君たちも全員、私の存在の恩恵を受けることになる」

　僕たちは歩きつづけた。やがて、残っていた薬品と食糧が完全に底をついた。前方の中継ステーションはすでに破壊されているということで、誰かが、地表に行って様子を見てはどうかと提案した。〈共生者〉たちがテレパシーで協議し、何人かが偵察に送り出された。彼らは、古い病棟の焼け焦げた残骸を発見した。我々は依然として病院の領域内にいたということになるが、少なくとも、医師や看護師のいる気配はまったくなかった。《医療の時代》は徐々に、一度に一セクションずつという感じで破壊されつつあるのだ。〈共生者〉たちは、病棟の廃墟に患者を登らせた。彼らは瓦礫の中から何体かの焼けた身体を掘り出した。実験に使われていた動物か病気で死んだ患者のものだと思われたが、確かなところはわからなかった。彼らは灰を払い、炭化した皮膚を剥いで、食用になる焼けた肉の部分を回収した。そののち、近くで、水で流し込める経口薬もいくらか発見した。

〈共生者〉たちは、この機会を利用して力を補充した。彼らは患者たちを逃がすためにたいへんなエネルギーを使ってきたわけだが、自分で自分に栄養を与えることはできない。僕は、〈共生者〉がいったいどういう存在であるのか、当人と率直かつオープンに話し合ってみることにした。

70　どうしてそんなに何もかも大きくする必要がある？

「僕はもともと元気にやってきた」僕は〈共生者〉に言った。「となると、僕の体はどうして、君みたいなちっちゃな怪物を育てることになったんだろう？」

「〝怪物〟だって？」〈共生者〉は明らかに腹を立てた様子で言った。「そんな言い方はないだろう？　君は気遣いのかけらも持ってないのか？」

「君は本当に、ドクターが言ってたようなウイルスなのかい？」

「バカバカしい！　あいつらの戯言《たわごと》を真に受けるな！」

「それじゃ、胃の中のいわゆる第二の脳なのか？　僕の第一の脳はもう役に立たなくなったんだろうか」

「まったく……君は本当に、物事がそんなにシンプルだって考えてるのか？」

「いずれにしても、僕の胃の痛みを引き起こしてきたのは君のように思える」

「前に言わなかったか？――僕は君の苦痛をやわらげるために、ここにいるんだって」

「君は誰なんだ？　どこから来たんだ？」

「僕はとても遠くにいる。天の一番遠い端っこに、と言ってもいい」彼は言った。その口調はどこか奇妙でミステリアスだった。「同時に、僕はとても近くにいる。君の鼻先に、と言ってもいい」

突然、マジックのトリックのように、周囲の岩と瓦礫と道が消えて、僕は何十億もの星の間に浮かんでいた。星々は空に輝く目のようで、そのきらめきが僕の体に反射した。

長い沈黙ののち、僕は尋ねた。「君はエイリアンなのか？」

〈共生者〉は深い息をついたが、僕の問いには答えなかった。星が激しく流れはじめた。あらゆるものを流し去って、この世界の真の顔を明らかにしようとしているかのようだった。

「オーケー、それじゃ……」と僕は言った。「たくさんの君がいるってことかな」

〈共生者〉は僕の脳波を調整した。C市を上空から見たイメージが現われた。眼前に、細部まできっちりと備えた巨大医療都市の姿が出現したのだ。続いて、その画像が変化し、ハッブルかプランク宇宙望遠鏡を通して見たかのようなフルスケールの天空のイメージに切り替わった。〈共生者〉の説明するところでは、C市のCは〝コスモス〟のCだということだった。C市は事実、宇宙のシミュラクルなのだ。

「宇宙のすべての部分が、全宇宙の反映なんだよ」〈共生者〉は小学校の生徒に授業をしているようなトーンで説明した。「ホログラフィ理論について知ってることはあるかい？」

「うーんと……」

「君にはきちんと知っておいてもらわないといけないんだけれど、宇宙の北半球と南半球は非対称なんだ。いくつかの地域では温度にも著しい差がある。尋常じゃない酷寒ゾーンも含めてね」

「ああ……」

「このレイアウトは明らかに宇宙論レベルでの物理法則を逸脱していて、ほとんどの人間にとって理解するのが難しい。結局のところ、知的な能力に限界があるってことだね」

「何とか僕にわかるように説明してもらえないかな」

「宇宙は病んでいるんだ」

寒風が体の中を吹き抜けていった。僕は何とかその体をあたためて、笑みを浮かべようとした。

「頼むから、僕をおもちゃにするのはやめてくれ。ついさっき、この病院のビジネスはすべて国家・

国民と結びついていると話してたばかりなのに、今度は、全宇宙ときた！　どうしてそんなに何もかも大きくする必要があるんだ？　たぶん、みんなに印象づけるには、そうするしかないと思ってるんだろう？　とんでもない例を出さないと、誰も注目してくれなくなるって。まったく、僕はソングライターの夜間バイトをやってるだけの公務員でしかないんだ！」

「別に大げさに言ってるわけじゃない」〈共生者〉は冷静に応じる。「君は、宇宙を、九百億光年にわたって広がっている巨大なキャビネットと見ることもできるし、顕微鏡でしか見えない小さな細胞だととらえることもできる。それは、君が公務員だという事実とはまったく関係がない」

次の瞬間、〈共生者〉は僕を宇宙に連れていった。

71　あらゆるものにとって、病気はデフォルトの設定

人生には数えきれない浮き沈みがある。物事の推移はまったくのところ予測できず、これに関して僕たちにできることは何もない。必要なのはただ、この地球上での限られた時間の間に、できるかぎりたくさんの薬を摂取することだけだ。

僕は病院の地下世界からダイレクトに星々の世界に跳んだ。

〈共生者〉は、巨大な冷たい宇宙ヴォイド（銀河をほとんど含まない宇宙空間。超空洞＝スーパーヴォイドとも。宇宙に数多く見出され、宇宙の大規模構造〔泡構造〕を構成する要素として、研究が進んでいる）を観察しろとうながした。僕は、そのヴォイドが皮膚の穴に押しつけられるのを感じた。ぐにゃぐにゃした有機物のような物体、腐った肉のような臭いを放つ巨大リンパ組織過形成性増殖にも似たヴォイド。

僕は、人類が宇宙マイクロ波背景放射の研究をやっていた頃のことを思い出した。科学者たちが、このオブジェクト、この〝物体〟を発見したばかりのことだ。その温度は、それまでに記録されたいかなる場所よりも低かったと言われている。最初は誰もこの理由を説明できなかった。計算にミスがあるか、観測した機器に問題があったに違いないと考えられた。これが、宇宙スーパーヴォイド――七億光年以上の広がりを持つ超空洞――に違いないと認められたのは、のちになってからのことだ。現代の理論によれば、宇宙の進化がこれほど大きなヴォイドを生むことはありえないとされている。この巨大な冷たいヴォイドの真実は誰も知らないのだ。宇宙物理学者の中には、ここから放射されている異常なエネルギーは、高度の知性を持つエイリアン生命体によって作り出されているに違いないと考える者もいる。

このヴォイドからは、意味不明の異様な信号が大量に発せられている。ここでは、多くの文明が破壊されつつある過程にある。間欠的に噴き上がる爆発する光のフレアの間から、胸の悪くなるような流体――黒い粘液と濃密な蒸気――が撃ち出される。この荒廃の極にある領域では、ブラックホールでさえ長くは存在できない。

〈共生者〉は、これは宇宙が病んでいる領域であり、宇宙に欠陥がある証左なのだと言った。肝臓癌に罹患しているかのように、血流がブロックされ、結合組織が引き裂かれている場所。ただ、彼は具体的な証拠は示さずに、僕に、自分で観察してみてほしいと言っただけだった。ざっと見ただけで、僕は理解した。病み捻《ね》じれた、そのありようは、基本的に僕が陥っている状態と同じだった。〈共生者〉の目を通して宇宙を体験していること、実際に本物の宇宙を移動しているのでないことはわかっていた。それでも、僕自身が体験しているものと現実の存在の間に違いはまったく感じられなかった。最初は、ヴァーチャル・リアリティのマトリックスの中に、何らかのマシンの宇宙の三次元映像の内部に入ったのだと思った。ミニチュアのホログラフィ画像と顕微鏡標本の分析と血管偵察ナノボットを統合して、僕の脳の視覚野にダイレクトに投影された映像。

あるいは、この全宇宙が本当はただの一個の細胞なのかもしれない。

〈共生者〉はさらに進んで、宇宙の病理をいろいろと紹介してくれた。

マクロとミクロな存在の間の潜在的な相互理解に達することができないという、宇宙固有の構造的な機能不全は、調和的な要素をはるかに上まわっている。この宇宙が、自身の有する数学と物理学では解決することが不可能な数々のパラドックス。いくつかの場所では、時間と空間が折れた骨のように崩壊しつつある。宇宙は、その構造を維持するために〝量子もつれ〟に依存しており、そのもつれが弱くなると、破裂・分裂する。細胞が分裂するように――とはいうものの、量子の領域では、何もかもが、言ってみれば幽霊をつかまえようとするように、不確実で予測できないものとなる。いたるところに変異が出現する。ダークマターとダークエネルギーは壊死に似ている。そして、エントロピーという、異様にして完璧に不要なものがある。どうして、宇宙が――永遠に存続しつづけることになっている宇宙が――みずからの老化を止められるはずなのに、自身の死に向けて進んでいくなどということがありうるのか！　それも、まだ、こんなにも若い時期に！

〈共生者〉はこんなふうに説明した。専門的に言えば、〝病気〟というのは、身体がそのルーティーンの形態から機能的に逸脱する現象にすぎない。何らかの理由で、生命は何らかの異常に見舞われ、身体の状態と能力に変化を来たすようになる。ノーマルな機能が制限・破壊され、やがて、遅かれ早かれ、はっきりした症状が現われて、最終的に死にいたる。病気・疾患はいたるところにある。痛みは普遍的なものであり、あらゆる身体現象のエッセンスだ。ミクロからマクロまで、痛みは、感覚を持つすべての生命体から世界じゅうのあらゆる存在へと広がっている。

僕は〈共生者〉に訊いた。それは、君の個人的な見解なのか、それとも確固たる事実なのか。

〈共生者〉は、その両者に違いはないと言った。

加えて、「宇宙を傷《いた》めている病気について言うと、その現われ方・症状は、当然、人間の場合とは違うけれど、でも、病気だという点では同じだ。ちっぽけな人間は病気で具合が悪くなる。だから、宇宙みたいな巨大で複雑な存在がずっと健康でいられるなんて、考えられるわけがない。人間は小さな宇宙のようなものだ。結局のところ、宇宙も巨大な人間の身体のようなものなんだ」と〈共生者〉は語った。

僕は完全に言葉を失った。これまでの宇宙に対する僕の理解は、何と表面的だったことだろう。

「すべての人間が病んでいるだけじゃなくて、宇宙も病んでいるってことだ」と〈共生者〉が繰り返す。

「そうか……そういうことか」白黛《バイ・ダイ》が明らかにしてくれたことに続いて、〈共生者〉はやはり僕に真実を教えてくれていたのだ。

「あらゆるものにとって、病気はデフォルトの設定——初期設定なんだ。ノーマルなあり方なんだよ」彼はそう説明し、自分が、我々自身のスーパーウイルスを打ち倒すべくロックフェラー財団から送り込まれたウイルスだということを否定した。「君たちの宇宙物理学者は、宇宙は正確な時計みたいに機能していると思っている。定数や銀河から素粒子まで、あらゆる細部がシームレスに動くよう、細心の注意を払って設計されたスイスの時計のようなものだ、って。彼らによれば、宇宙を説明したいのなら、三センチ以下の公式がひとつあればいいという。でも、それは真実とは程遠い。人間と同様、宇宙は病弊と欠陥に満ちみちている。これを理解する最も重要なステップは、宇宙が病んでいるという事実と折り合いをつけることだ。僕らは、抜け穴だらけの世界に住んでいる。宇宙は決して、数学と化学と物理学で定式化された自然な最期を迎えることはない。そうではなくて、まるっきり想像もしていない時に、突然の暴力的な死を死ぬんだ」

僕は不意に、宇宙物理学者も全員入院していたことを思い出した。「つまり、宇宙は今、深刻な病気に苦しんでいるってことだね」

「僕が言ってるのはそういうことじゃない。人類はすごい勢いで前進し、貴重な知力とハードワークをどんどん押し広げていっているけれど、でも、宇宙を統括している究極の法則を理解するという点ではまだ絶望的な状態にとどまっている。人間の物理学はどんどん奇術のイリュージョンみたいなものになりつつある。というのも、人間は病んだ宇宙を健康な宇宙だと勘違いしているからだ」

「僕たちがみんな病んでいるのは、宇宙が病んでいるからなんだ」僕はついに理解した。僕が胃の痛みから逃れられないのは何ら不思議なことではない。この痛みは事実、僕の〈共生者〉が引き起こしているものではない。

「宇宙もまた痛みを抱えている。でも、人間には宇宙の痛みを理解するすべはない。これは生物学的進化の最大の失敗と言うしかない」

「病気はいたるところにある……」

「初め、宇宙は自分が病んでいることを認めようとしなかった。だが、いったん痛みが組み込まれると、もうそれ以上耐えることができなくなった」

「絶望的になってしまったに違いないな……」こんなことを言うつもりはなかったのだけれど、言葉のほうが跳び出してきてしまった。絶望感が極限まで達すると、それはもはや絶望とは言えない。それとも、〝絶望〟という言葉は、少しばかり棘が強すぎるだろうか。僕らは、同情や哀れみを感じるべきではないのか。それとも、宇宙を苦しめているたいへんな不幸を、ほくそ笑んで眺めていればいいんだろうか。大勢の人が自殺したくなるほどの痛みに苦しんでいる。直接、病気で死ぬ人、また、安楽死処置を受ける人も少なくない。過去には、疫病や伝染病で全種族が絶滅してしまったこともある。でも、それもこれも、宇宙にとっては、ほんの小さな弱々しいうめきでしかない。

「そのとおり」〈共生者〉が言う。「宇宙は絶望に溢れていて、みずからの疾患がいかに深刻なものか認めざるをえなくなっている。そして、宇宙は自己治療を始める」

「宇宙が……自己治療を実践する？」

「痛みを何とかするために、宇宙は病院へと進化した」

72 究極の病院

宇宙は病院だ――この新たな〝事実〟は僕にはにわかには信じられなかったが、〈共生者〉の言ったことはすべて、実に説得力があるように思えた。状況は急速に極限に向かっていく。

〈共生者〉のガイドに従って、僕の視線は徐々にC市に戻っていった。病院代表者兼市長はもうその任になく、小公子艾《アイ》がプロジェクトと資金を医師たちに割り当てるのを拒否してからもすでに相当の時間がたっていたが、この巨大な医療都市はなお、エンジン全開で活動していた。ただ、その推進力は何より〝慣性〟によるところが大きかったのは確かだ。医師たちはホバーボードに乗り、フライト・バックパックを装着し、固定翼・回転翼の航空機器やヘリコプターを操縦して、患者たちをひとりまたひとりと捕まえ、病院に送り返していた。入院病棟はとんでもなく混み合っていた。次いで、視線が後ろに引かれ、宇宙の全体――〝宇宙病院〟が現われた。ひとつひとつの星、ひとつひとつの文明が病院の形態をとっているように見えた。紅十字が輝きわたる無数のクレーターの底や凍ったアンモニアの湖のかたわらに、数限りなく屹立する外来病棟と入院病棟。空中を切り裂く収監された患者たちの叫び。死体置場として使われている火山の火口に次々と投げ込まれていく死体。

星々の間を飛翔しながら、C市で治療を探し求めていた間に遭遇した不可思議な出来事の数々を思い返していた僕は、こう思わずにはいられなかった——生きることに意味はない。実際、生きていようが死んでいようが、どうでもよかった。

「これが、真に〝計り知れない〟ということなんだな」——僕は今初めて、この言葉の意味を理解したような気がした。

「宇宙は、計り知れないものたちよりもさらに計り知れないんだよ」と〈共生者〉が言う。「これを普通の病院のようなものと見ているだけだとしても、それはそれで正しい。でも、これは、医師と患者の連続体として見ることもできる。これは自分自身の病気を治療する究極の病院なんだ」

計り知れない世界にとって、C市中央病院のような究極の病院を持たないのは言語道断だと言っていいのだろうが、しかし、あの汚れ混乱しきった病棟——果てしない患者の列、詐欺師たちの跳梁《ちょうりょう》、自分の家族に誤った診断・処置をした医師たちへの復讐として自爆攻撃を実行した者たち——のことを考えると、〝究極の病院〟なるものには何か決定的に正しくないところがあるのではないかと思わずにはいられなかった。自身を治療するために、宇宙は、僕の娘を連れ去って空飛ぶ看護師にする必要が本当にあったのか。「あの巨大な冷たいヴォイドが、塩化ナトリウムとブドウ糖を注入する宇宙の点滴だなどということが、ありうるのだろうか？」

「究極の病院のような深遠なものに対して、人間の狭い理解や一方的な観点を簡単に押しつけたりするもんじゃない」〈共生者〉が厳しい口調で言った。「宇宙は、我々が医療の分野に適用するようなルールを必要としている。特に、誕生、死、老化、病気のプロセスを分析し記述する際に必要になるルールを。つまり、世界がどのように機能するかを示す基本法則だ」

「なるほど、そういうものなのか。だとすると、病理学科の重要性がとても大きいように思えるな」

「実際、進歩した地球外文明の間ではすでに、宇宙の法則をすべて含む大統一理論として、医学の分野が物理学に取って代わっている。我々はもう、いわゆる宇宙の真理などという報われることのない探求にエネルギーを無駄遣いする必要はない。宇宙が苦しんでいる病《やまい》が何なのかを診断するのに集中するだけでいいんだ」

以前、病院の図書室で学んだところでは、《医療の時代》、医学は基本的にすべて物理学――分子、原子、素粒子、グルーオンにかかわる科学――だという見方が広く受け入れられているということだった。物理学を医学に置き換えることは、医療弁証法の一部と見なされるだけのことだろう。

「宇宙は……本当にすごい存在だ」僕は、言いたいことを正しく表現できる言葉を見つけられなかった。

「僕たちにできることは何もない。宇宙も生きたいんだ。生き延びること、これがすべてを結びつけるテーマなんだよ、宇宙自身を含めてね」

「生き延びることがなぜそんなに重要なんだろう?」

「生き延びなければ、死んでしまう」

「そして、宇宙も死を恐れている?」

「ああ、宇宙も死を恐れている。宇宙は今、末期疾患にかかっている」

「でも、宇宙はどうやって、自分が病んでいることを知るんだ?」

73　意識は身体の腐敗を感知するためにある

〈共生者〉は手のひらサイズの有機プレキシガラスのボトルを僕の視覚野に突っ込んだ。その中には淡い緑の楕円形の光輪が入っていて、それがかすかに動きながら輝きを放っていた。〈共生者〉が言った。「これは宇宙の記憶の断片だ。触ることのできる意識だよ」彼は、その宇宙の意識を僕の神経細胞に接続させたいと言った。それは大きくて冷たく、ただしはっきりと見定めることは難しく、カビっぽい臭い——冬の間じゅう風呂に入っていないか服を着替えていない年寄りを思い起こさせる臭い——を発していた。

〈共生者〉は、意識とは、実のところ、病理学的な現象だと言った。要するに、病んでいるのだ、と。真に進化したノーマルで健康な存在は決して意識を持つことはない。意識は、蛆虫のように、腐敗した有機物からのみ生まれ、成長していく。意識は身体の腐敗を感知することができるものとして存在している。

「意識を発達させられるのは細胞とタンパク質でできている生命体だけじゃない」と〈共生者〉は言う。「質量とスピンと電荷が存在する限り、意識は発達する。言い換えると、意識は、死の存在が感じられるところならどこにでも出現できる」

これは、僕には理解するのが少々難しかった。それでも、我々の百三十七億歳の宇宙が意識を持っていることはわかった。これは、宇宙が、病気と腐敗に満ちた身体であることを意味している。〈共生者〉は、意識は思考とは違うと説明した。時間と空間の点で、ニューラル・ネットワーク（神経回路網）に依存しなければならないとはいえ、意識は物質的なものではない。宇宙は痛ましい存在かもしれないけれど、それでも、単に塵と放射線があるだけの冷たい場ではなく、神経学的なシステムなのだ。意識によって、痛みがもたらされる。そして、痛みの感覚、肉体の感覚さえあれば、自分が病んでいることがわかる。これが、生きつづけようという意思にスパークを与える。

これこそ、今日にいたるまで、宇宙が生き延びつづけてくることを可能にしたものだ。

そして、これこそが、我々がここにいる理由なのだ。

今、僕は宇宙を生きているものとして見ている。生命は本当に様々な形をとる。子供の頃、僕は植物を〝生きているもの〟と考えることがほとんどできなかった。ウイルスのような単細胞生物は言うまでもない。大洋の深海では、僕たちの通常の生命の定義に完全に逆らうような生命体がさらに多数いると言われている。加えて、医師たちは現在、非遺伝的な生命体を続々と作り出していて、こうした状況が、宇宙のような存在を生命体と見なしていいという考え方を正当化するのを容易にしている。〈共生者〉はさらに、宇宙はまた〝生命の究極のゲーム〟という言葉で語られてきたとも言った。しかし、生命とは何なのだろう？　代謝の過程を知っているものという定義を別にすれば、生命は端的に、痛みを感知する存在と言っていいのではないだろうか？　この意味では、生命はセンサーに近い。したがって、意識は、宇宙がその内を通過していくひとつのプロセス、つまり、コンピューターのプログラミングに類似したものにすぎない。

「だから、僕らは宇宙を呼ぶ時に、今も〝it〟って言っているんだよね、〝彼〟とか〝彼女〟とかじゃなくて」〈共生者〉の話しぶりは、まるで、これまでずっと個人的に宇宙の誕生と成長を見つめてきたとでもいうかのようだった。

　それにしてもなぜ、宇宙が生きつづけなければならないのか。空の彼方に、生命の唯一の目的は死の探求であるという、そんな世界が本当にありうるのか。

「何て不幸なんだろう、この宇宙は！」〈共生者〉が続ける。「変異のおかげで、今やこの宇宙はひどく異常な形になってしまった。目があるべきところに脚が二本生えているみたいなもんだ。熱すぎる場所がいくつもある一方で、それ以外の場所は寒すぎる。空気がない場所がある一方で、致命的な放射線が氾濫している場所がある。ブラックホールは、君が助けてくれと叫ぶ暇もないうちに、君を骨まですりつぶして無にしてしまう。超新星爆発は宇宙空間に物質を撃ち出すけれど、そこでさえ、このかわいそうな粒子たちは解放されることがかなわず、再生される前に、狂乱のターンと衝突の無限のサイクルに耐えなければならない。結局、同じ痛苦に満ちたプロセスを最初から繰り返すだけなんだ。小銀河は大銀河によって歪められ、破壊される。そのあとには醜い星々の流れだけが残される。こうした宇宙のヴィジョンはどれもこれも地獄の光景とまったく同じだよ」

今こそ僕は理解する。一：宇宙は意識を持っている。二：宇宙の形は異常である。三：異常化のプロセスは痛みと苦しみをもたらし、宇宙に、病と死の脅威を感じさせるようになる。四：意識を吹き込まれた生命体はみな、それぞれの欠陥を修正し、病と死の脅威を緩和する方法を見つけ出そうとする。彼らは生き延びるために持てる限りの力を発揮して、できる限りのことを行なう。これが不可避的に、彼らを治療に向かう道をたどらせることになる。

何のことはない、これは、僕が人生の大半を費やして行なってきたことではないか。人間と宇宙は一《いっ》にして同じものなのだ。

「宇宙が最終的に、自分がいかに病んでいるかに気づいた時は、もう遅すぎる。それを言うなら、世界じゅうのほとんどの国、さらには、全人類と言っていいかもしれないが、ほとんどの人が、自分たちの疾病が手遅れの状態だということに気づいた時になって初めて、不承不承、治療を始める。国連もひとつのコミュニティの病院だが、設立されてからいったいどれくらいの歳月がたったか、そして、いかに機能していないかを考えてみるだけでいい。実際、国連がミーティングを開くたびに誰かが、『この惑星が病んでいるのなら、人類は決して本当に健康であるとは言えない』と言う。だが、この言のポイントは何だ？　いわゆるグローバル・ヴィレッジなるものは、医者‐患者の関係性のいまひとつの表明にすぎない。お互いを核兵器で狙い合う以外、実際に国連加盟国は何をやってるっていうんだ？」

〈共生者〉の語ることはみな、多かれ少なかれ、正しいと言わざるをえない。惑星全体のことに関して僕はそれほど詳しいとは言えないけれど、日々、僕のまわりに見える状況はまさに彼の語るとおり。つまり、宇宙が実際に病んでいることを示している。続いて問うべきは――**宇宙はどのようにして病**

むにいたったのか？

この問いについても、〈共生者〉が説明してくれた。最新ヴァージョンの宇宙論病理学によれば、二種類の説があるという。第一の説は、宇宙の病《やまい》は一連のエラーが時がたつうちに蓄積された結果だというものであり、〝脱線効果〟と呼ばれている。宇宙を、継続的に進化する生命体と見るなら、それは徐々に健康的な成長の軌跡からはずれていって、最終的に、病理的な美を追い求める孔雀のようになってしまう。エントロピーの無秩序状態は、この病理が目に見えて現われたものにほかならない。第二の説は、その設計（デザイン）ミスに関連している。これはまた、一般によく知られた説でもある。

74　設計ミス

僕は背後の宇宙の深部に目を向けたが、見えたのは星々のかすかなアウトラインだけだった。それらはじっと動かずに宙空に浮かんでいた。静かで神秘的な天の川。小さな目ヤニのような人工衛星がいくつか間近を通りすぎ、何もない広がりの中を優美に漂っていく。遠く離れた星々の光がここに届くには何十億年もかかる。星たちが、その全エネルギーをどうしてそんな馬鹿げたことに使うのか、僕には見当もつかなかった。これは〝脱線効果〟の一環なのか、それとも設計ミスなのか。生まれたての赤ん坊が乳を飲むのに専念するように、僕は持てる限りのエネルギーを集中して宇宙の奥を凝視しつづけたが、どれほど頑張っても宇宙の最深部は見て取れず、意識が活動しているアクティヴな兆候もまったく認められなかった。神経系もなければ、脳溝もなく、思考や瞑想のスパークとして受け取られる可能性のあるものも何ひとつない。粉々になった星の残骸と終わりなきカオス、苛烈きわまりない寒さが、限りない層をなして広がっているばかりの、茫漠たる無意識状態の場。そこは従来、三次元空間と呼びならわされてきたものの、〝時間〟という目に見えない実体を因数に加えると、正しくは四次元空間ということになる（わかったような物言いをする人間の中には、計算の結果、宇宙は十一次元あるはずだと言う者もいるが、この理論を裏づける証拠は存在していない）。不思議なのは、時間が常に一方向にしか動いていないかのように思えることだ。なぜだろう？　これは余計なものなのではないか？　病気のサインではないのか？　あるいは、なかなか消えようとしない、治療の副作用なのだろうか。

目の前に見えているものに、僕は病棟にいた男性患者たちを連想した。彼らのうち何人かは、昏睡状態に陥り、意識がなくなり、涎《よだれ》を垂らし、筋肉を引きつらせ、首筋が硬直し、心拍も血圧も呼吸数もすべてが低下していく中で緊急蘇生室に送られた。最終的に、彼らは死んだと宣告され、酸素チューブと点滴装置がはずされ、人工呼吸器のスイッチが切られた。

〈共生者〉によれば、宇宙は、その全体が、開闢《かいびゃく》の瞬間においてすでに病んでいて、宇宙には、そのように設計されていたことを示す物理的なマークがあるという。なぜ、そんなふうに設計されていたのかという点に関しては、〈共生者〉はこんなふうに説明した。——ある地球外文明が、研究室でこの宇宙の状態をシミュレートする実験を行ない、そこで、ひとつの数学アルゴリズムを使って進化の全プロセスを再構築してみた。自然選択の法則が示すところでは、この結果は現実とは大きく異なったものになるはずで、人間はもとより、哺乳類に似た生物さえいっさい現われないことが予測された。だが、実験の結果は、この予測を完璧に裏切った。何と、現存している生命体がすべて、ほぼ完璧に再出現したのだ。これは、この宇宙の設計がきわめて特殊なものであることを示している。でないと、どうやっても、これだけ多くの一致が生じることを説明できなくなってしまう。

とはいえ、結果の一致自体は、そんなに驚くべきことではない。物を作り出すことには、様々に異なったメカニズムが関与している。たとえば、飛行は、必ずしも、何億年もの歳月をかけて少しずつ進化していく身体的な翼を必要とはしていない技術だ。飛行機は虚栄心に駆られたエンジニア・設計者によって作り出された機械であり、レオナルド・ダ・ヴィンチが最初に想像力を膨らませたコンセプトをライト兄弟が現実のものとするまでに、わずか数世紀の年月しかかかっていない。

しかし、いい加減な設計はまた、怪物や多くのまがい物、コピーを生み出す。これは、人類の歴史の過程で何度となく繰り返されてきた。ちょっと考えてみるだけでいい。数えきれない試行錯誤の過程で、どれだけ多くの異なった社会形態が生まれてきたことか。その過程でどれほど多くの人が死んでいったことか。

この宇宙に関する限り、ビッグバンは、未熟な段階での帝王切開のようなものでしかなかったと〈共生者〉は主張する。胚の段階で何かまずいことが起こったのだ。コントロールの喪失は、巨大なヴォイドのほんのわずかな量子のゆらぎだけで、とんでもない問題の引き金を引く可能性があることを意味している。天国だと考えられていたものが、地獄にはるかに近いものへと成長していく。さらに悲劇的なのは、宇宙を設計した大元締めのグランド・デザイナーが、この宇宙に魂を与えるのを忘れていたように思われることだ。

僕は、ドクター・アーティストが、宇宙はイメージ工学の所産なのだと言っていたのを思い出した。診療－研究－産業複合体が作り出した、あの人工生命体たちのことを考えた。生命体の設計は、事実、どこでも行なわれているようだ。人類はこれまでずっと生命の設計を実践してきたが、その結果は問題だらけで、自己破壊の危険性さえはらんでいる。この宇宙まで設計の所産だと知ると、恐ろしく残念な気持ちに包まれる。

それにしても、いったい誰がこの宇宙を設計したのだろう？　この主題は、新しい歌の歌詞にインスピレーションを与えてくれるものとはとうてい言いがたい。僕的にはせいぜい、この宇宙を管理監督している別の診療‐研究‐産業複合体があるかどうかを想像できる程度だ。いずれにしても、設計した当の人物（ないしグループ、あるいは家族かも）には、我々が今直面している危機の責任をとってもらわないといけない。この宇宙みたいな不完全な製品は絶対に作ってはならなかったのだから。

〈共生者〉は、このグランド・デザイナーの正体をめぐる仮説をいくつか教えてくれた。ひとつの仮説では、このデザイナーは注射器（シリンジ）の形をした空飛ぶモンスターだという。シリンジ内に、間違って薬の代わりに酒を入れられ、ひどく酔っ払って、おもちゃメーカーがおもちゃを作るようなやり方で四日間で宇宙を作ってしまった。この説はやがて、宇宙で最もポピュラーな宗教のひとつになった。実のところ、ほぼすべての宗教はこの説のヴァリエーションらしい。というわけで、アルコール中毒が、シリンジ・ゴッドに、こんな欠陥だらけの宇宙を作らせた要因だという考えにはそれなりの論拠がある。実のところ、進化理論を支える既存の証拠はみなシリンジ・ゴッドによって植えつけられたものであり、この神は、信者の信仰心を試すために、物質の構成要素のいくつかを意図的に老化させたのだという。しかし、この一点だけをとってみても、彼のグランド・デザインは穴だらけだとしか言いようがないではないか。

「宇宙の設計者も病んでいるんだね」僕は言った。

「実際、これは単純化しすぎることはできない類の問題だ」〈共生者〉は自嘲的なトーンで言った。「設計者のアイデンティティは、知性ある生命体が理解できる対象領域を超えている。何が宇宙を作り出したのかなんて、作り出されたほうの存在に理解できるわけがない。飛行機が墜落しても、飛行機には自分を設計したエンジニアに関する知識なんてありっこないんだから。グランド・デザイナーの問題は決定事項なんだよ。議論の対象にはならない。最高度にセンシティヴなテーマであって、タブーと考えなければいけないんだ」

「宇宙は自分の設計者をサーチしたに違いない。だろう？」

「それはありうる。どこかの時点で、宇宙が、そのいろんな欠陥や問題を正すために設計者を見つけ出したいと思った可能性はある。自分の病理とその痛みを元から断つためのひとつの方法ではあったはずだからね。でも、この宇宙を作るのに全力をあげて働いた設計者ではあったけれど、実際にこの宇宙がどのように見えるかを知った時、彼はシンプルに、それを捨ててしまう判断を下したんだろう」

〈共生者〉は、設計者のことを繰り返し〝彼〟と呼んだ。これが単に、どうでもいい言葉ゲームであればと、僕は願った。というのも、僕は本当に困惑していたからだ。〝he〟と〝it〟の混乱した関係は、この宇宙で一番フラストレーションがつのることのひとつだった。僕は頭にきたふりをして言った。「そんなの、完全に無責任じゃないか！」

「彼には、ほかに選択肢はなかったんじゃないかな。彼が、単に注意深さが欠けていたとか、頭がグチャグチャになっていたとかいうふうには思わない。宇宙は超高精細なオブジェクトだから、どれだけ頑張っても完璧なものにできる設計者はいないってことだ。もっとありそうなのは、コストの問題だね。フェイルセーフの機能を備えた部品を作るのは理論的には可能だけれど、それに必要な製作費用はとてつもなく高いものになる。誰であっても、この請求書ばかりは絶対に払えないだろう。さらに言えば、どんな観点から見ても、この宇宙に取り憑いてる問題はどれも避けられないものだとしか思えない」

「そして、苦しんでいるのは僕たち……」

「生きるということは、病んだ宇宙と継続的に対峙している状態だ。この今、僕たちにとって唯一はっきりしているのは、宇宙を探査する、いわゆる星々の海に向けての旅、最後のフロンティアへの航海は、病原体と液体の薬品でいっぱいの果てしない海に頭を突っ込む以外の何ものでもないということだ」〈共生者〉の声は単刀直入で冷え冷えとしていた。

　僕はうなずいた。心はずっと不安と不確実な感覚でいっぱいになっていたけれど、ようやく落ち着きを取り戻すことができた。僕を《医療の時代》の網にからめとられた世界に引きずり込み、生涯を病院で過ごすようにさせてきたのは、最初の最初から、宇宙の欠陥ある設計だったのだ。理由は永久にわからないだろうが、でも、今の僕には少なくとも部分的に説明することはできる。自分が誰でどこから来たのかを解明しようという努力においては、アルフレート・ルートヴィヒ・ハインリヒ・カール・グラーフ・フォン・ヴァルダーゼーが提示した仮説からロックフェラーの理論まで、ドクター・ノーマン・ベチューンからシリンジ・ゴッドまで行った。どれも比較的中身のないものだったとはいえ、何もないよりはましというものだ。

　グランド・デザイナーはひどく悲しんでいるに違いない。僕の一部はそんなふうに思っていた。彼が最初から病んだ宇宙を作ろうなどと意図していたのでないことには確信がある。自分の子供とも言うべき存在がそんなものであってほしいなど、いったいどこの誰が願うだろうか。だが、この物語の最も悲劇的な部分は、彼に宇宙を設計する能力がありながら、宇宙を救うことができないというところにある。彼は、宇宙が徐々に死んでいくのをただ見ているしかない。廃棄してしまうことはできたかもしれないが、しかし、彼は痛みに苦しみつつ、今も、宇宙が死んでいくのを見つめているのだ。痛みはいたるところにある。

　宇宙が耐えている恐ろしい苦しみと痛みを前にして、僕のささやかな痛みなど何ほどのものだろう。それでも、この痛みは僕を食いちぎりつづけている。僕は宇宙のことなど、ある意味、どうでもいいけれど——専門家たちの予測によれば、僕がすぐにシリンジ・ゴッドのもとを訪れることは絶対にない——いつ何どきでも、悲劇的な死に見舞われる可能性は大いにありうるのだ。

　あるいは、設計者が意図的に全宇宙を異常な形態に追いやった病弊を作り出したのちに、横に立って冷ややかに観察していた――そんな可能性はあるだろうか。だとすると、こいつはサディストか。それとも、美という面になると、病的なセンスを発揮するのか。もしかしたら、この病的な感覚を使って、自身の痛みをやわらげることにしたのか。あるいは、痛みと恋に落ちたのか――自分の排泄物を食べる犬みたいに。

これが当たっているとすれば、彼もまた誰かに設計された可能性があるからだ。もしかしたら、彼は単なる機械で、受動的にプログラムを動かしているだけなのかもしれない。だが、その場合は、それ自体も不適切に作られた機械だということになる。

〈共生者〉は言った。グランド・デザイナーはいっそう哀れだということになると、〈共生者〉は言った。

あるいは、彼もまた病んでいるのかもしれない。

何もかもが絶望的だ。

この状況がいったいどこからもたらされたのか、その起源を明確に説明できる者はいない。

僕は、宇宙がどのように自分自身に対する治療を行なっているのか教えてほしいと〈共生者〉に言った。すると、彼は、僕をさらに深い宇宙へと連れていった。エイリアンに会うために。

75　生命と文明のミッション

今は昔、人類は太陽系外のエイリアンを探すために、電波望遠鏡を作り、探査船を何機も送り出した。だが、その努力はエイリアンとのコンタクトをもたらすにはいたらなかった。実のところ、エイリアンはずっと〝すぐそこに〟、星々の間にいたのだが、病院の建設に忙殺されていて、人類の探査船に注意を向ける暇がなかったのだった。

エイリアンに関しては実に多くの話が伝えられていて、コンセプト全体がほとんどクリシェになってしまっている。実際に目のあたりにしてみると、中には人間に似ているエイリアンもいるのがわかったが、それ以外は、薬品生産鉱山で遭遇した異様な生物を思わせるものが多かった。彼らは、SF映画に期待されるパラメーターの範囲内に収まっており、その点では特に想像力を刺激するところはなかった。ただ、それとは別に驚かされたのが、宇宙では医学が最も一般的な共通言語だったことだ。僕たちはこれまで、エイリアンを医者や患者としてカテゴライズしたことはない。しかし、宇宙で、普遍性と呼べるものを提供してくれるのは、水素原子の波長でもその他いかなる数学モデルでもなく、医学だったのだ。

エイリアンは、あるミッションのもとに、この宇宙に登場した。

〈共生者〉はこのように説明した。――宇宙は自身の病気を治療するために、知性を持つ存在、〝思考と運動の能力を持つ細胞マシン〟を作り出した。ここに人類とエイリアンが含まれる。宇宙は、これらの存在を増殖させ、複数の銀河系に拡散させた。これらは、医療ナノボットと同じような機能を発揮し、時空連続体の血液から油脂分を取り除き、ビッグバンによって生じた血栓を除去し、血管から虫食い穴（ワームホール）を一掃し、さらにはインフラである宇宙紐《うちゅうひも》の修復まで行なうことができた。このプロセスは一般に〝文明の構築〟と呼ばれている。文明の仕事は、不正確に設計された宇宙の〝欠陥を除去する〟ことにある。

「宇宙は我々を作り出したかもしれないけれど、魂を吹き込まなかったってことか？」僕は尋ねた。

「それは何とも言えないな」〈共生者〉は居心地が悪そうだった。「でも、宇宙自身が魂を持っていないとしても……」

僕は〈共生者〉の言わんとするところをこう推測した。たとえ自分が魂を持っていないとしても、宇宙は、生きている者たちのために、その身体的な欠陥を補修する医療手段として魂を作り出したに違いない。こうして、宇宙は自身を死から救うことができるようになった。ただ、これは結局、さらなる痛みをもたらすことになっただけだった。

〈共生者〉はこう主張した。――医学は文明の最も際立った特徴だ。他のあらゆる科学の間に屹立する〝科学の中の科学〟、王冠の宝石であり、宇宙がみずからの病弊を治すために頼ることのできる唯一のものだ。医学は、宇宙自身を正常性の領域に連れ戻すという目的のもと、その形態と機能とを矯正する。

宇宙を一個の身体として考えてみよう。身体は機械的なシステムであり、その内部では、様々な病気が自律的に存在している。宇宙の特定の構成要素、塵や銀河や重力場などが機能不全を起こす。何かが損傷を受けたり化膿しはじめたりすると、医学の下位部門――数学、物理学、化学――が、病んだエリアを治し修復するために必要なツールを提供する。少なくとも、理論上は、そういうことになる。

こうした治療・修復を実行するには、厳密にこの目的に特化し、実際の作業に従事する知的生命体を必要とする。宇宙自身はもはや、これらのタスクを自分だけで遂行することができない。宇宙は半身不随状態になっている。〝誰も外見を繕《つくろ》うことはできない〟という状態を、宇宙はすでに受け入れてしまった。科学と文化のスキル――学習し計算する能力を含めて――を、生命と文明に与えたのち、宇宙には、ほかのことが何も実行できなくなってしまった。

「たとえば天文学」と〈共生者〉が言う。「天文学も医療の一手段だ。天文学は物理学と関連していて、その点で、宇宙の基本構造を順序づけ診断するという同じミッションを共有している。どの文明も、どれほど長く続こうと短命に終わろうと、最終的には同じつまらないことをやる羽目になるんだよ。なぜかはわからないままにね。宇宙は、誕生してから、ある程度の期間、超高温で燃え上がっていた。システムの病弊を全部、焼いてしまいたいと思ってたんだろう。その後、徐々に冷えていったけれど、その時にはすでに、主観的な意識は焼きつくされて、宇宙は自分の体が何で構成されているのか、病弊のある場所がどこなのかもわからなくなっていた。そして、生命の意味と目的を、みずからが作り出した組織体に説明する余裕もなくなっていたんだ」〈共生者〉は、自分がいかに真剣であるかがわかるよう一生懸命に努力しているかに思えた。

知的生命体はみな、治療を受けてはきたものの、自分たちが病気を治療していることには――宇宙が病んでいることにも――気づいていない。代わりに、彼らは、自分たちが、それぞれの文明下の人々の目標を進歩させていると思っている。

〈共生者〉はこんな例を出した。人類は折々に、時間と空間が歪《ゆが》んでいることに気づく。時空間の歪みは、宇宙の病んだ本性がはっきりと現われた現象だ。正常な環境下では、時間と空間が歪むことは決してない。こうした異常の出現は、治療を始めるべき時であることを示している。しかし、人類は、自身の病んだ物質主義への捻じ曲がった渇望を満たすために、相対性理論を採用した。重力波について語る時に、時間と空間が曲がるというのもまた、宇宙の病弊がいかに深刻な状態かを示すサインだ。だが、人類は、これに気づくことができないばかりか、とんでもない大騒ぎを繰り広げて、この現象の発見を祝賀する！　結局のところ、これは医師と患者の間の摩擦を増幅し、両者の関係にさらなるストレスをもたらすだけの結果に終わってしまう。

こんな状況にもかかわらず、宇宙はなおも希望を抱いている。みずからが作り出した生命体が基本構造を修復してくれるだろうと。初期アルゴリズムを補完するために、各種の定数を変更し、これが最終的に、病気の根幹を除去する大手術として結実するだろうと。医学は物理学に置き換わったのだ。

だが、これは生命の目的のひとつの層にすぎない。宇宙は、こう望んでいる――いつか、宇宙が死ぬとしても、宇宙が育てた数々の文明は生きつづけ、宇宙に置き換わって、宇宙自身の生命の延長として働いてくれるだろう。もしかしたら、それらの文明がまったく新しい宇宙をいくつも作り出すかもしれない。

「死は終わりだ」〈共生者〉が締めくくる。「そして、終わりは新たな始まりのシグナルだ」

以前にも、彼がこれと同じ言葉を発するのを僕は聞いた。なぜかはわからないが、この言葉は僕の背筋に凍りつくような感覚を送り込んだ。そして、強烈な悪臭が嗅覚を襲った。「僕は〝始まり〟に期待する。物事はいつだって、そういうものだ」

続いて、〈共生者〉は僕を連れて、この状況の真に悲劇的な側面を調べに向かった。

76　生命の苦しみの起源

〈共生者〉にうながされて、僕は、もう少し近く、細かいところまで見える地点から宇宙の様々な生命体と文明を観察してみた。彼らの環境は、人類より良いものとはいいがたく、いくつかの点では、地球よりはるかに悲惨で、間近に迫った死に直面する中、痛みと戦っている存在で満ちあふれていた。

宇宙の創造とは、単に病んでいるというだけでなく、深刻な病気に苦しんでいる状態を作り出す行為なのだ。〝あらゆるものにとって、病気はデフォルトの設定である〟——この法則から逃れられるものはいない。知的生命体は、宇宙の病弊を感知することができない。自身の生命の維持だけを気にかけていて、宇宙の痛みを感じることができず、ましてや、死の際にいる宇宙への哀れみの念など、これっぽっちも抱いていない。

〈共生者〉が解説した。「これがもうひとつの設計ミス——ミスの内部のミスだよ。いずれにしても、患者という存在に、いったいどんなポジティヴなものを期待できる？　生命の現象のすべてが不完全なんだ。これこそ、宇宙が生まれながらの欠陥に苦しんでいるという事実を指し示す、いまひとつの証拠にほかならない。太陽の光を浴びて過ごすことがなぜ人間に皮膚癌を生むのか？　事実上すべての運動行為に負傷のリスクが伴っているのはなぜか？　どうして、食べ物を胃に運ぶ管と肺に酸素を運ぶ管が喉元で交錯しているのか？　こうした欠陥のある設計によって、どれほど多くの死が我々にもたらされることになるか、設計者は気づいていなかったのか？　どうして我々は動脈壁に沈着するコレステロールで苦しんでいるのか？　まるで、メルセデス・ベンツが、タンクからエンジンにガソリンを運ぶ給油管にプラスチックのストローを使っているみたいな話じゃないか。免疫システムが人々の健康に重要な役割を果たしているのは言うまでもないけれど、その一方でなぜ人の体を攻撃して、リウマチや関節炎や甲状腺機能亢進症や糖尿病や全身性エリテマトーデスや多発性硬化症といった自己免疫疾患のトリガーを引くのか？　妊娠した女性は胎児の成長を補佐するのに一番栄養が必要な存在でありながら、食事のあとに吐き気を催したり実際に吐いてしまったりするように設計したのは、いったい誰なのか？　女性と男性で性的な和合性がこれほどまでに難しいのはなぜなのか？　両者が同時にクライマックスに達することができるなら、そのほうがずっと満足できるモデルだと言えるのではないか？　我々はみんなこんなにも不幸なのに、なぜお互いを傷つけ合うことを主張しつづけるのか？　幸せは短時間しか続かず、あっというまに消え去ってしまうのに、痛みはどうしていつまでも終わることなく続くように思えるのか？　長い間もがき苦しんでついに目的を達成したあとに、それに満足することができず、即座にまた新しい目的を――以前よりはるかに到達するのが難しい目的を――設定して、さらなる悲しみと後悔を生むようなことをするのはなぜなのか？　こうした問いのどれにも、ちゃんと答えてくれる説明は存在しない」

「僕は、病院にいた時に、今の問いのいくつかに答えてくれていた本を読んだ」と、僕は応じた。

「その本によれば、君が今挙げた例はどれも、進化のコース上でなされてきた妥協・譲歩の結果だということだった。僕たちの体は、部族生活を送っていた祖先から進化してきたものだ。先祖たちはアフリカの大地で狩猟者・採集者として暮らしていたが、数百万年の自然選択のプロセスが進む間に、前例のない新しい環境に適応するだけの時間がないままに、いくつかの生活パターンを発達させてしまった。たとえば、高脂質の食習慣とか、車や薬物、人工照明、セントラル空調とか。要は進化の代償なんだよ。それと、君が持ち出した妊娠期の吐き気の問題は、実際には何らかの毒物に汚染された食べ物から胎児を守るための防衛機構で……」

「そういった説明はどれも、人間が自分たちに言い聞かせてきたバカバカしい嘘さ」〈共生者〉が反論した。「そして、時間がたつうちに、みんな、その嘘を信じるようになってしまった！　こうしたフィクションは、病院に正統性を与えるために作り出されたものだ。世界は、人間の意思という純然たる力によって突如として捻じ曲げられた。そんな世界に、進化の理論を投影するのは、どう考えても妥当じゃない。病気というのは、結局のところ、設計のミスに帰着する。実際、文明がこんなにも速く発展したのは、宇宙定数が、物質の基本構造ともども、超文明によって変容させられてしまったからなんだ。超文明なら自分たちの問題を解決できるはずだというのは理にかなっているけど、それが今度は星間戦争の火種になってしまった。宇宙は、自分の病気を治すどころか、自分の破滅を早めているのにようやく気づいた。そして、死が自分の喉もとにまとわりついている今となっては、もう手遅れなんだ」

間違いなく手遅れだった。あたりを一瞥するだけで、それははっきりと見て取れた。計画どおりに進んでいるものなど何ひとつない。この僕がいい例だ。僕はこの地球で四十年間生きてきて、この時点にいたるまで、生はすべて苦しみだということだけはわかっていたけれど、その理由は知らなかった。今、僕は、まさにここに痛みの本性があるのを知った。すべては、宇宙が形作られた、その瞬間に決定されたのだ。それが何であれ、僕にコントロール権はまったくない。白黛《バイ・ダイ》と朱淋《ジュ・リン》との、あの歓びのない相互治療のセッションを考えると、僕にはただ、諦めの吐息をつくことしかできなかった。

星々の大海の真ん中にいる僕の目の前で、悲惨なイメージがその姿を明らかにした。人間は、ドレイクの方程式（天の川銀河にある、我々と交信可能な地球外文明の数を推定する式。一九六一年にアメリカの天文学者Ｆ・ドレイクが提唱）に代表される式を作って、宇宙にどれくらいの数の文明があるかを計算した。天の川銀河には、知的文明のホームとなる惑星が五百万〜二千五百万、ほかの銀河も入れると、八百億〜二千億あると推定する者もいる。こうした計算によれば、宇宙に文明が存在していないことは絶対にない。

となると、そのすべてが病んでいるというのは、何と痛ましいことだろう。この宇宙の一部である限り、痛みと苦しみは避けられない。我々は、この現実に嫌でも向き合わねばならない。これを考慮に入れないままに星々の世界を探査しても——宇宙に向けて探査船を送り出し、エイリアンの惑星を訪れたとしても——結局は、さらなる絶望と幻滅の淵に落ちていくしかないのだ。超文明が医学を物理学に置き換えたと〈共生者〉が言ったのは、何ら驚くべきことではない。しかし、今では、その医学すら限定的な影響力しか持っていないように思える。

〈共生者〉によれば、生命の構造を形作っているのは細胞だ。宇宙はおそらく、このタイプの設計は、それ自体、複雑かつ先進的にすぎて、模倣するのは不可能だと感じたのではなかろうか。人間の細胞ひとつだけで四十六個のＤＮＡ染色体がある。全部をほぐして伸ばすと、長さは二メートル以上になる。成人ひとりの体にある細胞はおよそ六十兆。そのＤＮＡをすべてつないで真っ直ぐに伸ばすと、千二百億キロメートルになる。これは、地球と太陽の間の距離の八百倍だ。

このすべての細胞と分子にエラーがないと、自信を持って断言できる者がいるわけがない。これが生命の悲劇なのだ。

77　悪循環

僕は〈共生者〉のあとについて宇宙を渡っていった。目に入るのは衰微と崩壊と死のみ。耳に届くのは、うめきと泣き声と叫びのみ。これは強烈なショックをもたらしたものの、それでも、僕自身の痛みは、この宇宙にあまねく広がっている痛みのうちに溶け込み、融合していった。〈共生者〉に対する感情が次第に複雑なものに、憎悪と嫌悪と依存と感謝のコンビネーションになっていく……彼は、これほどまでに多くのエネルギーを使って、僕を海に連れていこうとしている。**だが、海でいったい何が僕を待っているのだろう?**

〈共生者〉は深い嘆きの色とともに言った。「生命が最初に現われて以来、僕らはずっと地獄のような宇宙で生き、恐ろしい病《やまい》に苦しめられつづけてきた。我々全員が直面している第一の問いは——いかにして健康を取り戻すか、この進化の道程の途上で死んでしまうのをいかに防ぐか。だが、これは不可能なタスクだということが明らかになっている。この事態の生理学的次元は、それだけで充分に悪い。しかし、病気の定義を広げて、個々の生命体で構成されている文明社会まで含めると、全体像はさらに、とてつもなく恐ろしいレベルにいたってしまう」

「それじゃ、僕たちにはいったい何ができるというんだ?」僕は不安でいっぱいになって訊いた。

「宇宙は我々の治療に優先順位をつけるしかない。罹患している疾病が比較的軽い患者の中から少数を選んで、彼らを医師に変容させ、同じ種族のほかのメンバーの治療に当たらせる。彼らは宇宙の全権を委任された代理人だから、我々は彼らを〝白衣の天使〟と呼ぶ。そこから、このチームを拡充していって、さらに多くの患者を治療させる。そのようにして、我々の治療が首尾よくなしとげられた時に初めて、我々は宇宙の治療にとりかかることができる。だが、我々は我々自身を適切に治療することはできず、したがって、宇宙を治療することもできないということになる。悪循環だ」

「悪循環……」僕はトイレを想起せずにはいられなかった。こうした営為のすべて、遺伝子を再構成して新しい生命体を作り出すという作業のすべては、尻の穴から糞便を押し出して、水洗レバーの一閃とともに、二度と目に入らないどこか遠い場所に流し去ってしまうのと同じことなんじゃないだろうか。汚物が目の前から消えると、人は安堵して、生命はピュアでクリーンで健康で、ケアの要らないものだと思い込んでしまう。しかし、実際には、そう思うよりも早く、僕らの腸の中はまた新たな糞便でいっぱいになっているのだ。

「宇宙が自分を治したいのなら、もっと大きな、もっと高度な病院を作る必要がある」〈共生者〉が言う。「そして、それら巨大病院群は、さらに多くの患者を必要とする。言葉を換えれば、患者というのは、事実、医師たちが作り出してきたクソのかたまりだ。宇宙が、自分自身の病気を治すという名目のもとに、星間物質を食い荒らして大量に生産してきたクソの山なんだ」

「すると、宇宙と文明は基本的にお互いのクソの後始末をしている、と？」

「そうだ。そして、それが君のすべての痛みの真の源なんだ」

「僕が痛みで苦しんでるのは、宇宙が痛みで苦しんでいるからなのか？」

「宇宙の病気は君の病気でもある」

「それじゃ、国家は？　歴史は、戦争は、経済学は、哲学は？　こういったものは、どこに当てはめられる？」

「そういうのはみんな、宇宙があわてて書きなぐった即席の処方箋さ。尻の中の痛みがどうしようもなくなって失神しそうになった時に」

「ふうん、宇宙も本当につらい思いをしてきたんだ」僕の、いっこうに消え去ろうとしないささやかな痛みが宇宙の痛みとこれほどまでに深く結びついていることを考えると、僕も気を失って当然かもしれないという気がした。とはいえ、自分がそんなに重要な立場にあるとは思いたくなかった。

「この世界のあらゆることが、どんどん困難な状況に追い込まれていく」〈共生者〉は深い溜息をついた。まるで、本物の人間のようだった。そして、そのうつろな声の奥に、彼の魂が垣間見えたような気がした。

僕が、あの女性たちと相互治療セッションをやっていた時、医師と患者の関係が崩壊してお互いが入れ替わり、さらにひとつの存在になる――そんな瞬間が何度かあった。今、僕は、あの廃棄物保管室でのベトベトした汗まみれのシーンは、単に宇宙の現実の反映でしかなかったことを知った。地上の患者は、天上の患者の反映にほかならないのだ。ふと、僕は、ドクター庭石がやっていたことの何たるかに思いいたった。新しい時代の研究者のチームを率いて、遺伝子を――我々が通常〝生命〟と呼んでいるものを――排除した人工生命体を設計しようとしていたドクター庭石。彼は、あの研究に、無限の輪廻のサイクルから解放されるチャンスがあることを感知していたに違いない。だが、それが可能であれ不可能であれ、結局のところ、自己破壊から逃れる道はない。

「突き詰めて考えると、宇宙は君が想像してるほど苦痛に満ちた場所じゃない」〈共生者〉が付け加える。「痛みのまっただ中に幸せを見つけ出すこともできる。宇宙は実際、病院の創造に中毒してる状態なんだ。だんだん、自分を医療パンクだと見るようになりはじめた。超マニアックなギークだとさえ考えるようになった」

尻の痛みに悶え苦しんでいる宇宙を、僕はドラッグ中毒者として想像してみた。「宇宙はきっと、病院をクールでビューティフルな存在だと考えているに違いない」

「あらゆるものを統括している基本法則は三つある」〈共生者〉は、どこか自慢げな口調で言った。僕に対するコントロール度を上げるために、彼は、自身の考える最大の秘密事項を明かすことにしたのだ。「第一はデザイン思考の法則。どこからどう見ても、この宇宙がデザインの所産であることは明らかだ。完全主義のメンタリティを持った誰か、もしくは何かが、世界を創造ないし変容させることを目的とした、ひとつの思考システムを思いついた。そいつの姿勢はとんでもなく偏執的で、自身の虚栄心を満足させるには百パーセント完全でなければならなかった。この最も典型的な例が病院だ。二番目の法則は欠陥理論。宇宙にあるすべてのものは、宇宙自身を含めて、自然の欠陥に満たされている。病気は万物にとってデフォルトのセッティング――最初から設定されたものだが、これは設計者が持ち出したアイデアだ。設計者が無限の決定論的視点から物事にアプローチする一方で、世界のほうは有限の決定論の理論に縛られている。ほとんどの人はこれを理解することができない。だから、設計ミスを修復するために、設計者はすべてを継続的に再設計しつづけなければならない。宇宙の誕生以来、すべてのものが終わりなき再設計のプロセスの中にありつづけてきた。最終的に、これはひとつのアートフォームに進化した。アートを美しきものにしているのは、その欠陥であるわけだが、それは同時に、不可避的に、一連の悪循環をもたらす。我らが美しく輝かしき病院の状況がまさにこれだ。三番目は、逆流の法則と呼ばれている。設計された進化の形態はどれも、オリジナルの目的からはずれて、最終的に反対の方向に向かいはじめる宿命にある。これもまた避けがたいことなんだ。病院は人々を救うと主張しているが、今なお自分自身を救うことができずにいる」

そのとおりだ。すべては避けがたいことなのだ。人間は何世代も何世代も、我々が宇宙と呼ぶこの巨大病棟で暮らしつづけてきた。人々が〝達成・偉業〟と自己主張する営為はどれも、その痛みをやわらげるちっぽけな錠剤にすぎない。

治療が常に、あれほどまでに難しくて高額の費用がかかるのはなぜか、その真の理由を〈共生者〉が明らかにしてくれたような気がした。宇宙は光年のスケールで死と戦いながら、生き延びるために、極小のスケールでは、人間やそのほか、あらゆる種類の不思議な生き物たちを作り出してきた。この事態の全体が徹底的に馬鹿げているが、さらに馬鹿げているのは、これら無数の病気に苦しめられている惨めな生き物たちが、その哀れな脳で、宇宙を理解しようというだけでなく、救おうともしているという事実だ。これこそまさに、むなしい努力という以外の何ものでもないではないか。〈共生者〉がこれに言及してくれていなかったら、僕は今も真っ暗な闇の中にいたことだろう。

だが、それなら……「君はどうしてここに来たんだ？　僕なんかを助けるために」僕はここで一気に話をまとめ、それと同時に、今も逃亡中なのだということを思い出した。

78　治療に抵抗する

〈共生者〉は話しているうちに興奮してきた。「これは〝超患者〟の命令によるものなんだ！」いささか芝居がかった高揚したトーンのままに、彼は僕の脳に新しいイメージを投影した。孔雀のバッジだ。これは超患者のシンボルなのだと〈共生者〉は言った。現実に、この超患者を見た者はいないが、宇宙が病んで死にかけているのに気づいた最初の人物だということは、みんな知っている。

現状がいかに複雑かということだけは、僕にもわかった。何もかもが今では、これまで真実だと思ってきたこととは完全に異なるレベルにあった。この宇宙文明において、患者は三つのグループに分かれている。最初のグループは、自分を救うことしか考えていない利己的な患者で、友人に陰で糸を引いてもらったり、医師たちに賄賂の赤い封筒を渡したり、その他ありとあらゆる裏の手段を駆使して、自分の治療を優先してもらうことに腐心している。第二のグループは病院の側に立つ者たち——断固として《医療の時代》を擁護し、患者としてのアイデンティティを脱して自分たちを医師のレベルに引き上げるために治療を実践している人々。そして最後が、超患者に代表されるグループで、彼らは、宇宙が決して自身を治せないこと、そして間近に迫った宇宙の死とともに患者も全員死ぬであろうことを明確に認識しており、したがって、治療に抵抗することを決意している。

「超患者は気づいたんだよ、この世で最も笑うべきは——本当のところは全然笑えないんだけど——宇宙がすでに運命づけられた自身の終焉を何とか克服しようと、長い長い光年を、得るものもなく、ひたすら難儀してヨタヨタと歩みつづけているのを見ていることだ、ってね」〈共生者〉が言う。

「何をやったところで、結局、宇宙に自分を救う力はないんだ。医師に昇格する寸前だったのに、気がついてみると、再び患者に追い戻されてたやつみたいに！　理論的には、どんなことだって好きなように議論できるけれど、いざ活動する段になったら、そうした言葉は全部、ただの戯言《たわごと》にすぎなかったってことがわかる」

僕はこれまでに体験してきたことを思い返してみて、〈共生者〉の言うとおりだと思った。

「宇宙は、病んだ者たちを治療する助けを提供していると主張する」〈共生者〉は続ける。「だけど、現実には、意識しているにせよそうでないにせよ、宇宙は数えきれない数の生命と文明を大量に虐殺している。偽医者とまるっきり同じだ！　君自身の体験を考えてみろよ。君も同じことを体験したんじゃなかったか？　君が、この道をこのまま歩みつづけていたら、彼らは間違いなく、治療によって君を殺すことになる！　治療は死を意味する！　医者たちは信用できない。宇宙もしかり。これが現実だ」

何が起こっているかに気づいた時、超患者はすべての患者に、究極の病院を拒否せよと呼びかけた。このメッセージは即座に広がっていき、宇宙規模の〝治療抵抗運動〟に発展していった。今では、これこそが、今日の銀河間文明が直面している核心の戦いなのだ。膨大な領域に広がった壮大な叙事詩（エピック）のような出来事。最終的には、この宇宙の全生命体が参加するに違いない戦い。超患者に率いられたグループは〝目覚めた者たちのセクト〟として知られている。現在、彼らのプランは、病院から逃げ出すにとどまらず、この宇宙そのものから逃げ出すことに向けられている。

　この宇宙から逃げ出す？　そんなことは、いまだかつて聞いたこともない、とんでもなくチャレンジングな時空間作戦ではないか。これはきっと、天国に昇るより難しいに違いない。これまで人類で一番遠くに行った者も、まだ月に足跡を印したにとどまっているのだから。僕みたいな者――つい最近病棟から逃げ出したばかりの者にとって、こんな考えはとうてい想像力の及ぶ範囲にはない。さらに言えば、アマチュアのソングライターとしての僕は、〝エピック〟として語られるようなことからは常に距離を置いてきた。

「つまり、それが海を目指している理由なんだね？」僕は驚いたふりをして言った。

「そうだ。でも、この手段は、一歩を踏み出す一番スマートで一番勇敢な、ただひとつの行動なんだ。〝海へ行く〟という話をする時、実際には、病《やまい》の存在しない新しい健康な宇宙への港について語っているんだよ。それは〝生と死のゲート〟というふうに言われることもある。細胞膜みたいなもので、いったんそこを通り抜けると、その先には、まったく異なった世界が待ち受けている。究極の歓びの世界、誰ひとりとして痛みというものが存在することを知りもしない世界。その内側に存在する宇宙では、生と死の問題が解決されていると言われている」

　この言葉は、僕の心の敏感な弦に強く響いた。僕は有名な格言を思い起こした。**苦い海には果てしがない。悔い改めよ、そうすれば手の届くところに彼岸が見つかるだろう。牛刀をおろせ、そうすれば悟りの境地が待っている。**だが、次の瞬間、別の問いがひょいと頭の中に浮かんだ。「とすると、海辺のその宇宙は、誰が設計したんだ？」

　たぶん、こんな質問をした者はこれまで誰もいなかったのだろう、〈共生者〉はしばし沈黙に沈んだ。

「それもデザインの所産だとしたら、やっぱり欠陥があるんじゃないか？」僕はさらに言った。「そこにも、病気や疾病があるんじゃないか？」

「……そこは、デザインされたものじゃないと思う」〈共生者〉は長い沈黙ののち、ためらいがちに言った。「たぶん、自然に作られたんだ。天国みたいな王国のことを聞いたことがあるだろう？　果てしなく美しい庭園のような完璧な場所、それがその場所だ！」

「それなら、まだ希望はあるかもしれないな……」僕はすっきりしないままに言った。

「君たちにはひとつ以上の脳が必要だ」〈共生者〉が続ける。「ナンバー1の患者とともに、この宇宙のような偽医者相手に真っ向勝負を挑もうというのであれば。人間のような次元の低い生命体は、劣った知性と充分でないスタミナに苦しめられている。しょっちゅうミスを犯し、簡単に騙される。宇宙は、あらゆる生命体を麻痺させる一連の幻覚剤を作り出した。だから、僕の助けが必要なんだよ。この宇宙の血まみれのメスの下に追いやられないようにするには、僕の助けを得るしかないんだ」

〈共生者〉は憤然としているようだった。その言葉は、正義をめぐる高邁《こうまい》な論文を引用しているかのようなパッションに満ちていた。彼がメスに言及した時、僕は地獄の獄卒の槌鉾（先端に突起のついた棍棒）と三叉の鉾——肛門から死者の魂に突き通すのに使われるおぞましい道具——を想起せずにはいられなかった。

「ということは……君は超患者が送り出したバックアップ軍の一員ということなのかな？」感謝の念とともに、突発的な反感が湧き上がってきた。人間というのは、本当にそんなにひどい存在なのか？　これほどの差別を受けねばならないものなのか？　彼らは、生と死の問題を解決すると主張しているけれど、超患者と〝目覚めた者たちのセクト〟もまた自己中心的だと言えるのではないか？　この宇宙は確かに見下げはてた場であるけれど、それでも、僕たちと同様、憐れむべき存在なのではないのか？　宇宙もまた患者であり、グランド・デザイナーの生贄の子羊なのだ。このどれひとつとして宇宙のオリジナルなプランの一部ではない。そして今、誰もがそれを捨て去る覚悟ができている。この宇宙が創造されなかったとしたら、我々は存在していなかった。人間もエイリアンも超患者さえも、存在していなかった。

僕は〈共生者〉に、なぜ逃げねばならないのかと訊いた。僕たちが良き患者として、あるいは良き医者としての役割を果たし、一致協力してこの宇宙を救うことはできないものか？

「この宇宙が最初から正しくない形で設計されたのなら、救う手立てはいっさいない」〈共生者〉は答えた。「僕らがどんなに力をつくして救おうとしても、死刑執行の時を一時的に延期するだけにしかならない。この宇宙には魂がない。だから、僕らが治療はできるとしても、宇宙が真の救済を見出すことは決してない」

この〈共生者〉の応答は僕を満足させなかった。僕は僕自身の家族のことを思った。人間の伝統的な考え・慣習のもとでは、我々は死にかけている家族を救うためにやらなければならないことは何でもやる。最初から成功しないことがわかっている時でもやる。なおトライする。

だが、〈共生者〉はきっぱりした口調で続けた。「我々が生きている唯一の理由は、治療に抵抗することだ。宇宙のために自分を犠牲になどしたくない。宇宙の寿命を伸ばそうとして自分の時間を無駄遣いしてはならない。この宇宙のレガシーを引き継いでやっていくために別の宇宙を作ろうなどと考えたりしてはならない」

「ありがとう、理解できたと思う」僕は、まさにこの瞬間、僕の腸の中でぎっちりと詰まった糞便に押しつぶされるように身を縮めている〈共生者〉のことを思った。医師たちに探知されないよう、医師たちの手で最終的に除去されることのないよう、できる限りのことをしている〈共生者〉のことを思った。あたたかさが洪水のように僕の体じゅうに溢れかえった。

79　永遠に続く死を思わせる静寂

「最初に君の許可をもらわないまま君の体の一部を占拠したことに関して、僕には謝ることしかできない」〈共生者〉は言った。「これはすべて、超患者がアレンジしたことなんだ。君たちの極度に低い進化レベルのせいで、最初のステップとしては、体内に一セットの芽胞《がほう》を植えつけることしかできなかった。この芽胞が成長していって、消化管系の近くで最終的に第二の脳になった。これは生と死の問題のひとつで、時間が必須の要素になる。中道はないんだよ。僕はただの〈共生者〉だけど、だからと言って、これは、自立した意思を持っていないことを意味してはいない。こうしたことに関して、いったい誰が僕の意見を求めたりする？　僕が自分から進んで君に貼りついているかどうかなんて、誰も訊いてくれやしない。君のクソでいっぱいのベタベタした肉の入れ物は桃源郷とは似ても似つかない！　僕は君よりもずっとひどい状況にある！　生まれた時、家族はひとりもいなかった。家はない。フィジカルな形態さえない――僕は自分がどんな外見をしているのかも知らないんだ！　生きているのか、それとも、生命のないただの無生物なのか、それも知らない。たぶん、その中間の何かなんだろうな。僕の誕生と存在が依って立つのは、超患者が僕に遂行を託したミッションだけだ。君が救済されたら、僕は内部プログラムに従って消去される。液体になって、肛門から、尿道から、汗腺から排出される。君はオリジナルの脳とともに残される。心配しなくていい――シェイクスピア劇を書いたり、量子コンピューターを開発したり、人間の活動に干渉しつづけるようなことはしないから。永遠の至福に包まれた地での君の将来に関してはすでに、超患者が完璧な計画を立てている。誰かがどうこうできるようなものじゃない。運命という面で言うと、自分が宇宙のどのコーナーにいるかなんてことは問題にならない。すべてはもう決定されてしまっているんだから」

これまでの〈共生者〉の自信に満ちた雰囲気が、索漠として荒涼とした、ほとんど陰鬱なトーンに変わっていた。彼もまた痛みを抱えているのだ。だが、彼の痛みは、目前の重大な意思決定とは対照的だった。まるで、できることが何もないのはわかっているのに、なお、敗北を認めるのを拒否しているかのようだった。彼は真の医師の資格を持っている。僕は医師の使命の言明を思い出した――〝私が地獄に行かなければ、いったい誰が行くというのか？〟　今こそ、僕たちがこの試練に耐えて生き延びられるかどうかを見定める時なのだ。

これが、とても深いレベルの医師‐患者の関係性を明らかにしていることを、僕は理解した。この不確かな宇宙にあって、少なくともひとつ、確かだと思われることがある。命は宇宙よりましなものではまったくないのに、宇宙に抵抗するという志高き役割を買って出て、それを実行してきた。あらゆる予想を覆《くつがえ》して、命は治療に抵抗している――これは命が病んでいる証拠ではないのだろうか？

僕は少しばかりペシミスティックなものを感じはじめた。逃亡の見込みについて、再び確信が持てなくなってきた。僕はいま一度、星々を見上げた。子供の頃からずっと、大いなる畏怖を感じさせてきてくれた果てしない広がり。星々を、〈共生者〉によるプロジェクションの助けのもとで見たくはなかった。裸眼で見たかった。すべてが本当はどう見えるのかを知りたかった。僕は宇宙が病んでいることを学んだ。そして、世界の見方が変わった。

変化しない世界観などというものはない。あると考えている者は自分を騙しているだけだ。ゴータマ・シッダールタ王子がインドの王国カピラヴァストゥを出て、自己修練の実践に向かった理由はたぶんそれだろう。シッダールタは物質世界の不幸と無力さを通して、生、死、病、苦の真の姿を見て取った。悟りを体験したのち、彼は世俗の世界に戻り、人々を救済の場へと導いていった。病気と苦しみを根源から消し去って、自身と信徒たちが二度と六道の輪廻にとらえられることがないようにすめるために。何と、彼こそ最も驚嘆すべき医療パンクではないか！　僕の脳がワイルドな連想を紡《つむ》ぎはじめる……超患者とは、仏陀その人のことではないのか？

頭上で流れ星がひとつ、静かに閃いた。あれは、宇宙の子宮から剝がれ落ちた表皮細胞ではないだろうか？　そう思った途端、それ以上、そんなことを考えるのが嫌になり、唾を飲み込んで背後に視線を向けた。時空そのものの不可思議な身体が目の前で腐敗しつつあるように見えた。爆発して粉々になる前に、ゆっくりとゾンビに変容していく宇宙。大潮の奔流の臭い、膨れ上がった宇宙が朽ちていく真の臭いがした。目をこすり、深い息を吐くと、何も起こっていないことがわかった。臭いも消えていた。眼前に広がっているのは、永遠の奥底に向けて伸びる、そそり立つ闇の壁のような、茫漠たる無限の静けさ。その壁の向こうに何があるのか知る者はいない。

銀河も星団も惑星も、ひとつひとつが病院であり病棟なのだと思ってみた。でも、ガイドをしてくれる〈共生者〉のプロジェクションなしで裸眼だけに頼っていては、それらを見ることはできない。天空を飾る数限りない星間紅十字の存在をこの目で確認し、証言することはできない。何十億もの生命を先導して救済への道をたどる超患者の姿を見ることはできない。そこにあるのは、のしかかってくるような静寂だけ。これまでに知っていたいかなるものとも異なる、永遠に続く死を思わせる静寂……これはまさしく死体置場ではないのか？

この胸の悪くなる病んだ体のもと、宇宙は超越的な美を発散し、その魅力で無数の崇拝者を虜《とりこ》にしている。崇拝者たちは讃歌を歌い、その栄誉を称える詩を朗唱し、科学とテクノロジーの歴史に奇跡の一章を書き加えている。その崇敬の念ははるか彼方にまで及び、彼らは、火の中を歩けと言われても、大海を泳いで渡れと言われても、自身の命を犠牲に捧げよと言われても、ためらうことなく、それを実行に移す。

宇宙はたぶん、自分が人類という種族を騙しているのか、あるいは自分自身を騙しているのか、それさえ判別できないのだろう。実に多くの異様な存在を、残虐で慈悲のかけらもない存在を作り出してきた宇宙は、今ではもう、自分が何をやっているのかも理解していないのだ。だから、僕たちは結局、敬虔な表情の若者たち、世界をその病弊から救いたいという熱意に燃えた学生たちでいっぱいの医学校の教室のレベルまでしか到達できず、そこで終わるということになる。

それでもなお、僕はこの現実の中で存在しつづけている。なぜか変わることもできず、単に、痛みと終わることのない疾患に耐えているだけの状態で。楊《ヤン》・偉《ウェイ》という名の男は、どうして、こんなふうに宇宙の中で存在していられるのか。彼は、病んだ宇宙を治療するために、この宇宙のマントを引き継ぐために、特別に作り出された存在なのか？　彼は、この壮大なミッションを運ぶだけのために生きているのか？　彼のちっぽけな体が、どうしてその重荷に耐えられるというのか？　そして今、彼は、この宇宙に立ち向かい、抵抗することを期待されている……。宇宙と僕が、これほどまでに異様で不合理きわまりない医師－患者の関係にあることに気づいた瞬間、僕の物理的な自己を痛みが貫き走った。まるで誰かが僕の体の上で麵棒を転がしたかのように。

ああ、こんなことが現実であろうはずがない……。

〈共生者〉がプロジェクションをオフにし、僕の観察の時間は終わった。眼前にあった何百万、何千万の星々が薄れていき、宇宙のシミュラクルが消えていった。雨が激しく降りしきっている。僕はC市に、逃亡の途上に、戻っていた。前方にいくつかの影が閃いた。コンタクト要員がついに海から到着したのだ。誰もがこのうえない安堵と歓びに包まれて、彼を出迎えるべく走り出した。

80　末期患者が殺人者に

艾《アイ》村長は長い髭と恰幅のいい腹を揺らして、へつらうようにコンタクト要員に呼びかけた。「準備はできています！　これから我々は、あなたの先導についていきます」村長はカメラを掲げて、この歴史的瞬間の写真を撮った。

コンタクト要員は患者衣を着ていなかった。身につけていたのは明るい色の西洋風のスーツで、眼鏡をかけていた。背が高く、痩せていて、詩人のような、アカデミックな威厳のある容貌だ。彼の後ろには一団の人々がいた。それは、医師と看護師の一大軍団だった。彼らは揃いの白い制服をまとい、手には鋭利な外科用のメスを持っていた。

医療従事者たちの顔に浮かぶ、わざとらしい大げさな笑みが、彼らをコミックブックからそのまま抜け出してきたように見せていた。彼らは素早く患者たちを取り囲んだ。艾《アイ》村長は一瞬、ショックで固まったが、何が起こっているかを理解するや、直ちに逃げ出した。患者たちには目もくれなかったが、彼らもまたすぐに危険を察知して、医師たちの壁を突破しようとした。すべてが一気にカオスの極へとなだれ込んでいった。

僕は、医師の軍団中に朱淋《ジュ・リン》がいないかと探した。結局、彼女の姿は見つけられないまま、走りはじめたが、数歩も行かないうちに、銃を持った背の低い男性医師に行く手を阻まれた。その医師にはどこか見憶えがあった。もしかしたら、義理の息子ではなかろうか？　かつてわが家に医療監査にやってきて、娘に目をとめたのち、連れ去った人物。今では、彼が、治療を行なうために宇宙によって送り出されたことがわかっている。僕を見た途端、そのわざとらしい笑みが大きくなった。

「おお、君を探していたんだよ！」彼は言った。「私は、君を助けるためにここにやってきた。君は今、たいへんな危険にさらされている。君の体内には外部由来の悪性生物である新規の病原体がいて、君の体を侵略しつつある。この未知の生命体は人間を真似ることができて、疑似人格を投影する。生命体同士は絶えず互いに競い合っているが、こいつは宿主の記憶を自分の記憶で置き換えてしまう。それが、君のすべての幻覚の原因だ。医者たちを憎むようにと君をそそのかし、それが、医師－患者の関係の全目的を効果的に破壊した。君を騙して、君を救おうとしている人々を怪物だと思い込ませてしまった。一方で、君には自分の内部に潜んでいる怪物を見ることもできない。これは幻覚としては最も恐ろしい部類に属する。次の段階では、そいつは君の脳を破壊して、君の生命を完全にコントロールするようになる。君の体液をすべて吸い上げて、君の意識を干からびさせてやろうと思っている。最終的に、君は歩く死体に変えられてしまう！　君は君自身の生ける地獄になってしまうのだ！　こいつはもちろん、こいつに類したやつはみな、病院にダメージを与えようと、病院を破滅の際に追いやろうと、人類を絶滅させ、太陽系を、天の川銀河を、全宇宙を破壊しようと目論んでいる！　忘れてはいけない――この宇宙は我々の集合的な故郷《ふるさと》であり、我々全員が住んでいる庭園であり、我々の運命、我々の共有する未来なのだということを。君にはこれがわからないのか？　そいつが言うことはいっさい信じてはならない！　医師だけを信じなければならない。君が生き延びるために、我々はこの病原体を君のシステムから除去しなければならない。その時に初めて、君は回復することができる。自身の人格を取り戻し、医師のランクに昇格し、人生における君の使命を達成できるようになる。集合的なハードワークを介して、我々はこの宇宙の調和と安定性を維持していくのだ！」

「そいつの戯言《たわごと》に耳を貸すんじゃない」〈共生者〉が厳かに警告した。「この医師たちは、ただの操《あやつ》り人形でしかない！　道具でしかない！　彼らこそ幻覚を見ている当人なんだ！　彼らは患者としてスタートした。彼らの錯乱した病弊のルーツは今も彼らの内にある！」

　医師は大口径のライフルを持ち上げ、僕の頭に狙いを定めた。僕は思った――これは麻酔銃じゃない。「やめてくれ！　お願いだ、僕たちは同じ家族じゃないか」僕は、彼を、たまたま白衣を着ているだけの同じ患者仲間だと思うことにした。心の内では〝何もかもが徹底的にバカげている〟と感じていたものの、頭を狙っている銃のおかげで、どうにかこの事態を深刻に受けとめることができた。ただ、自分でも驚いたことに、怖いとは感じていなかった。医師と患者が遅かれ早かれこうした状態になることはわかっていた。

医師——僕が〝義理の息子〟だと考えた医師——は突如こう叫んだ。「私を家族と呼ぶなんて、いったいおまえはどこのどいつだ？　おまえの遺伝子はすべて、すでに再編集されている！　おまえと娘の間には、もはやいかなる共通の血も流れていない！　おまえは誰とも関係がない！」

この言葉を発することで、彼は躊躇なく引き金を引くことができるようになった。家族という構造を持ち出さなくとも、人に向けて銃を発射するのはやはり心理的に負荷が大きすぎると言うべきだろうし、まして、宇宙の健康のためにこうした犠牲を払うなど、誰にでもできるというものではない。

その決定的な瞬間——命がどちらに転ぶかわからないギリギリのバランスを保っていた瞬間——僕が彼に訊きたかったのはただ、娘が今どこにいるのかということだけだった。でも、遅すぎた。質問をすることはできなかった。彼は引き金を引いた。ショックで立ちすくんだ僕の耳の横を銃弾がかすめ飛んでいった。医師がこれに反応して新たな行動に出る前に、〈共生者〉が思いっきり僕を押した。そのまま突進した僕は、医師を地面に叩きつけた。自分にこんな力があったことに、僕はひどく驚いた。僕の体のフィジカルな潜在力に調整を加えるよう、〈共生者〉が超患者から秘密の指令を受けていたに違いない。この成り行きのいっさいが、死を前にした最後の抗《あらが》いのように感じられた。これはまた、〝治療抵抗運動〟で僕がなしえた唯一にして最大の貢献でもあった。

僕は医師の首を絞めた。それまで、やってみようとさえ思わなかった行為だった。首を絞めているうちに、猛烈な罪悪感が湧き上がってきた。そのあまりの強さに、もう少しで手の力をゆるめそうになったほどだ。**何てことだ、僕はいったい何をやっているんだ？　白衣の天使の一員に、こんな暴力行為に及ぶなどということが、どうしてできるんだ？**　続いて、以前に思いついた、医師を殺すというプランを思い出し、こんな恐ろしい認識にいたった――僕は初めて、医師がどのように死ぬのかを目撃しようとしている。いや……違う、そんなことはありえない。医師は死ぬことができないんだ！　それも、彼らが救おうとしている患者たちの手によって死ぬことなど、絶対にない！　それなのに、僕の前にいる人間の体からは徐々に生命が消えはじめた。僕は医者を殺したのだ。おそらくは僕の義理の息子であろう人物、患者たちの運命を一手に握っていた医者、僕たちに救いをもたらすべく宇宙によって送り出されたメッセンジャー。僕はその人物の生を終わらせたのだ。

「これまで僕は誰も殺したことがなかった……」僕はあえて大声で叫んだ。それは〈共生者〉に責任を押しつけるためのように思えた。「どうして彼が死ぬなんてことがありえるんだ？　医者がどうして〝死ぬ〟ことができるんだ？」

「世界をめぐる真実を目のあたりにするまで、君は、医師は死ぬことはありえないと考えていた。だが、事態が本当はどのようなものなのか、自分の目で見てしまった今、殺人なんてもうたいしたことじゃない」〈共生者〉の話しぶりは、議論の余地をまったく残さない自信に満ちたものだった。「君の体と魂はもう病院の囚人じゃない。君は今、世界を清新な目で見ることができている。これは悟りに近い状態だ。殺人行為は悟りのひとつの形なんだ。あの医師たちは驚くべき存在ではあるけれど、神ではない。単なる宇宙のツール、下僕にすぎない。宇宙全体が半分、墓穴に入っている今、医師たちがいったい君に何をすると思ってるんだ？　このすべては、君の中を駆け抜けている超患者のパワーの顕現なんだよ」

「違う、そんなこと、ありえない……」瞬きをするよりも短い間に、僕は末期患者から殺人者に変わってしまった。この医師は、ついさっきまで、地べたに這いつくばっていた。〈共生者〉は本当に僕を助けようとしているのか？

〈共生者〉が、ドクター・バウチの言っていたような新種の怪物病原体である可能性はあるだろうか？　あるいは、蘇った大昔のウィルスである可能性は？　あるいは、地下の薬品生産鉱山で放射線を浴びて生まれた突然変異生命体、知性を発達させた人工合成生命体、ロックフェラー財団が送りつけてよこした恐るべき敵である可能性は？　〈共生者〉は僕を宿主にして自分の子孫を増やすために僕の体に侵入したのか？　ほかの患者たちの体も乗っ取られているのか？　これこそが最初からの彼の秘めた動機で、〃この宇宙は病んでいる〃というとんでもない主張で僕を騙し、脅《おど》そうとしてきたのではないか。彼のプランは、単に僕を海に連れていこうというだけなのか。海で僕を待っているものの真の正体は何なのか。健康で平穏に満ちた世界が待っているというどんな証拠を、彼は持っているのか。もしかしたら、ミッションのプレッシャーの大きさのあまり、〈共生者〉は頭も体もおかしくなってしまっているのではないか。あそこまで臆面もなく提示してみせた、病んだ宇宙の異様なポートレートも、実は彼の狂った無意識が作り出したもので、それを彼自身がリアルだと信じ込んでいるのではないか。彼は、おぞましい宇宙のイメージを僕の脳内に投影しつづけてきたが、あのイメージそのものが、彼の捻じ曲がった想像力が作り出した虚構なのではないか。こうしたモンスターは、いつも一番弱い対象をターゲットにすると聞いたことがある。彼らが病んだ人間のフィジカルな身体に侵入した理由は、そういうことなのだろうか。彼は僕に取って代わりたいと思っているのか。すでに取って代わってしまっているのか。もしかしたら、人類を終焉に導く戦争はすでに始まっているのか……。

世界は再び、薄っぺらな金属カップの中のひと組みのサイコロになってしまった。ここからいったいどんな結果が出てくるのだろう？　僕にはもう疑念だけしか残されていなかった。

自分が医者を殺したことがまだ信じられなかった。白黛《バイ・ダイ》と二人してあれほど長い間、医師の死体を探しつづけ、結局一体も見つけられなかったというのに。たぶん、僕は、宇宙に対する恐るべき犯罪を犯してしまい、宇宙が僕に期待していることに応《こた》えて生きていくのに、またも失敗してしまったのだ。

81　僕たちの命が救われるべきだという論拠は？

　僕は黙ったまま突っ立っていた。行動しない時間が伸びていった。〈共生者〉の口調が厳しくなった。「君が動かないのなら、僕らは二人ともアウトだ。患者と殺人者は一枚のコインの表裏でしかない。〝死〟で結びつけられている」

　僕は思わずカッとなって怒鳴った。「くそっ、本当に僕を乗っ取ったんだな！　僕はもう自分が誰なのかもわからない！」

〈共生者〉はひるんだようだった。「そんなひどい言葉を使わないでくれ。君の下した判断の責任はすべて君にある。僕は、結局のところ、ただの付属物なんだから、君を乗っ取るなんて、そんなこと、僕にはできっこないんだ。君はどんどん、何でもないことで大騒ぎするようになっていってる。ちょっと考えてみてくれ。映画で殺人のシーンを見る時も、そんなふうに取り乱すかい？　レイプや殺人のニュースを見る時も、今みたいに興奮するかい？　君は以前、自分の娘をレイプする夢を見たことがあっただろう？　あれは、君が結婚した、まさにその日に考えていたことじゃなかったかい？　そもそも、君が結婚した理由は、それだったんじゃないのか？　これは歌を書くのとはまるで違った感覚なんだろうね。いや、もしかしたら、同じ感覚なのかもしれないけど。僕は、君の記憶の中に、こんなのがあったのを見た。以前、君にファンレターを送ってきた女性がいた。彼女は君の歌に夢中になって、猛烈な恋に落ちてしまったと伝えると同時に、こんなことを打ち明けた。自分は今、恐ろしい男に脅迫されているのだが、その脅迫者がたまたまあなたの上司なのだ、と。彼女は助けを求め、君が介入して何かやってくれることを期待した。君は彼女に、その出来事をめぐる歌を書くと返事を出した。何があったのかを世に広く知らしめて、加害者が公に辱めを受け、人々から軽蔑されるようにしよう、と。そうして、君は彼女と寝て、その後、彼女の手紙を上司に渡した！　君は彼女を裏切った。さらには、上司の指示に従って、彼女の評判を徹底的に貶《おとし》める歌を書いた。結局、彼女は自殺した。これって、本当のことだよね？　それなのに、君は、自分はこれまで誰も殺したことがないなんて、そんなムカつくようなことを言ってる。医師が問題になった時だけ、罪の意識を感じるのか？そんなの、正しいことじゃない！　これが本当の君だ、二つの顔を持ったクソったれだ！　それでいて、君はいまだに自分に設計ミスがあると認めるのを拒否している。誰が誰に置き換わるって問題じゃない。僕たちはみんな同じ船に乗っている。僕がやることは何もかも君のためなんだ！　僕はみんなを、病院のない、痛みのない、罪のない場所に連れていこうとしている。それなのに、君はまだ、僕が君を傷つけようとしているとか、君に取って代わるとか、君を破滅させるのを企んでいるとか主張している！　本当に、どうしてそんな考えを持ちつづけていられるのか信じられないよ、まったく！　それでも僕は偉大で慈悲深い超患者の命令に従って君を救わなきゃならないんだ！」

〈共生者〉が並べ立てたことがあまりに多すぎて、僕は、ひとつひとつ認めることさえできない状態に陥った。自己弁護したいことも多かった。だが、言葉はまったく出てこなかった。自分が本当にいかにひどい人間であるかだけは、はっきりと認識した。これはあらゆる病《やまい》のうちで最も深刻なものだ。宇宙が僕に徹底的な治療を受けさせるようにしたのも当然だと言っていい。

たぶん宇宙は、自分が生み出した不完全な生き物をすべて、みずからの手で除去するつもりなのだろう。これには何の問題もない。僕には、この世界にいる生命体すべての状態を理解することはできないけれど、人間という存在が、愚かしい悪ふざけとしか言いようのない行為の数々で、非論理的な思考と極度の利己主義で、終わりなきトラブルを生み出していることはわかっている。人間こそ真のウイルスなのだ。僕は怪物じゃない。僕は僕自身の敵だ。

だから、宇宙が僕たちの絶滅を望んでいるというのは当たっていない。事実は、僕たちの存在そのものがいかなる価値も持っていないということなのだ。だとすれば、僕たちの命が救われるべきだという論拠は、いったいどこにあるのか。

この問いに答えることのないままに入院してしまったことで、僕たちは自分自身を多大な危険の中に追いやってしまった。そして今、今度は病院からの逃亡を試みることで、僕たちは間違いなく、さらなる危険に直面することになる。

82　お互いを真に理解することのないままに共存する方法を学ぶ

僕は深い後悔の念に包まれて頭を垂れ、地べたに転がった医師の生命のない体を見おろした。僕が彼のようになる見込みはいっさいないことを、僕は理解した。長い沈黙ののちに、僕は厳粛にこう言った。「彼らがなおも僕たちを海のそばの地に連れていきたいと思っていることに確信はあるのか？君が今言ったことからすると、僕はもう、自分がクソのかたまり以外の何ものでもないという気がしている」

「それは問題じゃない」〈共生者〉が答える。「僕はすでに、すべてを報告しているし、海のそばの地の人たちは僕たちを許してくれている。彼らは決して〝クソのかたまり〟なんて下品な言葉は使わないよ。彼らは、僕たちの本性の核心は善だと信じている。僕たちは悪しき環境の犠牲者にすぎないんだ。病院によって確立された邪悪なシステムのね。僕たちはずっと闇の中にいたおかげで、自分たちの行為をコントロールできなくなっている。僕たちを見たら、彼らはこう言うだろう——『ああ、君たちはたいへんな事態をくぐり抜けてきたんだね！』って。『君たちを救うという試みを通して、病院は君たちを堕落させ、自尊心を完膚なきまでに破壊し、病気をいっそう悪化させた。君たちは従順な奴隷に変えられた。君たちはようやく、テガセロド（過敏性腸症候群などの治療に広く用いられている薬剤）とポリエチレングリコールの悪夢のような臭いから解放される。新しい人生が待ち受けている』」

「でも……さっきは医者たちの攻撃を受けたじゃないか。どうやって、うまくやりとげられるっていうんだ？」

「ああ、さっきの襲撃はコンタクト要員が裏切ったからだ。彼が病院に、僕らの計画を通報したんだよ」

「彼はどうしてそんなことをしたんだ？」

「裏切りは人間の本性の核心の一部だ」

長い沈黙ののち、僕は言った。「君も裏切る可能性はあるのか？」

〈共生者〉は口をつぐんだままだった。

「僕らは一体になっていて、同じ血液を共有していて、同じ栄養素を摂取しているけれど」と僕は続けた。「僕はまだ、君を本当に知っているというふうには感じていない。君の言うことを何もかも信じるべきだということにも確信を持てない。君だってデザインの産物だよね。君の欠陥はどこにある？　君は別の意識で、僕の一部でありながら、同時に、僕の一部じゃない。君が僕を裏切ることになれば、僕には逃げる場所がどこにもなくなってしまう」

「一緒に生きていくために、お互いを理解し合う必要はない。何らかのスピリチュアルな深い交感をするといった高邁な期待に執着する必要もない。この今、僕たちの目の前にあるタスクは、お互いを本当に理解することがないままに共存する方法を学ぶことだ。僕たちはお互いにとってブラックボックスみたいなもので、僕の内部に何があるか、君にはわからないかもしれないけれど、それは問題じゃない。病でいっぱいの世界では、これは完璧な代替手段ではないとしても、僕たちにできることはこれしかないんだよ。超患者はすでに、これが生き延びることの本質だと教えてくれている」

〈共生者〉はこういったことを説明するためにたいへんな努力を費やしていた。彼とやりとりしているうちに、僕自身も実際に疲労を感じはじめた。疲労感に包まれた中、僕は家に戻ったような気がしていた。入院する前に暮らしていた家。娘は自分の部屋にいて、ベッドの端に腰かけている。その横に寝転がっているのは、会ったこともない少年だ。白いシャツ姿の少年は娘と楽しそうに話をしている。やがて二人は互いの服を脱がせはじめ、脱がせた服を一枚一枚床に放り出していく。僕が帰宅したことに気づくと、少年はあわてて逃げ出した。上半身裸の娘は、ぎこちない曖昧な笑みを浮かべた。僕は何をしたらいいのかわからなかった。娘が僕を引き寄せて自分の前に座らせ、服を脱がせて、僕の頭を自分の胸の谷間に引きおろした。そして、両手を伸ばし、僕の頭をやさしくマッサージしはじめた。自分の娘が僕の治療のセラピストになるなど考えたこともなかった。すぐに何かが背中を伝い落ちていく感覚があった。唾が首筋を伝い、腰に滴り落ち、尻の割れ目に入り込んでいった。不快感と不安感に包まれて、僕は目を閉じた。お母さんはどこにいるんだと訊きたかったが、すぐに、僕らはもう離婚していたことを思い出し、何も言わなかった。娘のテクニックは絶妙だった。なすべきことを正確に知っていて、弦楽器を奏でるように僕の肌を撫でた。〈共生者〉が徐々に融けていって膿汁のプールになり、分泌腺を伝って押し出されるようにみずから外へと出ていきはじめた。あちこちの毛穴から溢れ出し、鼻孔から噴出した。僕の体を乗っ取った黄白色のネバネバした物体が、胃酸のように少しずつ僕を分解していった。僕は生涯で初めて真の安心感を覚えた。僕は笑いを抑えられなかった。「ああ、僕は家にいる、家にいる」僕はひとりつぶやいた。「僕はついに娘と再会した。もう海に行く理由なんてない！」

だがその時、〈共生者〉の声が聞こえた。「君は戻ることはできない。理由その一：我々にはもはや信頼できる親族はいない。その二：君は君自身すら信頼することができない。その三：我々にはもう家はない。海に向かうしか選択肢はない。我々は全員、それぞれの意志を表明した。我々が信頼できるのはただひとり、超患者だけだ」

83　体内器官が行なった犯罪は当人の罪になるのか？

ほかの患者たちとともに、艾《アイ》村長についていくしか選択肢はなかった。艾《アイ》村長は薬品生産鉱山に戻った。そこから僕たちは改めて、地下に張りめぐらされたトンネルを抜けて逃げ出すことができるはずだった。岩壁のあちこちに埋め込まれた拡声器から僕たちに呼びかける声が聞こえてきた。そのひとつは、ドクター・バウチの陰気な声のように思えた。「患者たちよ、逃げ出す道はない。このままでは死んだも同然だ。君たちの体内にはしぶとい病原体がいる。それは我々の最悪の敵だ。君たちは直ちに投降して、その身を手術に委ねなければならない。さもないと、命の危険にさらされることになる。どうか、我々の組織に協力してほしい。治療を恐れてはならない！」

僕は真剣ながらも怯《おび》えているように聞こえるよう努力しつつ、拡声器に向けて叫んだ。「僕は人を殺した。彼は医師で、僕の義理の息子だった。僕は恐ろしい犯罪を犯したんだ！　僕が出頭すれば、あなたたちは間違いなく僕を殺すだろう！」

拡声器から返事が聞こえてきた。「安心していい。最近改訂された治療憲章では、体内の器官のどれかが犯罪を犯したとしても、それは、当人の罪であることを意味しないことになっている。法的見地からは、これらは別個になされた行為と見なされる。患者よ、当組織はすでに、その案件の調査はすませてある。君が犯した過ちは、脅迫下でなされたもの、外部由来の変異ウイルスのコントロール下に入ったのちになされたものだ。君に責任はない。君もまた犠牲者なのだ。君たちが行なったことに対しては、君たちの誰にも責任はない」

ドクター・バウチの声がどんどんかすれていった。彼の内部の痛みがまもなく、決壊するダムのように炸裂しそうに思われた。その声に僕は強い動揺を覚えた。患者たちが集団逃走して以来、医師たちはみな恐ろしく苦しんできたに違いない。

「患者と医師は運命で結びつけられている」ドクター・バウチは消沈しきったトーンで続けた。この事態のいっさいが自分とはまったく関係ないとでも言いたげだった。「我々はこの戦いに負けてはならない」

〈共生者〉が僕に、拳を固めて自分の顔を二度殴れと命じた。「どうしてあいつと話をしたりなんかして時間を無駄にしてるんだよ! とにかくにも、ここから逃げるんだ! 急げ!」彼は本当に怒っているようだった。

「くそっ、いったい誰を信じたらいいんだ? これなら死んだほうがましだ!」どうしたらいいのか、僕は完全に引き裂かれていた。何も考えずに岩を一個拾い上げ、額の真ん中に力いっぱい打ちつけた。血がドッと噴き出した。だが、今回は〈共生者〉の指示に従ったわけではなかった。脳が一時的に、彼のコントロールを力ずくで断ち切ったようだった。

この思いがけない行動は〈共生者〉を怖がらせたようだった。「ということは、君は自殺したいと思ってるってことか? ああ、そんなこと、しないでくれ! 自殺という方法を、自分の痛みを終わらせるために使おうという魂胆なのか? そんなことをしても、単に生まれ変わってまた同じことを繰り返すだけだ。次の人生でも、君はまた患者になるんだ。考えてもみろよ——ずっと患者でいるのは楽じゃなかっただろう？　僕ははるばる宇宙の反対側からやってきた。君たちみたいなレベルの低い体とくっついて、君のガイドとして働くだけのために。最初はモヤシ豆くらいの、ごくごくちっぽけな芽胞で、今くらいまで大きくなるのは本当にたいへんだった。でも、この身体の空間の九十九パーセントは君が使っていて、僕用の空間はほんの少ししかない。君が付き合ってた女性たち——白黛《バイ・ダイ》と朱淋《ジュ・リン》は、完全に君のもの、つまり、彼女たちは僕が存在していることさえ知らなかった！　僕にとって、この状況が——君が彼女たちと〝セラピー〟をやるたびに——どんなに居心地が悪かったか、想像できるかい？　僕は口を閉ざして、うずくまって、片側に避難して、子猫みたいに眺めてるしかなかった。君に悪い影響が出るのが心配だったんで重々気をつけて、君が摂取した栄養素の残りをほんのちょっぴり、僕自身のために吸収させてもらった。予備の〝健康的な見通し〟プロトコルまで作って、君の脳にインサートして、歌を書くためのインスピレーションを提供した——君があれほど素晴らしい高揚感溢れる歌を書けたのは、そういう次第さ。つまり、君がなしとげたことの多くは僕の功績だってこと！　なのに、この今になって方向転換して、そんな自己中心的な態度をとるなんてことが、よくまあできるもんだ。君が死ななければならないというのは、それだけでひどい話だけど、どうして僕まで君と一緒に死ななきゃならない？　いずれにしても、僕に残された時間はあんまりなさそうなんだ。そんな時に、君はどうしてそんなに残酷非情になれるんだ？　いったいどんな権利があって、僕をこんなふうに扱うんだ？」

〈共生者〉は泣き出す寸前だった。彼がこんな弱い面を見せたのは初めてだ。彼の言葉は僕をひどく悲しませた。彼は医者じゃないから、僕が死ぬべきかどうかを決める権利は持っていない。それでも、彼の言葉は少しずつ僕を軟化させていった。後悔の棘がちくちく僕を刺しはじめた。しかたなく、僕は小石を何個か耳に詰めて拡声器の声を閉め出し、前へと進みつづけた。

液体の薬品が流れる冷たい急流を渡った時、別の方向からやってきたひとりの患者と出くわした。「このまままっすぐ行くと、かなり南のほうにずれてしまう」彼は動揺の色もあらわな不安そうな口調で言った。「気温が上がってきたら、海が近いことがわかる」

突然、地面が激しく揺れて、トンネルの壁から岩がいくつも転がり落ちてきた。薬品の川の水面が大きく盛り上がり、何人かの患者をあっというまに連れ去っていった。波の合間《あいま》に、助けを求めて必死に手を伸ばしているリトル濤《タオ》の姿が見えた。僕は彼の手をつかんで岸に引っ張り上げた。だが、その時、邪悪な思念が襲いかかってきた。悪霊に取り憑かれたように、僕は岩を拾い上げてリトル濤《タオ》を思いきり殴りはじめた。二、三回の殴打で彼は死んだ。鮮やかな緑と塩のような白の混ざった色の、どろりとしたペースト状の粘液が鼻孔と耳から流れ出してきた。これは彼の〈共生者〉だろうか？またも殺人を犯すなどという気はまったくなかった。リトル濤《タオ》を殺したのは僕なのか、僕の〈共生者〉なのか。それとも、僕らは共謀してこの暴力行為に及んだのか。内臓器官の犯罪なら、僕は無罪になるのか。

僕は無言で、このいっさいを呪った。リトル濤《タオ》の体を探ると、紙幣が何枚か見つかった。それをポケットに入れようとした時、艾《アイ》村長がカメラを手に近づいてくるのが見えた。僕は金を村長に渡した。「私についてこい！」村長は強い口調で言った。「我々は海に到達せねばならん。バックアップのコンタクト要員はすでにすべての手はずをすませている。今度の人物は信用できる。前回のような裏切りにあうことは絶対にない」艾《アイ》村長は血で汚れた紙幣を数えた。僕が見つめていると、一瞬ためらったのちに、二枚の紙幣を返してよこした。「これは自分のために取っておけ。海に着いたら、フェリーの切符を買わなけりゃならん」

84　病院のない場所で死ぬなんて、誰に考えられる？

　どのくらいの時間がたったのか正確にはわからなかったが、みんなが小声であれこれと意見を言いはじめた。「何か不気味な臭いがする」「腐った魚みたいな臭いがする」「何とも異様な形状だ。塩辛い液体が岩の間から流れ出してる！」艾《アイ》村長が全員に、もっと高くに登ってみるよう命じた。高いところに登ると、広大な浜辺が見えた。砂は黒く、はるか遠くに紫の山並みがピークを連ね、大河が流れていた。病院の建物は影も形もなく、目の前には果てしない水の広がりがあるばかりだ。僕は生まれて初めて、真の自然というものを体験することができた。大地、山脈、河川……海までを。僕たちはついにC市を出たのだろうか？　僕たちは今まさに〝生と死のゲート〟の敷居を越えて、新しい宇宙に入ろうとしているのか？　海は赤い肉色の溶液で、ねっとりとして、濁っていて、泡だらけだった。生臭い強烈な臭いは、病棟で使われていた消毒剤を思い起こさせた。泡立つ波の中には、無数の生きた細胞とウイルスとともに、ありとあらゆるサイズの生き物がいた。そのどれも、これまでに見たことのないものばかりだった。生き物たちは恐ろしい密度で群れていて、暗い水の中で一体一体が体を押しつけ、ほとんど呼吸もできないのではないかと思えるほどの状態でぶつかり合い、のたくりまわっていた。ほかの生き物を貪《むさぼ》り食べているものもいる。多くの死骸が、激しく打ち寄せる波に翻弄され、あたりに投げ出される。まさに、病んだ宇宙の完璧な写し絵だった。

〈共生者〉は沈黙していた。たぶん、健忘症状態にあるのだろう。

　僕もまた言葉を失っていた。あらゆる制約から解き放たれて空高く舞い上がり、広大な海を見おろしている自分の姿が想像できた。頭上の空は奥深い洞窟のように見え、下方、打ち寄せる波が古代の森のように見える。泡の中には、ばらばらになった身体のあちこちのパーツや砕けた骨が散乱し、渦の中では、肉塊や血液の細流の筋がぐるぐると旋回している。深みから、動きの遅い巨大な怪物が現われ出てきて、獲物を探し、海中を滑っていく。炎と溶岩を噴き上げる海底火山の列……。僕は、この異国の海洋の光景の中を横断することになっているのか？　病院の存在しない伝説の王国に到達するために。そこはどれくらい信頼できる場所なのか？

その瞬間、僕は再び家に戻ったように思えた。陽射しがいっぱいのあたたかい午後。娘と僕は裸で木製のリクライニングに寄り添って寝転び、お茶を飲みながら読書をしている。妻はまだ離婚しておらず、僕たちと一緒に座って毛糸のセーターを編んでいる。リアルの世界はこれっぽっちも変わっていない。僕の感覚の届かない領域では、すべてが正常に継続している……だが、僕は、何かおぞましいものが近づきつつあるのを察知した。恐ろしい感覚が全身を貫いて走った。続いて、僕の脳の奥深いところから声が聞こえてきた。**戻れ。手術台の上でおまえが死んでしまおうと、いったい誰が気にするというのか。このすさまじい海で死ぬよりはましだろう。これは罠だ……。**

「君はいったいどこに行きたいんだ？」〈共生者〉が慎重に尋ねた。

「すぐにわかる」僕は答えた。「この赤い海は病院よりずっと危険で怪しく見える。僕の家族は……もう何世代も陸地に住んできた。海の話なんか聞いたこともなかった。僕は長い間、病院の一部だった。僕は健康な人間じゃない。生まれた時から病気で、一生患者であることを運命づけられている。病院なしでは生きていけない。僕はずっと、病院を自分の家だと見なしてきた。異国の地に、病院のない場所に行くなんて、想像したこともない。病院のない場所で死ぬなんて、いったい誰に考えられるっていうんだ。ただただ身の毛がよだつだけだ！　頼むから、帰らせてくれ」

「君は〝**今が**〟病院に戻る時だっていうのか？　〝**この今になって**〟怖くなったのか？」〈共生者〉は叫んだ。「それとも、心の奥底ではずっと恐れていたことを、これまでずっと願っているふりをしてきただけなのか？　僕たちは今、究極の至福の地まで、あと一歩というところにいる。その〝**今の**

〝今〟、戻りたいだって？　僕は超患者にどう説明したらいいんだ！　君の痛みがずっと判断を曇らせて、心の目に覆いをかけてきた――これこそ、君や君みたいな人間にとっての悲劇だ！」

僕は泣き出した。

〈共生者〉はトーンをやわらげた。「とにかく、そういったクレイジーな考えはやめてくれ。君は、今起こっていることに慣れる必要がある。何があっても、すべては、君が適応できるかどうかにかかっている」

四方八方から患者たちが集まってきた。みな浜辺に降り立って、不安げに海の彼方を見つめた。荒れ狂う波の向こう、水平線上に、巨大なマストの影が少しずつ姿を現わしてくる。ほどなく、上陸用の小型挺に乗ったバックアップのコンタクト要員が到着した。

「乗船前に切符を買え！」コンタクト要員は妙な声で怒鳴った。

僕は急いでポケットから二枚の紙幣を取り出した。実のところ、それでは全然足りなかったのだが、コンタクト要員は何も言わなかった。次いで、僕らを海の彼方に運ぶフェリーの艦隊が到着した。全員が切符代を払ってフェリーに乗船した。

85　バラの棘に刺される快感

不思議なフェリーは山のように大きかった。いくつもの白い星で飾られた明るく輝く色とりどりの旗がマストから下がっていた。この船が海を越えて、僕たちをもうひとつの岸辺へと運んでいくのだ。その、もうひとつの岸辺で、僕たちは〝生と死のゲート〟を抜け、病気のない未知の宇宙へと脱出する。しかし、これはどういう種類の船なんだろう？

真夜中、ようやく錨《いかり》が上げられた。出航すると同時に、突如、空が晴れて風がやんだ。デッキの真ん中に、スチールの島のような形の構造物があるのがわかった。星々の天蓋の下、その構造物には歯と鉤爪《かぎづめ》があるように見えた。それはあらゆる方向に赤い光を放射していた。天空に向けて巨大な鳥の檻のように突き立つその構造物は、黒と白の花籠と、小さな森のような緑豊かな植栽に囲まれていた。いったん出発すれば二度と戻ってこられないことに思いいたって、僕は悲しみの感覚に打たれた。デッキの手すりに駆け寄って、遠方へと退いていく海岸を見つめた。

艾《アイ》村長が両腕を広げ、翼のようにはためかせながら、海に向かって叫んだ。「嫌だ！　行きたくない！　病院を離れるなんて耐えられない！　モルモット相手にやってた実験もまだ終わっていない！　戻りたい！　全力をつくすと約束する！　すべてを再編成して、次回はもっといい成果を挙げる！　私はこれまで、人生の半分を、海を見ずに生きてきた。だが、このすさまじいものを見てしまった今は、海がただただ恐ろしい！」彼は首に下げていたカメラをむしり取ると、海に投げ込んだ。僕の胃が再びピクピクと引きつりはじめた。

茫漠とした大海の面《おもて》のあちこちに血だまりがあり、そこに上空の宝石のような星々が映し出されていた。世界は、これまでに目にしたいかなるものよりもリアリスティックだった。ついに病院から逃げ出したというのに、僕は打ちひしがれ、消沈しきっている自分に気づいた。たった今、ヴァージンを奪われてしまった女性のように、僕は、もう終わりだと思った。白黛《バイ・ダイ》にも朱淋《ジュ・リン》にも、もう二度と会えない。僕は医師として失敗し、患者としても失敗した。次はいったい何になるんだろう？　僕が本当に望んでいるのは何なのか？　僕は死を手に入れる探求にさえ失敗するのだろうか？　何もない場所で、誰もいない場所で動けなくなったような感覚。心が少しずつ、砂時計のように空《から》になっていく。僕は、〈共生者〉と完全に混ざり合い、一体となって、底知れぬ時間そのものの穴の底に落ち込んでしまったような気がした。そこにはもう、過去・現在・未来の間にいかなる区別もなかった。その時、僕はこれまでに一度も経験したことのない何ものかの存在を感じ取った。言葉で言い表わすことはできないが、その存在は僕を包み込み、僕を弄《もてあそ》び、僕を食いつくし、そして何の滓《かす》も残さなかった。体は強烈な痛みの波を感じたが、心の深いところではバラの棘に刺されるような快感があっただけだった。弱い海風が吹きはじめた。頬を涙が転がり落ちていった。

「いったい何を考えてるんだ？」〈共生者〉が疑わしげなトーンで訊いた。

「……あの鳥の檻。海のそばの新しい家に着いたら、新しい孔雀に会えるんだろうか。この世で一番深い、一番暗い、一番地獄に似た場所から飛び立つことに憧れている、あの生き物に」僕は無意識のうちに胸につけた孔雀のバッジを撫でていた。

「朱淋《ジュ・リン》を連れてこられないかって考えてるんだろう、違うかい？」そう言う〈共生者〉の口調には、ほんの少し悪意があった。子供みたいだった。

「僕は……今僕が考えてるのは、彼女が本当に存在してたのかどうかってことだ」朱淋《ジュ・リン》が死んだのかどうか、〈共生者〉は知らないのだろうか。「ほかの女性たちのことも考えてる——白黛《バイ・ダイ》、シスター漿《ジアン》、阿泌《アビ》。彼女たちも、海のそばの新しい安全な天国に来るんだろうか？」

〈共生者〉はふざけ半分で、僕の体の全筋肉を固める呪文をかけた。僕は再び、心の奥底から罪悪感が湧き上がってくるのを感じた。痛みを隠そうとして横を向くと、たまたま艾《アイ》村長が海に跳び込むところが見えた。人間のものとは思えない絶望的な叫びを上げて、彼の巨大な体が沈んでいくとともに、海面に大きな波がひとつ起こったが、すぐに鎮まって、平穏な落ち着いた水面が戻ってきた。

　船内の拡声器から、昼食の時間だというアナウンスが聞こえてきた。カフェテリアは、デッキの鳥の檻に似た構造物の真下の、広い洞窟状のスペースに位置していた。僕は、不安そうに列を作って入室を待つ患者たちのあとに続いた。中には、あまりに見慣れた光景が広がっていた。

86　すべての宇宙が病院になる

カフェテリアのレイアウトは病院の外来病棟とまったく同じだった。バックグラウンドで『アルターボーイズ』（二〇〇四年初演、世界的な人気を誇るオフ・ブロードウェイのダンス・ミュージカル作品）が静かに流れている。メインホールを囲む形で船室が配置されており、乗客たちは本能的に長い列を作っていた。ひとつの船室のドアが開いていて、デスクの後ろに、ブロンドの髪、青い目、銀色の肌の年配の男性が座っているのが垣間見えた。高い鼻と深く窪んだ目。光り輝く白衣を着て、首に聴診器をかけていたが、その力強く自制的な物腰と、尊大で厳粛な雰囲気には、むしろ伝道師のような趣《おもむき》があった。

僕は唐突に何かがおかしいという感覚を覚えた。向きを変えて逃げ出そうとしたが、ひとりの少年が僕を制止した。少年はリトル濤《タオ》にしか見えなかった。僕は愕然とした。彼の手を払いのけたかったが、できなかった。少年は笑みのかけらも見せず、シンプルにこう警告した。「秩序を維持するために、必ずルールに従ってください。自分の番号が呼ばれるまで待機しているように」僕は急いで列の最後尾についた。

どのくらいの時間がたっただろう、僕はついに見慣れぬ容貌の年配の医師の前に立った。彼の横にいる女性は朱淋《ジュ・リン》そっくりだった。彼女は死んでいなかったのだ。顔があたたかくなっていくのがわかった。たった今、死体置場から目覚めたばかりのような、そんな気がした。嬉しいのか悲しいのか、わからなかった。僕は彼女に呼びかけたが、声が小さすぎて、僕自身にも聞き取れないほどだった。朱淋《ジュ・リン》は静かに僕を観察した。彼女はすっかり大人になっていた。若い女性特有の浮わついた印象は完全に消え失せ、成熟した女性の控えめな雰囲気に包まれていた。僕のことはとうの昔に何もかも把握している——そんなまなざしで僕を見つめた。

朱淋《ジュ・リン》の横には、ドクター・バウチともうひとり、僕の義理の息子だった医師にそっくりな何者かが立っていた。彼もまた死んでいなかったのか。それとも、蘇生されたのだろうか。彼のブドウのような顔いっぱいに、ミステリアスな笑みが浮かんでいる。三人とも白衣を着ていて、みな、デパートのショーウインドウに飾られたマネキンのように潑剌《はつらつ》とした誇らしげな表情だった。その後ろに、ある人物——ジョン・D・ロックフェラーだ——の肖像写真があり、その下に、彼のよく知られた言葉が掲げられていた。「有用なサービスを提供するのは人類の共通の義務であると、私は考える。利己主義の残滓を完全に焼きつくし、人間の魂の偉大さを真に解き放つのは唯一、犠牲という浄化の火のみである」

「何が進行しているんだ?」僕は〈共生者〉に尋ねた。恐怖でいっぱいになって、僕は思った——彼はまた僕に殺人を犯させようとしているのではないか?

「不思議だ、本当に不思議だ。こんなことがありえるとはとうてい思えない。誰かが抜け穴を見つけて、それを利用するなんてことが、どうして可能なのか……」〈共生者〉は震えながら、僕の体内のさらに奥深くに引っ込み、怯《おび》えたダチョウのように隠れてしまった。

「逃げるのはやめてくれ」僕は苛立って言った。「逃げることは、僕らの問題を何ひとつ解決してくれない」

〈共生者〉の口調はさらにつかみどころがなくなっていった。「僕としてはただ、君に信頼を失わないでいてほしいだけだった。実際、トライしてみなかったら、何もわからなかったはずだ。どれほど成功の見込みの低い賭けだったとしても、そのわずかな希望の閃きに向かって頑張らなきゃならなかった。でも、実際に逃げ出せるかどうかは、運命の手に握られている。そして今、病院を相手にした戦いは——僕が長い間、君のために戦ってきた戦いは——結局、敗北したと言わざるをえない。僕は君を敗北させた、超患者を敗北させた。申しわけない。僕はベストをつくした」

「そんなこと、ありえない……」僕は冷ややかに応じた。朱淋《ジュ・リン》と義理の息子をちらりと見て、〝終わりは始まりにすぎない〟とはこういうことなのかと考えた。

〈共生者〉はしばらく黙っていたが、ついに溜息をついてこう言った。「うん、そのとおりだ。君は正しい。こんなことはありえない。超患者が、逃亡は不可能なのを知らなかったなんてことは、本当なら絶対にありえない。でも、彼はこのアイデアに夢中になって、医療パンクのアートフォームにまで高めてしまった。このアイデアに陶然となって、歓びのあまり我を忘れ、その美しさに取り憑かれて、実効性を見過ごしてしまった。最終的に、彼は自分自身を救済できず、逃げ出すことを完全に忘れてしまったんだ」

〈共生者〉の言うことを聞いているうちに、僕は、人生は一種の偽薬（プラセボ）なのだという気がしてきた。外部からも自身によっても完璧に虐《しいた》げられている宇宙は、バカバカしさの洪水に完全に浸かっていて、ただひたすら哀れだと言うしかない。それでもなぜか、僕は依然として一抹《いちまつ》の希望の閃きを感じた。超患者が最終的に逃亡のプランを忘れてしまった時、実はその時こそ、実際の逃亡が可能になった時ではなかっただろうか。

ただ、僕に関する限り、それはもう遅すぎる。

「君がこれまで、こういうことをいっさい僕に言わなかったのはいいことだったんだろうな」僕は〈共生者〉に言った。「僕としては今も、病院は病んだ者を治療し、傷ついた者を治すところだと信じつづけていたほうがよかったと思ってる。結局のところ、C市中央病院は、今も僕の医療保険指定病院なんだから！」

金髪碧眼の年配の医師が立ち上がり、僕の肩を軽く叩いて、座るようにとうながした。彼にはどこか決定的に異様なところがあって、火星人だとしてもおかしくないと僕は思った。彼は熱がないか確かめるために僕の額にそっと手を当て、何か、僕には理解できない不思議な言葉をつぶやいた。

ドクター・バウチが通訳した。「病院船にようこそ！　君たちが体の中にどれほど多くのモンスターを持っていようと、そして、君たちがこの地球の果てまで逃げていこうと、紅十字は常に君たちを守るためにここにいる」彼の首から下がった紅十字に反射する強烈な光が目をくらませた。

朱淋《ジュ・リン》がつぶやいた。「天のもとにあるのはすべて、ひとつの巨大な病院」

僕は声をひそめて朱淋《ジュ・リン》に尋ねた。「君は、医師たちがどのように死ぬのかという問いの答えを見つけたのか？」僕は無意識のうちにまた、朱淋《ジュ・リン》を白黛《バイ・ダイ》と結びつけて考えていた。

朱淋《ジュ・リン》は答えなかった。代わりに、義理の息子に〝わかってるわよね〟と言いたげな視線を投げた。

そしてついに手術の時がやってきた。入院当初はずっと待ち焦がれていた手術、やがて、全力を挙げて回避しようとしてきた手術。とうとうこうなってしまった。手術はすべてを終わりにする手段だ。

船上のすべての船室が手術室であることが判明した。僕たちは、その一室に入った。床は、乾いた筋肉の断片と、まだ固まっていない黒い血だまりで覆われていた。吐き気を催す悪臭が満ちていた。朱淋《ジュ・リン》が僕の代わりに勝手に診療情報開示書にサインした。壁から、フラットベッドに似たスチールのフレームが伸び出ていた。壁に沿ってコントロールパネルがあり、ギラギラ輝く一連の医療機器とコンピューターのスクリーンが並んでいる。金髪の年配医師が僕に横になるようにと言い、ドクター・バウチと義理の息子が麻酔処置に当たった。局所麻酔で、投与後も、僕の意識は完全にはっきりしていた。

「メス」と医師が言って、片手を伸ばした。

朱淋《ジュ・リン》が彼にメスを渡した。腹部が切り開かれるのがわかった。泡立つあたたかい液体が溢れ出た。

「止血鉗子《かんし》」

「腹部ペンチ」

「包帯」

執刀はすぐ横で行なわれていたので、僕には、医師の顔の霊長類のような長い毛が生えた毛穴と、成人の哺乳類特有の悪臭を発している大きな黒い皮膚嚢《ひふのう》が見えた。僕の目の真上で、鋭い紅十字のネックレスが揺れていた。リドカインを投与されていたにもかかわらず、僕は強烈な痛みを感じていた。腸が切り開かれると、糞便のすさまじい臭いが襲いかかってきて、吐きたくなったが、それでも何とか執刀医への全面的な信頼を保ちつづけた。彼はおそらく、僕が出会った最初の、真に資格のある医師——患者としてスタートしたのちに医師に〝昇格〟したのではない唯一の医師——なのだろう。

僕が不安げに見上げているのに気づいた年配の執刀医は、おおらかな様子で僕を安心させようとした。「我々は君を殺そうとしているのではない。君を救おうとしているだけなんだよ」その口調に、僕は超患者を連想した。いや、そうじゃない……僕の脳裏に浮かんだのはノーマン・ベチューン医師だった。真に偉大なる人物。

僕が犯した殺人の罪はすでに赦《ゆる》されているように思えた。僕が殺した当の人物がここ、船上に元気でいるのだから、そもそも殺人自体が問われていないのかもしれないが、それでも、この〝赦し〟は、生ける仏陀の印《しるし》以外の何ものでもないというふうに感じられた。僕は必死に〝感謝します〟という言葉を喉から搾り出そうとした。

手術は三時間続いた。僕には、数日間、夜も昼もなく続けられたように感じられた。執刀医は、両手で慎重に扱いながら、僕の腹の中から何かを取り出した。ドクター・バウチと義理の息子が駆け寄ってきて、ひと目見るや代わる代わるコメントを述べた。

「血だらけの筋肉のかたまり。およそクルミ大」

「眉なし、目なし、識別可能な顔の造作なし。これは大脳新皮質の特徴ではなく、爬虫類に見られるものにより近いといっていい」

「全体としては、広範囲に皺があるように見えるが、近くから詳細に見ると、細部はどこもなめらかだ。例外として、かすかに見える螺旋《らせん》状の微細構造がある」

「赤い光輪を拡散させているところに、機械に似た外殻がある！ これほど細部まで周到に設計された移植器官は、いまだかつて見たことがない」

「患者の内部器官はどれも、ダメージを受けた様子は見られない」

「どうも、生体工学系のデジタル集積回路のように見える。ラフな推定だが、六百億の神経細胞と六億の認知パターンを内包していると言ってよさそうだ。これは患者自身の脳の倍の容量ながら、サイズ的にはごく小さい。重さはわずか二十一グラム。これほどのデバイスを作れるテクノロジーを、我々はまだ習得していない」

「この種の構造を持つ人工孔雀の脳の話を聞いたことがあるが……」

医師たちが話し合いをつづけている間に、朱淋《ジュ・リン》が手術用具を片づけはじめた。楽しそうに作業を進めながら、彼女はつぶやいた。「この人はついに救われた！ ついに救われた！」彼女の顔は達成感に輝いていた。十五歳の誕生日、キンセアニェーラ（ラテンアメリカを起源とし、アメリカ全体に広がった祝賀行事）を祝ったばかりの誇らしげな少女のようだった。

手術台に横たわった僕は、痛みに、横を向いた格好で体を丸くしていた。医師たちは、自分たちが取り除いた物体を眺めながらディスカッションを続けていたが、僕の見る限り、そこには何もなかった。まるで全員が映画のエキストラのようだった。みな、それぞれのセリフを完璧に憶えているけれど、観客は僕ひとりだ。僕の病変は完全に取り除かれてしまったのか？ こんなにも簡単に。全身のエネルギーが最後の一滴まで吸い取られてしまったような気がした。どれくらいの時間がたったのか、僕は、部屋の隅で暗い影が動いているのを感知した。それは何かを言おうとしているかのように弱々しくもがいていた。僕は恐怖に凍りついた。これは死にかけている僕の〈共生者〉ではないか？　残されたわずかなエネルギーを振り絞って、僕に最後のメッセージを伝えようとしているのではないか？　遠い昔、シスター漿《ジアン》が伝えてくれたように……。悲しかった。けれど、その憐憫の思いが僕自身に向けられたものか、〈共生者〉に向けられたものか、確信が持てなかった。ほどなく、そのかすかな影は跡形もなく消え去った。この決定的な瞬間、超患者はいったいどこにいるのか？　どうしてまだ行動を起こすにいたっていないのか？　そもそも、超患者は本当に存在しているのか？　ここにいたってもまだ、僕には〈共生者〉の真の出自がわかっていなかった。〈共生者〉は何だったのか？　本当の僕自身だったということはありうるだろうか？　そして、僕のほうがただの安っぽいコピーだったということは？　胃の痛みは今も耐えがたい。僕は自分に向けて言った。心配するな、あの物体はずっと前に取り出されてしかるべきだったのだ。僕は病んでいる。深刻な病気に侵されている。回復したらまた歌を書けるようになるだろう、クリアな意識のもとに。音もなく涙がこぼれ落ち、僕は意識を失った。

87　イリュージョンの裏側

三日三晩、僕は死んだように眠りつづけた。そして、ようやくベッドから出て、あたりを動きまわれるようになった。朱淋《ジュ・リン》に付き添われて、僕はデッキを歩いた。目に入る何もかもが新しかった。「患者さん、痛みはまだありますか？」彼女はフォーマルな口調で話しかけた。僕の看護師の役割をまっとうしていた。

「そうだね……少し良くなったような気がする」

「完全に回復するまでには、まだしばらくかかるでしょう」

「あの筆頭執刀医は海のそばの土地から来たのか？」この問いがずっと僕を悩ませていた。自分が本当に救われたのかどうか、完全には確信が持てなかった。

「こういう古い諺《ことわざ》があるでしょう――街の外からやってくるお坊さんは、お経を唱えるのがうまい、って」そう言う朱淋《ジュ・リン》の口調は、世界がどんなふうに進んでいるか、ひとつや二つは知っているという女性のそれだった。

「でも、海のそばの地には病院なんかないって言ってなかったっけ？」

「患者さん、あなた、漫画だけ読んで大きくなったの？　今は《医療の時代》なのよ！」

「わかってる。何もかもが前もってデザインされている……だけど、宇宙は本当に病んでいるんだろうか？　君たちはみんな、本当に〝究極の病院〟から派遣されてきたのか？」目を上げると、天空にひとつだけ輝いているスポットが見えた――あれは火星に違いない。

「宇宙の心配をするのは、とても良いことね。あなたに本当の責任感があるってことを示している。でも、それは私たちに議論できることじゃない。この今、あなたにとって一番重要なのは、一日も早く回復することよ」

「ありがとう」僕は言った。「君たちはすでに、僕が良くなるのを助けてくれた」

「あなたの体の中の腫瘍性の組織を切除するのは、最初のステップにすぎない。真に生きつづけていくことは、あなたの意識が不死を達成できるようにするのにかかわっている。でも、それは腫瘍を切除するよりも、ずっとずっと複雑なことなの」

「〝意識〟という言葉で、君は何を意味しているんだ？」僕たちはやっと問題の核心に到達した。あらゆることが意識の問題に帰着する。僕たちが痛みを感じるのは、意識のある存在だからこそだ。朱《ジュ》淋《リン》が、僕の意識は完全ではないとほのめかしているような、そんな気がした。手術をしたあとでも、僕にはまだいくつかの深刻な欠陥がある、というふうに。

「医療の分野で使われている簡単なタームで言うと、〝意識〟は、患者が、フィードバックを繰り返すことで時間と空間の間に発達させていく関係性のパターンに関連している」

「つまり、意識が不死を達成するには、この別の意識をまず壊さなければならない、と？」

「あなたの内部の病変は、意識など持っていない」

「どうしてそこまで確信を持てる？」

「治療は継続しなければならないのよ」

「そもそも治療はなぜ必要なんだ？　この新しい世界戦争に勝利するためか？」

「あなたが悟りを開くのを助けるためよ。健康な身体は、悟りのための重要な前提条件だから。生命は単に、私たちが悟りを開くのを助けるためのツールでしかない。これまで、あなたの魂は暗い場所で動けなくなっていた」

「僕に魂なんてものがあるのか？」僕は苦々しい思いで尋ねた。笑ったらいいのか泣いたらいいのか、わからなかった。

朱淋《ジュ・リン》は無意識のうちに、ネックレスから下がっている紅十字を撫でていた。「医師の究極の使命は、患者たちの魂を痛みから解放することよ」

「本当か？　すると、この苦しみのすべては、そういうことだったのか。僕がずっと、こんなにもひどい痛みに苦しんできた理由も、そういうことだったのか……」

「痛みは、ほんの少しなら、悟りのプロセスを加速するのに役に立つ。私たちが病院を設立した理由は何よりも、悟りへの道の途上にある人たちに、時代の動きに遅れをとらないよう、トライアルとトレーニングとインスピレーションを提供するため。この重要なパートのひとつは、個人の痛みと集合的な痛みに、共通の基盤を見出せるようにさせること——こうして真の覚醒の礎《いしずえ》が確立される。こうして、私たちは魂を救済する」

朱淋《ジュ・リン》は壮大な考えの意図を伝えようとしていたが、彼女の言ったことを理解するのは難しかった。彼女も〈共生者〉に乗っ取られていたのではないか、あるいは、医師によって脳に何かを移植されたのではないか——僕にはそんなふうに感じられてならなかった。何度となく、彼女が以前とはすっかり異なる存在に置き換えられてしまったように思われる瞬間があった。僕は興奮を抑えられないままに思った。**なぜ魂なんてものが必要なんだ？　なぜ生命なんてものが必要なんだ？**　僕には悟りなど必要ない。こんな世界では、悟りなど、さらなる苦しみをもたらすに決まっている。永遠の責め苦以外の何ものでもない。

突然、大勢の人のコーラスが聞こえてきた。その声はあらゆる方向からやってくるように思えた。

天と地に愛が染み入って、私の心を浸《ひた》す
白衣の天使たちが私のかたわらを歩む
私は偉大な愛を使って悪夢の数々を追い払う
私が目覚めた時、私はあなたに新しい命を送る
おお、新しい命よ、新しい命よ！

目の前に、巨大な臭い毛穴のイメージが現われた。「ひどく……むかつく」

朱淋《ジュ・リン》が警戒の色を見せた。「何を言いたいの？」

「君は本当は、ドクター・バウチが送ってよこした三下スパイにすぎない。そうだろう？」怒りでいっぱいになって別の方向に視線を向けると、舷側に見知った顔がいくつか見えたような気がした。だ

が、みな、一瞬のうちに消えてしまった。

朱淋《ジュ・リン》は明らかに動揺していた。「まだ陰謀論を気にしてるのね。いったい何を怖がってるの？　怖がることなんて何もないでしょう？」

その一方で、〈共生者〉が言った言葉が耳の中でエコーしていた。「一緒に生きていくために、お互いを理解し合う必要はない……この今、僕たちの目の前にあるタスクは、お互いを本当に理解することのないままに共存する方法だ」この言葉は、現在の僕と朱淋《ジュ・リン》の関係、この船に乗っているほかの医療従事者全員との関係に当てはまる。これこそ、医師と患者がうまくやっていく方法なのだ。

僕は注意深く頭を上げて宇宙を見つめた。何事もなかったかのように頭上に浮かんでいる宇宙。敵《てき》愾心《がいしん》も善なる意志も、どちらの兆候もいっさい感知できなかった。天空には火星がただひとつ、孤独にぶら下がっていた。おもちゃのように。

「あなたは心配しすぎだと思う」朱淋《ジュ・リン》が言う。「医師があなたから取り除いたものは、いかなる形の〈共生者〉でもない。〈共生者〉と呼ばれてはいるけれど、彼らの目からすると、それとは何か違ったものらしい」

「それなら、いったい何なんだ？」僕は数日前のことを思い出した。医師たちが無としか見えないものを手にしていた時のこと、続いて、手術室の片隅に現われた、あの不思議な黒い影……最後の瞬間の〈共生者〉の叫びが聞こえるようだった。「彼は、自分が超患者から送られてきたと言っていた。病んだ宇宙から逃げ出すために——僕らを導き、救いを提示し、痛みから解放するために——彼はこの世界にやってきたんだと言っていた。そして今、おそらく、彼は海に放り込まれてイカの化物の餌食になっている……」

医師が僕の腹を切り開いた瞬間に、本当の僕は死んだんだろう。僕は今、新たな転生のカルマの旅を始めたのだ。新しい体と新しい意識に自分を馴化させていくという困難なプロセスをたどっていく以外、選択肢はない。再び、真実か破滅か、そのどちらかにいたる旅路に出立しなければならない。そして、生まれ変わった瞬間から、僕は再び病院に入ることになる。目の前には、数限りない紅十字がある。宇宙にある全惑星、墓石の形をしたすべての惑星を覆いつくして咲き誇る野の花のような紅十字――その猛り狂う炎が、世界じゅうの人々ともども僕を融かして、新しい姿に鋳直すのだ。

朱淋《ジュ・リン》が憐れむようなまなざしを投げた。「あなたは本当に、医師たちがあなたの体から取り出したあの気持ちの悪いものが、痛みをやわらげてくれたはずだなんて思ってるの？　自分の痛みがどんなに深いものか、まるっきり見当もつかないの？　患者さん、あなたが見上げるために星が設置されたとでもいうの？　空に本当は星なんてないことは知ってたでしょう？　あなたが見ていたのは全部イリュージョンだったのよ。あなたが言ってたような宇宙の姿がリアルなものかどうかに関しては、私たちには決してわからないと言うしかない。でも、たとえ宇宙が実在するとしても、そこにあるのは究極の寒さと無だけ。感情も意味もない場であることだけは確かよ。宇宙が、自分自身にせよ、ほかの誰かにせよ、治療しようなんて思いつくことは絶対にない。宇宙が病院だなんて、いったい誰に証明できる？　宇宙が自分自身を徹底的に笑うべき存在にするなんてことをする？　百歩譲って、宇宙が病院だったとしても、その存在目的は絶対に、あなたが想像しているようなものじゃない。たぶん、宇宙にはリアルな目的なんかない。患者さん、あなたは子供みたいに振る舞ってるわ！　子供は、〝あらゆるものに目的があって、あらゆることに意味がある〟世界に生きている。子供に、岩はどうして尖っているのと訊いたら、その子は『動物がかゆい時に体をこするためだよ』と答える。でも、それはどれもこれも、自分勝手な一方的な考えばかり。病院は病気を治療するために存在しているなんて、誰が言ったのかしらね。命はとても卑しくて低俗なもの。宇宙を生きている存在として見ても、それは宇宙を称賛していることにはならないわ。宇宙が存在しているのなら、その意味は深遠きわまりないもので、間違いなく私たちの理解を超えているはず。世界を理解することは、生と死の問題を解決するよりずっとずっと難しい。ハードルをひとつ越えるたびに、その先に新しい問題が——無限の問題が——出てくる。人間は、とても大きな現象の部分集合であることを運命づけられている。私たちはいつも、細い竹の筒を通して世界を眺めているようなもの。そして、人生において私たちがやることは、自分の視野をほんのちょっぴり広げることだけ……でも、それがどうだって言うの？　宇宙の話をする時に、たいていの人の頭に最初に浮かぶのは、〝宇宙はもう終わってる〟というフレーズ。でも、物事はそんなに単純じゃない。患者さん、真実がわかってもいない時に、いったい何ができると思ってるの？　みんな、健康な生命の権利を守るとか何とか、あれこれ言いつづけてるけれど、冗談じゃないわ！　……どう説明したものかしら。あなたの脳は無意識状態にある間にいろんなことを想像していたけれど、それはみな、あなたの情けない倒錯した中年の潜在意識と、あなたが執着してる愚劣な夢想に発しているものだった。まったく、あなたは自分の命をどうしたいと思ってるの？　何ひとつ、わかってもいないくせに！　医師は、あなたのイリュージョンを、あるいはイリュージョンの裏側を、取り除いた。今日から、あなたは、物事の裏側こそが常に一番美しいんだということを、徐々に理解するようになっていく。でも、裏側は同時に、最も残虐で、不快で、痛みに満ちているところでもある。あなたは、頑強な妄想によって、逃亡が可能だと思うようになった。頭の中で、何度も繰り返し、病院から逃走して救いを見出そうとした。でも、実際にはどれひとつとして可能なものではなかった。病院の周到で緻密な治療計画は、特に、あなたみたいな頑迷な患者をターゲットに特別に開発されたものなのよ。あなたは果てしない堂々めぐりを繰り返して逃げまわったのちに、とうとうここに、私たちのもとに戻ってきた。私たちが最初に、病院の大晦日のガラ・コンサートに参加しないかと誘った時のことを憶えてる？　参加した時のあなたは、とても高揚していた。本当に、あなたの一番いい面を見せてくれた。でも、演奏中にあなたの病気が暴れはじめて、あなたはステージ上で倒れてしまった。あの時のことを忘れてしまうなんて、ちょっと考えられないけれど、でも、それはいいのよ、パフォーマンスには本当の終わりも始まりもないんだから。いつまでも延々と続いていくだけなんだから。再度、参加する機会はいつだってあるわ。さあ、どんな具合？　物事を少しはよく理解できるようになったかしら？」

　この十六歳の女性は実に雄弁に語った。ひとことひとこと発するたびに蓮の花が開くようだった。マクスウェルの悪魔が不可視の扉を開くように（エントロピーの増大を抑制できるという可能性を示した思考実験）。

「これも本当はイリュージョンだったのか？」僕は尋ねた。「それとも、イリュージョンの裏側？　僕があのパフォーマンスを終えたかどうか、いったい誰が気にするっていうんだ？　そんなことが問題なのか？　麻酔をかけられていても、僕には、メスが僕の皮膚を切り開いていくのがはっきりと感じ取れた。ああ、何とエレガントで軽快なメスの運びだったことか。生きている限り、僕はあの痛みを決して忘れない。もうたくさんだ……」僕は、強迫観念に駆られ怯えた酔っぱらいのようにまくしたてた。朱淋《ジュ・リン》の侮蔑的な態度と、彼女が僕自身の欠陥をいくつも暴き立てたという事実が、僕にはとても悲しく、同時に興奮させられてもいた。「言わせてくれ、僕はまだ痛みでいっぱいなんだ！　僕は苦しんでいる、ゆえに僕は存在している。僕が目のあたりにしてきたすべてがリアルに違いないと知ったのは、そういう次第だ。君は星々もないと言ったね？　君は僕に、星も存在していないと本気で言ってるのか？　君が言ったことが全部、ただの嘘っぱちではないと、どうやって証明できる？　でも、すべてが嘘だとしても、誰が気にするというんだ。〝究極の病院〟は僕の心にがっちりと根をおろしている。たとえ、イリュージョンだとしても、僕は〝究極の病院〟がほしい。たとえ、僕の手に入れられるものが全部、イリュージョンの裏側だとしても！　医者たちと同様、イリュージョンもリアルなんだ。それとも君は、偽のイリュージョンもあるというつもりなのか？　イリュージョンはフェイクだという時、それは、イリュージョンは存在していないということを意味しているのか？」

朱淋《ジュ・リン》は僕の屁理屈を真面目に聞いているようには見えなかった。「患者さん、あなたの病気は本当に、とても深刻に思えるわ。その苦しみを取り除きたければ、絶対に治療を続けなければならない。反復刺激を続けない限り、決して治療は効果を発揮しない。忘れないで、先日起こったことは単に、あなたのイリュージョンを除去するためにイリュージョンを使うというプロセスで、それも、ただの第一段階のものでしかなかった。これは先進的な治療方法なの。私たちにできることはそんなに多くない。というのも、私たちの国の病院はとても遅れているから。だから、私たちは海の向こうから到来するパワーに頼ることにした。この数世紀の間、海の向こうの地での医学の進歩は驚異的で、驚くべきブレイクスルーがいくつもなしとげられた。ロックフェラー財団の支援のもとに、海の向こうの人たちは〝幻のメス〟を発明した。〝幻のメス〟は最先端の医療ツールで、金剛般若経の魔術的なパワーを注ぎ込まれている。これは恐ろしく高価なツールで、あなたの生涯の全収入――副業で入手できるお金も含めて――を出しても絶対に買えるようなものじゃない。でも、それこそが、あなたを救ったものなのよ」

幻のメス？　何でできているんだ？　これもまたイリュージョンなのか？　「ロックフェラー財団は――その他のすべての財団も――実在しているのか？」

この質問は朱淋《ジュ・リン》の機嫌を損ねたようだった。一瞬考えたのちに、彼女は問いで返してきた。「あなたはどう思う？」

一介の患者としての僕にとって、この治療法はあまりに新奇で先進的にすぎるものだった。十九世紀の人間に遺伝子治療の話をするようなものだ。長い沈黙ののちに、僕はこう尋ねた。「彼は……仏陀なのか？」朱淋《ジュ・リン》は聞いていなかったふりをした。

海風に乗って死臭が届いてきた。僕は深々と息を吸い込んだ。朱淋《ジュ・リン》の体から、異様な腐敗臭――外国の香水に入っているホルマリンにも似た臭い――が発せられていた。首に下がっている紅十字は、生命の樹を思わせた。この女性はすでに、海のそばの地から来た外科医の治療を受けたのだろうか？

彼女はみずから進んで、あの医師の執刀に身を委ねたのだろうか？　それとも、強制的に治療を受けさせられたのか？　実のところ、彼女は何者なのか？　彼らは彼女の病を治したのか……？　僕は、彼女のゴージャスな鳥のような体を、羨望と敵意のないまぜになった目で見つめたが、いま一度、相互治療セッションをやってみようという勇気はとうに消え失せていた。僕たちがかつて保持していた関係性を再開させられる見込みはまったくなかった。僕が再び医者になることも決してないのだろうか？

「君の言うことは信じられない！　君は僕を殺すことができるだろうが、それでも、僕は君を信じない！」僕は舷側の手すりによじ登り、クジラの口からぶら下がったオキアミのようにわけのわからないことをまくしたてながら、海に跳び込もうとした。

だが、朱淋《ジュ・リン》は手を伸ばし、ぐいと一度引っ張っただけで、僕をデッキに引きずりおろした。「《医療の時代》には、どんなことでも可能なのだということを忘れないように。イリュージョンの使用は、患者たちを、自身の操《あやつ》り人形でしかないものに変えてしまった。これが、いま知られているあらゆる形の痛みの原因よ」

朱淋《ジュ・リン》は疲れはてたように見え、口を閉ざした。海を見つめる澄んだ目が野火のように燃えていた。長い黒髪が、ひとにぎりの臍帯のように風になびいた。デッキに大の字に転がった僕はどうすることもできず、ただ見つめているばかりだった。その視野の中で、彼女はゆっくりと花に変身した。その鏡映がサーモンレッドの海面を漂っていく。体を大きく広げ、白衣をひるがえし、全身の骨を伸ばし、両の太腿を広げて、彼女は厳《おごそ》かに飛び立った。体は不安げで緊張しているように見え、濡れたトイレットペーパーのように、うまく広げることができずにいたが、それでも、そこには、神にも似た何かが――大慈悲観世音菩薩のような、崇高な存在を思わせるものが――あった。長い尾羽根が現われ、彼女は鳥の姿になった。羽毛から輝く紅十字の模様が放射された。

僕は今、自分が見ているものが信じられなかった。全力を振り絞って何とか自力で立ち上がると、全身を舷側に叩きつけるようにして、海を見わたした。海上には、目路の届く限り、いたるところに巨大な船の艦隊の姿があった。整然と航行する、虹の色彩に彩られた何万もの船。銀色の舳先に描かれた堂々たる紅十字が一体となって星座のような輝きを放ち、水平線を明々と照らしている。すべての船が波濤《はとう》を切り裂いて同じ方向に進んでいる。天下を分ける決定的な最終戦争に送り出された戦隊のように。僕はこんなフレーズを思い出した。**皇帝の王国の命運は、この戦いで決定されるであろう。**船団のあとを追うように、カラフルな彩雲の上の空には、孔雀の群れのように見える飛行機械の一団が付き従っている。その広げられた翼のあまりの多さに、太陽の光さえもがほとんど覆い隠されている。もうひとつの岸辺は見えない。振り返ってみると、出立した港も見えない。

僕が向かっている病院はどこにあるのか。彼《か》の地はどこにあるのか。

腹がまた痛みはじめた。手術で切開された、まさにその場所が。僕は震える両手を、空虚な空に向かって差し伸べた。宇宙が頭上にのしかかるように迫り、天空いっぱいに重く垂れこめて、みずからの真正性を高らかに告げる。長命を授けてくれる伝説の蟠桃《ばんとう》のように。

あなたが誰であるかは重要ではない。重要なのはただひとつ、あなたがどんな病気に罹患しているかだ。

——韓松《ハン・ソン》

英語版訳者（マイケル・ベリー）あとがき

翻訳者が特定の小説に惹きつけられるところには、時に、不可思議な要因が関与している。私と『無限病院』のかかわりは、ＣＯＶＩＤ－19（新型コロナ）とともに始まった。実際には、『無限病院』を第一部とする〈医院〉三部作が書きはじめられたのは二〇一六年で、ＣＯＶＩＤ－19が出現する前年の二〇一八年には三部作すべてがすでに刊行されていたのだが、私が最初に『無限病院』を読んだのは二〇二〇年——全世界が新奇なパンデミックの脅威に覆いつくされ、混乱と動揺の極にあった時期だった。ＣＯＶＩＤ－19の時代に『無限病院』を読むことは、韓松《ハン・ソン》のディストピアのヴィジョンを理解する上で、新しい文脈を提供してくれた。ＳＮＳでは、感染率やワクチンをはじめとする医療情報が日々、怒濤の勢いで更新され、政治・社会のディスカッションの場は、学校閉鎖やステイ・アット・ホーム指示、マスク着用義務をめぐる議論で溢れかえり、毎夜のＴＶニュースは、患者を収容しきれない病院、疲弊した医療従事者、数えきれない死者たちの悲劇的なストーリーで埋めつくされた。それはまさしく私たちに、《医療の時代》を生きているような／世界がひとつの巨大病院になってしまったかのような感覚をもたらした。二〇二一年の秋、コミュニティが十八カ月に及ぶロックダウンから恐る恐る顔を出した時、かつてのささやかな日常のルーティーンがどれほど大きく変化してしまったかが明白になった。わが家の子供たちにとっては、毎日、QRコードで健康情報をダウンロードすることが学校生活での欠かせない義務となった。地域住民の会合で初めて会った女性が、「こんにちは、私はメアリー、規定回数のワクチン接種ずみよ」と言いながら、握手の手を伸ばしてきた時、私の脳裏には反射的に韓松《ハン・ソン》の公理——「あなたが誰であるかは重要ではない。重要なのはただひとつ、あなたがどんな病気に罹患しているかだ」——が浮かんだものだ。私たちの個人としてのアイデンティティ、そして社会的アイデンティティの最も重要な部分を、医療／健康の指標が乗っ取り、『無限病院』の様々なパッセージが、不気味な新しい意味の層をまといはじめていた。たとえば、「《医療の時代》、〝自由〟という言葉はすでに忘れ去られて久しく、どの辞書でも〝治療〟という言葉に置き換えられている」——これが中国の思想統制にインスパイアされたパッセージであることは疑う余地がない。中国政府は、センシティヴなキーワードを禁止し、政治的に〝正しい〟別の言葉に置き換えることで、インターネットを衛生無害化しようとしたわけだが、ポストCOVID-19の時代になった今日、合衆国でもまた新たなイデオロギー闘争が表面化しはじめ、マスク着用やロックダウン政策からワクチン接種の要請にいたるまで、ありとあらゆる局面で、〝個人の自由〟対〝公衆衛生〟の闘いが繰り広げられることになった。韓松《ハン・ソン》が描いた医療宇宙の不気味なディストピアの数々の指標は、すでに私たちの社会に深く根をおろしつつあるのだ。

　しかし、私が『無限病院』という作品に惹きつけられたところにはもうひとつ、こうした社会状況とは別の、もっと個人的な要因がある。もう十年以上前になるが、私は衰弱性の自己免疫疾患にかかった。この疾患の絶え間ない痛みと身体症状に対処するのは実に苦しかったが、それ以上につらかったのが、いつまでたっても、何に罹患しているのかわからない状況に置かれつづけたことだった。一年あまりの間、私は次から次へと専門医のもとを（感染症科、リウマチ科、神経内科、整形外科、などなどを）訪れた。これが私の〝病院めぐりの年〟で、彼らの検査（血液検査、X線、核磁気骨スキャン、骨生検、脊椎穿刺、などなど）は永遠に終わりそうになかった。十二ヵ月以上に及ぶ検査と苦痛の果てに、私はついに、当時住んでいたサンタ・バーバラ（カリフォルニア州）を出て、はるばるシカゴまで旅をした。そして、ノースウェスタン記念病院の〝未診断疾病プログラム〟に登録したところ、わずか十五分で診断が下されたのだ。『無限病院』を翻訳している最中、この時の試練の不条理さと痛みの記憶が生々しく呼び覚まされたのは言うまでもない。だが、皮肉なことに、この翻訳作業は不可思議な文学的カタルシスをもたらし、私は最終的に、あの体験と折り合いをつけることができたのだった。

『無限病院』は、多くの人が病気の治療を求める過程で体験する恐怖や悲劇、不条理などに基づいていることは確かだが、同時に、医療という広大な分野で起こっている、より深刻な変化にインスパイアされて書きはじめられた作品でもある。この作品の出発点をめぐって、韓松《ハン・ソン》はあるインタビューでこんなふうに語っている。

> 病院に行ったことがない人はまずいないと思うが、病院は今日、とてつもなく大きな変容をとげつつある。人々はいまだかつてなく〝健康〟を重視し、病院は根源的な商業化のプロセスをたどっている。我々は患者と医師との衝撃的な論争・衝突を目のあたりにし、そして今や、遺伝子テクノロジーや合成生物学といった、それまではSFで注目を集めるだけにすぎなかった分野での一連の技術革新が現実のものとなっている。私は、こうした要素のすべてを、より深いレベルで結びつけた、〝病院〟という存在の全容を描いてみたいと考えた。

病院はそれ自体、きわめてSF的なセッティングでもある。不条理と矛盾に満ちあふれた場。一方で、病んだ者を助け、傷ついた者を治す場でありながら、一方で、命が絶えず終焉にいたる場でもある。最先端のハイテク・イノベーションの考えが隅々まで染み込んだ場でありながら、ありとあらゆる迷信深い行為が肩を並べて寄り添っている場――病院に一歩足を踏み入れるや、患者は、民間医療の治療師から、ヒキガエルやフクロウなどから作られる民間療法薬を売る者たちまで、あらゆるいかがわしいものを目にすることになる。病院は、人々の時間と空間が凝縮されていると同時に引き伸ばされている場でもある。これを伝統的なリアリズムの手法で表現することはできない。我々が頼れるのはサイエンス・フィクションだけだ。その場その場の出来事を書いていく、表面的な現象を描写するだけの手法は、まったく機能しない。[*1]

『無限病院』はSFのジャンルに多くを負っているとはいえ、それでも、依然としてカテゴライズが難しい作品であることは間違いない。サスペンス、社会風刺、中国の批判的実在論の伝統、実験小説などの多彩な要素が渾然一体となった長篇だと言っていいだろう。評論家たちはしばしば韓松《ハン・ソン》を〝フィリップ・K・ディックの中国的応答〟と称賛しているが、個人的には、『無限病院』は、〝異常きわまりない中国共産党政治局のまっただ中に設定された、フランツ・カフカのストーリーのテリー・ギリアム版〟というふうに考えたい。本作はまた、近代中国文学の父とも言うべき魯迅《ろじん》の著作を想起させる。魯迅の小説の本体は、狂気、文化的カニバリズム、革命の敗北、伝統に対する深い疑念といった暗いイメージにつきまとわれていることが多く、最もよく知られた作品のひとつ、一九一九年に発表された短篇「薬」と『無限病院』との近縁性は決して〝たまたま〟というものではない。「薬」は、肺結核の息子を助けるために、処刑された直後の人間の血に浸《ひた》した蒸し饅頭を与えようとする家族の絶望的な試みを描いたものだが、この〝薬〟は息子を治すことはできず、結局、彼は何の甲斐もなく死んでしまう。そして一世紀後、韓松《ハン・ソン》は新しい《医療の時代》の考えのもとに世界を構築した。この世界では、〝治療〟は単なる医療の手段／目的ではなく、永遠に続く煉獄のような〝存在のあり方〟だった。デイヴィッド・ダー＝ウェイ・ワンは韓松《ハン・ソン》の『無限病院』と魯迅を比較して、このように述べる。

韓松《ハン・ソン》は、中国の近代文学に共通する複数のテーマを改めて、より深くとらえ直すために『無限病院』を書いた。ここでは、病気と医療の間にある幻想のライン、閉所恐怖症と広場恐怖症の間の緊張関係、カニバリズムへの恐怖と誘惑、そして何よりも、中国人の精神的な病理の様々な症状と、そこからの救出の両面を探求するものとしての文学が実践されている。さらに重要なのは、韓松《ハン・ソン》の作品には、科学と神話学、ないし、開明的な近代的思考と〝神的な思考〟が、対をなして表現されていること——師（魯迅）の両面的な作品世界の姿が強くエコーしているということだ。[*2]

暗鬱にして躁状態の、おぞましくも滑稽な、不穏かつ不条理な表現やシーンを縦横に交錯させ、様々に異なる文学の座標——カフカから涅槃経まで、魯迅からフィリップ・K・ディックまで——を自在に駆使して作り上げられたこの作品は他に類例を見ない。今日の中国のSF界はもとより、文学界全体で、韓松《ハン・ソン》にわずかでも似ているという作品・作家を挙げるのは至難の業だろう。

『無限病院』のいまひとつのユニークな特徴は、用語そのものをシフトさせ変異させているところにある。誰が見ても明らかな変異もあれば——たとえば、〝軍産複合体〟（軍需産業を中心とした私企業と軍隊、および政府機関が形成する政治的・経済的・軍事的な勢力の連合体を指す概念）というタームを〝診療‐研究‐産業複合体〟に置き換えていたり、など——、もう少し微妙なものもある。政治的発言や政治的意味を持たせた（ある意味、危険な）キーワードを、ブラックユーモアや風刺を主眼にして、実に多様な形で使っているところには、現代中国の政治的・言語的な状況にあまり馴染みのない読者を巧みにはぐらかせるという韓松《ハン・ソン》の意図があるのかもしれない。一例を挙げれば、全篇に頻出するprosperous, glorious, correctなどは中国共産党を示す輝かしいプロパガンダの一環として使用されることが多い形容詞ながら、この作品では病院を表現するのに多用されている。興味深いことに、『無限病院』では〝中国〟ないし〝中華人民共和国〟という言葉はほとんど使われていない。代わりに韓松《ハン・ソン》が選んだのは、〝我々の国〟とか〝ホームカントリー〟といった、観念的ながらも曖昧なフレーズだ。これは、中国がすでに病院に取り込まれてしまっているという状況を強調するためか、あるいは、病院が事実、中国共産党の婉曲表現であり、現代社会のメタファーであることを示すためなのか。いずれにせよ、韓松《ハン・ソン》の宇宙と今日の中国の現実との間には厳然としてフィクションという薄膜があり、決して、病院イコール現代中国ではない。それでも、『無限病院』のシュルレアリスティックなファサードと悪夢のような景観の背後には、中国の政治の過去と現在がはっきり認知できる遺物を示す指標が次々と現われる。本作のパート3で言及される〝種を守る協会〟（保种会）は、清朝末期の政治家・学者である康有為《こう・ゆうい》が組織した〝保皇会〟（当時の皇帝・光緒帝を擁して改革を進める会）を彷彿させるし、また、いたるところで、一種〝義務的に〟朗読・引用される『メディカル・ニュース』は、その内容とトーンから、『人民日報』（中国共産党中央委員会の官営機関紙）や『環球時報』（『人民日報』傘下のタブロイド紙。海外のニュースを中心とした構成）、さらには韓松《ハン・ソン》自身が現在も記者として働いている『新華社通信』（一九三一年創設の国営の通信社。近年は、テレビやインターネット、雑誌・新聞、金融情報ビジネスなど、多様なマルチメディア事業を行なっている）などの代替以外の何ものでもないと言ってよさそうだ。本作には、西洋の帝国主義列強によって蹂躙《じゅうりん》されてきた中国の〝屈辱の一世紀〟への言及が満ちあふれている。韓松《ハン・ソン》の代表作『アメリカの赤い星』（红星照耀美国）は、エドガー・スノウの名高いベストセラー『中国の赤い星』――延安時代の中国共産党を西側諸国に初めて紹介した古典で、特に毛沢東を極端に美化していると評されている――からタイトルをとったディストピア小説の傑作である。
本作では、〝敵としてのアメリカ合衆国〟のモチーフは、ブラックジョークとして操作され、ロックフェラー財団は、〝我々の国〟に敵対する邪悪な力として登場する。そして、最終的に、合衆国は事実、作り物の存在にすぎないという究極の真実が明かされるにいたる。

次の決定的な問いが提起されるにいたった――**合衆国なるものは本当に実在しているのか？**
合衆国とは、我々を脅《おびや》かすだけのために作り出された幻の存在ではないのか？　この蜃気楼のごとき国は、多くの人の目には今もリアルな場と映っているが、この国をめぐって語られるディテールは日を追うごとに、どんどん濃密に、複雑になっていっている。これもまた病理現象のひとつの形態にほかならないのではないか。

本書のキーとなる言語的置換のいまひとつの例は、登場人物の名前に見てとることができる。この詳細は、残念ながら、音としてしか表現されない英語への翻訳のおかげでほぼ消えてしまっているのだが、中国語での名前は、様々な病気や性的な内容を示唆している場合が多い。たとえば、阿泌《アビ》の泌《ビ》は〝滲み出す、分泌する、漏れ出す〟といった意味を持ち、シスター漿《ジアン》は文字どおり〝濃密な液体〟を意味する。この二人をひと組としてとらえると、彼女らは〝どろりとした粘液を分泌する〟という意味作用・機能を果たしていると言っていい。同様に、パート2で重要な役割を果たす女性のメイン・キャラクター白黛《バイ・ダイ》は、膣から分泌される白い粘液性の物質（おりもの）を意味する〝白帯〟の同音異義語であり、また、デイヴィッド・ダー＝ウェイ・ワンが指摘しているように、主人公の名前、楊偉《ヤン・ウェイ》はインポテンス（男性機能不全）を意味する中国語〝陽痿〟と同音である。このように、登場人物のそれぞれに医学的な身体症状に関連する名前を与えると同時に、彼らをペアとして動かすことによって（阿泌《アビ》とシスター漿《ジアン》、楊偉《ヤン・ウェイ》と白黛《バイ・ダイ》、など）、韓松《ハン・ソン》がプロット全体にさらなる意味と深度をもたらそうとしていることがうかがえる。[*3]

楊偉《ヤン・ウェイ》の場合、この命名法は特に興味深い。ひとつには、楊偉《ヤン・ウェイ》というのは、中国名としてはきわめてありふれたもので（〝ジョン・スミス〟といった名を想像されたい）、まず、主人公が〝ごくごく普通の人間〟として設定されていること。と同時に、彼のアイデンティティそのものに〝インポテンス〟の烙印が押されていることが、主人公ひとりの心理状態にとどまらず、ストーリー全体により深い意味をもたらす効果を挙げていること。遺伝子治療を受けたあと、主人公は多かれ少なかれインポテンス状態になっており――遺伝子操作によって、より高度な人間を作り出せるとすれば、旧来の性交はまったく無用になる――、廃棄物保管室でのセックスシーンは、エロティックなものとは程遠い、ただひたすらに哀れな／悲壮な行為でしかないことがはっきりする。そして、セックスにとどまらず、より深いレベルで、楊偉《ヤン・ウェイ》の目標のすべてが、ひとつまたひとつと根底から切り崩され、妨害され、ほかのものに取って代わられ、進路を外《はず》れていく。彼が最初にC市を訪れることになったのは、ある企業のコーポレート・ソングを書くように依頼されたからだが、結局、これが果たされることはない。自分が何の病気に罹患しているのか、診断はいつまでたっても下されない。いくら病院から逃げ出そうと試みても、逃げ出すことはできない。医師たちの死にまつわる真実は結局、突きとめられない。悪夢のごとき体験のほとんどが実はリアルなものであることが判明しても、それは何の意味も持たない。何をしようと、その都度、楊偉《ヤン・ウェイ》が〝不能者（インポテント）〟であることが明らかにされるばかりなのだ。彼は語り手としてはまったく信頼できず（そもそも、彼自身、現実とイリュージョンを識別できない）、読者は、悪夢さながらの病院迷宮の中をただただ さまよいつづけるしかない。このインポテンス状態は最終的に、主人公の心理・行動だけでなく、作品そのものに感染・拡大していく。C市での主人公の体験のクリアなナラティヴとして始まったものが、不条理きわまりないナラティヴの内部崩壊のループに落ち込み、次々に登場する新しいキャラクター、サブプロット、仮説に置き換えられていくのだ。

　楊偉《ヤン・ウェイ》が文字どおりのインポテンスを体現しているという事実は、すなわち、我々が相対《あいたい》しているのが、いわゆるヒーロー的主人公ではないことを示唆している。実際、楊偉《ヤン・ウェイ》は多くの点で、魯迅の阿Q――近代中国文学における最も名高いアンチヒーロー――の歪《ゆが》んだ鏡像と見ることができる。何をやってもうまくいかない永遠の敗者たる阿Qは、自分が被っている屈辱的な状況を他人に転嫁し、自分は常に勝者であると見なすことで、最終的に、自分ではいかなるものかをまったく理解していない〝革命〟の殉教者になってしまう。この阿Q像を通して楊偉《ヤン・ウェイ》をとらえると、『無限病院』の全体が、既存の体制や秩序の転覆・破壊というテーマに深くかかわっていることがはっきりと見えてくる。韓松《ハン・ソン》が読者を次から次へと暗い場所に導いていくのは、この主題を明確に伝えるためだ。暗い場所――血と汚物にまみれた暴力や拷問のシーン、近親相姦の夢想、家族というユニットの崩壊、未成年者相手のセックスなどなど、このうえなく不穏で危うい場面が何度も登場する。当然ながら、これらのシーンの描写は決して、現実世界でのそうした行為を承認しているというふうに読まれてはならない。本書は、言ってみれば、病院という存在が、あらゆる社会的な慣習、家族、モラリティそのものまで破壊している状況の批判的アレゴリーなのだ。こうした倫理的な破壊・転覆のサイクルを介して、韓《ハン》松《ソン》の文学的企図の暗い部分が明らかにされていく。

　楊偉《ヤン・ウェイ》の腹部の痛みは強まる一方で、この原因が何であるかは、いつまでたっても特定されない。そんな状況が続く中、何か未知の力が働いて、ナラティヴそのものを異様で不気味なイマジネーションの領域へと推し進めていく。『無限病院』は、カフカ的なオープニングから哲学的な方向変換を起こす。対話やスピーチ、内的なモノローグ、さらには主人公の体内で育った寄生体のような存在によって、楊　偉《ヤン・ウェイ》は——そして読者は——拡張された精神の宇宙旅行にまで連れ出される。こうした哲学的方向転換の結果、入院した楊　偉《ヤン・ウェイ》は様々な診療科や病棟を探索したのちに、内部世界（文字どおりの地下世界）の探求に移るが、どんなに奥深くまで行っても、世界は同じ、暗い不条理、循環論法、ナラティヴ・インポテンスに支配されている。病院の悪夢から逃れられる道はどこにもない。

最後に、翻訳作業をめぐるディテールについて少々述べておこう。このプロセスは、私を最初に本作に惹きつけた要因に勝るとも劣らない、異様きわまりないものだった。

著者から直接送られてきた中国語のデジタル・ファイルで翻訳を進めていた私は、半分を超えたあたりで、プリント・ヴァージョン（書籍）を手に取った。ふと思いついて、翌日から作業する予定の章にざっと目を通しておこうと思ったのだ。だが、その目で見たものに、私ははなはだしいショックを受けた。PCの画面上の中国語と紙版の文章は合致せず、プロットの細部は変更され、登場人物の名前までが変わり（ドクター・バウチは、紙版ではドクター華　岳《ホウア・ユエ》と記されていた）、デジタル・ヴァージョンで同じ章の中間あたりに登場するシーンが、書籍版では章のオープニングになっていた。私がこれまで作業していたのは未校訂のヴァージョンだったのか？　初期のドラフト？　完全版？　未検閲ヴァージョン？　私は不安でいっぱいになって韓松《ハン・ソン》に狂乱気味のメールを送った。両者（デジタルと紙）のテクストの異同を完全にチェックするまでしばしの時間がかかったが、最終的に、我々は韓松《ハン・ソン》が間違って別のテクストを送ってよこしていたことを突きとめた。それは初期のヴァージョンで、その後、重要な変更がいくつも行なわれていた。マルチバースからの異同テクスト——韓松《ハン・ソン》がとうの昔にハードディスクから消去したと思っていた『無限病院』——が、のちのクローンに取って代わり、英語版のテクストの正規ヴァージョンとして正当な位置を占めるべく戻ってきたのだという、そんな妄想さえ浮かんだ。私の最初の反応は、いかにハードな作業になるとしても、これまでにアップした翻訳の相当部分をやり直す必要があるだろうというものだったが、韓松《ハン・ソン》との間でおびただしいテクストとメールをやりとりした結果、中間的なアプローチを採用することで合意するにいたった。中間的なアプローチとは、簡単に言ってしまうと、私がそれまで翻訳を進めていた初期ヴァージョンと、のちに刊行された書籍ヴァージョンの双方から、内容／文章／構成要素を〝抽出・採用〟するというものだ。韓松《ハン・ソン》が言うには、のちに加筆・削除・修正した内容のほとんどは中国の編集者の要請によるもので、多くの点で、初期のドラフトのほうがこの作品の最初のヴィジョンに近いということだった。

こうして、複雑きわまりない〝手術〟のプロセスが始まった。私が送った英語のテクストに、韓松《ハン・ソン》が中国語の長いパッセージを書き加え、それを今度は私が英語に訳した上で、すでにあるナラティヴに組み込んだ。同時に、それまで苦心惨憺の末に英語化したパッセージのいくつかがあっさりと削除された。さらに、いくつかのセクションでは、韓松《ハン・ソン》自身が、初期の原稿ヴァージョンと刊行版のどちらにも存在しない、まったく新しい内容を〝英語で〟加筆してきた。延々と続いたこの手術の過程を通じて、私は作家の創造の才がどのように機能し発揮されるのかを、最前列でじっと見つめていたということになる。この改訂作業では、刊行版の対話中のある人物の発言が別の登場人物の発言に変えられたこともあった。最上級の賞賛の言葉が非難・告発の言に取り替えられたこともあった。韓松《ハン・ソン》の特徴とも言うべきブラックユーモアで縁取られたいくつもの文章が、すっぱりと削除された。新たなプロットのディテールが加えられた。そして、ある時点で、彼は、本書のパート3のタイトルを変えたいと言い出した。当初は単に〝手術〟だったのを〝追記〟にしたいというのだ。私は、追記というのは普通もっと短いものだし、〝手術〟は本書中一番長いパートではないかと反論したが、韓松《ハン・ソン》は動ずるふうもなく、トレードマークたるウィットのもと、「かつてない〝尋常ならざる〟追記になると思うよ」と応じた。私は何度となく、傑出した才能を持つマッド・サイエンティストのヴィジョン遂行を手伝うイゴール（フランケンシュタイン博士の忠実な下僕）のような気分を味わわされたものだった。

広範にわたる手術がついに終了し、完成した原稿を、韓松《ハン・ソン》はベストのヴァージョンになったと言って喜んだ。テクストを彫琢《ちょうたく》し、新たな文章を加え、いくつものパッセージを削除し、言葉を微調整していくプロセスを経て、新しい『無限病院』が出現した。翻訳というテクスト工学の実験の結果、ディスプレー上に立ち現われたのは、フランケンシュタイン博士の怪物のような恐怖と美をたたえた異形の文学だった。

M. B.

二〇二一年十月五日　ロサンゼルス

脚注

＊1　Xu Mingwei, "Han Song: Women dou you bing, zai yuzhou zhege dayiyuan xunzhao jietuo", The Paper, September 7, 2016, http://culture.ifeng.com/a/20160907/49928076_0.shtml.

＊2　David Der-wei Wang, Why Fiction Matters in Contemporary China (Waltham, Massachusetts: Brandeis University Press, 2020), 177.

＊3　『無限病院』の登場人物の名前に関しては、ウェルズリー大学のミンウェイ・ソン教授（Professor Mingwei Song）の見解に多大な教示を受けた。

英訳者謝辞

私を信頼して作品の翻訳を任せてくれた韓松《ハン・ソン》に心からの感謝を。今回の翻訳に際して、彼自身とのきわめて緊密なコミュニケーションのもとに協働作業を行なえたことは、私の二十五年にわたる文芸翻訳者としての経歴の中で最も充実した経験となった。私に韓松《ハン・ソン》の作品を教えてくれ、このプロジェクトを熱心にサポートしてくれた、友人にして同僚のミンウェイ・ソンに、そして、最初にこの作品の話をした時から私を支援し、完成にいたる長い道程の間、ずっと寄り添いつづけてくれたジェニファー・ライアンズに、深い謝意を。そして、デイヴィッド・ダー＝ウェイ・ワン、ジン・ツー、ジョン・ネイサン、ピーター・セラーズ、私の家族のサポートにも、感謝の念を。このプロジェクトでは、たいへん嬉しいことに、アマゾン・クロッシング（Amazon Crossing：英語以外の言語で書かれた書籍の英訳に特化したAmazonのサービス）のチームと協働で作業をすることができた。文芸翻訳者兼編集者がいるという、めったにない贅沢な環境下、ガブリエラ・ページ＝フォート（私が最初にそうであったのと同じように、彼女もこの原稿を読んだ途端、虜《とりこ》になってしまったのだと思う）と一緒に仕事ができたのは本当にラッキーだった。編集作業のプロセスでは、ジェイソン・カークが細部にわたって周到な目を光らせ、文体への鋭い感性を遺憾なく発揮するとともに、エキサイティングな新しい形で、このプロジェクトにとどまらない広範な領域にコラボ精神を広げていってくれた。さらに、エリス・ライアンの編集者としての独自の目と素晴らしい数々の提案に、ステファニー・シュー、ヘザー・バジラ、ローレン・グランジの製作管理に、ジャロッド・テイラーのアート・ディレクションに、ウィル・シュテーレの美しいカバーに、お礼を申し上げねばならない。最後に、この〝病院〟という不思議な異世界の旅に参加してくれた読者の皆さんに、心から感謝したい。

M.B.

解説

小説家、翻訳家
立原透耶

韓松（かん・しょう／ハン・ソン）は中国SF四天王の一人として名高く、中でも文学性、芸術性の高さではひときわ飛び抜けた存在である。これまでに日本では以下の短篇が翻訳されている。

「水棲人」〈SFマガジン〉二〇〇八年九月号、立原透耶訳、翻訳協力：肖爽

「再生レンガ」『中国現代文学 13』中国現代文学翻訳会編、ひつじ書房、二〇一四年九月、上原かおり訳

「セキュリティ・チェック」★〈SFマガジン〉二〇一七年二月号、幹遙子訳

「潜水艇」★『月の光　現代中国SFアンソロジー』ケン・リュウ編、新☆ハヤカワ・SF・シリーズ、二〇二〇年三月、中原尚哉訳、ハヤカワ文庫SF二〇二二年十一月刊＊文庫化にあたり『金色昔日　現代中国SFアンソロジー』に改題

「サリンジャーと朝鮮人」★同

「地下鉄の驚くべき変容」『時のきざはし　現代中華SF傑作選』立原透耶編、新紀元社、二〇二〇年奥付七月、上原かおり訳

「一九三八年上海の記憶」『中国史SF短篇集　移動迷宮』大恵和実編訳、中央公論新社、二〇二一

年六月、林久之訳
「我々は書き続けよう！」〈ＳＦマガジン〉二〇二二年六月号、上原かおり訳
「仏性」『宇宙の果ての本屋　現代中華ＳＦ傑作選』立原透耶編、新紀元社、二〇二三年十二月、上原かおり訳

中国語からの翻訳もあれば、英語訳からの重訳もある。重訳ものにはタイトルの後に★をつけた。紹介されているものはすべて短篇で、長篇は本作が初めてということになる。

翻訳された短篇を見ると、どれも大変「わかりやすい」ものばかりである。韓松の作品は「わかりにくい」ことで有名だが、海外で紹介する際にはどうしてもわかりやすいものが選ばれがちなのかもしれない。

彼自身は短篇と長篇については次のように述べている。

「短篇は普段の夢のようなもの。長篇は重病になって入院し、高熱を出した時に見るような夢である。とはいえ実は私はどちらも好きではない。しかしこれは自分の意思ではなく、まるで強迫症であるかの如く書いてしまうのである」

本作をこの長篇に当てはめると、大変よく理解できる発言である。

実は同僚に「どういうあらすじ？」と聞かれて、大変苦労しながら本作の話の筋を話したところ、一言「不安症による悪夢みたい」。なるほど、おっしゃる通りである、と納得した次第である。

先ほど韓松の作品には「わかりやすいもの」と「わかりにくいもの」があると書いたが、本作の場合は後者である。同じ長篇で近いうちに出版予定の長篇『紅色海洋』（新紀元社）は、「わかりやすいもの」の方に分類できるかもしれない。

『無限病院』は宇宙に仏陀を探すところから始まり、とある惑星のC市における巨大な病院が舞台の悪夢めいた不条理な世界を描いていく。はじめはひたすら病気と病院、医師と患者を描いているのだが、次第に話が広がり、謎の〈共生者〉が登場したあたりから、舞台は広大な宇宙へと展開していく。

ホテルのミネラルウォーターを飲んだだけで胃痛になった主人公は、そのために悪夢めいた病院へと連れていかれるのだが、まずこの病院の描写が凄まじい。まるでカフカの『城』を思い起こさせるような世界観である。実際に韓松の作品は中国ではよくカフカを引き合いに出されている。

病院とは何か、何のために存在しているのか。医者とは、看護師とは？　さまざまな謎が主人公に襲いかかるのだが、確たる答えは見出せない。

迷宮のごとき巨大な病院の中を、主人公はさまよい歩く。時には脱走を試みながら。

病院の中だけではない。病院の外もまた不可思議な世界である。生きること、それはどういう意味を持つのか。病とは何を意味するのか。

遺伝子の段階で治療し、完璧なまでに病をなくすはずの病院だが、それならばなぜ退院できないのか。いや、そもそも病は本当に治療されているのか。

何もかもが曖昧で混乱した中、主人公の長きにわたる混迷の旅の結末は……。

様々な観点から読み解くことのできる本作だが、一つには「仏教」という観点があることに注意したい。韓松自身は仏教徒であり、短篇「仏性」でも仏教を主としたSFを描いている。ほかにも数多くの作品に仏教要素を登場させており、氏の作品を読み解く上で重要なタームであるのは間違いない。『中国SF資料之十一』（中国SF研究会・同人誌）では、読書会の記録が掲載されており、「この読書会は、韓松の仏教的要素の入った作品をどう見るかという興味から始まりました」とのこと。

「韓松は中国のみならず全人類の社会の近代化に隠されている危険性と暴力性に注目し、中国のSF作家の中で危機感と反省意識が最も高い一人だと言える」（朱力）、「韓松は、中国のSFは、斬新な世界の概念を作り上げる能力がまだ弱い、と分かっていたので、斬新な、永遠に循環する入れ子構造の異世界を、自ら構築して見せた。積極的に異世界を構築する韓松は、その後の中国のＳＦ作家に創作する勇気を与え、中国のＳＦの斬新で独特な一面を世界に示すことができた」（楊霊琳）、「仏教の要素を取り入れた韓松の作品はほかに「仏性」（二〇一五）や〈医院〉三部作がある。前者ではロボットが悟りを求め、人間がそれをどう見るかということも描かれている。後者では病院と仏教的世界の究極が想像される」（上原かおり）、といった形で、仏教と韓松作品について論じられている。

しかし『無限病院』の段階では、まだ「仏教」性はそれほど強くないように感じる。実際には三部作が進むにつれて、「仏教」度が色濃くなっていくのである。

もう一点、個人的に気になっているのは「海」の存在である。長篇『紅色海洋』に登場する海は死と暴力に満ちた「赤い海」である。本作に登場する海もまた「赤い海」なのである。

海は赤い肉色の溶液で、ねっとりとして、濁っていて、泡だらけだった。生臭い強烈な臭いは、病棟で使われていた消毒剤を思い起こさせた。（本書三九五ページ）

韓松の描く海は、決して美しくもなく、また理想的でもない。海が「赤い」のはなぜなのか、「陸」の人間が「海」へと向かうその道行は何を象徴しているのか。

幾重にもはり巡らせた隠喩の奥深く、そこには果たしてよく言われる「批判精神」が隠れているのか。それとも。一人ひとり、読み方が異なり、意味が変わってくる作品である。

なお、個人的には〈共生者〉が大変可愛らしいと感じている。少し生意気な口調といい、時に慌てたり狼狽えたりする様もペットのようでなかなかに愛らしい。この〈共生者〉の正体が気になって、ページを捲る手がもどかしかったほどである。

さて、作者である韓松について少し詳しくご紹介しよう。

韓松、一九六五年生まれ、重慶出身。武漢大学英文系卒業後、修士課程は新聞学部に進学。文学学士、法学修士号。中国の国営通信社である新華社通信に入社し、現在も勤務している。英語に堪能なばかりか、最近は日本語も独学でマスターし、簡単な会話ならまったく問題がないレベルである。文学をこよなく愛し、日本文学にも造詣が深く、日本文学について語ると次から次へと作家名や作品名が飛び出す。かつて二〇〇七年に日本・横浜で世界SF大会（ワールドコン）が開催された際には中国からのゲストとして参加し、憧れていた小松左京氏との対面も果たした。その時の感動は彼のブログに写真とともに詳しく記されている。

過去にはUFOの研究会に参加していたり、鬼（日本の「鬼」とは異なり、幽霊や妖怪のような存在）についての調査記録を記したり、と不思議なものへの愛好も隠すことはない。

公には発表できない微妙で繊細な物語もネット上で発表している。例えば『宇宙の果ての本屋』に掲載された「仏性」は「今の中国では発表できない」と言われている作品だが、韓松自身が「日本の読者に一番読んでほしいもの」として自薦した作品でもある。

中華圏では絶大な人気を誇り、数多くの受賞歴を誇る。例えば初期の代表作「宇宙墓碑」では一九九一年世界華人科幻芸術賞科幻小説首賞（一位）、複数の銀河賞、星雲賞の受賞のほか、首届（第一回）全球華語科幻星雲賞最佳科幻／奇幻作家賞を劉慈欣とともに受賞している。ここ最近では長篇〈地鉄〉シリーズや〈医院〉シリーズが高い評価を得ている（本作はこの〈医院〉シリーズの第一作である）。

海外での翻訳も進んでおり、本作も英訳からの重訳である。

個人的に氏と付き合いのある立場から少し書かせていただくと、韓松は非常にシャイな人である。内気ではにかみやで義理堅く、深く物事を考える知性派で、とにかく人がいい。誰かを悪くいうセリフなど聞いたこともない。いつでもニコニコしていて大変穏やかな、愛される人物である。二〇〇七年に初めて出会った時には、ワールドコンの立食パーティで所在なげに隅っこに座ってご飯を食べていた姿がとても印象的であった（私もその横に座ってボソボソお話をさせてもらった）。キティちゃんが好きで、可愛いものが大好きという意外な一面も持っている（彼にファンレターを書く方はそこを意識してください！）。

こんなにも愛される人物でありながら、運命は非常に残酷である。

近年、氏は自らのアルツハイマー病を告白している。最近では、同じ病に苦しむ人のためにと、ドキュメンタリーのカメラを入れて日常を撮影している。二〇二四年四月にお会いした時にはこう述べていた。

「SF作家が認知に問題を起こすなんて、なんという悲劇なんだろうか」

それを聞いた時は、胸が締め付けられて、何も言えなかった。本当にどうしてこんなにも残酷なことが起きるのか、とただただ悔しく思うしかなかった。

今はまだしっかりとされているため、過去の作品の改訂をしているところだそうで、やりたいことは「日本に行くこと」。日本語で会話をして、いつものように穏やかに微笑んでおられた。なんとか日本にお呼びしたいものである。

くだくだしい説明はこれくらいにしよう。あとは作品を読んで感じるのみ。

めくるめく悪夢の世界へようこそ。あなたもきっと韓松世界に魅せられた一人となることだろう。

二〇二四年八月

訳者略歴　1951年福岡県生　慶應義塾大学文学部中退　英米文学翻訳家　訳書『こうしてあなたたちは時間戦争に負ける』アマル・エル＝モフタール，マックス・グラッドストーン，『シミュラクラ〔新訳版〕』『時は乱れて』フィリップ・K・ディック，『幻影の都市』アーシュラ・K・ル・グィン，『無伴奏ソナタ〔新訳版〕』オースン・スコット・カード（共訳），『危険なヴィジョン〔完全版〕』ハーラン・エリスン編（共訳）（以上早川書房刊）他多数

無限病院《むげんびょういん》

2024年 10月20日　初版印刷
2024年 10月25日　初版発行

著　者　韓松《かんしょう》
訳　者　山田和子《やまだかずこ》
発行者　早　川　　浩

発行所　株式会社　早川書房
東京都千代田区神田多町2－2
電話　03 - 3252 - 3111
振替　00160-3-47799
https://www.hayakawa-online.co.jp

印刷所　株式会社精興社
製本所　大口製本印刷株式会社

定価はカバーに表示してあります
ISBN978-4-15-210369-7 C0097
Printed and bound in Japan
乱丁・落丁本は小社制作部宛お送り下さい。
送料小社負担にてお取りかえいたします。